GÜNTER KRIEGER

DIE GEFANGENEN SEELEN

Historischer Roman

W0345872

Ammianus-Verlag

Erste Auflage
Oktober 2012

© Ammianus GbR Aachen

Alle Rechte vorbehalten. Der Nachdruck, auch auszugsweise, die Verarbeitung und Verbreitung des Werkes in jedweder Form, insbesondere zu Zwecken der Vervielfältigung auf digitalem oder sonstigem Wege sowie die Verbreitung und Nutzung im Internet dürfen nur mit ausdrücklicher und schriftlicher Genehmigung des Verlags erfolgen. Jede unerlaubte Verwertung ist unzulässig und strafbar.

Coverabbildungen Schönburg Altarausschnitt aus dem Marthaaltar der Liebfrauenkirche Oberwesel sowie Epitaph in der Liebfrauenkirche Oberwesel mit freundlicher Genehmigung des Stadtmuseums Oberwesel.

Umschlaggestaltung & Satz: Thomas Kuhn
Lektorat: Wolfhard Berthel
Druck und Bindung: CPI books GmbH, Ulm

ISBN: 978-3-9812285-9-5

www.ammianus.eu
www.facebook.com/AmmianusVerlag

DRAMATIS PERSONAE

Historisch verbürgte Personen sind gekennzeichnet (*)

Die Hauptpersonen:
Eva - Bauerntochter mit spiritueller Neugier
Kasimir - polnischer Recke mit tragischer Vergangenheit
Magda - Evas intrigante Kusine
Falk - Bauernsohn und Intrigenopfer
Lothar - Magdas und Falks Sohn, heilerisch begabt

Der Winandshof in Merode:
Nikolaus - Evas Vater
Agnes - Evas Mutter
Winand d.J.- Evas Vetter
Winand d.Ä. - Magdas Vater, Evas Onkel
Isolde - Magdas Mutter
Martin - Evas Bruder
Hunold - Evas Bruder
Bliza - Magd auf dem Winandshof
Hiltrud - Magd auf dem Winandshof

Ort und Herrschaft Merode:
Pater Raphael - Burgkaplan
Sibylle - Hebamme und Kräuterweib
Maria - Evas Tante
Heilwig - Marias Tochter, Evas Nichte
Thietmar - Stallmeister, Marias Mann
Cäcilia - Magdas und Falks Tochter
Baldur - Wirt des „Carolus Magnus“
Cordula - Magdas Freundin und Schwägerin
Bodo - Köhler, Sibylles Bruder
Harro - Falks Vater

Die Schönburg und Wesel:
Robert von Schönburg - Ritter
Merbodo(*) - Roberts jüngerer Bruder
Elisabeth - Roberts und Merbodos Mutter
Jan - Merbodos Knappe
Veronika - Merbodos Frau
Berta - Roberts Tochter aus erster Ehe
Mechthild - Bertas Amme

Daniel - Koch auf der Schönburg
Hanna - Magd auf der Schönburg
Bardolf - Hannas Sohn
Goswin - Stallbursche
Robert d. J. - Goswins und Bertas Sohn
Dietmar von Lahnstein - Ritter, Zechkumpan Merbodos
Wirich - spendabler Zimmermann

Rom, Straßburg, Paris, Avignon und Köln:
Waldo - Kasimirs Kamerad aus den Tagen der Romfahrt
Pierre - junger Büttel in Paris
Madame Henriette - eine alte Witwe, Näherin
Johannes - ein alter Priester in Straßburg
Alfons - sein Nachfolger
Auguste - Kammerdiener des Papstes
Tryngen Hirtz - Tuchmacherin

Meister Eckhart und sein Umfeld:
Eckhart von Hochheim* - Dominikaner, Gelehrter, Mystiker
Michel - Meister Eckharts Leibwächter
Thomas - Ordensbruder der Dominikaner
Konrad - Ordensbruder der Dominikaner
Johannes Tauler* - Ordensbruder der Dominikaner
Johanna - Bruder Konrads Nichte, Evas gute Freundin

Adel und Klerus:
Ludwig der Bayer* - deutscher König
Friedrich der Schöne* - deutscher (Gegen-)König
Friedrich von Nürnberg* - Burggraf
Balduin von Luxemburg* - Erzbischof von Trier
Johannes XXII.* - Papst in Avignon
Johann* - Herr von Merode

Sonstige:
Jagoda - Kasimirs Schwester
Clara - „Clärchen", das Findelkind
Moritz Grobe - „Mo", ein Chirurg
Sara - Lothars jüdische Gefährtin
-

Prolog

An einem wolkenverhangenen Spätsommertag des Jahres 1302 kam die fünfjährige Bauerntochter Eva durch die unheilvolle Neugier anderer Kinder fast ums Leben.

Grund dafür war das große Muttermal an Evas Hals, das ihr immer wieder Spott eintrug. Auch die Zwillinge Magda und Winand beteiligten sich beflissen an den Spötteleien, obwohl Eva gerade von ihnen anderes erwartet hätte, war sie doch deren Kusine. Doch die beiden bildeten eine verschworene Gemeinschaft und ließen nicht zu, dass Eva daran teilhatte.

Die Kinder, ein knappes Dutzend an der Zahl, spielten an jenem Tag auf den Wiesen vor Merode und trieben eine gefüllte Schweinsblase vor sich her, wobei die Jüngeren naturgemäß das Nachsehen hatten. So versuchte die übereifrige Eva, sich der Blase regelwidrig mittels ihrer Hände zu bemächtigen. Verärgert nannten einige Mitstreiter sie eine Hexe, und obwohl Eva solche Schmähungen gewohnt war, widersprach sie heftig: Hexen waren boshafte Wesen, wie konnte man nur so gemein sein, sie so zu nennen? Dem Sohn des Hufschmieds, dem Größten und Kräftigsten in der Kinderschar, kam die Idee, Eva einer Hexenprobe zu unterziehen. Alle stimmten zu, am lautesten Magda und Winand, obwohl keines der Kinder die leiseste Ahnung hatte, was eine Hexenprobe war. Sie erfuhren es, als der Sohn des Hufschmieds Eva grob am Kleidchen packte und sie mit sich fortzerrte. Die Kinder folgten ihnen bis zum nahen Weiher. Dort verkündete der Bursche feierlich, dass eine Hexe nicht im Wasser versinken könne.

Allmählich dämmerte es Magda und Winand, dass er sie in den Weiher werfen wollte, und jetzt wurde ihnen doch unbehaglich zumute. Was, wenn die Kusine ertrank? Nicht auszudenken, was für ein Donnerwetter daheim über sie hereinbrechen würde. Flugs rannten die beiden ins Dorf zum Hof der Eltern, wo sie aber nur ihre Tanten vorfanden, Agnes, die schwanger ging zu jener Zeit, und Maria. Ihnen erklärte Winand, was am Weiher vor sich ging. Evas Mutter Agnes und ihre Schwägerin Maria verstanden nur wenig von seinem aufgeregten Gestammel, begriffen aber, dass Eva offenbar in höchster Gefahr schwebte.

Wie von Furien gehetzt, liefen sie zum Weiher und vernahmen schon von weitem Evas verzweifelte Hilfeschreie. Am Ufer standen die Kinder versammelt, die Blicke auf das um sein Leben kämpfende Mädchen gerichtet.

Vor Entsetzen versagten Agnes fast die Beine. Maria aber, die eine gute Schwimmerin war, behielt einen kühlen Kopf und stieg ins Wasser. Drei, vier kräftige Züge, und sie hatte die Zappelnde erreicht, packte sie, brachte sie zurück ans Ufer. Eva hustete, keuchte und spuckte, aber sie war gerettet.

Mutter und Tante brachten Eva nach Hause. Unterwegs begegnete ihnen Falk, der siebenjährige Sohn des Bauern Harro aus dem Oberdorf. Falk gehörte zu den wenigen Kindern, die sich niemals über Eva lustig machten. Bei Evas Anblick - sie war triefnass, ihre Augen rot verheult - öffnete sein Mund sich wie zu einer Frage, doch offenbar traute er sich nicht, jemanden anzusprechen. Später erfuhr Eva, dass Falk sich mit dem Sohn des Hufschmieds angelegt hatte. Dieser mochte zwar älter und kräftiger sein, doch Falk war es gelungen, dem Gefürchteten ein prächtiges Veilchen zu schlagen.

Am Abend nach der verhinderten Tragödie saß Agnes noch lange an der Schlafstätte ihrer Tochter, um sie zu trösten. Agnes kannte viele Lieder, denn vor Evas Geburt war sie als Mitglied einer Gauklertruppe viel in der Welt herumgekommen. Meist ging es recht lustig zu in diesen Liedern, doch noch lieber mochte Eva - seltsam genug für ein Kind ihres Alters - besinnliche und versonnene Texte. Deshalb sang Agnes an jenem Abend, während sie Eva zärtlich durchs kastanienbraune Haar strich, das Lied einer berühmten Ordensfrau, die vor langer Zeit gelebt hatte:

Die Seele ist wie ein Wind, der über die Kräuter weht,
Und wie ein Tau, der auf die Gräser träufelt,
Und wie die Regenluft, die wachsen macht.
Genauso ströme der Mensch sein Wohlwollen aus
Auf alle, die da Sehnsucht tragen.
Ein Wind sei er, der den Elenden hilft,
Ein Tau, indem er die Verlassenen tröstet,
Und Regenluft, indem er die Ermatteten aufrichtet
Und sie mit der Liebe erfüllt wie Hungernde:
Indem er ihnen seine Seele gibt.

Die Fünfjährige begriff längst nicht alles von diesen geheimnisvollen Versen, doch sie liebte es, darüber nachzusinnen. Vergessen waren mit einem Mal die Schrecken des Tages, das furchtbare Wasser, das ihr die Luft zum Atmen genommen hatte, vergessen die Todesangst.

Die Seele ist wie ein Wind, der über die Kräuter weht!

Wunderschöne Worte.

Was sie wohl bedeuteten?

In dieser Nacht schlief Eva tief und fest. Und träumte von einem duftenden Kräuterbeet, über das ein lauer Sommerwind strich.

*

Wenige Wochen zuvor, ein Gehöft in Schlesien

Die beiden bewaffneten Reiter verharrten auf der Anhöhe und blickten hinab in das Tal, wo sich ihr Ziel, ein einsames Gehöft, im roten Licht der

Abendsonne abzeichnete. Hinter den Stallgebäuden weideten Schafe auf einer Weide, irgendwo kläffte ein Hund, Hühner suchten gemächlich ihren Verschlag auf. Abseits des Wohngebäudes, bei den Gemüsebeeten, waren ein Mann und eine Frau zu erkennen, die mit Harken den Boden bearbeiteten.

Die beiden Reiter sahen sich an. „Das sind sie", erklärte der Ältere. „Müssen wir näher heran, oder kannst du es von hier erledigen?" Statt einer Antwort verzog der Jüngere nur spöttisch den Mund und griff nach seiner Armbrust.

Aus den Augenwinkeln sah der Mann, wie seine Frau zu Boden stürzte. Vorangegangen war ein dumpfes, furchtbares Geräusch, das in dem Mann Erinnerungen ans Schlachten weckte, an ein Beil, das wuchtig Knochen spaltet. Dann hörte er seine Frau röcheln. Rücklings lag sie im Dreck, aus ihrer Brust ragte der Schaft eines Bolzens, weit blickten ihre Augen in den Himmel. Der Schreck drohte den Mann zu lähmen, und noch bevor er zu seiner Frau hinübereilen konnte, schwirrte ein zweiter Bolzen heran und bohrte sich ihm in den Rücken. Während er fiel, wurde ihm bewusst, dass er hier und heute sterben würde, an der Seite seiner Justyna.

Noch einmal konnten sie, im Sterben vereint, einander in die Augen sehen. Justynas Blick war nichts als Sorge, und er begriff: Kazimierz und Jagoda! Auch die Kinder würden sie umbringen! Es gab nur eine Möglichkeit, sie zu retten: Bogna, die Magd, musste die beiden rasch in Sicherheit bringen.

Mit letzter Kraft rief er ihren Namen.

„Wer ist das?", fragte der jüngere Reiter und deutete auf die junge Frau, die aus dem Stall trat. Ein aufgeregter, schwarzer Hund folgte ihr.

„Muss die Magd sein", erwiderte der andere.

„Soll ich sie auch erledigen?"

„Was glaubst du, wofür man uns bezahlt?"

Der Schütze legte an.

„Warte!", sagte der andere plötzlich.

„Was ist?"

„Niemand hat uns verboten, ein wenig Spaß zu haben, während wir unsere Arbeit tun."

Mit diesen Worten trieb er seinen Hengst an.

Bogna, die Magd, versuchte zu verstehen, was der sterbende Bauer ihr zuraunte. Seine Finger krallten sich flehend in ihren Oberarm. Endlich ging ihr auf, was er ihr mit seinen letzten Atemzügen mitzuteilen gedachte: die Kinder!

Sie sah den Reiter, der sich im gestreckten Galopp näherte. Angst schnürte ihr die Kehle zu. Der schwarze Hund begann zu bellen. Fatalerweise rannte Bogna in ihrer Panik Richtung Haus. Der Reiter hatte sein Schwert gezogen. Noch bevor Bogna die Tür des Gebäudes erreichte, hatte er sie eingeholt, schlug ihr die flache Klinge seiner Waffe in den Rücken. Bogna stürzte.

Der Reiter zügelte sein Pferd, stieg aus dem Sattel. Stöhnend kam Bogna wieder auf die Füße, doch schon war der Mann bei ihr, packte sie am Handgelenk. Der schwarze Hund war Bogna gefolgt und machte Anstalten, dem Fremden in die Waden zu beißen. Das Tier heulte auf, als ein Armbrustbolzen seine Flanke traf.

„Idiot! Hättest mich treffen können!“, rief der Mann seinem jüngeren Kumpanen zu, der sich grinsend dem Haus näherte. Bogna zitterte am ganzen Leib, stieß ein paar heisere Schreie aus. „Und jetzt zu dir, Herzliebste!“, sagte ihr Peiniger.

Kazimierz, ein achtjähriger Junge mit roten Wangen und struppigen, flachsfarbenen Haaren, wunderte sich über das Geschrei. Was ging da draußen vor sich? Männerstimmen, die laut in einer fremden Sprache redeten. Deutsche? Schnaubende Pferde. Und war das nicht Bogna, die da ständig schrie, als litt sie heftigste Schmerzen?

Er nahm den Korb mit den eingesammelten Eiern, ging zur Tür des kleinen Hühnerstalls, spähte nach draußen. Das Geschrei schien vom Haus her zu kommen. Ein mulmiges Gefühl überkam ihn, aber die Neugier trieb ihn an. Er passierte die Scheune und erstarrte vor Entsetzen, als er um die Ecke bog. Vor dem Haus lag Bogna, halbnackt, das Kleid zerrissen. Über ihr ein Mann mit heruntergelassener Hose. Ein weiterer, jüngerer Mann stand daneben und schaute zu.

Der Mann auf Bogna stieß keuchende Laute aus, die zuletzt in ein langgezogenes Stöhnen übergingen; dann erhob er sich grinsend. Der Jüngere entledigte sich gleichfalls seiner Hosen und nahm die Stelle des anderen ein, während Bogna noch einmal verzweifelte Anstalten machte, sich zu wehren. Brutale Faustschläge in ihr Gesicht ließen sie verstummen. Abermals wurde sie geschändet.

Kazimierz stand wie angewurzelt. Angst würgte ihn. Sein Blick fand die leblosen Gestalten seiner Eltern, dort drüben bei den Gemüsebeeten, er sah die Bolzen, die aus ihren Leibern ragten. Der Korb mit den Eiern fiel ihm aus den Händen. Er rannte los.

Der ältere der Männer bemerkte den laufenden Jungen. „He, du! Bleib stehen! Verdammt, von einem Kind wusste ich nichts.“

Da der Junge seinen Befehl ignorierte, folgte er ihm fluchend, holte ihn ein. Hart packte er ihn am Kittel und zerrte ihn mit sich.

„Wer zum Teufel ist das?“, fragte der Jüngere, während er wieder in seine Hosen stieg.

„Keine Ahnung. Von einem Kind war nicht die Rede.“

„Müssen wir ihn umbringen?“

„Der Hof soll frei von Menschen sein, so lautet unser Auftrag. Was sollten wir also sonst mit ihm tun? Aber zuerst das Mädchen. Los, mach schon.“ Mit dem Kinn deutete er auf Bogna, die zusammengekauert vor ihnen lag. Ihre Augen waren fest verschlossen, aber ihre zitternden, blutverschmierten Lippen bewegten sich wie zu einem stummen Gebet. Der Jüngere nahm ein Messer von seinem Gürtel, trat von hinten an sie heran und schnitt ihr die Kehle durch.

„Den Knaben darfst du dir ausnahmsweise mal selbst vornehmen“, sagte er zu seinem Kumpan.

Nachdenklich betrachtete dieser den schreckensbleichen Kazimierz, der aussah, als müsste er sich jeden Moment übergeben. „Ich kenne einen Händler“, meinte er nach einer Weile. „Der würde mir den Knaben sicher abkaufen. Warum sollten wir uns dieses Geschäft entgehen lassen?“

Wenig später fand Kazimierz sich gefesselt an Händen und Füßen auf dem Rücken eines Pferdes wieder, bäuchlings hing er vor dem Sattel des Reiters. Dieser raunte ihm in seiner unverständlichen Sprache harsche Worte zu, die ihm wohl bedeuten sollten, sich still zu verhalten.

Als sie den Hof verließen, gelang es Kazimierz aus tränenbenetzten Augen einen letzten Blick auf die Stätte seiner Kindheit zu werfen. Ein Instinkt befahl ihm, sich diesen Anblick auf ewig einzuprägen: das lehmverputzte Wohnhaus mit dem strohgedeckten windschiefen Dach, den hölzernen Schuppen, die Ställe - vor allem aber die Leichen der drei Menschen, die vor kurzem noch sein Leben gewesen waren.

Von seiner Schwester Jagoda war nichts zu sehen.

Erster Teil

1312 - 1313

1.

Eva liebte die Zeit der Heuernte. Wenn der Duft des abgeernteten Grases die Luft erfüllte, während ringsumher die Vögel sangen und die Sonne mild am Himmel stand. Es war die Zeit, in der Eva am liebsten ihren Gedanken nachhing. Und obwohl sie auf den Feldern nicht alleine war, sprach niemand sie an, denn zu versunken, zu gedankenfern wirkte sie, obgleich ihre Arbeit nicht darunter litt. Viele fragten sich, was wohl durch ihren hübschen Kopf ging, und manche munkelten, es sei bestimmt nichts Gutes, nichts Christliches. Zwar machte Eva stets einen frommen Eindruck - sonntags, während des Gottesdienstes, war sie in inbrünstige Gebete versunken, und auch Bruder Raphael schien einen Narren an ihr gefressen zu haben -, doch genau das sahen die Zweifler mit Argwohn: wahrscheinlich hatte sie etwas zu verbergen.

Das handtellergroße Muttermal an ihrem Hals war seit jeher Gegenstand des Dorfklatsches. Womöglich hätte man über diesen Makel hinweggesehen, wäre Eva einfältig und hässlich gewesen. Doch sie war weder das eine noch das andere. Etwas konnte nicht stimmen mit ihr.

Eva wusste genau, dass man so über sie dachte. Seit ihrer Kindheit hatten die meisten Dörfler sie gemieden. Aber was konnte sie tun? Das Muttermal war ihr angeboren. Manchmal versuchte sie, sich an den Gesprächen der Dorffrauen zu beteiligen, aber niemand fragte sie nach ihrer Meinung.

Gewiss, manches, was sie tat, nährte die Skepsis der Leute. Beispielsweise hatte sie vor zwei Jahren ein flügellahmes Rabenjunges aufgezogen. Seither war der zahme Vogel ihr häufiger Begleiter, hockte auf ihrer Schulter oder hielt sich in ihrer Nähe auf. Manchmal verschwand er auch für einige Tage im Wald, kehrte aber immer wieder zu seiner Ziehmutter zurück. Bekanntlich hielten Hexen sich schwarze Vögel - war es also ein Wunder, dass die Leute sich die Mäuler zerrissen? Doch hätte Eva das Tier etwa verhungern lassen sollen?

Die Frühlingssonne war so herrlich mild. Während sie mit den anderen Frauen das Heu wendete und die Männer weiter vorn mit ihren Sensen zugange waren, kam ihr der Sonnengesang des Heiligen Franziskus in den Sinn.

Gelobt seist Du, mein Herr, hieß es darin,
Mit all Deinen Geschöpfen,
Schwester Sonne besonders,
Die uns den Tag macht
Durch die Du uns erleuchtest. - Und weiter:
Schön ist sie
Und strahlend mit großem Glanz,
Ein Bild von Dir ...

Auch Falk mochte dieses Gedicht, es waren seine Lieblingsverse. Wenngleich er Evas Leidenschaft für religiöse Poeme nicht immer teilen konnte. Die meisten Texte waren ihm zu schwerlastig, viele gar unverständlich. Dennoch mochte er es, wenn Eva ihm etwas vortrug. Es war nicht nötig, dass er ihren Hang zur Mystik teilte. Er liebte sie trotzdem, das versicherte er ihr, sooft sie sich sahen.

Der Gedanke an Falk ließ Eva lächeln. Manchmal sah sie verstohlen von ihrer Arbeit auf. Falk arbeitete auf den Feldern der anderen Seite des Dorfes, doch er hatte versprochen, kurz vorbeizuschauen und einen Treffpunkt mit ihr abzusprechen, damit sie später ungestört zusammenkommen konnten. Dabei war es doch immer derselbe Platz, wo sie sich trafen. Doch das Ritual dieser verzichtbaren Absprache wollte gepflegt sein, zumal es ihnen ermöglichte, sich ein weiteres Mal zu sehen.

Falk ließ auf sich warten. Sicher war er im Augenblick nicht zu entbehren. Doch er würde Wort halten und kommen, und wenn es nur für die Dauer einiger Herzschläge wäre.

Immer wieder ließ Magda ihren Blick zur Kusine hinüberschweifen. Dies blieb Cordula, einer von Magdas Kameradinnen, nicht verborgen. „Weshalb glotzt du sie immer wieder an, Magda?“, wollte sie wissen.

„Sie hält wieder Ausschau.“

„Nach Falk?“

„Nach wem sonst? Oder kennst du noch einen anderen, der Interesse an ihr zeigt?“

Cordula stützte sich auf ihre Heugabel. „Gib's ruhig zu, du bist eifersüchtig.“

Magda stritt das keineswegs ab. „Was er bloß an dieser Hexe findet.“

„He, sie ist deine Kusine.“

„Wohl wahr. Eine Hexe ist sie dennoch.“

Als Eva zu ihnen herübersah, arbeiteten sie weiter.

„Hast du sie denn schon einmal hexen sehen?“, fragte Cordula flüsternd.

Magda musste passen. Weder hatte sie Eva bei rituellen Tänzen noch bei Treffen mit teuflischen Gestalten beobachtet. „Reicht es nicht, dass sie diesen dämlichen Raben überall mitnimmt?“, murmelte sie. „Außerdem höre ich sie manchmal singen. Neulich hat sie etwas auf Lateinisch gesungen.“

„Vielleicht sind das Beschwörungsformeln“, mutmaßte Cordula. „Sieh mal, da kommt er!“

Falk war groß gewachsen, hatte kräftige Arme und ein sanftmütiges, ebenmäßiges Gesicht, braun von der Sonne. Die Bauernkappe, die er trug, verbarg sein blondes Haar nur unvollständig. Er sah sehr männlich aus, und nicht nur Magda schwärmte für ihn. Zur Begrüßung gab er Eva einen verstohlenen Kuss auf die Wange. „Du platzt ja fast vor Neid“, sagte Cordula zu Magda, die auf ihrer Unterlippe kaute. „Glaubst du, dass die beiden es schon miteinander getrieben haben?"

„Wann hörst du endlich auf mit deiner dummen Fragerei?", raunzte Magda sie missmutig an.

Beleidigt hob Cordula die Schultern und widmete sich wieder ihrer Arbeit. Magda beobachtete ihre Kusine und deren Geliebten noch eine Zeitlang aus den Augenwinkeln. Bald machte Falk sich wieder auf den Weg. Kein Zweifel, am Abend würden sie sich treffen wollen. Magda wusste inzwischen genau, wo diese Stelldicheins stattfanden, denn mehrmals schon hatte sie ihnen hinterherspioniert.

Sie beschloss, das Liebespaar auch heute zu beschatten.

Eva war sehr aufgeregt, als sie abends - am Horizont versank soeben die rote Sonnenscheibe - zum vereinbarten Treffpunkt ging. Mit einem vielsagenden Lächeln hatte Falk angedeutet, dass er ihr etwas Wichtiges mitzuteilen habe. Sie ahnte, was Falk durch den Kopf ging, und vor Aufregung klopfte das Herz. Zeit ihres Lebens würden sie sich an den Abend erinnern.

Der Weg zum Wald führte hügelan. Balthasar, der Rabe, hockte geduldig auf Evas Schulter. Als sie die alte Eiche erreichte, war Falk schon dort. Flatternd verschwand Balthasar im Geäst der Eiche, längst wusste der Vogel, dass seine Anwesenheit in der nächsten Stunde nicht gewünscht war. Falk hielt eine Margerite, die er an Evas Haarband steckte, bevor sie sich küssten. Eva strahlte; dann sah sie den Verband, der um seine Handfläche gewickelt war. „Nichts Ernstes", kam er ihrer Frage zuvor. „Hab mich beim Schärfen der Sense geschnitten. Kein Wunder, ich muss ständig an dich denken."

Eng umschlungen lehnten sich gegen den mächtigen Stamm des Eichbaums, dessen ausladende Äste sich wie ein schützendes Dach über sie spannten. Ein leiser Wind ließ die Blätter in der Baumkrone rascheln. Versonnen blickten sie hinab ins Dorf, dessen Konturen mit zunehmender Dunkelheit schwächer wurden. In einem der Burgtürme wurde Licht entzündet.

„Ich werde ihn fragen!", verkündete Falk nach einer Weile feierlich.

Eva wusste genau, was er meinte. Dennoch, um ihr Glück auszukosten, fragte sie: „Wen wirst du etwas fragen, Liebster?"

„Ich werde endlich zu deinem Vater gehen und um deine Hand anhalten! Lange genug hab ich nun damit gewartet."

Zur Antwort stieß sie ein leises Seufzen der Glückseligkeit aus, schloss ihre Augen und stellte sich einmal mehr vor, wie ihre gemeinsame Zukunft aussehen würde. Sie kannten sich von Kindheit an, hatten schon damals Sympathien füreinander gehegt. Seit etwa einem Jahr aber bestand mehr zwischen ihnen als bloße Zuneigung. Auf dem Erntefest hatten sie unter mancherlei verwunderten Blicken miteinander getanzt. Beide spürten bald, dass aus ihrer Kinderfreundschaft mehr wurde. Wie sonst war es zu erklären, dass sie fortan unablässig aneinander denken mussten?

Falk hatte den ersten Schritt getan. Am Backhaus sprach er sie an und fragte sie, ob sie sich mit ihm treffen wollte. Sofort willigte Eva ein. Die alte Eiche am Waldrand erkoren sie zu ihrem Treffpunkt. Bei ihrem dritten Treffen machte Falk Anstalten, sie zu küssen. Eva ließ es zu. Es war ein wunderschönes Gefühl, seine Lippen zu spüren. Ansonsten aber blieb Falk, was intime Liebkosungen anbelangte, zurückhaltend. Eva wusste, dass dies eine Respektbezeugung für sie war, doch manchmal wünschte sie sich im Stillen - selbst wenn dies für eine Jungfer ungebührlich sein mochte -, die Zärtlichkeiten würden über Küsse hinausgehen. Andererseits blieb ihnen dafür noch alle Zeit der Welt.

„Wird dein Vater einverstanden sein?", fragte er bang.

Eva lächelte. „Er wird!" Ihre Eltern waren herzensgute Menschen, die sie und ihre jüngeren Brüder, Martin und Hunold, über alles liebten. Wirkliche Strenge hatte sie nur selten von ihnen erfahren.

„Bist du sicher?"

„Mein Vater wird froh sein, dass endlich jemand um meine Hand anhält. Meine Mutter befürchtet, ich könnte als alte Jungfer enden. Wer will schon eine Hexe zur Frau?"

„Was redest du da?"

„Du weißt, wie die Leute über mich sprechen."

„Ihr Geschwätz ist mir einerlei. Du bist das hübscheste Mädchen, das mir jemals begegnet ist. Da brauchst du nicht gleich wieder rot zu werden."

„Ach, Falk! Dich hat mir der liebe Gott geschickt."

„Als Mutter für meine Kinder kann ich mir keine andere vorstellen. Und als erstes wünsche mir eine Tochter, die so ist wie du."

„Hoffentlich erbt sie nicht mein Hexenmal."

„Und wenn schon. Was meinst du, wie sollen wir sie nennen, unsere Tochter?"

Eva dachte nach. „Weiß nicht. Vielleicht Clara?"

„Clara!" Falk gefiel der Name. „Abgemacht." Er neigte sich zu ihr und küsste ihre Schläfe. „Verrate mir, wie du an diesen Namen gekommen bist. Soweit ich weiß, trägt niemand aus deiner Familie diesen Namen."

„Auf dem Weg hierhin musste ich an die Heilige Clara von Assisi denken."

„Clara von Assisi? Wer ist das?"

„Die treue Begleiterin des Heiligen Franziskus."

„Ach die."

„Heuchler! Hast nie von ihr gehört."

„Du tust mir Unrecht, ich kann mich schwach erinnern, dass Bruder Raphael einmal von ihr gesprochen hat. Hattest du einen besonderen Grund, an sie zu denken?"

„Ich sah die letzten Sonnenstrahlen und dachte an Clara, was ‚die Strahlende' bedeutet. Durch ihr aufopferungsvolles Leben wollte sie die Menschen erhellen."

„Gütiger Himmel, hat dir das alles dein Mentor beigebracht? Wüsste ich nicht, dass Bruder Raphael ein tugendhafter Mann Gottes ist, wäre ich eifersüchtig auf ihn."

Balthasar, der immer noch geduldig auf einem Ast hochte, begann mit einem Mal laut zu krächzen. Eva und Falk horchten auf. „Was hat er denn?", fragte Falk.

„Offenbar hat er etwas gehört. Da hinten im Gebüsch - was ist das?" Sie presste sich an ihn.

Lachend legte Falk einen Arm um sie. „Nur wilde Tiere. Die tun uns nichts." Er vergrub seine Nase in ihrem Haar. „Ah, wie ich dich liebe. Dich und den Duft deiner Haare. So müssen Engel riechen."

„Es ist doch nur der Duft von Narzissenblüten!"

Magdas Hals war wie zugeschnürt. Sie hatte genug gehört. Was fand Falk nur an Eva, wieso war er ausgerechnet ihr verfallen? Wenn Evas Frömmigkeit wirklich echt war, dann sollte sie doch, verdammt nochmal, in ein Nonnenkloster gehen und Falk ihr überlassen. So hübsch war sie nun auch wieder nicht mit ihrem garstigen Hexenmal.

Sie schlich davon, doch als sie auf einen Zweig trat, begann der verflixte Rabe wie verrückt zu krächzen. Eine Weile verharrte sie reglos. Zum Glück kam Falk nicht auf die Idee, den Urheber des Geräusches zu suchen.

Magda hatte einen Plan geschmiedet, sie war entschlossen, unverzüglich zu handeln. Ihr Weg führte sie nicht zurück nach Merode, sondern ein Stück durch den Wald, bis sie bald darauf vor der Köhlerhütte stand. Der Köhler Bodo lebte hier mit seiner Schwester Sibylle, die sich als Hebamme verdingte und darüber hinaus umfangreiche Kenntnisse über Kräuter und Arzneien besaß. In Sibylle setzte Magda ihre Hoffnungen.

Bodo, der auf ihr Klopfen hin öffnete, war kaum überrascht über die späte Besucherin. Es geschah nicht selten, dass Frauen zur vorgerückten Stunde vorbeischauten, vor allem, wenn ihre Männer nichts davon erfahren sollten. „Du willst zu meiner Schwester!", stellte er deshalb richtigerweise fest.

Magda nickte entschlossen.

„Komm!"

Er führte sie durch die dunkle Kate.

„Es hat mich niemand geschwängert, hörst du?", glaubte Magda ihm erklären zu müssen. Sie wollte nicht, dass irgendwelche haarsträubenden Gerüchte aufkamen.

„Natürlich nicht", brummte Bodo gleichgültig. Schon bereute Magda ihre vorschnelle Rechtfertigung. Bodo galt als eigenbrötlerischer Junggeselle, was gingen ihn ihre Herzensangelegenheiten an?

Er führte sie bis vor eine Türöffnung, die durch einen fransigen Vorhang verdeckt war. „Besuch für dich, Schwester!" Nachdem Magda eingetreten war, zog er sich zurück.

Sibylle hatte die vierzig schon überschritten. Früher, so sagte man, sei sie sogar einmal hübsch gewesen. Magda fand, dass sie auch jetzt noch frauliche Reize besaß, wenngleich ein dichtes Netz von Fältchen ihre Augen umspannte. Das dunkle, von weißen Strähnen durchzogene Haar trug sie nach hinten zu seinem Zopf gebunden. Sie saß an einem aus groben Brettern gezimmerten Tisch, getrocknete Kräuterbündel lagen darauf verteilt. In einem Mörser zerstieß sie einen Pilz zu Pulver.Der Blick, mit dem sie Magda ansah, war fest und durchdringend.

„Du bist Magda, Winands älteste Tochter", stellte sie fest. In den vergangenen zwanzig Jahren hatte sie beinahe jedem Meroder Kind auf die Welt geholfen. „Setz dich dort auf den Hocker, mein Kind."

Magda mochte es nicht, wenn man sie Kind nannte, aber Hebammen hatten wohl ein Recht darauf, ihre einstigen Schützlinge so anzusprechen.

„Deine Großmutter Eva war eine gute Freundin von mir", erklärte Sibylle.

„Ja, das weiß ich", erwiderte Magda höflich, obwohl allein die Erwähnung dieses Namens ihr Bauchschmerzen bereitete.

„Bis heute vergeht kein Tag, an dem ich nicht an sie denke", fuhr Sibylle fort. „Sie war ein wunderbarer Mensch. Viel zu früh musste sie von uns gehen." Sie schien in Erinnerungen zu versinken, denn plötzlich wurde sie schweigsam, starrte reglos auf die Tischplatte. Nach einer Weile widmete sie sich wieder dem zerstoßenen Pilz, füllte das Pulver in einen kleinen Beutel aus blaugefärbtem Leder, den sie sorgfältig zuschnürte. „Eine ganz besondere Arznei", erklärte sie Magda, die ihr Tun mit unverhohlener Neugier beobachtete. „Nur ein Quentchen davon und der Geist steigt in himmlische Sphären empor, trunken vor Freude und Überschwänglichkeit."

„Hört sich gut an", sagte Magda.

„Von wegen. Die Arznei entführt den Kranken in eine glückselige Welt, die in Wahrheit nicht existiert. Nur dem darf sie verabreicht werden, dessen Leid durch andere Mittel nicht zu lindern sind."

Also ist es Teufelswerk, ging es Magda durch den Kopf.

„Was kann ich für dich tun, mein Kind?", fragte Sibylle nun unvermittelt, während sie prüfend einen Kräuterstrauß an ihre Nase hielt.

Längst hatte Magda sich eine Geschichte zurecht gesponnen. Eine Geschichte, bei der sie nicht einmal sonderlich übertreiben musste. „Es gibt da einen Jungen im Dorf", begann sie mit gespielter Verlegenheit. „Ich mag ihn wirklich sehr, aber ... na ja, er beachtet mich nicht."

„Das ist tragisch", sagte Sibylle, ohne eine Miene zu verziehen.

„Ich glaube, er traut sich einfach nicht, mich anzusprechen."

„Sprich du ihn an", schlug Sibylle vor.

„Dafür wiederum bin ich zu schüchtern. Außerdem finde ich, dass es

Sache der Männer ist, Liebesbande zu knüpfen." Sie bemühte sich, scheu und zugleich untröstlich zu erscheinen, und starrte auf ihre zusammengefalteten Hände. „Ich hoffte, du könntest mir einen Liebstrank brauen. Den könnte ich ihm zu trinken geben, damit auch er mich mag. Es ist doch nichts Arges an solchen Tränken. Ich meine, sie schaden doch keinem." Sie ließ ihre Worte eine Weile im Raum stehen, aber die Hebamme schwieg sich aus. Magda glaubte, den Grund dafür zu kennen, holte ein Geldstück aus ihrem Kleid hervor und warf es auf den Tisch. „Selbstverständlich will ich dich für deine Dienste bezahlen", verkündete sie feierlich.

Sibylle würdigte die Münze keines Blickes. „Wie heißt der Junge?", forschte sie.

Mit solcher Neugier hatte Magda nicht gerechnet. „Wie er heißt? Nun ja, es ist der Sohn des Bauern Arnold."

„Du meinst Bruno, Arnolds Jüngsten?"

„Eben den", stimmte Magda rasch zu. Zu rasch, wie sie sich hinterher eingestehen musste.

Sibylle verschränkte die Arme vor ihrer Brust. Ihr Blick hatte nun etwas Unerbittliches. „Du lügst!", sagte sie kalt.

„Ich -"

„Schweig! Du lügst, ich weiß es genau. In Wahrheit willst du den Falk für dich gewinnen. Aber Falk liebt Eva, und Eva liebt Falk. Tu nicht so, als ob das neu für dich wäre."

Magda schluckte, brachte keinen Ton mehr hervor. Woher wusste diese verdammte Kräuterhexe das? War sie eine Prophetin? Oder konnte sie einfach nur in die Seelen der Menschen schauen? Magda erinnerte sich, solche Geschichten über sie vernommen zu haben.

„Schäm dich, Magda. Eva ist deine Kusine. Sie hat es schwer genug, weil viele Leute sie aus purem Aberglauben meiden. Du solltest für sie einstehen, anstatt ihr den Geliebten zu rauben." Sie griff nach dem Klöpfel und widmete sich wieder dem Mörser. „Geh jetzt nach Hause!", befahl sie streng. „Und vergiss die Münze nicht."

Magda erhob sich von ihrem Hocker. Sie kochte vor Wut, wagte aber keinen Widerspruch. Draußen - inzwischen war es Nacht geworden - holte sie tief Luft und verschluckte einen Wutschrei. Wie hatte sie nur glauben können, dass eine verschrobene Jungfer ihr helfen würde? Was wusste Sibylle denn schon über Männer und die Liebe? War es denn ein Wunder, dass die eine Hexe zu der anderen hielt?

Als Magda im spärlichen Licht eines halben Mondes den Weg zurück ins Dorf stapfte, reifte bereits ein neuer Plan in ihrem Kopf.

Der Winandshof hatte sich in den vergangenen Jahren durch verschiedene Anbauten erheblich vergrößert. Die Halbbrüder Winand und Nikolaus führten den Hof gemeinsam, jeder bewohnte mit seiner Familie einen eigenen Gebäudetrakt. Teilweise waren die Behausungen sogar aus Steinen gemauert. Weil aber Winand und Niko im Dorf keineswegs als überheblich galten - sie halfen immer, wenn andere Bauern unversehens in Not gerieten -, gönnte man ihnen den bescheidenen Wohlstand. Im Hungerwinter 1307 hatten sie sich durch selbstlose Hilfsbereitschaft die Achtung aller Dorfbewohner erworben; niemand hielt seitdem mehr Spottreden über Nikolaus und Agnes und deren merkwürdige Vergangenheit als verfemte Gaukler. Ausgenommen von diesem Wohlwollen blieb die junge Eva, von der man weiterhin annahm, etwas stimme mit ihr nicht. Vielleicht hatte das ja auch Bruder Raphael, der Burgkaplan, erkannt. Jedenfalls wurde gemunkelt, dass er viel Zeit mit der Bauerntochter verbrachte.

Magdas Eltern saßen in der Stube, als die Tochter heimkehrte. Winand hielt einen tönernen Bierkrug, während Isolde mit einer Näharbeit beschäftigt war.

„Wurde auch Zeit", brummte der Vater. „Wo hast du dich bloß rumgetrieben?"

Magda rollte mit den Augen. „Ich war nur ... nur -"

„Bestimmt hat sie einen Schatz", mutmaßte die Mutter, die, wenn sie erst einmal zu reden begann, nur schwer zu halten war. Deshalb brachte sie ihr Gatte, der allein dazu fähig war, mit einer barschen Geste zum Schweigen.

„Sie hat selbst einen Mund. Nun, Magda?"

„Ich habe frische Luft geschnappt. Am Waldrand, an der alten Eiche hab ich gesessen. Bin dabei eingeschlummert. Soll nicht wieder vorkommen." Sie seufzte schuldbewusst.

Winand blinzelte skeptisch. Offenbar glaubte er ihr kein Wort. Womöglich hatte Isolde ja Recht mit ihrer Vermutung vom Geliebten, und Magda wollte einfach nicht darüber sprechen. Denn eigentlich war es ja ihm, Winand, vorbehalten, einen angemessenen Gatten für seine Tochter zu finden. Er machte sich klar, dass Magda schon vierzehn Jahre alt war. Tatsächlich war es an der Zeit, sich ernsthafte Gedanken darüber zu machen.

„Heute bist du zum letzten Mal im Dunkeln nach Hause gekommen! Verstanden?"

„Ja, Vater."

„Geh jetzt ins Bett!"

Sie kletterte die knirschenden Holzstiegen zum Obergeschoss empor. Allerdings hatte sie noch etwas zu erledigen, bevor sie sich endgültig der Nachtruhe hingab. Also schlich sie zum Lager ihres schlafenden Zwillingsbruders und rüttelte ihn. „Wach auf!", flüsterte sie eindringlich. Der jüngere Winand brummte schlaftrunken. Erst als die Schwester ihm eine Ohrfeige versetzte, schlug er die Augen auf. „Bist du verrückt geworden?", maulte er und rieb sich die Wange.

„Psst, leise."

„Was willst du von mir?"

„Deine Hilfe."
„Mitten in der Nacht?"
„Hör mir gut zu, Winand." Sie verschränkte die Arme vor ihrer Brust und sah wie im Triumph auf ihn herab. „Morgen, in aller Herrgottsfrühe, wirst du doch nach Düren gehen, nicht wahr? Vater hat dich beauftragt, eine neue Pflugschar zu kaufen."
„Das weiß ich selbst. Kein Grund mich aus dem Schlaf zu reißen."
„Ich weiß genau, dass du dann zu dieser Hure gehst."
Selbst in der Dunkelheit sah Magda, dass sein Gesicht puterrot wurde.
„Keine Ahnung, wovon du sprichst."
„Mach mir nichts vor. Hab dich oft genug zum Hurenhaus schleichen sehen, wenn wir in der Stadt waren."
Winand seufzte resigniert. Leugnen war offenbar zwecklos. Er ärgerte sich, es nie geschickter angestellt zu haben, wusste er doch um die verdammte Neugier seiner Schwester. „Sie heißt Lora", murmelte er und kratzte sich verlegen den Kopf. „Naja, ich mag sie sehr, und Lora mag mich auch. Wirklich."
„Red keinen Unsinn. Sie ist eine Hure."
„Sag endlich, was du von mir willst."
„Du wirst deine Hure morgen mit nach Merode bringen!"
„Bist du verrückt?" Fassungslos tippte er sich an die Stirn.
„Tu, was ich dir sage, Bruder. Oder soll Vater erfahren, wie du dein Geld verplemperst?"
„Was soll das, du blöde Ziege? Willst du mir drohen?"
„Ich brauche kurz deine Hilfe. Du wirst deine Schwester doch nicht im Stich lassen? Wenn du mir hilfst, werden Vater und Mutter werden nichts von deinem kleinen Geheimnis erfahren. Außerdem wirst du kein Opfer bringen müssen, im Gegenteil. Du wirst voll und ganz auf deine Kosten kommen."
Winand setzte sich auf und sah ihr erwartungsvoll ins Gesicht. „Da bin ich aber gespannt."
„Gut, hör mir zu!"

2.

Anderentags, als die Sonne aufging und der jüngere Winand sich auf den Weg nach Düren machte, begab Magda sich mit einem Eimer zum Kuhstall. Wie erwartet war Eva schon dort, ebenso Hiltrud, eine junge Magd, die beim Melken der vier Kühe half. „Schon gut, Hiltrud", sagte Magda und nickte der Magd gönnerhaft zu. „Ich übernehme das heute für dich. Geh und hilf meiner Mutter bei der Wäsche."

Hiltrud zeigte sich sehr verwundert, gehorchte aber. Magda nahm ihren Platz auf dem Schemel ein. Sie kam nur selten in den Kuhstall, denn sie hasste das Melken. Falls Eva durch ihr Erscheinen überrascht war, so zeigte sie es nicht, denn sie lächelte ihr zu. „Ich will mir von meinem Vater nicht länger vorhalten lassen, dass ich mich vor dem Melken drücke", erklärte Magda ihre Anwesenheit. Mit einem Augenzwinkern fügte sie hinzu: „Zugegeben, er hat ja Recht, ich mag wirklich nicht an diesen Zitzen fummeln. Aber was sein muss, muss eben sein."

Eva freute sich über die ungewohnte Gesprächigkeit der Kusine. Selten hatte sie so offen und ungezwungen zu ihr gesprochen. „Um ehrlich zu sein, auch ich kann mir etwas Schöneres vorstellen", erwiderte sie, „aber man gewöhnt sich an die Tiere. Ich würde sie sehr vermissen, wenn sie nicht mehr da wären."

„War nicht der heilige Franziskus auch so ein Tierfreund?", fragte Magda nachsinnend.

Eva nickte und wunderte sich, dass die Kusine das Gespräch auf Dinge lenkte, für die sie sonst nie Interesse zeigte. Mit ungeübten Griffen machte Magda sich an dem Euter zu schaffen.

„Sag mal, Eva, du und Falk - ist es was Ernstes zwischen euch?" Sie versuchte, so unbefangen wie möglich zu klingen.

„Ja, es ist ernst." Evas Stimme war voller Glück und Stolz. Ihre Wangen färbte sich rot, und am liebsten hätte Magda ihr eine Backpfeife versetzt. Statt dessen stieß sie ein heiseres Jauchzen aus.

„Hach, wie romantisch ist das. Fast beneide ich dich um dein Glück."

„Das brauchst du nicht. Auch du wirst noch einen netten Burschen finden. Hast du gar schon einen im Blick?"

Magda schüttelte hastig den Kopf. „Leider nicht." Was geht dich das überhaupt an, Hexe?, dachte sie.

„Er ist so liebevoll", schwärmte Eva und wunderte sich über sich selbst. Aber wozu hatte man schließlich Kusinen? Auch wenn ihr Verhältnis bislang recht einseitig gewesen war - Magda war an echter Freundschaft nie interessiert gewesen -, so stand nun zu hoffen, dass dies künftig anders sein würde.

Magda grinste schief. „Wie es aussieht, wirst du bald dein Brautkleid nähen können."

„Falk wird in den nächsten Tagen bei Vater um meine Hand anhalten", gab Eva preis. „Vater und auch Herr Johann von Merode werden schon nichts dagegen haben. Ja, du hast wohl Recht, bald werde ich Braut sein."

Magdas Kuh muhte missmutig, da ihrem Euter eine grobe Behandlung widerfuhr. „Ach, ich freue mich ja so für dich, Eva. Aber ich will auch ehrlich sein: Nie hätte ich gedacht, dass du einmal heiraten würdest. Du warst immer so sehr mit deinen persönlichen ... Dingen beschäftigt, Dinge, über die sich für gewöhnlich nur Pfaffen die Köpfe zerbrechen. Ich dachte wirklich, dass die Männer dich nicht reizten. Du und Falk, ihr kennt euch doch schon von Kindheit an."

„Das ist wahr. Ich mochte ihn immer schon. Als ich aber während des Erntefestes mit ihm tanzte, war er ein ganz anderer, ein neuer Mensch für mich. Falk fühlte genauso. Wahrscheinlich liegt es daran, dass wir erwachsen geworden sind."

Magda seufzte laut. „Du musst mir verzeihen, Eva."

„Verzeihen? Was denn?"

„All die Bosheiten, die ich dir angetan habe. Die Schimpfworte. Das war wirklich garstig von mir."

„Halb so wild, Magda. Mach dir keine Gedanken. Manchmal kann Streit auch Früchte tragen."

„Wenn ich doch auch einen Liebsten hätte ..."

„Warum so bekümmert? Du bist noch jung. Bestimmt gibt es eine Menge Burschen, die ein Auge auf dich geworfen haben. Auf keinen Fall wirst du als alte Jungfer enden."

Worauf du Gift nehmen kannst, dachte Magda und erwiderte das Lächeln der Kusine. Es war an der Zeit, sich auf den wahren Grund ihres Hierseins zu besinnen. Sie kaute auf ihrer Unterlippe. „Darf ich dir etwas anvertrauen, Eva?"

„Aber gewiss doch."

„Nun, in Wirklichkeit habe ich große Angst vor der Ehe. Wenn ich den Monatsfluss bekomme, schmerzt mein Bauch unerträglich. Manchmal tagelang. Was würde wohl ein Mann dazu sagen? Er würde sich kaum zurückweisen lassen, wenn er mir beiliegen wollte, oder? Sag mal, hast du eigentlich schon mit Falk geschlafen?"

„Wir warten bis zur Hochzeitsnacht", erwiderte Eva nicht ohne Verlegenheit.

„Wie's sich gehört, nicht wahr?"

Magda war zufrieden. Zwar hatte sie vermutet, dass die beiden noch nicht über Küsse und Streicheleien hinausgekommen waren - bei ihren heimlichen Beobachtungen hatte sie nämlich nichts anderes beobachten können -, aber nun hatte sie Gewissheit. Magda schwor sich, bei ihr würde Falk rascher zum Zuge kommen.

„Gegen deine Leibschmerzen kann man doch etwas machen, Magda. Warum gehst du nicht zu Sibylle? Bestimmt weiß sie ein gutes Mittel für dich."

„Bin schon bei ihr gewesen. Sie riet mir, Frauenmantelkräuter mit Wasser aufzukochen und dann langsam zu trinken." Sie mimte Verlegenheit. „Ehrlich gesagt, ich weiß nicht, wie diese Kräuter aussehen und wo sie wachsen. Aber sag's nicht meiner Mutter. Die würde nur den Kopf schütteln über so viel Dummheit."

„Wenn du möchtest, gehe ich mit dir, um das Kraut zu pflücken. Ich weiß, wo welches wächst."

Natürlich weißt du das, jubilierte Magda im Stillen. Alles verlief so, wie sie es sich ausgemalt hatte. „Wo wächst es denn?"

„Oben, am Waldrand. Bei der alten Eiche."

„Und du würdest mich wirklich begleiten?"

„Gewiss. Sobald die Kühe gemolken sind, können wir uns auf den Weg machen."

„Leider haben meine Eltern mich heute morgen mit viel Arbeit eingedeckt. Wär's dir auch am Nachmittag recht?"

„Wann immer du magst."

„Eva, ich weiß gar nicht, wie ich dir danken soll."

„Nicht der Rede wert. Ich tue es gern." Eva strahlte. Offenbar war die Kusine doch noch zu der guten Freundin geworden, die sie sich immer gewünscht hatte. Gezänk und Missgunst waren Relikte aus Kindheitstagen. Sie waren nun endgültig erwachsen geworden.

Evas Mutter Agnes, eine hübsche, blondhaarige Frau jenseits der dreißig, schöpfte Suppe in die Teller. Am Tisch saßen ihr Gatte Nikolaus, ihre Tochter Eva, die Söhne Martin und Hunold, sowie Bliza, eine Magd, die ihnen schon seit vielen Jahren dienstbar war. Nikolaus, der sich wie seine Frau ein noch ein erstaunlich jugendliches Aussehen bewahrt hatte, sprach das Tischgebet, dann löffelten alle schweigend ihre Suppe. Nachdem sie gespeist hatten, wurde erneut gebetet, bevor sich die Blicke dem Hausherrn zuwandten, der nun den weiteren Arbeitsablauf erläutern würde. „Bliza, du kümmerst dich um das Unkraut in den Gemüsebeeten", verkündete er. „Obwohl ich mich frage, warum das nicht längst schon geschehen ist. Danach wirst du die Hecken schneiden, verstanden?"

Die Dienstmagd verließ schnellen Schrittes die Stube. Die Laune des Bauern war heute offenbar nicht die beste, deshalb war es angebracht, rasch aus seinem Blickfeld zu verschwinden. Martin und Hunold kicherten, weil Bliza im Hinausgehen eine Grimasse zog.

„Meine Söhne, zugehört: auch ihr werdet heute mit anpacken."

Die Brüder, der eine acht, der andere neun Jahre alt, wechselten einen enttäuschten Blick. Sie hatten gehofft, den Nachmittag mit den anderen

Kindern auf dem Dorfanger zu verbringen, doch dem Vater zu widersprechen trauten sie sich nicht.

„Ihr werdet in den Schuppen gehen und das Werkzeug säubern. Aber verletzt euch nicht dabei. Raus mit euch! Husch, husch!" Die Jungen gehorchten. „Wenn ihr's ordentlich macht, dürft ihr später zum Dorfanger gehen!", rief er ihnen nach. Selten währte seine Strenge übermäßig lange. Er wandte sich den beiden verbliebenen Frauen zu. „Wie weit seid ihr mit der Hausarbeit?"

„Die Wäsche liegt auf der Wiese zum Trocknen aus, o mein Gebieter", erklärte Agnes mit übertriebener Unterwürfigkeit. „Auch hatten wir vor, uns um den Käse zu kümmern, aber das kann durchaus auch noch warten. Wenn Ihr uns nämlich anderweitig beschäftigen wollt, dann werden wir Eurem Befehl natürlich folgsam nachkommen."

„Wieso werde ich manchmal das Gefühl nicht los, dass mein eigenes Weib mich nicht ernst nimmt?", seufzte Nikolaus. „Wenn ihr beiden also so freundlich wäret, die Heugarben mit auf die Wagen zu verladen und in die Scheune zu bringen, dann wäre uns sehr gedient. Bis zum Johannistag wollen wir die Ernte eingefahren haben."

„So soll es sein, o mein Gebieter."

„Sehr gütig von Euch."

Eva schmunzelte. Die Eltern konnten es nicht verhehlen, dass sie viele Jahre lang mit einem Gauklertrupp durch die Welt gezogen waren. Leute zu unterhalten war ihr Lebensunterhalt gewesen. Erstaunlicherweise fanden sie bis heute immer wieder Zeit für Possen und alberne Wortwechsel, mochte der Alltag auch noch so arbeitsreich sein. Ihr Leben bei den Gauklern, wenngleich es voller Entbehrungen gewesen war, hatte sie geprägt. Wie oft hatte Eva sie dabei ertappt, wie sie mit Äpfeln oder Birnen jonglierten, manchmal mit vier, fünf Früchten zugleich. Solcherlei Kunststückchen hatten sie nicht verlernt.

„Und wenn der hohe Herr es wünschen, werde ich ihm am Abend noch den Nacken kraulen."

„Oh, das wäre ausgezeichnet. Doch denkt daran, dass wir gut Obacht geben, sonst müssen wir bald einen weiteren Esser mit großziehen."

„Mein hoher Herr, ich sprach von Nacken kraulen."

„Gewiss, verzeiht mir."

„Außerdem", sie verstieg sich in ein Flüstern, „unsere Tochter sitzt auch noch am Tisch, du Wüstling."

„Ach, wirklich? Ist mir nicht aufgefallen."

Da des Vaters Laune sich offenbar besserte, beschloss Eva, ihr Anliegen nun vorzutragen. „Vater, gestattest du mir am Nachmittag eine Stunde Freigang?"

Nikolaus spitzte die Ohren. „Ich höre?"

„Kusine Magda braucht meine Hilfe beim Kräutersammeln."

„Kusine Magda? Das ist etwas Neues. Seit wann versteht ihr euch?"

„Dein Vater erlaubt es dir bestimmt", versicherte ihr die Mutter.

Nikolaus kratzte sich grübelnd das Kinn. „Und du bist sicher, dass es Kusine Magda ist, die deine Hilfe braucht?"

Eva nickte.

„Als ob sie uns jemals belogen hätte", sagte Agnes.

„Hast du mir vielleicht noch mehr zu sagen, Eva?", forschte Nikolaus mit zusammengekniffenen Augen.

„Was meinst du, Vater?"

„Ist es völlig ausgeschlossen, dass mich in nächster Zeit ein junger Mann in einer ganz besonderen Angelegenheit aufsucht?"

„Nein, Vater. Das ist ganz und gar nicht ausgeschlossen." Eva strahlte übers ganze Gesicht.

„So, da bin ich schon sehr gespannt. Und was das Kräutersammeln mit deiner Kusine angeht: Meinetwegen geh! Der Familie muss man schließlich helfen."

„Danke, Vater." Sie erhob sich.

„Noch etwas, meine Tochter!" Nikolaus wackelte drohend mit dem Zeigefinger. „Ich hoffe, dass der junge Mann sich nicht zu lange Zeit lässt, um meine Türschwelle zu finden. Wenn er es nämlich tut, wenn du bereits ein Bäuchlein vor dir her trägst, dann sollt ihr beide mich wohl kennenlernen."

Eva errötete. Ihre Mutter räusperte sich laut und sah Nikolaus dabei eindringlich in die Augen.

„Was hast du denn, Weib?" Tatsächlich wusste er genau, worauf Agnes anspielte, hatten sie doch zu ihrer Zeit mitnichten bis zur Hochzeit damit gewartet.

„Was soll schon sein? Ich habe einen Frosch im Hals."

„Soso, einen Frosch." Er wandte sich wieder Eva zu. „Nun geh schon", sagte er und deutete wohlgefällig zur Tür.

Magda wartete bereits unter dem hölzernem Torbogen zum Hof, als Eva erschien, den unvermeidlichen Raben Balthasar auf ihrer Schulter. Eva sah die leeren Hände der Kusine. „Ein Korb wäre ratsam."

Magda schlug sich gegen die Stirn. „Wo bin ich nur mit meinen Gedanken?" Eilig verschwand sie im Haus und kehrte mit einem kleinen Korb zurück. „Bereit!", verkündete sie mit gequältem Grinsen.

Eva deutete die Aufgewühltheit der Kusine falsch. „Sei unbesorgt, wir sollen schon fündig werden."

„Dein Wort in Gottes Ohr."

Sie überquerten den Hahndorn, Merodes Dorfanger, der großräumig von mehreren Hofanlagen umsäumt war. Scharen von Hühnern und Gänsen bevölkerten den Platz, Hunde räkelten sich in der Sonne. Einige Dorfkinder waren hier versammelt, ihre Aufmerksamkeit galt drei fremden Männern, um die sich scharten. Zwei der Fremden trugen Mönchskutten, der dritte, ein wahrer Hüne, war trotz der Tageshitze in einen weiten Kapuzenmantel aus braunem Wollstoff gehüllt. Sie hatten sich im Schatten der Dorflinde niedergelassen. Bis auf den Hünen, der kerzengerade dasaß und deshalb umso gewaltiger aussah, wirkten sie erschöpft und müde. Wahrscheinlich hatten sie eine beachtliche Wegstrecke zurückgelegt.

Eva blieb stehen. „Wer die Männer wohl sind?"

„Nur ein paar Wandermönche", erwiderte Magda ungeduldig. Das fehlte ihr noch, dass die Kusine ein gelehrtes Pläuschchen mit den Kuttenträgern halten wollte. Für ihren Plan blieb ihr nur ein gewisses Zeitfenster. „Komm jetzt!"

Eva folgte ihr, hielt ihren Blick aber noch eine Weile auf die Fremden gerichtet. Zu gern hätte sie erfahren, was sie den Kindern, die ihnen so gebannt zuhörten, erzählten. Auch ihre Brüder erblickte sie in der Schar der Zuhörer, später würde sie die beiden ja ausgiebig befragen können. „Das waren Dominikaner", erklärte sie, als sie bald darauf den Pfad Richtung Wald einschlugen.

„Woher weißt du das?", fragte Magda, obwohl es sie keinen Deut interessierte.

„Sie trugen schwarze Kutten."

Eva genoss den würzigen Blütenduft, der in der Luft lag. Sie war froh, mit der Kusine etwas teilen zu können. Magda begann ein Lied zu pfeifen. Balthasar antwortete mit einem Krächzen.

„Ich wusste nicht, dass du so vortrefflich pfeifen kannst, Magda", lachte Eva.

„Mein tumber Bruder pfeift ständig, da gewöhnt man sich daran."

Eva konnte nicht ahnen, dass das Pfeifen ein Signal war - für Winand, der mit seiner langgelockten Begleitung hinter dem Eichbaum hockte. Ohnehin hatte er die beiden Mädchen längst erspäht. „Auf geht's!", sagte er zu der Hure.

Am Wegrand entdeckte Eva Frauenmantelkraut. Magda beeilte sich, die Heilpflanzen zu pflücken und in den Korb zu legen. „Wunderbar", frohlockte sie. „An der Eiche gibt's noch mehr, sagtest du?"

„Mehr, als du tragen kannst."

„Gut. Worauf warten wir?" Magda konnte ihre Aufregung kaum im Zaum halten. Wenn Eva die Posse durchschaute, dann war ihr Plan kläglich gescheitert. So blieb Magda nichts weiter übrig als zu hoffen, dass der Bruder und seine Hure es geschickt genug anstellten.

„Derzeit wächst auch Schafgarbe am Waldrand", erklärte Eva fröhlich. „Sibylle empfiehlt es bei Appetitlosigkeit und Magenschmerzen."

Magenschmerzen wirst auch du gleich kriegen!, dachte Magda und legte eine Hand auf Evas Schulter. „Ich bin wirklich froh, dass du mich begleitest."

Warum war noch nichts zu hören? Magda spitzte die Ohren.

„Falk!“, schrie plötzlich eine Frauenstimme.

„Wer war das?“ Scheinheilig sah Magda sich um.

„Oh, mein Falk!“, ertönte es.

„Es kommt von dort“, sagte Magda, auf die Eiche deutend, die allenfalls zwanzig Schritte entfernt war.

Die Frauenstimme war Eva unbekannt. Wer mochte hier und jetzt nach ihrem Liebsten rufen? Sie war überzeugt, dass er sich zu dieser Zeit auf den Feldern befinden musste. Magda ging forsch voran. Eva folgte der Kusine mit zögerlichen Schritten, denn ein seltsames Gefühl überkam sie.

Wieder rief die Stimme nach Falk. Fast glich sie einem lustvollen Stöhnen. Evas Verwirrung nahm zu. Weiter vorn war Magda inzwischen stehen geblieben. Offenbar bot sich ihr ein Anblick, der sie überraschte, ja bestürzte, denn der Kräuterkorb glitt ihr jäh aus den Händen. Als Eva aufschloss, erkannte sie den Grund für Magdas Erstarrung. Unweit der Eiche lag ein nacktes Paar im Gras und liebte sich. Die Frau - lange brünette Haare wallten über ihren Rücken - saß wie ein Reiter auf dem unter ihr liegenden Mann, dessen Gesicht den beiden Beobachterinnen freilich verborgen blieb. Das dralle Hinterteil der Frau hob und senkte sich rhythmisch über seinen Lenden; dabei ließ sie immer wieder ein lustvolles Stöhnen vernehmen. „Bist der geilste Hengst, den ich jemals geritten hab!“, jauchzte sie zwischen heftigen Atemstößen.

Zunächst weigerte sich Eva zu glauben, was ihr Verstand ohnehin anzweifelte. Als sie aber sah, wie die Hände des Mannes in wilder Leidenschaft den Rücken der Frau erkundeten, spürte sie einen heißen Stich mitten ins Herz: der Mann war tatsächlich Falk, sie erkannte ihn an dem Verbandstuch, mit dem seine verletzte Hand immer noch umwickelt war.

Vor Verzweiflung hätte Eva laut schreien mögen, doch die Stimme versagte ihr. Ihr Wunsch, von diesem einst so himmlischen, jetzt aber unsagbar trostlosen Ort zu verschwinden, wurde übermächtig. Doch ihre Beine waren weich wie Wachs und drohten zu versagen. Balthasar schlug heftig mit den Flügeln, als spürte er, dass seine Herrin jeden Augenblick ohnmächtig werden könnte. Eva sah die Welt um sich herum in einem unwirklichen, düsteren Nebel versinken; wie in Trance nahm sie wahr, dass Magda wie zum Trost eine Hand auf ihren Arm legte.

Falk betrog sie. Etwas in ihr weigerte sich nach wie vor, dies zu glauben, doch der Anblick der beiden unbekleideten Menschen dort im Gras sprach eine andere Sprache. „Falk, oh Falk! Wirst du auch immer an mich denken, wenn du deine Eva besteigst?“ Die Brünette schrie sich in Extase.

Eva wurde speiübel, aber wenigstens ihre Beine gehorchten ihr wieder. Kehrtmachend lief sie davon, taumelnd zwar, aber entschlossen, diesem Albtraum zu entrinnen. Balthasar zog es vor, den Platz an ihrer bebenden Schulter zu verlassen und flog neben ihr her.

„Warte!“, rief ihre Kusine halbherzig.

Eva hörte sie nicht, lief weiter, ohne sich noch einmal umzusehen. Magda starrte ihr nach. Einen Augenblick lang hatte sie Mitleid mit ihr. Dann aber überwog das Triumphgefühl. Ihr Plan war aufgegangen, auf die vermeintliche Kränkung hatte Eva die erwartete Reaktion gezeigt. „Falk!“, schrie die Hure von neuem und riss Magda aus ihrem Hochgefühl. Sie schritt auf sie zu und packte sie an der Schulter.

„Du kannst jetzt aufhören, ständig diesen Namen zu brüllen!“, schnarrte sie.

Die Hure schreckte unter der Berührung kurz zusammen und sah mit funkelnden Augen zu ihr hoch. Schweiß und Schminkfarben vermischten sich in ihrem Gesicht. „He, was soll das?“

„Das ist meine Schwester“, erklärte ihr Winand, verschränkte grinsend die Hände unter seinem Kopf. „Sie hält sich nur an deine Anweisungen, Magda. Würdest du uns jetzt freundlicherweise allein lassen? Lora und ich sind nämlich noch nicht ganz fertig.“

Die Hure kicherte und ließ wieder ihr Becken kreisen. Magda stapfte davon. Blieb nur noch zu hoffen, dass Eva den Unschuldsbeteuerungen des Geliebten keinen Glauben schenkte. Sofern sie sich in ihrer Prüderie überhaupt traute, ihn darauf anzusprechen. Magda erschien es unwahrscheinlich, dass sie jemals wieder das glückselige Paar sein würden, das unter der Liebeseiche von einer gemeinsamen Zukunft träumte.

Der erste Schritt war getan.

3.

Am Abend wunderten sich Agnes und Nikolaus über Evas beharrliche Schweigsamkeit. Überdies wirkte die Tochter blass und elend. Nach dem Abendessen begab sie sich unverzüglich in ihre kleine Dachkammer, warf sich auf ihre Bettstatt und grübelte.

Falk hatte sie betrogen. Hatte sich wie ein brünstiger Kriegsknecht mit einer Hure vergnügt. Ob sie ihm das jemals würde verzeihen können? Gewiss, er hatte sich der Hure nur bedient, um seine männlichen Bedürfnisse zu befriedigen, und er beabsichtigte wohl kaum, sie an Evas Stelle zu heiraten. Eva wusste, dass viele Männer, selbst verheiratete, manchmal Huren aufsuchten. Von Falk hatte sie das nicht erwartet. Sie hatte geglaubt, ihre Liebe sei zart und rein. Falk war ihr Held gewesen, ihr Leben. Nie hatte er sie gedrängt, ihm beizuliegen, war doch auch er beseelt gewesen von dem Gedanken, damit zu warten, um ihre Liebe noch vollkommener zu machen. Jetzt glaubte sie zu wissen, weshalb es ihm so leicht gefallen war, sich in Enthaltsamkeit zu üben.

Falk hatte den unverzeihlichen Verrat begangen, sich mit der Hure an genau jenem Ort zu vergnügen, der zum Heiligtum ihrer Zweisamkeit geworden war. Dort, wo sie sich süßen Zukunftsträumen hingegeben hatten, wo für sie der Himmel war, eben dort war er ihr untreu gewesen und hatte anscheinend nicht die geringsten Gewissensnöte dabei empfunden. Innerhalb weniger Stunden war Evas Welt eine andere geworden. Am Morgen noch, nachdem Magda ihr ihre Freundschaft angetragen hatte, war ihr Glück vollkommen gewesen. Eine Illusion war zerstört, aber wenigstens wusste sie in ihrem Leid eine Freundin an ihrer Seite. Magda, gleichfalls Zeugin von Falks Verrat, war später noch zu ihr gekommen und hatte ihr die Hand gedrückt. „Es tut mir so Leid für dich, Eva“, hatte sie unter Tränen gesagt und in ihrer mitfühlenden Wut Falk als ehrloses Schwein beschimpft. Und sie hatte Eva geraten, auf einen anderen Mann zu warten, der sich ihr als würdiger erwies. Zwar konnte Eva Magdas grenzenlose Abneigung gegen Falk nicht teilen - Liebe war schließlich eine Gottesgabe, die auch Stürmen trotzen musste -, doch das Mitgefühl der Kusine tat ihr wohl. Am Ende bat Eva sie, niemandem etwas von dem Erlebten zu berichten. Magda versprach es ihr und riet ihr noch einmal mit Nachdruck, Falk rasch zu vergessen, er würde ihr nämlich immer wieder untreu sein.

Eva starrte in die Dunkelheit. Leer und ratlos fühlte sie sich. Ob sie ihre Seelennot Bruder Raphael anvertrauen sollte? Sie kannte den Benediktinermönch schon seit langem. Bruder Raphael hatte ihr alles beigebracht, was sie über die Welt des Glaubens wusste und ihr geistige Welten eröffnet, die zu durchwandern sie so erfüllte. Aber würde Raphael ihr wirklich helfen können in ihrer weltlichen Not?

Ein Klopfen riss sie aus ihren Gedanken. Sie horchte. Bekamen die Eltern noch Gäste? Sie hörte, wie ihr Vater zur Haustür ging und öffnete. Stimmen. Dann begriff sie: Falk war mit seinen Eltern erschienen. Er wollte um ihre Hand anhalten.

Ihr Herzschlag setzte einmal aus. Magdas Worte hallten in ihren Ohren nach: *Vergiss den Kerl! Er hat dich nicht verdient!*

Falk vergessen? So einfach war das nicht. Dennoch hätte der Zeitpunkt für die Brautwerbung nicht ungünstiger ausfallen können. Noch vor wenigen Stunden hatte er eine andere Frau geliebt, nicht ahnend, dass seine Braut ihm fassungslos dabei zusah. Hätte sie ihn zur Rede stellen sollen? Doch nein, ihr Schmerz war viel zu groß gewesen.

Von der Stube drang Lachen zu ihr nach oben. Die Stimmung schien gelöst zu sein. Bestimmt war Falk verwundert, dass sie sich schon zur Nachtruhe zurückgezogen hatte. Ob er enttäuscht darüber war? Eva erwartete, dass Mutter jeden Augenblick zu ihr in die kleine Kammer kam, um sie zu holen. Doch niemand erschien, und sie war froh darüber. Gleichwohl verspürte sie das Bedürfnis, den Gesprächen der Versammelten zu lauschen. Sie stand auf, schlich sich auf Zehenspitzen zur Holztreppe. Hier war jedes Wort, das unten gesprochen wurde, deutlich zu verstehen. Wenn sie sich nach vorn beugte und den Kopf ein wenig reckte, konnte sie Falk sehen. Einmal, als ahne er ihre Nähe, sah er zu ihr hoch, aber rasch entzog sie sich seinem Blick.

Man sprach über den möglichen Zeitpunkt der Vermählung und die Modalitäten, die abzuwickeln waren, um das Einverständnis der Herren von Merode zu erlangen. Immer wieder wurde gescherzt und gelacht. Nikolaus und Harro, die Väter, verstanden sich offenbar prächtig, die Mütter Agnes und Franziska nicht weniger. Alles lief auf einen Hochzeitstermin im Spätsommer hinaus, wenn das Getreide geerntet und die Speicher gefüllt waren. Zwei Monate blieben bis dahin. Eva schickte ein Stoßgebet zum Himmel. Was sollte sie bloß tun? Noch gestern hätte ihre Freude über den Hochzeitstermin jubelnd hinausgeschrien.

„Was machst du denn da?", ertönte plötzlich eine kindliche Stimme hinter ihr. Ihr Bruder Martin war aufgewacht und aus seinem Bett gekrochen. Mit einer flehenden Geste bat Eva ihn, still zu sein. Rasch brachte den Bruder wieder ins Bett zurück. Wenigstens Hunold, der daneben lag, schlief den Schlaf des Gerechten.

„Du weißt doch, dass wir Frauen immer neugierig sind, Martin", flüsterte Eva, während sie die Wolldecke über ihn ausbreitete.

„Bist du denn schon eine richtige Frau?", wollte der Neunjährige wissen.

„Tja, ich glaube schon."

„Wirst du bald heiraten?"

Sie strich ihm über den Kopf und versuchte zu lächeln. „Wer weiß?"

„Den Falk stört das Mal nicht, oder?"

„Nein. Es stört ihn nicht." Vor Wehmut hätte sie am liebsten geheult. Um den Bruder und auch sich selbst auf andere Gedanken zu bringen, fragte sie: „Wer waren denn eigentlich die fremden Mönche, denen ihr heute so gebannt gelauscht habt?"

„Sie erzählten uns Geschichten. Von David, der den Riesen Goliath erschlug. Und von König Salomon, der immer weise Richtersprüche fällte."

„Das war gewiss sehr spannend."

„Oh ja. Hast du den Koloss gesehen, der bei den Mönchen saß? Das war Michel, ihr Beschützer. So stelle ich mir den Goliath vor. Der kann sogar Eisen biegen."

„Ihr Beschützer, sagst du?"

„Naja, eigentlich ist er nicht ihr Beschützer, sondern der von Meister ... ach, den Namen hab ich vergessen. Jedenfalls befinden sie sich auf dem Weg zu diesem Meister."

„Was ist das denn für ein Meister?"

„Weiß nicht. Irgendeiner, der erklären kann, wer Gott ist. Sagt zumindest Thomas."

„Thomas?"

„Einer der Mönche."

Zwei Mönche samt Leibwache auf dem Weg zu einem geheimnisvollen Meister. Zu gern hätte Eva mehr darüber erfahren.

„Wirst du bald heiraten, Eva?", fragte Martin abermals. Dass sie ihm eine Antwort schuldig geblieben war, hatte er keinesfalls vergessen.

„Vielleicht. Aber du wirst jetzt schlafen, hörst du?"

Sie kehrte in ihr Kämmerchen zurück, ohne noch einmal an der Treppe zu lauschen.

Kurz darauf verließen die Besucher den Winandshof. Die Nacht war schwül, es würde wohl ein heftiges Gewitter geben. Der Vater klopfte dem Sohn auf die Schulter.

„Zufrieden, mein Junge?"

Der Besuch bei seinen künftigen Schwiegereltern hatte Falk verwirrt. Vorhin nämlich hatte er, wenn auch nur für einen Augenblick, Eva an der Treppe gesehen, wo sie zweifellos gelauscht haben musste. Doch rasch hatte sie sich seinem Blick entzogen. Weder Freude noch Entzücken hatte er in ihrem Gesicht lesen können. Vielleicht war es ja nur die Aufregung gewesen war, die Eva so ernst, ja geradezu angstvoll hatte dreinblicken lassen.

Der Vater stieß ihn an. „Was ist, hat's dir die Sprache verschlagen? Ob du zufrieden bist, hab ich gefragt."

„Ja, Vater."

„Na also."

Mutter Franziska dagegen bedachte den Sohn mit einem zweifelnden Blick.

In der Nacht fegte ein heftiger Gewittersturm über die Herrschaft Merode hinweg. Doch nicht das Unwetter war der Grund, weshalb weder Eva noch Falk Schlaf fanden. Während immer wieder Blitze ihre Kammern grell erleuchteten und Donnerschläge ertönten, hingen sie ihren Gedanken nach. Kaum eine halbe Wegmeile trennte sie, und Eva wünschte sich zum ersten Mal in ihrem Leben, weit weg von der Heimat zu sein.

Als die Sonne aufging, deutete nichts mehr auf das apokalyptische Unwetter der vergangenen Nacht hin. Herrlich reine Luft und munteres Vogelgezwitscher empfingen Eva, als sie aus dem Haus trat und zum Kuhstall ging, wo Hiltrud, die Magd, schon mit ihrer Arbeit begonnen hatte. Zu Evas Bedauern erschien Magda diesmal nicht, ihre Abneigung gegen das Melken war offenbar größer als ihr Bedürfnis, die Kusine zu trösten. Andererseits waren Magdas Hasstiraden gegen den untreuen Falk nicht gerade geeignet, an Evas Verwirrung etwas zu ändern. Zudem war ihr nach Plaudereien nicht zumute. Glücklicherweise war Hiltrud von Natur aus schweigsam.

Als Eva nach verrichteter Arbeit den Kuhstall verließ, lief sie Falk geradewegs in die Arme. Vor Schreck ließ sie beinahe den Milcheimer fallen. Das Herz klopfte ihr bis zum Hals, und einen Moment lang wusste sie nicht, wohin sie blicken sollte. „Falk", sagte sie heiser. „Was machst du hier?"

Er legte beide Hände auf ihre Schultern. „Ich wollte dich sehen, Liebste."

So sehr sie sich auch bemühte, ein Lächeln wollte ihr nicht gelingen. Wie ehedem fühlten seine Hände sich zart und warm an, doch es waren dieselben Hände, die tags zuvor den nackten Körper der Hure liebkost hatten.

Falk hing an ihren Lippen, doch Eva schien es die Sprache verschlagen zu haben.

„Du weißt, dass ich gestern Abend mit den Eltern bei euch war?"

Sie nickte.

„Wir werden heiraten, Eva! Nichts und niemand kann uns mehr daran hindern!"

Da sie immer noch schwieg, fühlte Falk sich in seiner Ahnung bestätigt, dass sie etwas bedrückte. „Eva", sagte er eindringlich. „Warum sagst du nichts? Was bereitet dir Kummer?"

Sie schlug die Augen nieder. „Ich kann nicht darüber sprechen, Falk. Noch nicht."

„Habe ich etwas Falsches gesagt oder getan?"

„Gib mir ein paar Tage Zeit", erwiderte sie. Falk versperrte ihr den Weg. „Willst du mich noch heiraten, Eva?" Er betonte jedes Wort, sah ihr fest in die Augen.

Eva zerriss es beinahe das Herz. Sie brauchte Zeit zum Nachdenken, und Falk hatte ein Recht darauf, dies zu wissen. Mit zitternder Hand streichelte sie kurz seine Wange. „Ich weiß nicht, ob ich dich noch heiraten möchte, Falk. Aber es kommt der Tag, an dem ich dir darauf eine Antwort gebe."

Entgeistert sah Falk ihr hinterher. So sehr er auch nachdachte, es fiel ihm kein Grund für Evas seltsames Verhalten ein. Neben ihm war einer der Hofhunde aufgetaucht und rieb sich an seinem Bein. Falk, aus seiner Lethargie erwachend, stieß das Tier von sich. Im Augenblick gab es keine Antworten auf seine Fragen, damit musste er sich abfinden.

„Falk! Du hier?"

Er wandte sich um und erblickte Magda, die einen Korb mit Eiern trug. Magda musterte ihn verwundert, ihre Wangen nahmen eine frischrote Färbung an.

„Ich, äh ..." Er wusste beim besten Willen nicht, was er sagen sollte.

„Du willst zu Eva, nehme ich an. Ich werde sie holen."

„Nicht nötig. Hab gerade mit ihr gesprochen."

„Ach so." Magda sah sich verstohlen um und trat näher an ihn heran. „Findest du nicht auch, dass sie sich merkwürdig verhält?", fragte sie lauernd.

„In der Tat." Vielleicht wusste die Kusine ja mehr. „Was ist mit ihr?"

„Das wüsste ich auch nur zu gerne."

Er beschloss, sich Magda anzuvertrauen, möglicherweise war sie ja imstande zu vermitteln. Frauen hatten ein Händchen für solche Dinge. „Sie gibt mir das Gefühl, ich hätte sie gekränkt. Aber das hab ich nicht getan, jedenfalls nicht wissentlich. Sprechen will sie auch nicht mit mir. Ich bin vollkommen ratlos."

„Hm!" Magda rieb sich nachdenklich das Kinn. „Ich glaube nicht, dass es an dir liegt, Falk." Sie sah den Hoffnungsschimmer in seinen Augen und beeilte sich, seine Erwartung zu dämpfen.

„Soll ich ehrlich zu dir sein?" Abermals ließ sie ihren Blick schweifen, um sich zu vergewissern, dass niemand in der Nähe war. „Ich vermute, dass sie Angst vor einer Heirat hat. Das hat nichts mit dir zu tun. Kein Bräutigam wäre ihr wohl recht."

Falk breitete die Hände aus. „Aber warum?", fragte er niedergeschlagen.

Seine Gegenwart erregte Magda. So nah war sie ihm noch nie gewesen. Sie sehnte sich danach, ihn zu küssen, doch wenn sie jetzt die Beherrschung verlor, dann war alles umsonst gewesen. „Weißt du, was ich glaube? Sie will ihr Leben dem Herrgott weihen."

„Wie meinst du das?"

„Sieh sie dir doch an: Immer hat sie gelehrte Sprüche auf den Lippen. Sie weiß fast so viel wie ein Pfaffe, kennt alle Kirchenväter, sie kann sogar lesen, aber sie besitzt kein einziges Schmuckstück. Einmal wollte ich ihr ein buntes Haarband schenken, aber sie wollte es nicht haben." Sie schwieg und sah ihn an, damit er selbst seine Schlüsse aus ihren Worten ziehen konnte.

„Du meinst ...?" Er schluckte. Nein, das konnte einfach nicht sein.

„Ich glaube, dass sie ernsthaft den Gedanken hegt, in ein Kloster einzutreten", half sie ihm auf die Sprünge.

Falk schüttelte den Kopf, doch er sah ein, dass Magdas Vermutung Sinn ergab. Wenn Eva auch über diesen Wunsch nie ein Wort verloren hatte, so erklärte es hinreichend den Zwiespalt, in dem sie sich befinden musste. Ihre Liebe zu ihm hatte nur währen können, solange keine Entscheidung getroffen worden war.

Magda hielt es für angebracht, sich vorläufig mit dem Erreichten zufrieden zu geben und Falk mit seinen Zweifeln allein zu lassen. Was für ein Glück, dass Eva so berechenbar war. Sie legte eine Hand auf seinen Arm, länger als es ziemlich gewesen wäre. „Sei nicht traurig, Falk. Vielleicht kommt sie ja wieder zur Vernunft und alles wird gut."

Sie ließ ihn stehen und hoffte inständig, dass sein Blick auf ihre wogenden Hüften fiel. In diesem Fall jedoch trog ihre Hoffnung. Falk rieb seine übermüdeten Augen und wünschte sich, alles nur geträumt zu haben.

Am Johannistag, nach Beendigung der Messe, beschloss Eva, Bruder Raphael aufzusuchen. Rasch verließ sie die Pfarrkirche St. Michael zu Echtz und machte sich allein auf den Rückweg nach Merode. Mit dem Benediktiner über philosophische Fragen zu debattieren, würde sie wenigstens für eine Weile aus ihrem Kummer reißen.

Nach einer halben Stunde zügigen Fußmarsches - die Meroder jammerten seit jeher über den weiten Weg nach Echtz - stand sie vor der Burg. Die Torwächter, zwei rotwangige Kerle in grauen Waffenröcken, ließen sie ohne weiteres in den Burghof. Die sonst so rauen Männer hatten es sich abgewöhnt, in Evas Gegenwart anzügliche Bemerkungen zu machen, auf die sie ohnehin nicht reagierte. Den Bauern im Dorf mochte sie seltsam erscheinen mit ihrem Hexenmal und dem oft so verklärten Gesichtsausdruck, die Burgleute jedoch mochten Eva. Ohnehin waren Bauern und Burgleute sich selten grün; was den einen Freund war, war den anderen oft der Teufel.

„Gott zum Gruß, Jungfer Eva", wurde sie begrüßt, „es muss wohl an dir liegen, dass die Sonne heute so herrlich vom Himmel strahlt."

Eva war nicht nach fröhlichem Wortgeplänkel zumute, aber sie wollte die Burschen nicht enttäuschen. „Es liegt wohl kaum an mir, Veit. Nach Sturm und Gewitter folgt unweigerlich der Sonnenschein, das weißt du doch."

„Ist das so? Tja, du musst es wissen, Jungfer. Wir sind nicht so belesen wie du."

„Um ehrlich zu sein", ergänzte sein Kamerad Kuno lachend, „können wir überhaupt nicht lesen."

„Was euch nicht grämen muss", meinte Eva. „Das Lesen schadet nämlich den Augen."

„Das ist schwer zu glauben, denn deine Augen sind die schönsten, die ich je -"

„He, he!", fiel ihm Veit hastig ins Wort. „Du willst die Jungfer doch nicht in Verlegenheit bringen, Kuno. Am Ende wird sie sich noch bei Bruder Raphael über uns beklagen."

Eva lächelte. „Wo finde ich ihn?"

„Vermutlich parliert er gelehrtes Zeug mit seinen Gästen", mutmaßte Kuno.

„Er hat Gäste?"

„Zwei Dominikanermönche und ein Fleischberg, der angeblich ihr Leibwächter ist. Frag micht nicht, was es mit den Kerlen auf sich hat, jedenfalls weilen sie schon seit drei Tagen hier. Herr Johann und Bruder Raphael scheinen ganz verrückt nach ihnen zu sein. Ich glaube, sie wollen den Besuch gar nicht mehr ziehen lassen."

Veit kratzte sich nachdenklich den Kopf. „Wobei ich mich frage, wozu Mönche einen Leibwächter brauchen. Was gibt es bei den Kuttenträgern denn zu rauben? Sollen die nicht in Armut leben?"

Kuno versetzte ihm einen leichten Schlag auf den Rücken. „Nicht so neugierig, Kamerad, sonst nimmt's noch ein schlechtes Ende mit dir. Stimmt's, Jungfer Eva?"

„Neugier ist menschlich, Kuno." Sie selbst besaß reichlich davon: wer waren diese Mönche eigentlich? Sie erwog, wieder nach Hause zu gehen, denn es erschien ihr unhöflich, Bruder Raphael und dessen Besuch zu stören. Andererseits brannte sie darauf zu erfahren, was es mit den Mönchen auf sich hatte. Das wenige, was Martin über sie berichtet hatte, war faszinierend genug gewesen.

Letztlich siegte die Neugier. Sie nickte den grinsenden Torwächtern zu und machte sich auf die Suche nach Bruder Raphael.

Auf dem Burghof lief sie ihrer Tante Maria, der Frau des Stallmeisters, in die Arme. An der Hand hielt Maria ihre siebenjährige Tochter Heilwig. Eva fühlte sich der Tante nicht allein deshalb verbunden, weil sie ihr einmal das Leben gerettet hatte. Beiden sagte man nach, ihrer Stammmutter Eva sehr ähnlich zu sein, und diese Ähnlichkeit schloss inzwischen auch die kleine Heilwig ein. „Treiben dich wieder einmal Studien zum guten Raphael?", fragte Maria.

„So ist es, Tante."

Zur Begrüßung tauschten sie Wangenküsse aus. Auch Heilwig wurde von Eva innigst geherzt. Jedes Mal, wenn sie die Kusine sah, war diese wieder ein Stück gewachsen. „Mama, darf ich Eva beim Studieren helfen?", fragte die Kleine voller Tatendrang.

„Später vielleicht."

Heilwig zog eine beleidigte Schnute und drehte an ihren Zöpfen.

„Der Burgkaplan hat Besuch?", fragte Eva ihre Tante.

„Zwei merkwürdige Mönche. Ihr Begleiter - ein wahrer Goliath, sag' ich dir - ist angeblich krank, was mir der Grund zu sein scheint, weshalb die Mönche noch nicht weitergezogen sind."

Maria erfasste den unausgesprochenen Wunsch der wissbegierigen Nichte, mehr über die Mönche zu erfahren, also fuhr sie im Plauderton fort: „Gestern waren sie bei den Ställen, weil Herr Johann ihnen seinen Paradehengst zeigen wollte. Dabei machten die beiden nicht den Eindruck, als würden Pferde sie interessieren."

Für Maria war jeder Mann, der kein Auge für prächtige Pferde hatte, mit dem Ruf des Eigenbrötlers behaftet. Offenbar galt dieser Maßstab auch für Ordensmänner. „Du willst selbstverständlich wissen, wo Raphael und seine gescheiten Gäste zu finden sind", kam sie Evas Frage zuvor. „Zufällig sah ich sie vorhin in der Nische neben der Kapelle sitzen, wo sie es sich mit einem Humpen gemütlich gemacht haben."

„Glaubst du, dass sie ein weibliches Wesen in ihrer Nähe dulden würden?"

„In diesem Fall geht Probieren wohl über Studieren, meine liebe Nichte. Viel Erfolg bei deinen Annäherungsversuchen. Zeig den Kerlen, dass es nicht nur in den Städten kluge Frauen gibt." Sie hob lächelnd eine Hand zum Gruß, hielt aber noch einmal inne. „Ach, stimmt es übrigens, was mir da zu Ohren kam? Du wirst bald heiraten? Oder ist das nur ein Dorfgerücht?"

Eva seufzte leise. „Wenn du mich in einigen Tagen noch einmal fragst, kann ich dir vielleicht eine Antwort geben." Ihrer Tante gegenüber konnte sie sich diese Offenheit leisten. Maria plauderte gern, aber sie wusste auch, wann Verschwiegenheit angebracht war.

„Wenn du jemanden zum Reden brauchst", nickte sie verstehend, „dann weißt du ja, wo du mich findest. Komm, Heilwig."

Eva machte sich auf den Weg. Aufgeregte Hühner wichen ihr aus. Neben der Burgkapelle gab es in einem verbauten Winkel nahe des Ostflügels ein schattiges Plätzchen. Dort saßen die Männer um einen grob gezimmerten Tisch. Neben Bruder Raphael und den zwei Dominikanern war auch der junge Herr Johann von Merode zugegen. Vor drei Jahren hatte Johann die Nachfolge seines verstorbenen Vaters angetreten und teilte sich die Herrschaft mit seinem Vetter Werner.

Johann sah die Herannahende zuerst. „Potzblitz!", rief der junge Adlige, der trotz des Festtages einen grauen Waffenrock trug. „Seht nur, da kommt die wundersamste Jungfer, von der Ihr wohl je gehört habt, Brüder."

Die drei Geistlichen folgten seinem Fingerzeig. Eva blieb errötend stehen. „Habt Ihr jemals von einem Bauernmädchen gehört, das lesen und schreiben kann?", fuhr Johann fort. „Nun, hier seht Ihr ein solches Wunderkind. Ist das nicht ein leckerer Bissen? Oh, verzeiht mir, ich vergaß, dass Ihr ja den Weibern entsagt habt." Mit gespielter Verlegenheit schlug er sich eine Hand vor den Mund.

Bruder Raphaels Blick besagte deutlich, dass er Johanns Wortwahl, die der eines Fuhrkutschers nur wenig nachstand, missbilligte.

„Komm zu uns an den Tisch, Mädchen!" Johann winkte sie mit zwei Fingern herbei.

„Verzeiht, ich wollte nicht stören", stammelte Eva. Johanns Jovialität verwirrte sie. Sie war dem jungen Herrn von Merode bisher nur selten begegnet, dennoch schien er einiges über sie zu wissen. Und er präsentierte sie wie ein Wunder aus seiner Herrschaft, womöglich auf die gleiche Weise, wie er tags zuvor von seinem Schlachtross gesprochen hatte.

„Du störst uns nicht, im Gegenteil. Na, komm schon!" Er zog einen weiteren Schemel unter dem Tisch hervor. Eva blieb nichts anderes übrig, als sich neben ihn zu setzen. „Bruder Raphael, wärt Ihr so freundlich, das Mädchen unseren Gästen vorzustellen?" Grinsend legte er einen Arm um Evas Schulter. Sein Atem roch nach Wein.

Der Burgkaplan räusperte sich. „Nun, werte Mitbrüder, das Mädchen heißt Eva. Sie ist in der Tat bemerkenswert. Ihr Wissen über Glauben und Philosophie reicht weit über das der meisten Landpfarrer hinaus."

Schon bereute Eva, hierher gekommen zu sein. Sie war nicht gekommen, um sich mit Lob überschütten zu lassen. Verstohlen linste sie zu den beiden Dominikanern hinüber, die ihr gegenüber saßen. Der eine war noch recht jung und hatte scharf geschnittene Gesichtszüge, die ein sorgsam gestutzter Bart etwas abmilderte. Der andere mochte jenseits der sechzig sein. Seine Stirn lag in tiefen Falten, er musterte Eva mit herabhängenden Mundwinkeln.

Bruder Raphael wandte sich seiner Schülerin zu. „Die beiden Brüder, Eva, befinden sich auf dem Weg nach Paris, wo ihr Meister lebt und lehrt. Sie heißen Konrad ...", offenbar war der Ältere gemeint, denn seine Augen verengten sich bei der Erwähnung seines Namens zu engen Schlitzen, „... und Thomas." Der Jüngere nickte ihr zu. Seine großen, stahlblauen Augen blitzten auf, doch dies mochte am frühsommerlichen Himmel liegen, der sich in ihnen widerspiegelte.

Eva neigte den Kopf und traute sich nicht zu sprechen.

„Schön, darauf trinken wir!", schlug Johann vor und sah sich suchend um. „Wo sind nur die verflixten Lakaien? Wenn man die verflixten Faulpelze braucht, ist nie einer da. - He, würde jemand der Jungfer gefälligst einen Becher Wein bringen?", schrie er.

„Danke, Herr, ich bin nicht durstig", sagte Eva scheu.

„Nicht durstig? Wer hat gesagt, dass man durstig sein muss, wenn es guten Wein zu kosten gilt?" Er lachte dröhnend.

Die Dominikaner hatten sich offenbar an Johanns wenig ritterliches Benehmen gewöhnt, denn sein Gelächter schien sie nicht im Geringsten zu befremden. „Ihr habt das Mädchen lesen und schreiben gelehrt, Raphael?", fragte Konrad. In seiner Stimme lag unterschwellige Missbilligung.

„Lesen und Schreiben lehrte sie ihr Vater, dem es wiederum seine Mutter beigebracht hatte", erklärte der Burgkaplan geduldig.

„Solche Gelehrsamkeit ist verwunderlich für Bauern", meinte Thomas. Im Gegensatz zu Konrad wirkte er beeindruckt.

„Bruder Raphael war so gütig, mir die Gedanken der Kirchenväter nahezubringen", sagte Eva mit leiser Stimme, da sie es für angebracht hielt, nicht länger schweigend dazusitzen. „Auch weihte er mich in die Grundlagen der Philosophie ein."

„Auf wessen Wunsch hin?", forschte Konrad.

„Auf meinen eigenen."

„So?" Konrad machte einen leicht verwirrten Eindruck, aber wenigstens wirkte er nicht mehr so streng wie vorhin. „Also habt ihr auch über Aristoteles gesprochen?"

„Ja, Frater." Sie war sich darüber im Klaren, dass allein die Erwähnung des altgriechischen Philosophen zwischen Kirchenmännern heftige Streitgespräche auslösen konnte. Aber Konrad hob nur seine buschigweißen Augenbrauen. Thomas indessen beugte sich aufgeschlossen nach vorne.

„Vermutlich ist es der Aristotelismus des Thomas von Aquin, den dein Mentor dir nahegebracht hat."

„Ja, Frater. Aber auch die Aristoteleskommentare des Muslim Averröes waren Gegenstand des Unterrichts. Sie sind nur schwer mit der christlichen Dogmatik zu vereinbaren. Doch selbst Averröes' Glaubensbrüder lehnen sie weitgehend ab." Jedes Wort kostete sie Überwindung. Ihre Neugier hatte sie hierhin geführt, aber unter den bohrenden Blicken der Anwesenden, in deren traute Runde sie hineingeplatzt war, jetzt kam sie sich recht verloren vor. Deshalb traute sie sich nicht, auch die Kommentare des Albertus Magnus zu erwähnen, obwohl die Worte ihr auf der Zunge lagen.

Zweifellos war Thomas begeistert von Evas ungewöhnlicher Klugheit. Auch Konrad nickte ihr jetzt gnädig zu. Nur Johann kratzte sich nachdenklich das Kinn. „Aristoteles! Zur Hölle, so würde ich nicht mal ein Pferd nennen", verkündete er und nahm einen ordentlichen Schluck.

„Da bin ich völlig Eurer Meinung", meinte Raphael trocken.

Johann von Merode erhob sich. „Entschuldigt mich nun. Einer meiner Jagdhunde hat sich am Vorderlauf verletzt. Werde mal nach dem Mistkerl sehen." Mit stapfenden Schritten verließ er die Runde.

Seufzend sah Raphael ihm nach. „Ihm fehlt der Feinsinn seines Vaters", sagte er, „aber im Grunde besitzt er ein gutes Herz, selbst wenn er betrunken ist." Er wandte sich an seine Schülerin. „Nun, Eva, ich glaube all die Fragen zu kennen, die dir auf den Lippen brennen. Und natürlich bist du viel zu gut erzogen, sie auszusprechen. Da du jedoch jedes Wissens würdig bist, will ich dir mit dem Einverständnis meiner Brüder in Christo erklären, was zu wissen du so sehr begehrst."

Die Dominikaner nickten zustimmend, wenngleich der Ältere sein Unbehagen über Eva noch nicht ganz abgelegt hatte, denn immer wieder hoben sich fragend seine Brauen, wenn er sie ansah.

„Ich habe dir einmal von einem gewissen Meister Eckhart erzählt, erinnerst du dich?", fragte Raphael.

Eva nickte eifrig. „Ihr zitiertet aus einigen seiner Traktate. Wenngleich ich zugeben muss, dass ich seine Interpretationen nicht verstanden habe."

Thomas schmunzelte. „Das beruhigt mich. Denn hättest du es begriffen, so wärst du den anderen Menschen weit voraus. Selbst wir, des Meisters Mitstreiter, müssen immerzu begreifen, dürfen niemals aufhören, nachzudenken. Der Prozess des Begreifens endet erst mit unserem Tod."

„Glaubt Ihr, dass Euer Meister eine Art Prophet ist?", traute Eva sich zu fragen.

„Er ist ebensowenig Prophet wie Thomas von Aquin oder der Heilige Augustinus oder auch Benedikt von Nursia Propheten waren. Dennoch wird man Meister Eckhart eines Tages in einem Atemzug mit ihnen nennen."

„Wer ist er?" Evas Frage war die Summe aus tausend weiteren Fragen, die ihr durch den Kopf schwirrten. Entgegen ihrer Absicht klang ihre Stimme fordernd, ja ungeduldig.

Die Dominikaner wechselten einen Blick, der fast schon amüsiert anmutete. Konrad ergriff das Wort. „Nun, Mädchen, Meister Eckhart ist ein Mensch, der die Einheit des Gerechten und der Gerechtigkeit, Gottes und des menschlichen Geistes unter Beweis stellen möchte." Er sprach langsam und bedächtig, starrte dabei gedankenvoll auf seine Hände, die gefaltet vor ihm auf dem Tisch lagen.

„Ich warne Euch, Bruder", warf Raphael mit scherzhaft erhobenem Zeigefinger ein, „je rätselhafter Eure Rede, umso hartnäckiger wird meine Schülerin Euch mit neuen Fragen überschütten."

„Rätselhaft?" Die Mundwinkel des alten Dominikaners hoben sich erstmals zu einem Lächeln. „Um Vergebung, es war mir nicht bewusst, dass meine Rede rätselhaft ist. Mädchen, verwirren dich meine Erklärungen?"

„Zumindest sind sie nur schwer für mich zu verstehen, Frater. Ich will aber zugeben, dass ich ..." Sie stockte und biss sich auf die Lippen.

Man sah sie erwartungsvoll an. „Sprich nur weiter, Eva", forderte Thomas sie auf.

„Ich verspüre das Bedürfnis, Meister Eckhart predigen zu hören und mich mit seinen Lehren zu beschäftigen." Ihr war bewusst, dass ihre Worte in den Ohren der Mönche vorwitzig klingen mussten.

„Das dürfte schwierig werden", beschied ihr Raphael, „denn derzeit lehrt er in Paris. Aber wenn du Glück hast, bleiben Bruder Konrad und Bruder Thomas noch ein paar Tage in Merode, um dir all deine Fragen zu beantworten."

„Eigentlich haben wir Eure Gastfreundschaft lange genug in Anspruch genommen", meinte Konrad kopfschüttelnd. „Michel geht es inzwischen besser, und ich denke, wir werden bald aufbrechen, denn in Paris wartet man auf uns."

Ein Gedanke begann in Evas Kopf zu reifen. Und wenn sie mit den

Mönchen nach Paris ginge? Je länger sie darüber nachdachte, umso mehr Gefallen fand sie an dieser Vorstellung. Natürlich war sie nicht so töricht, es laut auszusprechen. Niemand, weder ihre Eltern noch deren Lehnsherr Johann, würde ihr es erlauben. Außerdem würden die Dominikaner kaum damit einverstanden sein, dass ein Weib sie dorthin begleitete. Trotzdem ließ der Gedanke sie nicht los. Ihr Herz pochte heftig. Es gab da eine Welt, eine gewaltige Geisteswelt, die darauf wartete, von ihr betreten zu werden.

Raphael musterte sie wachsam. Er kannte sie gut genug, ahnte wohl, was ihr gerade durch den Kopf ging. „Sei bloß vorsichtig, Eva", sagte er halb im Spaß, halb im Ernst, „als Anhängerin des großen Meisters Eckhart könntest du eines Tages in den Ruf einer Ketzerin gelangen. Ist es nicht so, meine Brüder in Christo? Nicht umsonst braucht der Meister neuerdings einen Leibwächter."

„Man kann es nicht abstreiten", gab Thomas zu, „es gibt viele, denen Eckharts Thesen nicht gefallen. Wir hielten es für angemessen, einen geeigneten Mann zu suchen, der dem Meister missgünstige Kreaturen vom Hals hält. In Michel haben wir, so Gott will, einen solchen Mann gefunden, trotz des Leidens, das ihn manchmal quält."

Eva spürte das Bestreben der Männer, ihre Neugier zu dämpfen. Aber unter allen Umständen wollte sie nach Paris. Sie wusste nur noch nicht genau, wie sie es anstellen sollte.

Dann dachte sie an Falk.

Ja, er bedeutete ihr immer noch viel, trotz allem, was er in ihr zerstört hatte. Die Zukunft musste zeigen, ob Gott sie wieder zueinander führte. Zuvor aber galt es diese geheimnisvolle Welt zu erkunden, deren geistiger Schöpfer ein Mann namens Eckhart war, eine Welt, in der es vielleicht die Antworten auf alle Fragen gab, die Christenmenschen jemals bewegt hatten. Eine Wanderschaft zu neuen Erkenntnissen stand ihr bevor, zumindest in ihrer verzückten Vorstellung, denn sie wusste nur wenig von den lauernden Gefahren und der Niedertracht in der Welt. Nie war Eva über die Dörfer der Herrschaft Merode hinausgekommen.

Das würde sich bald ändern.

4.

Seit einer Stunde lungerte Veit, der Torwächter, verstohlen vor dem Windshof herum. Zunächst war er geschmeichelt gewesen, als die hübsche Eva ihn vor einigen Tagen um einen Gefallen gebeten hatte. Jetzt aber kam er sich seltsam vor. Was sollte man von ihm denken, wenn er hier wie ein Tunichtgut Löcher in die Luft starrte? Endlich, als zwei Knaben das Haus verließen, bot sich Veit die Gelegenheit, seinen Auftrag zu erfüllen. Er pfiff die beiden zu sich heran. „Seid ihr nicht Jungfer Evas Brüder?"

Sie nickten.

„Ich muss mit eurer Schwester reden!"

„Was willst du von ihr?", fragte Martin misstrauisch.

„Darf ich nicht verraten."

Die Brüder sahen sich unentschlossen an.

„Eva hat den Falk!", verkündete Martin dann trotzig. „Lass sie nur in Ruhe, sonst hol ich unseren Vater."

„Ich will ihr doch bloß etwas sagen. Etwas sehr Wichtiges! Könnt ihr sie herholen?"

Nach kurzer Beratschlagung erklärten sie sich einverstanden und holten die Schwester herbei.

„Danke, dass ihr mich gerufen habt", sagte Eva zu ihren Brüdern. „Geht jetzt. Aber erzählt niemandem, dass ich mit Veit gesprochen habe."

Sie kamen Evas Wunsch nach und suchten das Weite, freilich nicht ohne Veit zuvor mit warnenden Blicken bedacht zu haben. „Die Knirpse passen gut auf dich auf, Eva", meinte Veit mit einem Grinsen.

Eva nickte. „Hoffentlich waren sie waren nicht allzu vorlaut."

„Ich hab die Nachricht, auf die du gewartet hast."

Sie schob ihn hinter die Mauer, damit sie sich unbeobachtet unterhalten konnten. „Nun?", fragte sie drängend.

„Morgen, in der Frühe, brechen die Mönche auf. Der Riese scheint sich wieder erholt zu haben, was immer ihn auch geplagt hat."

Somit blieben ihr nur noch wenige Stunden. Ihr Entschluss stand felsenfest, nichts mehr konnte sie davon abhalten. Sie musste es nur geschickt genug anstellen, denn es stand außer Zweifel, dass man nach ihr suchen würde. In den vergangenen Tagen hatte sie Zeit genug gehabt, ihre Vorgehensweise genau zu planen. Nachdem Veits Nachricht sie zunächst in nervöse Aufregung versetzt hatte, beruhigte sich ihr Herzschlag allmählich wieder. Das Warten hatte ein Ende. Fast war es wie eine Erlösung vor dem Ungewissen. „Ich weiß gar nicht, wie ich dir danken soll, Veit."

„Oh, ich wüsste da etwas ..." Das anzügliche Grinsen erstarb auf seinen Lippen, als Eva ihn missbilligend ansah. „Verzeih", murmelte er kleinlaut. „Sollte nur ein Scherz sein." Er scharrte mit einem Fuß. „Sag mal, du kommst doch wieder zurück, nicht wahr?"

„So Gott will, Veit."

„Was ist mit Falk? Liebst du ihn?"

„Bitte frag mich nicht. Du würdest es nicht verstehen."

„Wer versteht schon die Frauen?"

„Sprich mit niemandem über mein Vorhaben."

„Du hast mein Wort. Allerdings ist es jammerschade, dass die Herrschaft ihr schönstes Mädchen verliert."

„Es gibt Leute im Dorf, die werden das anders sehen." In ihrer Stimme schwang ein Hauch von Bitterkeit.

„Weißt du, Eva, ich hab den Falk zwar immer beneidet, aber jetzt tut er mir Leid. Eigentlich ist er ein netter Kerl, und ich frage mich, weshalb du ihn verlässt."

„Es ist keine Entscheidung gegen Falk." Eva wünschte sich, dass Veit endlich Ruhe gab. Er tat ihr den Gefallen.

„Pass gut auf dich auf, Eva." Er hob eine Hand zum Gruß.

„Nochmals danke, dass du für mich die Ohren offen gehalten hast." Als sie wieder ins Haus ging, wurde ihr klar, dass sie nicht mehr oft über die heimische Türschwelle treten würde.

„Was wollte er von dir?", ertönte es hinter ihrem Rücken. Eva fuhr herum. Martin und Hunold zogen Gesichter, die eine Erklärung von ihr forderten.

„Ihr Naseweise, müsst ihr denn wirklich alles wissen?"

Die Brüder nickten einträchtig.

„Er ließ mir von Pater Raphael ausrichten, dass er diese Woche leider keine Zeit hat, mich zu unterrichten. Zufrieden?"

Martin nickte, dann aber stutzte er. „Warum eigentlich sollen wir dann niemandem erzählen, dass du mit Veit gesprochen hast?"

„Wir wollen doch nicht, dass die Leute tratschen, oder?"

„Und ich dachte, er sei gekommen, um dich als Hexe zu beschimpfen", knurrte der kleine Hunold mit geballter Faust. Am liebsten hätte Eva die Brüder innig geherzt, aber das hätte zu sehr nach Abschied ausgesehen. Ihr Verlangen, mit jemandem über alles zu sprechen, war groß. Immerhin, es gab eine Person, der sie sich anvertrauen konnte.

*

„Das kann nicht dein Ernst sein!" Maria schüttelte ungläubig mit dem Kopf.

„Mein Entschluss steht fest, Tante."

Maria hatte die Nichte an einen Ort geführt, wo sie ungestört reden konnten. Im Halbdunkel des Stalles konnte Eva die Sorge in den Augen der Tante nur erahnen.

„Was ist geschehen?"

Betrübt erzählte Eva ihr, wie Falk sie mit einer Hure betrogen hatte.

„Du musst ihm verzeihen", riet Maria ihr eindringlich. „Sie war doch nur eine Hure. Männer sind nun mal wie brünstige Hirsche. Außerdem: noch seid ihr nicht Mann und Frau."

„Ja, vielleicht würde ich ihm verzeihen", meinte Eva nachdenklich. „Aber es ist nicht diese Enttäuschung allein, die mich meine Entscheidung fällen ließ."

Maria holte tief Luft. „Uff, das muss ich erstmal schlucken. Obwohl ich seit unserer letzten Begegnung ahnte, dass dir etwas auf der Seele liegt. Und von mir erwartest du nun, dass ich den Mund halte, wie?"

„Wenn du es meinen Eltern steckst, werden sie mich einsperren."

„Was hindert mich daran, es zu tun?"

„Du hast mir einmal das Leben gerettet. Willst du es nun zerstören?"

„Dein Leben zerstören? Weil ich verhindern möchte, dass du dich den Gefahren da draußen aussetzt?"

„Gott wird mich beschützen, ich weiß es genau."

„Ach, du hast ja keine Ahnung, Eva. Die Welt ist voller Wölfe. Bleib hier, heirate und setz Kinder in die Welt. Und wenn du deiner Klugheit unbedingt noch weitere Weisheiten hinzufügen willst, kann Pater Raphael dir gewiss auch in Zukunft behilflich sein. Vergiss diese Hure."

Bedrückt schüttelte Eva den Kopf. Offenbar wollte die Tante sie nicht verstehen. „Ich muss diesen Meister Eckhart hören! Es ist, als hätte er mich gerufen. Wenn ich diesem Ruf nicht folge, finde ich keine Ruhe."

Ein tiefer Seufzer war Marias Antwort. Eva sah sie fragend an. „Du wirst mich nicht verraten, nicht wahr?"

„Lieber wär's mir freilich, du hättest mir nie etwas von alldem erzählt. Wenn dir in der Fremde etwas zustößt - wie soll ich damit leben?"

„Es ist allein meine Entscheidung, nicht deine. Du brauchst dir nichts vorzuwerfen."

„Das sagst du so leicht. Bist ja wie eine Schwester für mich."

Eva ergriff Marias Hände. „Das soll auch so bleiben. Wem sonst könnte ich mich anvertrauen?"

„Sie werden dich suchen. Dass du dich den Mönchen angeschlossen hast, wird deinen Eltern schon bald klar werden, sie sind schließlich nicht dumm."

„Doch sie werden mich nicht bei ihnen finden, weil ich nämlich -"

„Genug!", fiel Maria ihr ins Wort und hob abwehrend eine Hand. „Behalt's nur für dich, dann bleibe ich wenigstens in dieser Hinsicht unwissend."

Eine Weile herrschte gedankenvolles Schweigen.

„Ich brauche ein Wams", erklärte Eva dann verlegen.

„Ein Wams? Oh Gott, ich verstehe. Man kann nicht abstreiten, dass du dir über deine Flucht Gedanken gemacht hast."

„Kannst du mir helfen?"

„Die Frage ist nur, ob ich's nicht bitter bereuen werde." Sie spitzte den Mund und dachte kurz nach. „Rick, unser Stalljunge, wächst schneller, als man gucken kann. Sein altes Wams müsste dir passen. Heilige Muttergottes, ich muss vollkommen verrückt sein. Warte hier!" Mit einem säuberlich verschnürten Bündel kehrte sie bald darauf in den Stall zurück. „Darin findest du außerdem noch einen Mantel und eine Kappe. Ich darf gar nicht dran denken, was du mit deinen schönen Haaren anstellen wirst." Zärtlich glitten ihre Finger über den Schopf der Nichte.

„Tante, wie kann ich dir das jemals vergelten?"

Draußen rief jemand Marias Namen.

„Dein Mann sucht dich", sagte Eva. „Ich werde jetzt gehen."

Die beiden Frauen nahmen sich in die Arme. „Ich werde immer an dich denken", sagte Maria, während ihr eine Träne über die Wange rollte. „Und vielleicht kommst du ja bald zurück - wenn du deinen Wissensdurst gestillt hast."

Schluchzend küsste Eva sie auf die Wange. „Richte meinen Eltern eines Tages aus, dass ich ihnen für alles dankbar bin. Ich wünschte, ich könnte es ihnen selbst sagen."

Sie sagten einander Lebewohl. Eva machte sich auf den Heimweg - um schon bald noch einmal Marias Stimme hinter sich zu vernehmen. Die Tante war ihr gefolgt. „Männerkleidung allein wird dir nicht immer alle Türen öffnen. Nimm das!" Sie reichte Eva ein Lederbeutelchen, in dem Münzen klimperten. Eva wollte entschieden ablehnen, aber Maria duldete keinen Widerspruch.

„Behalt's! Du wirst es brauchen."

„Dein Mann wird wissen wollen, wo das Geld geblieben ist."

„Um Thietmar mach dir keine Sorgen. Nimm es! Und jetzt Lebwohl!"

Die Sonne berührte bereits den westlichen Horizont. Nur noch ein einziges Mal würde Eva sie über Merode wieder aufgehen sehen.

Am nächsten Morgen verrichtete Eva zunächst wie gewohnt ihre Arbeit. Hiltrud, die mit ihr die Kühe melkte, sagte später aus, dass Eva wortkarg und nachdenklich gewesen sei.

Nach dem Melken ging Eva aufs Feld, um Unkraut zu jäten. Niemandem fiel auf, dass sie ein Bündel bei sich trug. Zum Mittagessen erschien sie nicht, was zwar ungewöhnlich war, den Eltern aber noch keine ernsthaften Sorgen bereitete: wahrscheinlich nutzte sie die Zeit, um sich mit Falk zu treffen. Als auch Agnes und Bliza am Nachmittag aufs Feld gingen, trafen sie Eva dort nicht an. Beunruhigt suchte Agnes ihren Mann auf, der gemeinsam mit seinem Bruder das Gatter vor dem kleinen Schafstall reparierte. „Beruhige dich", sagte Nikolaus zu seiner aufgeregten Frau. „Vermutlich ist sie bei Pater Raphael. Ich werde sie abholen."

Er eilte zur Burg, aber auch dem alten Kaplan war Eva nicht zu Gesicht gekommen. Raphael erkannte die Sorge in des Vaters Augen, doch Nikolaus wiegelte ab. „Wenn aus Mädchen Frauen werden, haben sie nur noch Flausen im Kopf", beschied er den Benediktiner mit einem gequälten Lächeln. Insgeheim beschloss er, der Tochter gehörig die Leviten zu lesen, sobald er sie aufgestöbert hatte.

Sein nächstes Ziel waren die Stallungen vor der Burg. Seinem Schwager war Eva nicht begegnet, er verwies ihn an seine Frau Maria. Nikolaus fand die jüngere Schwester in der Futterscheune. Sie hatte mit seinem Kommen gerechnet. In der Nacht hatte sie schlecht geträumt. Die Bürde, die Eva ihr aufgehalst hatte, war nur schwer zu tragen. „Hast du zufällig Eva gesehen?", fragte Nikolaus so gleichmütig, wie es ihm möglich war.

„Nein, Niko. Heute noch nicht!" Immerhin entsprach das der Wahrheit. Am liebsten hätte sie sich in ein Erdloch verkrochen.

„Verdammt, wo steckt sie denn?", murmelte Nikolaus wie zu sich selbst.

Jedes weitere Wort blieb Maria im Halse stecken. Ihre Zerrissenheit blieb Nikolaus verborgen. „Seit Stunden ist sie verschwunden", erklärte er. „Weder auf dem Feld noch in Pater Raphael Studierstube ist sie zu finden. Das hat sie noch nie gemacht." Er kratzte sich unentwegt am Kopf, aus seiner Besorgnis nicht länger einen Hehl machend. „Falk!", sagte er dann mit Entschiedenheit. „Bestimmt ist sie bei ihm! Warum zur Hölle kommt mir der naheliegendste Gedanke erst jetzt?" Er machte kehrt.

„Niko!"

Er verharrte und sah der Schwester fragend in die Augen. Maria schluckte. „Sag mir Bescheid, wenn du sie gefunden hast", presste sie mühsam hervor.

„Gewiss, Schwester. Mach dir keine Sorgen, sie wird schon wieder auftauchen."

Falks Vater Harro wurde sehr ernst, als Nikolaus ihm von Evas Verschwinden berichtete. Er schickte seinen Knecht aufs Feld, um Falk herbeizuholen. Als der erschien und nichts über Evas Verbleib zu sagen wusste, fühlte Nikolaus seine Beine weich werden. Auch Falk war außer sich vor Sorge, verschwieg aber, dass Eva sich in den vergangenen Tagen sehr abweisend verhalten hatte. Nikolaus äußerte die Hoffnung, dass die Tochter in der Zwischenzeit wieder zu Hause eingetroffen sei, und Falk begleitete ihn dorthin.

Doch daheim war sie nicht.

Agnes, die ihrerseits gehofft hatte, der Gatte möge fündig geworden sein, ließ sich erbleichend auf einen Schemel sinken. Martin und Hunold hingen an ihrem Rockzipfel. Der Kleinere begann angstvoll zu schluchzen. Ratlose Blicke wurden gewechselt. Falk mutmaßte, Eva könne zu der alten Eiche am Waldrand gegangen sein, um dort über irgendwelche philosophische Fragen zu grübeln, die sie stets so sehr bewegten. „Worauf warten wir?", rief Nikolaus mit neuer Hoffnung. „Zur Eiche!"

Als Nikolaus und Falk später unverrichteter Dinge zurückkehrten, wartete Pater Raphael in der Stube. „Auch der Pater sorgt sich um Eva", erklärte ihnen Agnes aufgeregt, „allerdings glaubt er zu wissen, wo sie sein könnte. Nicht wahr, Pater?"

Raphael nickte den beiden Männern zu. „Als du sie bei mir suchtest, Nikolaus, da hatte ich schon eine dumpfe Ahnung. Womöglich ist sie den Dominikanern gefolgt!"

„Was?" Nikolaus riss die Augen auf und stemmte die Hände in die Hüften.

„Meister Eckharts Anhänger haben sie tief beeindruckt. Es muss ihr ein großes Bedürfnis sein, diesem Mann persönlich zu begegnen, sonst wäre sie nicht das Mädchen, das ich kenne."

„Meister Eckhart? Wer zum Teufel ist das?"

Raphael erklärte es ihm mit knappen Worten.

„Und wo befindet sich dieser Eckhart?"

Als er Raphaels Antwort vernahm, schlug er die Hände über dem Kopf zusammen. „Paris? Mein Gott, was denkt sie sich bloß dabei? Stiehlt sich einfach von hier fort, um irgendeinem Heiligen zu begegnen." Er dachte kurz nach. „Wann sind diese Dominikaner losgezogen, Pater?", fragte er dann entschlossen.

„In der Frühe."

„Zu Fuß?"

Der Burgkaplan nickte.

„Na gut. Ich werde ihnen folgen. Spätestens morgen hole ich sie ein."

„Herr Johann könnte einen Reiter losschicken", schlug Raphael vor, aber Nikolaus schüttelte heftig den Kopf.

„Ich gehe selbst! Falk, du kommst mit mir!"

Dieser Aufforderung hätte es nicht bedurft, denn um nichts in der Welt wäre Falk tatenlos geblieben. Er nickte eifrig, froh darüber, dass das Rätsel um Evas Verschwinden offenbar gelöst war. Andererseits befremdete ihn ihr Verhalten aufs Neue. Was ging in ihr vor? Nach Paris war es ein weiter Weg, viele Wochen würde sie unterwegs sein. Ob sie der Hochzeit entfliehen wollte? Bei dieser Vorstellung drang kalter Schweiß aus seinen Poren. Fest stand: etwas war mit Eva geschehen. Er hoffte, dass ihr Vater sie wieder zur Vernunft brächte, sobald sie sie gefunden hätten.

Nikolaus und Raphael berieten sich unterdessen über den Weg, den die Dominikaner eingeschlagen haben mochten. Vermutlich würden sie die erste Nacht in Aachen verbringen. Bis dorthin war es für die Verfolger heute nicht mehr zu schaffen, aber Nikolaus war fest entschlossen, trotzdem aufzubrechen, um keine Zeit zu verlieren. Das Wetter war mild und trocken, zur Not würden sie halt im Freien übernachten. „Von Aachen aus wird ihr Weg sie nach Lüttich führen", erklärte Raphael, „und von dort nach Namur."

„Keine Sorge, Pater. Vorher hole ich sie ein."

„Pater, bitte segnet meinen Mann und meinen Schwiegersohn", sagte Agnes, die hin- und hergerissen war zwischen Hoffnung und Angst. Nicht nur, dass Eva verschwunden war, jetzt musste sie sich auch noch um Nikolaus und Falk sorgen.

Keine halbe Stunde später, nach hastigen Vorbereitungen, brachen Nikolaus und Falk auf. Immerhin blieben ihnen noch zwei Stunden Tageslicht.

*

„Heiliger Strohsack, was zieht ihr denn für lange Gesichter?", fragte Magda, als sie die Stube betrat. Die Familienmitglieder saßen um den Essenstisch.

„Eva ist verschwunden!", erklärte Isolde ihrer Tochter. „Hiltrud hat heute morgen noch die Kühe mit ihr gemelkt - seitdem hat der Erdboden sie verschluckt."

Im ersten Moment war auch Magda betroffen. Rasch aber begriff sie, dass Eva - wohl aus Kummer über Falks vermeintlichen Betrug - Reißaus genommen hatte. Ein Blick in die Augen ihres Bruders bedeutete ihr, dass er ähnliche Gedanken hegte. Plötzlich überkam sie ein glühendes Glücksgefühl. Eva wollte von Falk nichts mehr wissen. Der Weg war frei. Während sie darüber nachdachte, redete ihre Mutter unverdrossen weiter, wie es ihre Art war. Erzählte von den fremden Mönchen, denen Eva womöglich gefolgt sei: Nikolaus und Falk hätten sich auf den Weg gemacht, um sie zu suchen. Das brachte Magda wieder auf den Boden der Tatsachen. Eva würde nicht lange verschwunden bleiben, man würde sie finden, noch bevor der Erdboden sie wirklich verschluckte.

„Setz dich und iss!", befahl ihr der Vater.

Sie gehorchte und dachte nach, während sie an einem Stück Käse nagte. Es gab nichts, was sie tun konnte.

Oder doch?

Den lieben Gott im Himmel um seine Mithilfe zu bitten, war alles andere als fromm. - Herr, mach, dass Eva nicht zurückkehrt! - Nein, das würde der Allmächtige ihr übel nehmen. Und einen Heiligen um seine Fürsprache zu bitten, lief letztlich aufs Gleiche hinaus.

Dann kam ihr eine Idee, und schlagartig wichen ihre Vorbehalte neuer Zuversicht. Vielleicht gab es doch etwas, das sie tun konnte. Wenn Gott dir nicht hilft, dann hilft dir der Teufel! Auch alte Spitzbubenweisheiten mochten mitunter ihre Berechtigung haben.

„Wir wollen beten, auch für Evas unversehrte Rückkehr!", beendete Vater Winand zu guter Letzt das Mahl. Während sie beteten, begegnete Magda dem Blick des Bruders. Wenn ihn nur keine Gewissensbisse plagten wegen des neulich inszenierten Theaters. Sie zwinkerte ihm beruhigend zu.

Später, nachdem sich alle zur Nachtruhe zurückgezogen hatten, stieg Magda leise durch die Fensteröffnung ins Freie. Keine Wolken verdeckten den Mond. Etwas mulmig war ihr nun doch zumute. Zunächst musste sie dem aus seinem Schlummer hochschreckenden Hofhund ein paar beruhigende Worte zuflüstern, damit er nicht anschlug. Dann schlich sie sich in den Hühnerstall, wo sie leichtes Spiel hatte, einen der ruhenden Vögel zu packen und ihm den Hals herumzudrehen. Mit dem toten Huhn machte sie sich auf den Weg, mied die Dorfstraße, benutzte die Pfade, die hinter den Höfen über Wiesen und Felder Richtung Wald führten. Wie eine dunkle bedrohliche Wand wirkte der Forst vor ihr, aber es half nichts, sie musste da hinein.

Nachtvögel schrien, in den Kronen der Bäume raschelte es, und Magda musste all ihren Mut aufbringen, damit sie nicht Hals über Kopf Fersengeld gab. Sie hoffte nur, dass sich hier kein Wolfsrudel aufhielt, aber das war wenig wahrscheinlich. Vor zwei Jahren hatte der jagdfreudige Herr Johann von Merode zur Hatz auf die grauen Räuber geblasen, seitdem schien die Gegend wolfsfrei zu sein.

Der Pfad, auf dem sie schritt, führte leicht bergan, zu ihrer Rechten plätscherte ein Bach, in dem geheimnisvoll das Mondlicht aufblitzte, dahinter grub sich eine Schlucht ins finstere Tal. Magda erreichte ihr Ziel. Linker Hand, wo der Wald zu einem sanften Hügel anwuchs, offenbarte sich eine mit Felsgestein ausgekleidete Grotte. Hier, so erzählte man sich, gehe des Nachts seit Urzeiten der Teufel um. In der Herrschaft hatte es immer schon Menschen gegeben, die steif und fest behaupteten, den Höllenfürst an dieser Stelle gesehen zu haben. Konnten soviele Leute sich irren?

Magda begann zu zittern, mühsam rang sie um Beherrschung. Sie hob die Hand, in der sie das tote Huhn trug, reckte es in die Höhe. Ihr Hals war wie zugeschnürt, mehrmals musste sich sich räuspern, bevor sie endlich ihre Stimme erheben konnte. „Satan!“, rief sie und versuchte dabei so furchtlos wie möglich zu klingen. „Ich bin gekommen, dir dieses Opfer zu bringen!“

Im hohen Bogen schmiss sie das Huhn in die Grotte.

„Sorge dafür, dass meine Kusine Eva nicht wieder heimkehrt und dass der Falk sich in mich verliebt. Dann will ich dir ein solches Opfer jedes Jahr bringen, das schwöre ich bei meinem Leben!“ Endlich war die Schwelle überwunden, und sie spürte, wie ihre Furcht allmählich wich. Sie hatte es ausgesprochen, und der Leibhaftige war nicht vor ihr in einem Feuerstrudel dem Erdboden entwachsen, um sie zu verschlingen - warum auch? Offenbar fand er Gefallen an ihrer Gabe.

Ihre Furcht verwandelte sich in Übermut. „Ja, ich schwör’s dir, Satan, und sollte ich meinen Schwur jemals brechen, dann sollst du für immer meine Seele haben!“

Konnte der Teufel diesem Geschäft widerstehen? Würde er nicht alles daransetzen, Eva von ihrer Heimat fernzuhalten, wenn man ihm dafür eine Seele in Aussicht stellte? Gewiss, an ihr Versprechen musste Magda sich halten, wollte sie nicht dereinst in den Feuern der Hölle schmoren. Nur zu gut wusste sie, dass ihr Pakt nichts Gottgefälliges war, und irgendwann würde sie ihre Sünde beichten müssen. Aber hierfür blieb ihr noch alle Zeit der Welt.

Erstmals schob sich eine Wolke vor den Mond. Urplötzlich hatte Magda den Eindruck, dass es mucksmäuschenstill um sie herum wurde. Ein Schauder lief ihr über den Rücken. Da - leuchteten in der Grotte nicht zwei Augen in der Dunkelheit? Das Herz hämmerte wie wild in ihrer Brust. Jetzt wollte sie nur noch fort von diesem unheimlichen Ort. Ihr Anliegen war vorgetragen, weiter gab es nichts zu sagen. Ein Instinkt riet ihr, Hals über Kopf wegzurennen. Es bedurfte einer enormen Überwindung, diesen Impuls zu unterdrücken und statt dessen gemächlichen Schrittes den Heimweg anzutreten, so würdevoll es ihr möglich war. Sie vermied es, sich dabei nochmals umzudrehen, und jeden Augenblick erwartete sie, dass eine eisige Pranke sie im Genick packte.

Nichts dergleichen geschah.

Als sie schließlich wieder unversehrt den Winandshof erreichte, wich das Unbehagen köstlichem Triumphgefühl. Sie hatte gewagt, was kaum ein Mensch je wagen würde.

Bis zum Morgengrauen lag sie wach. Was hätte sie darum gegeben, endlich in Falks starken Armen zu liegen. Doch dies blieb nur noch eine Frage der Zeit.

5.

An jenem Tag, als Eva ihre Heimat verließ, wurde im fernen Rom der fünfunddreißigjährige König Heinrich von Luxemburg zum Kaiser gekrönt.

Seit Generationen war kein König mehr nach Italien gezogen. Die unermüdliche Diplomatie des Erzbischofs Balduin von Trier - ein Bruder Heinrichs, durchtrieben und mit messerscharfem Verstand - hatte es letztlich ermöglicht: von den Kurfürsten des Reiches war Heinrich vier Jahre zuvor zum König gewählt worden, nun griff er nach der Kaiserkrone, als erster König nach dem legendären Staufer Friedrich, den seine Zeitgenossen „stupor mundi", das Staunen der Welt, genannt hatten.

Heinrichs Romfahrt, auf der ihn Balduin begleitete, wurde nicht nur von dem großen Dichter Dante Alighieri euphorisch begrüßt, der das deutsche Kaisertum in seinem Werk *De monarchia* als eine für das Heil der Menschheit notwendige Institution hervorhob. Doch auch die Zahl der Feinde des Kaisertums war beträchtlich. Kaisertreue und Antikaiserliche lieferten sich blutige Fehden, Parteienkämpfe spalteten das Land. Dies war schon unter den Staufern so gewesen, doch selten war einem König auf seinem Weg in die ewige Stadt solch heftiger Widerstand entgegengebracht worden. Mit dem festen Vorsatz, sich aus dem Zwist der italischen Stadtstaaten herauszuhalten und allenfalls die Rolle des Richters zu spielen, war er losgezogen. Die Realitäten sahen freilich anders aus, schon bald wurde Heinrich zur Parteinahme gezwungen, Gewalt erzeugte Gegengewalt, und statt Frieden säumten Grausamkeiten den Weg des Luxemburgers. Die Idee des Kaisertums schien, Dantes Begeisterung spottend, zu verblassen wie ein Relikt aus uralten Zeiten. So vollzog nicht, wie seit jeher, der Papst selbst den Krönungsakt, denn Clemens V. residierte seit 1308 in Avignon. Drei päpstliche Legaten waren es, die Heinrich in Rom salbten und ihm das Zepter und den goldenen Reichsapfel überreichten. Dies geschah nicht in der St. Peters-Kirche, wo es nach der Tradition hätte geschehen sollen, sondern in der Lateranbasilika, die außerhalb des Machtbereichs der antikaiserlichen Guelfen lag.

Begonnen hatte die Romfahrt des Luxemburgers anderthalb Jahre zuvor. Mit großem Gefolge überschritt Heinrich im Oktober 1310 die Alpen. Im Januar erhielt er die Krone der Lombardei in Mailand, das rebellische Cremona unterwarf sich ihm im April. Geballter Widerstand schlug ihm vor Brescia entgegen, die Belagerung der Stadt währte vier Monate. Heinrichs jüngerer Bruder, Graf Walram, wurde bei einem Ausfall der Brescianer durch einen Pfeilschuss getötet. Für Heinrich sollte Walrams Tod nicht der letzte persönliche Schicksalsschlag bleiben.

Während der Belagerung begann in der Stadt eine tückische Seuche zu wüten, die bald auch im Lager der Feinde ihr todbringendes Unwesen trieb.

Am 18. September sahen sich die Brescianer zur Kapitulation gezwungen. Auf schreckliche Weise hatte der Tod hinter den Mauern gewütet, doch auch die Verluste unter den Belagerern waren gewaltig: Heinrichs Heer war auf ein Viertel zusammengeschmolzen. Die Friedensbedingungen für Brecia waren dank der Vermittlung päpstlicher Gesandter vergleichsweise milde, kein Brescianer verlor Leben oder Freiheit.

Einen Monat später bereitete Genua Heinrich und seinen sechshundert Reitern einen festlichen Empfang. Heinrichs Stern schien zu glänzen wie nie zuvor, doch sein Hochgefühl wich neuer Trauer, als sein Weib Margarethe, die ihn während der letzten entbehrungsreichen Monate treu begleitet hatte, an den Folgen der durchgestandenen Strapazen starb. Ihr Verlust war für den König ein harter Schlag, denn Margarethe war ihm nicht nur Königin, sondern eine echte Gefährtin gewesen.

Im Februar verließ der trauernde König die Stadt und brach nach Pisa auf, wo man ihn festlich empfing. Beunruhigende Nachrichten aus Rom erreichten ihn hier: Teile der Stadt seien von guelfischen Truppen besetzt, die geplante Krönung war ernsthaft in Gefahr. Ende April machte man sich auf den Weg in die ewige Stadt, ahnend, dass der Weg dorthin mühsam mit dem Schwert erkämpft werden musste.

Am 6. Mai überschritt das Heer den Tiber an der Milvischen Brücke vor den Toren Roms. Ein Hagel von Pfeilen und Bolzen empfing sie, die Guelfen waren fest entschlossen, die Krönung zu verhindern. Ein heftiges Gefecht entstand, doch eine Entscheidung fiel nicht, da sich die Truppen der Guelfen, angeführt von Prinz Johann von Neapel, in die von ihnen besetzten Teile Roms zurückzogen.

Am 7. Mai hielt das königliche Heer endlich Einzug in die Stadt, festlich empfangen vom ghibellinischen Adel. Der Weg nach St. Peter aber war durch zahllose Barrikaden und Befestigungswerke versperrt, verteidigt von grimmigen Guelfen, die selbst vor allen Teufeln der Hölle nicht zurückgewichen wären. Im Lateranpalast nahm Heinrich Quartier. Nach wochenlangen Straßenkämpfen konnte das besetzte Kapitol gestürmt werden, doch gelang es den deutschen Rittern nicht, die Engelsburg einzunehmen und den Weg nach St. Peter freizukämpfen, weshalb man erwog, die Krönung im Lateran zu vollziehen. Dagegen protestierten zunächst die Kardinäle. Erst als es zu heftigen Volkstumulten kam, stimmten sie dem Plan zu. Der König verlegte seinen Wohnsitz auf den Aventin.

Man schrieb den 29. Juni 1312, es war der Tag der Apostel Petrus und Paulus, als Heinrich zum *Imperator augustus* gekrönt wurde. Die Krönung war eine Feierlichkeit ohne Glanz, eine Ersatzkrönung an einem Ersatzort.

Sie fand statt an dem Tag, als Eva ihre Heimat verließ.

*

Kasimir hatte sich die ewige Stadt anders vorgestellt: wie ein Meer aus weißem Marmor, eine prunkende Stadt mit goldenen Kirchen, ein himmlisches Jerusalem auf Erden, so hatte Rom, wo einst die Cäsaren lebten und herrschten, in seinen Gedanken existiert. Ernüchtert nahm er nach dem Einzug des Heeres in die Stadt die Realität zur Kenntnis: Rom war vielerorts eine Trümmerwüste, eine Ruinenstadt. Auf dem Forum Romanum weideten Schafe, alte Sarkophage dienten Schweinen als Tröge. Und überall lauerte der Tod in Gestalt von Armbrustschützen, die gegen die Romfahrer Krieg führten.

In Rom türmte sich der Schutt der Jahrhunderte, doch Kasimirs Befremden darüber hielt nicht lange an. Denn trotz des Zerfalls strahlte die Stadt einen Zauber aus. Etwas Geheimnisvolles lag über ihr, etwas Sakrales, ewig Beständiges. Denn selbst die zerfallenden Paläste waren immer noch gigantisch. War es das hier vergossene Blut der frühen Märtyrer, das einen Fremden in Ehrfurcht erstarren ließ? Kasimir vermochte es nicht zu sagen.

Die Luft war frühlingsmild, überall zirpten die Grillen. Drüben, hinter den unerreichbaren Türmen von St. Peter, war die Sonne untergegangen. Nachdenklich betrachtete Kasimir die Dächer der Stadt, über die sich allmählich Dunkelheit senkte. Hier, vom Aventinischen Hügel aus, offenbarte sich ein grandioser Blick: das riesige Kolosseum, früher Schauplatz grausamer Gladiatorenkämpfe und Christentötungen, heute aber Wohnsitz der reichen Annibaldi, erschien ihm wie ein finsteres Bollwerk. Weiter südlich war im Dämmerlicht das weite Ruinenfeld der alten Thermen auszumachen, kalte Mauern, wo nachts, wie die Römer versicherten, spukende Geister umhergingen. Im Osten erklangen Glocken, vermutlich die von St. Johann, wo Heinrich von Luxemburg vor wenigen Stunden gekrönt worden war.

Kasimir tastete nach seinem Schwertgriff. Sein Herr hatte ihm die Waffe zu Beginn des Heerzuges geschenkt - wie lange war das eigentlich her? Eine Ewigkeit? Soviel war geschehen, seit sie aus Bern aufgebrochen waren. Wieviele, die einst losgezogen waren, lebten nicht mehr? Wenn er über das Geschehene nachdachte, war es wie ein Wunder, dass er und sein Herr noch lebten.

Anfangs hatte Kasimir noch gezählt, wie oft er sein Schwer benutzen musste. Irgendwann hatte er es aufgegeben. Einmal, in Mailand, hätte der Schwerthieb eines Aufständischen ihn beinahe getötet, wäre ihm sein Herr nicht zu Hilfe geeilt. Kasimir hatte eine klaffende Wunde an seinem linken Oberarm zurückbehalten, es dauerte Wochen, bis sie endlich vernarbte. Auch vor Brescia wurden sie in heftige Gefechte verwickelt. Sein Herr war es gewesen, der den verräterischen Kapitan von Brescia, Theobaldo de Brusati, in einem Zweikampf verwundet und entwaffnet hatte. Theobaldo, einst Günstling König Heinrichs, wurde später der Prozess gemacht, seine Hinrichtung war mit das Grausamste, was Kasimir je erlebt hatte. Man hatte Theobaldo in eine Kuhhaut eingenäht, ihn durchs Lager geschleift, später aufgehängt, ihm den Kopf abgeschlagen, seinen Körper gevierteilt, die Eingeweide verbrannt und die abgetrennten Glieder aufs Rad geflochten. Die belagerten Brescianer hatten daraufhin auf den Mauern der Stadt alle Gefangenen aufgehängt, und die Königlichen mussten hilflos zusehen. Gräuel über Gräuel.

Kasimirs Erinnerungen schweiften noch weiter in die Vergangenheit, bis zu jenem Tag, als seine Kindheit ein jähes Ende genommen hatte. Er atmete tief und schüttelte den Kopf. Nein, er wollte nicht daran denken. Nicht zu dieser Stunde, nicht hier in der ewigen Stadt.

Die Glocken von St. Johann verstummten. Kasimir beschloss, seinen Aussichtspunkt nunmehr zu verlassen und zu seinem Posten zurückzukehren. Ein Ring von Wachen umschloss St. Sabina, damit kein Guelfe auf den Gedanken kam, das Krönungsmahl des neuen Cäsars zu stören. Welch eine Verhöhnung, ging es Kasimir durch den Kopf. Was nutzte einem Menschen der Kaisertitel, wenn er sich unentwegt vor seinen Feinden schützen musste? All die Strapazen, die sie auf dem langen Weg nach Rom hatten erdulden müssen, all die Kämpfe, die Toten - war es das wert gewesen?

An den gelassenen Gesichtern der Wachtposten, die er passierte, erkannte Kasimir, dass sie nicht wirklich mit einem Angriff des Gegners rechneten. Viele begrüßten ihn mit einem freundlichen Wort, jedermann wusste, dass er der Waffenknecht des Robert von Schönburg war, der im Heer der Romfahrer seit seinem siegreichen Kampf gegen Theobaldo de Brusati gewisse Berühmtheit erlangt hatte. Roberts Glanz strahlte unweigerlich auch auf ihn, Kasimir. Als der Bruder des Königs, Erzbischof Balduin von Trier, eine öffentliche Lobrede auf seinen Lehnsmann gehalten hatte, war dies dem Gepriesenen eher unangenehm gewesen. In einer kurzen Antwortrede hatte er das Lob an Kasimir weitergegeben. „Mein Waffenknecht war es, der mir im rechten Moment einen neuen Schild reichte, da der alte unter Theobaldos Schwerthieben zerschmettert worden war!“ Die Blicke aller anwesenden Ritter und Soldaten hatten sich auf Kasimir gerichtet. Seitdem besaß er ein gewisses Ansehen unter den Romfahrern. Vielleicht war dies der Grund, weshalb er das Hauptportal bewachen durfte, zusammen mit einem Knappen namens Waldo. „Ich dachte schon, das Orsini-Pack hätte dich verschleppt“, begrüßte ihn dieser.

Kasimir ließ sich neben ihn auf der Treppe nieder. „Keiner wird sich hierher wagen, glaub mir.“

„Dein Wort in Gottes Ohr.“

Wie Kasimir war Waldo etwa siebzehn oder achtzehn Jahre alt, doch äußerlich unterschieden sich die beiden jungen Männer. Kasimir war groß und schlank, er hatte blonde Haare, hohe Wangenknochen und ein kantiges Kinn. Waldo dagegen war von gedrungener Statur, die Haare schwarz, die Gesichtszüge jungenhaft. Anders als Kasimir verzichtete er darauf, sich den Flaum seiner Wangen abzuscheren.

„Bleibt zu hoffen", brummte Waldo, „dass die hohen Herren uns von ihrem Festschmaus noch etwas übrig lassen. Immerhin halten wir hier draußen unseren Hintern für sie hin."

Kasimir zuckte mit den Achseln. In den vergangenen anderthalb Jahren hatte er er sich an Entbehrungen gewöhnt. Eigentlich hatte er sein ganzes Leben lang Entbehrung und Verlust erdulden müssen. Seine Eltern, seine Heimat, seine Freiheit.

Bevor seine Gedanken erneut in die trübe Vergangenheit seines Lebens abtauchen konnten, fuhr Waldo fort: „Dein Herr wird schon dafür sorgen, dass du hinterher was zu beißen kriegst, nicht wahr? Ach, du hast einen guten Herrn. Ich wünschte, auch ich könnte einem solchen Ritter dienen. Mein Herr wird den Teufel tun, bevor er beim Essensschmaus einen Gedanken an seinen hungernden Knappen verschwendet."

„Übertreib nicht, Waldo. Vorhin noch hat man uns etwas zum Essen gebracht. Wirst schon nicht verhungern."

„Soll das ein Witz sein? Ein paar Dörrfrüchte und ein Becher Wein! Was sage ich, Wein? Essig war's. Wie soll das meinen knurrenden Magen zum Schweigen bringen?"

„Und wie könntest du mit vollem Bauch deinen Wachdienst versehen?", lachte Kasimir. „Wie ich dich kenne, würdest du nach dem Mahl sofort einschlafen."

„Hast du nicht selbst gesagt, dass sich heute kein Halunke auf den Aventin traut? Wozu müssen wir überhaupt hier sein, verdammt und zugenäht."

„Für einen Knappen, der eines Tages die Schwertleite erhalten will, mangelt es dir an Pflichtgefühl, Waldo."

„Bist ein richtiger Klugscheißer, Kasimir."

„Kann schon sein."

„Ich darf gar nicht daran denken, was die hohen Herren sich gerade zu Munde führen."

„Dann tu's einfach nicht."

„Gebratenes Huhn mit Zwetschgen, gesottener Aal ...", er ließ die Zunge über seine Lippen fahren, „und weißt du, was es als Vorspeise gibt? Eiersuppe mit Safran. Hat mir einer der Küchenjungen verraten. Safran, kannst du dir das vorstellen? Ein Sack von dem Zeug kostet mehr als ein Schlachtross samt Zaumzeug und Schabracke."

„Denk an etwas anderes."

„Als ob das so einfach wäre." Waldo bedachte den Kameraden mit einem ungnädigen Blick. „Eines Tages wirst du noch an deiner Disziplin ersticken."

„Und du an einem gebratenen Huhn mit Zwetschgen."

Bevor Waldo diese Schikane parieren konnte, hörten sie eine leise, aber feste Stimme.

„Meinungsverschiedenheiten?"

Kasimirs Herr, Robert von Schöneburg, stand hinter ihnen. Sofort erhoben sie sich. Robert war ein Mann Anfang dreißig, großgewachsen wie Kasimir, doch kräftiger. Ein rötlicher, kurz gestutzter Bart zierte sein Gesicht, stahlblaue Augen musterten die beiden Burschen. Es lag keine Strenge in seinem Blick, aber auch keine Güte. Bekleidet war er mit einer knielangen Robe, darüber trug er einen leichten Waffenrock. Offenbar hatte er keinen Wert darauf gelegt, sich für die Feierlichkeit herauszuputzen.

„Nein, Herr. Keine Meinungsverschiedenheiten", beantwortete Kasimir seine Frage.

„Wir stellten gerade nur Mutmaßungen an, welche Gerichte an der Tafel gereicht werden", sagte Waldo, der vor dem bewunderten Ritter strammer stand, als es notwendig gewesen wäre.

Robert reichte Kasimir einige Münzen. „Geh mit deinem Freund in eine Taverne. Esst und trinkt, ich werde eine Stunde für euch wachen."

Kasimir nickte dankend, und Waldo wunderte sich. Ein Ritter, der den Wachdienst für seinen Waffenknecht übernahm? Unvorstellbar. Zumindest in seiner Welt. Sein eigener Herr, der Ritter Rudolf von Blankenheim, wäre im Traum nicht auf diesen Gedanken gekommen. Deshalb murmelte er verlegen: „Herr, ich kann doch nicht ..., ich muss -"

„Geh nur. Sollte dein Herr dich suchen, werde ich es ihm erklären."

„Komm schon!" Kasimir fasste Waldo am Ärmel und zog ihn mit sich fort. „Zuerst jammerst du ohne Unterlass, weil du nichts zu beißen hast, und wenn du endlich die Gelegenheit bekommst, zauderst du."

Waldo warf einen verstohlenen Blick zurück. Tatsächlich, Robert von Schönburg bezog Stellung vor dem Kirchenportal. Waldo konnte es kaum glauben.

„Dein Herr ist ein wunderbarer -"

„Er ist ein Mensch wie du und ich, Waldo."

„Heilige Jungfrau, weißt du eigentlich, wie gut du's hast?"

Abrupt blieb Kasimir stehen, baute sich vor Waldo auf und blickte ihm ungnädig in die Augen. „Was weißt du denn schon? Glaubst du, ich hätte niemals Leid kennengelernt?"

„So beruhige dich doch", beschwichtigte Waldo. „Wollte doch nur zum Ausdruck bringen, wie sehr ich dich um deinen Herrn beneide. Komm, gehen wir, ich bin wirklich sehr hungrig."

6.

Unweit von St. Sabina gab es eine Taverne. „Stupor mundi“ stand auf einem verwitterten Holzschild über der Eingangstür zu lesen. Drinnen brannten Öllichter. Dennoch war es in der Stube düster und stickig, es roch nach Schweiß und Unrat. Immerhin wehte auch der köstliche Duft gebratenen Fleisches zu ihnen herüber. An einem der freien Tische nahmen sie Platz. Die römischen Zecher musterten sie teils argwöhnisch, teils gleichgültig. Zwar zählte der Aventin zu jenen Vierteln Roms, wo die Kaiserfeindlichen bisher keinen Fuß gefasst hatten, aber im Dickicht der römischen Intrigen konnte man nie sicher sein, wen man gerade vor sich hatte. Demonstrativ legte Kasimir eine Hand an seinen Schwertgriff.

Ein betrunkener Zecher mit faulen Zähnen und greisen Haaren trat zu den jungen Männern an den Tisch, faselte etwas von „Henrico grande“, gab ihnen mit Gesten und in gebrochenem Deutsch gesprochenen Worten zu verstehen, wie sehr er den neuen Kaiser schätze und ehre. Zweifellos war er auf ein Almosen aus. Kasimir schob ihm eine Münze über den Tisch. Der Alte nahm sie an sich und verschwand wieder.

„Ich mag diese Welschen nicht“, knurrte Waldo. „Man kann ihnen nicht über den Weg trauen.“ Er winkte dem Wirt und gab eine Bestellung auf. Zwischen ihnen entspann sich ein lebhaftes Gespräch in zwei Sprachen; mit Händen und Füßen machte Waldo ihm deutlich, dass sie guten Wein und eine ordentliche Mahlzeit wünschten.

Der Wirt brachte Wein, der in der Tat samtiger schmeckte als die Weine ihrer deutschen Heimat. Während sie aufs Essen warteten, sagte Waldo: „Ich habe deinen Herrn noch nie lächeln sehen.“

„Er ist nun mal ein ernster Mensch“, erwiderte Kasimir kurz angebunden.

„Ernste Menschen sind häufig grob und menschenfeindlich. Dein Herr aber ist gütig.“

Kasimir dachte eine Weile über Waldos Worte nach. „Vielleicht hast du Recht“, meinte er, „er ist ernst und gütig zugleich.“ Er schwieg kurz. „Hätte er gewusst, wie man mit Theobaldo de Brusati nach seiner Gefangennahme verfahren würde, hätte er ihn wohl laufen lassen.“

„Ist das dein Ernst?“

„Mein Herr spricht nie über seine Gefühle. Aber während Theobaldos Hinrichtung verließ er angewidert die Richtstätte. Später sah ich ihn aus dem Zelt des Kaplans treten. Vermutlich hat er dort die Beichte abgelegt.“

„Nicht Schuld deines Herrn, dass man den Brescianer so bestialisch richtete.“

„Nein, aber er hat es immerhin möglich gemacht.“

„So ist der Krieg.“

„Warum verschonst du mich nicht mit deinen Weisheiten? Mein Herr weiß tausendmal besser als du, wie es im Krieg zugeht."

Waldo blinzelte ihn an. „Was ist mit dir, Kasimir? Warum fährst du ständig aus der Haut?"

Kasimir seufzte leise. „Verzeih mir."

„Schon gut. Wir alle haben die Nase voll von diesem Land. Jetzt, da der Luxemburger seine ersehnte Kaiserkrone hat, wird es sicher bald heimwärts gehen."

„Mein Herr würde den Rückweg lieber heute als morgen antreten."

„Lass mich raten: Daheim wartet ein hübsches Weib auf ihn."

„Hübsch? Die Herrin Egida ist hinreißend. Wie ein Engel sieht sie aus, aber das behältst du gefälligst für dich."

„Ehrensache."

„Und als wir loszogen, war ihr Bauch so rund, als hätte sie eine Melone verschluckt."

Waldo nippte genüsslich an seinem Becher, wischte sich mit dem Ärmel über den Mund und nickte dann verstehend. „Also ist dein Herr inzwischen Vater geworden. Sein Kind hat er noch nie zu Gesicht bekommen."

„Er weiß nicht einmal, ob sich Frau und Kind guter Gesundheit erfreuen. Das zermürbt ihn."

„Kein Wunder, dass es ihn mit aller Macht nach Hause drängt. Und endlich verstehe ich auch, warum er immer so ernst wirkt."

„Er war immer schon ernst", widersprach Kasimir.

„Gleichwohl, jetzt verstehe ich ihn besser", beharrte Waldo.

Kasimir winkte ab, eine Geste, die besagte: Überhaupt nichts verstehst du! Inzwischen war der Wirt erschienen und setzte ihnen wortreich zwei Näpfe vor, in denen das Essen dampfte, ein Gericht aus Hammelfleisch und Weizengrütze. Hungrig holte Waldo seinen Hornlöffel hervor und langte zu, während Kasimir eher lustlos in seinem Essen herumstocherte. Als Waldos Napf geleert war, schob Kasimir ihm bereitwillig seine Reste hinüber. Waldo ließ sich nicht zweimal bitten und aß weiter. Dann trank er seinen Becher aus, rülpste, streckte behaglich die Beine aus. „Wurde auch höchste Zeit", sagte er, „ich stand kurz vor dem Hungertod. Ein Hoch auf den Spender dieser köstlichen Mahlzeit, den edlen Ritter Robert von Schönburg." Offenbar wollte der Schönburger ihm nicht aus dem Kopf gehen. „Sag mal, Kasimir", meinte er nach einer Weile nachdenklich, „warum spricht dein Herr dich eigentlich nie mit Namen an?"

Kasimir rollte mit den Augen. Dem Kameraden entging offenbar nichts. Denn es stimmte, sein Herr hatte ihn noch nie beim Namen genannt.

„Nun?", drängte Waldo.

„Ach, Waldo. Wärst du nicht mein einziger Freund auf diesem verfluchten Heerzug, würde ich dich bitten, doch endlich mal das Maul zu halten."

„Hätte, würde, wäre - ich bin aber nun mal dein einziger Freund."

Das stimmte. Und einem Freund, auch wenn er sich mitunter recht aufdringlich gebärdete, durfte man auch mal sein Herz ausschütten. Warum also nicht hier und jetzt, in dieser finsteren Taverne?

„Er nennt mich nicht beim Namen, weil er ihn nicht aussprechen kann!", erklärte er geheimnisvoll.

Waldo war verwirrt. „Willst du mich zum Narren halten? Jedes Kind kann deinen Namen aussprechen."

„Nicht so, wie er in meiner Heimat ausgesprochen wird."

„Soll das heißen, dass Kasimir nicht dein richtiger Name ist?"

„Ihr Deutschen mögt ihn so aussprechen."

Waldo verstand überhaupt nichts mehr. „Ihr Deutschen? Deine Heimat? Wäre es möglich, dass dir der Wein nicht bekommen ist?"

„Mit dem Wein hat das nichts zu tun. Hör mir zu: Mein Name lautet Kazimierz. Sprich es mir nach: *Kazimierz*!"

Waldo sah ihn verständnislos an, tat aber, was sein Kamerad von ihm verlangte. „Ka... schi... mijesch!"

„Nicht schlecht für den Anfang."

„Zum Teufel, du bist doch ein Deutscher, oder etwa nicht?"

Kasimir schüttelte den Kopf. „Meine Eltern waren freie Bauersleute in Schlesien. Ich bin Pole, Waldo."

„Ein Pole?"

„Mein Herr redet mich nicht mit meinem Namen an, um mir auf seine Weise Respekt zu bekunden. ‚Kazimierz' könnte er nicht richtig aussprechen. Deshalb lässt er es bleiben."

„Seltsamer Respekt." Waldo kratzte sich den Flaum und signalisierte dem Wirt, zwei weitere Becher Wein zu bringen. Den hatte er nach Kasimirs Bekenntnis nötig.

„Aber du sprichst doch gar nicht wie einer von diesen ... diesen Slawen."

„Ich wurde schon früh gezwungen, meine Muttersprache zu verleugnen."

„Was ist passiert?"

„Willst du das wirklich wissen?"

„Ja, verdammt noch eins. Wenn ich schon mit einem Polen zusammen am Tisch sitzen muss, möchte ich wenigstens wissen, warum."

Der Wirt brachte den Wein. Sie tranken.

„Na schön, hör mir zu!"

Waldo nickte aufmunternd, und Kasimir begann zu erzählen. Er sprach langsam und sehr leise. „Ich war noch ein Kind, fünf Jahre alt, da kamen zwei fremde Reiter an unseren Hof. Sie töteten zuerst meine Eltern, dann unsere Magd." Er schwieg und starrte auf die Tischplatte.

Waldos Augen weiteten sich entsetzt. „Weshalb taten sie das?"

„Unser Gehöft - wahrscheinlich hatte einer dieser deutschen Siedler Gefallen daran gefunden."

„Du meinst, man wollte euch nur deshalb aus dem Weg schaffen ..."
„Du kannst es auch Morden nennen!"
„... um sich euren Hof anzueignen?"
„Solche Dinge geschahen eben."
„Was geschah mit dir? Wieso ließen sie dich am Leben?"
„Sie verschachterten mich an einen Menschenhändler. Ein gutes Geschäft für diese Bestien." Wieder starrte er die Tischplatte an. Waldo war so erschüttert, dass er sogar seinen Wein vergaß. Er verbiss sich weitere Fragen, da er merkte, wie schwer es dem Kameraden fiel, über das Vergangene zu reden. Nach einer Weile fuhr Kasimir leise fort: „Der Händler verkaufte mich an einen Kaufmann, der mit Stoffen handelte und viel umherreiste. Sein Name war Wilmar. Drei unendlich lange Jahre war ich sein Gehilfe. Ich lernte eure Sprache und kam viel herum."
„Hat er dich gut behandelt?"
Augenblicklich merkte Waldo, dass seine Frage weitere Wunden in Kasimirs Seele aufriss. Kasimirs Unterlippe begann zu zittern. „Er war der Teufel!"
Waldo nickte. Es war unbarmherzig, weiter in darin herumzustochern. Dennoch brannte ihm noch eine Frage auf der Zunge. „Wie aber gelangtest du zu den Schönburgern?"
Erstmals, seitdem er mit Waldo über seine Vergangenheit sprach, glitt ein Lächeln über Kasimirs Gesicht. „Wilmars Handelswege führten ihn eines Tages nach Wesel. Der Vater meines Herrn - auch er hieß Robert, inzwischen ist er gestorben - kaufte bei ihm ein flandrisches Tuch für seine Gemahlin. Wir nächtigten in der Burg. Es überraschte mich, dass der Burggraf und seine Familie uns mit soviel Zuvorkommenheit behandelten. Ja, selbst ich, der ich doch nur der gemeine Gehilfe des Händlers war, erfuhr dort Güte und Freundlichkeit, wie ich es nie erlebt hatte. Zum ersten Mal seit meiner Verschleppung erfuhr ich, dass nicht alle Menschen schlecht sind. Ich beschloss, Wilmar in aller Heimlichkeit zu verlassen."
„Was dir offenbar gelungen ist", merkte der ergriffene Waldo an.
„Als wir anderentags die Burg verließen, gab ich vor, mich krank zu fühlen. Wilmar ließ mich hinten im Wagen liegen, sodass ich mich nach wenigen Meilen unbemerkt davonstehlen konnte. So rasch, wie ich konnte, lief ich zurück zur Burg, suchte dort den Burggrafen auf, erzählte ihm von meinen - Misshandlungen und beschwor ihn, mich in seine Dienste zu nehmen. Den älteren Robert ließ mein Schicksal nicht kalt, doch er zögerte, meinem Wunsch nachzukommen. Es war seine Gattin Elisabeth, die ihn letztlich davon überzeugte, mich nicht zu Wilmar zurückzuschicken."
Waldo seufzte erleichtert auf, als hätte er erwogen, die Geschichte könnte in Wahrheit ganz anders ausgegangen sein.
„Abends kehrte auch Wilmar zur Burg zurück", erzählte Kasimir weiter, „beklagte beim Burgvogt den Verlust seines Gehilfen, verlangte, dass man

nach mir suchen ließe. Von einem Versteck aus konnte ich ihrem Gespräch, das immer lauter und heftiger wurde, lauschen. So wie die meisten Schönburger war auch der ältere Robert nicht imstande, einen Menschen zu belügen, deshalb gab er zu, dass ich bei ihm Zuflucht gesucht habe. Wilmar war außer sich, verlangte mit Nachdruck sein Eigentum zurück. Robert aber ließ keinen Zweifel daran, dass er mich nicht mehr gehen lassen würde. Wilmar fing an, ihn heftig zu beschimpfen, und jeder andere Edelmann hätte den frechen Händler unverzüglich ins Verlies geworfen. Nicht so der sanftmütige Robert von Schönburg. Er bot ihm Geld für mich, sehr viel Geld. Wilmar wurde hellhörig, trieb den Preis in die Höhe. Am Ende kamen sie zu einer Einigung. Acht Goldgulden! Das war der Preis, den Robert für mich zahlte. Damit hätte er ebensogut vier oder fünf Zuchtrinder kaufen können!"

Waldo entsann sich wieder seines Weines, trank den Becher leer und dachte über Kasimirs Geschichte nach. Am Nebentisch, wo einige Römer würfelten, wurde laut gestritten, doch weder Waldo noch Kasimir nahmen den Lärm wahr. Versunken in Gedanken hockten sie dort, fern von daheim, in einem Land, das sie nicht mochten und das trotzdem unvergesslich für sie bleiben würde. „Hast du je daran gedacht, deine Heimat wieder aufzusuchen?", fragte Waldo endlich. „Willst du nicht Rache nehmen an den Menschen, die nun dort leben? Sie sind schuld an allem, was dir widerfuhr. Niemand könnte es dir verdenken."

Kasimir runzelte die Stirn. „Über viele Jahre hinweg war das mein Wunsch. Aber würde es meine Eltern wieder lebendig machen? Heute quält mich nur noch die Ungewissheit, was wohl aus meiner kleinen Schwester geworden ist."

„Du hattest eine Schwester?"

„Ihr Name war Jagoda, sie war zwei Jahre jünger als ich. An dem Tag, als die Mörder kamen, sah ich sie nicht. Vielleicht spielte sie auf den Feldern, vielleicht hielt sie sich in der Scheune versteckt oder im Haus - ich weiß es nicht. Jedenfalls konnte ich nirgends ihren Leichnam entdecken. Deshalb habe ich bis heute die Hoffnung, die Mörder könnten sie übersehen haben. Vielleicht hat sie ja tatsächlich überlebt. Aber wo ist sie? Wo?" Auch Kasimir trank seinen Becher aus. „Lass uns gehen, die Stunde dürfte vorüber sein", meinte er, aus seiner Bedrücktheit erwachend.

Draußen sogen sie gierig die Frischluft in ihre Lungen. Längst war es dunkel geworden, doch das Mondlicht leuchte ihnen den Weg. Die Gassen auf dem Aventin waren wie ausgestorben. Schweigend schritten die jungen Männer nebeneinander her.

„Warum hast du mir nie davon erzählt?", fragte Waldo dann.

„Du hast nie gefragt."

„Als ob das eine Antwort wäre. Ich bin dein Freund. Du hättest dich mir anvertrauen können."

„Ja, vielleicht hätte ich das tun sollen", räumte Kasimir ein.

„Welche Geheimnisse hütest du noch vor mir? Wie heißt das Mädchen, das daheim auf dich wartet?"

„Es gibt kein Mädchen."

„Und was ist mit dieser Zofe, von der du mir erzählt hast? War das vielleicht gelogen?"

„Ach so, du meinst Hanna!"

„Was ist mit ihr? Ist sie nun dein Mädchen oder nicht?"

Diese Frage hatte Kasimir sich oft genug selbst gestellt. Hanna war nicht gerade unansehnlich, aber liebte er sie? Wenn er an daheim dachte, dann war es vor allem das Bild der Herrin, Egida, das verlockend vor ihm auftauchte. Ihr strahlendes Lächeln verfolgte ihn in seinen Träumen, allein der Gedanke an ihre anmutige Gestalt betörte ihn. Dunkle Locken umrahmten Egidas bleiches Gesicht, und ihre vollen Lippen zu küssen erschien Kasimir als das größte Glück, das ein Mann erfahren konnte. Waldo hatte völlig Recht, es gab noch ein weiteres Geheimnis, das er vor ihm hütete. Doch lieber wäre er gestorben, als es preiszugeben, auch wenn seine schmachtende Verehrung für Egida nur platonisch war. „Ich weiß es nicht", beantwortete Kasimir die Frage des Freundes, der ihn voller Erwartung ansah.

„Du weißt nicht, ob sie dein Mädchen ist?"

„Gütiger Himmel, warum lässt du mich nicht in Ruhe damit?"

„Du und diese Hanna - ihr habt's doch miteinander getrieben, oder?"

„Na und?"

„Liebst du sie, oder hast du's nur getan, um deine Hoden zu leeren?"

„Still!" Kasimir blieb stehen und presste eine Hand auf Waldos Brust.

„He, was hast du denn? Brauchst doch nicht gleich grob zu werden."

„Still, hab ich gesagt. Hörst du das nicht?"

„Was denn?"

Sie horchten in die Nacht.

„Drüben wird gekämpft!"

Auch Waldo hörte jetzt den Waffenlärm. „An der Kirche St. Sabina, würde ich wetten!"

Sie sahen sich an, zogen die Schwerter und rannten los, als wäre der Leibhaftige hinter ihnen her.

Der Kampf war bereits vorüber, als sie St. Sabina erreichten. Aufgeregte Männer eilten umher, jemand stieß laute Befehle aus. Auf dem Platz vor der Kirche lagen einige Tote und Verwundete in ihrem Blut, Kaiserliche, aber auch zwei Männer in feindlichen Gewändern waren darunter. Einem hatte man die Kehle durchgeschnitten, dem anderen steckten zwei Bolzen in der Brust.

Unwillkürlich kamen die Erinnerungen zurück: die am Boden liegenden Eltern ... Bogna, die Magd, der das Messer ihres Mörders durch die

Kehle fuhr ... Kasimir zwang sich, diese elenden Gedanken zu verdrängen. Hier und jetzt musste er handeln.

„Sie kamen ganz plötzlich", erklärte ihm ein aufgeregter Page, „wie Kobolde, die aus dem Erdboden kriechen. Sie wollten in die Kirche, den Kaiser meucheln, aber zum Glück konnten die Unseren sich beizeiten formieren. Du bist doch der Waffenknecht des Schönburgers, nicht wahr? Ich glaube, dein Herr wurde verletzt."

Ein kalter Schreck durchfuhr Kasimir. Er blickte hinüber zum Portal. Drei, vier Männer knieten neben einem Verwundeten und redeten auf ihn ein. Kasimir rannte los. Waldo, der schon völlig außer Atem war, folgte ihm.

Der Verwundete war Robert. Wässrig waren seine Augen, seine Züge voller Schmerz. Kasmimir sah den eisernen Bolzen einer Armbrust, der tief in seiner Leiste steckte. Möglich, dass er eine solch schwere Verletzung überlebte, sofern man ihn denn rasch und gut verarztete. Kasimir kniete sich vor ihn hin. „Herr!"

Der Ritter Rudolf von Blankenheim, Waldos Herr, war einer derer, die sich um Robert geschart hatten. Erst sah er Kasimir, dann den Knappen Waldo an, der in Erwartung des Jüngsten Gerichts zu zittern begann. Rudolfs Gesicht lief blutrot an. „Hurensöhne! Wo seid ihr gewesen?"

„Lass sie", sagte Robert aufstöhnend. „Ich war es selbst, der sie fortschickte."

„Wo bleibt der gottverfluchte Medicus?", schrie der Blankenheimer und sah sich suchend um.

„Herr!" Kasimir griff nach Roberts Hand.

„Ich komme schon wieder auf die Beine, Kazimierz", erwiderte dieser mit schwacher Stimme."

Es war das erste und einzige Mal, dass er ihn bei seinem Namen nannte. Später tat er es nie wieder.

7.

Die Nacht - im fernen Rom bangte der Waffenknecht Kasimir um das Leben seines Herrn - verbrachten Falk und Nikolaus in der Scheune eines Bauern. Immerhin waren sie noch bis Eschweiler gelangt. Von Flohbissen traktiert, zogen sie in aller Frühe weiter und waren zuversichtlich, Aachen bis Mittag zu erreichen. Dichter Bodennebel hing über den Wiesen und Feldern. Am Horizont stieg die Sonne gleich einem roten Feuerball gemächlich in den Himmel. Der Tag verhieß drückende Hitze.

Nikolaus und der Mann, der sein Schwiegersohn werden wollte, hatten bislang wenig gesprochen. Zu sehr hingen sie ihren Gedanken nach; die Sorge um Eva einte sie in ihrer Schweigsamkeit. Ihr Frühstück, zwei Kanten Brot, verzehrten sie hastig im Gehen, um keine Zeit zu verlieren. Immer wieder begegneten ihnen Bauersleute, die zu ihren Äckern gingen. Nikolaus' Ortssinn war bemerkenswert, denn zu Falks Verwunderung fragte er niemanden nach dem Weg. Dann fiel ihm ein, dass Nikolaus früher viel herumgekommen war. „Bestimmt seid Ihr schon oft in Aachen gewesen", versuchte Falk ein Gespräch in Gang zu bringen.

Nikolaus brummte etwas, das wie eine Bejahung klang. Er hatte ja, wie Falk einsah, auch keinen Grund, fröhlich gelaunt zu sein. Erneut kehrte Schweigen ein, bis Nikolaus plötzlich und unvermittelt fragte: „Habt ihr eigentlich schon beieinander gelegen?"

Fast verschluckte sich Falk an seinem letzten Bissen Brot. „Was? Wer?"

„Du und Eva natürlich, wer wohl sonst?"

Falk schüttelte heftig den Kopf, aber Nikolaus blieb stehen und musterte ihn beharrlich.

„Und das soll ich dir glauben?"

„Ich belüge Euch nicht!"

Da Falk ihm fest in die Augen sah, gab Nikolaus sich mit der Antwort zufrieden. Sie setzten ihren Weg fort.

„Hast du sie in irgendeiner Weise verletzt, Falk?"

„Beim besten Willen, ich wüsste nicht wann und wie." Falk beschloss, seinem Kummer endlich Luft zu machen. „In den vergangenen Tagen ist sie mir sehr kühl begegnet. Ihr Verhalten ist mir ein Rätsel."

„Und ein anderes Mädchen spielt nicht zufällig eine Rolle, nehme ich an?", fragte Nikolaus lauernd.

„Wo denkt Ihr hin?", kam es empört zurück, und unwillkürlich ballte Falk die Fäuste. Für einen Moment lang vergaß er, dass er mit dem Vater seiner Braut sprach, aber Nikolaus schien es ihm nicht übel zu nehmen.

„Schon gut, ich glaub dir." Nachdenklich biss er sich auf die Lippen. „Was mag bloß in sie gefahren sein, diesen Mönchen hinterherzurennen?"

„Eure Nichte Magda glaubt, dass sie Nonne werden möchte", sagte Falk beklommen.

„Magda ist wie ihre Mutter: manchmal redet sie zu viel." Eine Falte auf Nikolaus' Stirn wies jedoch darauf hin, dass er die Möglichkeit, Eva könne einem Orden beitreten, nicht gänzlich von der Hand wies. Schließlich war es ja kein Geheimnis, wie sehr die Fragen des Glaubens Eva bewegten. „Sie war stets ein sehr gefälliges Kind", sinnierte er, „einmal abgesehen von ihren merkwürdigen Interessen. Aber ist des Menschen Wille nicht sein Himmelreich? Dass man im Dorf hinter vorgehaltener Hand über sie sprach, störte mich und Agnes wahrscheinlich mehr als sie selbst. Im Grunde war sie unkompliziert. Sollte sich das geändert haben?"

„Glaubt Ihr, dass sie kalte Füße bekommen hat?", fragte Falk beklommen.

„Ich hätte schwören können, dass sie unsterblich in dich verliebt ist."

„Irgendwas muss geschehen sein. Aber was nur, was?"

„Wir müssen sie eben fragen!" Finster fügte er hinzu: „Und diesen Herren Mönchen werde ich etwas ganz anderes erzählen."

Zwei Stunden später sahen sie in der Ferne Aachens Mauern, überragt von zahllosen Türmen und Kirchturmspitzen. Falk war beindruckt. Durch das Kölntor gelangten sie in die Stadt und gingen durch eine gepflasterte Gasse, wo emsige Betriebsamkeit herrschte. Zu beiden Seiten wuchsen Häuserwände aus Fachwerk empor, die sich in den oberen Stockwerke fast begegneten und den Blick in den weiten Himmel verwehrten. Händler, Handwerker, Krämer, aber auch Bauern stoben geschäftig aneinander vorbei, ein paar Kinder verfolgten mit Geheul ein entflohenes Ferkel, dessen Gequieke durch die Gasse schallte. Ein schimpfender Büttel vertrieb einen Trunkenbold. Frauen, die vom Markt kamen, hielten Körbe mit Gemüse in ihren Händen. Nichts hatten ihre modischen Kleider mit denen der Dörflerinnen gemein. Manche Bäuerin, so mutmaßte Falk, hätte beim Anblick der Stadtfrauen vor Staunen den Mund nicht mehr zubekommen. Zwei Patrizier in vornehmen Gewändern flanierten, vertieft in ein ernstes Gespräch, an Falk und Nikolaus vorbei. Sie trugen farbige Gewänder mit Pelzbesatz aus weißem Hermelin, und ihre Köpfe zierten samtene Filzhüte. „Eitle Gecken", murmelte Nikolaus.

„Habt Ihr die vielen Ringe an ihren Fingern gesehen?"

„Einer davon kostet mehr als eine Sau, sag ich dir."

Falk versuchte, die Eindrücke zu verarbeiten, die pausenlos auf ihn einprasselten. Auch fragte er sich, wie es wohl wäre, in einer Stadt zu leben. „Ohne Euch würde ich mich hier hoffnungslos verlaufen", gab er zu.

„So erging es mir auch, als ich zum ersten Mal in eine große Stadt kam. Und glaub mir, Aachen ist längst nicht die größte Stadt im Reich." Zielbewusst schritt Nikolaus voran. Immer wieder musste er daran denken, dass sein vor Jahren verstorbener Vater innerhalb dieser Stadtmauern Kindheit und Jugend verlebt hatte.

„Wohin gehen wir?", fragte Falk, während er einem wildgewordenen Köter auswich.

„In der Nähe gibt es ein Dominikanerkloster. Wäre doch gut möglich, dass unsere Mönche bei ihren Mitbrüdern genächtigt haben. Wenn wir viel Glück haben, sind sie noch nicht weitergezogen."

Nikolaus' Hoffnung erwies sich als trügerisch. Am Kloster angelangt, ließ der Pfortenbruder sie eine halbe Ewigkeit lang vor dem Tor warten, um ihnen hinterher zu versichern, die Gesuchten seien nicht dort gewesen.

„Kann man denen trauen?", fragte Falk, als sie sich enttäuscht abwandten.

„Weiß nicht. Vielleicht haben unsere Freunde tatsächlich nicht im Kloster genächtigt. Bedenke, ein Weibsbild begleitet sie. Möglicherweise wollten sie das ja vor ihren Mitbrüdern verborgen halten. Fragen wir in den Pilgerherbergen nach, irgendwo müssen sie schließlich gewesen sein."

„Und wenn sie Aachen umgangen haben?"

„Haben sie nicht", brummte Nikolaus, ohne zu begründen, woher er diese Gewissheit nahm. Sie marschierten stadteinwärts, ohne sich die Zeit zu nehmen, die prächtigen Bauten, die Pfalzkapelle, das Rathaus oder eine der Kirchen zu bestaunen. In einer Herberge am Fischmarkt wurde ihre Hartnäckigkeit belohnt. Der Wirt, ein mürrischer Kerl, machte zunächst keinen redseligen Eindruck. Erst als Nikolaus ihm eine Belohnung in Form eines Geldstückes in Aussicht stellte, wurde er gesprächiger.

„Zwei Dominikaner, sagt ihr? Hmh, richtig, die haben hier genächtigt. Ein alter und ein junger."

„Waren sie allein?"

„Nein, ein Koloss begleitete sie. Und eine junges Weib." Er kniepte mit einem Auge. „Angeblich die Großnichte des Älteren. Sie hatten zwei Kammern angemietet, aber ich würde nicht meinen Hintern darauf verwetten, dass das Mädchen alleine geschlafen hat."

„Das soll nicht deine Sorge sein", erwiderte Nikolaus barsch. „Wann sind sie weitergezogen?"

„Heute früh."

„Sagten sie auch wohin?"

„Ich glaube, sie wollen nach Paris. Jedenfalls hörte ich, wie dieses liederliche Weibsbild immer wieder davon sprach."

Falk ballte die Fäuste. „Gib Acht, wie du über sie sprichst!"

„Ah, sieh mal einer an, jetzt verstehe ich. Dein Liebchen, die Kleine, was? Solltest besser auf sie aufpassen!"

Nikolaus schob den wütenden Falk beschwichtigend beiseite. Dann schnippte er dem Wirt eine Münze zu. „Komm!", sagte er zu Falk.

Durch das Scherptor verließen sie bald darauf die Stadt. Falk war immer noch erbost über die respektlosen Worte des Wirtes. „Ihr hättet mir erlauben sollen, ihm aufs Maul zu schlagen", sagte er zerknirscht.

„Das hätte ich selbst tun können", belehrte ihn Nikolaus, „aber was ist, wenn der Kerl uns die Büttel auf den Hals hetzt? Dann fänden wir uns unversehens in einem Kerkerloch wieder, und bevor man uns da wieder rauslässt, wäre Eva über alle Berge."

Falk musste einsehen, dass Nikolaus den kühleren Kopf besaß. Ohne ihn wäre er in der Fremde aufgeschmissen. Das vertraute Bild von Ländlichkeit, von Äckern und blühenden Wiesen, das sich ihnen nach dem Verlassen der Stadt wieder bot, gab ihm immerhin das beruhigende Gefühl, der Heimat nicht allzu fern zu sein. Zweimal nahmen Fuhrkutscher sie einige Meilen auf ihren Wagen mit, sodass sie hoffen durften, Eva und die Mönche bald einzuholen. Am späten Nachmittag begegneten sie einem Kesselflicker. Der behauptete, zwei Mönchen, einem Riesen und einer jungen Frau vor Stunden begegnet zu sein. Offenbar hatten auch sie Mitfahrgelegenheiten gefunden, und so begruben Nikolaus und Falk die Hoffnung, Eva bald zu finden. Als sie schon überlegten, wo sie die kommende Nacht verbringen könnten, erblickten sie abseits des Weges zwei Planwagen. Zweifelsohne handelte es sich um eine Truppe von Gauklern, denn abseits der Wagen, auf einer Wiese, übten sich Akrobaten in ihren Disziplinen, während die beiden Zuggäule sich am Gras gütlich taten. Ein Messerwerfer schleuderte seine Waffen gegen den Stamm einer Buche, ein Jongleur ließ Stöcke durch die Luft wirbeln und ein dritter ließ ein ganzes Schwert in seinem Schlund verschwinden. Zwischen den Wagen brannte ein Lagerfeuer, drei Frauen bereiteten Essen zu. Köstlich hing der Duft gebratenen Fleisches in der Luft.

Falk wäre am liebsten unverzüglich weitermarschiert, denn Spielleute erfreuten sich keineswegs allgemeiner Hochachtung. Aber Nikolaus war stehen geblieben und sah dem Akrobaten mit leuchtenden Augen zu.

„Erinnerungen?", fragte Falk.

„Komm", sagte Nikolaus. „Begrüßen wie sie!"

Die Gaukler, nicht daran gewöhnt, dass man außerhalb ihrer Vorführungen ihre Nähe suchte, sahen ihnen argwöhnisch entgegegen. Als Nikolaus sich drei Stöcke geben ließ und damit gekonnt zu jonglieren begann, hellten die Mienen sich auf. Man lud die Fremden zum Essen ein, und bald darauf saßen Nikolaus und Falk mit ihnen am Lagerfeuer. Nikolaus kam nicht umhin, von seiner Vergangenheit zu erzählen. Nicht nur die Gaukler hörten ihm aufmerksam zu: endlich erfuhr Falk die wahre Geschichte des Gauklers Nikolaus, frei von allen Gerüchten, die in Merode kursierten.

Schon als Kind hatte Nikolaus - damals nannten alle ihn nur Niko - den Ehrgeiz besessen, jonglieren zu können. Mühevoll brachte der Bauernsohn sich diese Kunst selbst bei. Auch mit zunehmendem Alter wurde er die Flausen nicht los, im Gegenteil, der Wunsch, die Welt kennenzulernen, wurde übermächtig. Zudem hatte er sich in Agnes verliebt, die mit einer Gauklertruppe reiste. Eines Tages sagte er deshalb seiner Familie und dem Bauerndasein Lebewohl, reiste fortan mit Agnes und den Gauklern von Stadt zu Stadt, von Vorstellung zu Vorstellung, führte das Leben, von dem er immer geträumt hatte.

Mit der Zeit war die Ernüchterung gekommen. Das Leben als Gaukler war hart und entbehrungsreich. Gewiss, wenn er vor vielköpfigem Publikum seine Kunststücke vollführte, zollte man ihm wie in seinen Kindheitsträumen anerkennenden Beifall. Nach der Vorstellung aber wurden aus den Gauklern wieder jene Verfemten, die sie immer und überall waren, Menschen, mit denen niemand sich abgeben wollte. Ausgestoßene. Nicht selten vertrieb man sie unter wüsten Beschimpfungen, Rechte besaßen sie nicht. Agnes wurde schwanger, doch der Junge, den sie gebar, überlebte nur zwei Tage. Bald geriet die Truppe aufgrund einer üblen Verleumdung ins Visier aufgebrachter Leute aus Mering. Man beschuldigte sie, durch Hexenzauber ein Unwetter verursacht zu haben, das in der Stadt zu großen Verwüstungen führte. Nur Agnes und Niko entkamen wie durch ein Wunder der Lynchjustiz der entfesselten Meute, die keine Gnade walten ließ. Hilflos und verweifelt musste das Paar von weitem zusehen, wie ihre Gefährten kurzerhand aufgeknüpft wurden.

Nach diesen furchtbaren Erlebnissen kehrte Niko reumütig nach Merode heim, seine abermals schwangere Agnes an der Hand führend. Der vagabundierende Gaukler wurde wieder zum Bauern. Agnes brachte einige Wochen später ein Mädchen zur Welt, Eva. Das Leben, das sie in der Fremde geführt hatten, war bald nur noch Erinnerung.

Die Gaukler hatten Nikolaus' Schilderung mit Spannung gelauscht; dort saß jemand, der genau wusste, wie es in ihrer Welt zuging. Bis tief in die Nacht plauderte man über dieses und jenes. Nikolaus erfuhr, dass die Truppe sich auf dem Weg nach Lüttich befand, und Heiner, der geschwätzige Anführer der Gaukler, schlug vor, sie mitzunehmen. Freudig ging Nikolaus darauf ein. Auf diese Weise würden sie Eva sicher rasch einholen.

Die Nacht war mild und klar, sie nächtigten im Freien. Anderentags, nach dem Frühstück, zogen sie los, westwärts. Der Tag versprach erneut den Sommer. „Wäre doch gelacht, wenn wir deine Tochter und die Kuttenträger nicht bald einholen!“ Heiner schien vom Jagdfieber gepackt zu sein. Sein Eifer kam Nikolaus nicht ungelegen. Mittags trafen sie auf ein Mütterchen, das den Mönchen und deren Begleitern noch vor kurzem begegnet sein wollte.

Die Spur wurde heißer.

„Dann sollten wir einen Zahn zulegen!“, ordnete Heiner an und sorgte dafür, dass die Gäule die Peitsche knallen hörten. Wenige Meilen vor Lüttich näherten sie sich einem Wirtshaus, vor dem sie schon von weitem drei männliche Gestalten stehen sahen. Heiner deutete triumphierend nach vorn. „He, wenn das nicht die beiden Mönche und der Riese sind, dann soll der Teufel meine Eier kriegen!“

Kein Zweifel, das waren die Gesuchten. Aber wo war Eva? Vor dem Wirtshaus blieben die Wagen stehen. Nikolaus und Falk stiegen hinab, während die Gaukler ihnen erwartungsvoll nachstarrten, als wären sie Zuschauer einer Vorstellung. Falks innere Aufgebrachtheit blieb Nikolaus nicht verborgen. „Vorsicht", raunte er ihm zu. „Der Riese kann dich ungespitzt in den Boden rammen. Lass mich nur sprechen."

Inzwischen hatten auch die Mönche bemerkt, dass die beiden Bauern geradewegs auf sie zusteuerten. Michel, der Riese, straffte sich und wirkte noch kolossaler.

„Gott zum Gruße, ehrwürdige Fratres!" Nikolaus deutete eine Verbeugung an.

„Gott zum Gruße!" Es war Thomas, der ihnen freundlich antwortete und Michel mit einem strengen Blick befahl, sich zurückzuhalten.

„Wir kommen aus Merode", erklärte Nikolaus. „Ihr kennt diesen Ort, nicht wahr?"

Thomas nickte. „Wir hatten die Ehre, in der dortigen Burg beherbergt zu werden."

„Nun", fuhr Nikolaus tief atmend fort, „das Mädchen, das Euch begleitet, ist meine Tochter Eva."

„Das muss ein Missverständnis sein", erwiderte der Mönch. „Eure Tochter ist nicht bei uns."

„Ihr lügt!", platzte es aus Falk heraus.

Der riesige Michel stieß ein unwilliges Grollen aus, aber Falk blieb davon unbeeindruckt. „Wir wissen genau, dass sie sich Euch angeschlossen hat!"

Die Mönche wechselten einen fragenden Blick. „Wir kennen Eure Tochter Eva", sagte Konrad. „Sie ist bemerkenswert, klüger als jedes andere Mädchen, das ich je gesehen habe. Doch wie kommt Ihr zu der Annahme, dass sie uns begleitet?"

„Nun, es gibt Zeugen." Nikolaus blieb immer noch besonnen, obwohl es in ihm zu kochen begann. Diese Kerle - Männer Gottes, pah! -, sie logen, dass sich die Balken bogen.

„Das muss eine Verwechslung sein", meinte Thomas, „es ist Johanna, die Großnichte meines Mitbruders, die uns begleitet, seitdem wir Aachen verlassen haben."

Falk lachte höhnisch auf. „Ach ja? Und wo ist sie, diese Großnichte Johanna?"

Just in diesem Augenblick verließ eine junge Frau das Wirtshaus. Sie war groß und schlank und hatte rotes Haar, das nur halb gebändigt unter einer weißen Haube hervorlugte. Geballte Fraulichkeit sprach aus jeder ihrer Bewegugen. „Wartet Ihr schon lange auf mich?", fragte sie die Mönche, und in ihrer Stimme klang wenig Ehrfurcht mit. Ihr forscher Blick fiel auf die beiden Bauern und die wartenden Gaukler im Hintergrund. „Wer sind denn die?"

„Sie suchen eine gewisse Eva und glauben irrtümlich, sie befände sich in unserer Begleitung", erklärte ihr Thomas.

„So? Na, irren ist ja bekanntlich menschlich. Von mir aus können wir jetzt weitergehen. He, ihr!" Sie winkte den Gauklern zu. „Fahrt Ihr nach vielleicht Lüttich? Dann könntet ihr uns doch mitnehmen, oder?"

Unterdessen hatte es Nikolaus und Falk die Sprache verschlagen. Waren sie einer falschen Fährte gefolgt? Plötzlich war die Angst wieder da, die unsägliche Angst, Eva könne in Wahrheit etwas Schreckliches zugestoßen sein. Auch der jüngere Mönch schien sich um Eva zu sorgen. „Sie ist fort, sagt Ihr?"

„Ja, sie -" Nikolaus versuchte, seine Gedanken wieder zu ordnen. „Sie ist einfach verschwunden."

„Dann werden wir helfen, sie zu suchen", verkündete Thomas entschlossen, aber Nikolaus hob abwehrend eine Hand.

„Lasst Euch nicht weiter aufhalten. Sie wird schon wieder auftauchen, wir dachten nur -" Er schüttelte resigniert den Kopf. „Verzeiht, dass wir Euch behelligt haben."

Johanna war zu den Gauklern hinübergegangen und unterhielt sich angeregt, sehr zum Unwillen ihres Großonkels, Bruder Konrad. Offensichtlich gehörte Johanna zu jenen Frauen, die es trefflich verstanden, jeden Mann um den Finger zu wickeln. Aus diesem Grund verhieß auch die Miene von Heiners Gefährtin nichts Gutes. Aber noch bevor es zum Streit kam, befahl Konrad seine Großnichte zu sich. Mürrisch fügte sich Johanna. „Bestimmt hätten sie uns mitgenommen."

„Wir gehen zu Fuß. Ein wenig Demut wird dir nicht schaden", sagte Konrad.

„Was ist denn jetzt mit deiner Tochter, Niko?", rief der immer noch wartende Heiner.

Immer noch war Nikolaus wie vom Donner gerührt. „Der Himmel weiß, wo sie steckt. Offenbar haben wir in der falschen Richtung gesucht. Falk und ich werden umkehren, vielen Dank für eure Hilfe!"

Also machten sich Nikolaus und Falk auf den Heimweg.

*

Seit zwei Tagen musste Eva immerzu auf der Hut sein. Einerseits durfte sie die Mönche nie aus den Augen verlieren. Gleichzeitig musste sie darauf achten, nicht ihren Verfolgern zu begegnen. Denn dass der Vater und Falk nach ihr suchten, stand außer Frage. Den Mönchen wollte sie sich anschließen, sobald der Vater und Falk die Suche nach ihr aufgegeben hatten. Auf diese Weise würden Bruder Konrad und Bruder Thomas nicht in Erklärungsnot geraten.

Eva trug die Männerkleidung, die Maria ihr gegeben hatte. Außerdem hatte sie ihre Haare soweit abgeschnitten, dass sie ihr nicht einmal mehr bis zur Schulter reichten. Die Kappe auf ihrem Kopf tat ein weiteres, ein Halstuch verbarg das verräterische Muttermal. Selbst ihre Verwandten würden sie, zumindest auf den ersten Blick, kaum wiedererkennen. Dennoch wollte sie es auf eine Begegnung nicht ankommen lassen. Ein Problem stellte Balthasar dar. Bereits am ersten Tag war der treue Rabe ihr gefolgt und durch nichts zu bewegen gewesen, sie wieder zu verlassen. Die Gefahr, wegen Balthasar letztlich enttarnt zu werden, war nicht unbeträchtlich.

In Aachen hatte sie für ein Nachtquartier einige von Marias Pfennigen entbehren müssen. In einem verlausten Gasthaus unweit der Wollspüle hatte sie neben anderen Gästen auf dem Erdboden geschlafen. Balthasar hatte manch scheelen Blick auf sich gezogen, aber Eva selbst blieb weitgehend unbeachtet. Als sie hörte, wie einer der Gäste sie hinter vorgehaltener Hand als Bauernlümmel bezeichnete, wusste sie, dass ihre Tarnung gut war. Unbehelligt, aber von Flohbissen traktiert, heftete sie sich anderentags auf die Fährte der Dominikaner, die, wie sie am Vorabend beobachtet hatte, in eine Pilgerherberge am Fischmarkt eingekehrt waren. Unterwegs verlor sie die Mönche einige Male aus den Augen, doch sie blieb gelassen, sie würde sie schon wieder einholen. Wichtiger blieb vorläufig der wiederholte Blick nach hinten.

Die zweite Nacht hatte sie neben Pilgern in einer Kapelle verbracht. Abermals gab es keine besonderen Vorkommnisse, man hielt Eva für einen Bauernjungen. Wenn sie gezwungen war zu sprechen, blieb sie einsilbig, doch selbst ihre helle Stimme weckte keinen Argwohn. Dankend lehnte sie das Angebot der Pilger ab, sich ihnen anzuschließen.

Am dritten Tag ihrer Flucht - inzwischen gestand sie sich ein, dass es tatsächlich nichts anderes als eine Flucht war - geschah das Unvermeidliche. In der Ferne erkannte sie zwei vertraute Silhouetten. Rasch verließ sie den Weg und versteckte sich hinter Büschen, bis ihr Vater und Falk vorübergezogen waren. Kurz konnte sie in ihre angespannten Gesichter blicken, und einen Moment lang verspürte sie den Wunsch, das Versteck zu verlassen, sich ihnen schluchzend in die Arme zu werfen. Dann aber dachte sie an das Geschehene, das ihrer Seele Schmerz zugefügt hatte, dachte an die geheimnisvolle Welt, die zu betreten sie sich anschickte.

Nun wusste sie, dass der Vater und Falk bald auf die Mönche stoßen würden. Aller Voraussicht nach würden sie unverzüglich zurückkehren, und dann hieß es für Eva, ein weiteres Mal auf der Hut zu sein. Schon wurden die Schatten länger, als sie Nikolaus und Falk erneut erblickte. Zu ihrer Bestürzung gab weder links noch rechts Sträucher oder Bäume, sodass sie gezwungen war - gemächlich, um bloß nicht aufzufallen - kehrt zu machen. Hinter der nächsten Wegbiegung, so erinnerte sie sich, gab es abseits des Weges ein verfallenes Gehöft. Dort kauerte sie sich hinter eine Mauer, hoffend, dass der Vater und Falk nicht auf sie aufmerksam geworden waren.

Wenig später vernahm sie ihre Stimmen.

Sie gingen vorüber. Eva atmete auf. Doch ihre Erleichterung währte nur kurz. Plötzlich gefiel es Balthasar, laut zu krächzen.

Falk blieb stehen.

„Was hast du?", fragte Nikolaus.

„Das Krächzen!"

„Na und?"

„Das ist Balthasar!"

Nikolaus' Augen verengten sich zu schmalen Schlitzen. „Bist du sicher?"

„Er war's!"

„Für mich hört sich ein Rabe wie der andere an."

Falk deutete auf das verfallene Gehöft zu ihrer Rechten. „Es kam von dort. Wir sollten nachsehen."

„Gut."

Sie schritten auf die Ruine zu. Nikolaus machte eine ausholende Handbewegung. „Wir teilen uns auf." Seine Stimme war ein nervöses Flüstern. War seine Tochter in Gefahr? „Du hier, ich dort - aber leise."

Eva hörte die sich nähernden Schritte.

Falks Schritte.

Verzweiflung ergriff sie. Das also war das Ende ihrer Pläne. Auf keinen Fall würde ihr Vater zulassen, dass sie mit den Mönchen nach Paris ging.

Es war vorbei.

Wie gelähmt wartete sie auf Falks Erscheinen. Jeden Augenblick würde er hinter dem Mauervorsprung erscheinen und sie entdecken. Immerhin, etwas in ihr freute sich, ihn wiederzusehen. Ihre Lieb war noch nicht erloschen.

Dennoch, die Verzweiflung überwog.

Es war vorbei.

Erst beim zweiten Hinsehen wurde ihm bewusst, wer dort wie ein Häuflein Elend vor ihm hockte. Eva! - Seine Lippen formten ihren Namen, ohne ihn laut auszusprechen.

Da hockte sie, in einem Wams, die Haare kurz, die Augen flehend.

Er wollte sich zu ihr herabbeugen, ihre Hände ergreifen, sie küssen, zärtlich streicheln, aber ihre erschrockene Zurückhaltung ließ ihn inne halten. Was ging in ihr vor? In ihrem Blick lag keine Abneigung. Doch er sah auch keine Erleichterung darin.

Eine halbe Ewigkeit verstrich, in der sie nichts anderes taten, als sich in die Augen zu sehen. Und da begriff er: Eva war für ihn verloren. Selbst wenn man sie gewaltsam nach Merode zurückbrachte, Evas Glück lag woanders. In ihrer Welt gab es keinen Platz mehr für ihn. Den Grund für ihren

Sinneswandel kannte er nicht, er wusste nur, dass er nichts mehr daran ändern konnte. Diese Erkenntnis schmerzte ihn, aber je früher er sich damit abfand, umso besser war es für alle Beteiligten. Ihre Liebe war kein Irrtum gewesen, weiß Gott nicht, aber offenbar hatte das Schicksal anderes mit ihnen vor.

„Falk?“ Nikolaus’ Stimme hallte zu ihnen herüber. „Falk, wo bist du?“

„Ich bin hier!“

„Hier vorne ist niemand. Und bei dir?“

„Nichts zu sehen! Nur ein Krähennest! War wohl doch nicht Balthasar!“

„Hab ich doch gleich gesagt!“

Falk streckte seine Hand aus. Zögernd tat Eva es ihm gleich. Ihre Fingerspitzen berührten sich.

„Leb wohl, Liebste“, flüsterte Falk.

„Leb wohl“, entgegnete Eva mit belegter Stimme.

Es kostete Falk schmerzhafte Überwindung, sie wieder zu verlassen, für immer, wie er vermutete. Er würde all seine Kräfte darauf verwenden müssen, sich Nikolaus gegenüber nichts anmerken zu lassen.

Noch lange sah Eva ihnen nach, ihrem Vater und dem Mann, den sie fast geheiratet hätte. Ihre Tränen hielt sie nicht länger zurück.

8.

Schwermut hielt Einzug in den Winandshof, als die Männer ohne Eva zurückkehrten. Johann von Merode und sein Vetter Werner veranlassten eine groß angelegte Suche und schickten ihre Männer aus. Die Gegend und der ganze Wald wurden durchkämmt, aber Eva blieb unauffindbar. Von seinen Söhnen, die sich unter diesen Umständen nicht mehr an ihr Versprechen gebunden fühlten, erfuhr Nikolaus, dass Eva sich am Vortag ihres Verschwindens mit dem Torwächter Veit unterhalten hatte. Also schritt Nikolaus geradewegs zur Burg, um Veit zur Rede zu stellen. Er fand ihn in der Wachstube hinter dem Torbogen.

Veit rang um eine Erklärung, stammelte wirres Zeug daher, hatte er doch Eva hoch und heilig versprochen, niemandem von ihren Absichten zu erzählen. Nikolaus wurde zornig, als er merkte, dass der Kerl ihm etwas verschwieg. Selten geriet Nikolaus aus der Fassung, doch nun begann er aufgebracht auf den Burschen einzuprügeln. Veits Kumpan Kuno verhinderte Schlimmeres, indem er sich zwischen die beiden schob und beschwichtigend auf Nikolaus einredete. „Er weiß, wo sie ist!", wütete Nikolaus.

Veit schüttelte den Kopf. Tapfer hielt er sich an sein Versprechen und war sogar bereit, den hemmungslosen Schürzenjäger zu mimen, um Evas Interessen zu schützen. Es war die einzige Heldentat, die er für sie vollbringen konnte.

„Du hast mit ihr gesprochen, meine Söhne haben dich gesehen. Was wolltest du von ihr?"

„Was schon? Einen Kuss!"

Erneut wollte sich Nikolaus auf ihn stürzen, aber Kuno hielt ihn zurück. Nikolaus sah ein, dass es nicht vernünftig war, einen liebestollen Jüngling zum Sündenbock für Evas Verschwinden zu machen. Zerknirscht verließ er die Wachstube.

Währenddessen hatte Evas Tante Maria alle Hände voll zu tun, den Stallburschen Rick vor Thietmars Verdächtigung zu bewahren, er habe Geld gestohlen. Endlich ließ sich Thietmar davon überzeugen, der Dieb sei wohl ein Hausierer gewesen, der, so Maria, vor einigen Tagen ums Haus geschlichen sei.

Maria schlief nachts kaum noch, immer wieder fragte sie sich, ob es recht gewesen war, Eva ziehen zu lassen. Dass Nikolaus sie nicht bei den Dominikanern angetroffen hatte, war seltsam, andererseits hatte Eva ja angedeutet, dass sie einen klugen Plan ersonnen hatte, um ihrer Entdeckung zu entgehen. Mehrmals spielte Maria mit dem Gedanken, sich ihrem Bruder zu offenbaren, und genauso oft verwarf sie ihn wieder. *„Du hast mir einmal das Leben gerettet. Willst du es nun zerstören?"* - Evas Worte. Nein, es lag Maria fern, das Leben ihrer geliebten Nichte zu zerstören. Auch wenn der Preis dafür schlaflose Nächte waren.

Evas Verschwinden hinterließ bei ihrer Familie blank liegende Nerven. Allein Magda war hochgestimmt, wenngleich sie sich nichts anmerken ließ. Der Teufel hatte ihre Bitte erhört. Sie überlegte, wann und wo sie Falk antreffen könnte, und sie fand eine naheliegende Antwort. An der alten Eiche würde er in stillen Stunden der verschwundenen Eva nachtrauern.

Am ersten Abend war er nicht dort, am Abend darauf aber sah sie ihn schon von weitem betrübt vor dem Baum sitzen. In ihren Händen hielt Magda einen Korb, um den Anschein zu erwecken, sie halte Ausschau nach Kräutern am Wegrand. Langsam schritt sie auf den Trübsinnigen zu.

Falk sah sie in der Dämmerung näher kommen. „So spät noch unterwegs, Magda?", fragte er, als sie vor ihm stehen blieb.

Sie nickte. „Meine Mutter hat Bauchweh", erklärte sie. „Ein Frauenleiden, deshalb sammle ich Kräuter für einen Sud." Sie machte ein betretenes Gesicht. „Es ist noch gar nicht lange her, da hat Eva mir gezeigt, wo Frauenmantel wächst." Ihrer Stimme verlieh sie Ehrfurcht, als spreche sie von einer Verstorbenen. „Du vermisst sie sehr, nicht wahr?"

Falk seufzte. „Mehr als ich sagen kann."

Einen Moment lang zögerte Magda, dann setzte sie sich zu ihm. „Wir alle vermissen sie, Falk."

„Wenn ich nur wüsste, dass es ihr gut geht."

„Ich kann es regelrecht spüren: es geht ihr gut!" Sie fragte sich, ob sie es nicht übertrieb, wenn sie über Eva, der sie niemals nahe gestanden hatte, wie von einer Seelenverwandten sprach. Aber Falk schien den Widerspruch nicht zu bemerken.

„Wahrscheinlich hattest du Recht mit deiner Vermutung, dass sie Nonne werden will. Vielleicht hat sie geglaubt, es sei für alle das Beste, wenn sie sich heimlich auf und davon macht."

„Hm! Könnte man nicht alle Nonnenklöster nach ihr absuchen?"

„Gewiss, das könnte man tun." Er raufte sich die Haare. „Aber was, wenn wir sie fänden? Sie gegen ihren Willen zurückholen? Außerdem glaube ich kaum, dass sie eines der nahen Klöster aufgesucht hat. Das Reich ist groß." Niemand sollte je erfahren, dass er Eva noch einmal begegnet war. Dass sie beide einen letzten, stummen Pakt geschlossen hatten.

„Es war nicht recht von ihr, dich so zu verletzen. Das hast du nicht verdient."

Falk schwieg dazu.

Magda verspürte den unbändigen Wunsch, nach seiner Hand zu greifen. Als sie es tat, sah er sie verwundert an. Magda lächelte verlegen und zog ihre Hand wieder zurück. „Ich sollte jetzt gehen", sagte sie. „Meine Mutter wartet." Sie erhob sich.

„Es ist fast dunkel", meinte Falk. „Ein Mädchen sollte jetzt nicht mehr allein unterwegs sein."

„Höre ich da etwa meinen Vater sprechen?"

„Im Ernst, vor Halunken ist man nirgends gefeit. Ich begleite dich."

Am liebsten hätte Magda aufgeschrien vor Glück. „Ich hatte nicht vor, dich in deinem Kummer zu stören, Falk."

„Schon gut. Die Grübeleien führen sowieso zu nichts."

Der Weg ins Dorf war nicht weit, und obwohl sie wenig sprachen, genoss Magda jeden Schritt in Falks Begleitung. Doch ihr Wunsch, er möge schützend einen Arm um sie legen, blieb unerfüllt. Aber auch das, so tröstete sie sich, blieb nur noch eine Frage der Zeit. Als sie den Winandshof erreichten, bedankte sie sich artig für seine Begleitung. Er wartete noch, bis sie ins Haus gegangen war, winkte ihr lächelnd hinterher. Später, als Magda auf ihrem Strohsack lag, zog sie das Fazit, dass der Tag sehr erfolgreich für sie verlaufen war.

*

Sie hatten Lüttich bereits hinter sich gelassen, als sich Michels Verdacht erhärtete: jemand folgte ihnen. Dieser unscheinbare Knabe - auffällig an ihm war allein der schwarze Vogel auf seiner Schulter -; Michel hätte schwören können, dass er bemüht war, stets einen gewissen Abstand einzuhalten. Irgendetwas führte der Junge im Schilde. Michel überzeugte die Mönche, dass es besser sei, die Sache ein für allemal zu klären.

Ein heftiger Schreck durchfuhr Eva, als plötzlich ein Riese aus dem Gebüsch trat und ihr breitbeinig den Weg versperrte. Erst auf den zweiten Blick erkannte sie, dass es der Begleiter der beiden Dominikaner war. Grund genug, erleichtert zu sein, denn Michel war kein Wegelagerer. Nun also war es geschehen, ihre Gegenwart war bemerkt worden. Sie hatte den Zeitpunkt selbst bestimmen wollen, aber der Hüne hatte ihr das Heft aus der Hand genommen. „Wer bist du, Bursche?"

Seine dunkle Stimme war eine Drohung. Eva wurde bewusst, dass Michel sie in ihrer Verkleidung nicht erkannte. „Ich bin Eva, Michel. Du kennst mich doch? Du hast mich gesehen, als ich Bruder Konrad und Bruder Thomas besuchte."

„Hältst du mich zum Narren?" Grimmig packte er Eva mit seiner Rechten am Kragen, sodass ihr fast die Luft wegblieb. Balthasar flatterte auf und krächzte verärgert, die Bedrohung für seine Herrin erkennend, er machte Anstalten, den Riesen anzugreifen. Doch ehe es dazu kam, fand er sich in Michels linker Hand wieder, die ihn zu zerquetschen drohte. Federn stoben durch die Luft.

„Bitte, lass ihn leben", keuchte Eva, selbst in Michels eisernem Griff gefangen. Ihr Flehen war berechtigt, dem Vogel quollen bereits die Augen aus ihren Höhlen, sein Schnabel war weit geöffnet, das Ende nur noch eine

Frage von Augenblicken.

„Lass ihn los!", befahl eine Stimme hinter Michels Rücken. Michel gehorchte. Eva, vom Zugriff des Riesen befreit, atmete tief und rieb sich den Hals.

„Den Vogel auch!", sagte die Stimme. Unverzüglich ließ Michel Balthasar zu Boden fallen, wo der Vogel japsend hocken blieb. Behutsam hob Eva ihn auf und betrachtete ihn voller Sorge.

„Warum folgst du uns, Junge?" Bruder Konrad! Eva wurde klar, dass die Mönche, versteckt hinter Büschen, auf sie gewartet haben mussten. Neben Konrad stand Thomas und musterte sie mit fragendem Blick.

„Ich möchte Meister Eckhart hören", sagte Eva.

Thomas fragte: „Wer bist du?" Er wirkte verwirrt, als habe er eine leise Ahnung, wer dort vor ihnen stand.

„Ich bin Eva!"

„Junge, lüg uns nicht an", sagte Konrad ungeduldig. „Wie kannst du es wagen, uns -" Thomas stieß seinen Mitbruder an.

„Sie ist es", sagte er.

Konrad sah ihn verständnislos an.

„Es ist Eva, schau sie dir doch an", fuhr Thomas fort. „Sie hat sich wie ein Bursche gekleidet."

Konrad trat näher und nahm Eva, die den Kopf senkte, in Augenschein. „Was hast du dir nur dabei gedacht, Mädchen?", fragte er, als er die Überzeugung seines Mitbruders endlich teilte. „Dein Vater sucht verzweifelt nach dir. Alle machen sich große Sorgen."

Eva nickte betreten, aber an ihrem längst gefassten Entschluss vermochten Konrads Vorhaltungen nichts zu ändern. „Ich möchte nach Paris", verkündete sie leise, aber entschlossen. „Ich möchte den Meister sehen und hören. Nichts und niemand kann mich davon abbringen."

Konrad seufzte. „Mädchen, du bist ja störrischer als ein Esel."

„Ich gehe nicht zurück!" Sie rieb eine Wange an Balthasars Gefieder. Der Rabe, eben noch in den Fängen des Todes, kehrte allmählich ins Diesseits zurück.

„Es wäre zu gefährlich, sie nunmehr heimwärts zu schicken", erklärte Thomas. „Ihr Heimatdorf ist weit."

„Immerhin hat sie es ja auch unbeschadet bis hierher geschafft", brummte Konrad.

„Wenn ihr unterwegs etwas zustößt, dann müssten wir uns arge Vorwürfe machen."

„Michel könnte sie begleiten."

„Welchen Sinn ergäbe das? Ist es nicht unsere Aufgabe, ihn nach Paris zu führen?"

„Das weiß ich selbst." Konrad machte aus seinem Missmut keinen Hehl. Es war einleuchtend, dass sie Eva nicht guten Gewissens nach Hause schicken konnten, zu viele Gefahren lauerten unterwegs auf eine junge Frau, die ohne Begleitung reiste, selbst wenn sie wie ein Mannsbild daherkam. Evas Plan, sich so spät wie möglich zu erkennen zu geben, erwies sich als wohldurchdacht. Den Mönchen blieb nichts anderes übrig, als sie mitzunehmen.

„Du bist nicht nur klug, sondern auch äußerst gewieft", räumte Konrad widerwillig ein.

„Du kannst dich uns anschließen, Eva", verkündete Thomas.

„Ha, darauf hätte ich gewettet, dass Thomas einem hübschen Mädchen nicht die Mitreise verweigert", meinte eine weibliche Stimme. Eva sah zu der Frau hinüber, die ebenfalls aus dem Gebüsch hervorgetreten war. Seitdem die Mönche Aachen verlassen hatten, befand sie sich in deren Begleitung.

„Lass das törichte Geplapper, Johanna!", sagte Konrad streng.

„Euer Mitbruder weiß, dass ich nicht übertreibe, Onkel", erwiderte sie keck. Mit erhobenem Haupt schritt sie auf Eva zu, blieb unmittelbar vor ihr stehen und musterte sie neugierig.

„In der Tat musst du sehr hübsch sein, wenn du dich nicht gerade als Bauerntölpel tarnst. Schade nur um deine Haare. Es wird eine Weile dauern, bis sie nachgewachsen sind. Du heißt Eva? Ich bin Johanna!"

Obwohl Johanna nicht gerade das auszeichnete, was man ein bescheidenes Wesen nennt, war sie Eva auf Anhieb sympathisch. Johanna mochte ein Jahr älter sein, allenfalls zwei. Es war Eva noch nicht häufig passiert, dass eine Altersgenossin ihr soviel Wohlwollen entgegenbrachte. „Bruder Konrad ist dein Onkel?", fragte sie, da ihr sonst nichts einfiel.

„Großonkel, um genau zu sein. Er hat beschlossen, sich um mein Wohl zu kümmern, nachdem mein Mann vor kurzem ums Leben kam."

„Das tut mir Leid. War er krank?"

„Nein, er hatte einen, hm, Unfall. Da auch meine Eltern schon tot sind und ich sonst keine Verwandeten habe außer dem guten Onkel, begleite ich ihn, er bestand darauf. Er denkt, ich könnte sonst auf falsche Pfade gelangen. Schön, dass du uns begleitest, Eva." Ihre Stimme wurde zu einem verstohlenen Flüstern. „Nichts gegen die Mönche und den guten Michel, aber mitunter ist's in ihrer Gesellschaft doch recht langweilig."

„Eure müßigen Plaudereien könnt ihr unterwegs fortsetzen, wir haben schon genug Zeit verloren." Konrad schien sich mit der neuen Situation vorläufig abgefunden zu haben. „Eva, du kannst mit uns kommen, aber in Paris werden wir entscheiden, was weiter mit dir geschieht."

Konrad schritt voran, gefolgt von Thomas. Michel wartete, bis auch die beiden jungen Frauen sich in Bewegung gesetzt hatten, dann folgte er ihnen in kurzem Abstand. Balthasar, inzwischen von seinem Schrecken weitgehend erholt, fauchte den Riesen immer wieder rachsüchtig an, und Eva musste ihn gut festhalten, damit er sich nicht erneut einer hoffnungslosen

Kraftprobe aussetzte.

Am Abend nahmen sie Quartier in einer kleinen, der Gottesmutter geweihten Kapelle unweit von Namur.

Darauf bedacht, keinen der Schlafenden zu wecken, stahl sich Eva leise aus der Kapelle. Nicht allein das Schnarchen der Mönche, vor allem die aufwühlenden Gedanken an Falk und ihre Familie raubten ihr den Schlaf. Zum ersten Mal seit ihrer Flucht hatten sich ihrer leise Zweifel bemächtigt, und ihre Entscheidung, ihr bisheriges Leben hinter sich zu lassen, erschien ihr plötzlich fragwürdig. Falk fehlte ihr, gleichgültig, was er mit jener Hure getrieben hatte. Ihre Eltern, die Brüder, Hiltrud, Maria, Heilwig, sogar Magda, sie alle fehlten ihr. Zudem hatte Bruder Konrad sie kaum mehr eines Blickes gewürdigt. Seine Missachtung schmerzte sie, wenngleich Thomas sich viel Mühe gab, freundlich zu ihr zu sein. Eva war bewusst geworden, dass jeder Schritt sie weiter von der Heimat entfernte.

Die Nacht war kühler als erwartet, ein lebhafter Wind strich ihr durchs Gesicht. Sie entfernte sich einige Schritte von der Kapelle, setzte sich auf einen Findling und umschlang ihre Knie. Im Mondlicht offenbarten sich ihr die schattigen Umrisse der Landschaft. In der Ferne verlieh ein bewaldeter Hügel der Nacht Konturen, davor lagen Äcker mit sprießenden Halmen, deren Duft der Wind herüberwehte und in Eva die Illusion weckte, sich in heimatlichen Gefilden zu befinden. Eine Weile verharrte sie in wehmütiger Nachdenklichkeit, dann vernahm sie Schritte, und für die Dauer eines Wimpernschlages gab sie sich der törichten Hoffnung hin, der Ankömmling sei Falk. Johannas Stimme holte sie rasch in die Wirklichkeit zurück. „Männer! Warum gibt es keinen einzigen, der nicht schnarcht? Ob der liebe Gott uns Frauen damit strafen will?“ Sie setzte sich neben Eva.

„Warum sollte der Herrgott uns strafen wollen?“, fragte Eva mit einem Lächeln.

„Wegen der Sache mit Eva und dem Apfel. Darüber war der Herrgott ziemlich böse. Unter Schmerzen sollten die Frauen fortan ihre Kinder gebären. Vielleicht reicht das Gott noch nicht. Deshalb lässt er die Männer schnarchen, um ihre Weiber um den Schlaf zu bringen.“

„Es tut mir sehr Leid, dass dein Mann tot ist, Johanna.“

Bruder Konrads Großnichte schüttelte amüsiert den Kopf. „Brauchst kein Mitleid mit mir zu haben. Josef war ein hoffnungsloser Nichtsnutz. Ein Trunkenbold. Kaum, dass ich ihn einmal nüchtern erlebt hätte.“

Eva schwieg betreten.

„War immer besoffen“, fuhr Johanna fort, „wie also hätte er da ein Kind mit mir zeugen können? Ein Wunder, dass er seiner Arbeit als Zimmermannsgeselle noch nachgehen konnte. Aber letzten Monat passierte, was irgendwann passieren musste: Er fiel vom Dach und brach sich das Genick!“ Sie imitierte das Geräusch zerberstender Knochen und breitete die

Hände aus. „Zurück blieb eine jungfräuliche Witwe."

„Du bist sehr tapfer", sagte Eva leise.

„So, findest du? Tja, das kann man so oder so sehen. Übrigens, das mit der Jungfräulichkeit, das stimmt nicht so ganz. Zumindest jetzt nicht mehr."

„Du musst mir nichts erklären, Johanna."

„Mit wem sonst könnte ich darüber sprechen? Mit meinem Großonkel? Ha, da könnte ich mich gleich selbst verdammen. Also, willst du wissen, wann und wie ich meine Unschuld verlor?"

„Johanna, ich -"

„Ach komm schon, natürlich willst du's hören."

Eva sah sie mit großen Augen an. Es lag ihr wirklich nichts daran, Johannas Geheimisse zu erfahren, aber diese schien sehr erpicht darauf, ihr alles zu verraten.

„Nun, da gab es Josefs Meister", plauderte Johanna unverdrossen, „ein durchaus ansehnlicher Mann namens Vitus. Der hatte schon immer ein Auge auf mich geworfen, und wahrscheinlich war das auch der Grund, weshalb er Josef nicht zum Teufel jagte. Als Josef dann den Weg allen Fleisches ging, sah Vitus sich berufen, einer jungen Witwe Trost zu schenken. Na ja, immerhin wartete er damit, bis man Josef unter die Erde gebracht hatte."

„Du hast dich von ihm verführen lassen?"

„Findest du das verwerflich? Hatte ich mir nicht ein wenig Vergnügen verdient nach dieser tristen Ehe?"

Offenbar bestand Johanna auf einer Antwort, denn erwartungsvoll sah sie Eva an.

„Tja ..., wenn du meinst."

„Spiel nicht die Verlegene. Und überhaupt, was ist eigentlich mit dir? Weshalb willst du nach Paris?"

„Ich möchte Meister Eckhart hören."

„Und der wahre Grund?"

„Aber das ist der wahre Grund."

Johanna kicherte. „Meinen Großonkel kannst du vielleicht an der Nase herumführen. Mich nicht."

„Du glaubst mir nicht?" In Evas Stimme lag ein Hauch von Verzweiflung. Johannas Grinsen erstarb.

„Bei allen Heiligen, du meinst es wirklich ernst. Du willst nach Paris, um einem merkwürdigen Gelehrten zuzuhören."

„Hast du ihn schon reden gehört?"

„Nein. Es reicht mir, wenn mein Großonkel und Thomas über ihn parlieren. Da könnte man ebensogut dem Froschgequake am Teich lauschen und würde nicht mehr und nicht weniger verstehen. Willst du mir weismachen, dass du auch nur ein Wort davon begreifst?"

„Es zu begreifen wäre mein Wunsch."

Johanna musterte sie eine Weile lang mit hochgezogenen Brauen. „Du bist ein seltsames Wesen, Eva", sagte sie schließlich. „Aber du bist wunderschön. Thomas wird all seine Kräfte darauf verwenden müssen, sich nicht wie ein liebestoller Hengst auf dich zu stürzen." Fast klang es, als würde sie Eva darum beneiden.

„Thomas ist ein Gottesmann", erwiderte Eva errötend.

„Glaubst du, das würde ihn vor der Sünde der Fleischeslust bewahren? Thomas ist ein Mann! Und ich denke, er ist brünstiger als ein Kriegsknecht, der wochenlang kein Weibsbild mehr gesehen hat. Auch mich begafft er lüstern, sooft er sich unbeobachtet fühlt. Am liebsten würde er mich dann auf der Stelle - na, du weißt schon. Ich frage mich, wie oft er im Stillen sein Keuschheitsgelübde verflucht."

„Johanna! Wie kannst du bloß so über ihn sprechen?"

„Sollte ich, nur weil Thomas ein Mönch ist, etwas Falsches behaupten?" Evas Gehemmtheit amüsierte sie. „Übrigens solltest du, da dein Geheimnis nun gelüftet ist, deine Rundungen nicht länger in Männerkleidung zwängen. Hast du kein Kleid dabei?"

Eva schüttelte den Kopf.

„Macht nichts, ich gebe dir mein Ersatzkleid. Mir ist es sowieso zu klein, aber dir dürfte es passen." Sie schwieg kurz. „Andererseits frage ich mich, ob Thomas erst recht das Wasser im Mund zusammenläuft, wenn du Frauenkleidung trägst."

„Johanna, bitte!"

„Schon gut. Du kriegst das Kleid, achten wir nicht auf diesen Mönch. Meinem Großonkel dürfte es eh lieber sein, wenn du die unziemliche Männerkleidung ablegst."

„Ich glaube, er mag mich nicht", seufzte Eva.

„Im Gegenteil. Er mag kluge Menschen, gleich ob Mann oder Weib. Dummköpfe sind ihm ein Gräuel. Genau aus diesem Grund kann er dich besser leiden als seine eigene Großnichte."

„Das darfst du nicht sagen."

„Und ob. Ja, das eine muss ich dem guten Konrad lassen: Im Gegensatz zu den meisten anderen Kuttenträgern verteufelt er die Weiber nicht von vornehinein. Und was dich angeht, Eva, du bist ein kluges, hübsches Mädchen, aber du solltest dir angewöhnen zu sagen, was dir auf dem Herzen liegt. Das Leben ist hart, und die Welt ist nicht so gut und edel, wie die Gelehrten sie machen wollen. Ich werde dir schon beibrigen, die Dinge beim Namen zu nennen. Wenn wir erst in Paris sind, dann wirst du nicht nur das Bedürfnis nach Gelehrsamkeit empfinden. Wirst dich bestimmt auch mal vergnügen wollen. Hast du eigentlich schon mal mit einem Mann geschlafen?"

Der Gedanke an Falk und die damit verbundene Wehmut hemmte Eva mehr als die Dreistigkeit der Frage. „Ich - nein!"

„Noch nie?"

„Falk und ich, wir wollten heiraten. Aber es kam nicht dazu."

„Verstehe. Dieser Falk hat dich betrogen, was?"

Eva senkte den Kopf.

„Die Kerle sind alle gleich, merk dir das. Mein Josef war da vielleicht eine Ausnahme, aber nur, weil er zu versoffen war. Dein Falk hat dich also mit einer anderen betrogen. Bist du deshalb von zu Hause weggegangen?"

„Zumindest hat es eine Rolle gespielt."

„Wenn dir danach ist, kannst du mir erzählen, was geschehen ist. Uns bleibt noch viel Zeit, bis wir Paris erreichen." Sie legte einen Arm um Evas Schulter. „Und jetzt sollten wir versuchen, noch ein wenig zu schlafen, trotz des unsäglichen Geschnarches."

Obwohl die Schamesröte in Evas Gesicht noch nicht verflogen war, musste sie feststellen, dass Johannas Nähe ihr keineswegs unangenehm war. Vielleicht konnte Bruder Konrads Großnichte ihr ja die Freundin sein, die sie in Magda so rasch wieder verloren hatte.

9.

Falk sah die Gestalt, die sich im Dunkeln der Eiche näherte und erkannte sie an ihrem Schritt. Als sie vor ihm stand und ihm in die Augen sah, lächelte er ihr zu. „Ich will nicht lästig erscheinen", sagte Magda leise, „denn ich weiß, wie sehr du leidest. Und ich leide nicht weniger. Heißt es nicht, dass geteiltes Leid halbes Leid ist?"

„Du bist mir nicht lästig", versicherte Falk.

„Darf ich mich zu dir setzen?"

Falk nickte, sie hockte sich neben ihn. Schweigend starrten sie vor sich hin. Vom Wald her wehte ein frischer Wind. „Ich hab mich von daheim fortgeschlichen", bekannte Magda nach einer Weile. „Mein Vater hat mir verboten, das Haus nach Einbruch der Dunkelheit zu verlassen."

„Warum tust du es dennoch?"

Sie zuckte mit den Schultern. „Weil ich nicht schlafen kann. Wenn ich doch bloß wüsste, ob es ihr gut geht."

Falk starrte auf seine Hände und entschloss sich zu einem Geständnis. „Was bislang noch niemand weiß: Als ich mit deinem Onkel Nikolaus nach Eva suchte ...", er atmete tief, „da hab ich sie gesehen."

Magda zuckte erschrocken zusammen, aber Falk bemerkte es nicht. Vielmehr fragte er sich, welcher Teufel ihn ritt, sein Geheimnis preiszugeben. Doch war nicht auch Magda voller trauernder Gefühle? Was sprach dagegen, sich Evas Kusine anzuvertrauen? „Du musst mir versprechen, es niemandem zu erzählen, Magda."

„Eine verschwiegenere Verbündete als mich wirst du schwerlich finden."

Also erzählte Falk ihr von seiner Begegnung mit Eva bei jenem verfallenen Gehöft. Wo sie sich in die Augen geblickt, mit den Fingerspitzen berührt und einander Lebewohl gesagt hatten. Magda lauschte ihm mit angehaltenem Atem. Offenbar hatte ihr Glück an einem seidenen Faden gehangen. Allein dem Leibhaftigen war es zu verdanken, dass Eva nicht wieder heimgekehrt war.

„Du hättest sie kurzerhand packen und heimwärts schleppen können."

Falk schüttelte den Kopf. „Es bestand ein stummes Einverständnis zwischen uns. Ich weiß, es klingt wie Geschwätz, aber ich wollte Eva nicht ihres Glückes berauben."

„Wie kann sie glücklich sein ohne dich?"

Überrascht sah er sie an. „Sie hat sich für einen anderen Weg entschieden", erklärte er. „Es wäre sinnlos gewesen, sie davon abzubringen. Was kann ein Mensch schon gegen die Eingebungen seiner Seele tun?"

„Du hast Recht." Magda klang zerknirscht. „Es wäre wohl sinnlos gewesen." Sie schloss die Augen und lehnte sich an ihn. Ihr ganzer Körper begann zu beben.

„Ja, weine ruhig“, sagte Falk, „das hilft. Glaub mir, auch ich habe schon manche Träne vergossen.“

Sie spürte seine Hand, die sanft, ja zärtlich über ihr Haar strich. Eine Woge der Verzückung rollte durch ihren Körper. Indes, sie durfte sich ihre Genugtuung nicht anmerken lassen. Falk musste glauben, dass es allein die Sorge um Eva war, die sie so sehr aufwühlte.

Plötzlich spürte sie seinen Atem auf ihrer Kopfhaut. Spürte seinen Mund, der ihren Scheitel küsste. Mit äußerster Mühe widerstand sie dem Impuls, ihm ihr Gesicht zuzuwenden, ihre Lippen gierig auf seinen Mund zu pressen. Wenn er doch endlich auch ihren Körper streicheln würde. „Dein Haar“, hörte sie ihn sprechen. „Es duftet herrlich.“ Er nahm ihr Gesicht in beide Hände. Sie spürte sein Zögern, als ihre Zungenspitze forschend in seinen Mund drang. Für einen schrecklichen Moment lang glaubte sie, alles verdorben zu haben. Dann aber gab er jeden Widerstand auf und ließ alles mit sich geschehen.

Magda war am Ziel.

Natürlich war ihr klar, dass sie ihren Triumph nicht in die Welt hinausposaunen durfte. Doch das Bedürfnis, ihre Freude mit jemandem zu teilen, war mächtig. Deshalb suchte sie am nächsten Morgen ihre Freundin Cordula auf. Sie fand sie auf einem der brachen Äcker, wo sie mit anderen Frauen Unkraut jätete. Magda winkte sie zu sich heran.

„Um Himmels Willen, was ist mit dir geschehen?“, fragte Cordula erschrocken. „Du siehst aus, als hätten dir der Himmel alles Glück dieser Welt in Aussicht gestellt.“

„In Aussicht gestellt?“ Magda schüttelte lachend den Kopf. „Ich hab's erfahren!“

„Erzähl schon!“, drängte Cordula.

„Falk und ich, wir -“ Sie spitzte vielsagend den Mund und blickte in alle Richtungen, um sich zu vergewissern, dass niemand lauschte.

„Was? Raus mit der Sprache, mach schon.“

„Wir haben's miteinander getrieben.“

„Nein!“ Cordulas Augen rundeten sich.

„So wahr ich hier stehe!“

„Wann?“

„Gestern Abend! Unter der alten Eiche am Waldrand. Genau dort, wo er sich immer mit meiner Kusine traf.“

„Und wenn du schwanger wirst?“

„Dann wird er mich heiraten müssen.“

„Heilige Jungfrau! Man sollte fast meinen, du hättest es darauf angelegt.“

Magda grinste, und Cordula begriff. „Du *hast* es darauf angelegt! Erzähl, wie ist es, wenn man seine Unschuld verliert? Tut es wirklich so weh, wie meine Mutter mich glauben machen will?“

„Falk war sehr vorsichtig. Ha, jetzt ist er mein."

„Ich hätte nie gedacht, dass er Eva so rasch vergisst."

„Tja, ich musste einen kleinen Trick anwenden, um ihn zu becircen."

„Was hast du gemacht? Verrat's mir, sonst spreche ich nie wieder ein Wort mit dir."

„Ich wusste, dass Eva sich immer eine Kräuteressenz in die Haare rieb. Dasselbe hab auch ich gestern getan, und als ich mich Trost suchend an ihn lehnte, da fühlte er sich durch den Duft wohl um so schmerzlicher an Eva erinnert."

„Moment mal! Er hat dich nur deshalb vernascht, weil seine Sehnsucht nach Eva ihn dazu trieb?"

„Unsinn!", widersprach Magda ärgerlich. „Und selbst wenn - Eva ist fort, sie kommt nie wieder."

„Wie kannst du das wissen?"

„Ich weiß es eben. Falk hat mit mir geschlafen, das lässt sich nicht mehr rückgängig machen. Er liebt mich, verstehst du? Er liebt mich, sonst wäre das alles gar nicht geschehen."

„Schon gut, beruhige dich, Magda. Ja, er liebt dich, bestimmt."

Magda entging nicht, dass ihre Freundin alles andere als überzeugt wirkte. Wütend darüber machte sie kehrt und ließ Cordula einfach stehen.

Als Falk am Morgen aufgewacht war, hatte er eine große Leere verspürt. Nach und nach waren die Erinnerungen an die letzte Nacht zurückgekehrt, und widerwillig musste er sich eingestehen, dass es keineswegs die Erinnerungen an einen launischen Traum waren. Alles war tatsächlich geschehen, er und Magda hatten einander hingegeben. Er erinnerte sich, dass Magdas Haar nach Narzissen geduftet hatte. Dieser süße, herrliche Duft! Auf immer und ewig würde der Duft nach Narzissenblüten ihn an Eva erinnern.

Eva! Wie hatte es nur dazu kommen können, dass er sie betrog? Aber war es wirklich Betrug? Hatten sie nicht die stumme Übereinkunft getroffen, eigene Wege zu gehen? Hatte sie ihm nicht seine Freiheit zurückgegeben? Es half nichts, Falk fühlte sich wie ein Verräter. Er war Eva untreu gewesen, denn sie war die Liebe seines Lebens und würde es immer bleiben. Nichts konnte daran etwas ändern.

Magda? Ja, er hatte mit ihr geschlafen. Er versuchte sich zu erinnern, wie es dazu gekommen war. Doch die einzige Erinnerung war der betörende Duft von Narzissenblüten. Mein Gott, dachte Falk, ich habe Magda entehrt.

Was sollte er tun? Verdiente Magda nicht einen Mann, der sie liebte? Was hatte er ihr angetan?

Wortkarg, lustlos und voller Zweifel ging Falk an diesem Tag seiner Arbeit nach.

*

Wie gebannt lauschte Eva den Worten Thomas'. Der junge Dominikaner berichtete ihr vom Leben und Werdegang Meister Eckharts, der vor mehr als fünfzig Jahren bei Gotha geboren worden war. Mit 15 Jahren trat er dem Dominikanerorden bei, absolvierte ein Studium der Künste, der Naturphilosophie und der Theologie, erhielt die Priesterweihe. Zunächst wurde er Prior des Erfurter Dominikanerklosters, später ging er als Magister nach Paris, um dort zu lehren, bevor man ihm die Leitung der Ordensprovinz Saxonia übertrug. Seit gut einem Jahr hatte er ein zweites Magisterium in Paris inne. „Nur Thomas von Aquin hatte bislang zwei Pariser Magisterien inne", erklärte Thomas mit Stolz.

Wärmend strahlte die Sonne auf sie herab. Eva fühlte sich wohl in Johannas Kleid, das aus schlichtem braunem Wollstoff gefertigt war und ausgezeichnet passte. Endlich fühlte sie sich wieder wie eine Frau. Auf ihrem Kopf trug sie, gleichfalls aus Johannas Besitz, ein breites Haarband, um die jungenhafte Frisur zu verbergen. Balthasar hockte auf ihrer Schulter und genoss die Sonnenstrahlen. Sie erinnete sich an Johannas Worte. Bruder Thomas ein Lüstling? Sie versuchte, diesen Gedanken zu verdrängen, doch just in diesem Moment drehte Johanna, die mit den anderen ein Stück voraus ging, sich um und zwinkerte ihr vielsagend zu, als habe sie ihre Gedanken gelesen. Nimm dich vor ihm in Acht!, sagte ihr Blick.

Sie übertreibt, dachte Eva. Jedenfalls hatte Thomas ihr bis dahin nicht den geringsten Anlass gegeben, Johannas Befürchtungen für berechtigt zu halten. Der Dominikaner war sachlich und korrekt, mied züchtig jeden Blickkontakt. Eva wünschte sich, dass Johanna nie darüber gesprochen hätte. Sie nahm den Faden auf, den Thomas ihr vorhin gelegt hatte. „Nach allem, was ich weiß - und das ist nicht viel -, steht Thomas von Aquin in vielen Fragen im scharfen Kontrast zur Theologie des Eckhart", meinte sie.

Thomas nickte. *„Deus est intelligere!,* sagt Eckhart, Gott ist Denken! Thomas dagegen sah Gottes Sein in seinem Denken begründet. Erkennst du den feinen Unterschied, Eva?"

„Ich erahne ihn", antwortete sie seufzend, „aber es wäre vermessen zu behaupten, dass ich es auch verstehe."

„Weshalb solltest du schneller begreifen als wir alle?", lachte Thomas. „Eckhart sagt, dass das Sein nicht mehr im Unterschied zum Denken Gottes steht, sondern Teil davon ist. *Esse est Deus!*"

„Esse est Deus", wiederholte Eva nachsinnend. Zum ersten Mal überkam sie das beunruhigende Gefühl, dass sie ihre Auffassungsgabe maßlos überschätzt hatte. War es nicht töricht und hoffärtig von ihr gewesen zu glauben, sie könne mit gelehrten Männern parlieren? Hätte sie nicht in Merode bleiben, heiraten, Kinder gebären und ein bäuerliches Leben führen müssen, wie der Herrgott es ihr womöglich bestimmt hatte? Gewiss,

die Fragen des Glaubens hatten sie immer schon bewegt, doch was Pater Raphael ihr beigebracht hatte, war nicht zu vergleichen mit den geistigen Herausforderungen, vor die sie sich nun gestellt sah. Ihr Trotz erwachte. Ich will es begreifen!, sagte sie sich. Wenn nicht gleich, dann morgen. Oder irgendwann. Aber ich will es begreifen!

Ein Aufschrei riss sie aus ihren Überlegungen. Bruder Konrad winkte seinen jüngeren Mitbruder hastig herbei. Der hünenhafte Michel hockte mit leerem Blick auf dem Erdboden. „Er hat grelle Farben gesehen!", erklärte Konrad ernst.

Thomas nickte und wandte sich an den Riesen. „Michel, kannst du mich hören?"

Michel reagierte nicht, starrte durch den anderen hindurch. Thomas holte ein Schwämmchen aus seinem Ranzen hervor. „Öffne den Mund, Michel. Bitte!"

Da der Riese seiner Aufforderung nicht nachkam, schob Thomas ihm den Schwamm mit sanfter Gewalt zwischen die Zähne.

„Warum tut Ihr das?", fragte Johanna.

„Damit er sich nicht auf die Zunge beißt."

„Keine Fragen jetzt", sagte Konrad barsch.

Plötzlich verzog sich Michels Gesicht zu einer Grimasse. Er kippte zur Seite, sein Körper verkrampfte sich. Arme und Beine begannen rhythmisch zu zucken, während aus seinen Mundwinkeln der Speichel tropfte. Eva empfand tiefes Mitleid, wollte sich neben ihn knieen, beruhigend auf ihn einreden, aber Thomas hielt sie zurück. „Lass ihn. Es wird nicht lange dauern."

Er behielt Recht, bald war der Anfall vorüber. Erschöpft lag der Riese zu ihren Füßen. Seine Augen waren geschlossen, er schien tief und fest zu schlafen. Konrad betrachtete ihn, und Eva erkannte die stille Sorge im Blick des Dominikaners. „Wir rasten hier, bis er aufwacht", verkündete er.

Sie setzten sich neben den Schlafenden. Thomas holte einen Kanten Brot aus seinem Ranzen, brach ihn in mehrere Stücke. Schweigend aßen sie. Nach einer Weile konnte Eva die Frage nicht länger zurückhalten, die ihr wie ein glühendes Stück Kohle auf der Zunge lag. „Wie kann ein Mann wie Michel, so stark er auch sein mag, einen anderen Menschen beschützen? Er ist krank. Kann er nicht jederzeit einen Anfall bekommen?"

Zu ihrer Überraschung nahm Konrad ihre Frage mit erstaunlichem Gleichmut auf. „Du glaubst also nicht, er sei von Dämonen besessen?" Seine Stimme klang weich.

Dämonen? Darüber hatte sie noch gar nicht nachgedacht. Ob Dämonen oder nicht, ihre Frage hatte Konrad nicht beantwortet, aber sie drang nicht weiter auf ihn ein.

Nach einer knappen Stunde erwachte Michel aus seinem Erschöpfungsschlaf und sah in die Gesichter, die ihm zulächelten. „Hab ich wieder -?"

Die Antwort der Mönche war ein Nicken. „Diesmal verlief es weniger

heftig", tröstete ihn Thomas. „Das ist immerhin ein gutes Zeichen, oder?"
„Hatte gehofft, es würde ganz aufhören." Der Riese richtete sich auf. Balthasar krächzte, als er seinen Peiniger wieder auf den Beinen sah.
„Du solltest dich noch schonen, Michel", schlug Konrad vor.
„Nein. Ich will weiter!"
Am darauffolgenden Tag erreichten sie die Champagne.

Am Wegrand lag die Leiche einer Frau. Der Wind hatte ihr einen Zipfel ihres Kopftuchs ins Gesicht geweht. Heerscharen von Fliegen schwirrten um sie herum. Konrad trat an sie heran und nahm den Stoff von ihrem Antlitz. Erschrocken schrie Eva auf: An den Augen der Toten hatten sich bereits die Krähen gütlich getan. Ihr Alter war schwer zu schätzen, es fehlten ihr einige Zähne, doch vermutlich war sie kaum mehr als dreißig Jahre alt. Ihr Haar war schmutzig und verfilzt, ihre Kleidung ärmlich, ein verschlissener Umhang umhüllte sie. „Der Herr sei ihrer Seele gnädig", murmelte Konrad und sprach ein lautes Gebet.
„Wir können sie hier nicht liegen lassen", merkte Johanna an.
„Erkläre uns nicht unsere moralische Pflichten", brummte ihr Onkel, „dazu bist du wohl am wenigsten berufen."
„Laon ist nicht mehr weit", sagte Thomas, „dort werden wir den Behörden Meldung erstatten. Jemand wird kommen und den Leichnam abholen. Sie wird eine würdige Bestattung bekommen."
„Ob sie krank war?", fragte Eva.
Johanna bezweifelte das. „Vermutlich wurde sie misshandelt. Sieh doch, überall hat sie blaue Flecken."
„Nicht unsere Aufgabe, das herauszufinden", sagte Konrad. „Lasst uns also nach Laon gehen."
Ein helles Wimmern ließ sie innehalten. Wieder blickten sie auf die Leiche. „Um Himmels Willen, was war das?", fragte Johanna entsetzt. „Es ist doch nicht möglich, dass sie noch -?"
„Unsinn", widersprach ihr Onkel. „Es muss ein Tier gewesen sein."
Wieder dieses Geräusch, der klägliche Laut eines menschlichen Wesens. Unter dem Umhang der toten Frau bewegte sich etwas. Thomas stöhnte ungläubig, zögerte einen Moment, als fürchte er, das Opfer eines makaberen Schabernacks zu sein, schob dann mit einer abrupten Bewegung ihren Umhang beiseite. Zum Vorschein kam ein nackter Säugling, der nun, da das Tageslicht ihn blendete, herzerweichend zu schreien begann. „Heilige Mutter Gottes!", entfuhr es Thomas. Balthasar flatterte krächzend auf und suchte die nächste Baumkrone auf. Augenblicklich waren auch die beiden jungen Frauen zur Stelle. Eva nahm das Kind, es war ein Mädchen, in ihre Arme, während Johanna ein Tuch aus ihrem Bündel kramte. Gemeinsam wickelten sie die Kleine in den Stoff und versuchten sie durch sanften Singsang zu beruhigen.

„Das Kind braucht keinen albernen Gesang, sondern etwas zu essen!", sagte Bruder Konrad.

„Was versteht ein Mönch davon", konterte Johanna. „Glaubst du etwa, ein Stück Brot würde sie zum Schweigen bringen? Sieh doch, noch keine Woche ist sie alt. Sie braucht Milch, Onkel! Leider geben weder Evas noch meine Brüste etwas her!"

Konrad zog ein säuerliches Gesicht, sah aber ein, dass seine Großnichte Recht hatte. „Ein Grund mehr, unverzüglich in die Stadt zu gehen. Worauf warten wir noch?"

Laon war eine prächtige Bischofsstadt, in der Mitte eine eindrucksvollen Kathedrale, die Laoner nannten sie „Notre Dame". Eva erschien die Kirche noch imposanter als die Pfalzkapelle zu Aachen, zumal sie sich wie eine riesige Krone auf einem Kalksteinberg weit über die Stadt erhob. Die beiden Türme über der vorderen Fassade, so erklärte ihr Thomas, seien aufgrund ihrer durchbrochenen Form zu weiter Berühmtheit gelangt. Pater Raphael hatte Eva einmal etwas über gotische Architektur erzählt, aber erst beim Anblick dieser Kathedrale bekam sie eine wirkliche Ahnung von dem, was der Burgkaplan damals gemeint hatte.

Um den Kathedralenberg reihten sich die Häuser der Stadt, auch weitere Kirchtürme waren auszumachen. Eva bedauerte, die Sprache der Menschen nicht zu verstehen, schwor sich aber, sie zu lernen, sollte sie länger in diesem Land bleiben. Wichtiger als all dies war zunächst, dass der Säugling seine Milch bekam. Glücklicherweise beherrschten Konrad und Thomas die Varianten der französischen Sprache gut genug, um sich überall verständigen zu können. Man wies ihnen den Weg zu einer Nähramme, die auf den Stufen vor der St. Martins Kirche ihre Dienste anbot, eine runde Matrone mit roten Pauswangen und riesigen Brüsten. Während sie dem Wunsch der Fremden für ein paar kleine Münzen nachkam und dem Kind die Brust gab, machten Thomas und Konrad sich auf den Weg zu den Bütteln. Michel blieb bei den Frauen. Als die Dominikaner nach einer Weile zurückkehrten, schlief das Baby in Evas Armen. Thomas hielt ein Stück Pergament in seinen Händen. „Alles erledigt?", fragte Johanna gähnend.

Thomas nickte. „Man wird sich um die Frauenleiche kümmern, allerdings glaube ich kaum, dass man sie allzu würdevoll bestatten wird. Als wir den Bütteln die Tote beschrieben, wussten sie gleich, um wen es sich handelte. Sie war eine Hure."

„Wer von euch ohne Sünde ist, der werfe den ersten Stein", verkündete Johanna und sah dem jungen Dominikaner länger in die Augen, als es für eine belanglose Replik nötig gewesen wäre.

„Da bin ich durchaus deiner Meinung, Johanna", erwiderte Thomas, und Eva fiel auf, wie seine Wimpern zuckten, „aber es liegt nicht in unseren Händen, daran etwas zu ändern. Sie war eine Hure aus der Fremde. Die hiesigen

Huren prügelten die Rivalin aus der Stadt, da sie um ihre Freier fürchteten. Das erklärt die Prellungen. Sie muss an inneren Blutungen gestorben sein."

„Sie wurde ermordet, ich wusste es doch." Johanna ballte wütend die Fäuste. „Und niemand wird für ihren Tod zur Rechenschaft gezogen!"

„Du irrst", widersprach Konrad. „Gott wird über die Missetäter richten."

„Ja, vielleicht. Aber er wird sich Zeit damit lassen."

„Wann lernst du endlich Demut, Kind?"

„Ich verspreche, Onkel: sobald der liebe Gott der Ungerechtigkeit auf dieser Welt ein Ende macht, werde ich seine demütigste Dienerin."

„Was geschieht mit der Kleinen?", verlangte Eva zu wissen.

Thomas wedelte mit der Pergamentrolle. „Wir bringen sie ins Nonnenkloster St. Jean Baptiste. Dort wird man sich um sie kümmern."

„Oh, Nonnen, wie wunderbar!", höhnte Johanna. „Etwas Besserers kann dem Kind nicht passieren."

„Es reicht, Johanna!", zischte ihr Großonkel.

Eva wurde es schwer ums Herz. Schon hatte sie sich an das Kind in ihren Armen gewöhnt. Wie sanft es schlummerte! Es würde ihr schwer fallen, es wieder herzugeben.

„Dort, seht doch!" Verwunderung lag in Thomas' Stimme. Alle folgten seinem Fingerzeig: mit verschränkten Armen stand Michel mitten auf dem Platz vor der Kirche und nahm die Umgebung in Augenschein. Auf seiner Schulter hockte - Balthasar!

„Das glaube ich nicht", stammelte Johanna.

Auch Eva traute ihren Augen kaum. „Träume ich?"

„Dann träumen wir alle", entgegnete Thomas.

„Der Vogel ist eifersüchtig", behauptete Konrad.

Johanna sah ihn fragend an. „Wie bitte?"

„Es stimmt." Eva ging ein Licht auf. „Weil ich mich nur mit dem Kind beschäftigte, hat der beleidigte Balthasar sich von mir abgewendet."

„Bemerkenswert, dass er sich ausgerechnet seinen Erzfeind als neuen Freund ausgesucht hat", meinte Thomas lächelnd.

„Bemerkenswert? Es ist ein Wunder", sagte Johanna, immer noch an ihren Sinnen zweifelnd. Sie spürte den triumphierenden Blick ihres Großonkels auf sich ruhen. „Oh, Ihr habt Recht, Onkel", meinte sie in gespielter Beschämung, „auch in unserer Zeit geschehen noch Zeichen und Wunder."

„Wenn es dir nur Demut einbrächte", gab Konrad seufzend zurück.

Die Pfortenschwester spähte durch die Türluke, musterte die Schar der Fremden. Thomas erklärte ihr in französischer Sprache, was es mit ihrem Kommen auf sich hatte, immer wieder auf den Säugling in Evas Armen deutend. Die Schwester blickte argwöhnisch drein, antwortete einsilbig und schloß die Luke. „Sie holt die Priorin", erklärte Thomas.

Sie warteten. Nach einer Weile öffnete sich die Luke von neuem. Die

Priorin besaß kleine dunkle Augen und eine spitze Nase. Abermals erläuterte Thomas den Grund ihres Hierseins, reichte der Priorin das Pergament durch die Öffnung. Die Pforte wurde geöffnet. Mit herrischer Geste forderte die Priorin Eva auf, ihr das Kind zu übergeben. Eva zögerte, sie glaubte Widerwillen im Blick der Nonne zu erkennen. Ein Hurenkind!

Barmherzigkeit ist ein dehnbarer Begriff, hatte Pater Raphael einmal gesagt. „Nein!" Eva schüttelte heftig den Kopf. Die anderen sahen sie verwundert an, und der Priorin blieb der Mund offen stehen. „Nein!", sagte Eva noch einmal und rannte fort, das Kind wie ein Kleinod an ihre Brust pressend.

Auf den Stufen vor der Martinskirche fanden sie Eva wieder. „Was ist in dich gefahren?", fragte Konrad mit hochrotem Kopf.

„Habt Ihr nicht gesehen, wie sie das Kind angestarrt hat? Als wäre es aussätzig!" Eine Träne kullerte über Evas Wange, aber sie wirkte äußerst entschlossen.

„Bring es sofort wieder zurück!", befahl Konrad.

„Nie und nimmer!"

Der Dominikaner war um Fassung bemüht. „Warum machst du uns Ärger? Ist das der Dank dafür, dass wir dich mit nach Paris nehmen?"

„Es dürfte auch in Eurem Interesse sein, dass diesem armen Kind Güte widerfährt."

„Aber die Nonnen -"

„Machten sie auf Euch vielleicht einen gütigen Eindruck?"

Konrads senkte die Stimme. „Wie stellst du dir das vor? Wohin willst du das Kind denn bringen?"

„Ich werde es behalten."

Konrad breitete resigiert die Arme aus und sah seinen jüngeren Mitbruder hilfeheischend an. „Eva!", sagte Thomas sanft. „Es ist ein Kind, ein richtiger Mensch, keine Puppe."

Wütend funkelte Eva ihn an. „Und ich bin kein Kind mehr, falls Euch das bisher entgangen sein dürfte, Bruder Thomas. Ich weiß, was ich tue, und handle nicht aus einer Laune heraus."

Thomas senkte den Blick vor ihr. „Verzeih mir, aber wir können doch nicht -"

„Doch, wir können!", sprang Johanna Eva bei. „Was spricht dagegen, wenn wir uns künftig um diesen kleinen Wurm kümmern?"

„Was dagegen spricht?" Konrad raufte sich die wenigen grauen Haare, die seine Tonsur noch umgaben. „Darf ich dich an deine eigenen Worte erinnern, Johanna? Weder deine noch Evas Brüste geben Milch her. Das Kind braucht Nahrung, es ist doch nur Haut und Knochen."

Johanna zuckte mit den Achseln. „Ammen gibt es überall."

„Sie säugen nicht um Gotteslohn."

„Das Kind wird nicht ewig der Milch bedürfen."

„Wie soll es die Mühseligkeiten der Reise überstehen?"
„Mit unserer Hilfe. Oh, und selbstverständlich mit der Hilfe Gottes."
Ratlos sahen die Dominikaner sich an. Das Kind war aufgewacht, Eva schaukelte es in ihren Armen.
„Sie braucht einen Namen!" Michels dunkle Stimme, vor allem jedoch das seltene Ereignis, dass der Riese sich ungefragt zu Wort meldete, ließ alle aufhorchen.
„Richtig, wir wissen nicht, wie ihre Mutter sie nannte", pflichtete Johanna ihm bei. „Wir müssen ihr einen neuen Namen geben. Was meinst du, Eva?"
Eva dachte nach. Erinnerungen an einen fernen Frühlingsabend erwachten in ihr. Fern? Waren nicht erst wenige Wochen seitdem vergangen? Sie sah Falk, als stünde er leibhaftig vor ihr, in seiner Hand eine Margerite, um sie ihr ins Haar zu stecken. Dann sah sie sich mit ihm unter der Liebeseiche liegen, eng umschlungen, trunken vor Glück, hörte die zärtlichen Worte, die er ihr zuflüsterte: *„Ich wünsche mir eine Tochter, die so ist wie du!"*
Wehmut kam wie ein Peitschenhieb über sie. Sie versuchte, die Erinnerungen abzuschütteln.
„Clara!", sagte sie mit fester Stimme und schaute ihre Weggefährten der Reihe nach an. „Ich möchte, dass sie Clara heißt."

10.

Tagelang war Magda in ihrer Verzweiflung gefangen. So nahe hatte sie sich am Ziel gewähnt nach ihrem Liebesabenteuer mit Falk. Bis ins kleinste Detail schien ihr Plan aufgegangen zu sein. Danach aber war Falk ihr aus dem Weg gegangen, selbst wenn eine unbeobachtete Zusammenkunft möglich gewesen wäre. Auch unter der Eiche hatte sie ihn nicht wieder angetroffen, als fürchte er, ihr dort zu begegnen. Wie konnte er sich bloß so verhalten? Bereute er, was geschehen war? War er dieser Hexe Eva immer noch verfallen?

Lange hatte Magda gehofft, sie könnte schwanger sein. In diesem Fall wäre Falk nichts anderes übrig geblieben, als sie zu heiraten. Aber sie wurde nicht schwanger. Dummerweise hatte gestern ihr Monatsfluss eingesetzt. Etwas musste geschehen. Irgendwas. Was konnte sie tun? In den Wald, zur Teufelsgrotte gehen, um dem Leibhaftigen ein neues Opfer darzubringen? Doch sie hatte Skrupel, die finsteren Mächte der Unterwelt erneut zu beschwören. Verzweifelt durchforstete sie ihre Erinnerungen, und es kam ihr eine bessere Idee. Von neuem Tatendrang erfüllt, schmiedete sie den nächsten Plan. Vor dem Erfolg hatte der liebe Gott den Schweiß gesetzt, wenngleich sie ein schlechtes Gewissen hatte, diese Dinge mit Gott in Verbindung zu bringen. Aber einen anderen Weg gab es nicht.

Inzwischen war sie geübt darin, sich nachts unbemerkt aus dem Haus zu schleichen. Sie würde warten bis weit nach Mitternacht. Vermutlich brauchte Sibylle nur wenig Schlaf, wie alle sonderbaren Gestalten. Aber irgendwann mussten selbst ihr die Augen zufallen.

In der Ferne war Donnergrollen zu hören. Nicht das noch, dachte Magda, die im Bett auf ihre Stunde wartete. Ein nächtliches Gewitter war in ihrem Plan nicht vorgesehen. Zum Glück entfernte sich der Donner bald wieder.

War der Donner eine Botschaft für sie gewesen? Von Gott, der sie mahnte? Vom Teufel, der sie lobend ermunterte? Kalt kroch es ihr über den Rücken.

Sei keine Angsthäsin!, schalt sie sich. Als die Stunde gekommen war, hatte sie sich beruhigt. Sie konnte nur erfolgreich sein, wenn sie kühlen Kopf behielt. Lautlos stieg sie aus dem Fenster und erschrak fast zu Tode, als sie vor sich eine schattenhafte Gestalt erblickte. Ihr Bruder. „Winand!“, sagte sie erleichtert.

„Psst!“, machte der, nachdem auch er sich von seinem Schrecken erholt hatte. „Was zum Teufel machst du hier zu dieser unchristlichen Stunde?“

„Dasselbe könnte ich dich fragen.“

„Ich treffe mich ... mit einem Mädchen“, gab Winand zögerlich zu.

„Ach, wirklich? Kommen die Huren etwa auch nachts zu dir?“

Winand winkte ab. „Es ist nicht Lora. Und es wäre mir lieb, wenn du sie nicht mehr erwähnst. Am Ende verplapperst du dich noch."

„Oh, ich wusste ja nicht, dass du dieses sündige Kapitel abgeschlossen hast. Wenn's nicht die Hure ist, wer dann?"

„Musst nicht alles wissen. Was führst du denn eigentlich wieder im Schilde? Nichts Gutes, wenn ich dir so in die Augen sehe."

„Geheimsache."

„Wärst du nicht meine Schwester, hätte ich Angst vor dir. Auch Kusine Eva wäre gut beraten gewesen, dir weniger Vertrauen zu schenken." Er grinste breit.

„Halt deinen Lästermund, Winand."

„Wenn Vater das alles wüsste! Oder Onkel Niko. Herrje, dann könntest du aber was erleben. Du bist schuld an Evas Verschwinden."

„Willst du mir drohen? Wenn du nicht willst, dass unser Vater von dem Flittchen erfährt, hältst du gefälligst die Klappe. Auch du hast deinen Anteil an der Geschichte, schon vergessen?"

„Schon gut, Magda. Fang nicht schon wieder damit an. War doch nur Spaß."

„Wir sehen uns nach Tagesanbruch. Viel Erfolg bei deinem Mädchen."

„Oh ja, den habe ich."

Die Geschwister trennten sich. Magda konzentrierte sich wieder auf ihr Vorhaben. Es war richtig gewesen, den Bruder zurechtzuweisen. Winand plapperte manchmal ohne nachzudenken. Er musste wissen, dass sie zu allem entschlossen war, falls er unliebsame Dinge über sie ausplauderte.

Die Nacht war düster, aber Magda hätte den Weg zum Köhlerhaus am Waldrand mit verbundenen Augen gefunden. Noch einmal erschrak sie, als ein Fuchs ihren Weg kreuzte und unter lautem Geraschel hinter Sträuchern verschwand. Endlich schälten sich die Umrisse des Köhlerhauses vor ihr aus dem Nachtdunkel.

Die Kammer, in der Sibylle sie einst empfangen hatte, lag auf der Rückseite. Leise umging Magda das Holzgebäude, vorbei an den Gemüse- und Kräuterbeeten, erreichte das Fenster, das mit Läden verschlossen war. Es war klein, aber gerade groß genug, um sich ins Innere zu zwängen. Sie spähte durch den Spalt zwischen den Läden. Drinnen war es stockdunkel. Magda hielt den Atem an, lauschte. Nichts zu hören. Behutsam schob sie einen mitgebrachten Zweig in den Spalt. Es erforderte etwas Geschick, den inneren Holzriegel nach oben zu schieben, aber schon bald öffneten sich die Läden mit einem leisen Knirschen. Magda holte Kerzenstummel und Feuerstein aus ihrer Schürzentasche und machte Licht. Sie kletterte hinein, merkte aber nicht, dass ihr Kittelsaum sich an einer Kante verfing. Als sie den ersten Schritt machte, riss der Stoff.

Magda verharrte, hätte am liebsten laut geflucht. Sie biss sich auf die Lippen und befreite sich aus ihrer ärgerlichen Lage. Den ellenlangen Riss würde sie den Eltern später erklären müssen, aber diesbezüglich war sie unbesorgt, es würde ihr schon etwas einfallen. Ihre Aufmerksamkeit richtete sich auf die klapprige Regalwand an der Stirnseite der Kammer, wo Sibylle ihre Arzneien aufbewahrte. Schüsseln, Töpfe, Phiolen und Tonkrüge waren dort auszumachen, Behältnisse jeder Art, doch Magda suchte etwas Bestimmtes. Sie erinnerte sich genau: Sibylle hatte das Pulver in einen ledernen Beutel abgefüllt. *„Nur ein Quentschen davon, und der Geist steigt in himmlische Sphären empor, trunken vor Freude und Überschwänglichkeit.“* Diese Worte hatte sich Magda gut eingeprägt. Das Pulver mochte Teufelswerk sein, aber es konnte ihr endlich zum Ziel verhelfen.

Verschiedene Beutel lagen in den Regalen. Magda erinnerte sich, dass er klein gewesen war. Dort, genau dieser! Ja, der war es gewesen, sie erkannte ihn an seiner blauen Färbung. Triumphierend ballte sie eine Faust.

Sie stellte den Kerzenstummel ab, nahm den Beutel in ihre Hände, öffnete ihn. Ein Quentchen nur. Anfangs hatte sie erwogen, den Beutel zu stehlen, doch Sibylle hätte den Verlust bald bemerkt. Man durfte sie nicht unterschätzen, diese Vettel, besaß sie doch mehr Scharfsinn, als mancher glauben mochte. Magda hatte es selbst erfahren müssen, als Sibylle ihre Absicht, Falk für sich zu gewinnen, mühelos durchschaute.

Ein Quentchen nur. Magda hatte ein Stückchen Leinenstoff mitgebracht. Dieses holte sie nun hervor, breitete es in ihrer Hand aus. Dem Lederbeutel entnahm sie etwas von dem Pulver, streute es auf den Stoff, den sie danach behutsam zusammenfaltete und in ihrer Schürzentasche verschwinden ließ. Geschafft! Heimwärts, und zwar so rasch wie möglich, lautete nun die Devise. Die Euphorie dämpfte ihre Vorsicht. Ehe sie sich versah, stieß sie mit dem Fuß gegen einen Hocker, der abseits des Tisches stand, ohne dass sie ihn im schwachen Kerzenlicht wahrgenommen hätte. Polternd fiel er um. Magda versteifte sich, siedendheiß fuhr es durch ihren Körper.

Schritte! Schlurfende Schritte, die sich der Kammer näherten. Was tun? Reißaus nehmen? Sich unter dem Tisch verstecken? Instinktiv entschied sie sich für die zweite Möglichkeit. Geistesgegenwärtig löschte sie die Kerze, bevor sie sich unter den Tisch kauerte. Nur einen Augenblick später betrat Bodo die Kammer. „Ist da wer?“

Magda wagte nicht zu atmen. Bodo musste sehen, dass die Fensterläden offen standen. Und der Geruch der Talgkerze, die eben noch gebrannt hatte, er musste ihn doch wahrnehmen. Sie hörte Bodos rasselnden Atem, offenbar war er erkältet. Oder betrunken. Und er machte keine Anstalten, wieder fortzugehen. Betrunken oder nicht, auf alle Fälle war er misstrauisch, denn noch einmal fragte er lauernd: „Wer da?“ Er kam näher. Entsetzt starrte Magda auf seine Beine. Wenn jetzt kein Wunder geschah, würde er sie gleich entdecken. Ihre Eltern würden von dem nächtlichen Ausflug erfahren, für den es keine glaubwürdige Erklärung gab. Noch schlimmer aber war, dass sie am Ende Falk für immer verlieren würde. All Ihre Bemühungen, ihre Ränke, ihre Zukunftspläne - umsonst.

Da hörte sie ein Fauchen. War das der Teufel, der gekommen war, um sie zu holen? Angstvoll drehte Magda ihren Kopf zum Fenster. Eine schwarze Katze hockte dort auf dem Fensterbrett und starrte hinein.

„Blödes Viech", murmelte Bodo. Dann gähnte er laut und verließ die Kammer, ohne sich die Mühe zu machen, die Fensterläden zu schließen. Das erhoffte Wunder war eingetreten in Gestalt einer schwarzen Katze. Magdas Herzschlag beruhigte sich, ihre Abgeklärtheit kehrte zurück. Sie kroch unter dem Tisch hervor, verscheuchte ihre Retterin und stieg aus dem Fenster.

Später, als sie wieder auf ihrem Bett lag, krähten die ersten Hähne. Seltsamerweise war sie nicht müde, obwohl sie kein Auge zugetan hatte. Sie war stolz auf ihre tollkühne Tat, hätte am liebsten ein Freudenlied geträllert. In ihren Händen lag das Tuch mit dem Zauberpulver. Vorsichtig breitete sie es aus, um das Wundermittel zu betrachten. Ihre Neugier wurde übergroß. Sie befeuchtete eine Finger mit Speichel, tunkte ihn in das Pulver. Ein bisschen nur, dachte sie, bevor sie den Finger ableckte.

Nach einer Weile sah sie bunte Farben ringsumher. Spielte da jemand auf einer Laute? Magda schwebte. Ein seltsames Gefühl, aber es war wundervoll. Wie schön die Welt doch war. Wieso war ihr das früher nie aufgefallen? Wozu gab es einen Himmel? Schöner als hier auf Erden konnte es dort auch nicht sein.

„Was liegst du hier noch müßig herum? Glaubst du, die Arbeit erledigt sich von selbst?" Vaters Stimme. Woher kam sie? Warum gönnte Vater ihr nicht ein wenig Glückseligkeit? Widerwillig öffnete sie die Augen. Ihr Vater Winand schien ebenfalls zu schweben, Strahlenglanz umgab ihn. Warum dachte er in diesem wunderbaren Moment nur an die gottverdammte Arbeit?

„Was starrst du mich an, als sei ich einer der Erzengel? Steh endlich auf, Schlafmütze!"

„Ich liebe dich, Vater."

„Wie?"

Magda räkelte sich wohlig und streckte die Arme aus, um ihren Vater zu umarmen. „Ich liebe dich. Ach, ich liebe euch alle so sehr!"

*

Eine glühende Sommersonne stand über Paris. Die Stadt an der Seine übertraf die kühnsten Erwartungen der jungen Frauen. Pater Raphael hatte Paris einmal als neues Babylon bezeichnet, und er hatte keineswegs übertrieben, wie Eva feststellen musste. Paris war größer als Aachen, Lüttich oder Laon; Meere von Häusern, Kirchen und Menschen wogten zwischen den Mauern. Prunkvolle Bauten an jeder Ecke, aber auch zerlumpte, verkrüppelte

Gestalten, die um milde Gaben bettelten. Kaufleute aus aller Herren Länder, Geistliche, vornehme Frauen, Spielleute, Handwerker, Müßiggänger, Pilger, Dirnen, Soldaten, Juden, Marktweiber, Gaukler, Höker - es schien keine Sorte Mensch zu geben, die in Paris nicht beheimatet gewesen wäre. Und inmitten von alldem, gleich einem mächtigen, stolzen Schiff auf einer Insel des Flusses, die stolze Kathedrale Notre Dame mit ihren himmelwärts strebenden Pfeilern, ein Monument für die Ewigkeit, ein immerwährendes Lob Gottes.

Eva dachte an ihren Vater, der vor Jahren hier gewesen sein musste, als er sich auf die Suche nach seinem Vater Martin gemacht hatte. Er hatte nie viel über diese Reise erzählt. Eva wusste nicht, was zwischen Sohn und Vater damals vorgefallen war; irgendeine Kluft musste es zwischen ihnen gegeben haben. Den sparsamen Äußerungen ihres Vaters zufolge schien diese Kluft überwunden worden zu sein, aber Genaueres hatte er seinen Kindern nie erzählt. Auch Mutter war nichts zu entlocken gewesen, und irgendwann hatte Eva akzeptiert, dass es Dinge geben mochte, die besser unerwähnt blieben.

„Kein Laster, das hier nicht heimisch wäre", sagte Konrad kopfschüttelnd, als eine dreiste, grell geschminkte Straßenhure ihm und Thomas ein eindeutiges Angebot unterbreitete.

„Offenbar sind's die hiesigen Freudenmädchen nicht gewohnt, dass fromme Brüder ihnen eine Absage erteilen", merkte Johanna spitz an.

Konrad hatte es aufgegeben, seine Großnichte für ihre Frechheiten zu maßregeln. Es war hoffnungslos, Johanna ließ sich nicht den Mund verbieten. Die kleine Clara aber hatte sich entgegen seiner Befürchtungen prächtig entwickelt. Glücklicherweise hatten sie auf ihrem Weg stets eine Nähramme gefunden, als sei es in der Tat Gottes Fügung, dass das Kind in ihre Obhut gelangt war.

Bei Boissons, in einer Klosterkirche seines Ordens, hatte Konrad die Kleine im Namen des dreieinigen Gottes getauft, denn es war ungewiss, ob ihr dieses Sakrament bereits zuteil geworden war. Für einen Menschen sei es besser, so Konrad, zweimal getauft zu sein, als den Feuern der Hölle anheimzufallen.

Clara war also kein Heidenkind mehr, als sie Paris erreichten, doch von der Größe und der Pracht der Stadt bekam sie nichts mit; schlummernd, ein Däumchen in ihrem Mund, lag sie in Evas Brusttuch. Nur einmal erwachte sie und begann hungrig zu schreien. Eva flößte ihr etwas Ziegenmilch ein. Clärchen trank und schlief wieder ein. Im Grunde war sie ein pflegeleichtes Kind.

Nicht nur Clärchen, auch Johanna war müde, erschöpft reckte sie sich. „Eine wunderbare Stadt", verkündete sie, „ein Hort prallen Lebens. Aber wo, werter Onkel, werden wir von nun an wohnen?"

„Bruder Thomas, Michel und ich werden selbstverständlich im Jakobinerkloster an der Rue Saint-Jacques Quartier nehmen, dem Hauptkonvent unseres Ordens in dieser Stadt. Ihr dagegen werdet bei der alten Madame Henriette wohnen."

„Madame Henriette?" Johanna runzelte argwöhnisch die Sirn. „Wer ist das?"

„Die Witwe eines Wollhändlers, die unserem Orden verpflichtet ist. Sie ist uns zu Diensten, indem sie für uns näht, Kutten, Altardecken, Priestergewänder, Kelchtücher und dergleichen mehr. Leider lässt ihr Augenlicht nach, sodass sie ihrer Aufgabe kaum mehr im vollen Umfang nachgehen kann. Du und Eva, ihr werdet sie in ihrer Arbeit unterstützen."

„Was?" Von Johannas Müdigkeit war nichts mehr zu spüren. Empört stemmte sie die Arme in ihre Hüften. „Soll das heißen, dass wir als Näherinnen arbeiten müssen?"

„Du bist nicht zu deinem Vergnügen hierhergekommen", antwortete Konrad mit unterdrücktem Zorn. „Wie hast du dir das vorgestellt? Dass dir gebratene Hühnchen in den Mund fliegen? Ihr werdet für euren Unterhalt arbeiten müssen, so wie jeder andere Mensch."

Johanna schluckte. Offenbar hatte sie erwartet, dass der Orden des Großonkels sie für eine Weile aushielt, schließlich war auch sie eine vom Schicksal Geschlagene, eine junge Witwe, die außer ihrem Großonkel keinen Verwandten mehr hatte. „Aber - ich kann überhaupt nicht nähen", meinte sie. Zum ersten Mal erlebte Eva sie kleinlaut.

„Traurig genug, aber Henriette wird es dir schon beibringen", erklärte Konrad barsch. „Was ist mit dir, Eva? Kannst du nähen und sticken?"

„Ein wenig. Aber ich werde es schon lernen."

„Daran zweifle ich nicht. Von deiner Gelehrsamkeit sollte sich mancher eine Scheibe abschneiden."

Johanna verdrehte die Augen.

„Und was deine unausgesprochene Frage angeht, Eva, so wirst du dich wohl noch eine Weile gedulden müssen", fuhr Konrad fort.

Beschämt senkte Eva den Blick. Stand die Neugier ihr so offen ins Gesicht geschrieben?

„Frauen haben zur Universität keinen Zutritt", erklärte Thomas schmunzelnd.

„Gut für die Scholaren", sagte Johanna, die sich allmählich von ihrem Schock erholte. „Sie würden sonst zweifellos in ihrer Aufmerksamkeit abgelenkt." Sie zog ihr Kleid stramm und fasste sich dabei wie zufällig an die Brüste.

Konrad ignorierte ihre frivole Gebärde. „Außerdem hält der Magister seine Vorlesungen zumeist in französischer Sprache; du würdest ohnehin nichts verstehen, Eva."

Eva nickte tapfer, doch sie hatte sich fest vorgenommen, die Sprache der Franzosen so rasch wie möglich zu erlernen. Schon auf dem Weg hatte sie sich einiges einprägen können.

„Ob es einmal die Möglichkeit geben wird, ihm außerhalb der Hochschule zu begegnen?", fragte sie vorsichtig.

„Ja, vielleicht!", sagte Thomas tröstend, aber Konrad wollte ihr keinen Floh ins Ohr setzen.

„Nun, wir werden sehen."

„Sie hat ihre Heimat verlassen, nur um den Magister kennenzulernen", erinnerte ihn sein Mitbruder.

Konrad blieb resolut und unverbindlich. „Wir haben sie nicht dazu ermuntert."

„Dann hätten wir darauf bestehen müssen, dass sie nach Hause zurückkehrt. So aber stehen wir ihr gegenüber in der Pflicht."

„Sie schuldet uns Dank, nicht umgekehrt."

„Aber - es wäre nicht gerecht."

Es war nicht das erste Mal, dass Eva die beiden Dominikaner ihretwegen streiten hörte. Zum Glück vollzog Konrad, der trotz allem einen weichen Kern besaß, schon bald eine Kehrtwende. „Sie wird den Magister noch früh genug zu Gesicht bekommen. Zunächst einmal müssen wir uns um andere, dringlichere Dinge kümmern. Alles zu seiner Zeit, bist du damit einverstanden, Bruder in Christo? Die Wissbegierde des Mädchens muss hinten anstehen."

„Gewiss. Alles zu seiner Zeit. Du hast du vollkommen Recht."

Johanna sagte: „Schön und gut, dann hätten wir ja auch das geklärt. Wo wohnt nun diese Henriette? Ich bin ziemlich erschöpft und könnte ein wenig Ruhe vertragen."

Die Dominikaner führten die Frauen in ein Viertel unweit der Sorbonne, wo die Gassen eng und finster waren, da die überhängenden oberen Stockwerke der Häuser sich beinahe berührten. Michel schritt voran, gleich einer uneinnehmbaren menschlichen Festung. Auf seiner Schulter hockte Balthasar.

Es war keine Gegend der Reichen, wie Johanna nicht ohne Enttäuschung bemerkte, aber es war auch kein Armenviertel, denn die Behausungen waren aus solidem Fachwerk gefertigt, und viele besaßen verglaste Fenster.

Die halb blinde Witwe Henriette öffnete ihnen selbst. Sie war eine gedrungene Frau jenseits der sechzig, ein Netz kleiner Fältchen bedeckte ihr Gesicht. Ihre trüben Augen erkannten die zwei Dominikaner. Mit einem gutmütigen Lächeln bat sie die Ankömmlinge ins Haus, führte sie in eine einfach möblierte, aber sauber gefegte Stube. Auch hier gab es ein verglastes Fenster, das etwas Licht ins Haus ließ.

Konrad sprach lange mit Henriette. Eva konnte vieles von dem verstehen oder zumindest erahnen, was sie sagten. Die Witwe erfuhr, dass ihr statt der einen Hilfe, die man ihr versprochen hatte, gleich zwei Frauen zur

Hand gehen würden, was sie mit einem zufriedenen Nicken zur Kenntnis nahm. Konrad erzählte ihr auch von dem Kind, aber das schien für sie kein Problem darzustellen. „Ich erwarte, dass mir keine Klagen zu Ohren kommen!", sagte Konrad zum Abschied mit drohendem Blick auf seine Großnichte. Johanna hob nur die Schultern.

„Was geschieht mit dem Raben?" Michel sah Eva fragend an. „Wenn du willst, passe ich auf ihn auf."

Balthasar ignorierte Eva immer noch. Sie seufzte. „Das ist sehr freundlich von dir, Michel. Vermutlich wäre es derzeit die beste Lösung. Eines Tages wird er mir wohl vergeben."

Der Rabe war ein lebendes Relikt aus ihrer Vergangenheit. Sie würde das Tier sehr vermissen.

Als Michel, Balthasar und die Dominikaner gegangen waren, nahm Henriettes Gesicht, zuvor noch sanft und warm, urplötzlich einen strengen Ausdruck an.

„Eva?"

„Das bin ich, Madame Henriette." Sie machte einen Knicks vor der alten Frau.

„Et Johanna?"

„Bleibt ja nur noch eine, oder?" Henriette verstand kein Deutsch, soviel hatte Johanna begriffen.

„Asseyez-vous!", sagte die Witwe.

Johanna hob die Brauen. „Wie meinen?"

„Sie möchte, dass wir uns setzen", sagte Eva.

„Ein Nickerchen wäre mir im Augenblick lieber, aber bitte, von mir aus."

Sie setzten sich an den Tisch vor dem Fenster. Eva schaukelte Clärchen, die schmatzende Geräusche machte. Henriette verließ das Zimmer. Obwohl sie nur noch wenig sehen konnte, bewegte sie sich sehr sicher.

„Wo geht sie hin?", fragte Johanna. „Hoffentlich holt sie Leckereien."

Nichts Essbares, sondern eine kleine Holzkiste hielt Henriette in ihren Händen, als sie nach einer Weile wiederkam. Sie setzte sich zu ihnen, öffnete feierlich das Kästchen und präsentierte den jungen Frauen eine feine Nähnadel. „C'est une aiguille", erklärte sie, jedes Wort betonend. „Comprenez-vous? L'aiguille!"

„L'aiguille", wiederholte Eva ihre Worte, denn offenbar erwartete Henriette das von ihnen.

Henriette nickte zufrieden und griff nach einer Rolle weißen Garns. „Et là, c'est une bobine."

„Heiliger Nikolaus, das kann ja lustig werden", ächzte Johanna.

11.

An einem lauen Sonnabend im August erschien ein Novize des Jakobinerklosters an Henriettes Haustür und wünschte Eva zu sprechen. Johanna, die ihm geöffnet hatte, eilte in die Stube, um ihre Freundin zu holen. „Da draußen steht ein hübscher Bursche und will mit dir reden", verkündete sie, mit einem Auge kniepend.

„Mit mir?" Eva, mit einer Stickarbeit beschäftigt, sah fragend zu ihr auf. Henriette, die kein Wort verstand, blinzelte von einer zur anderen.

„Nur trägt er leider eine Kutte", meinte Johanna mit einem Seufzen. „Ein Jammer ist das. Aber warum sitzt du noch da? Los, lass ihn nicht länger warten."

Eva schritt zur Haustür. Der Novize begrüßte sie mit einem knappen Nicken und trug sein Anliegen vor. Er sprach mit französischem Akzent. Bruder Thomas schicke ihn und lasse ausrichten, dass der Magister am Abend, nach der Komplet, im Gasthaus „Au maréchal-ferrant" zu den Menschen in deutscher Sprache predigen werde.

Thomas hatte also an sie gedacht. Ihr Herz machte einen Freudensatz. Endlich würde sie den großen Gelehrten sehen und hören. „Merci pour la nouvelle", bedankte sie sich bei dem jungen Boten, der schüchtern lächelte und sich wieder auf den Rückweg machte.

„Und?", fragte Johanna neugierig, als sich Eva wieder ihrer Stickarbeit widmete.

„Eine Nachricht von Bruder Thomas."

„Von Thomas?" Die Heftigkeit, mit der Johanna reagierte, überraschte Eva, und hätte sie es nicht besser gewusst, so wäre ihr das wie Eifersucht erschienen.

„Er ließ mir mitteilen, dass Meister Eckhart heute Abend in einem deutschen Gasthaus predigt."

„Ach so."

„Endlich werde ich ihn sehen", frohlockte Eva. Dann fiel ihr etwas ein. „Das heißt - würdest du vielleicht bei Clärchen bleiben, Johanna?"

Sonnabends und an den Feiertagen gewährte Henriette ihnen großzügig ein paar Stunden Ausgang. Da jedoch eine bei dem Kind bleiben musste, war es in der Regel nur Johanna, die von ihrer Freiheit Gebrauch machte. Ohnehin lag Eva nichts am Pariser Nachtleben, deshalb machte ihr das nichts aus. Aber heute, das war etwas anderes, womöglich eine einmalige Gelegenheit, die sie auf keinen Fall versäumen durfte.

„Mach dir keine Sorgen, natürlich bleibe ich bei der Kleinen", beruhigte sie Johanna. „Sollst dich schließlich auch mal, hm, amüsieren. Werden Konrad und Thomas auch dort sein?"

„Davon hat der Novize nichts gesagt."

„Geh nur, ich werde Clärchen hüten wie meinen Augapfel. - Au!“ Nicht zum ersten Mal stach sie sich ungeschickt mit der Nadel. „Verfluchte Hölle!“ Sie steckte sich die blutende Fingerkuppe in den Mund.

Im Grunde war Henriette ein gutherziger Mensch, doch es machte sie stets nervös, wenn ihre Gehilfinnen sich in der fremden Sprache unterhielten, von der sie außer Johannas Flüchen nur wenig verstand.

„Travaillez!“, befahl sie barsch.

„Oui, Madame. Excusoz-nous“, entgegnete Eva lächelnd.

Im Gasthaus „Au maréchal-ferrant“ verkehrten vor allem deutsche Kaufleute und Händler. Auch der Wirt war kein Franzose, sondern ein vor vielen Jahren in Paris gestrandeter Kurpfälzer, einst Hufschmied, ein Mann, der sich hier eine neue Existenz geschaffen hatte. Offenbar gehörte er zu den Verehrern des berühmten Meister Eckhart, bot er diesem doch die Gelegenheit, in seinem Gasthaus zu predigen. Gerüchten zufolge war der ehemalige Hufschmied aus seiner Heimat geflüchtet, weil man ihn wegen irgendwelcher Ketzereien verfolgte. Zumindest hatte das die Witwe Henriette zu berichten gewusst, und Eva beherrschte die fremde Sprache schon gut genug, um es auch verstehen zu können.

Als Eva die Gaststube betrat, setzte sie sich scheu an einen der Tische und erntete verwunderte Blicke. Zwar waren auch noch einige andere Frauen anwesend, doch sie schien die einzige ohne männliche Begleitung zu sein. Vorbei die Zeiten, da sie wie ein Junge ausgesehen hatte. Längst waren ihre Haare nachgewachsen, kastanienbraune Strähnen lugten unter ihrer Haube hervor.

Bald betraten fünf Dominikaner die Schankstube. Die Anwesenden reckten die Hälse. Eva erkannte Thomas und Konrad, zwei weitere waren wohl Mitbrüder aus dem hiesigen Konvent. Der fünfte, ein kleingewachsener Mann mit sanften Augen und roten Wangen, musste Meister Eckhart sein, denn die anderen flankierten ihn wie eine Gardetruppe.

Meister Eckhart bewegte sich recht behäbig und sah anders aus als in Evas Vorstellung. Darin war er hochgewachsen und von asketischer Statur gewesen, mit forschendem Blick und Denkerfalten auf der Stirn. Tatsächlich aber trug er einen nicht unbeträchtlichen Bauch vor sich her, und sein Antlitz glich eher dem eines Braumeisters, der neben dem Bier vor allem Gemütlichkeit schätzte.

Der Wirt begrüßte die Dominikaner ehrfürchtig, dann bat er laut um Ruhe. „Wir alle haben heute die Ehre, den großen Meister Eckhart zu hören!“, rief er. „Seid ihm also würdige Scholaren!“

Meister Eckhart trat in die Mitte, wo alle ihn sehen konnten. „Brüder und Schwestern“, sagte er, „zuerst wollen wir beten.“ Er starrte auf seine gefalteten Hände. „Oh hoher Reichtum göttlicher Natur, zeige mir Deine Wege, die Du in Deiner Weisheit gewonnen hast, und öffne mir den kostbaren Schatz, zu dem Du mich gerufen hast: vernünftig zu verstehen, mit den Engeln über alle Kreatur Liebe zu besitzen und zu genießen, mit deinem eingeborenen Sohn, unseren Herrn Jesus Christus zu erben, Dich gemäß Deiner ewigen Weisheit zu empfangen, mich mit Deiner Hilfe von allem Übel zu enthalten. Lehre mich, mich so zu verhalten, dass ich niemals ohne Dich bin und Du niemals an Deinem lieblichen Werk in mir gehindert wirst. Du bist ein Geist, Herr, der aller Kreatur unbegreiflich ist. Und Du vergeistigst die Seele, dass sie in ihrem geistlichen Wesen über alle Kreatur gesetzt ist, damit sie Dir genügen möge und von unnützen Bildern entledigt werde. Du bist dreifaltig und einig im Wesen göttlicher Natur. Amen."

Eva hing an seinen Lippen. Eckhart sprach langsam und klar, seine Stimme war hell und sanft. Er hielt sich nicht mit Vorreden oder Begrüßungsfloskeln auf. „Ich möchte heute über die Einheit der Dinge zu euch sprechen", verkündete er. „Als ich hierhin kam, überlegte ich mir, mit welchem Gleichnis ich euch das nahebringen könnte. Ich will es tun mit dem Gleichnis von meinen Augen und einem Stück Holz. Hört also."

Er blickte niemanden an, sondern starrte auf einen Punkt in weiter Ferne. „Ist mein Auge aufgetan und mein Blick auf einen Holzklotz gerichtet, so ist es mein Auge. Schließe ich das Auge, so ist es immer noch dasselbe Auge, und dem Holz geht weder ein Stück ab, noch wird ihm etwas hinzugefügt. Das Auge bleibt ein Auge, das Holz bleibt Holz, nicht wahr? Und doch, indem ich den Holzklotz ansehe, werden Auge und Holz eins, mein Auge ist das Holz, das Holz mein Auge. Würde das Holz, so wie mein Blick, nicht aus Materie bestehen, wäre es also allein geistig und und nicht fassbar, so könnte man sagen, dass Holz und Auge aus einem Wesen bestehen. Ist dies wahr von körperlichen Dingen, wie viel mehr wahr ist es dann wohl von geistigen Dingen? Ein Schaf, das auf der anderen Seite des Meeres steht und über die Wasser schaut, es hat mehr Einheit mit meinen Augen als ich selbst mit meinen Ohren. Warum, fragt ihr? Hat das Auge des Schafes nicht dieselbe Wirksamkeit wie mein Auge? Meine Augen und Ohren aber sind in ihrem Wirken verschieden."

Erstmals bekam Eva eine ungefähre Ahnung von dem, was Thomas ihr einmal gesagt hatte: „Eckhart löst die Welt und Gott in dem auf, was eigentlich unaussprechbar ist, was man vielleicht als Gottheit bezeichnen könnte, was aber jenseits von Raum und Zeit steht - es ist etwas Seelenhaftes!" *Esse est Deus!*

Sie brannte darauf, mehr zu hören.

„In der Seele ist ein Licht", fuhr der Magister fort. „Dieses Licht nimmt Gott unmittelbar und ohne Hüllen wahr. Es hat mehr Einheit mit Gott als mit sonst einer Kraft, mit der es auch im Wesen eins sein mag. Im Wesen der Seele steht das Licht nicht höher im Rang als andere Kräfte, die von Hunger, Durst, Hitze oder Frost befallen werden können, denn das Wesen ist einfach. Betrachtet man die Kräfte aber nach ihrem Wirken, dann ist die eine höher, edler als die andere. Deshalb sage ich: Kehrt der Mensch sich von allen geschaffenen Dingen ab, so wird er vereint mit dem Licht seiner Seele, ein Funken, der weder Zeit noch Raum jemals berührt hat. Dieser Funke will sich allen Kreaturen entziehen, er will nur Gott. Dabei begnügt er sich nicht mit dem Vater oder Sohn oder heiligem Geist. Es will wissen, woher das göttliche Wesen kommt, es will dorthin, wo nie etwas Unterschiedenes, weder Vater noch Sohn noch heiliger Geist gedrungen ist. Es will im Innigsten sein, in einem einfachen Grund, wo niemand heimisch ist, denn dort ist es einiger als in sich selbst. Eine einfache Stille ist dieser Grund, eine Stille, die in sich selbst unbeweglich ist. Und doch werden von dieser Unbeweglichkeit alle Dinge bewegt, die vernünftig leben und die sich in sich selbst versenkt haben. Dass wir so vernünftig leben, das walte Gott."

Längst nicht alle lauschtem dem Magister so gebannt wie Eva. Hier und dort wurde ungeduldig gehüstelt, und mancher hielt verstohlen Ausschau nach Ablenkung. Offenbar hatten die Leute eine andere Form der Predigt erwartet, einen zürnenden Mönch, der mit donnernder Stimme von den Feuern der Hölle erzählte, von den Qualen, die den verlorenen Sünder dort erwarteten, von den Dämonen, die im Diesseits lauerten und die Menschheit ins Verderben stürzen wollten. Das waren die Geschichten, die sie hören wollten, Geschichten, die, obgleich bedrohlich, bewegten und erschaudern ließen, vor allem, wenn man selbst aller Sünden zum Trotz doch die Möglichkeit besaß, der ewigen Verdammnis zu entrinnen. Auch unterhaltsame Legenden von Märtyrern wären ihnen recht gewesen, Ratschläge, wie man die Hilfe der Heiligen herbeiflehen konnte, Dinge halt, die sie in ihrem Alltag verwenden konnten. Unterhaltung, Zerstreuung, etwas fromme Erbauung, nichts von alldem bot ihnen der merkwürdige Dominikaner. Statt dessen sprach er von Dingen, die in ihren Köpfen nur wenig Bilder zu erschaffen vermochten, Gleichnisse, welche die Zuhörer unweigerlich ermüdeten. Zwei von ihnen waren bereits eingenickt. Auch Konrads Gesicht spiegelte Unzufriedenheit. Wahrscheinlich war er von Anfang an dagegen gewesen, dass der Magister in einem Wirtshaus predigte.

Eckhart sprach inzwischen über die Schöpfung, vom zeitlosen, ewigen Jetzt, als Eva spürte, wie sich eine raue Hand auf ihr Knie legte. Verwirrt blickte sie ihren Sitznachbarn an, einen Mann in mittleren Jahren, der grinsend seine Zähne bleckte. Er trug einen leichten Mantel mit Pelzbesatz, wie wohlhabende Kaufleute sie in diesen Zeiten oft trugen. Die Hand schob sich unter ihr Kleid, wanderte langsam schenkelaufwärts. Eva griff nach ihr, um sie zu lösen; vergeblich. Der Mann dachte nicht daran, von ihr zu lassen. „Ich muss Euch bitten, Eure Hand wegzunehmen", flüsterte Eva entschieden.

„Aber es würde uns um ein großes Vergnügen bringen", erwiderte der dreiste Kaufmann. Eva blickte hilfesuchend um sich, doch niemand achtete auf sie. „Warum gehen wir nicht fort von hier?", raunte der Kaufmann ihr zu. Sein Atem roch nach saurem Wein. „Nur du und ich!"

„Lasst mich los!" Evas Verzweiflung wuchs, sie war kurz davor, um Hilfe zu schreien. Allein ihr Skrupel, den Magister auf solch unwürdige Weise in seinen grandiosen Ausführungen zu stören, hielt sie davon ab. Die Hand des Kaufmans glitt über die Innenseite ihres Schenkels.

„Warum verkrampfst du dich, Mädchen? Komm schon, ich werde dich gut entlohnen. Deshalb und nicht etwa dieses Schwätzers wegen bist du doch hergekommen oder?"

Sie krallte ihre Fingernägel fest in seine Hand. Aber auch das spornte ihn nur an. „Ah, eine wilde Katze, wie? Gut, von mir aus. Und wenn du willst, lutsche ich dir auch den süßen Fleck weg, den du da am Hals hast."

Etwas ließ ihn abrupt verstummen; blitzartig zog er seine Hand zurück. Michel! Evas Retter stand hinter dem Wüstling und hielt ihn mit eisernem Griff im Genick gepackt. „Was erlaubst du dir", keuchte der Kaufmann.

Eva nickte Michel dankbar zu, gab ihm aber mit einer Geste zu verstehen, den Kaufmann nunmehr loszulassen. Mit hochrotem Kopf und raschen Schritten verließ der wütende Kaufmann das Gasthaus.

Die Begebenheit hatte kaum Aufsehen erregt. Eva spürte ihr Herz noch immer heftig pochen, aber sie versuchte, sich wieder auf die Worte des Magisters zu konzentrieren.

„Es ist eine fortwährende Schöpfung", hörte sie ihn sprechen, und sein ruhiger Tonfall war immer noch derselbe, „denn Gott kennt keine Zeit. Da Gott im Jetzt schafft, kann er mit der Schöpfung nicht aufgehört haben, andererseits heißt das, dass Er niemals nicht geschaffen haben kann. Für Gott ist alles gleichzeitig, und alle Dinge wohnen in Gott. Er hat die Welt in einer Weise erschaffen, dass er sie immer ohne Unterlass erschafft."

Überraschend, doch von vielen Zuhörern mit sichtlicher Erleichterung aufgenommen, kam er nun zum Schluss seiner Ausführungen. „So gehet heute Abend heim mit der Erkenntnis, dass kein Ding Gott so sehr entgegengesetzt ist wie die Zeit, meine Brüder und Schwestern. Der Herr segne euch!"

„Amen!", kam es wie befreit aus mehreren Mündern.

Es folgte immer lauter werdendes Geraune. Man rief nach dem Wirt, und schon bald herrschte im Wirtshaus wieder das übliche Treiben. Eva aber starrte immer noch wie gebannt auf Meister Eckhart, dem einer seiner Mitbrüder einen Becher reichte. Eckhart trank mit großen Zügen, das Reden hatte ihn durstig gemacht.

Eva entsann sich ihres Retters, der neben ihr Platz genommen hatte und mit unauffälliger Aufmerksamkeit umherspähte. „Dank dir, Michel. Dieser ungehobelte Kerl wollte mich einfach nicht in Ruhe lassen."

„Es zählt zu meinen Aufgaben, dich zu schützen, wenn ich in deiner Nähe bin", erwiderte Michel.

„Wie geht es Balthasar?", fragte sie.

„Vortrefflich."
„Wo ist er?"
„Im Kloster. Bruder Konrad will nicht, dass ich ihn mitnehme."
„Ich vermisse ihn sehr."
„Ja."
„Glaubst du, dass er mir noch gram ist?"
„Willst du ihn wiederhaben?" Leuchtete da Erschrecken in seinen sonst so furchtlosen Augen auf?
„Nein, es ist gut so, Michel. Bestimmt wäre er weiter eifersüchtig auf die kleine Clara."
„Ja", kam es beruhigt zurück.
Bruder Thomas war zu ihnen an den Tisch getreten. „Es freut mich, dass du kommen konntest, Eva."
„Bruder! Danke für die Benachrichtigung."
„Wo ist Johanna? Wollte sie dich nicht begleiten?"
„Sie passt auf Clärchen auf."
„Ah! Wie geht es der Kleinen?"
„Sie wächst und gedeiht."
„Das freut mich. Wie fandest du die Predigt des Magisters?"
„Die Predigt? Sie war -" Sie suchte nach einem Wort, doch es fiel ihr kein passendes ein. Thomas lächelte.
„Sie war überirdisch, nicht wahr? Komm, der Magister möchte dich kennenlernen!"
„Mich?" Eva starrte ihn ungläubig an.
„Was ist mit dir? Bist du nicht aus der Ferne gekommen, nur um ihm zu begegnen?"
„Ja, aber -" Mit einem Mal war sie sehr aufgeregt.
„Komm." Er nahm ihre Hand und zog sie mit sich.
Meister Eckhart, Konrad und die beiden anderen Dominikaner hatten zwischenzeitlich Platz genommen und parlierten miteinander, als Thomas und Eva vor ihrem Tisch erschienen. Konrad nickte Eva grüßend zu, doch sein Unbehagen über ihr Erscheinen vermochte er nicht gänzlich zu verbergen.
„Ehrenwerter Magister, dies ist das kluge Mädchen, von dem wir Euch neulich erzählten", sagte Thomas.
Eckhart richtete seine volle Aufmerksamkeit auf die junge Frau, die da vor ihm stand und ihre Erregtheit kaum zu bezähmen vermochte. „Eva, nicht wahr?"
„Ja, ehrenwerter Magister." Ihre Aufregung wollte nicht schwinden. Am liebsten wäre sie auf der Stelle fortgerannt.
„Warum setzt du dich nicht zu uns?"
Thomas und Eva nahmen Platz. Eva wagte kaum den Blick zu heben. „Wie ich hörte", sagte Meister Eckhart, und es klang weder tadelnd noch

lobvoll, „hast du deine Heimat, deine Familie und deinen Verlobten verlassen, um mich predigen zu hören."

Sie spürte, wie ihr das Blut in den Kopf schoss. Doch die Wahrheit ließ sich nicht verleugnen. „Ja, Magister. Das habe ich getan."

„Jetzt, da du mich gehört hast, bereust du es?"

„Nein, Magister. Ich bereue es keineswegs." Auch dies entsprach der Wahrheit.

Es war offensichtlich, dass Meister Eckhart weder auf Schmeicheleien noch auf Komplimente aus war, denn seine Miene blieb unverändert, weder Freude über Evas Antwort noch Missbilligung stand darin geschrieben.

„Alles, was du bis dahin warst und besaßest, du hast es aufgegeben, als du von daheim fortgingst!" Immer noch war dem Klang seiner Worte keinerlei Wertung zu entnehmen.

„Was meint Ihr, Magister: Hat sie recht daran getan?" Konrads Frage kam lauernd.

„Ihr wisst, wie ich darauf antworten würde, mein Bruder in Christo."

Eva wagte zu fragen: „Bruder Konrad mag Eure Antwort kennen, ehrwürdiger Magister. Würdet Ihr sie auch mir verraten?" Da der Magister sie nur schweigend ansah, fügte sie mit etwas Nachdruck hinzu: „War es recht von mir, alles hinter mir zu lassen, was bis dahin von Bedeutung für mich war?"

„Ich werde dir eine Geschichte erzählen, Eva. Vor einiger Zeit begegnete ich einem hübschen Jüngling. Er war völlig nackt. Ich fragte ihn: Woher kommst du? - Von Gott, antwortete er. Wo hast du ihn verlassen?, wollte ich von ihm wissen. Er sagte: In tugendhaften Herzen! - Und wohin gehst du jetzt?, fragte ich weiter. - Zu Gott! - Wo findest du ihn? - Wo ich alle Kreaturen verließ! - Aber wer bist du? - Ich bin ein König!, kam es zurück. - Wo liegt dein Reich? - In meinem Herzen! - Ich warnte ihn: Dann hüte dich, dass es niemand mit dir teile! - Das tue ich!, versicherte er mir. Ich führte ihn zu einer Kleidertruhe. Nimm dir einen Rock!, forderte ich den Nackten auf. Er erwiderte: Nein, denn dann wäre ich kein König. Und daraufhin verschwand er. Weißt du, wer dieser König war, Eva?"

Sie wusste es längst. „Gott!", antwortete sie leise.

„Ja, es war Gott, der sich einen kleinen Spaß mit mir erlaubte." Er sah Konrad und Thomas der Reihe nach an. „Es ist so, wie Ihr sagtet, Brüder in Christo: Das Mädchen besitzt eine außerordentliche Begabung!"

„Darf ich Euch künftig häufiger zuhören?", wagte sie mutig zu fragen.

„Es wäre weder gut noch rechtens, es dir zu verwehren, mein Kind."

„Dennoch darfst du deine Pflichten dabei nicht vernachlässigen", warf Konrad mahnend ein.

„Gewiss nicht, Bruder Konrad."

Später war es Michel, der Eva durch die Pariser Nacht zu Henriettes Haus begleitete. Als sie leise ihre Kammer betrat, schlief Clärchen tief und friedlich in ihrer kleinen Holzwiege, einem gütigen Geschenk der alten Henriette, deren einziges Kind schon vor langer Zeit gestorben war.

Johanna lag noch wach. „Wie war's?“, fragte sie neugierig.

Eva sank erschöpft aber glücklich auf ihre Strohmatratze. „Wusstest du, dass die Gottheit in allen Dingen ist? Dass sie die Seele aller Seelen, und demnach die Gottheit die Seele der Kreatur ist?“

„So genau wollt' ich's nicht wissen. Hast du dich denn wenigstens auch ein wenig amüsiert?“

„Amüsiert?“

„War ja nur eine Frage“, seufzte Johanna. „Thomas und Konrad, hast du die beiden auch gesehen?“

„Sie begleiteten den Magister. Stell dir vor, Michel hat mich vor den Zudringlichkeiten eines vom Wein berauschten Mannes bewahrt.“

„Jemand wurde zudringlich? Aha, dann war der Abend ja doch nicht so langweilig. War denn der Kerl denn wirklich so fies, dass Michel unbedingt eingreifen musste?“

„Johanna!“

„Kleiner Scherz, du kennst mich doch. Den Rest kannst du mir morgen erzählen.“ Johanna drehte sich gähnend auf die andere Seite und schlief bald ein.

Eva aber lag noch lange wach und dachte über Meister Eckhart nach.

*

Der Herbst war schon im Anflug, als Magda den Schwarm ihres Herzens endlich wieder unter der alten Eiche vorfand. Wochenlang war sie abends vergeblich dorthin gepilgert, doch Falk schien den Ort nach wie vor zu meiden. An einem Sonntagabend aber saß er dort. Magda triumphierte, sie hatte es doch gewusst: er würde ihr nicht ewig ausweichen können.

Als Falk sie sah, wäre er am liebsten weggelaufen. Aber er wollte nicht unhöflich sein. Schließlich war es nicht allein Magdas Schuld gewesen, dass es zwischen ihnen damals so weit gekommen war. Es war einfach geschehen, er wusste selbst nicht mehr wie und warum. Auch Magda hatte sich wahrscheinlich nicht besonders gut gefühlt, nachdem ihre Triebe derart mit ihnen durchgegangen waren. Er hatte sie entjungfert, was Magda später noch einige Scherereien machen konnte. Lange Zeit hatte er diesen Gedanken schamvoll verdrängt. Es war also das Mindeste, dass er nicht vor ihr weglief, wenn sie ihn schon aufsuchte. „Sei gegrüßt, Falk!“

„Magda!“ Er nahm zur Kenntnis, dass ihre Stimme nicht, wie er erwartet hatte, kühl und distanziert war, sondern sanft und einfühlend.

„Wir sollten reden, Falk.“

„Ja, du hast recht, Magda.“

Sie setzte sich zu ihm. Eine Weile lauschten sie dem Rascheln der Blätter, die bereits eine gelbe Färbung angenommen hatten. In fünf oder sechs Wochen würde die Baumkrone kahl und nackt sein. Schon jetzt war es empfindlich kühl geworden, doch Magda achtete nicht darauf.

„Was ich dir angetan habe, Magda, tut mir Leid", brachte Falk schließlich mit gesenktem Kopf hervor.

Sie hatte in Erwägung gezogen, dass er das sagte, und beschlossen, ihm auf keinen Fall zu widersprechen. Es konnte nicht schaden, wenn er seine Schuldgefühle noch eine Zeitlang mit sich herumtrug. „Es ist nun mal geschehen", erwiderte sie knapp.

Falk ritzte mit einen Stöckchen Muster ins Erdreich. „Wenn du möchtest", verkündete er, „werde ich dich heiraten."

Magda lief rot an, doch da er ihr nicht ins Gesicht blickte, entging ihm das. Und rasch wurde ihr bewusst, dass er nur aus reinem Pflichtgefühl heraus dieses Angebot machte. Nicht etwa, weil er sie liebte. Ja, sie wollte ihn zum Mann, doch sie wollte keine Gnadenhochzeit. Sie wollte mehr von ihm. Und das würde sie auch bekommen. Es gab keinen Grund, etwas an ihrem Plan zu ändern. „Schon gut, Falk. Du musst mich nicht heiraten."

„Aber -"

„Mach dir keine Gedanken. Ich komme schon zurecht. Vielleicht kannst du eines Tages eine Frau heiraten, die du wirklich liebst."

„Es gibt nur eine Frau, die ich liebe. Ich werde Eva nie vergessen können, Magda."

Es schmerzte, dass er ihr nicht wenigstens eine wenig Zuneigung zeigte. Aber was hatte sie erwartet? „Ja, ich weiß."

„Trotzdem will ich dich heiraten, wenn du -"

„Hör auf damit, Falk. Wir können Freunde bleiben."

Er sah sie an. „Würdest du mir denn verzeihen?"

„Gewiss doch."

„Danke, Magda."

„Also bleiben wir Freunde?"

„Ja, von ganzem Herzen möchte ich das."

„Ich bin wirklich sehr froh, dass wir uns weiter in die Augen schauen können." Sie holte langsam einen Weinschlauch unter ihrem Rock hervor, wobei sie dafür sorgte, dass er möglichst viel von ihrer hellen Haut zu sehen bekam. „Was meinst du, sollen wir unsere Freundschaft mit einem Schluck Wein besiegeln?"

„Wo hast du den her?", fragte er lächelnd.

„Mein Vater hat immer welchen für besondere Anlässe in der Vorratskammer. Und dies ist besonderer Anlass, findest du nicht?" Sie reichte ihm den Schlauch. „Hier, der wird uns erwärmen."

„Die Frau zuerst", sagte er galant.

Sie setzte sich den Schlauch an den Mund, trank aber in Wirklichkeit nicht. Dennoch seufzte sie wohlig, als sie den Schlauch an Falk weiterreichte.

„Auf dass wir Freunde bleiben", sagte Falk und trank. Magdas Augen glitzerten triumphierend.

12.

Im Oktober 1312, am Festtag der beiden Apostel Simon und Judas, wurden Falk und Magda in der Gemeindekirche zu Echtz vom Dorfgeistlichen getraut. Gewöhnlich wurden Hochzeiten im Sommer gefeiert, wenn das Getreide abgeerntet war, doch Magdas Vater Winand hatte auf eine rasche Trauung bestanden. Er wollte seine schwangere Tochter verheiratet sehen, noch bevor sie einen Bauch vor sich her trug und alle Welt über sie redete.

Ein Glücksgefühl, wie sie es selten erlebt hatte, durchströmte Magda wie eine grandiose Kraft, als der Pfarrer den Segen über das Brautpaar sprach. Endlich war sie am Ziel, all die Mühen hatten sich gelohnt. Falk gehörte ihr nun mit Haut und Haaren, sie würden zusammenbleiben, bis der Tod sie schied. Zwar war Falk, nachdem ihre Vermählung einmal beschlossen worden war, nicht gerade wie ein Glückspilz durch die Gegend stolziert, vielmehr hatte er in sich gekehrt und nachdenklich gewirkt. Aber Magda war sicher, dass er Eva bald vergessen würde, er konnte ihr schließlich nicht ewig nachtrauern. Und sobald das Kind einmal auf der Welt war, würde er sein Eheweib mehr lieben als je einen Menschen zuvor. Das Kind war Frucht ihrer Liebe, auf immer und ewig würde sie Eva das voraus haben. Dass das in ihrem Bauch heranwachsende Kind zugleich eine Trophäe ihrer List war, diesen Gedanken verdrängte sie nur zu gern. Irgendwann einmal, in ferner Zukunft, wenn sie mit Falk an einem kalten Winterabend am Herdfeuer säße, würde sie ihm alles erzählen. Und Falk würde über ihre Beichte herzhaft lachen, würde zärtlich ihre Hand nehmen und ihr danken, dass sie alles so eingefädelt hatte. Denn Eva würde dann nur noch eine ferne, unwirkliche Erinnerung für ihn sein. Ein verträumtes Mädchen, das ihn eines Tages Hals über Kopf verlassen hatte, um ihren seltsamen Spinnereien nachzugehen.

Auf dem Winandshof fand eine große Hochzeitsfeier statt, und viele Dörfler feierten mit. Herr Johann von Merode ließ den Brautleuten seine besten Wünsche für die Zukunft ausrichten und schenkte ihnen einen Korb voller erlesener Früchte. Zum weiteren Glück kehrte - eigens für diesen Tag, wie es Magda schien - noch einmal der Sommer zurück. Vater Winand hatte zwei Musiker aus Düren kommen lassen, mit Fidel und Sackpfeife spielten diese zum Tanz auf. An zwei Spießen brieten Ferkel über einem Feuer, auf keinen Fall wollte Winand sich lumpen lassen, obwohl er, anders als sein Bruder Nikolaus, nicht als der Spendabelste galt. Falks Vater Harro hatte für Getränke gesorgt. Reichlich Bier und zwei Fässer besten Rheinweins standen bereit. Für Harro, der weniger begütert war, musste dies eine beträchtliche Ausgabe gewesen sein, doch er kam nicht umhin, seinen Beitrag zu den Feierlichkeiten zu leisten. Und er tat es gern, auch wenn er sich nur schwer daran gewöhnt hatte, dass sein Sohn plötzlich ein anderes

Mädchen freite. Harro hatte Eva sehr gemocht, und als sie verschwunden war, hatte er geglaubt, sein Sohn müsste daran verzweifeln. Doch dann war alles ganz anders gekommen.

Den Dörflern kam die Feier gerade recht. Der Alltag war schwer genug, jedes Fest eine willkommene Abwechslung, vor allem, wenn solche Köstlichkeiten dargeboten wurden. Die Feier verlief fröhlich und ausgelassen, es gab keine nenneswerten Vorkommnisse: beim Tanz wurden schmachtende Blicke gewechselt, die Kinder vergnügten sich auf der Weide mit einem Ball, und die Knechte stellten den Mägden hinter den Ställen nach, wobei Bliza, obgleich nicht mehr die Jüngste, ein begehrtes Jagdobjekt war. Bliza war bekannt dafür, dass sie liebestollen Jünglingen nur selten etwas abschlagen konnte.

An diesem Tag fand Magdas Mutter Isolde viele Zuhörer für ihr ununterbrochenes Geschwätz, als Mutter der Braut konnte man sie ja schwerlich ignorieren. Der jüngere Winand war längere Zeit verschwunden, und nur Magda fiel auf, dass auch ihre Freundin Cordula sich nicht mehr unter den Anwesenden befand. Eins und eins zusammenzählend, begriff sie, dass Winand und Cordula wohl eine Liebschaft pflegten. Endlich wusste sie, wen Winand hatte treffen wollen in jener Nacht, als sie sich unfreiwillig begegneten. Im Grunde freute sie sich über die Liaison, andererseits ärgerte es sie, dass weder der Bruder noch die Freundin ihr etwas von ihrem Glück erzählt hatten. Warum nur?, fragte sie sich, obwohl sie die Antwort bereits ahnte. Sowohl Winand als auch Cordula fürchteten sich vor ihrer Gerissenheit, hielten es für besser, sie im Ungewissen zu lassen. Vielleicht weil sie glaubten, sie könne sie mit einer Intrige wieder entzweien, obwohl es hierfür keinen Grund der Welt gab. Wie auch immer, Winand und Cordula trauten ihr nicht, das trübte ihr Hochgefühl. War sie wirklich eine so berüchtige Ränkeschmiedin, dass sogar Menschen, die ihr nahestanden, sich vor ihr in Acht nehmen mussten? War das der Preis, den sie für ihren Erfolg zu zahlen hatte?

Magda wollte nicht weiter darüber nachsinnen. Während sie mit ihrem strahlenden Schwiegervater Harro unter dem Ansporn der Umstehenden das Tanzbein schwang, hielt sie verstohlen Ausschau nach ihrem Bräutigam. Falk stand abseits der Tanzfläche und unterhielt sich mit einem Bauern aus dem Oberdorf. Der Bauer lachte, aber Falks Erheiterung hielt sich in Grenzen. Nur einmal hatte Magda ihn an diesem Tag lächeln sehen, nach der Trauung, als sie einander in die Augen geschaut hatten. Ja, da hatte er gelächelt, und ihr Herz war dahingeschmolzen. Sie weigerte sich zu glauben, er könnte sich zu diesem Lächeln gezwungen haben.

Heute Nacht!, ging es ihr durch den Kopf. Heute Nacht will ich ihm so viel Wonne bescheren, dass er nie wieder an eine andere Frau denkt.

Als es zu dämmern begann und die ersten Gäste das Fest verließen, beschloss

Falk, sich endlich ein Herz zu fassen und zu Evas Eltern zu gehen, die an einem der Holztische saßen und den ganzen Tag über recht zurückhaltend gewirkt hatten. Dafür hatten sie natürlich allen Grund, dachte Falk traurig. Auf früheren Festen hatten Niko und Agnes oftmals Kunststückchen aus ihrer sagenumwobenen Zeit als Gaukler zum Besten gegeben, heute aber hatte niemand sie dazu überreden können.

Bei ihnen saßen Nikos Schwester Maria und deren Gatte Thietmar, Stallmeister der Herren von Merode. Genau genommen war Maria Nikolaus' Halbschwester, hatten sie doch diesselbe Mutter, aber verschiedenene Väter gehabt. Maria war Evas Lieblingstante gewesen, wie Falk wusste. Auch sie schien nicht zum Feiern aufgelegt, wirkte ernst und sah sehr blass aus.

Falk setzte sich zu ihnen. Die Frauen nickten ihm zu und rangen sich ein freundliches Lächeln ab, doch Nikolaus blies weiter Trübsal und stierte in seinen Becher, als habe er das Kommen des Bräutigams nicht bemerkt. Den ganzen Nachmittag hatte Falk überlegt, worüber er mit ihnen sprechen sollte, aber ihm war nichts Gescheites eingefallen. Deshalb hatte er beschlossen, genau das zu sagen, was seiner Gefühlslage entsprach.

„Ich wünschte, alles wäre anders gekommen." Seine Stimme war rau und kläglich.

Die Frauen nickten und hoben die Schultern, als wollten sie bedauernd kundtun, wie seltsam das Leben manchmal walten konnte. Nikolaus hob den Kopf. Seine Augen waren rot und schimmerten feucht. Ohne Zweifel hatte er mehr getrunken, als ihm gut tat. „Wenigstens hast du ja schnell bei einer Anderen Trost gefunden", brummte er.

Eine Antwort wie diese hatte Falk erwartet, und es gab nichts, was er darauf erwidern konnte, ohne wie ein treuloser Dummkopf da zu stehen. Letztlich hatte er ja selbst keine Erklärung dafür, warum er mit Magda geschlafen hatte. Er kratzte sich den Kopf.

„In Grund und Boden schämen solltest du dich!", fuhr Nikolaus fort. Zum Glück spielten die Musikanten so laut, dass die anderen Gäste nichts von alldem mitbekamen.

Agnes legte eine Hand auf den Unterarm ihres Mannes. „Niko! Es ist nicht Falks Schuld, dass Eva fortging."

„Woher willst du das wissen, he?"

„Sie haben sich geliebt, Niko", sagte Maria, die ihre Nichte damals nicht zurückgehalten hatte. Bis heute wusste niemand etwas davon. Manchmal quälten Maria deshalb Alpträume, doch wenn sie dann schweißgebadet aufwachte und darüber grübelte, kam sie immer wieder zu dem Schluss, dass nichts und niemand Eva von ihrer Entscheidung hätte abbringen können, es sei denn, man hätte sie eingesperrt.

„Sie haben sich geliebt", äffte Niko seine Schwester nach.

Warum hast du dummer Kerl sie nur mit einer Hure betrogen?, dachte Maria, indem sie Falk fast mitleidig ansah. Hätte er sich doch wenigstens nicht dabei erwischen lassen. Viele Männer stießen sich vor der Hochzeit die Hörner ab. Andererseits war Maria durchaus klar, dass hinter Evas Flucht mehr steckte als allein die Kränkung, die sie durch Falks Untreue erfahren hatte.

„Wie oft hast du eigentlich schon mit Magda gevögelt?", wollte Nikolaus jetzt wissen.

„Niko -"

Mit einer barschen Geste gebot er Agnes zu schweigen.

„Wann habt ihr's das erste Mal getrieben, he? Womöglich sogar, als meine arme Tochter noch da war, ja?"

„Nein, nein!", erwiderte Falk. Seine Empörung erschien ihm selbst seltsam und unglaubwürdig, obwohl er doch die Wahrheit sprach.

„Vielleicht hat sie ja von euch beiden gewusst!"

„Ich schwöre, dass zwischen Magda und mir nie etwas gewesen ist." In hilfloser Verzweiflung rang Falk seine Hände. „Ich meine natürlich: früher!"

„Wer's glaubt, wird selig." Wütend erhob Nikolaus sich von der Bank und ballte die Fäuste. „Windelweich prügeln müsste ich dich. Was hält mich eigentlich davon ab?"

„Niko", mahnte Agnes abermals.

„Lass mich, Weib. Ich werde ihn -"

„Genug, Schwager!" Es war Marias Mann Thietmar, der Nikolaus nachdrücklich Einhalt gebot. „Warum legst du dich nicht schlafen? Du hast genug getrunken, finde ich."

Selbst der halb betrunkene Nikolaus musste einsehen, dass es zwecklos war, sich dem kräftigen Stallmeister zu widersetzen. Ein paar Flüche murmelnd, tat er, was Thietmar ihm empfohlen hatte und verschwand mit schwankenden Schritten ins Haus.

„Entschuldigt mich", sagte Agnes, „ist wohl besser, wenn ich zu ihm gehe und ihn ein wenig besänftige." Sie sah Falk an. „Glaub mir, er meint es nicht so. Morgen früh tut ihm alles wieder Leid. Natürlich will auch er, dass du mit Magda glücklich wirst. Niemand kann etwas für Evas Verschwinden." Mit diesen Worten folgte sie ihrem verbitterten Mann.

Zurück blieben Maria, Thietmar und Falk, der vor Verzweiflung am liebsten laut geschrieen hätte. „Ich wünschte, es wäre alles anders gekommen", wiederholte er seine Worte von vorhin, nur um nicht wie ein schweigender Narr dazusitzen.

„Ja, das wünschte ich auch", gab Maria seufzend zurück. Sie zog ihren Umhang enger um die Schultern, denn allmählich wurde es empfindlich kalt. Die Ferkel waren verspeist, das Bier und der Wein hatten allen gemundet, die Beine waren müde vom Tanz, und bald würden die letzten Gäste heimwärts gehen. Auch die Musikanten hatten aufgehört mit ihrem Spiel.

„Was hab ich nur falsch gemacht?", sinnierte Falk mit unverhohlenem

Selbstmitleid.

„Vielleicht hättest du nur deine Triebe ein wenig im Zaum halten sollen." Maria biss sich auf die Zunge. Eigentlich hatte sie sich vorgenommen, in dieser Wunde nie zu stochern, doch nun war es dummerweise einfach aus ihr herausgerutscht.

„Was meinst du?", fragte Falk blinzelnd.

„Schon gut, Falk."

„Nichts ist gut, ich will wissen, wie du das gemeint hast."

„Das weißt du doch selbst wohl am besten, Junge."

Falk wurde wütend. „Verdammt, was willst du mir eigentlich unterstellen?"

„He, he!", mahnte Thietmar ihn mit drohendem Blick.

„Es ist die Wahrheit: Ich habe Magda nie zuvor angerührt, das sagte ich doch."

Es ärgerte Maria, dass Falk nun das Unschuldslamm spielte. Wenigstens sollte er wie ein Mann zu seiner Tat stehen. „Ich glaube dir, dass du Magda nicht angerührt hast. Aber mit Sicherheit eine Andere, nicht wahr?"

„Eine Andere? Und wer, bitte, soll diese Andere gewesen sein?"

Maria zuckte gleichgültig die Schultern. „Wer kennt schon den Namen einer Hure?"

Falk schluckte. „Hure?"

„Stell dich nicht dumm. Eva hat dich mit ihr gesehen, Falk!"

„Moment mal, sie hat mich mit einer - Hure gesehen?"

„Nun weißt du es."

„Aber das kann nicht sein. Nie hab ich bei einer Hure gelegen. Ich schwör's bei allem, was mir heilig ist!"

Die namenlose Hilflosigkeit, mit der Falk dies beteuerte, ließ Maria erkennen, dass er allem Anschein nach die Wahrheit sprach. Siedendheiß durchfuhr es sie. Niemals hätte sie Eva eine Lüge zugetraut, die einen anderen Menschen in ein schlechtes Licht stellte. Doch offensichtlich hatte sie, um ihre Flucht zu begründen, zu eben jenem zweifelhaften Mittel gegriffen.

„Hat sie das gesagt?", fragte Falk flehend. „Hat sie behauptet, sie habe mich bei einer Hure gesehen?"

„Ach, lass es nur gut sein."

Falk ließ nicht locker. „Hat sie das gesagt, Maria?"

Sie senkte den Kopf und nickte stumm.

Ein Messer, das seine Eingeweide aufgeschlitzte, wäre kaum schmerzhafter gewesen als Marias Nicken. Eva hatte ihrer Tante ein Märchen aufgetischt, um ihn zu diffamieren. Warum hatte sie das getan? Den Rest seines Leben würde er sich fragen, weshalb sie ihn auf diese Weise verraten hatte.

Plötzlich stand Magda neben ihm. „Was ist denn mit euch los?", fragte sie mit bemühter Fröhlichkeit. „Es ist unsere Hochzeit, Leute, keine Beerdigung. Wo sind Onkel Niko und Tante Agnes?"

„Sie waren müde", erklärte Maria. Wie Falk war sie um Fassung bemüht.

„Müde? Das sieht ihnen ähnlich." Sie konnten mich nie besonders gut leiden, schien ihr beleidigter Blick hinzuzufügen. „Ich hoffe nur, sie lasten mir nicht auch noch Evas Verschwinden an."

„Natürlich nicht", sagte Maria.

„Komm, Liebster, da hinten wollen sich ein paar Leute von uns verabschieden."

Liebster! Es dauerte eine Weile, bis Falk begriff, dass sie ihn damit gemeint hatte. Es war nötig, dass er aus seinem Trancezustand unverzüglich erwachte. „Gut, verabschieden wir sie", sagte er.

Konsterniert starrte Maria ihnen hinterher.

Das Wohnhaus des Bauern Harro, wo Magda mit ihrem Ehemann fortan leben würde, war kleiner als das ihrer Eltern. Immerhin besaßen sie eine kleine Kammer für sich alleine, auch wenn gleich daneben der Schweinestall angrenzte: Im geputzten Flechtwerk der Wand gab es genügend Risse und Spalten, die sogar, wenn es nur hell genug war, einen Blick auf die beiden Säue zuließen, von dem beißenden Geruch zu schweigen, der permanent in der Luft hing. Aber Magda war vorerst zufrieden mit dem Erreichten, alles weitere würde sich mit der Zeit schon fügen. Eines Tages würde sie wieder den Wohlstand erreichen, in dem sie einmal gelebt hatte. Dafür war sie auch bereit, hart zu arbeiten. Sogar die Kuh würde sie melken, obwohl sie diese Arbeit hasste wie kaum etwas anderes, denn Harro besaß keine Magd, nur einen Knecht, Rupert.

Harro, seine Frau Franziska, Falk, der Knecht und künftig auch sie selbst - auf Harros Hof gab es viel harte Arbeit für wenig Menschen. Aber das war Magda einerlei, Hauptsache, sie hatte Falk an ihrer Seite. Für Nachwuchs hatte sie bereits gesorgt, weitere Kinder würden in den nächsten Jahren folgen.

Falk hatte ihr den Rücken zugekehrt, als sie sich ihres Kleides entledigte. Nackt legte sie sich zu ihm unter die Decke, presste ihren Körper fest gegen seinen, schlang die Arme um ihn. „Was machst du?", fragte er müde.

„Welche Frage. Das ist unsere Hochzeitsnacht, Liebster." Sie küsste seinen Hals, und ihre Finger glitten unter sein Hemd.

„Hochzeitsnacht? Ich denke, die haben wir schon vorgezogen, Magda."

Sein offenkundiges Desinteresse kränkte sie. „Aber was spricht dagegen, es jetzt wieder zu tun?"

Er drehte sich langsam zu ihr um. Ihm schien bewusst geworden zu sein, dass seine Worte sie verletzten, aber das lag keineswegs in seiner Absicht. „Du bist schwanger", meinte er, ihr flüchtig zulächelnd.

„Na und?"

„Dann dürfen wir es doch nicht tun, oder? Es wäre gefährlich für dich."

„Wer hat dir das erzählt?"

„Weiß nicht. Ich dachte, das wäre so."

„Unsinn!" Sie lachte erleichtert. Er verschmähte sie also nicht, er machte sich nur Sorgen um sie. „Glaub mir, in meinem Zustand dürfen wir's so oft miteinander treiben, wie wir wollen."

Sie beugte sich über ihn, um ihn zu küssen, ihre Zunge zwängte sich forschend in seinen Mund. Dann griff sie nach seiner Hand, legte sie auf ihre Brust. Ihre Finger tasteten sich langsam voran, bis sie zwischen seinen Lenden verharrten. Entsetzt stellte sie fest, dass er immer noch nicht erregt war.

„Es war ein langer Tag, und ich bin wirklich sehr erschöpft", entschuldigte er sich. „Lass es uns ein anderes Mal tun, einverstanden?"

Als er ihr von neuem den Rücken zukehrte, öffnete sie den Mund, um etwas zu sagen, brachte aber keinen Laut mehr hervor.

*

Mehrmals hatte Eva den großen Meister Eckhart schon predigen gehört. Thomas hatte für sie die Erlaubnis bewirkt, zum Jakobinerkloster zu kommen, wenn der Gelehrte sich dort für längere Zeit aufhielt. Zum Unwillen einiger strenger Ordensbrüder hatte sie im hinteren Teil des Kapitelsaals sitzen und der Predigt Eckharts zuhören dürfen; Eckhart selbst hatte sich für sie stark gemacht.

Und mit jedem Mal glaubte Eva die Mystik, die er predigte, ein wenig mehr zu begreifen. Eckhart orientierte sich nicht an Überlieferungen oder Dogmen, vielmehr hatten diese für ihn nur symbolische Bedeutung. Er löste die Welt und Gott in dem auf, was er „Gottheit" nannte, aber in Wahrheit unausprechbar war, etwas Seelenhaftes, jenseits aller Vorstellung. Er sah Gott in allen Erscheinungen der Welt, alle Dinge lebten in Ihm, gleichzeitig aber stellte Eckhart fest, dass das verborgene Dunkel der ewigen Gottheit unerkannt sei und auch niemals erkannt werden könne. Das verborgene Dunkel war das „Eine", es war endlos und unermesslich, unbegreiflich für alles Denken. Weder die Vernunft noch der Verstand des Menschen waren geeignet, um zur Gotteserfahrung zu gelangen.

Nachts grübelte Eva oft schlaflos über diese Dinge. Ja, manches von alldem glaubte sie zu verstehen, vieles auch nicht, und jede Antwort warf neue Fragen auf. Oftmals regte sich auch Widerspruch in ihr, einiges von Eckharts Mystik stand im Widerspruch zu dem, was Thomas von Aquin einst lehrte, den Eva, so wie ihr Mentor Raphael, stets verehrt hatte. Thomas begründete Gottes Denken mit Seinem Sein, Eckhart aber sagte: „Deus est intelligere." Eckhart vertrat eine Geistphilosophie, sein Gottesbild suggerierte ein ewiges Fließen. Und in Eva keimte eine leise, unbestimmte Ahnung, dass Meister Eckharts Lehren eines Tages den Widerspruch der Kirchenoberen hervorufen würden.

Früher war die Ortschaft Petits Champs ein Sumpfgebiet außerhalb der Mauern von Paris gewesen. Vor fast zweihundert Jahren hatte Frankreichs König Ludwig VI. dorthin den Marktplatz verlegt. Händler von nah und fern verkauften dort Lebensmittel, Textilien und Schuhwerk. Im Lauf der Zeit war der Markt immer größer geworden, sodass König Philipp II. schließlich Hallen errichtete, um auch die Weber und Tuchhändler unterzubringen.

Bisweilen, wenn die Auftragslage es zuließ, schickte die Witwe Henriette eine ihrer Gehilfinnen zu diesem Markt auf der anderen Seite der Seine. Denn neben den Näharbeiten, die sie für die Dominikaner verrichteten, bestickten sie auch Tücher, Decken oder kleine Kissen, um sie bei Gelegenheit verkaufen zu können und sich ein Zubrot zu verdienen.

Früher war Henriette selbst zum Markt gegangen. Da ihr Augenlicht jedoch immer schlechter wurde, war sie zunehmend auf Hilfe angewiesen. Normalerweise war Johanna begierig darauf, diese Aufgabe zu übernehmen. Sie hasste die Enge der Stube, wollte unter Menschen sein, am pulsierenden Leben der Stadt teilhaben. Außerdem war sie längst nicht so geschickt wie Eva, ihre Nähkünste hielten sich trotz Henriettes Lektionen in Grenzen, von der Kunst des Stickens ganz zu schweigen. Selbst die einfachste Technik, die des Kreuzstichs, stellte sie vor Probleme. Deshalb wunderte es Eva, dass ihre Freundin an einem Dienstagmorgen - es war einer der ersten Dezembertage - nicht zum Markt gehen wollte. „Hab noch eine Verabredung“, flüsterte sie Eva mit Verschwörerstimme zu.

„Willst du mir verraten mit wem?“

„Würde ich ja gerne tun, liebste Freundin, aber in diesem Fall will ich es für mich behalten.“

„Wie geheimnisvoll! Glaubst du denn, dass Madame Henriette dich gehen lassen wird?“

„Für wen hältst du mich? Glaubst du vielleicht, mir seien die Vorwände ausgegangen?“

„Nein, du hast Recht, das kann ich mir nicht vorstellen.“

Sie lachten, und Eva drang nicht weiter auf sie ein.

Der Tag war kalt, aber trocken. Schnee oder Regen hätte den Gang zum Markt ohnehin überflüssig gemacht, denn Madame Henriette besaß keinen Unterstand, und in den Hallen auszustellen, wäre unbezahlbar gewesen. Eva machte sich auf den Weg, bepackt mit allerlei Utensilien, die Madame Henriette ihr in einem großen Beutel auf den Rücken geschnallt hatte. Clärchen, eingewickelt in ein braunes Wolltuch, trug sie in einem Brusttuch vor sich her. Clärchen war guter Dinge; neugierig beäugte sie die Leute, die ihnen unterwegs begegneten, und als sie einen großen Hund erblickte, stieß sie ein aufgeregtes Trällern aus.

Der Tag war noch nicht alt, eben erst war es hell geworden, doch die Straßen waren schon sehr belebt. Die Glocken der umliegenden Kirchen läuteten zur Terz, als Eva den Markt erreichte. Madame Henriette hatte ihr aufgetragen, zuerst den alten Händler Jacques aufzusuchen, einen freundlichen Herrn mit nur noch einem verbliebenen Zahn. Bei ihm sollte sie sich mit neuer Wolle, Seidenfäden und Perlgarn eindecken. Nachdem sie dies erledigt hatte, ging sie zum Stand der Aufseher, entrichtete dort ihre Gebühr und suchte den ihr zugewiesenen Platz auf. Hier verteilte sie ihre Waren auf einer ausgebreiteten Decke. Sie war froh, dass Madame Henriette sie überredet hatte, ein weiteres Übergewand aus Wollstoff anzulegen, denn jetzt, da sie auf der Decke saß und auf Käufer wartete, merkte sie, wie kalt es wirklich war. Clärchen, merhrfach in ein Wolltuch gewickelt, merkte von der Kälte nichts. Eva betrachtete sie mit dem liebenden Blick einer Mutter.

Einmal passierte ein junger Büttel ihren Platz, ein huissier, zu dessen Aufgaben es zählte, das Markttreiben zu beaufsichtigen. Er trug einen Lederkittel mit einem breiten schwarzen Gürtel, an dem ein Messer hing. Schon vorhin war er Eva aufgefallen, denn irgendetwas an ihm, vielleicht die Art, wie er sich bewegte oder die Farbe seiner Haare, erinnerte sie an Falk.

„Ça va?", sagte er im Vorbeigehen. Als er lächelte, fühlte sie sich umso mehr an Falk erinnert.

„Oui, ça va", erwiderte sie. Es beunruhigte sie, dass sie ihren Herzschlag spürte. Das war ihr noch nie passiert beim Anblick eines Mannes, von Falk einmal abgesehen.

Bis zum Mittag hatte sie nur ein Tuch verkauft, eines aus weißem Leinen, am Rand mit blauen Vogelmotiven bestickt. Das war nicht viel, aber besser als nichts, und bis zum Einbruch der Dunkelheit blieb ihr ja noch etwas Zeit. Madame Henriette hatte ihr ein Brot und einen Kanten Käse als Wegzehrung mitgegeben. Eva aß es mit großem Appetit, und als Clärchen erwachte, flößte sie ihr etwas Ziegenmilch ein. Der Himmel über der Stadt hatte eine graue Färbung angenommen, vermutlich würde es bald den ersten Schnee geben.

„Oha, wen haben wir denn da?"

Vor ihr stand plötzlich die vornehm gewandete Gestalt jenes deutschen Kaufmannes, der ihr vor Wochen während Eckharts Predigt auf schamlose Weise ans Bein gefasst hatte. „Wollt Ihr etwas kaufen?", fragte sie kühl.

„Kommt auf den Preis an."

Er nahm ein mit einem springenden Hirsch besticktes Kissen, betrachtete es mit vorgestülper Unterlippe. „Da sind mir aber bessere Arbeiten bekannt. In England würde man hierüber die Nase rümpfen. Ist das ein Hirsch oder ein Esel?"

„Niemand zwingt Euch, es zu kaufen!"

„Gewiss nicht. Aber unter Landsleuten, nun, da hatte ich auf einen freundlicheren Umgangston gehofft. Oder sollte das vielleicht noch werden?" Er legte das Kissen wieder hin und musterte Eva aufdringlich. „Dein Kind?", fragte er.

Sie nickte.
„Wo ist dein Mann?"
„Wenn Ihr nichts kaufen möchtet, solltet Ihr jetzt besser gehen, mein Herr."
„War dieser gewalttätige Riese vielleicht dein Mann? Nun, er hat mich nicht besonders höflich behandelt. Eigentlich bin ich sehr böse auf ihn. Wo ist er jetzt?"
„Nicht weit. Er kommt gleich zurück."
Eva war eine miserable Lügnerin, und der Mann merkte es sofort. „Ach ja? Gut, dann werde ich hier auf ihn warten. Bestimmt will er sich bei mir entschuldigen."
„Darauf müsst Ihr wohl lange warten."
Ein anmaßendes Grinsen war die Antwort des Kaufmanns. Dann wechselte er kurzerhand das Thema. „Deine Kleidung ist aus billigem Stoff, Mädchen. Eine Schönheit wie du sollte edlere Sachen tragen."
„Nicht jeder Mensch kann sich edle Sachen leisten."
„Das stimmt. Aber in deinem Fall könnte ich daran etwas ändern."
„Ich wüsste nicht, wie."
„Ich schon." Er beugte sich zu ihr herab. „Ich gebe dir einen halben Golddukaten."
„Wofür?"
„Stell dich nicht dümmer, als du bist. Du weißt, was ich meine."
„Bitte geht jetzt!"
Der Tonfall seiner Stimme veränderte sich und wurde drohend. „Einen halben Golddukaten, hast du mich nicht verstanden? Wieviel von diesem elenden Plunder müsstest du wohl verkaufen, um soviel Geld zu verdienen?"
Eva funkelte ihn wütend an. „Geht endlich!", sagte sie schneidend.
„Denk an dein Kind. Was könntest du ihm alles Gutes tun? Ich wette, dein Mann würde dich windelweich prügeln, wenn er erführe, dass du mein Angebot ablehnst."
Es war zum Verzweifeln. Der brünstige Kerl wollte einfach keine Ruhe geben. Und weit und breit kein Michel.
Aber auch diesmal tauchte ein Retter auf, in Gestalt jenes Büttels, der so große Ähnlichkeit mit Falk besaß. „Belästigt Euch dieser Mann, schöne Frau?", fragte er mit abschätzendem Blick auf den Kaufmann.
Eva sprach das Französisch der Pariser inzwischen hervorragend. „Ja, das tut er."
Der Büttel wandte sich an den Kaufmann. „Lasst sie in Ruhe!", sagte er ruhig, aber entschieden.
„Was mischst du dich da ein, Bürschchen? Das hier ist meine Angelegenheit!"
Der Büttel ließ sich nicht beirren und wiederholte seine Aufforderung. Sein fester Blick ließ keinen Zweifel daran, dass er auch Gewalt anwen-

den würde, um seiner Forderung Nachdruck zu verleihen. Möglich, dass ihm das später Ärger einbrächte, denn ein vornehmer Kaufmann war kein Beutelschneider, den man nach Belieben vertreiben oder züchtigen konnte. Nichtsdestotrotz, im Blick des jungen Büttels lag soviel Entschlossenheit, dass der Kaufmann es vorzog, einem Streit aus dem Weg zu gehen. Wie schon damals im „Au maréchal-ferrant", stapfte er auch dieses Mal wütend davon.

Vor vielen Jahren, sie waren noch Kinder gewesen, hatte Falk sich mit dem Sohn des Hufschmieds geprügelt, weil dieser sie in den Weiher gestoßen hatte. Als Eva später von dieser Prügelei erfuhr, war sie von Stolz und Dankbarkeit erfüllt gewesen: es gab einen Menschen, der sich unmissverständlich für sie einsetzte. Ähnlich empfand sie jetzt.

„Ich bin Euch sehr dankbar", sagte sie zu dem Büttel. Der winkte lachend ab und erklärte ihr, dass der deutsche Kaufmann kein unbeschriebenes Blatt sei. Oft schon seien Klagen über ihn eingegangen.

„Ich bin Pierre", erklärte er dann unvermittelt.

„Angenehm. Ich heiße Eva."

„Eva! Was für ein schöner Name für eine schöne Frau."

Er ging fort und kam kurz darauf mit einem Veilchen zurück, das er ihr reichte. Eva wusste nicht, wo er zu dieser Jahreszeit diese Pflänzchen erworben hatte, aber auf dem großen Markt gab es nur wenig, was man nicht kaufen konnte.

Und wieder kamen die Erinnerungen. Falk, der ihr eine Margerite ins Haar steckte ...

„Sehen wir uns wieder?", fragte Pierre.

„Gern", sagte Eva.

Er schenkte ihr ein weiteres Lächeln, um dann wieder seiner Arbeit nachzugehen.

Obwohl sie am Abend nur ein Tuch und eine Kissenhülle verkauft hatte, strich Madame Henriette ihr wohlwollend über den Kopf. Die Witwe mochte ihre Macken haben, aber ein Unmensch war sie nicht. „Bon!", sagte sie.

Johanna war nach wie vor nicht bereit, etwas über ihren neuen Liebhaber verlauten zu lassen, sondern war für ihre Verhältnisse wortkarg und zurückhaltend. Das war seltsam, denn gemeinhin plapperte sie unermüdlich über ihre Stelldicheins. An diesem Abend aber kam Eva die Schweigsamkeit ihrer Freundin nicht ungelegen, denn auch sie selbst wollte mit ihren Gedanken allein sein. In der Nacht, als es draußen erstmals zu schneien begann, dachte sie nicht einen Augenblick über Meister Eckharts Mystik nach.

Sie dachte an Pierre.

Warum hatte er sie nicht nach ihrem Kind gefragt? Ob er glaubte, sie sei verheiratet?

Sein Bild wollte ihr einfach nicht mehr aus dem Kopf gehen. Sie kam nicht umhin, sich einzugestehen, dass sie sich in den jungen Büttel verliebt hatte.

13.

Als der Winter endete und der Frühling sich mild über die Stadt legte, schickte Madame Henriette ihre beiden Gehilfinnen wieder zum Markt nach Petits-Champs. Es war ein sonniger Apriltag des Jahres 1313. Zum ersten Mal schickte Madame Henriette sie gemeinsam los, vielleicht war sie ja zu der Überzeugung gelangt, dass Johanna ihr ohnehin keine allzu große Hilfe sei.

In den vergangenen Wochen war kein Tag vergangen, an dem Eva nicht an Pierre gedacht hätte. Sie fragte sich, ob der junge Büttel ihr nur deshalb nicht aus dem Kopf ging, weil er sie an Falk erinnerte.

Aber Falk war für sie verloren. Selbst, wenn sie heute beschlösse, nach Merode zurückzukehren, es würde nie wieder so sein, wie es einmal gewesen war. Sie musste nach vorn schauen und nicht zurück.

Ihrer Freundin Johanna hatte sie noch nichts von Pierre erzählt. Erst wollte sie sicher sein, dass ihre Gefühle nicht das Resultat einer hoffnungslosen Sehnsucht waren. So oft ihre Wege sie in die Stadt geführt hatten - um einzukaufen etwa, oder zum Jakobinerkloster - hatte sie heimlich nach Pierre Ausschau gehalten. Vergebens, er war ihr nirgends begegnet. Umso mehr hoffte sie nun, ihn auf dem Markt wiederzusehen, wo er seiner Arbeit nachging.

Clärchen war inzwischen zu einem echten Wonneproppen herangewachsen. Ihr Schlafbedürfnis hatte deutlich nachgelassen, und am liebsten erkundete sie krabbelnd ihre Umgebung. So hatten Eva und Johanna alle Hände voll zu tun, sie nicht entkommen zu lassen, während sie auf Käufer warteten.

Pierre ließ sich zunächst nicht blicken, doch am frühen Nachmittag erschien er. Evas Herz machte einen Sprung, als er vor ihr stand. In seiner Hand hielt er einen Strauß Margeriten, den er ihr lächelnd entgegenstreckte. „Ich habe Euch lange nicht gesehen", sagte er und deutete eine galante Verbeugung an. „Sehr lange!"

„Vielen Dank, Pierre!" Eva nahm die Blumen an und spürte, wie ihr das Blut in den Kopf schoss. Margeriten! Diese Blumen würden sie wohl auf immer an Falk erinnern. Sie wünschte, Pierre hätte ihr andere Blumen geschenkt.

Mit offenem Mund blickte Johanna von einem zum anderen. Eva fiel ein, dass sie einander noch nicht vorgestellt hatte. „Wie unhöflich von mir, bitte verzeih mir, Johanna. Das ist Pierre! Pierre, das ist meine beste Freundin Johanna."

Pierre verbeugte sich auch vor ihr, richtete seine volle Aufmerksamkeit aber wieder rasch auf Eva. „Wisst Ihr, dass Ihr noch schöner geworden seid, Eva?"

Eva drehte verlegen an einer Haarsträhne. Zu Johannas Verwunderung hatte sie an diesem Tag auf eine Kopfbedeckung verzichtet.

Pierre hob eine Hand zum Gruß, die Pflicht rief. „Au revoir, Eva!"

„Au revoir", flüsterte Eva, als er davonging.

Johanna stemmte beide Hände in die Hüften. „Sag mal, hab ich das gerade geträumt? Du hast einen Verehrer?"

„Sieht ganz so aus", erwiderte Eva selig.

„Und du hast mir nichts davon erzählt?"

„Auch du erzählst mir nicht alles."

Das ließ sich nicht abstreiten. Noch immer hatte Johanna Eva nicht verraten, wer ihre geheimnisvolle Liebschaft war. Eva vermutete, dass es sich um um eine hochgestellte Person handelte. Eine verheiratete Person womöglich, zumindest würde das Johannas Geheimniskrämerei erklären. Wer immer dieser Mann auch sein mochte, Johanna schien ihm treu zu sein, denn mit anderen Männern ließ sie sich, soweit Eva das beurteilen konnte, nun nicht mehr ein.

„Seit wann kennst du diesen knusprigen Burschen?", forschte Johanna weiter.

„Es war der Tag nach St. Nikolaus, als ich ihn zum ersten Mal sah. Aber dann den ganzen Winter über nicht mehr."

„Das erklärt immerhin, warum du in letzter Zeit so viele Löcher in die Luft starrst. Bist du in ihn verliebt?"

Eva hob die Schultern.

„Du bist es!", stellte Johanna fest. Sie stieß einen tiefen Seufzer der Erleichterung aus.

„Was hast du?", fragte Eva.

„Du kannst dir ja nicht vorstellen, wie froh ich bin."

„Worüber?"

„Über deine neue Liebe. Ich hatte schon geglaubt, du würdest dich bis zum Ende deiner Tage nur noch mit dem Geplapper entrückter Mönche beschäftigen. Endlich kannst du diesen Falk vergessen! Wann beabsichtigst du, deinen Franzosen zu verführen?"

„Johanna!"

„Hat er schon versucht, dich anzufassen?"

„Nein!"

„Vielleicht ein bisschen schüchtern, der Knabe. Na, dann passt ihr ja gut zusammen. Jetzt wirst du dich aber endlich entjungfern lassen, oder?"

Eva blieb eine Antwort im Hals stecken.

„Wenn nicht jetzt, wann dann? Wie lange willst du noch unschuldig bleiben?"

„Ich -"

„Ach, Eva. Du bist meine einzige Freundin, aber wie kannst du wissen, wovon ich spreche, wenn du der Heiligen Jungfrau nacheiferst? Schon gut, du brauchst mir nichts zu erklären, ich würde es sowieso nicht verstehen. Immerhin, einen Schritt weiter sind wir schon gekommen, das ist besser als nichts. Achtung, Clärchen wird flüchtig!" Vor lauter Schwatzen hatten sie nicht auf die Kleine geachtet. Zu ihrer Überraschung hatte sie sich auf ihre Beinchen gestellt und tapste mit wackligen Schritten auf den benachbarten Stand eines Schuhverkkäufers zu.

„Clärchen kann laufen!", freute sich Eva.

Johanna klatschte in die Hände. „Wahrhaftig ein Tag mit erstaunlichen Neuigkeiten", meinte sie.

Zwei Wochen später lud Pierre Eva zu einem Spaziergang ein. Nach Dienstschluss holte er sie an ihrem Platz auf dem Markt ab. Johanna war an jenem Tag nicht bei ihr, deshalb packte Eva ihre Sachen zusammen. Pierre half ihr, Clärchen auf den Rücken zu binden. Zum ersten Mal spürte Eva dabei seine Hände auf ihrem Körper.

Sie hatte ein schlechtes Gewissen, denn Madame Henriette wusste nichts von ihrem Rendezvous, und Eva hätte gut und gerne noch zwei Stunden dort sitzen und auf Käufer warten können. Später würde sie darüber nachdenken, wie sie ihre Scharte wieder auswetzen konnte.

Durch die *Porte de Seine* verließen sie die Stadt. Pierre griff nach ihrer Hand.

Jetzt sind wir wohl ein Liebespaar, dachte Eva.

Auf einem Uferpfad entlang der Seine führte er sie etwa zwei Meilen flussabwärts, bis sie eine idyllische Aue erreichten. Der Stamm eines entzwurzelten Weidenbaumes diente ihnen als Sitzbank. Die Seine führte reichlich Wasser, und eine Weile lauschten sie dem Plätschern der Wellen. Immer noch lagen ihre Hände ineinander verflochten. Glücklicherweise hatte sich Clärchen zu einem ihrer seltener gewordenen Nickerchen entschlossen.

Ob er oft hierherkomme?, fragte Eva den jungen Büttel.

Er bejahte. Er liebe die friedliche Ruhe dieses Ortes, sagte er. Es sei sein Lieblingsplatz.

Ob ihre Tochter nicht ihren Vater vermisse?, wollte er von ihr wissen.

Clärchen sei nicht ihre leibliche Tochter, erwiderte sie. So gut es ihre französischen Sprachkenntnisse zuließen, erzählte sie ihm, was es mit der Kleinen auf sich hatte. Pierre nickte verstehend.

Eine Weile sprachen sie über verschiedene Dinge, ohne ihre Hände voneinander zu lösen. Pierre erzählte von seiner Arbeit als Marktbüttel, über seine Familie und Freunde, und Eva berichtete ihm, wenn auch nur andeutungsweise, über die Geschehnisse aus ihrer jüngsten Vergangenheit. Pierre stellte keine Fragen.

Auf dem Fluss trieben Schwäne. Auf der anderen Seite des Ufers waren ein Bauer mit seiner Frau zu sehen. Sie bearbeiteten ein braches Feld mit Pferd und Pflug.

Plötzlich löste Pierre seine Hand aus der ihren und fasste sie sanft an der Taille. Ihre Blicke verschmolzen. Evas Lippen waren leicht geöffnet. Mit einer Fingerspitze berührte er sanft das Mal an ihrem Hals. „Du bist so schön, so wunderschön", hauchte er.

Langsam näherte sich sein Mund dem ihren. Als ihre Lippen sich berührten, raste ein Gefühl der Wonne durch Evas Körper.

Dann erwachte Clärchen und fing an zu schreien.

Der Zauber war gebrochen. Pierre ließ von ihr ab, sein Grinsen wirkte verdrießlich. Kein Wunder, dachte Eva. Musste Clärchen ausgerechnet jetzt aufwachen? An Zärtlichkeiten war nicht mehr zu denken. Clärchen buhlte um Aufmerksamkeit. Eva verschluckte einen Seufzer der Enttäuschung.

Wenig später traten sie den Rückweg an. In Paris angelangt, verabschiedeten sie sich hinter dem Stadttor mit einem flüchtigen Kuss. Beim nächsten Mal, so schwor sich Eva, würde sie Clärchen in Johannas Obhut geben.

Sowohl Madame Henriette als auch Johanna schien etwas zu bedrücken, Eva sah es ihnen an, als sie die Stube betrat. Sie setzte sich zu ihnen. „Ist etwas geschehen?"

„Wie man's nimmt", antwortete Johanna finster.

Über Madame Henriettes Wange rollte eine Träne.

„Um der Liebe Christi Willen, erzählt es mir!"

Johanna blähte die Wangen und blies langsam den Atem aus. „Wir werden Paris im Sommer verlassen", verkündete sie. „Meister Eckhart wurde von seinem Orden nach Straßburg berufen. Er soll nunmehr die Aufsicht über die oberrheinischen Frauenklöster übernehmen. In Straßburg wird sein Amtsitz sein. Mein Großonkel und Thomas werden ihm dorthin folgen."

Im ersten Moment war Eva sprachlos. „Aber - kann das denn niemand anders übernehmen?"

„Oh, was für eine großartige Idee", spottete Johanna. „Warum gehst du nicht zum Ordensgeneral der Dominikaner und sagst ihm das? Er wird bestimmt auf dich hören!"

In Evas Kopf schwirrten die Gedanken wie Bienen in einem Korb. Pierre! Vermutlich würde sie ihn, wenn sie Paris verließe, niemals wieder sehen. Eine mehr als schmerzhafte Vorstellung. Er war die erste Liebe in ihrem neuen Leben. Sie hatte Falk verloren, nun drohte sie auch noch Pierre zu verlieren. Andererseits: Warum blieb sie nicht einfach in der Stadt? War sie nicht ein freier Mensch? Falls sie aber blieb, so würde ihr künftig wohl die Welt des Geistes verschlossen sein. Der große Eckhart von Hochheim - seinetwegen war sie nach Paris gekommen. Er hatte sich für sie stark gemacht, hatte dafür gesorgt, dass man ihr den Zutritt in das Jakobinerkloster nicht verwehrte, wenn er dort predigte. Meister Eckhart hatte ihr Geisteswelten eröffnet, die zwar unfassbar und dennoch Teil ihres Glücks waren.

Was sollte sie tun? Es war zum Verzweifeln. „Was ist mit dir?", fragte sie Johanna. „Du könntest doch bleiben."

Johanna schüttelte den Kopf.

„Aber warum nicht? Dein Onkel kann dich nicht ewig unter seine Fittiche nehmen. Du bist alt genug, kannst arbeiten."

„Das kann ich ihm nicht antun", widersprach Johanna.

Eva wunderte sich über Johannas Loyalität, stritt sie doch zu jeder sich bietenden Gelegenheit mit Konrad herum.

Madame Henriette erhob sich schluchzend, ging hinkend in die Küche, wo ein Suppentopf über dem Herdfeuer köchelte. Obwohl Madame so gut wie nichts von dem verstand, was die jungen Frauen miteinander sprachen, traute Eva sich erst in Henriettes Abwesenheit, jene Frage zu stellen, die ihr auf der Zunge brannte. „Was ist mit deinem Geliebten? Könntest du nicht bei ihm bleiben?"

„Auf keinen Fall." Auch Johanna klang maßlos verzweifelt.

„Dann ist es wohl so, wie ich vermutete: Dein Liebster ist verheiratet!"

„Spar dir deine Moralpredigt."

„Es liegt nicht in meiner Absicht, dir Vorhaltungen zu machen, Johanna. Ich möchte nur verstehen, warum du bereitwillig diese Stadt verlassen willst, die du doch so sehr liebst."

„Also gut, hör mir zu!" Sie legte die Arme um sich und runzelte die Stirn. Mit gedämpfter Stimme begann sie zu sprechen. „Mein Geliebter ist einer der wichtigen Magistraten von Paris. Seinen Namen werde ich nicht nennen. Nicht, weil ich dir misstraue, sondern weil es für alle besser so ist. Ich weiß, ich hätte mich nicht in ihn verlieben dürfen, denn er hat eine Frau und - äh, fünf Kinder. Aber es ist nun mal geschehen. Wir hatten eine schöne Zeit, auch wenn es nicht immer einfach war, unsere Liebschaft geheimzuhalten. Aber so kann es nicht weitergehen. Er kann nicht kurzerhand seine Familie verlassen, das würde ihn Amt und Ansehen kosten. Also habe ich beschlossen, dem Ganzen ein Ende zu machen. Wie könnte ich das besser tun, als mit meinem Großonkel die Stadt wieder zu verlassen?"

„Ich verstehe."

„Aber was ist mit dir und Pierre? Was hast du vor?"

Eva schüttelte den Kopf. Sie konnte der Freundin diese Frage beim besten Willen nicht beantworten.

„Wenn du mit uns kommst", sagte Johanna sanfter, als es für gewöhnlich ihre Art war, „freue ich mich sehr. Aber jeder Mensch muss seine eigenen Entscheidungen treffen."

Eva schloss die Augen und atmete tief. „Ich muss nachdenken", sagte sie.

In den nächsten Tagen betete Eva um Erleuchtung, doch Gott gab ihr keine. Nachts fand sie keinen Schlaf, über Tag konnte sie sich auf nichts konzentrieren. Die einfachsten Stiche misslangen ihr, sodass manchmal Johanna ihre Arbeit übernehmen musste. Auch Clärchen bemerkte die Zerstreutheit ihrer Ziehmutter und fing an zu flennen, sobald sie in ihre Nähe kam.

Bis zum Sommer blieb Eva noch etwas Zeit, aber das machte ihr die

Sache nicht einfacher. Jedenfalls würde sie keine Entscheidung fällen, ohne nicht mit Pierre darüber gesprochen zu haben. Wenn Pierre sie anflehte zu bleiben, ihn zu heiraten, eine Familie mit ihm zu gründen, konnte sie dann wirklich Nein sagen?

Eva erschrak über ihre Gedanken. Heiraten? Eine Familie gründen? Waren das nicht Pläne, die sie noch vor nicht allzu langer Zeit mit einem anderen Mann geschmiedet hatte? Wie immer, wenn sie an Falk dachte, versetzte es ihr einen Stich ins Herz. Jeder Gedanke an ihn war wenig hilfreich für ihre Entscheidungsfindung, aber derzeit erschien es ihr unmöglich, ihr Denken zu kontrollieren.

Der Herrgott! Warum half er ihr nicht in ihrer Qual?

Wer leer ist aller Kreatur, der wird Gottes voll, lehrte Meister Eckhart. Aber wie konnte sie leer sein, wenn in ihrer Seele tausend Stürme tobten?

Madame Henriette schickte sie am Sonnabend nach Pfingsten zum Markt. Eva war froh darüber, Clärchen ließ sie in Johannas Obhut. Endlich würde sich die Gelegenheit bieten, mit Pierre zu reden.

Zu ihrer riesigen Enttäuschung ließ Pierre sich nicht blicken.

Am Nachmittag packte sie ihre Sachen zusammen und machte sich auf die Suche nach ihm. Sie fragte einen der anderen Marktbüttel, aber der hob nur unwissend die Schultern. Auch wusste Eva nicht, wo Pierre eigentlich wohnte, er hatte es ihr nie gesagt. Da kam ihr ein Gedanke: Vielleicht war er ja an seinem Lieblingsplatz, jener grünen Aue am Ufer der Seine. Auch Männer hatten manchmal das Bedürfnis, alleine zu sein.

Eva verließ die Stadt und folgte dem Pfad, den sie neulich Hand in Hand gegangenen waren. Sie musste ihn einfach sehen, ihm ihr Herz ausschütten, und sie hoffte inständig, ihn dort zu finden. Sie sehnte sich nach ihm, wollte in seinen Armen liegen, ihn küssen, und diesmal würde kein schreiendes Kind ihrer Romanze ein jähes Ende bereiten.

Als sie den Ort erreichte, sah sie Pierre tatsächlich auf dem Stamm des umgestürzten Weidenbaumes sitzen. Aber er war nicht alleine. Ein Mädchen mit langen blonden Haaren saß neben ihm. Sie unterhielten sich, lachten. Dann küssten sie sich, und Pierre befingerte ihre üppigen Brüste.

Eva erstarrte. Mit aller Macht wünschte sie sich, augenblicklich aus einem schlechten Traum zu erwachen. Ihr war, als habe sie das alles schon einmal erlebt. Das blonde Mädchen kicherte, als Pierre ihr das Kleid über den Kopf streifte.

Damals, als sie Falk mit der Hure gesehen hatte, war Eva fortgerannt, wie von Furien gehetzt. Heute aber blieb sie stehen, Lähmung kroch in ihre Glieder. Wofür will der liebe Gott mich strafen?, fragte sie sich.

Nach einer Weile wurde Pierre auf sie aufmerksam. Das blonde Mädchen folgte verdutzt seinem Blick. Pierre wirkte zunächst erschrocken, dann aber verwandelten sich seine Züge in ein breites Grinsen.

Eva überwand ihre Lethargie, machte kehrt und ließ ein weiteres Stück

Vergangenheit hinter sich.

Einen Monat später verließ Eva mit Clärchen Paris. Gemeinsam mit Meister Eckhart, Konrad, Thomas, Johanna und Michel machte sich auf den Weg nach Straßburg.

*

Binnen eines Jahres hatte Magda ihre Ziele erreicht. Ihre Rivalin war fort, für immer, wie es schien, und Falk gehörte ihr ganz allein. In ihrem Bauch trug sie sein Kind, das in wenigen Tagen auf die Welt kommen würde. Das Kind war die Trophäe, die sie für immer mit Falk verband, der Lohn für ihre Hartnäckigkeit.

Aber sie hatte dem Teufel einen Schwur geleistet. So oft sie konnte, verdrängte sie diesen Gedanken. Als sich aber der Jahrestag des unheilvollen Eides näherte, kam sie nicht umhin, sich seiner zu erinnern. Jedes Jahr, so ihr Versprechen, wolle sie dem Teufel ein Opfer bringen. Wenn sie den Teufel betrog, konnte niemand sie mehr retten, dann waren die Feuer der Hölle ihr gewiss. Der Leibhaftige sollte sein Opfer bekommen, und die Frage, wie sie Gottes Gnade erlangen konnte, musste hintenanstehen.

Der Jahrestag ihres Eides war zugleich der Hochzeitstag von Winand und Cordula. Erneut wurde auf dem Winandshof Hochzeit gefeiert, und das kam Magda nicht ungelegen, denn niemandem würde auffallen, wenn sie für kurze Zeit das Fest verließ, alle waren beschäftigt mit Essen, Trinken und Tanzen. Unbemerkt schlich sie sich am Nachmittag, als der Wein bei den Gästen seine Wirkung tat, davon. Unter ihrem weiten Kleid hielt sie ein totes Huhn versteckt, freilich eines aus dem Bestand ihrer Eltern. Ohnehin musste sie sich noch daran gewöhnen, dass der Winandshof nicht mehr ihr Zuhause war.

In den vergangenen Tagen hatte Falk dafür gesorgt, das sie keine schweren Arbeiten mehr verrichten musste, auch hatte sie es vermieden, längere Wegstrecken zurückzulegen. Nun, da die Hochschwangere mit tastenden Schritten durch das menschenleere Dorf in Richtung Wald ging, merkte sie, wie sehr sie das anstrengte. Doch es gab kein Zurück, der Teufel wartete auf sein Opfer.

Als sie ihr Ziel erreichte, war sie völlig außer Atem. Sie warf das Huhn in die Grotte, verzichtete aber diesmal auf feierliche Worte. Es gab nichts, was sie länger als nötig an diesen Ort gehalten hätte. Als ihr Herzschlag sich beruhigt hatte, schickte sie sich an, den Rückweg anzutreten. Unachtsam stolperte sie über einen Stein und stürzte zu Boden.

Nach dem Schrecken kam der Schmerz. In ihrem Unterleib schien plötzlich ein Feuer zu lodern. Sie wollte sich aufraffen, doch es war, als sei sie zur Bewegungslosigkeit verdammt. Zwischen ihren Beinen wurde es feucht.

Verzweifelt rief sie um Hilfe, doch schon bald versagte ihr die Stimme. Immer neue Schmerzwellen jagten durch sie hindurch, und sie kam zu dem Schluss, dass es besser sei zu sterben, als weiter diese unmenschliche Tortur zu ertragen.

Im Gehölz knackte es. Ein Tier näherte sich der Stelle, wo Magda hilflos auf ihren Tod wartete. Magda konnte kaum noch klar sehen, aber langsam schälten sich die Umrisse des Tieres aus einem trüben Dunstschleier. Ein grauer Wolf stand vor ihr, hechelnd starrte er sie an. Er schien sehr alt zu sein, zu alt zum Jagen, er war auf wehrlose Beute angewiesen. Zunächst empfand Magda bei seinem Anblick keine Furcht, der Wolf würde ihrem Elend ein Ende machen. Dann fiel ihr ein, dass seit drei Jahren kein Wolf mehr im Wald der Herrschaft gesichtet worden war. Vielleicht war das ja kein gewöhnlicher Wolf.

Jetzt kam sie Angst. „Bist du der Teufel?“, fragte sie das Tier zwischen zwei heftigen Atemstößen.

Der Wolf starrte sie weiter an, Geifer tropfte aus seinem Maul.

„Bringst du mir den Tod? Du bist Satan, nicht wahr? Was willst du, ich habe dir dein Opfer gebracht!“

Wenn sie wirklich sterben musste, dann nicht in Satans Fängen. Neuer Lebenswille packte sie. Sie tastete den Boden ab, fand einen Ast und schleuderte ihn gegen den alten Wolf. Der wich einen Schritt zurück, zeigte sich aber aber sonst unbeeindruckt. Er senkte den grauen Kopf, kam wieder näher.

Das ist das Ende, dachte Magda, schloss die Augen und bot dem Wolf ihre Kehle dar. Doch nichts geschah. Eine halbe Ewigkeit verstrich. Die Schmerzen, sie waren verschwunden. Sie hörte Schritte und öffnete die Augen. Der Wolf, ihr Todesbote, war nirgends zu sehen. „Heilige Jungfrau!“, sagte eine erschrockene Stimme. Magda erkannte Bodo, den Köhler. Er beugte sich zu ihr herab.

„Das Kind“, ächzte sie, und der Schmerz holte sie wieder ein.

„Ich bringe dich zu meiner Schwester!“ Er packte sie unter den Knien und am Rücken, hob sie auf und machte sich eilig auf den Weg.

„Komm rasch! Deine Frau!“

Falk ließ den Bierbecher sinken und starrte den Ankömmling verwirrt an. Tatsächlich hatte er Magda seit geraumer Zeit nicht gesehen. Auch die umstehenden Hochzeitsgäste blickten suchend umher.

„Bodo! Was ist los?“, fragte Falk beklommen. „Wo ist Magda?“

„Bei meiner Schwester! Das Kind kommt!“

„Sie war doch eben noch hier.“

„Ich fand sie im Wald.“

„Im Wald?“

Mit klopfenden Herzen verließ Falk die Feier und folgte dem Köhler.

Winand, der Bräutigam, stellte sich seinem Schwager in den Weg. „Was ist mit meiner Schwester?“, fragte er sorgenvoll.

„Sie kriegt ihr Kind!“, erwiderte Falk und stieß ihn beiseite.

Unterwegs flehte er alle Heiligen, die ihm mit Namen einfielen, um Beistand an. Was hatte Magda in den Wald getrieben? War sie von Sinnen? Es gab Geschichten von schwangeren Frauen, die über Nacht verrückt geworden waren.

Als sie in die Köhlerhütte stürmten, hörte Falk das Geschrei eines Säuglings. Sibylle empfing ihn, in ihren Händen hielt sie das neugeborene Kind, eingewickelt in eine Decke. Feucht klebten die wenigen Haare am Köpfchen des Winzlings. Das Kind schien wohlauf zu sein. Falk spürte Erleichterung. Aber was war mit Magda? Er spähte durch das Halbdunkel der Wohnung und sah sie auf einer Lagerstätte liegen.

„Die Geburt war einfacher, als ich erwartet hatte“, sagte Sibylle. „Geh nur zu ihr.“

Ihre Stimme klang nicht sehr freundlich, aber das hatte bei Sibylle nichts zu bedeuten. Magda sah ihm lächelnd entgegen, sie sah erschöpft, aber glücklich aus.

„Magda! Was hast du gemacht? Wieso hast du die Feier verlassen? Was um alles in der Welt hattest du im Wald verloren?“

„Es ist ein Mädchen“, sagte Magda, ohne auch nur eine seiner Fragen zu beantworten.

Er küsste sie auf die Stirn. „Wie konntest du das nur tun?“, seufzte er.

Sibylle kam hinzu, legte der Mutter den Säugling behutsam in die Arme. „Mein Bruder fand sie bei der Teufelsgrotte“, sagte sie zu Falk.

Magda mied ihren Blick, denn sie fühlte sich der Hebamme durchschaut. Konnte diese verdammte Kräuterhexe etwa in die Seele eines Menschen schauen?

„Bei der Teufelsgrotte? Was hast du dir nur dabei gedacht?“

Falks Fürsorge rührte Magda. Da war es ihr einerlei, was die knorrige Sibylle von ihr dachte. „Ich kann mich an nichts erinnern, Liebster. Schwangere tun manchmal seltsame Dinge.“

„Und manche Frauen tun seltsame Dinge, um schwanger zu werden“, sagte Sibylle rätselhaft.

Unmöglich, sie kann es nicht wissen, redete Magda sich ein.

„Seht nur, sie lutscht an ihrem Daumen.“ Falk starrte wie gebannt auf seine Tochter. „Was meinst du, welchen Namen sollen wir ihr geben?“

Auf diese Frage hatte Magda gewartet. Gleich würde sie wissen, ob Eva ihm immer noch etwas bedeutete. Es machte sich immer noch bezahlt, dass sie manches Gespräch zwischen Eva und Falk belauscht hatte.

„Welchen Namen? Hm, ich weiß nicht“, erwiderte sie so ruhig und unbefangen, wie sie nur konnte. „Vielleicht - Clara?“

Falk gefror das Lächeln auf seinen Lippen.

„Ich dachte - gefällt dir der Name nicht?“, stammelte Magda.

Er stand auf, schüttelte heftig den Kopf. „Auf keinen Fall werden wir das Kind so nennen.“ Zweifellos ein ungeheilter Schmerz, der ihn so sprechen ließ.

„Schon gut. Es gibt ja auch noch viele andere schöne Namen.“

Nur Sibylle sah die Träne, die über ihre Wange rollte.

14.

Als die beiden Reiter Wesel erreichten, regnete es bereits seit drei Tagen ohne Unterlass. Es war später Nachmittag, die Gassen der Stadt waren leer, nicht einmal ein Hund ließ sich blicken. Hier und dort trat der Rheinfluss bedrohlich über seine Ufer, sodass man eine Überschwemmung der Stadt befürchten musste.

Die Rückkehr hatte Kasimir sich anders vorgestellt. Drei Jahre waren vergangen, seit sie aufgebrochen waren, wie ein halbes Leben kam es ihm vor. Not und Entbehrung, Kampf und Triumph, Niederlage und Tod: Kasimir war erst neunzehn Jahre alt, ein einfacher Waffenknecht, ein Diener seines Herrn Robert von Schönburg, doch er hatte mehr erlebt als mancher alte Recke. Umso größer war seine Enttäuschung über die Trostlosigkeit ihrer Rückkehr. Zwar gehörte Kasmimir nicht länger zu jenen, die sich Heldenträumen hingaben - die erlebten Grausamkeiten hatten ihm seine Illusionen genommen -, doch ein wenig Glanz hätte er sich schon gewünscht, winkende Menschen, jubelnde Kinder, bunte Wimpel, die zu ihrer Begrüßung im Wind flatterten. Vor allem aber schöne Jungfern, die ihm schmachtende Blicke zuwarfen. Statt alldem regnete es Bindfäden aus einem tristen Novemberhimmel, keine Menschenseele, die Notiz von ihnen nahm.

Dort oben, auf dem Burgberg, erhob sich die Schönburg. Ihre Mauern und Türme verschmolzen mit dem Grau der Wolken. Eine letzte kurze Wegstrecke noch, ein Katzensprung, doch die Pferde waren zu ausgelaugt, um ihre Reiter noch einmal bergan zu tragen. Kasimir und sein Herr stiegen aus den Sätteln und griffen nach den Zügeln, um die Tiere zu führen und ihnen diese letzte Anstrengung zu ersparen. Doch Robert war selbst am Ende seiner Kräfte, wie der besorgte Kasimir ihm ansehen konnte. Seit seiner Verwundung litt Robert immerzu Schmerzen, auch wenn er niemals klagte.

Selten sprach Robert von Schönburg über seine Gefühle, aber Kasimir wusste, dass er sich nach seiner Gemahlin Egida verzehrte, die ihm inzwischen ein Kind geboren haben musste. Einen Sohn, wie Robert behauptete, und Kasimir fragte sich, woher er diese Gewissheit nahm. Wahrscheinlich war es Wunschdenken, denn jeder Vater wünschte sich einen Stammhalter.

Triefnass machten sie sich an den Aufstieg. Ihre Helme, die ihnen die Luft zum Atmen nahmen, hatten sie abgenommen. Kasimir ging mit seinem Rappen Duma voran und warf immer wieder besorgte Blicke nach hinten. Im Gesicht seines Herrn erkannte er neben Schmerz und Erschöpfung auch Anspannung, die Vorfreude auf das Wiedersehen mit Egida, zugleich aber auch Sorge. In den drei Jahren ihrer Abwesenheit konnte viel passiert sein.

Schon waren die Herannahenden wahrgenommen und erkannt worden, denn das Burgtor wurde geöffnet, noch bevor sie es erreichten. Man erwartete sie. Offenbar hatte Roberts letzter Brief sein Ziel erreicht.

Goswin, ein schlaksiger Stallbursche, empfing die beiden Männer und übernahm ihre Pferde, um die er sich zu kümmern versprach. Kasimir fiel auf, dass der Junge den Blick seines Herrn mied.

Auf der Burg hatte sich die Kunde von ihrer Ankunft wie ein Lauffeuer verbreitet, denn auch andere Bedienstete erschienen, um ihnen behilflich zu sein. Egidas Zofe Hanna allerdings konnte Kasimir nirgends entdecken.

Die Männer betraten die Halle, wo man ihnen die triefenden Umhänge abnahm. Eine Magd stand mit zwei Bechern heißem Würzwein bereit, doch Robert winkte ab. „Später! Zuerst will ich meine Gemahlin begrüßen." Er schickte sich an, zu Egidas Gemach zu eilen, doch eine Frauenstimme ließ ihn innehalten.

„Mein Sohn!" Roberts Mutter Elisabeth war in der Halle erschienen. Sie war eine hochgewachsene Frau um die fünfzig mit einem immer noch hübschen, zarten Gesicht und sanften Augen. Unter ihrer Kopfhaube lugten graue Haarsträhnen hervor. Kasimir erinnerte sich, dass Frau Elisabeths Haare dunkel gewesen waren, als er sie das letzte Mal gesehen hatte.

Robert ging auf seine Mutter zu, drückte sie an sich. Eine Weile verharrten sie in inniger Umarmung, dann löste sich Robert sanft von ihr. „Egida", sagte er nur. Es klang wie eine bange Frage.

Elisabeth senkte den Kopf, und ihr Sohn begriff. Ein Laut der Verzweiflung entrang sich seiner Kehle. Kasimir glaubte, sein Herr müsse jeden Augenblick zusammenbrechen. Was Robert von Schönburg sich bislang nur albtraumhaft auszumalen vermocht hatte, war grausame Wirklichkeit geworden, er hatte vom Tod seiner geliebten Egida erfahren. Auch Kasimir empfand tiefsten Schmerz. Die Frau, die er bewundert, verehrt, ja heimlich angebetet hatte - nie wieder würde ihr Anblick sein Herz höher schlagen lassen.

Abermals drückte Elisabeth den Sohn an sich, streichelte sanft sein nasses Haar. „Wann?", fragte er matt.

Sie nahm seine Hände. „Bei der Geburt des Kindes", erwiderte sie leise. „Es war der Neujahrstag. Das Kind lag quer, es kam zu einer Blutung. Wir konnten nichts mehr für sie tun. Ein Wunder, dass die Hebamme wenigstens Berta retten konnte. Du hast eine Tochter, mein Sohn."

Vergeblich suchte Kasimir nach Zeichen des Trostes in den Augen seines Herrn.

„Robert, du weißt, Gottes Wege sind für uns Menschen unerforschlich", fuhr Elisabeth fort. „Egida ist an einem Ort, wo sie aller irdischen Mühen ledig ist."

Robert schwieg. Gewiss hatte Egida leiden müssen. Der Tod eines Kriegers auf dem Schlachtfeld mochte weniger qualvoll sein als der Tod einer gebärenden Frau. Kasimir erinnerte sich an Anna, eine Dienstmagd, der vor Jahren ein ähnliches Schicksal widerfahren war. Zwei Tage lang hatten Annas Schreie schauerlich durch die ganze Burg gehallt. Dann war sie gestorben, und das Kind mit ihr.

Aber Robert stellte keine Fragen über Egidas Ende. Jede Antwort wäre unerträglich für ihn gewesen. Kasimir betrachtete ihn sorgenvoll.

Im hinteren Teil der Halle erschien eine rundliche Frau mit rosigen Wangen und hängenden Augenlidern. An ihrer Hand hielt sie pauswangiges Mädchen, das kaum drei Jahre zählte. Elisabeth nickte der Amme aufmunternd zu. „Bring sie her, Mechthild. Ein Vater möchte seine Tochter kennenlernen."

Die Amme Mechthild redete kurz auf die Kleine ein und führte sie zu ihrer Großmutter. Kasimir gewann den Eindruck, dass das Mädchen etwas schwerfällig wirkte, aber womöglich täuschte er sich - welche Erfahrungen besaß er schon mit Kindern? Die Augen des Mädchens standen ein wenig quer, was auf den ersten Blick befremdlich wirkte. Elisabeth beugte sich zu ihrer kleinen Enkelin herab. „Dein Vater ist da, Berta!", erklärte sie mit einem liebenden Lächeln.

Das Kind folgte ihrem Blick, starrte mit offenem Mund auf den martialisch anmutenden Mann, der dort vor ihr stand und keine Miene verzog.

„Berta ist ein sehr artiges Kind", erklärte Frau Elisabeth in der Absicht, das Eis zwischen Vater und Tochter zu brechen. „Nur sprechen will sie noch nicht." Sie strich ihr über den blonden Haarschopf. „Erinnerst du dich an den holzgeschnitzten Esel, Robert? Der, mit den beweglichen Beinen? Damals war er dein Lieblingsspielzeug. Und später spielte dann dein Bruder damit."

Auch Kasmimir erinnerte sich an das Spielzeug. Roberts Bruder Merbodo hatte den Esel einst in einem Anfall von Jähzorn zerschmettert.

„Nun, der gute Daniel hat den alten Esel eigens für Berta repariert", sagte sie weiter, „sie spielt damit lieber als mit Puppen."

Robert blickte weg. „Ich bin müde", sagte er.

Kasimir trat näher. „Ich geleite Euch zum Schlafgemach."

Robert nickte ihm dankbar zu. An seine Mutter gewandt, sagte er: „Verzeiht, aber die Strapazen der Reise haben mich sehr erschöpft."

„Du und Kasimir, ihr müsst zuerst etwas essen."

„Ich bin nicht hungrig. Nur müde."

„Gewiss doch, mein Sohn. Gott segne deinen Schlaf. Zum Erzählen bleibt uns noch alle Zeit der Welt."

Kasimir sah ihr die Enttäuschung an. Robert zeigte keinerlei Aufmerksamkeit für seine Tochter. Sie schickten sich an, die Halle zu verlassen. Auf halbem Weg drehte Robert sich noch einmal um. „Und mein Bruder? Wo ist er?"

„Merbodo ist wohlauf und fast schon ein Mann", erwiderte Elisabeth, fügte mit einem unterdrückten Seufzen hinzu: „Im Augenblick ist er - unterwegs. Manchmal kommt er spät nach Hause."

Über eine nicht enden wollende Wendeltreppe stiegen sie in ein oberes Stockwerk. Kasimir trug eine Öllampe. Jeder Schritt bereitete Robert sichtlich Schmerzen. In seiner Kammer angelangt, half Kasimir ihm beim Ablegen des Kettenhemdes und der durchnässten Kleidung. Endlich ließ Robert sich mit einem kraftlosen Stöhnen auf sein Bett sinken, das er einst mit seiner geliebten Egida geteilt hatte.

Kasimir suchte seine eigene Kammer auf, die über der seines Herrn lag. Lediglich einige Holzbalken trennten sie. Manchmal hatte er von hier Robert und Egida beim Liebesspiel belauschen können. Egida war eine wunderschöne Frau mit einem engelsgleichen Gesicht und langen blonden Haaren gewesen. Kasimir hatte Egida begehrt und sich dieses Gefühls zutiefst geschämt. Ihr Tod bestürzte ihn, aber wenigstens war er jetzt nicht länger diesen sündigen Gedanken ausgeliefert. Er entledigte sich seiner nassen Kleidung, warf sich auf seine Bettstatt. Obwohl er erschöpft war, blieb der Schlaf ihm fern, zu viele Gedanken rauschten durch seinen Kopf. Nach all den blutigen Abenteuern war er wieder daheim. Wie oft hatte er sich in den vergangenen Jahren gewünscht, in seinem Bett zu liegen, unbehelligt von Feinden, Mücken und Seuchen? Jetzt, da es endlich Wirklichkeit geworden war, wollte er nicht zur Ruhe kommen.

Er dachte an Hanna, Egidas Zofe, ein dralles Mädchen in seinem Alter, sommersprossig und mit großen braunen Augen. Ob sie noch auf der Burg lebte? Zumindest hatte er sie bislang nirgendwo erblickt.

Immer schon hatte Hanna um seine Liebe gebuhlt. Er hatte das meistens ignoriert, es wäre ihm - lächerlich genug im Nachhinein - wie ein Betrug an seiner heimlichen Liebe Egida vorgekommen. Gleichwohl war es Hanna einige Male gelungen, ihn zu verführen. In den Pferdeställen hatten sie es miteinander getrieben. Hinterher hatte Kasimir ein schlechtes Gewissen gehabt, wie ein Ehebrecher. Was für ein verträumter Narr er doch gewesen war.

Sein Magen knurrte und ihm fiel ein, dass er seit seiner Rückkehr noch nichts gegessen hatte. Also beschloss er, in die Küche zu gehen. Er schlüpfte in ein Wams, griff nach dem Öllicht und machte sich - es ging auf Mitternacht - auf den Weg. Wie verlassen wirkte die Burg. Natürlich war er der einzige, den es schlaflos umhertrieb.

In der Küche war es angenehm warm, denn die Herdkohle glomm noch. Kasimir sah sich um, er stand mitten in Daniels Reich. Daniel war der Koch der Schönburger und hatte schon Roberts Vater gedient. Seine Küche ungefragt zu betreten war ein Sakrileg, aber gewiss würde er Verständnis haben für einen hungrigen Heimkehrer. Daniel hatte Kasimir stets gemocht.

In einem Topf über dem Herd fanden sich Reste eines Eintopfgerichtes. Prüfend hielt Kasimir seine Nase darüber: Salzfisch und Weizengrütze. Das

Wasser lief ihm im Mund zusammen. In Italien hatte er mitunter erlesenere Speisen gegessen, häufiger aber hatte er gehungert, und manches Mal hatte er sich nach Daniels Küche gesehnt. Diese mochte einfach und schlicht sein, aber alles schmeckte nach Heimat und Frieden. Er rührte mit einem Finger in dem Essen, steckte ihn genüsslich in den Mund. Nun hielt er nach einem Hornlöffel Ausschau, fand aber nur eine Schöpfkelle an der Wand; gierig machte er sich damit über den Eintopf her. Hinterher würde er in den Keller hinabzusteigen, wo das Bierfass stand. Wie sehr er sich darauf freute. In Italien hatten sie niemals Bier getrunken, aus unerfindlichen Gründen mochten die Welschen es nicht. Überhaupt, sie waren schon seltsame Menschen, diese Welschen.

Während er aß und sinnierte, betrat ein dickbäuchiger Mann leise die Küche. Unbemerkt von Kasimir schlich er sich heran. Kasimir verschluckte sich fast vor Schreck, als sich eine prankenähnliche Hand auf seine Schulter legte und ihn grob herumriss. „Hab ich dich endlich auf frischer Tat erwischt, verdammte Rotznase!"

Kasimirs Kriegerreflexe erwachten, der Romzug hatte einen echten Soldaten aus ihm gemacht. Kraftvoll stieß er den Angreifer von sich. Der Dicke taumelte zurück und fand sich im nächsten Augenblick auf dem Boden wieder.

„Kasimir?", fragte er verblüfft.

„Daniel!" Erst jetzt begriff Kasimir, wen er da umgestoßen hatte.

„Beim Sack des Teufels, seit wann besitzt du Bärenkräfte?"

Kasimir half dem Koch auf die Beine. Lachend umarmten sie sich.

„Ich hielt dich für Goswin, diesen lausigen Stallburschen. Der Kerl ist öfter in meiner Küche als bei seinen verdammten Pferden." Daniel musterte den Heimkehrer wohlwollend. „Gut und kräftig siehst du aus!"

„Was man auch von dir behaupten kann." In Wirklichkeit war Daniel noch dicker geworden. Die wenigen Haare, die er damals noch besessen hatte, waren verschwunden, sodass sein rundes Gesicht noch fleischiger wirkte. Ein Netz von roten Äderchen durchzog Wangen und Nase.

„Als ich von eurer Rückkehr erfuhr, war ich darauf gerichtet, euch zu bewirten. Hättest doch nicht wie ein gottverdammter Dieb in meine Küche schleichen müssen. Warum hat der Herr nichts gegessen?"

„Er fühlte sich nicht wohl."

„Was nicht verwunderlich ist", nickte Daniel. „Die Nachricht vom Tod der Herrin muss ihn schwer getroffen haben. Verflucht, ich darf gar nicht mehr an den Tag denken, als sie -" Er brach ab und schüttelte den Kopf. „Genug davon. Erzähl mir lieber von dir, mein Junge. Habt ihr den elenden Welschen ordentlich den Hintern versohlt? Ich meine natürlich, bevor es den König erwischte."

„Er starb als Kaiser, nicht als König", verbesserte ihn Kasimir, obwohl es ihm selbst völlig bedeutungslos erschien.

„Ach, Junge, du musst mir alles erzählen. Stimmt es, was die Leute behaupten?"

„Und was wäre das?"

„Dass man den Kaiser vergiftet hat!"

„Unsinn."

„Mönche hätten ihm eine vergiftete Hostie verabreicht, sagen manche."

„Niemand hat ihn vergiftet. Er starb am Sumpffieber, in einem kleinen Ort mit dem Namen Buonconvento. Unser Herr war bei ihm, als er den letzten Atemzug tat."

„Verdammte Hölle, wäre er wenigstens im Kampf gefallen, das wäre ruhmvoller für einen Kaiser gewesen."

Kasimir unterdrückte ein Seufzen. Was wussten Leute wie Daniel schon von Kampf und Ruhm?

„Warum isst du Grütze? Die hab ich fürs Gesinde gemacht. Ein Kriegsheld sollte etwas Besseres schmausen." Daniel zog ihn von dem Kessel fort und führte ihn zu einem Hocker. „Setz dich, Junge. Will nur kurz in den Keller gehen und dir was Ordentliches zu beißen holen. Und dann erzählst du mir von eurem glorreichen Unternehmen."

Kasimir verspürte wenig Lust dazu. Ein glorreiches Unternehmen? Wahrscheinlich hegten die einfachen Leute tatsächlich solcherlei Vorstellungen. Was war eine Kaiserkrone wert? Lohnte es sich, ihretwegen durch Blut zu waten? Kasimir war selbst Zeuge geworden, wie wenig Macht sie ihrem Träger verlieh. Früher, zu den Zeiten der Ahnen, mochte das anders gewesen sein. Doch die Welt war nicht mehr die gleiche. Heinrich von Luxemburg hatte die alte Zeit wieder auferstehen lassen wollen. In Rom hatten päpstliche Legaten ihn zum Kaiser gekrönt. Dennoch war er gescheitert. Sein Zug durch Italien war von Anfang an geprägt gewesen von Kampf und Widerstand, von Vergeltung und Sterben. Viele Menschen hatten ihr Leben gelassen, auch der Bruder und die Gemahlin Heinrichs. Und am Ende ereilte den Ruhelosen selbst der Tod, als wollte Gott die Sinnlosigkeit des Unternehmens, das Daniel als glorreich bezeichnete, der ganzen Welt vor Augen führen.

In einem kleinen Ort, fern von Rom und von allen Machtzentren seines Reiches, hatte der Kaiser den Weg allen Fleisches beschritten. In der brütenden Augusthitze begann der Leichnam des Luxemburges rasch zu verwesen, sodass seine Gefährten sich gezwungen sahen, ihm das Fleisch von den Knochen zu brennen. Am zweiten Tag des Septembers war Heinrich im Dom zu Pisa begraben worden. Bald darauf hatten sich die letzten Verbliebenen des unseligen Unternehmens auf den langen Heimweg gemacht.

Daniel kehrte zurück. In seinen Händen hielt er ein Tablett, darauf zwei Bierkrüge und eine Schale voller knuspriger Hähnchenkeulen. „Hier, mein Junge, lang nur zu."

Einen der Bierkrüge nahm Daniel selbst, breitbeinig setzte er sich Kasimir gegenüber und sah ihm beim Essen zu, wobei er das Bier in seinem Krug kreisen ließ. Kasimir stieß ein wohliges Seufzen aus, als er schließlich gesättigt war. „Ich wünschte, du hättest uns nach Italien begleitet", lobte er den Koch und fuhr mit dem Ärmel über seinen Mund.

„Erzähl mir von euren Abenteuern", drängte ihn Daniel.

Lieber wäre Kasimir unverzüglich in seine Kammer zurückgekehrt, aber er mochte den Koch zu sehr, um ihn vor den Kopf zu stoßen. Also bezähmte er seine Unlust und erzählte. Von Ghibellinen und Guelfen, von Kämpfen und Strapazen, von Herrn Roberts ruhmreichem Kampf gegen Theobaldo de Brusati, von der ewigen Stadt Rom, die aus gigantischen Trümmerruinen bestand und voller Feinde war. Er erzählte vom Tag der Kaiserkrönung, von dem Überfall, bei dem der Schönburger so schwer verwundet worden war. Lange hatte Kasimir um das Leben seines Herrn bangen müssen, Fieberkrämpfe hatten Robert geschüttelt, nachdem ein Wundarzt ihm den Bolzen aus der Leiste geschnitten hatte. Als Robert endlich wieder zu Kräften kam, entschied er zu Kasimirs Leidwesen, weiter an des Kaisers Seite zu bleiben und ihn bei seiner Sisyphosaufgabe, der Befriedung des Landes, zu unterstützen. Viele andere Gefolgsleute indessen hatten nach der Krönung den Heimweg angetreten.

„Warum wollte er bleiben?", fragte Daniel kopfschüttelnd. „Er hatte seine Gefolgspflichten doch mehr als erfüllt."

Kasimir runzelte die Stirn. „Inzwischen frage ich mich, ob er damals schon etwas von Egidas Tod ahnte. Vielleicht wollte er den Schmerz nur hinausschieben. Oder er tat es aus bedingungsloser Treue, ich weiß es nicht. Er hat mir seine Entscheidung nie erläutert." Seine Stimme wurde zu einem Flüstern. „Es war das erste Mal, dass ich ihn im Stillen verfluchte. Ein ganzes Jahr blieben wir noch in Italien. Ich begann dieses Land zu hassen, ich war seiner so satt!" Bedrückung drohte ihn zu überwältigen, wie immer, wenn er an die zurückliegenden Ereignisse dachte. Es war an der Zeit, endlich ins Bett zu gehen.

„Herr Robert sollte dich zum Ritter machen", brummte der Koch, der seinem Bericht gebannt gelauscht hatte.

Kasimir sah ihn belustigt an. „Mich?"

„Warum denn nicht, verdammt", gab Daniel zurück. „Drei Jahre warst treu du an seiner Seite in einem verfluchten Land und hast deinen Arsch für ihn hingehalten."

„Ich bin nicht einmal sein Knappe, sondern nur ein Waffenknecht. Und von Adel bin ich auch nicht, falls dir das entgangen sein sollte. Genau genommen bin nicht einmal frei. Wie also könnte er mich zum Ritter machen?"

„Wenn er es wollte, würde er einen Weg finden", beharrte Daniel. „Er könnte dich adoptieren, irgendeine Lösung muss es doch geben, zum Teufel."

Kasimir hatte nie darüber nachgedacht, zu abstrus erschien ihm der Gedanke. Die Schönburger hatten ihn einst aus tiefster Not befreit und stets gut behandelt, was konnte er mehr erwarten? „Wie ich hörte", sagte er, um abermals das Thema zu wechseln, „hast du den alten Holzesel für die kleine Berta repariert. Dein Herz scheint mir immer noch so groß zu sein wie dein Bauch."

Daniel schmunzelte. „Ich mag den kleinen Fratz. Kommt äußerlich ganz nach ihrer Mutter, stimmt's? Wenn sie nur nicht -" Er hielt inne und biss sich auf die Lippen. „Tja, du wirst es ja bald selbst feststellen: leider ist die Kleine ist nicht ganz dicht im Kopf." Mit einem fleischigen Zeigefinger tippte er gegen seine Stirn.

„Wie meinst du das?", fragte Kasimir, obwohl er eine Ahnung hatte. Etwas in Bertas runden Äuglein hatte ihn denken lassen, dass sie anders war. Auch die Art, wie sie sich bewegte, war ihm träger erschienen, als man es von einem Mädchen ihres Alters erwartete.

„Fast drei Jahre alt ist die Kleine, aber noch immer hat sie kein einziges Wort gesprochen."

„Vielleicht hat sie ja dazu keine Lust."

„Von wegen, einen Dachschaden hat sie, das steht fest. Überhaupt, es ist ein Wunder, dass sie lebt. Vermutlich war sie schon halb erstickt, ehe es der Hebamme noch gelang, sie aus Egidas totem Leib zu schneiden."

Allein der Gedanke, ein Messer habe Egidas schönen Körper entstellt, ließ Kasimir erschaudern. „Für Berta wäre wohl besser gewesen, sie hätte das Schicksal ihrer Mutter geteilt", meinte er nachdenklich.

Daniel funkelte ihn böse an. „Berta ist das liebste Kind, das ich kenne! Wenn wir dereinst mit schmorenden Eiern im Fegefeuer hocken, dann wird sie schon im Himmel sein!"

Daniel liebte Berta wirklich sehr, das war eindeutig. Kasimir begann sich für seine Bemerkung zu schämen. „Jedenfalls finde ich es löblich, dass du den Holzesel für sie repariert hast", sagte er eingeschüchtert. Daniel nickte besänftigt und nippte an seinem Krug.

„Und wie macht sich unser junger Herr Merbodo?", fragte Kasimir. „Er muss jetzt vierzehn sein."

Daniels Miene verfinsterte sich. „Immer noch derselbe verdammte Tunichtgut, der er früher war", erklärte er verdrießlich. „Hochmütig, hinterlistig, gewalttätig, er hat sich nicht verändert. Nur, dass zu seinen alten Untugenden neue hinzugekommen sind: obwohl ihm gerade mal der erste Flaum auf den Wangen wächst, hurt und säuft er, als wollte er jeden gottverdammten Nichtsnutz auf dieser Welt übertreffen."

„Ich hatte gehofft, er sei reifer geworden."

„Von wegen. Ihm fehlt die harte Hand des Vaters. Man müsste ihn hin und wieder windelweich prügeln, wenn du mich fragst. Aber seine Mutter ist viel zu nachsichtig mit ihm. Und wer will es ihr verdenken? In den vergangenen drei Jahren hatte Frau Elisabeth genug andere Dinge zu tun, vertrat sie doch ihren Ältesten nach Egidas Tod in allen Belangen, war Burgherrin und Vogt zugleich. Und glaub mir, kein verdammter Bauer und kein verdammter Städter hat versucht, ihr auf der Nase herumzutanzen. Jedermann hat sie respektiert und geachtet, und wenn es sein musste auch gefürchtet. Oh nein, sie war nicht schwach, auch wenn mancher Strolch sich das wünschte. Schwach ist sie nur, wenn es um ihren verkommenen Jüngsten geht." Daniel war rot angelaufen, so sehr hatte er sich ereifert.

„Mütter sind so", sagte Kasimir. Vor seinen Augen erschien das Bild der eigenen Mutter. Im Lauf der Zeit war ihr Gesicht immer blasser geworden. Umso deutlicher sah er sie auf dem Erdboden liegen. Sie war tot, in ihrer Brust steckte ein Pfeil. Diese Erinnerung überfiel ihn manchmal. Doch Daniel ließ ihm keine Zeit zum Grübeln. „Bleibt zu hoffen", fuhr der Koch nämlich finster fort, „dass Herr Robert seinen verdammten Bruder jetzt an die Kandare nimmt. Sonst nimmt das noch ein schlimmes Ende - für uns alle."

Kasimir fragte sich, wie Daniel das wohl meinte - Merbodo war schließlich nicht mehr als ein ungezogenes Bürschchen -, aber er beschloss, nicht weiter darauf einzugehen. Sein Hunger und sein Durst waren gestillt, jetzt kam mit aller Macht die Müdigkeit zurück. Er gähnte. „Vielen Dank für den Schmaus, mein Guter, du ahnst ja nicht, wie sehr ich deine Kochkünste vermisst habe. Wenn du nicht willst, dass ich in deiner Küche einschlafe, gehe ich jetzt in meine Kammer."

„Ich hab noch Honigkuchen."

„Untersteh dich", widersprach Kasimir, erhob sich und griff nach dem Öllicht.

„Du weißt ja nicht, was dir entgeht."

„Und ob ich das weiß. Gütiger Jesus, es muss weit nach Mitternacht sein."

„Was möchtest du später frühstücken?"

„Gerösteten Koch, wenn du nicht bald Ruhe gibst."

„He, sieh mal einer an: aus unserem braven Polenjungen ist ein freches Großmaul geworden."

„Und aus unserem Koch ein Folterknecht, der todmüde Leute um ihren Schlaf bringt."

„Gott behüte, geh nur ruhig in dein verdammtes Bett!"

Beide Männer hoben grinsend eine Hand zum Gruß. Noch einmal hielt Kasimir inne, denn ihm fiel ein, dass eine der vielen Fragen, die ihn seit seiner Rückkehr beschäftigten, immer noch unbeantwortet war. „Übrigens, was ist eigentlich aus Hanna geworden?"

„Was soll aus ihr geworden sein? Sie ist jetzt das Kammermädchen von Frau Elisabeth."

Folglich war sie nach Egidas Tod auf der Burg geblieben. Kasimir war sich nicht sicher, ob ihn das freute oder gleichgültig ließ.

Daniel machte eine obzöne Geste mit seinen dicken Fingern. „Die Kleine hat drei Jahre auf dich gewartet, mein Junge. Enttäusche sie nicht."

„Alter Schwätzer!"

„Warum so schüchtern? Jeder weiß, wie scharf sie auf dich ist."

Kasimir ging zurück in seine Kammer. Im schwachen Lichtschein einer Lampe sah er eine Gestalt, die auf seiner Schlafstätte lag - Hanna! Sie lag unter der Wolldecke und sah ihn erwartungsvoll an. Offenbar war sie nackt, denn ihr Hemd und ihr Unterkleid lagen unsortiert auf dem Fußboden. Kasimir nahm zur Kenntnis, dass es ihn freute, sie zu sehen, obgleich er hundemüde war. Hanna hatte sich in den drei Jahren seiner Abwesenheit kaum verändert. Im Dämmerlicht konnte er ihre Sommersprossen erkennen, die ihr ein kindhaftes Aussehen verliehen. Kurzes, wuscheliges Haar verstärkte diesen Eindruck. Und zwischen ihren beiden Schneidezähnen klaffte immer noch eine kleine Lücke.

„Hanna! Schön, dich wiederzusehen."

„Schön? Ist das alles, was dir dazu einfällt?"

„Vorhin hab ich vergeblich nach dir Ausschau gehalten."

„Ich hatte zu tun. Aber jetzt hab ich Zeit für dich."

Verlegen erwiderte er ihr Lächeln.

„Kein Tag ist vergangen, an dem ich nicht für deine heile Rückkehr gebetetet hätte", erklärte sie.

„Es hat geholfen."

„Und keine Stunde, in der ich nicht an dich gedacht hätte."

Gleiches konnte Kasimir nicht behaupten. Ein wenig beschämt rieb er sich die Nase. Wenn Hanna enttäuscht war über seine Reserviertheit, so zeigte sie es nicht. „Willst du mir keinen Begrüßungskuss geben?", fragte sie.

„Gewiss doch." Er trat näher, beugte sich über sie. Hanna nahm seinen Kopf zwischen die Hände, zog ihn an sich und presste ihre Lippen auf seinen Mund. Doch abrupt ließ sie von ihm ab.

„Mit wievielen Frauen hast du geschlafen?", fragte sie trotzig.

„Mit keiner", antwortete Kasimir wahrheitsgemäß.

Einen Moment lang sah sie ihn zweifelnd an, dann grinste sie. „Na schön, ich will dir glauben. Ich wusste, du bleibst mir treu." Sanft ließ sie ihre Finger durch seine Haare gleiten. „Drei Jahre ohne mich - du musst gewaltigen Nachholbedarf haben", hauchte sie ihm ins Ohr.

Kasimir war kurz davor ihr zu sagen, dass er für ihre Liebkosungen zu müde sei. Andererseits gefiel es ihm, wie sie ihn streichelte. Es war ja wahrhaftig nicht so, als hätte er sich in den vergangenen drei Jahren nicht nach einer Umarmung gesehnt, wenngleich die Frau seiner Wunschgedanken selten Hanna gewesen war.

Wieder küsste sie ihn, diesmal ließ sie ihre Zunge walten. Als ihre Hände zuerst seine Brust streichelten und dann langsam abwärts wanderten, fühlte er seine Müdigkeit schwinden. Hanna richtete sich auf, kniete sich vor ihn hin, wobei die Wolldecke von ihr glitt.

Hanna mochte viel von einem Kind haben, aber ihr draller Körper war der einer reifen Frau. Ihr Brüste waren größer und fester, als Kasimir sie in Erinnerung hatte, ihr Anblick erregte ihn zunehmend. Sie half ihm, sich seiner Kleidung zu entledigen. Dann sanken sie aufs Lager.

„Ich liebe dich sehr", flüsterte Hanna, vor Wonne bebend.

15.

Als Kasimir aufwachte, war es immer noch Nacht. Irgendein Geräusch hatte ihn aus dem Schlaf fahren lassen. Hanna lag neben ihm, er spürte die Wärme ihres Körpers. Sie atmete ruhig und gleichmäßig, so leicht würde sie nichts aufwecken. Menschen mit ruhigem Schlaf hatte Kasimir immer schon beneidet, und auch diesmal schien ihm keine Ruhe vergönnt zu sein.

Er horchte. Draußen, auf dem Gang: Schwerfällige, ja unbeholfene Schritte. Ächzen. Eine heisere Stimme, beinahe wie ein Singen, undeutliche Worte murmelnd. Dann ein Würgen!

Kasimir stand auf, stellte fest, dass er nackt war, tastete im Dunkeln nach seinen Kleidern. Er verließ die Kammer und spähte über den Gang. Es war so dunkel, dass er kaum etwas sehen konnte, nur den Schatten einer männlichen Gestalt, die gegen das kalte Wandgemäuer lehnte. „Alles in Ordnung?“, rief Kasimir.

„Halt's Maul und verschwinde!“, kam es unwirsch zurück.

Trotz der unfreundlichen Aufforderung des Kerls trat Kasimir näher. Stechend stieg ihm der saure Geruch von Erbrochenem in die Nase. „Bisschen viel getrunken, wie?“

„Hab ich nicht gesagt, du sollst dich dünn machen?“, schnaufte der Angesprochene.

Endlich erkannte Kasimir den Burschen. „Merbodo!“, sagte er überrascht. Roberts jüngerer Bruder war sturzbetrunken. Inzwischen vierzehnjährig, war er tüchtig gewachsen und von kräftiger Statur; zwei Jahre noch, und er würde seinen Bruder um Haupteslänge überragen.

Auch Merbodo begriff nun, wer ihm gegenüberstand. „Ah, unser stolzer Slawe“, stammelte er. „Ja, hab schon gehört, dass ihr wieder da seid.“

„Ich bring dich in deine Kammer“, zeigte Kasimir sich hilfsbereit.

„Die finde ich alleine. Warum scherst du dich nicht um deinen eigenen Dreck?“ Abermals erbrach er sich.

Schon damals hatte Kasimir Merbodo nicht gemocht. Der Junge war hochmütig und jähzornig gewesen. Woran sich offenbar nichts geändert hatte, wie auch schon Daniel hatte anklingen lassen. Dennoch fühlte Kasimir sich für ihn verantwortlich. Er fasste ihn am Arm.

„Komm, ich helfe dir!“

Merbodo riss sich von ihm los. „Lass mich!“, keuchte er. „Warum gehst du nicht zu deiner Hanna? Hast du sie noch nicht gevögelt nach deiner Rückkehr?“ Er lachte hämisch. „Ja, vögeln kann sie wirklich gut.“

Kasimir unterdrückte den Impuls, ihm einen Fausthieb zu versetzen. Trotz seiner Trunkenheit entging Merbodo Kasimirs Zorn nicht.

„Reg dich ab, ich werde sie nicht mehr anrühren. Ist ja nicht so, als gäbe es keine anderen Weiber.“ Er schob sich an Kasimir vorbei und verschwand torkelnd in der Finsternis des Ganges.

Kasimir kehrte in seine Kammer zurück. Am liebsten hätte er Hanna geweckt und ihr auf der Stelle einige Fragen gestellt, doch er verschob dieses Vorhaben auf später. Er legte sich neben sie und starrte in die Dunkelheit.

Es war heller Tag, als er aufwachte. Er war allein, Hanna musste schon vor Stunden aufgestanden sein. Kasimir wunderte sich, dass er trotz allen Grübelns noch einmal eingeschlafen war. Die Strapazen der vergangenen Wochen und Monate forderten wohl ihren Tribut.

Er kleidete sich an. Im Innenhof wurde gearbeitet, von draußen drangen die Geräusche schlagender Hämmer zu ihm herauf. Der Regen hatte aufgehört, doch die Luft war feucht und roch nach Herbst. Es musste fast Mittag sein. Niemand hatte ihn geweckt. Offenbar war man der Meinung, dass ein heimgekehrter Held ein Anrecht auf viel Schlaf habe. Kasmimir verspürte keinen Hunger, Daniels Hähnchenkeulen lagen ihm noch schwer im Magen, und ohnehin war die Zeit für ein Frühstück längst vorüber. Er beschloss, zu den Stallungen zu gehen, um nach den Pferden zu schauen.

Alle, die ihm begegneten, begrüßten ihn mit überschwänglicher Freundlichkeit. Kasimir hatte sich stets großer Beliebtheit bei den Burgleuten erfreut, auch wenn er sich das selbst nicht so recht erklären konnte.

Goswin, den Stallburschen, ertappte er in der Futterscheune bei einem Nickerchen. Ausgestreckt wie ein büßender Mönch vor dem Altar lag er auf einem Heuhaufen, nur dass er nicht im Gebet versunken war, sondern leise vor sich hin schnarchte. Kasimir ließ ihn schlafen und ging zu den Pferden in den Stall. Immerhin hatte der Faulpelz Goswin sich einwandfrei um sie gekümmert, sie waren sauber gestriegelt und begrüßten ihn mit einem zufriedenen Schnauben. Duma, Kasimirs Rappe, wackelte beim Anblick seines Herrn erfeut mit den Ohren, und Remus, Roberts ruhmreiches Schlachtross, kaute würdevoll auf einer Steckrübe herum. Drei Jahre lang hatten die Tiere ihnen in der Fremde treu gedient, gemeinsam hatten sie ungezählte Gefahren überstanden. Nun schienen sie froh über die zugestandene Ruhe zu sein.

Kasimir machte sich auf den Rückweg zum vorderen Wohnturm des Burggebäudes. Es war an der Zeit, sich nach dem Wohlbefinden seines Herrn zu erkundigen. Da Robert ihn bisher nicht hatte rufen lassen, schien er seiner Dienste nicht zu bedürfen. Wie sehr plagte ihn heute seine alte Wunde? Wie hatte er die Hiobsbotschaft vom Tod seiner geliebten Egida verkraftet? Kasimir war sehr besorgt um seinen Herrn.

Als er in die Halle kam, vernahm er Roberts Stimme. Der Schönburger sprach laut und erregt, Kasimir sah ihn mit erhobener Faust vor seinem Bruder Merbodo stehen. Wenigstens schien er wieder bei Kräften zu sein. Kasimir wollte sich taktvoll zurückziehen, andererseits war er neugierig, den Grund für den brüderlichen Disput zu erfahren. Leise trat er hinter einen Mauervorsprung. Roberts wütenden Worten entnahm er, dass ein Bäckermeister aus der Stadt bei ihm vorstellig geworden war und sich heftig über Merbodo beschwert hatte. „Du hast seine Tochter entehrt!", brüllte Robert aufgebracht.

„Entehrt?" Merbodo lachte abfällig. „Sie hat um den Beischlaf gebettelt."

„Du hast die Töchter der Städter in Ruhe zu lassen."

„Ich -"

„Schweig, du hoffnungsloser Nichtsnutz! Ich kenne deine zweifelhaften Zechkumpane nicht, mit denen du dir die Nacht zum Tag machst. Aber von heute an damit ist Schluss!"

Vorsichtig lugte Kasimir aus seinem Versteck hervor. Nach ihrer nächtlichen Begegnung konnte er Merbodos Antlitz nun erstmals im Hellen betrachten. Seine Züge waren kantig, was ihn älter machte, sein Haar trug er schulterlang, wie es bei jungen Adligen in Mode gekommen war. Und in seinen Augen glitzerte unerbittlicher Hass. Von Wiedersehensfreude konnte bei den ungleichen Brüdern nicht im Entferntesten die Rede sein.

„Der Bäcker verlangt eine Entschädigung für die verlorene Unschuld seiner Tochter", fuhr Robert mit unvermindertem Zorn fort.

„Eine Entschädigung? Dass ich nicht lache", erwiderte Merbodo. „Was glaubt denn der Kerl, wer er ist?"

Mit einer ansatzlosen Bewegung ohrfeigte Robert seinen Bruder. Einen Moment lang glaubte Kasimir, Merbodo wolle sich auf den Älteren stürzen. Aber er beherrschte sich, wenn auch unter Aufbietung aller Willenskraft, wie ihm deutlich anzumerken war.

„Wir können uns nicht erlauben, die Städter gegen uns aufzubringen!", schrie Robert ihn an. „Wie willst du Recht über sie sprechen, wenn du dich selbst benimmst wie ein Halunke? Wie sollen die Menschen dich respektieren, wenn sie dich nur als Zecher und Hurenbock kennen? Du wirst dem Vater des Mädchens einen Silbergulden zahlen."

Merbodo kaute an seiner Unterlippe, wirkte aber keineswegs eingschüchtert. „Na schön, ganz wie du befiehlst, Bruder." Er wandte sich ab.

„Hiergeblieben, ich bin noch nicht fertig mit dir!"

Selten hatte Kasimir seinen Herrn so aufgebracht erlebt.

Merbodo verharrte in der Bewegung, sein Gesicht war nichts als grollende Verdrossenheit. „Ich höre?"

„Unsere Mutter war viel zu nachsichtig mit dir. Ich hingegen beabsichtige nicht, es ihr gleich zu tun. Es ist an der Zeit, dass du endlich eine angemessene Ausbildung erhältst."

Merbodo blinzelte ihn an. „Wie meinst du das?"

„Ich schicke dich an den Hof unseres Lehnsherrn nach Trier. In Erzbischof Balduins Gefolge wirst du lernen, wie ein Mann von Rang sich zu benehmen hat. Sobald du deine Schwertleite erhalten hast, kannst du zur

Schönburg zurückkehren."

Merbodo nahm das Machtwort des Bruders gelassen hin. Vielleicht sehnte er sich ja selbst danach, die Enge der Burg hinter sich zu lassen und endlich die Welt kennenzulernen. Kasimir empfand Erleichterung bei dem Gedanken, dass Merbodo einige Jahre fort sein würde.

„Ich werde tun, was du sagst, Bruder", sagte Merbodo nach einer Weile. „Dennoch solltest du dir bewusst machen, dass wir bereit sein müssen, neue Wege zu gehen."

Robert sah ihn verständnislos an. „Neue Wege? Wovon sprichst du, Grünschnabel?"

„Es könnte sich als falsch erweisen, weiter auf die luxemburgische Karte zu setzen", erklärte Merbodo und wirkte auf einmal wie ein trotziges, altkluges Kind.

„Der Trierer ist unser Lehnsherr, und wir schulden ihm Treue, Merbodo. Wir sind keine Krämer, die nur ihren Vorteil suchen."

„Die Zukunft des Reiches liegt nicht länger in den Händen der Luxemburger!"

„Ach nein? Und in wessen Händen liegt sie dann?"

„Die Habsburger werden immer mächtiger. Sie werden den nächsten König stellen. Die Kurfürsten werden nicht wieder einen Luxemburger wählen."

Auf Roberts Stirn erschien eine steile Falte. „Und woher willst du das so genau wissen?"

„Die alte Godwa hat es prophezeit."

Godwa war eine Kräutersammlerin, die in einer Kate am Stadtrand lebte. Man sagte ihr wahrsagerische Fähigkeiten nach. Den Bauern wusste sie schon im Frühjahr zu sagen, wie ihre Ernte ausfiel. Kasimir erinnerte sich, dass sie dem Romzug Heinrichs ein tragisches Ende vorhergesagt hatte.

„Du hörst auf das Geschwätz alter Weiber?"

„Hat sie nicht auch Heinrichs Ende vorausgesehen?" Merbodo verlieh seinen Worten einen hämischen Beiklang.

Kasimir hörte, wie sich ihm von hinten leise Schritte näherten. Wie peinlich, nun würde man ihn wie einen Lausbuben beim Belauschen eines Gesprächs ertappen. Als er sich umwandte, erkannte er die kleine Berta. Mit ihren großen Augen sah sie ihn an, in ihren Händchen hielt sie ihr Lieblingsspielzeug, den alten Holzesel. Kasimir war erleichtert.

„Psst." Er presste einen Zeigefinger auf seinen Mund.

Berta nickte ernst. Dabei sah sie so niedlich aus, dass Kasimir ihr am liebsten einen Kuss gegeben hätte.

„Es ist nicht von Belang, wer der nächste König sein wird", sagte Robert eisig. „Balduin bleibt unser Lehnsherr, komme was da wolle. Ihm sind wir zur Treue verpflichtet, nicht den Habsburgern."

„Das muss nicht immer so bleiben", sagte Merbodo in einem Tonfall, mit dem man engstirnigen Menschen begegnet. „Wenn wir uns rechtzeitig

Habsburgs Wohlwollen sichern, kann das uns für uns nur von Vorteil sein."

Kasimir ahnte, was nun geschehen würde. Abermals holte Robert aus, sein Fausthieb ließ Merbodo zurücktaumeln. „Nie wieder will ich solch verräterische Worte aus deinem Mund hören, törichter Bengel", tobte Robert. „Noch heute wirst du dich auf den Weg nach Trier machen. Kasimir wird dich begleiten!"

Aus Merbodos Nase tropfte Blut. „Nicht nötig, dass der Slawe das Kindermädchen für mich spielt, ich finde den Weg alleine", sagte er mit zusammengebissenen Zähnen.

„Kein Widerwort, er begleitet dich. Und jetzt geh mir aus den Augen!"

Merbodo machte kehrt, hielt aber noch einmal inne. „Für diesmal beuge ich mich deinem Willen, Bruder. Aber nie wieder wirst du mich schlagen. Nie wieder!"

Bertas Holzesel fiel ihr aus den Händen und polterte zu Boden, aber weder der davonstapfende Merbodo, noch Robert, der ihm finster nachblickte, schienen das Geräusch zur Kenntnis zu nehmen.

*

Als Kasimir einige Tage später, es war gegen Mittag, in den Burghof einritt, fühlte er sich wie ein heimkehrender Büttel, der einen Übeltäter in sicheren Gewahrsam gebracht hatte.

Auf dem Weg nach Trier hatten er und Merbodo kaum ein Wort miteinander gewechselt. Kasimir hatte mehrfach versucht, mit ihm ins Gespräch zu kommen, aber der junge Schönburger war wortkarg und in sich gekehrt geblieben, hatte ihn kaum eines Blickes gewürdigt, während zu ihrer Linken die Wassermassen der Mosel, angewachsen durch die tagelangen Regenfälle, tosten.

Trier war Kasimir klein und unbedeutend erschienen, wie ein Provinznest wirkte die Stadt an der Mosel für ihn. Wer einmal in Mailand, Genua oder Rom gewesen war, musste wohl solche Gedanken hegen. Allerdings war der Palast des Erbischofs in den vergangenen Jahren erheblich erweitert worden und rang Kasimir durchaus Bewunderung ab. Er wusste, vor vielen Jahrhunderten hatte der große Kaiser Konstantin in der Stadt geherrscht. Seine Basilika, umgeben von zahllosen Gebäuden, war das Kernstück von Balduins Residenz, vier Spähtürme verliehen dem Palatium das Bild einer trutzigen Festung.

Nur eine Nacht hatte Kasimir in Trier verbracht, es gab keinen Grund, länger dort zu verweilen, nachdem ein Ritter aus dem Gefolge des Erzbischofs sich Merbodos angenommen hatte.

„Grüß mir Hanna! Sag ihr, dass ich ihre weichen Brüste vermissen werde!" Das waren Merbodos Abschiedsworte gewesen. Dabei hatte er boshaft gegrinst. Kasimir gingen die Worte nicht aus dem Kopf, so sehr er sie als Fle-

gelei abzutun versuchte.

Goswin eilte dem Heimkehrer entgegen und nahm Duma in Empfang.

„Schön, dich auch mal wach anzutreffen", begrüßte Kasimir den faulen Stallburschen flachsend.

„Hast eben viel Glück, ich wollte mich gerade aufs Ohr hauen", grinste dieser. Dann, verstohlen flüsternd: „Hast du den Plagegeist abgeliefert?"

„Oh ja, das habe ich"

„Gott und den Heiligen sei's gelobt." Goswin blickte dankbar Richtung Himmel. „Den wären wir endlich los!"

„Zumindest für eine Zeitlang", meinte Kasimir.

„Ich wünschte, unser Herr Robert hätte ihn auf Nimmerwiedersehen in ein Kloster gesteckt. Ach übrigens, die Herrin möchte dich sehen. Sie bat mich, dich zu ihr zu schicken."

„Frau Elisabeth?"

„Eine andere Herrin gibt's nicht mehr, schon vergessen?"

Kasimir war müde vom Ritt, wollte aber die Begegnung nicht aufschieben und machte sich unverzüglich auf den Weg. Eine Magd wies ihn zur Kemenate. Die Herrin saß hinter einem alten Webstuhl und sponn Garn. Auch ihre Zofe Hanna war zugegen und mit einer Näharbeit beschäftigt. Auf einem Teppich hockte die kleine Berta und spielte mit ihrem Esel: als sie den Eintretenden erblickte, hoben sich ihre Mundwinkel. Zum ersten Mal sah Kasimir sie lächeln, überhaupt hatte er bislang kaum Gemütsregungen in ihrem runden Kinderantlitz ausmachen können. Ob sie ihn mochte? Er zwinkerte ihr zu.

Die Kemenate war klein und gemütlich, an den Wänden hingen bunte Behänge. Ein Kohlebecken sorgte für behagliche Wärme. Kasimir verbeugte sich vor Elisabeth. „Seid gegrüßt, Herrin! Ihr ließet mich rufen!"

Sie hielt inne in ihrem Tun, bat ihn freundlich Platz zu nehmen. „Ich hoffe, die Reise war nicht allzu beschwerlich für dich, Kasimir", sagte sie. „Mein Ältester hätte dir noch ein paar Tage Ruhe gönnen sollen nach all den Strapazen, die hinter euch lagen."

„Im Vergleich zur Überquerung des Alpengebirges war der Ritt nach Trier nur ein kleiner Ausflug, Herrin."

Elisabeth lächelte verhalten. Kasimir spürte, etwas lag ihr auf dem Herzen. Dann fragte sie geraderaus: „Wie geht es meinem Jungen?"

„Unser Ritt verlief ohne Zwischenfälle, Herrin. Euer Sohn ist wohlbehalten in Trier angekommen."

„Glaubst du, dass ihm das Leben im Gefolge des Erzbischofs gefallen wird?" Es klang wie eine bange Frage, und Kasimir wusste nicht so recht, was er darauf erwidern sollte. Elisabeth schien auch gar nicht auf eine Antwort zu warten, sondern fuhr, als spreche sie zu sich selbst, mit leiser Stimme fort: „Ich weiß, ich hätte strenger mit ihm sein müssen. Seine Jugend verleitet ihn zu Unvernunft und Ungestüm. Sein Vater ist seit vielen Jahren tot, sein Bruder war drei Jahre fort - ich war wohl überfordert mit seiner Erziehung. Eine Mutter will immer nur gut sein zu ihren Kindern, aber mitunter brauchen sie eine harte Hand."

Kasimir fühlte sich unbehaglich. Warum rechtfertigte sie sich vor ihm, einem einfachen Waffenknecht?

„Im Grunde ist er ein guter Junge." Sie schwieg und starrte einen der Wandbehänge an, auf dem sich zwei fauchende Löwen gegenüberstanden.

Kasimir und Hanna wechselten einen raschen Blick. Hanna war anzusehen, dass sie den Worten ihrer Herrin gern heftig widersprochen hätte. Natürlich tat sie das nicht, sondern beließ es bei einem verächtlichen Naserümpfen.

„Eines Tages wird er zurückkehren", fuhr Elisabeth fort. „Dann wird er ein Mann sein, reif und pflichtbewusst. Wir werden ihn mit einer hübschen Jungfer von Stand verheiraten, sie werden im Nordtrakt wohnen. Er wird gütig zu seinen Kindern und den Menschen sein. Niemand wird mehr über die albernen Verfehlungen seiner Flegeljahre sprechen."

Schwer vorstellbar, dass aus dem hochmütigen Kerl ein braves Lamm wurde, aber wer wollte es einer Mutter verdenken, dem missratenen Sohn das Beste zu wünschen? Elisabeth war eine kluge, nüchtern denkende Frau, die sich niemals Illusionen hingab, aber in Hinsicht auf ihren jüngsten Sohn versagten diese Eigenschaften offenbar. Dennoch schien sie Kasimirs Zweifel zu spüren, denn noch einmal sagte sie nachdrücklich: „Er ist ein guter Junge! Danke, dass du ihn heil nach Trier gebracht hast."

Damit war das Gespräch beendet, denn Elisabeth widmete sich wieder ihrem Webstuhl.

„Ihr schuldet mir keinen Dank, Herrin." Auch wenn Elisabeth etwas traumverloren wirkte: Kasimir würde ihr niemals vergessen, dass sie ihn einst aus den Fängen des Kinderschänders Wilmar befreit hatte.

Mit diesem Gedanken verließ er die Kemenate.

„Was ist mit dir?" Hanna hörte auf, ihn zu liebkosen und wälzte sich von ihm herab. „Bist ja überhaupt nicht bei der Sache", stellte sie brüskiert fest.

Kasimir beschloss, endlich auszusprechen, was ihm seit Tagen auf der Seele lag.

„Du und Merbodo - was ist zwischen euch gewesen?" Seine Frage kam leise und lauernd.

Hanna stieß einen Seufzer aus, wandte den Blick von ihm ab. „Nichts", sagte sie mit dünner Stimme.

„Lüg mich nicht an."

„Was hat der Mistkerl zu dir gesagt?"

„Genug, um mir auf alles einen Reim zu machen. Dein hübscher Körper ist ihm in bester Erinnerung."

Hanna schwieg.

„Mit deiner Liebe zu mir kann es nicht sehr weit her sein, wenn du dich einem vierzehnjährigen Jungen an den Hals wirfst", sagte Kasimir verdrießlich.

„Das hab ich nicht getan", kam es empört zurück.

„Du hast ihm beigelegen, leugne es nicht."

„Er hat mich gezwungen!", schnaubte sie. „Ich hatte keine Wahl."

„Unsinn. Jeder hat eine Wahl!"

„Du weißt, dass das nicht stimmt, Kasimir!"

Er wusste, worauf sie anspielte, und ihre Worte wühlten schreckliche Erinnerungen in ihm auf. Wilmar! Wie oft hatte sein früherer Herr sich an ihm vergangen, ohne dass er sich dagegen hätte wehren können?

„Hat Merbodo dich vergewaltigt?"

„So muss man es wohl nennen, wenn nächtens ein betrunkener Rüpel in die Kammer einer Magd kommt und sie gewaltsam zwingt, die Beine breit zu machen." Sie schluchzte.

Kasimir ballte die Hände zu Fäusten. Der junge Schönburger hätte jetzt nicht in seiner Nähe sein dürfen. Ohne Rücksicht auf Rang und Stellung hätte Kasimir ihn zu Brei geprügelt.

„Glaub mir, ich konnte nichts dagegen tun", schniefte Hanna, „er war so grob zu mir, und sobald ich mich wehrte, schlug er mir ins Gesicht. Also ließ ich ihn gewähren, bis er seine Lust gestillt hatte. Was blieb mir übrig?"

„Du hättest es Frau Elisabeth sagen können!"

„Merbodo drohte mir. Ich würde es bitter bereuen, wenn ich jemandem auch nur ein Wort erzählte."

„Die Herrin hätte ihm schon Einhalt geboten."

„Hast du nicht gehört, wie sie über ihn spricht? Sie redet sich allen Ernstes ein, dass er in Wirklichkeit ein liebenswürdiger Junge sei. Nie und nimmer hätte sie mir glauben wollen. Und am Ende hätte sie mich aus ihrem Dienst entlassen. Wohin hätte ich dann gehen sollen? Und was wäre aus uns beiden geworden? Kasimir, du warst weit fort, und ich musste tun, was ich für richtig hielt."

Sie begann heftig zu weinen. Kasimirs Wut wandelte sich in Mitleid. Zärtlich legte er einen Arm um sie und küsste ihre Tränen weg. „Weine nicht, Hanna", flüsterte er ihr ins Ohr. „Nun ist er fort, und ich bin bei dir. Er wird dir nichts mehr zu Leide tun." Seine Hände streichelten sie sanft, zuerst ihr Gesicht, dann ihren Hals, ihren Rücken, schließlich ihren Bauch.

Einmal mehr staunte er über die runden Formen, die Hannas Körper angenommen hatte.

Zweiter Teil

1322 - 1329

16.

Am Nachmittag des 27. September 1322 trafen Robert von Schönburg, sein Waffenknecht Kasimir, Roberts Bruder Merbodo und dessen Knappe Jan im Heerlager König Ludwigs ein. Mehr als eine Woche waren sie unterwegs gewesen, bis sie die bayrischen Stammlande des Wittelsbachers erreichten.

Unweit der Stadt Mühldorf, vor deren Mauern die Truppen des Habsburgers Friedrich ihre Zelte errichtet hatten, gab es ein schmales Flüsschen, die Isen. Dort versammelten sich die Verbündeten und Vasallen Ludwigs schon seit Tagen. Bedeutende Bundesgenossen wie König Johann von Böhmen und Herzog Heinrich vom Niederrhein waren darunter, Kontingente von Reichsstädten, Ritter und Burggrafen und schwäbische Truppen unter Berthold von Seefeld. 5000 Kämpfer, das Lager glich einem wimmelnden Ameisenhaufen. Hinzu kamen Trossknechte, Dirnen, Marketender, Geistliche, Krämer, Chirurgen, Bartscherer und Beutelschneider, die sich unweit des Lagers aufhielten, herbeigelockt von der Aussicht auf Käufer, Kunden, Patienten, Freier, Beute oder Abenteuer. Nicht zum ersten Mal fragte sich Kasimir, weshalb ein bevorstehendes Blutbad solche Faszination auf die Menschen ausübte. Jemand, der nie einer Schlacht beigewohnt hatte, konnte sich beim besten Willen nicht vorstellen, was die fürchterlichen Waffen auszurichten vermochten.

Damals, in Italien - zehn Jahre waren seitdem vergangen -, war das Kämpfen für Kasimir zur Gewohnheit geworden, er hatte gelernt, seine Angst zu zähmen. Heute aber bedrückte ihn der Gedanke an das bevorstehende Gemetzel. Daheim, auf der Schönburg, gab es Menschen, die auf ihn warteten: Hanna, sein Weib, und Bardolf, sein achtjähriger Sohn, auch Berta, für die er fast wie ein Vater war, harrten seiner Rückkehr. Wenn er anderentags auf dem Schlachtfeld sein Leben ließ, sähe er sie niemals wieder. Ein unerträglicher Gedanke.

Sie erfuhren, dass König Ludwig noch nicht im Lager eingetroffen sei, allerdings hatten Botenreiter des Wittelsbachers baldige Ankunft vermeldet. Nachdem Kasimir die Pferde versorgt hatte, half er Jan, dem Knappen Merbodos, ein Zelt zu errichten, während ihre Herren einen Erkundungsgang durchs Lager machten. Es war ein warmer Spätsommertag, von Westen wehte ein sanfter Wind den herben Duft der Wälder zu ihnen herüber. In der Krone einer nahen Eiche hatte sich ein Schwarm Krähen versammelt. Zeternd hockten die Vögel auf den schweren Ästen, als wüssten sie um das Aas, das ihnen in Kürze einen Festschmaus ermöglich würde. Kasimir murmelte ein stilles Gebet, bat den Herrgott, dass nicht seine Augäpfel es wären, die den Krähen bald als Futter dienten. Eine überraschte Stimme, die ihm bekannt vorkam, beendete seine Anrufung Gottes. „Bei meiner Seele! Wenn das nicht Kasimir der Pole ist!“

Kasimir wandte sich um und erkannte Waldo, seinen gefräßigen Gefährten aus den Tagen der Romfahrt. Waldo trug den Waffenrock eines Ritters, ein langes Schwert mit schwerem Knauf hing an seiner Seite. Sein Haar war lichter geworden, sein Leibesumfang hatte deutlich zugenommen, aber noch immer besaß er dieses runde Jungengesicht, das Kasimir früher so lieb und teuer gewesen war.

„Waldo! Ich dachte, du müsstest längst an einem Bratenknochen erstickt sein."

„So kann man sich täuschen. Und du? Immer noch im Dienst des Schönburgers, wie?" Er hatte das aufgenähte Wappen auf dem Zeltstoff erblickt.

Lachend umarmten sie sich. „Freut mich, dass dein Wunsch sich erfüllt hat", sagte Kasimir und musterte den Freund von oben bis unten. „Vor mir steht ein Ritter, wie er stattlicher nicht sein könnte."

„Ach, das war mein Wunsch?" Waldo machte eine wegwerfende Handbewegung. „Na schön, ich will mich nicht beklagen. Mein Herr Rudolf von Blankenheim behandelte die Knappen zwar nicht annähernd so gut wie seine Jagdhunde, aber immerhin hat er mir vor einigen Jahren eins seiner Landgüter zu Lehen gegeben. Ich lebe ganz gut."

„Dumm nur, dass man hin und wieder seinen Gefolgspflichten nachkommen muss, nicht wahr?", flachste Kasimir.

„Da hast du Recht, es zehrt an den Kräften. Es ist nicht immer leicht, unterwegs etwas Vernünftiges zu beißen aufzutreiben. Nach einem Feldzug bin ich Haut und Knochen."

„Oh ja, das ist dir anzusehen. Dein Bauch ist ein gähnendes Loch."

„Im Ernst, es ist nicht immer von Vorteil, sich ritterlich zu verhalten. Wie man hört, haben die Männer des Habsburgers da weniger Skrupel. Wie die Heuschrecken fallen sie über die Güter auf ihrem Marschweg her, vor allem, wenn es sich um Güter von König Ludwigs Gefolgsleuten handelt. Da wird gemordet, geschändet und geraubt, dass der Teufel sich erwartungsfroh die Hände reibt. Nun ja, der Herrgott wird sie morgen dafür strafen. Wenigstens behaupten das die Mönche."

Kasimir widersprach. „Der Herrgott kümmert sich nie um das, was wir Menschen als gerecht oder ungerecht ansehen. Erst am Jüngsten Tag wird er über uns Gericht halten. Oder hast du damals etwas von seiner lenkenden Hand gespürt?"

„Immer noch der alte Griesgram, was?" Waldo schlug ihm jovial auf die Schulter. „Komm mit in mein Zelt, auf einen Wein. Wer weiß schon, ob's nicht unser letzter Trunk sein wird. Und wir haben uns noch viel zu erzählen."

Kasimir freute sich aufrichtig über das Wiedersehen mit Waldo, andererseits wollte er dem Knappen Jan nicht die ganze Arbeit allein aufbürden. Jan aber war der Meinung, dass er kein Hindernis für eine Begegnung zwischen alten Freunden sein durfte. „Geh nur, Kasimir, ich schaff das hier alleine", sagte der Knappe.

Kasimir mochte den rotgelockten Jungen mit den großen Ohren. Schade nur, dass er einem Herrn wie Merbodo diente. Merbodo war vor einigen Jahren als Ritter auf die Schönburg zurückgekehrt. Die Zeit am Hof Balduins hatte ihn nicht geläutert, sondern eher noch hochmütiger gemacht. Im vergangenen Jahr hatte Merbodo die Tochter eines rheinischen Edelmannes geheiratet. Mit ihr bewohnte er den Turm und die Gebäudes des Nordtraktes. Veronika, so ihr Name, war eine schwarzhaarige Schönheit, die nur wenig sprach. Selten sah man sie lächeln, falls sie sich überhaupt einmal blicken ließ. Sie wirkte stets ernst und verschlossen, und Daniel, der Koch, sagte ihr ein schweres Gemüt nach. Von Jan wusste Kasimir, dass sie im kommenden Frühjahr ein Kind erwartete.

„Bist du sicher, dass du allein zurecht kommst, Jan?"

„Ich baue nicht zum ersten Mal ein Zelt auf."

„Du hast was gut bei mir." Kasimir hatte das Gefühl, dass der Knappe ohnehin allein sein wollte, denn er wirkte bedrückt. Was freilich nicht verwundern durfte, denn morgen würde es zur Schlacht kommen, seiner ersten.

Wenig später saß Kasimir mit Waldo vor dessen Zelt. Im Westen versank die Abendsonne als roter Ball hinter dem Waldsaum. Der Wein schmeckte warm und säuerlich, was Waldo wortreich entschuldigte. „Wenn du mich einmal auf meinem Gut bei Köln besuchst", schloss er, „setze ich dir selbstverständlich einen besseren Tropfen vor."

„Daran zweifle ich nicht. So Gott es will, werde ich deine Einladung eines Tages annehmen, Waldo."

„Ich nehme dich beim Wort." Er musterte seinen Freund. „Es ist eine Schande", sagte er dann kopfschüttelnd. „Eine Ungerechtigkeit."

„Was meinst du?"

„Du warst immer der Mutigere, der Stärkere von uns. Nie habe ich dich im Schwertkampf besiegen können, immer warst du mir voraus. Dennoch bist du immer noch Herrn Roberts Waffenknecht."

Kasimir winkte lachend ab. „Wenn's weiter nichts ist, was dich bedrückt: damit kann ich leben. Du kennst meine Geschichte. Ich kann kein Ritter sein, habe nie den Wunsch verspürt."

„Dennoch, dein Herr hätte dich befördern können."

Jetzt redet er schon wie Daniel, dachte Kasimir.

„Mein Herr ist so, wie er ist. Ich kann mir keinen anderen vorstellen."

Waldo nickte versonnen. „Ich erinnere mich gut an ihn. Damals hätte ich alles gegeben, ihm zu dienen. Ich habe dich beneidet, Kasimir. Seine Verwundung verdankte er allein dem Umstand, dass er uns in ein Wirtshaus schickte. Ich muss noch oft daran denken. Wie ich hörte, ist er inzwischen Witwer."

„Er war es schon längst, als wir uns in Italien mit den räudigen Guelfen herumschlugen.“ Er erzählte ihm von Egidas traurigem Schicksal.

„Der Herrgott meint es nicht besonders gut mit ihm“, meinte Waldo. „Weshalb hat er sich nicht wieder vermählt?“

Wer jemals eine Frau wie Egida gehabt hat, wird nie wieder eine andere in seinen Armen halten wollen: das war die Antwort, die Kasimir auf der Zunge lag. Aber er sprach es nicht aus und zuckte nur mit den Schultern.

„Und was ist mit dir?“, forschte Waldo weiter. „Du und deine - wie hieß sie doch gleich, Hanna? Seid ihr beide denn wenigstens ein Paar geworden?“

Kasimir nickte lächelnd. „Wir haben einen Sohn“, antwortete er nicht ohne Stolz. „Bardolf heißt er, ein richtiger Raufbold. Acht Jahre ist er alt.“

„Acht Jahre? Dann hast du nach deiner Rückkehr nicht mehr lange gefackelt, was?“

„Reden wir zur Abwechslung mal über dich. Als Gutsherr bist auch du bestimmt nicht mehr unbeweibt.“

„Wo denkst du hin? Zugegeben, Anna ist nicht gerade eine Schönheit, ein wenig dürr und knochig ist sie. Das macht den Beischlaf mit ihr nicht immer zur Wonne, wenn du weißt, was ich meine.“

„Wenn ich mir deine Wampe betrachte, muss deiner Gemahlin der Beischlaf auch nicht gerade paradiesisch anmuten.“

„Hast ja keine Ahnung, du polnisches Lästermaul. Ein Mann ohne Bauch ist ein Krüppel.“

„Dann bist du in der Tat weit davon entfernt, ein Krüppel zu sein. Vielleicht ist deine Anna ja auch nur deshalb so dürr, weil du ihr alles wegfrisst.“

„Witzbold! Auf jeden Fall ist sie folgsam und treuherzig. Außerdem hat sie mir schon zwei gesunde Söhne und eine Tochter geschenkt.“ Er breitete die Hände aus und bleckte die Zähne. „Was will man mehr? Ob du es glaubst oder nicht, ich liebe dieses dürre Weib sogar.“

Sie unterhielten sich eine Weile über ihre Familien, während der Weinschlauch zwischen ihnen hin und her wanderte. Unvermeidlich kamen sie auch auf die alten Zeiten zu sprechen, jene schwüle ereignisreiche Tage in Italien, die ihnen auf ewig im Gedächtnis bleiben würden. „Wenn mich einer nach dieser Zeit fragt“, sinnierte Waldo, „dann will er Heldengeschichten hören. In meiner Erinnerung aber sind diese Tage düster und von Angst geprägt. Manchmal träume ich davon, und all die verstümmelten Leichen tauchen vor mir auf. Wenn ich dann schweißgebadet aufwache, danke ich dem Himmel, dass alles längst vorüber ist. Und frage mich, ob die verfluchte Kaiserkrone all das Blut wert war.“

Kasimir nickte ernst. Seine Empfindungen waren ähnlich. Mit seinem Herrn vermochte er über solche Dinge nicht zu sprechen, niemals hätte Robert ihm sein Seelenleben offenbart. Es tat gut, sich mit dem alten Kameraden auszutauschen. Die morgige Schlacht würde ihrer Seele ein weiteres Wundmal hinzufügen, vorausgesetzt, sie überlebten den Tag.

„Ich habe beschlossen, der Himmelsmutter eine Kapelle zu stiften, wenn ich Anna und die Kinder wieder in die Arme schließen darf." Waldo sprach leise und ehrfurchtsvoll. Kasimir fiel ein, dass der Kamerad ihm früher nie durch Frömmigkeit aufgefallen war. Was die Erfahrungen des Lebens, die Liebe zu den Seinen und die Furcht, sie für immer verlassen zu müssen, doch bei einem Menschen bewirken konnten.

„Hier!" Bewegt zog Kasimir ein kupfernes Amulett unter seinem Umhang hervor. Die Gestalt eines Mönchs mit Heiligenschein war darauf zu sehen.

„Wer ist das?", fragte Waldo.

„Antonius von Padua. Ein alte Brescianerin gab mir das Amulett einmal zum Dank für einen Kanten Brot, den ich ihr schenkte. Antonius ist der Schutzpatron der Suchenden, aber man kann ihn auch in Kriegszeiten anrufen. Ich möchte, dass du ihn morgen bei dir trägst. Er wird dafür sorgen, dass du Anna und die Kinder wiedersiehst. Dann wirst du deine Kapelle wohl bauen müssen."

Waldo sah ihn mit großen Augen an. „Warum behältst du das Amulett nicht selbst, mein Freund? Benötigst du etwa keinen Schutz? Auch du hast Frau und Kind."

Kasimir schmunzelte. „Mir träumte, dass er mir ein anderes Mal nützlicher sein könnte."

Hornklänge, die durch das Lager tönten, ließen die beiden Männer innehalten. „Der Wittelsbacher kommt!", erfuhren sie von vorbeihastenden Knechten.

Augenblicklich entstand Bewegung im Lager. Vielen war es ein Bedürfnis, König Ludwig und sein Gefolge einreiten zu sehen. Kasimir und Waldo verspürten diesen Wunsch nicht und blieben, wo sie waren. Seinem Knappen erlaubte Waldo, sich den Neugierigen anzuschließen.

Bald hielt Kasimir es für angebracht, zum Zelt seines Herrn zurückzukehren. Waldo beschwor ihn, noch zu bleiben, holte einen weiteren Weinschlauch aus dem Zelt. Längst war die Sonne versunken, es begann kühl zu werden. Immerhin hatte Waldos Wein eine wärmende Wirkung. Doch wollte er seinem Herrn nicht betrunken vor die Augen treten, war es nun an der Zeit, Waldos Überredungskünsten zu trotzen. Bevor er sich aber verabschieden konnte, kehrte Waldos Knappe zurück und berichtete aufgeregt, was er gesehen und in Erfahrung gebracht hatte. König Ludwigs imposante Erscheinung schien ihn nachhaltig beeindruckt zu haben, denn er sprach, als habe er den Erzengel Gabriel selbst erblickt, der gekommen sei, um mit seinem Flammenschwert die Ordnung im Reich wiederherzustellen.

Vor der Schlacht kursierten in den Lagern der Kriegsparteien die abenteuerlichsten Gerüchte. Kasimir kannte das aus seiner Zeit in Italien. Waldos Knappe wusste zu erzählen, dass Friedrichs Bruder, Herzog Leopold von Österreich, noch nicht im Lager der Habsburger eingetroffen war. Späher hätten in Erfahrung gebracht, dass er noch vier Tagesmärsche von Mühldorf entfernt sei, mehr als tausend Helme stünden unter seinem Befehl. Es sei wahrscheinlich, dass Friedrich von Habsburg die Schlacht hinauszögern werde, da er kaum auf soviele Kämpfer verzichten könne. Außerdem, so fuhr der Knappe fort, sei dem Habsburger ein Ring entwendet worden. Nicht irgendein Ring, sondern ein goldener Zauberring, der den Habsburgern angeblich seit Generationen die Zukunft voraussagte, indem das Gold bei bevorstehendem Unglück matt, bei Erfolg aber kräftig leuchtete. Das Verschwinden des Ringes sei für Friedrich ein schlechtes Omen.

„Wer weiß, vielleicht bleibt uns die Schlacht erspart", sagte Waldo guten Mutes.

Kasimir schüttelte den Kopf. „Der Habsburger wird seine Autorität nicht wegen eines gestohlenen Ringes aufs Spiel setzen - falls diese Geschichte nicht sowieso nur ein dummes Gerücht ist. Außerdem kann er es sich nicht leisten, auf Herzog Leopolds Ankunft zu warten. Seine Hilfstruppen würden die Geduld verlieren und ihm davonlaufen. Auch ohne Leopold ist er uns im Augenblick zahlenmäßig überlegen, er wird auf diesen Vorteil nicht verzichten. Nein, mein guter Waldo, morgen wird es zur Schlacht kommen, ob uns das passt oder nicht."

Waldo seufzte leise. „Du warst schon immer nicht nur der Mutigere, sondern auch der Klügere von uns beiden. Auch wenn es mir schwer fällt, das zuzugeben, du verdammter Slawe."

Sie verabschiedeten sich mit einer festen Umarmung. „Auf dass wir uns lebend wiedersehen!", flüsterte Waldo ihm ins Ohr.

Am frühen Morgen, nachdem man im Lager die Messe gehört und Christi Leib empfangen hatte, bliesen die Hörner in beiden Lagern zur Schlacht.

*

Acht Jahre zuvor war es in Frankfurt zu einer Doppelwahl gekommen. Die Kurfürsten des Reiches hatten sich nicht auf einen gemeinsamen Kandidaten einigen können, Eifersucht und Machtspiele im Vorfeld der Wahl verhinderten einen Herrscher, dessen Legitimität von niemandem angezweifelt worden wäre. So kam es, dass letztlich zwei Könige gewählt wurden: Ludwig, der Herzog von Bayern aus dem Hause Wittelsbach, vereinte die Kurstimmen von Trier, Mainz, Sachsen-Lauenburg, Böhmen und Brandenburg auf sich. Seinen Kontrahenten, den Habsburger Friedrich, hatten tags zuvor die Kurfürsten von Köln, der Pfalz, und Sachsen-Wittenberg zum König gewählt, ergänzt um die umstrittene Kurstimme des Heinrich von Kärnten, einem Onkel Friedrichs, den die habsburgische Partei kurzerhand als böhmischen König anerkannt hatte.

Zuvor hatte Erzbischof Balduin von Trier seinen Plan, erneut einen luxemburgischen Thronkandidaten ins Rennen zu schicken, begraben müssen. Recht früh nämlich hatte sich abgezeichnet, dass sein Neffe Johann von Böhmen, des verstorbenen Kaisers Sohn, die notwendige Unterstützung der Reichsfürsten nicht erhalten würde. Johann zog seine Ansprüche zurück, doch seinem Widersacher, dem Habsburger Friedrich, den man ‚den Schönen' nannte, wollten weder er noch sein Onkel Balduin den Thron überlassen. Deshalb unterstützte Luxemburg den bayrischen Herzog Ludwig, dessen Kandidatur eine Überraschung war, denn nie war ein Wittelsbacher König gewesen. Auch die Schönburger, Balduins Lehnsmänner, standen somit auf der Seite des Bayern.

Nach der Frankfurter Doppelwahl folgten beidseitige Bemühungen um päpstliche Approbation. Doch die Kurie in Avignon mochte im Thronstreit nicht eingreifen, ließen ihr doch zwei streitende deutsche Könige freie Hand in Italien, wo Heinrich von Luxemburg viel zu ehrgeizige Pläne verfolgt hatte. Auch viele der Reichsfürsten, um deren Gunst sich die Könige fortan bemühten, weigerten sich, Partei zu ergreifen, um abzuwarten, wer sich letztlich als der Stärkere erwies. Immerhin gelang es Ludwig, viele der Reichsstädte auf seine Seite zu bringen. Acht Jahre lang blieb die Frage, wer der alleinige, legitime König des Reiches sei, ungeklärt. Einige Male, wie 1316 bei Esslingen, kamen Heere der Kontrahenten sich gefährlich nahe, doch es blieb bei bedeutungslosen Scharmützeln. Eine Entscheidungsschlacht war unausweichlich geworden. Diese sollte Ende September bei Mühldorf stattfinden. Robert von Schönburg und sein jüngerer Bruder Merbodo machten sich dorthin auf den Weg, um auf luxemburgischer Seite gegen den Habsburger zu kämpfen.

Auch wenn sein Herr nicht darüber sprach: Kasimir merkte ihm an, dass er froh war, der heimischen Schönburg entfliehen zu können, wo ihn alles an Egida erinnerte. Vermutlich sehnte sich Robert danach, ihr im Jenseits endlich wiederzubegegnen.

*

Nach der Messe vollzog das Heer den Übergang über die Isen. Am Vorabend hatte König Ludwig den Verbündeten seinen Schlachtplan erläutert. Die Schönburger gehörten - sehr zu Roberts Unwillen - zu den Truppen der Reserve und würden, wenn überhaupt, erst später in den Kampf eingreifen. Darüber war Kasimir nicht traurig, doch seinen ruhelosen Herrn trieb es zu Taten. Einmal mehr beschlich Kasimir der Verdacht, dass Robert Verlangen nach dem Tod hatte. Kasimir selbst war diese Todessehnsucht fremd, daheim warteten Frau und Kind. Unerträglich der Gedanke, seinen Sohn nie wieder zu liebkosen.

Auf den Erhartinger Wiesen, einem ebenen Gelände nordöstlich von Mühldorf, nahmen die Streitkräfte der Könige ihre Stellungen ein. Die Luft war feucht und kühl, stellenweise trübte Bodennebel die Sicht. Von der Sonne war nichts zu sehen, verborgen hinter dichten Wolkenbändern vollzog sie ihren Aufstieg. Kasimir hoffte, dass sie heute nicht mehr zum Vorschein käme, denn im Rücken der Feinde war sie allein diesen von Vorteil.

Die Pferde begannen unruhig zu schnauben und mit den Hufen zu scharren, als ahnten sie, was ihnen bevorstand. Eine Weile belauerten sich die Heere reglos. Über den vielen tausend Köpfen der Männer zogen Krähen ihre Bahnen. Gespenstisch schallte ihr Krächzen über das Gelände, das zum Schlachtfeld werden sollte.

Es war Johann von Böhmen, der Neffe Erzbischof Balduins, der den Kampf auf dem rechten Flügel eröffnete. Posaunen und Hörner schmetterten, Trommeln riefen zum Angriff, und die Ruhe, die eben noch trügerisch über den Wiesen gelegen hatte, wandelte sich von einem Augenblick zum nächsten in waffenklirrendes Getöse.

Drei Stunden verstrichen, ohne dass Ludwigs Reservetruppe - bestehend aus fünfhundert, in drei Reihen gestaffelten Rittern auf gewaltigen Streitrössern - in das Geschehen eingreifen musste. Ihre Stellung lag eine gute Meile hinter den Kampflinien, wo es schwierig war, den Kampfverlauf zu beurteilen. Manchmal berichteten Kurierreiter vom Stand der Dinge, obgleich die Angaben sich oft widersprachen. Einig war man sich darin, dass die Schlacht hin und her wogte und eine Entscheidung noch nicht in Sicht war.

Was bewog den Wittelsbacher, seine Reserve so lange zurückzuhalten? Ludwig musste starke Nerven besitzen. Robert hingegen verbarg seine Ungeduld nicht länger. „Der König sollte sein Glück nicht zu sehr herausfordern", brummte er. Kasimir vermutete, dass seine alte Wunde ihm wieder zu schaffen machte. Untätigkeit war ein schlechtes Mittel gegen den Schmerz. Tatendurstig verharrte Robert deshalb in vorderster Linie.

Gegen Mittag erfuhren sie von einem blutüberströmten Fußknecht, dass die Österreicher das bayrische Banner zerfetzt hätten; der König, bis dahin nur Lenker der Schlacht, habe daraufhin selbst in den Kampf eingegriffen, um diese Unbill zu rächen. Dabei sei er in Bedrängnis geraten, sodass die Feinde schon siegesgewiss triumphierten, doch ein Haufen Münchener hätte den bereits verloren Geglaubten aus dem Getümmel herausgehauen.

Robert schüttelte ächzend den Kopf. Unerträglich war ihm der Gedanke, dass die Schlacht fast schon verloren worden wäre, ohne dass er etwas dagegen hätte unternehmen können. Als die Sonne sich erstmals durch die Wolken zwängte, war der Tag schon weit fortgeschritten. Ein berittener Kurier näherte sich den wartenden Reitern, die ihm gespannt entgegensahen. Der Mann zügelte sein Pferd vor ihnen, nahm seinen Topfhelm ab. Schweißperlen rannen über sein roterhitztes Gesicht. „Ihr Herren Ritter, haltet Euch bereit!", rief er. „Der König wird in Kürze Eurer Hilfe bedürfen!"

„Wie steht die Schlacht?", wollte Burggraf Friedrich von Nürnberg wissen. Ihn hatte König Ludwig zum Reiterführer der Reserve ernannt.

„Die Böhmen hatten schwere Verluste“, berichtete der Bote. „Den Zurückweichenden sind inzwischen bayerische Reiter zu Hilfe gekommen. Auf dem linken Flügel haben die Unsrigen die Oberhand gewonnen.“

Die Reserve würde also in das Schlachtgeschehen auf dem rechten Flügel eingreifen müssen. Roberts Anspannung nahm sichtlich zu. „Wo ist mein Bruder?“, fragte er Kasimir. „Rasch, hol ihn her. Ich will mit ihm sprechen, bevor wir in den Kampf reiten.“

Kasimir trieb seinen Rappen Duma an. Vermutlich wollte Robert mit Merbodo seinen Frieden schließen. Das Verhältnis zwischen den beiden hatte sich, zum Leidwesen ihrer Mutter, in den vergangenen Jahren keineswegs gebessert. Die Brüder waren so verschieden wie Feuer und Wasser. Soweit ihre Pflichten es zuließen, gingen sie sich aus dem Weg. Offenbar war Robert nun, wenn auch spät, der quälende Gedanke gekommen, dass nicht nur er selbst, sondern auch Merbodo sein Leben lassen könnte in dieser mörderischen Schlacht. Unversöhnt würden sie vor den höchsten Richter treten müssen. Robert mochte wortkarg und verschlossen sein, nichtsdestoweniger war er ein Mensch, in dessen Seele ein immer währendes Feuer loderte.

Kasimir umritt die Reihen der Reserve, konnte Merbodo aber nirgends entdecken. Er fragte einen der Ritter in der hinteren Linie. Der musterte ihn abschätzig. Kasimirs Kampfgewandung wies ihn zwar als Nichtadligen aus, doch es war ungewöhnlich, dass einem Waffenknecht ein edles Reitpferd, Rüstung, Schwert und Schild zugestanden wurden. „Der junge Schönburger? Ist vor einiger Zeit weggeritten“, verkündete der Ritter, was wie eine Anklage klang.

Kasimir war verwirrt. „Weggeritten? Wohin?“

„Das wüsste ich auch gerne. Vielleicht hat er es ja mit der Angst zu tun bekommen!“

Unmöglich, dachte Kasimir beunruhigt. Man mochte Merbodo viele schlechte Dinge nachsagen, aber ein Feigling war er nicht. Warum hatte er die Reihen verlassen?

Er ritt zu seinem Herrn zurück. „Euer Bruder ist fort!“, erklärte er mit hilflosem Schulterzucken.

Zornig sah Robert ihn an. „Was soll das heißen?“

„Man sah ihn wegreiten.“

„Dieser Verräter!“, sagte Robert mit zusammengebissenen Zähnen.

Verräter? Kasimir durchforstete seine Erinnerungen. Merbodo hatte aus seiner Überzeugung, den Habsburgern gehöre die Zukunft des Reiches, nie einen Hehl gemacht.

Heilige Jungfrau! Merbodo würde doch nicht etwa -

Kasimir kam nicht mehr dazu, diesen ungeheuerlichen Gedanken weiterzuspinnen.

Ein Hornsignal rief sie zur Schlacht.

17.

Es war ein fürchterliches Gemetzel. Die bayerischen Reiter trieben die fliehenden Fußknechte aufs Schlachtfeld zurück, stiegen dann selbst von ihren Pferden, um gegen die Österreicher zu kämpfen. Als die Reiter der Reserve auf dem rechten Flügel erschienen, fanden sie ein fast unüberschaubares Gewirr von aufeinander einschlagenden Menschenleibern vor. Blutgeruch hing in der Luft, Waffen klirrten, Menschen und Pferde schrien und brüllten. Der Schlachtenlärm war ohrenbetäubend.

Kasimir erkannte den Grund, warum die Reserve zu diesem Teil des Schlachtfeldes befohlen worden war. Des Habsburgers ungarische und kumanische Hilfstruppen, die von allen Seiten herbeischwärmten wie lästige Heuschrecken, machten den Bayern schwer zu schaffen. Ritterliche Zweikämpfe wurden unmöglich gemacht, denn die verwirrten Bayern mussten ständig fürchten, hinterrücks niedergemacht zu werden. Zwar trugen Ungarn und Kumanen nur leichte Rüstung, doch das Überraschungsmoment lag auf ihrer Seite. Die heidnischen Kumanen standen im Ruf, besonders grausam und niederträchtig zu sein, ihre fremd anmutenden, braunhäutigen Gesichter und die gutturalen Laute, die sie ausstießen, schienen diese Annahme zu untermauern. Dass sie aber nun ihrerseits von Reitern umkreist wurden, brachte sie völlig aus dem Konzept. Kasimir beobachtete, wie viele von ihnen nervös nach einem Fluchtweg Ausschau hielten. „Macht sie nieder!", schrie Burggraf Friedrich von Nürnberg voranpreschend.

Die Reiter schwärmten aus. Mit ihren Schwertern schlugen sie auf die Feinde ein, die wie gehetzte Hasen vor ihnen davonstoben. Kasimir blieb an der Seite seines Herrn. Sie hatten einen klaren Befehl, eine Aufgabe, die lautete: Töten! Weder Ungarn noch Kumanen leisteten nennenswerte Gegenwehr, zu sehr waren sie darauf bedacht, ihre Haut vor den wie aus dem Nichts aufgetauchten schwerbewaffneten Rittern zu retten.

Es waren viele Jahre vergangen, seit Kasimir zum letzten Mal getötet hatte. Sieben Menschen waren damals in Italien durch sein Schwert gestorben. Er hatte die Toten damals gezählt, anfangs aus Stolz, später aus Gewohnheit. Im Blutrausch der Gefechte waren alle Skrupel verflogen, die Angst um das eigene Leben hatte Gottes Gebot, „Du sollst nicht töten", zu einer leeren Worthülse gemacht. Erst später waren die Zweifel gekommen. War Heinrichs Romzug wirklich ein gottgewolltes Unternehmen? Diente das Töten einem höheren, edlen Zweck?

Manchmal stellte Kasimir sich vor, dass die sieben getöteten Männer ihn nachts als geisterhafte Wesen aufsuchten. „Wir hatten Frauen, wir hatten Kinder, genau wie du!", riefen sie dann anklagend. „Wir sind tot, du aber lebst. Fürchtest du nicht Gottes Gerechtigkeit?"

Nach all den Jahren holte ihn alles wieder ein. Er musste töten. Doch die Menschen, die vor ihm und den Rittern davonliefen, waren nicht bereit zu kämpfen. Wissend, dass sie chancenlos waren, suchten ihr Heil in der Flucht. Vergeblich, denn für die Reiter war es ein Leichtes, ihnen nachzustellen, sie aufzuspießen, wie Jäger es mit wilden Tieren machten. Manche Kumanen versuchten in ihrer Verzweiflung, die Pferde ihrer Verfolger zu verletzen. Dies gelang auch einigen, doch es zögerte ihr Ende allenfalls hinaus, denn jedes strauchelnde und vor Schmerz brüllende Pferd trug nur dazu bei, den Tatendrang der bislang geschonten Ritter in blinde Wut zu verwandeln.

Ein junger Ungar geriet unter Dumas wirbelnde Hufe. Für die Dauer eines Wimpernschlags konnte Kasimir das ungläubige Entsetzen in seinen Augen sehen. Ob der Bursche verlobt oder verheiratet war? Hatte er Kinder? Er würde sie niemals wiedersehen, zumindest nicht im Diesseits. Aus den Augenwinkeln heraus beobachtete Kasimir seinen Herrn, der einem fliehenden Kumanen das Schwert in den Rücken stieß. Der Getroffene stürzte, ein Schwall von Blut ergoss sich aus seinem Mund. Kasimir wusste genau, dass sein Herr sich nur widerwillig an diesem Abschlachten beteiligte. Robert bevorzugte den Kampf von Angesicht zu Angesicht, wie es eines Edelmannes würdig war. Die Situation aber erforderte es, dass er möglichst viele Feinde unschädlich machte. Der Erfolg der Schlacht konnte davon abhängen. Nein, sein Herr Robert empfand keine Genugtuung bei dieser Art von Kampf - im Gegensatz zu anderen Rittern. In deren Gesichtern erkannte Kasimir reine Blutgier.

Bald bedeckten hunderte toter oder sterbender Ungarn und Kumanen den rot gefärbten Erdboden. Nachdem sie keine Gefahr mehr darstellten, konnte man den bedrängten Bayern gegen die Österreicher zu Hilfe zu kommen. Im Kampf Mann gegen Mann hatten sie bereits erhebliche Verluste erlitten und drohten von der feindlichen Überzahl aufgerieben zu werden.

Das Erscheinen von Königs Ludwigs Reserve wendete das Blatt. Die Ritter stiegen von ihren Pferden. Herbeieilende Knechte nahmen die Tiere in Empfang. Eigentlich hätte Kasimir sich um Remus, das prächtige Schlachtross seines Herrn, kümmern müssen, doch er beschloss, seinem Herrn in den Kampf zu folgen, ahnend, dass Robert auf seine Waffenhilfe angewiesen sein würde. Remus und Duma würden nicht davonlaufen, überdies würden die Tiere sich weigern, von Fremden in Besitz genommen zu werden.

Bald sah Kasimir seinen Herrn von zwei schwergepanzerten Rittern der Österreicher bedrängt. Kasimir selbst stand einem Kämpfer der salzburgischen Fußtruppen gegenüber, sodass er Robert nicht augenblicklich zur Hilfe eilen konnte. Der Salzburger trug eine leichte Rüstung, das rostige Kettenhemd war ihm viel zu groß. Er kämpfte verbissen, aber unbedarf. Vermutlich hatte er noch nicht oft ein Schwert in den Händen gehalten - vielleicht war er ein Bäcker oder ein Fleischer -, denn er schwang es ohne jede Rücksicht auf die eigene Deckung. Kasimir beschloss, kurzen Prozess mit ihm zu machen, anstatt, wie er es für gewöhnlich getan hätte, auf erste

Ermüdungserscheinungen des Gegners zu lauern. Er wartete auf den rechten Moment, dann schnellte seine Schwertspitze vor und drang tief in den Hals des Salzburgers, der röchelnd zusammenbrach. Kasimir mied den Blick des Sterbenden, dessen Geist sich künftig zu jenen Geistern gesellen würde, die ihn manchmal heimsuchten.

Rasch eilte er zu seinem Herrn. Robert war ein hervorragender Kämpfer, doch seit der schweren Verwundung musste er mit seinen Kräften haushalten. Ob seine beiden Gegner davon wussten? Ohnehin war es nicht ehrenvoll, zu zweit gegen einen Einzelnen zu kämpfen, ein Robert wäre nie auf diesen Gedanken gekommen. Doch mit ihrer Überzahl war es nun vorbei, Kasimir erschien an der Seite seines Herrn und half ihm, die Österreicher in Schach zu halten. Um sie herum tobte die Schlacht, schon wurde offensichtlich, dass sie sich bald entscheiden würde, denn die Ankunft von Ludwigs Verstärkung ließ viele Österreicher ihr Heil in der Flucht suchen.

In Italien hatten Kasimir und sein Herr manchen Kampf gemeinsam bestanden. Wenn das auch lange zurücklag, für ihr Zusammenwirken bedurfte es keiner Worte, jeder wusste, was zu tun war. Die beiden Österreicher waren verunsichert. Kasimir bemerkte es mit Genugtuung. Das Erscheinen eines weiteren Kämpfers, der zwar kein Ritter war, aber das Schwert wie ein solcher beherrschte, warf ihre Strategie schlagartig über den Haufen.

Die Visiere der Österreicher blieben geschlossen. Dennoch glaubte Kasimir, dass der Größere jünger sein mochte, denn er bewegte sich leichter und ungestümer. Wahrscheinlich war er deshalb auch unerfahrener, also galt es, ihn als Ersten außer Gefecht zu setzen. Robert dachte zweifellos dasselbe, gemeinsam starteten sie den Angriff. Nur einen Wimpernschlag später wirbelte das Schwert des Österreiches durch die Luft. Kasimir rechnete damit, dass der Entwaffnete die Flucht ergreifen würde, doch der wollte seinen Gefährten offenbar nicht im Stich lassen. Unschlüssig verharrte er.

„Halt ihn in Schach!“, sagte Robert zu Kasimir.

Der andere Österreicher sah sich dem Schönburger nun allein gegenüber. Er schien weiß Gott kein schlechter Kämpfer zu sein, aber Kasimir wusste, dass Robert ihn nun, da er sich nicht länger mit zwei Gegnern abplagen musste, besiegen würde. „Ergebt Euch!“, hörte er seinen Herrn sprechen. „Dann schenke ich Euch das Leben!“

Der Österreicher zögerte, als zöge er in Betracht, auf das Angebot einzugehen. Dann aber preschte er zum Angriff vor. Robert wehrte ihn mühelos ab. Noch einmal wiederholte er sein Angebot.

„Ihr solltet es annehmen!“, riet Kasimir dem Feind. „Vor Euch steht der Bezwinger des Theobaldo de Brusati!“

Doch der Österreicher stürmte erneut voran. Robert sprang beiseite, ließ ihn ins Leere laufen. Ein abgetrennter Kopf, vermutlich der eines Kumanen, brachte den Österreicher ins Stolpern. Er fiel, und seine schwere Rüstung hinderte ihn daran, sich wieder aufzurappeln. Schon stand Robert bei ihm, setzte ihm einen Fuß in den Nacken, während die Spitze seines Schwertes den Spalt zwischen Helm und Brustpanzer suchte.

„Tötet ihn nicht!", rief der andere Österreicher. „Es ist der König!"

„Still", raunte ihm der Überwältigte zu.

„Ich kenne nur einen König", sagte Robert kühl. „Und der kämpft nicht unter der Fahne der Habsburger."

„Vor Euch liegt König Friedrich!", beharrte der Andere. „Man wird Euch ein gutes Lösegeld zahlen!"

„Du sollst still sein, sagte ich!" Der Mann, der angeblich Friedrich von Habsburg war, war zornig über die Worte des Waffengefährten.

„Aber mein König -"

„Kein Wort mehr!"

Robert trat zurück. „Nehmt Euren Helm ab", sagte er. Der Andere tat es widerwillig. Zum Vorschein kam das Gesicht eines Mannes Anfang dreißig. Dunkle Haarsträhnen klebten ihm auf der Stirn, seine Züge wirkten markant, was vor allem an seiner langen, gebogenen Nase lag. Kasimir fiel ein, dass manche Zeitgenossen Friedrich ‚den Schönen' nannten. Wenn es stimmte, dass dieser Mann der Bezeichnete war, dann war dieser Zuname doch recht schmeichelhaft. „Warum tragt Ihr nicht das Wappen Eures Geschlechts?", fragte Robert misstrauisch.

„Zieht Euer König etwa mit dem Wappen der Wittelsbacher in die Schlacht?"

Robert schwieg. Aus gutem Grund, dachte Kasimir. Am Morgen hatte er einen kurzen Blick auf König Ludwig erhaschen können. Ludwig hatte einen blauen Waffenrock mit silbernen Kreuzen getragen, als sei er bloß ein einfacher Edelmann. Die Zeiten, als Herrscher sich ungetarnt auf dem Schlachtfeld zeigten, waren vorüber. Ja, jener Mann dort im Dreck musste Friedrich von Habsburg sein. Niemand sonst hätte sich ungestraft für ihn ausgeben können. „Wo ist Eure Leibgarde?", fragte Robert.

„Versprengt", gab Friedrich unumwunden zu. Angesichts der zurückweichenden österreichischen Truppen wäre freilich jede andere Antwort kaum glaubhaft gewesen. „Euer Name?", fragte er seinen Bezwinger.

„Robert von Schönburg."

„Wenn Ihr Uns laufen lasst, Robert von Schönburg, werden wir Uns eines Tages wohlwollend an Euch erinnern."

„Wenn ich Euch laufen ließe, wäre ich ein treuloser Gefolgsmann meines Königs", erwiderte Robert, den Friedrichs feierliche Beteuerung kalt ließ. „Geh und such den Burggrafen", befahl er Kasimir. „Sag ihm, dass wir Friedrich von Habsburg gefangen haben."

Kasimir schubste den Mann, den er in Schach hielt, nach vorn, um ihn der Obhut Roberts zu übergeben. Ringsumher war kein lebender Österreicher mehr auszumachen. Die Schlacht war wohl entschieden, Kasimir konnte seinen Herrn mit den Gefangenen getrost allein lassen. Er fand den

Burggrafen dort, wo noch vor wenigen Stunden das Zentrum des österreichischen Flügels gestanden hatte. Friedrich von Nürnberg beaufsichtigte die Gefangennahme feindlicher Ritter, deren Auslösung ihren Bezwingern viel Lösegeld einbringen würde. Er war guter Dinge. „Bist du nicht ein Mann der Schönburger?", fragte er Kasimir. „Wie geht es deinem Herrn?"

„Er hat einen Fang gemacht, über den der König sehr erfreut sein dürfte."

Der Nürnberger gab einem seiner Knappen eine Anweisung. „So? Und um welchen Fang handelt es sich?", fragte er über seine Schulter hinweg. Es klang nicht sonderlich interessiert.

„Der Mann behauptet, er sei Friedrich von Habsburg!"

Mit einem Mal besaß Kasimir die volle Aufmerksamkeit des Burggrafen. „Wo ist er?", fragte er mit weit aufgerissenen Augen.

Kasimir deutete über das von Leichen und Verwundeten übersäte Schlachtfeld. Hastig winkte Friedrich von Nürnberg ein paar Männer zu sich heran. „Ratet mal, zu wem dieser Goldjunge hier uns jetzt führen wird!", verkündete er triumphierend.

Wenig später sah Robert von Schönburg Kasimir, den Burggrafen Friedrich von Nürnberg und vier von dessen Männern herbeieilen. „Es ist also wahr!", sagte der Burggraf mit einem wölfischen Lächeln. „Friedrich von Habsburg! Der Andere dürfte sein Bruder sein!"

Da auch der Waffengefährte des Habsburgers inzwischen seinen Helm abgenommen hatte, war die Ähnlichkeit unverkennbar.

„Gut gemacht, Robert!", sagte der Burggraf, dem Schönburger auf die Schulter klopfend.

„Mein Waffenknecht war mir behilflich."

„Dann werdet Ihr und meinethalben auch Euer Knecht die Gefangenen dem König übergeben."

Das war zweifellos eine große Ehre, aber Robert schüttelte den Kopf. „Danke, aber das solltet Ihr lieber selbst übernehmen, Burggraf."

„Warum so bescheiden? Des Königs Lob gebührt Euch."

„Ihr seid der Sieger der Schlacht, Burggraf. Die Entscheidung fiel unter Eurem Befehl."

„Dennoch wart Ihr es, der den Vogel fing. Ich bestehe darauf, dass Ihr die Gefangenen übergebt. Der König wird wissen wollen, wer seinen Widersacher überwunden hat. Was soll ich ihm dann sagen? Dass Ihr keine Lust hattet, vor ihm zu erscheinen? Nein, Robert, das werdet Ihr schon über Euch ergehen lassen müssen."

Robert gab nach und neigte den Kopf. „Wie Ihr wünscht."

„Burggraf Friedrich von Nürnberg!" Der Habsburger ergriff erstmals das Wort. „Wir machen Euch und Eure Männer zu reichen Leuten, wenn Ihr Uns und Unseren Bruder in Frieden ziehen lasst!"

Kasimir musterte den Burggrafen aufmerksam. Ob er dieser Verlockung widerstand? Der Nürnberger ließ sich Zeit mit seiner Antwort, bohrte seinen Blick in den des Habsburgers. Durch sein Schweigen wollte Friedrich die Demütigung des gefangenen Königs offenbar nur verlängern. Schließlich lachte er rau, eine weitere Kränkung für den Habsburger. „Nein, König Friedrich." Das Wort ‚König' betonte er spöttisch. „Ich werde Euch nicht in Frieden ziehen lassen. Den Frieden habt Ihr selbst bereits vor vielen Jahren verspielt."

Dem Habsburger war anzusehen, dass er eine wütende Entgegnung verschluckte. Der Nürnberger achtete nicht weiter auf ihn, wandte sich an Robert und die vier Männer, die ihm gefolgt waren. „Bringt sie ins Lager. Legt ihnen keine Fesseln an, aber lasst sie nicht aus den Augen. König Ludwig wird sie so bald wie möglich zu sehen wünschen."

Es war schon Vesperzeit, als sie die Gefangenen dem Wittelsbacher zuführten, der abseits seines Zeltes und umgeben von einer Handvoll Gardisten unter einem Baum saß und sie erwartete. Rasch erhob sich der erschöpfte König. Keinesfalls wollte er, der Sieger, zu seinem bezwungenen Widersacher hinaufblicken müssen. Seinen blauen Waffenrock hatte er inzwischen, wohl mit Bedacht, gegen einen Mantel aus glänzender Seide mit Pelzbesatz getauscht. „Ah, Vetter!", rief Ludwig aus. „Wie sehr es Uns doch freut, Euch hier zu sehen!" Den Bruder des Habsburgers würdigte er keines Blickes.

Friedrich schwieg. Wahrscheinlich war er sich nicht sicher, wieviel Sarkasmus in Ludwigs Worten steckte.

Zum ersten Mal konnte Kasimir den Wittelsbacher aus nächster Nähe betrachten: Ludwig mochte einige Jahre älter sein als Friedrich, er war von hochgewachsener und kräftiger Gestalt. Sein rotblondes Haar trug er schulterlang, und um seine Mundwinkel schien ständig ein Lächeln zu liegen, das mit immerwährendem Frohsinn freilich wenig zu tun hatte. Auffallend an ihm war darüber hinaus, dass er, wie sein Kontrahent, eine leicht gebogene Nase besaß - offenbar ein Erbteil seiner Mutter, in deren Adern habsburgisches Blut geflossen war. „Von heute an werdet Ihr auf Euren Königstitel verzichten müssen, Vetter", sagte er zu Friedrich.

„Und wenn Wir es nicht tun?", fragte dieser trotzig.

„Habt Ihr denn eine Wahl?" Beinahe klang Mitleid in seiner Stimme mit.

„Ihr habt eine Schlacht gewonnen. Mehr nicht."

„Die Reichsfürsten werden das anders sehen."

„Das wird sich zeigen. Was habt Ihr mit Uns und Unserem Bruder vor?"

„Ihr werdet vorläufig meine Gefangenen sein. In allen Ehren, versteht sich."

Friedrichs Stirn umwölkte sich. Hatte der Habsburger ernsthaft auf Ludwigs Gnade gehofft?

„Unser Bruder Leopold könnte schon morgen mit seinen Truppen hier eintreffen." Dies war eine unverhohlene Drohung.

„Ein Grund mehr, Euch in Gewahrsam zu nehmen", erwiderte Ludwig unbeeindruckt. „Davon abgesehen glaube ich nicht, dass Euer Bruder noch kommt. Wie man Uns berichtete, ist er zu sehr damit beschäftigt, das Land, durch das er zieht, zu verwüsten."

Friedrich schwieg.

„Bringt sie fort!", befahl Ludwig den Männern des Burgvogtes. „Behandelt sie gut."

Wie sehr die Adligen und Mächtigen sich doch trotz aller Feindschaft einander verbunden fühlten, ging es Kasimir durch den Kopf. Wahrscheinlich würden die Habsburger in Ludwigs Gefangenschaft besser leben als jeder Bauer, der, selbst wenn er gewissenhaft seinen Fronpflichten nachkam, stets ein Leben am Abgrund drohender Not führen musste. Wieviel vergossenes Blut hatten dagegen diese Männer dort zu verantworten? Einem Dieb hackte man ohne großes Federlesen die Hand ab, ein Betrüger bezahlte seine Gaunereien oft genug mit dem Leben, die Großen aber gestalteten die Welt nach ihrem eigenen Gutdünken. Menschenleben spielten dabei keine Rolle.

Des Königs dunkle Stimme riss ihn aus seinen Gedanken. „Man teilte Uns mit, dass Ihr es wart, Robert von Schönburg, der Friedrich gefangen nahm."

Robert verbeugte sich, legte die rechte Hand an seine Brust. „Ja, mein König. Ich hatte das Glück, sie überwältigen zu können. Doch ohne meinen Waffenknecht wäre mir das kaum gelungen."

Kasimir spürte den neugierigen Blick des Königs auf sich ruhen.

„Und wie lautet der Name Eures tapferen Waffenknechts?"

„Ich heiße Kasimir, mein König!" Er kam der Antwort seines Herrn zuvor. Der König schien sich nicht an dieser Unschicklichkeit zu stoßen, wenngleich er das Wort auch weiterhin nicht direkt an Kasimir richtete.

„So wird auch Euer Knecht eine angemessene Belohnung erhalten!"

„Danke, mein König."

„Schon damals, in Italien, wart Ihr meinem Vorgänger von großem Nutzen."

„Es wird vieles erzählt, doch nicht alles davon ist wahr."

„Euer Lehnsherr, Erzbischof Balduin, erzählte Uns von Eurer Bescheidenheit. Er hatte Recht."

Robert wirkte hilflos, wie immer, wenn jemand glaubte, seine Tugenden preisen zu müssen.

„Sagt, Robert, habt Ihr nicht noch einen jüngeren Bruder?"

Nur Kasimir bemerkte das kurze Zögern seines Herrn.

„Ja, mein König."

„Sein Name?"

„Merbodo."

„Er ist nicht zugegen?"

„Nein, mein König - das heißt: seit Beendigung der Schlacht habe ich ihn nicht mehr gesehen."

„Dann bleibt zu hoffen, dass er nicht gefallen ist. Wir werden ein paar Männer schicken, um nach ihm zu suchen."

„Wenn Ihr gestattet, würde ich lieber selbst nach ihm Ausschau halten."

„Wie Ihr wünscht. Habt Dank für Eure Tüchtigkeit. Wir werden Uns bald erkenntlich zeigen." Er schenkte seine Aufmerksamkeit einem Secretarius, der inzwischen neben ihm erschienen war und ihm mit wichtigtuerischer Miene, der Art vieler Schreiberlinge, etwas zuraunte.

Robert und Kasimir waren somit entlassen. Bis zum Einbruch der Dunkelheit suchten sie daraufhin, von düsteren Ahnungen erfüllt, das weite Schlachtfeld nach Merbodo und seinem Knappen ab, fanden aber weder diesen noch jenen. Sie beschlossen, die Suche im ersten Morgenlicht fortsetzen.

Im Lager der Sieger wurde gefeiert und getrunken, aber Robert und Kasimir stand nicht der Sinn danach. Statt dessen zogen sie sich in ihr Quartier zurück. Wohl gegen Mitternacht - der Lagerlärm war inzwischen verklungen - begehrte eine Stimme Einlass. Waldo betrat das Zelt, in seiner Hand eine blakende Fackel. Kasimir war erfreut, den Freund lebend zu sehen, doch Waldo blickte äußerst besorgt drein. „Es geht um Euren Bruder!", sagte er zu Robert.

„Ist er tot?"

„Nein, er lebt."

„Wo ist er?"

Waldo kaute verlegen an seiner Unterlippe, bevor er flüsterte: „Im Lager unserer Gefangenen."

„Also doch", sagte Robert finster. „Habt Ihr ihn selbst dort gesehen?"

Waldo nickte. „Man hielt ihn für einen Österreicher, denn er trug nicht Eurer Wappen. Sicher nur ein - Missverständnis." Die Falten auf seiner Stirn verrieten, dass er selbst etwas anderes glaubte.

Roberts Gesicht war wie aus Stein gemeißelt. „Danke, dass Ihr mich benachrichtigt habt!"

„Selbstverständlich könnt Ihr auf meine Verschwiegenheit zählen." Waldo warf Kasimir einen hilflosen Blick zu und verließ das Zelt. Das Wiedersehen mit seinem Freund nach überstandener Schlacht hatte Kasimir sich anders vorgestellt.

„Was nun?", fragte er seinen Herrn.

Robert dachte lange nach. „Wir werden versuchen, ihn auszulösen. Vielleicht gelingt es uns, dass niemand von dieser Schmach erfährt."

Merbodo war ein Verräter und verdiente den Tod. Doch Robert schien die Ehre seines Geschlechts höher zu hängen als die Gerechtigkeit - was Kasimir durchaus verstehen konnte. In Merbodos Adern floss das Blut der

Schönburger, mochte er auch ein ehrloser Schurke sein. „Wie stellen wir es an?", sprach Robert mehr zu sich selbst. Er biss sich auf die Zähne. Ohne Zweifel plagten ihn wieder heftigste Schmerzen.

„Morgen früh werde ich ins Gefangenenlager gehen", schlug Kasimir vor.

„Du?"

„Niemand wird bei meinem Anblick Argwohn hegen. Euer Erscheinen dagegen dürfte Fragen aufwerfen. Falls Merbodos Identität noch nicht aufgeflogen ist, müsste es machbar sein, ihn freizukaufen."

„Einverstanden. Biete ihnen soviel, wie sie haben wollen. Und wenn es sein muss, gib ihnen meinen Remus."

Schon mancher Ritter hatte Robert dazu bewegen wollen, sein prächtiges Schlachtross zu verkaufen. Doch eher hätte Robert sich alle Finger einer Hand abgeschnitten, als sich von Remus zu trennen - bis zu diesem Tag!

„Herr, Ihr wollt doch nicht etwa -"

„Wenn es nicht anders geht, musst du es tun!"

Eine Stunde noch lagen sie wach, schweigend und grübelnd, den Schlachtenlärm des Tages wie ein Echo in den Ohren. Als Kasimir seinen Herrn endlich schnarchen hörte, fiel auch er in einen traumlosen Schlaf.

Anderentags, die Sonne ging eben erst auf, machte Kasimir sich auf den Weg. Es schien ihm, als hätten sich alle Krähen dieser Welt an diesem Ort versammelt, ihr Krächzen musste meilenweit zu hören sein.

Viele Ritter der siegreichen Truppen hatten ihre Gefangenen, sofern sie von edlem Geblüt waren, in ihre Zelte geführt und würden sie in den kommenden Tagen mit zu ihren Gütern nehmen, bis sie das Lösegeld erhalten hatten. Andere, die sich den Siegern ergeben hatten, deren Identität aber zweifelhaft oder nicht festzustellen war, hatte man auf ein Feld getrieben. Zusammengepfercht hockten dort an die hundert lethargischer, mit Stricken gebundene Gestalten, die sich vor der Kühle der Nacht nicht zu schützen vermocht hatten. Bewacht wurden sie von einem Dutzend missmutiger Knappen und Knechte, welche die Gefangenen fortwährend beschimpften und sie mit Dreck bewarfen. Kasimir gesellte sich zu ihnen. „Lausiger Posten, was?" Sein Versuch, die Burschen in ein unverfängliches Gespräch zu verwickeln, wurde mit Argwohn aufgenommen.

„Wer ist dein Herr?", fragte einer von ihnen, ein langer, hagerer Kerl mit riesigen Glotzaugen.

„Robert von Schönburg."

„Bist du gekommen, um uns abzulösen?"

„Nein, aber -"

„Dann verschwinde und lass uns in Ruhe!"

„Würdet ihr mir gefälligst erst einmal zuhören?"

Seine furchtlose Beharrlichkeit schien die Kerle zu beeindrucken. „Na schön, wir hören", sagte der Lange, nachdem er zu dem Schluss gekommen war, dass sein Gegenüber alles andere als ein verweichlichter Grünschnabel war.

„Mein Herr will, dass ich mich unter den Gefangenen umsehe", sagte Kasimir.

„Warum?"

„Er sucht den Mann, der seinen Bruder hinterrücks gemeuchelt hat."

„Soll ja vorkommen in einer Schlacht. Warum kommt dein Herr nicht selbst, um ihn zu suchen?"

„Weil nur ich ihn gesehen habe."

„Ha, du redest daher, als hättest du in vorderer Linie mitgefochten."

„Ich war an der Seite meines Herrn."

Kasimir trat so selbstsicher auf, dass niemand es wagte, seine Behauptung in Zweifel zu ziehen.

„Na schön, geh und such den Kerl!"

Kasimir brauchte sich nicht lange umzusehen. Merbodo, der gefesselt und entkräftet im Dreck lag, hatte die Augen geschlossen. Sein Knappe Jan lag schlafend neben ihm. Eine Weile betrachtete Kasimir den Bruder seines Herrn. Merbodo bot ein Bild des Erbarmens. Seine Lippen waren blau, sein schmerzverzogenes Gesicht mit Blut und Schmutz besudelt. Offenbar hatte man den Gefangenen nicht erlaubt, sich außerhalb des Lagers zu erleichtern, denn es roch nach Urin und Fäkalien. Plötzlich öffnete Merbodo die Augen, als habe er Kasimirs Blick brennend auf sich gespürt. „Du?", sagte er blinzelnd.

„Ich!", erwiderte Kasimir.

Von einem Augenblick zum nächsten verwandelte sich Merbodo wieder in den Menschen, der er in Wirklichkeit war. „Willst du mir nicht lieber die Fesseln lösen, anstatt mich dumm anzuglotzen?", sagte er, während er sich aufsetzte.

Kasimir blieb ruhig. „Eins nach dem anderen."

„Du verlangst doch nicht etwa eine Erklärung von mir?"

„Ich weniger, Euer Bruder umso mehr."

Auch Jan war inzwischen aus seinem Schlummer erwacht. Kasimir sah Hoffnung in seinen Augen aufblitzen, als ihre Blicke sich trafen. Der Ärmste hatte ja nur seinem Herrn gehorchen müssen, der ihn in diese missliche Lage gebracht hatte.

„Was hat mein Bruder vor? Will er mich hier rausholen?"

„Das ist seine Absicht."

„Gut. Worauf warten wir dann noch?"

„Man wird ein Lösegeld für Euch fordern. Glücklicherweise scheint bisher niemand zu wissen, wer Ihr wirklich seid. Und was Ihr seid", fügte er leiser hinzu.

„Was bin ich denn?", fragte Merbodo lauernd.

„Ein Verräter!“, sagte Kasimir kalt, dem Blick des Anderen standhaltend.

„Wähle deine Worte vorsichtig, Slawe.“

„Ein Verräter und ein Frauenschänder“, fuhr Kasimir unbeirrt fort. Früher hatte er Merbodo nicht gemocht, heute hasste er ihn.

„Ah, ich verstehe. Du sprichst von Hanna!“ Grinsend bleckte er die Zähne. „Hat dir wohl erzählt, ich hätte sie gezwungen. Glaub ihr kein Wort!“

Kasimir war entschlossen, sich nicht weiter reizen zu lassen. Er machte kehrt.

„Wohin gehst du?“, fragte Merbodo.

„Ich werde wegen Eurer Freilassung verhandeln. Leider habe ich es Eurem Bruder versprochen.“

Den Wachen teilte Kasimir mit, er habe den Gesuchten gefunden. „Das haben wir gesehen“, nickte der Lange mit den großen Augen. „Wir wundern uns. Mit uns wollte der Kerl nicht sprechen.“

„Wen muss ich fragen, wenn ich ihn freikaufen will?“

„Meinen Herrn“, meldete sich ein pockennarbiger Knappe. Sein Herr war ein rheinischer Baron, wie sich herausstellte.

„Geh und sag dem Baron, dass die Schönburger ihm zwanzig Silbergulden für den Gefangenen zahlen“, trug Kasimir dem Knappen auf. Der kratzte sich die Wange.

„Er trägt kein Wappen! Wer ist der Kerl denn eigentlich?

„Ein Österreicher, der den Bruder meines Herrn auf unehrenhafte Weise getötet hat.“

Der Knappe blieb neugierig. „Was hat dein Herr mit ihm vor?“

„Hat er mir nicht verraten. Wahrscheinlich schneidet er ihm die Eier ab.“

Die Burschen lachten.

„Dann will ich nicht in der Haut des Österreichers stecken“, kicherte der Knappe und machte sich auf den Weg zum Zelt seines Herrn. Nach einer Weile kehrte er zurück.

„Nun?“, fragte Kasimir.

„Dreißig Silbergulden verlangt er. Außerdem das Schlachtross deines Herrn!“

Kasimir stöhnte innerlich. Natürlich, die rheinischen Adligen kannten sich, und Roberts furchtloses Schlachtross Remus zog überall die begehrlichen Blicke der Ritter auf sich. Zwar hatte Robert ohnehin vorgehabt, das geliebte Pferd notfalls herzugeben, aber Kasimir war fest entschlossen gewesen, dies zu verhindern. Noch immer konnte er es versuchen, deshalb sagte er kühn: „Sag dem Baron, dass mein Herr ihm die dreißig Silbergulden auszahlen wird. Doch das Pferd kriegt er nicht.“

Wieder verschwand der Knappe. Als er zurückkam, begleitete ihn sein Herr. Der Baron war ein dicklicher, rotgesichtiger Mann mit einem dichten Schnauzbart, der sich hufeisenförmig Richtung Kinn bog. „Ich will das Pferd!“, herrschte er Kasimir an.

„Aber das könnt Ihr nicht haben, Herr Baron. Mein Herr würde mich einen Kopf kürzer machen.“

„Auf, gehen wir zu ihm, damit ich selbst mit ihm verhandeln kann.“

Kasimir schüttelte entschlossen den Kopf. „Herr Robert hat mir eindeutige Befehle erteilt. Ich bin ermächtigt, in seinem Namen zu verhandeln.“

„Dann kann er sich den Gefangenen aus dem Kopf schlagen.“

„So sei es denn. Das Pferd ist meinem Herrn wichtiger als der Gefangene. Gehabt Euch wohl, Herr Baron.“ Kasimir machte Anstalten davonzugehen.

„Frecher Lümmel, warte!“ Der Baron wirkte nicht länger zornig. Er lächelte sogar. „Den Versuch war es wert. Robert soll sein Schlachtross behalten. Er soll mir fünfunddreißig Silbergulden für den Gefangenen zahlen, und alle sind's zufrieden.“

Kasimir tat, als denke er darüber nach. Auf keinen Fall durfte der Baron den wahren Grund für Roberts Interesse an dem Gefangenen erfahren. Ohnehin war es ein kleines Wunder, dass außer Waldo niemand Merbodo erkannt und seinen Verrat bemerkt hatte. Später, wenn offenkundig wurde, dass Roberts Bruder doch nicht in der Schlacht gefallen war, würde man die Geschichte von seinem Tod als voreiliges Gerücht und Missverständnis verkaufen müssen. „Fünfunddreißig Silbergulden!“, wiederholte der Baron ungeduldig. „Abgemacht?“

„Abgemacht! Wenn Ihr mir auch den Knappen des Österreichers überlasst.“

„Bist ein gewiefter Bursche, dein Herr hat dich nicht umsonst zum Unterhändler gemacht. Nun gut, von mir aus nimm sie mit, du Gauner, beide. Das Geld kann dein Herr mir in den nächsten Tagen schicken lassen.“ Zufrieden schritt er mit seinem Knappen davon.

Kasimir ging zurück zu den Gefangenen und löste Merbodo und Jan die Fußstricke. „Los, auch die Hände!“, sagte Merbodo.

„Damit werden wir wohl noch warten müssen“, erklärte Kasimir nicht ohne Genugtuung. „Ihr seid nämlich ein ehrloser Meuchler, hab ich ihnen gesagt, und es würde verdächtig erscheinen, führte ich Euch ohne Fesseln durchs Lager. Der Dreck in Eurem Gesicht steht Euch übrigens gut.“

„Nur interessehalber: Wen soll ich denn eigentlich gemeuchelt haben?“, fragte Merbodo gepresst.

„Tja, Euch selbst, um genau zu sein“, erwiderte Kasimir.

Robert erwartete sie in seinem Zelt. Er war bleich und hielt seine Wut nur mühsam im Zaum. Kasimir löste die Fesseln der beiden Männer. Merbodo rieb sich fluchend die Handgelenke. Das Ringen um Beherrschung kostete Robert sichtlich Mühe. „Was hast du dir nur dabei gedacht?“, fragte er den

Bruder.

„Habsburg ist die Zukunft", antwortete Merbodo kein bisschen kleinlaut, als hätte der Schöne Friedrich einen glorreichen Sieg errungen.

„Du glaubst allen Ernstes noch immer an diesen Unsinn, den eine alte Vettel dir erzählt hat?"

„Auch du hättest damals auf Godwa hören und nicht ins Land der Welschen ziehen sollen. Dann wäre dir einiges erspart geblieben."

„Weißt du eigentlich, was Treue bedeutet, Bruder?"

„Manchmal ist Treue etwas für Schwache."

„Der Habsburger befindet sich in König Ludwigs Gewahrsam, falls dir das entgangen sein sollte."

Merbodo hob gleichmütig die Schultern. „Seine Stunde ist noch nicht gekommen. Aber eines Tages -"

„Schweig endlich, du gottverdammter Narr!", schrie Robert, der nicht länger an sich halten konnte. „Unser Vater dreht sich im Grab herum."

„Unser Vater vermochte wie du die Zeichen der neuen Zeit nicht zu deuten."

„Wie kannst du es wagen, so über ihn zu reden?"

Beunruhigt nahm Kasimir zur Kenntnis, dass Roberts Hand sich um den Griff des Messers an seinem Gürtel krallte. Merbodo zog es vor, zu schweigen. Jan, der sich bisher nicht zu rühren gewagt hatte, sah sich aus irgendeinem törichten Grund veranlasst, seinen Herrn zu verteidigen und vor Roberts Zorn zu schützen. „Verehrter Herr Robert, Euer Herr Bruder glaubte das Richtige zu tun!"

„Wer hat dich gefragt, Knappe?", herrschte Robert ihn an.

Jan wirkte eingeschüchtert, doch zu Kasimirs Verwunderung verfiel er nicht wieder in sein Schweigen zurück. Vielleicht hatte Merbodo ihm ja die baldige Schwertleite in Aussicht gestellt, sodass er seinen Herrn zu beeindrucken versuchte. „Euer Bruder -"

„Befahl ich dir nicht zu schweigen?"

Kasimir warf dem Knappen einen warnenden Blick zu, doch Jan achtete nicht auf ihn.

„Euer Bruder ist ein tapferer -"

Roberts Faust schnellte hervor und traf Jan hart am Kinn. Der Knappe stürzte. Kasimir sah, dass sich aus einer klaffenden Wunde seines Halses ein ganzer Bach von Blut ergoss. Entsetzt blickte Kasimir hinüber zu seinem Herrn.

Robert atmete schwer, starrte ungläubig auf das Messer in seiner Hand. In seiner Wut musste er schlichtweg vergessen haben, dass er noch die Waffe hielt. Die Klinge hatte Jans Hals der Länge nach aufgeschlitzt.

Jans Augen wurden weit, sein fassungsloser Blick wanderte von einem zum anderen, während sein Röcheln immer schwächer wurde. Schließlich bewegte er sich nicht mehr.

„Du hast meinen Knappen umgebracht“, sagte Merbodo zu seinem Bruder mit einem Kopfschütteln. Robert stand wie gelähmt. Das Messer war ihm aus der Hand gefallen. Merbodo trat vor ihn hin. „Sieh mal einer an: Sogar dem edelsten aller Menschen gehen ab und an die Gäule durch!“, bemerkte er spöttisch.

Robert löste sich aus seiner Starre und schlug ihm ins Gesicht. Merbodo rieb sich die Wange, seine Augen schossen Blitze. Dann schlug er ansatzlos zurück.

Robert taumelte, stürzte. Kasimir beugte sich besorgt über ihn.

Verächtlich sah Merbodo aud die beiden herab. „Hast du vergessen, was ich dir damals sagte, Bruder? Nie wieder wirst du mich schlagen! Ich hatte es ernst gemeint.“

Er verließ das Zelt.

18.

Nicht wenige Mönche im Konvent der Straßburger Dominikaner wunderten sich, dass Eckhart von Hochheim so häufig das Haus des alten Pfarrers Johannes aufsuchte. Vater Johannes war ein einfacher Geistlicher, fromm und still; nie hatte der Greis Interesse an theologischen Debatten gezeigt. Das Wort der Heiligen Schrift war für ihn Gottes unstrittige Botschaft, die sich jeglicher Deutung entzog. Nie hatte er andere Bücher gelesen.

Bei aller Einfachheit, die Vater Johannes ausmachte, war er keinesfalls ein Eiferer. Die Mitglieder seiner Gemeinde - er nannte sie „meine Schäfchen" - schätzten ihn als pflichtbewussten Seelsorger. Wenn ihm jemand eine Sünde beichtete, mochte sie auch noch so abträglich sein, dann konnte er gewiss sein, dass Johannes ihm keine donnernde Strafpredigt hielt. Auch drohte er nicht mit den Feuern der Hölle, sondern beschrieb verständnisvoll einen Weg der Umkehr. Die Huren und Gauner der Stadt gingen fast ausnahmslos zu ihm, wenn sie Reue verspürten. Vater Johannes wusste, dass sie, sobald sie ihr letztes Bußgebet verrichtet hatten, wieder flugs ihren sündigen Tätigkeiten nachgingen. Aber er verdammte sie nicht dafür.

Vater Johannes und der etwa zwanzig Jahre jüngere Meister Eckhart hatten nicht viele geistige Gemeinsamkeiten, doch in ihrem unaufgeregten Wesen ähnelten sie einander sehr. Vielleicht war es ja dieser beiden eigene Charakterzug, der die sonst so unterschiedlichen Männer zu Freunden machte, zumindest vermuteten das Eckharts Mitbrüder. Bruder Thomas, der Eckhart vor neun Jahren nach Straßburg gefolgt war, wusste es besser: Der Grund für Meister Eckharts Besuche im Haus des alten Priesters war eine Frau!

Die Frau - sie war mit ihren sechsundzwanzig Jahren noch recht jung und hübsch obendrein -, führte Vater Johannes den Haushalt. Nicht ein sündiges Verlangen trieb den berühmten Mystiker zu der jungen Frau - selbst Eckharts Gegner und Neider sagten ihm niemals Unzucht nach -, es geschah vielmehr auf Bitten der Frau und ihren brennenden Wunsch hin, sie in seinen Lehren zu unterweisen. Meister Eckhart kam dieser Bitte gerne nach, denn er mochte die Frau. Er schätzte ihren Verstand und war, obwohl er sie nun schon lange kannte, immer wieder erstaunt über ihre ungewöhnliche Auffassungsgabe. Vor zehn Jahren hatte er sie in Paris zum ersten Mal gesehen, in einem Gasthaus mit dem Namen „Au maréchal-ferrant". Damals war sie fast noch ein Kind gewesen. Er hatte ihr ein Gleichnis erzählt, und sie hatte rasch begriffen, worüber er sprach. Sie hatte ihn beeindruckt.

Für Meister Eckhart waren die Besuche im Haus des Johannes eine willkommene Abwechslung von seinen Alltagspflichten, die ihn mit zunehmendem Alter und wachsender Gegnerschaft mitunter zu zermürben drohten.

*

„Die göttliche Person verleiht der menschlichen Natur Existenz", erklärte Eckhart mit leiser Stimme, „wir alle haben die menschliche Natur mit Christus gemeinsam."

Seiner aufmerksamen Zuhörerin kam er an diesem Tag ein wenig abwesend vor.

„Deshalb kann der einzelne Mensch so sein wie Christus", fuhr der Dominikaner fort und sah Eva, die vor ihm saß, offen an. „Sag es mit deinen eigenen Worten, meine Tochter. Sag es mit einem treffenden Satz, sodass selbst der Einfältigste es verstehen kann."

Eva dachte kurz nach. „Der Mensch kann Gott werden, weil Gott Mensch geworden ist und dadurch die menschliche Natur vergöttlichte."

Eckhart schaute nachdenklich drein, aber er nickte. Wie schon so häufig beschlich Eva die vage Ahnung, dass des Magisters Thesen eines Tages den Unwillen der Kurie wecken müssten. Im Grunde war es verwunderlich, dass dies nicht längst schon geschehen war. Auch Eckhart musste das wissen. Trotz, vielleicht auch wegen seiner Bekanntheit, hatte die Zahl derer zugenommen, die ihn kritisierten. Auch sein Eintreten für die Frauenklöster oder Beginengemeinschaften, deren mystisches Gedankengut vielen Kirchenmännern nicht geheuer war, wurde ihm zunehmend angelastet. Wirkte er deshalb heute so gedankenverloren?

Fragend sah Eva zu Michel hinüber, der neben dem Herd saß und geduldig auf den Magister wartete. Aber seine Miene blieb wie immer ausdrucklos. Auf seiner breiten Schulter hockte Balthasar.

„Mir scheint, Ihr fühlt Euch heute nicht wohl", sagte Eva zum Magister.

Eckhart lächelte nachsichtig. „Was nicht an dir liegt, meine Tochter." Nun seufzte er leise. Eva konnte sich nicht erinnern, dass er jemals geseufzt hätte.

„Vielleicht hilft es, wenn Ihr Eure Sorgen teilt, ehrwürdiger Magister."

Er nahm ihre Hand und drückte sie sanft. „Wenn man alt wird, erscheint jede Veränderung wie ein hoher Berg."

„Veränderung?"

„Als ich vor acht Jahren hierher kam, war dieser Berg nur ein Hügel, den zu erklimmen mir keine nennenswerte Mühe bereitete. Meine Zeit in Straßburg wird mir in guter Erinnerung bleiben, meine Aufgabe machte mir Freude, selbst wenn mancher versuchte, mir Steine in den Weg zu legen. Auch blieb mir trotz aller Arbeit noch Zeit, mich meinen Schriften zu widmen. Und es blieb mir Zeit für dich, meine Tochter."

„Eure Ordensoberen haben Euch abberufen!", sagte Eva erschrocken.

„Neue Aufgaben warten auf mich", erklärte Eckhart. „Noch in diesem Jahr werde ich nach Köln gehen."

Als Vater Johannes aus der Kirche kam, an der linken Hand die zehnjährige

Clara, in der rechten einen Gehstock, waren Meister Eckhart und sein Leibwächter Michel bereits im Aufbruch begriffen. An der Haustür begrüßten sie sich. „Hoffentlich habt Ihr meiner Eva mit Euren Weisheiten nicht wieder den Kopf verdreht, Magister", sagte der alte Johannes lächelnd. Er war klein und gebückt, sein Kopf kahl und das Gesicht von unzähligen Falten zerfurcht.

„Seid unbesorgt", entgegnete Eckhart und berührte sanft den Arm des Alten, „Eva weiß meine Weisheiten zu nehmen."

„Besser zu nehmen als ich in meiner Einfältigkeit, wollt Ihr wohl sagen."

„Nein, besser als ein Philosoph, Bruder in Christo."

„Meine Eva begreift Dinge, die sonst wenige Leute begreifen. Glaubt mir, es hat lange gedauert, bis ich mich daran gewöhnte."

Eckhart war Kritikern in den letzten Jahren zunehmend mit Unverständnis begegnet - eine seiner menschlichen Schwächen, wie Eva fand -, doch beim alten Johannes schien er andere Maßstäbe anzulegen. Die beiden mochten sich wirklich, trotz aller Gegensätze.

„Sag dem Magister und Michel Guten Tag, Clara", forderte Eva ihre Ziehtochter auf.

Clara trat vor und machte einen Knicks. „Guten Tag", sagte sie mit gesenktem Blick.

Eckhart strich ihr über den Kopf. „Du hast die schönsten Zöpfe, die ich je gesehen habe, Clara."

Die Kleine erwiderte nichts, hielt ihren Blick auf den Boden gerichtet. Eva wusste, sie hatte Angst vor dem Dominikaner, wenngleich es hierfür keinen Grund der Welt gab. Oft schon hatte sie es unternommen, der Kleinen ihre Furcht auszureden, vergeblich. „Ich kann ihn nicht verstehen", hatte sich Clara einmal vieldeutig beklagt. Seitdem hielt Eva es für angebracht, nicht mehr über Meister Eckhart mit ihr zu sprechen.

Vor dem hünenhaften Michel fürchtete sich Clara freilich nicht. „Guten Tag, Clara", sagte der wortkarge Michel mit seiner dunklen Stimme, und Balthasar krächzte.

Clara sah zu ihnen auf und strahlte. „Du und Balthasar, könnt ihr nicht noch etwas bleiben?", fragte sie hoffnungsvoll.

Michel schüttelte bedauernd den Kopf.

Meister Eckhart und sein Leibwächter verließen das Pfarrhaus. Es war Vesperzeit. Eva stellte Brot und Käse auf den Tisch. „Du wirkst in dich gekehrt", stellte Johannes fest.

„Der Magister wird Straßburg verlassen. Sein Orden schickt ihn nach Köln."

„Ich verstehe, dass dich das traurig macht." Er kaute lange an einem Stück Brot. „Wirst du mit ihm gehen?", fragte er nach einer Weile.

Sie schüttelte den Kopf. „Ich bleibe bei Euch."

„Warum?"

„Weil Ihr mich braucht!"
„Jemand anders könnte mir den Haushalt führen."
„Ihr wollt mich los sein?"
„Gott behüte, du bist wie mein Kind. Aber bin ich wirklich der einzige Grund, warum du bleiben möchtest?"
Sie starrte auf ihre Hände. „Nein", gestand sie.
Seine alterstrüben Augen sahen sie fragend an.
Eva dachte nach, dann begann sie langsam zu erzählen: „Es gab eine Zeit, da bedeutete Wissen mir alles. Als ich von Meister Eckhart hörte, war ich begierig, ihn zu hören. Und als ich ihm endlich begegnete, erfüllte sich ein Traum. Mir erschlossen sich Welten, von denen ich bis dahin nur geträumt hatte. Das Streben nach Gelehrsamkeit machte mich wie besessen. Ich hielt Eckharts Lehren für die Antworten auf alle Fragen, die Christenmenschen je bewegten." Sie drehte weltvergessen an einer Haarsträhne.
„Und heute?", fragte Vater Johannes.
„Meister Eckhart ist ein außergewöhnlicher Mensch", antwortete sie ausweichend.
„Möglicherweise hast du zuviel von ihm erwartet."
„Ich frage mich, ob -" Sie brach ab und schüttelte den Kopf.
„Auch wenn seine Mystik zu weit weg für mich ist, ich schätze diesen Mann", sagte Vater Johannes. „Dennoch, es ist wohl besser, wenn du dich künftig von ihm fern hältst. Ich fürchte nämlich, dass es eines Tages kein gutes Ende mit ihm nimmt."
Seine unheilschwangeren Worte schmerzten Eva, obgleich sie doch derselben Ansicht war. Doch nicht die Furcht vor Ablehnung bewegte sie dazu, dem Magister die weitere Gefolgschaft zu verwehren. Seinen Lehren zu lauschen und darüber zu debattieren war ein großes Abenteuer gewesen, doch inzwischen war in ihr die Überzeugung gereift, dass Gott für alle Menschen begreifbar sein musste. Plötzlich fühlte Eva sich wie eine Abtrünnige.
Vater Johannes schien zu ahnen, was ihr durch den Kopf ging. „Du bist keine Verräterin an seiner Sache. Eva. Du bist ein Mensch, der frei nach seinem Gewissen entscheidet."
Für diese Worte war sie ihm dankbar.
„Geht auch Michel nach Köln, Mama?", fragte Clara. Bislang hatte sie schweigend ein großes Stück Käse verputzt.
„Vermutlich, mein Kleines. Michel muss doch auf den Magister aufpassen."
Clara begann zu schluchzen. „Ich will nicht, dass Michel geht", jammerte sie.
„Was hältst du von einem Besuch bei Tante Johanna?", fragte Eva aufmunternd. Clara mochte diese Besuche, aber heute schüttelte sie den Kopf, während sie eine dicke Träne von ihrer Pauswange wischte.
„Vater Johannes hat versprochen, mir ein neues Gebet beizubringen",

schniefte sie.

„Ich verstehe." Manchmal wunderte sich Eva über die Frömmigkeit ihrer Ziehtochter. Wenn die Kleine betete, dann tat sie es mit Inbrunst und vergaß dabei die Welt. Wenn sie Auskunft suchte über religiöse Fragen, dann wollte sie einfache Antworten hören. Das war wohl der Grund, weshalb sie mit solchen Anliegen stets den alten Priester aufsuchte.

„Sie kann das Glaubensbekenntnis schon auf Latein sprechen", erklärte Vater Johannes stolz.

Eva beschloss, Johanna am Abend alleine zu besuchen. Seit fast drei Wochen hatten sich die Freundinnen nicht gesehen. Johannas Oheim, Konrad, war vor drei Jahren gestorben, deshalb würde sich für sie nicht mehr die Frage stellen, ob sie dem Magister folgen sollte. Es war ein großer Trost für Eva, dass Johanna ihr auf jeden Fall erhalten bleiben würde.

Draußen war es dunkel. Ein eisiger Wind, der von Westen her durch die Gassen Straßburgs fegte, kündigte den Winter an. Das Licht der Fackel, die Eva trug, reichte aus, um den Weg zu der Pilgerherberge unweit des Münsters, wo Johanna Dienst tat, zu finden. Bis auf streunende Katzen und einen Nachtwächter begegnete ihr niemand. Der Nachtwächter, ein stämmig gebauter Bursche, grüßte sie mit einem verlegenen Lächeln. Vor einiger Zeit hatte er um Eva zu freien versucht. Eva hatte ihm freundlich, aber bestimmt zu verstehen gegeben, dass sie weder ihn noch einen anderen zu heiraten beabsichtigte. Anfangs hatte der Bursche sich beleidigt gezeigt, später aber konnte er sich dazu durchringen, ihr wieder die Tageszeit zu sagen.

Er war nicht der einzige, der ihr einen Antrag gemacht hatte. Aber Eva, die man wegen der kleinen Clara für eine Witwe hielt, wies jeden zurück. Zwar war die Wunde, die der treulose Pierre ihrer Seele einst zugefügt hatte, längst verheilt; die andere, ältere Wunde aber schmerzte noch immer, auch nach all den Jahren. Eva machte sich nichts vor, sie liebte Falk noch immer.

Oft stellte sie sich die quälende Frage, ob er eine andere Frau geheiratet hatte. Jedenfalls erschien es ihr wenig glaubhaft, dass er unvermählt geblieben war.

Die Begegnung mit dem Nachtwächter hatte Evas Gedanken in die Vergangenheit schweifen lassen. Sie versuchte, sich wieder auf ihren Besuch zu besinnen. Fast hatte sie die Pilgerherberge erreicht. Zu dieser Jahreszeit waren kaum noch Pilger unterwegs. Johanna würde genug Zeit für sie haben.

In den vergangenen Jahren hatte Johanna sich verändert, sie war ruhiger, vernünftiger, reifer geworden. Seitdem sie in Straßburg lebte, hatte sie keine Männergeschichten mehr angefangen. Einmal hatte Eva von ihr wissen wollen, welches Ereignis ihre plötzliche Enthaltsamkeit wohl ausgelöst habe. Johanna war ihr ausgewichen. Auch von ihrer früheren Geschwätzigkeit war nicht viel übrig geblieben.

Bruder Petrus, ein alter, schwerhöriger und obendrein halbblinder Mönch, hockte in der Vorhalle hinter einem Pult, darauf eine flackernde Kerze. An der hinteren Wand gab es ein Lager aus Stroh, auf dem ein Trunkenbold kauerte, der Bruder Petrus' Gutmütigkeit ausnutzte und sich ein behagliches Quartier für die Nacht erschlichen hatte. Nachdem der alte Petrus die eintretende Eva erkannt hatte, nickte er ihr freundlich zu. Eva machte eine fragende Geste, und Petrus wies mit dem Kinn nach oben. Auf diese Weise pflegten sie sich zu verständigen, anderenfalls hätte man den Mönch schon anschreien müssen. Ihre Freundin Johanna, so besagte seine Gebärde, sei im oberen Stockwerk. Dort befand sich der große Schlafsaal.

Eva stieg eine steile Holztreppe empor.

Geräusche. Menschen, die keuchten - Kranke?

Das Licht ihrer Fackel erhellte den Schlafsaal. Auf einer der Schlafstätten waren zwei nackte Leiber auszumachen. Was sie trieben, daran konnte kein Zweifel bestehen. Johanna lag unter ihrem Liebhaber, die Beine fest um seine Hüften geschlungen, die Hände hinter ihrem Kopf verschränkt.

Rasch wollte Eva sich wieder davonmachen, doch schon war sie bemerkt worden von den Liebenden, die erschrocken zu ihr herüber blickten. „Eva!" Johannas Stimme klang entsetzt.

„Verzeih mir", entgegnete Eva verlegen - und glaubte nun den Mann zu erkennen, obgleich dieser ihrem Blick beharrlich auswich. Unweit des Liebeslagers lag seine Kutte, was Evas letzten Zweifel zerstreute. Johanna und Thomas atmeten schwer; das abrupte Ende ihrer Liebeswonnen, verbunden mit offensichtlicher Beschämung, schien ihnen geradezu Pein zu bereiten.

„Oh", machte Eva, kehrtmachend.

Am Tag darauf - es war Mittag, und Vater Johannes war mit Clärchen in die Kirche gegangen, um den Angelus zu beten - klopfte Johanna an die Tür des Pfarrhauses. Sie war erleichtert, ihre Freundin allein anzutreffen. Eva ließ sie eintreten. „Setz dich, meine Liebe", sagte sie freundlich. „Möchtest du etwas trinken?"

„Ein ganzes Fass Wein, das könnte ich jetzt vertragen!"

„Nun, ich -"

„Schon gut. Sollte nur ein Scherz sein. Ich trinke nichts."

Gegenüber der Freundin nahm Eva Platz.

„Lass uns nicht lange um den heißen Brei herumreden", begann Johanna, „ich schulde dir eine Erklärung."

„Du musst dich nicht rechtfertigen", widersprach Eva.

„Bist du weiterhin meine Freundin?"

„Wie kannst du fragen?"

„Gut, dann wirst du dir gefälligst anhören, was ich dir zu sagen habe. Thomas und ich - naja, wir lieben uns schon seit langem. Es ist nicht so, dass wir uns einem plötzlichen Anfall von Fleischeslust hingegeben hätten, falls du das glaubtest. Schon in Paris haben wir uns ineinander verliebt."

Im Nachhinein erklärte das vieles im Verhalten der beiden. „Ich verstehe."

„Bist du nun enttäuscht?"

„Nein."

„Warum nicht?"

„Weil ihr Menschen seid."

Sie reichten einander die Hände und drückten sie zärtlich. „Warum lächelst du?", fragte Johanna.

„Nun, ich kann mich an Zeiten erinnern, da hast du dem guten Thomas einige unfromme Eigenschaften nachgesagt."

„Ich war ein vorlautes Ding. Wollte auf diese Weise wohl nur seine Aufmerksamkeit steigern. Was mir ja auch gelang. In Paris trafen wir uns oft - heimlich, wie du verstehen wirst. Aus Verlangen wurde Liebe. Thomas ist ein wunderbarer Mann." Versonnen hielt sie inne, dann fuhr sie seufzend fort: „Leider ist er aber ein Mönch, der einst seine Gelübde ablegte. Verurteilst du uns?"

„Steht mir das zu? Allerdings will ich nicht abstreiten, dass ihr euch in einer misslichen Lage befindet."

„Missliche Lage? Das ist, gelinde gesagt, weit untertrieben. Wenn herauskommt, dass Thomas und ich -" Sie schüttelte schaudernd den Kopf. „Ich darf gar nicht daran denken. Ein Wunder, dass wir's über all die Jahre geheim halten konnten."

Eva schwieg.

„Ich weiß, was du denkst", sagte Johanna schuldbewusst. „Als deine beste Freundin hätte ich mich dir anvertrauen sollen, nicht wahr?"

„Du hattest deine Gründe, es nicht zu tun."

„Oft spielte ich mit dem Gedanken, dir alles zu erzählen. Letztlich ließ ich es bleiben, weil ich dich nicht damit belasten wollte. Auch du hättest mir keinen Rat geben können."

Eine Weile schwiegen sie. Dann sagte Eva: „Der Magister wird bald nach Köln gehen."

Johanna nickte traurig. „Ich weiß."

„Wird Thomas -?"

„Sicher, er wird ihn begleiten."

„Was wirst du tun?"

„Ich wünschte, ich wüsste darauf eine Antwort."

Das Dilemma, in dem Johanna und Thomas steckten, zerriss auch Eva das Herz. Seit dem Tod ihres Großonkels gab es für Johanna keinen glaubwürdigen Grund mehr, dem Magister und seinen Anhängern nach Köln zu folgen. Tat sie es dennoch, so konnten leicht Gerüchte aufkommen, was die Liebenden bislang erfolgreich zu vermeiden gewusst hatten. „Und du, Eva? Was wirst du tun?"

„Ich bleibe."

„Das wundert mich wiederum."

„Vater Johannes war immer gut zu uns. Ich will ihn nicht im Stich lassen." Es war nur die halbe Wahrheit, und Johanna schien ihr das anzusehen, aber sie drang nicht weiter auf die Freundin ein.

„Was würdest du an meiner Stelle tun, Eva?"

„Keine einfache Frage. Und erst recht keine, die ich dir unbefangen und uneigennützig beanworten könnte."

„He, bist du nicht eine Philosphin?"

„Vor allem bin ich deine Freundin. Als solche würde ich dich am liebsten in meiner Nähe wissen. Andererseits ist mir klar, dass ihr einander liebt. Es würde dich unglücklich machen, wenn er Straßburg verlässt. Folgst du ihm aber, werdet ihr eure Liebe weiter geheim halten müssen. Thomas könnte seinen Orden verlassen. Möchte er das?"

„Er hat schon daran gedacht, aber noch keine Entscheidung gefällt."

Verständlich, dachte Eva. Ein Dominikaner, der seinen Orden verließ, würde zeit seines Lebens auf Widerstand stoßen - vor allem, wenn er es wegen einer Frau getan hatte. „Was kann ich dir sagen?" Eva breitete hilflos die Hände aus. „Du musst dich aufraffen, eine Entscheidung zu fällen."

„Wie aufschlussreich, vielen Dank." Johanna wurde ungehalten. „Eine Entscheidung treffen - gerade du musst mir das sagen."

„Was meinst du damit?"

„Clärchen! Bis heute hast du ihr verschwiegen, dass du nicht ihre Mutter bist!"

Eva nickte schuldbewusst. „Ja, du hast Recht. Einmal, da wollte ich ihr die Wahrheit sagen, aber Vater Johannes hielt es für besser -"

„Was ist nur aus dir geworden? Hörst du lieber auf einen alten Pfaffen als auf dich selbst? Früher hättest du deinen Kopf durchgesetzt."

„Mag sein. Aber du bist nicht zu mir gekommen, um über Clärchen zu sprechen."

Johannas Zorn verflog. „Verzeih", sagte sie mit gesenktem Kopf. „Ich hatte kein Recht, mich in diese Sache einzumischen. Meine Nerven sind derzeit äußerst strapaziert. Nicht allein der entsetzliche Gedanke an eine Trennung von Thomas zermürbt mich. Ich mache mir auch große Sorgen um ihn."

Eva sah sie fragend an. Johanna erklärte: „Der Erzbischof von Köln ist Meister Eckhart nicht gerade wohlgesonnen. Thomas befürchtet, dass es über kurz oder lang zu Auseinandersetzungen kommt. Falls gegen den Magister und seine Anhänger der Vorwurf der Häresie erhoben wird, kommt ein gewaltiger Fels ins Rollen."

Thomas' Befüchtungen sind berechtigt, dachte Eva beklommen. Wer einmal mit dem Brandmal der Ketzerei behaftet war, wurde diesen Makel so schnell nicht mehr los. Kam es obendrein zu einer Verurteilung, ging es gar um das Leben der Beschuldigten.

„Meister Eckhart ist einer der gelehrtesten Menschen unserer Zeit", sagte sie, um Johanna und auch sich selbst Mut zu machen. „Niemand wird einen Vorwurf gegen ihn erheben können, den er nicht zu entkräften wüsste."

Johanna machte eine abfällige Handbewegung. „Du weißt selbst, dass das nicht wahr ist. Die Kirche besteht vor allem aus verlogenen Bastarden. Wenn dem Erzbischof Eckharts Worte nicht gefallen, wird er Mittel und Wege finden, ihn mundtot zu machen. Weißt du, was des Magisters Gelehrtheit dann noch wert ist? Einen feuchten Dreck! Oh nein, die Kirche ist kein Hort der Güte und der Nächstenliebe. Sie besteht aus lauter selbstgerechten Heuchlern."

Ihr Gesicht hatte vor Zorn eine scharlachrote Färbung angenommen. „Manchmal denke ich, dass die sogenannten Diener Gottes ihre Eingebungen vom Teufel erhalten. Willst du eine Geschichte hören? Erinnerst du dich, wie verwundert wir waren, dass ausgerechnet ein Besessener Eckharts Leibwächter sein sollte?"

Eva nickte. In der Tat war ihr das damals merkwürdig erschienen, auch wenn sie nie geglaubt hatte, dass Michels Leiden eine Form von Besessenheit war.

„Nun", fuhr Johanna fort, „mein Großonkel und Thomas waren ausgesandt worden, um genau einen solchen Mann zu finden: hünenhaft, stark, ergeben - und besessen! Sie fanden Michel."

„Das verstehe ich nicht."

„Wie solltest du auch? Da müsste man schon in der Lage sein, in die Köpfe bigotter Mönche zu schauen. Wobei ich meinen Großonkel - was ich zu seinen Lebzeiten selten tat - in Schutz nehmen muss: Wie auch Thomas übernahm er diese Aufgabe seiner Ordensoberen widerwillig."

„Aber -"

„Schon gut, ich erklär's dir: Es gab gewisse Leute unter den Dominikanern, die feststellen wollten, ob Eckhart heilerische Gaben besitzt. Ob diese Leute ihm dabei wohlgesonnen waren, bezweifle ich."

Eva war erschüttert über solches Kalkül. „Wusste der Magister davon?"

„Bis heute weiß er es nicht."

„Michels Anfälle sind seltener geworden. Welche Schlüsse ziehen diese Leute wohl daraus?"

„Das musst du sie schon selbst fragen. Wäre Michel völlig gesund geworden, hätte man Eckhart dies vielleicht als Heiligkeit ausgelegt."

„Was für eine Dummheit! Der Magister wollte nie ein Heiliger sein."

„Hätten sich dagegen die Anzeichen von Besessenheit gehäuft, wäre das ein Grund gewesen, Eckhart zu diffamieren, sobald er sich als Last für den Orden erwies. Dieses oder jenes, es gibt genug gewiefte Füchse unter den Dominikanern, die aus allem die Schlüsse ziehen, die ihnen gerade in den Kram passen. - Schau nicht so traurig drein, Eva. Die Welt ist schlecht, das weißt du inzwischen doch auch nur zu gut."

Clärchen und Vater Johannes betraten die Stube. Einmal mehr musste Eva erschrocken feststellen, dass der alte Priester von Tag zu Tag gebrechlicher wirkte.

„Tante Johanna!" Clärchen warf sich ihr freudig in die Arme.

„Gütiger Himmel, du wirst ja immer größer!", lachte Johanna. „Nicht mehr lange, und du bist erwachsen, fürchte ich."

„Kein Wunder", entgegnete Clara mit heiligem Eifer, „ich hab den lieben Gott ja auch darum gebeten."

Johanna strich ihr zärtlich übers Haar. „Wirklich? Warum hast du es denn so eilig damit?"

„Ich möchte Nonne werden", war Clärchens Antwort.

*

Eine Woche, nachdem Meister Eckhart und einige seiner Getreuen Straßburg verlassen hatten, erhielt Eva eine Botschaft von ihrer Freundin Johanna. Überbringer war ein etwa zwanzigjähriger, groß gewachsener Mönch der Dominikaner. Als Eva, an ihrer Hand die kleine Clara, das Pfarrhaus verlassen wollte, um auf dem Markt einzukaufen, stand er vor der Tür; fast gewann sie den Eindruck, er habe dort auf sie gewartet. Er überreichte ihr ein eingerolltes Pergament. Eva sah zuerst das Schriftstück, dann den Boten fragend an. „Wer seid Ihr?"

„Mein Name ist Johannes Tauler. Eure Freundin Johanna lässt Euch diese Nachricht zukommen."

„Eine Nachricht?"

Der junge Dominikaner schien den Grund für ihre Verwunderung zu kennen, denn Johanna hatte nie die Geduld aufgebracht, ein wenig Lesen und Schreiben zu lernen. „Sie diktierte, und ich schrieb es auf", erklärte er. Flüsternd fügte er hinzu: „Bruder Thomas ist nicht nur mein Mitbruder, sondern zugleich auch ein guter Freund."

Wenn Thomas dem Jüngling vertraute, konnte Eva es getrost auch tun. „Ich danke Euch vielmals, Johannes."

Der Mönch neigte ergeben den Kopf, machte kehrt und verschwand hinter der nächsten Straßenecke.

„Was ist mit Tante Johanna?", fragte Clärchen quengelnd.

Eva entrollte das Pergament. Es war sehr alt und offensichtlich schon mehrmals abgeschabt worden.

Werteste Freundin, stand dort in geschwungener Schrift zu lesen, *die Sehnsucht ist einfach zu groß. Ich kann nicht länger in Straßburg bleiben, ich muss ihm folgen. Bitte verzeih, dass ich nicht selbst komme, um dir das mitzuteilen, aber der Abschied würde mir das Herz zerreißen. Ich hoffe, dass wir uns eines Tages wiedersehen. Gott segne Dich und Clara, küss die Kleine tausend Mal von mir. In Liebe, Johanna.*

Eva ließ das Schriftstück sinken. Clara zerrte an ihrem Kleid.

„Was ist? Was schreibt sie? Wo ist sie?“

„In einer anderen Stadt, weit weg von hier“, entgegnete Eva leise.

„Aber warum? Wann kommt sie wieder?“

Gedankenverloren strich Eva ihrer Ziehtochter über den Kopf. „Ich weiß es nicht, mein Kind.“

19.

Obwohl Lothar erst fünf Jahre alt war, bestand er darauf, den Erwachsenen bei den Erntearbeiten zu helfen. Vergeblich versuchte seine Mutter Magda, die wie eine Klucke an ihrem Jüngsten hing, ihm das auszureden. Ihre Sorge, er könne sich an einer unachtsam geschwungenen Sense verletzen, war groß. Überhaupt war sie, wenn es um Lothars Wohlbefinden ging, von einer Ängstlichkeit geprägt, die weit über die Gefühle einer sich sorgenden Mutter hinausging. Letztlich verdankte es Lothar der Fürsprache seines Vaters, dass er helfen durfte. Falk nämlich freute sich über den Eifer des Sohnes, glaubte er doch, es sei das Bauernblut in seinen Adern, das ihn auf die Felder trieb.

Was niemand wusste: Nicht die Feldarbeit weckte in Wahrheit Lothars Begeisterung. Im Jahr zuvor hatte sich einer der Knechte beim Säubern einer Sense geschnitten, eine klaffende, heftig blutende Wunde hatte sich quer über seine Handfläche gezogen. Entsetzt und fasziniert zugleich hatte Lothar zugesehen, wie die Frauen sich um den Verletzten kümmerten, ihm einen Verband anlegten, um die Blutung zum Stillstand zu bringen. Auch Lothar hatte das Bedürfnis gespürt, dem Verletzten, der mit bleichem Gesicht die fürsorgliche Behandlung über sich ergehen ließ, zu Hilfe zu kommen. Aber seine Mutter hatte ihn fortgeschickt.

Insgeheim hoffte Lothar, dass sich auch in diesem Jahr jemand verletzte. Immerhin war er zwischenzeitlich ein Stück gewachsen, vielleicht würde Mutter ihn nicht wieder abweisen. Er stellte sich vor, wie er den Frauen dabei half, den Verletzten zu behandeln.

Einmal hatte er seine Schwester Cäcilia gefragt, ob er ihr einen Verband anlegen dürfe. Cäcilia, fünf Jahre älter als der Bruder, hatte sich zunächst gesträubt, sinnlos war ihr sein Bestreben erschienen. Schließlich hatte sie sich überreden lassen, und Lothar hatte ihr ein altes Stück Leinentuch um die Hand gewickelt. Er war über sich selbst erstaunt gewesen, wie leicht ihm das fiel, auch wenn Cäcilia seine Fingerfertigkeit kaum zu würdigen wusste. „Nur Unsinn hat der Junge im Kopf“, hatte sie altklug gemurmelt und sich des Verbandes entledigt, kaum dass er stolz sein Werk beendet hatte. Lothar brannte darauf, eine echte Wunde zu verbinden, auch wenn ihm klar war, dass sich hierfür schon jemand verletzen musste.

Die Julisonne brannte erbarmungslos auf die Arbeitenden herab. Seit Stunden schon half Lothar den Frauen, die abgeschnittenen Getreidehalme zu Garben zu binden. Vergeblich hatte er darauf gewartet, dass einem der Schnitter ein Missgeschick widerfuhr. Nun war er erschöpft und bereute seine Hartnäckigkeit. Magda bemerkte es. „Was hab ich dir gesagt, es ist viel zu anstrengend für dich.“ Ihre Stimme war sanfter als der Tadel, den sie aussprach. Zärtlich streichelte sie seinen hellen Lockenkopf. „Komm, mein

Liebling, du musst dich ausruhen."

Lothar widersprach nicht, er war froh, dass die Mutter es ihm so einfach machte. Eigentlich machte sie es ihm immer einfach.

„Setz dich da hinten unter die Linde und verschnauf ein wenig." Sie nahm ihn an der Hand.

„Schon gut, ich kann alleine gehen, Mama."

Magda ließ sich nicht abschütteln und führte ihn zu dem von ihr auserkorenen Rastplatz. „Hier bleibst du, bis ich dich wieder abhole", sagte sie und hob einen Zeigefinger. „Dass du mir nirgends hingehst, wo ich dich nicht sehen kann! Hast du das verstanden, mein Liebling?"

„Ja, Mama."

„Gut." Sie küsste ihm schmatzend auf die Wange und ging aufs Feld zurück.

Der kühlende Schatten der Linde tat Lothar wohl. Eine Weile saß er gegen den Baumstamm gelehnt und ruhte sich aus, doch schon bald war er des Verharrens überdrüssig. Zwar mochte Lothar ruhiger und nachdenklicher sein als andere Kinder seines Alters, doch deren Tatendrang fehlte ihm keineswegs. Auch für ihn war Langeweile ein schlimmes Übel. Er ließ seinen Blick schweifen. Auf dem Feld ging alles seinen gewohnten Gang. Er zählte neunzehn arbeitende Menschen, darunter seine Schwester Cäcilia. Lothar war stolz darauf, dass er zählen konnte. Sogar fünfzig Menschen hätten dort arbeiten können, ohne dass ihn das in Verlegenheit gebracht hätte. - Halt, jetzt waren es einundzwanzig Menschen, denn auch Hunold und Martin waren inzwischen erschienen, zwei junge Männer aus dem Dorf, Vettern der Mutter, mit denen Vater sich recht gut verstand.

Lothars Blick wanderte westwärts. In der Ferne, hinter einem Wäldchen, ragten die Türme der Burg in die Höhe. Burg Merode war das größte Gebäude, das Lothar kannte. Cäcilia behauptete stets, es gebe noch größere auf der Welt. Vielleicht übertrieb seine Schwester, oder sie wollte ihn einfach nur foppen.

Ein schrilles Fiepen riss ihn aus seinen Gedanken. Vor einem nahen Holunderbusch erblickte er eine graue Katze, die eine Maus zwischen ihren Tatzen hielt. Lothar hatte Mitleid mit der Maus, so wie er immer Mitleid hatte, wenn er Lebewesen leiden sah. Er griff nach einem Stein und warf ihn nach der Katze. Zu seiner eigenen Verwunderung traf er sie hart am Kopf. Wie ein geölter Blitz verschwand die Katze hinter den Büschen. Die Maus blieb zurück und fiepte immer noch herzerweichend.

Lothar stand auf, um nach ihr zu sehen. Die Maus war nicht mehr fähig, sich zu bewegen, aber das Leben wollte nicht aus ihr weichen. Aus einem blutigen Loch in ihrem kleinen Bauch quollen wurmartige Gewächse. Das muss das Gedärms sein, dachte Lothar. Die kleinen, schwarzen Knopfaugen der verendenden Maus schienen ihn anzuflehen, ihre kurzen Läufe zuckten heftig. Lothar ahnte, dass man nichts mehr für sie tun konnte, außer sie von ihrer Qual zu erlösen. Doch das brachte er nicht über sich. Hilflos kratzte er sich den Kopf.

„Igitt! Was machst du denn da?“ Cäcilias Stimme. Lothar sah zu ihr auf.

„Eine Maus“, erklärte er. „Sie stirbt.“

„Das sehe ich auch. Was hast du mit ihr gemacht?“

„Ich?“ Allein der Gedanke, dass sie ihn dieser Bluttat verdächtigte, rief Empörung in ihm hervor. „Das war ich nicht. Das war eine Katze. Ich hab sie vertrieben. Jemand muss die Maus töten, damit sie nicht mehr leiden muss.“

Cäcilia zupfte an ihrer Unterlippe. „Dann töte sie doch“, sagte sie nach einer Weile.

„Ich kann nicht. Tu du es!“

„Ich? Igitt! Wie käme ich denn dazu?“

„Aber sie leidet.“

„Ich hole Vater. Der kann sie töten.“

„Nein. Hol Mutter!“

„Mutter? Wieso?“

Lothar kratzte sich nachdenklich den hellen Lockenkopf. Er wusste, dass auch sein Vater ein weiches Herz besaß. Das Schlachten überließ er am liebsten Magda. „Hol Mutter“, sagte er noch einmal, ohne ihre Frage zu beantworten. Cäcilia stapfte los, um wenig später mit der Mutter zurückzukehren. „Was treibt ihr hier?“, fragte Magda stirnrunzelnd.

Aufgeregt erzählte Lothar ihr von der Maus und beschwor sie, das Tier von seinen Leiden zu erlösen.

Magda lachte auf. „Du hast vielleicht Sorgen! Wo ist die Maus?“ Sie ergriff einen Stein.

Nachdem sie dem Tier den Schädel zertrümmert hatte, warf sie den Stein beiseite und kehrte, gefolgt von Cäcilia, zu den Feldern zurück. Neugierig betrachtete Lothar den blutigen Kadaver der Maus. Nun bot sich die Gelegenheit, die Innereien sorgfältig in Augenschein zu nehmen. Mit seinen Fingern spreizte er den zerplatzten Bauch. Offenbar war der Darm das längste aller Organe. Ein übler Geruch nach Fäulnis stieg in Lothars Nase. Da, dieses rote Klümpchen - war das das Herz? Er ergriff den Stein, mit dem Mutter der Maus den Lebensfaden abgeschnitten hatte. Der Stein passte genau in seine beiden Kinderfäuste und besaß nach vorn eine scharfe Kante. Mit Hilfe dieses Faustkeils legte er die Innereien des Kadavers vorsichtig frei, um sie eingehend betrachten zu können.

Lothar merkte nicht, wie die Zeit verging. Erst als er den Schatten bemerkte, der über das Objekt seiner Untersuchung fiel, blickte er auf. Die Mutter starrte ungläubig zu ihm herab. „Was machst du denn da, mein Liebling?“ Entsetzen schwang in ihrer Stimme mit.

„Ich sehe mir die Innereien an.“ Er fragte sich, warum die Mutter so angewidert dreinschaute.

„So etwas tut man nicht."
„Warum nicht?"
„Es ziemt sich nicht."

Diese Erklärung war wenig befriedigend. „Aber sieh doch mal, Mama: dies hier ist das Herz. Und das dürfte die Lunge sein. Und weißt du was? Die Maus war ein Muttertier!"

„Ach, selbst das hast du herausgefunden, was?"

„Sieh, was in ihrem Bauch heranwächst: fünf, sechs winzige Mäuschen - Sie hätte bald Junge geboren."

„Genug! Ich will nichts mehr davon hören, das ist ja widerlich. Komm jetzt, wir gehen nach Hause."

Mutters plötzliche Strenge verwirrte Lothar. Warum war sie so empört? Die Maus spürte doch nichts mehr von alldem. Außerdem hatte Mutter sie selbst getötet. Heimlich versteckte er den Faustkeil unter seinem Hemd; dieses Werkzeug würde ihm später sicher noch gute Dienste leisten.

Lothar wusste, Mutters Unwille würde sich schon bald wieder legen. Spätestens morgen würde er wieder ihr lieber Junge sein und von ihrer Zuneigung regelrecht überschüttet werden. Außerdem hatte er ein paar aufschlussreiche Erkenntnisse über das Innere einer Maus gewonnen.

Am Abend, als die Kinder im Bett lagen, kam Magda einer Verpflichtung nach, die sie seit Tagen vor sich herschob. Mit einem toten Huhn machte sie sich auf den Weg in den Wald, um an der Teufelsgrotte dem Leibhaftigen das alljährliche Opfer zu bringen. Nach der Begebenheit mit der zerschundenen Maus am Nachmittag - seltsam, dass Lothar sich so sehr für ihre Eingeweide interessiert hatte - war ihr der Gedanke gekommen, das Tier könne ein Wink des Teufels sein, um sie an ihren Schwur zu erinnern.

In den vergangenen Jahren hatte sie mehrmals in Erwägung gezogen, den unseligen Schwur still auf sich beruhen zu lassen. Auch war sie schon einmal kurz davor gewesen, Vater Raphael aufzusuchen, um ihn nach einem Ausweg zu befragen. Letztlich hatte sie sich aber weder das eine noch das andere getraut. Die Mächte der Hölle waren im Spiel, sie selbst hatte sie heraufbeschworen, und es war besser, die Sache nicht weiter zu komplizieren, um kein Unheil auf sich oder ihre Familie zu laden. Wenn Gottes Güte wirklich unermesslich war, konnte sie eines Tages immer noch um Vergebung bitten.

Die Luft war schwül, es herrschte seltsame Stille. Nicht der leiseste Wind strich durch die Kronen der Bäume. Wie ein Bildnis lag der Wald vor ihr, vom letzten Licht des Tages leidlich erhellt. Ihr fiel auf, dass die Vögel ihren Gesang einstellten, und sie fragte sich, ob das an ihrer Gegenwart lag. Ein Frösteln überkam sie bei dem Gedanken, dass selbst die Natur in ihrer Gegenwart den Atem anhielt.

Ärgerlicherweise war ihr auf dem Weg zur Teufelsgrotte im vergangenen Jahr die Kräuter sammelnde Sibylle begegnet. Welche Erklärung wäre wohl glaubhaft genug gewesen, warum man ein totes Huhn in den Wald trug? Doch Sibylle hatte nicht gefragt, die Frauen hatten kein Wort miteinander gewechselt, allerdings war Sibylles bohrender Blick schmerzhafter gewesen als ein Keulenschlag. Ohnehin war Magda seit langem davon überzeugt, dass Sibylle seherische Fähigkeiten besaß. Wahrscheinlich wusste die Hebamme genau, auf welche Weise sie Falk für sich gewonnen hatte. Aber sie beließ es stets bei strafenden Blicken.

Das Opfer vollzog Magda so rasch wie möglich. Keinen Augenblick länger als nötig wollte sie an diesem finsteren Ort verweilen. Genau hier hatten einst die Wehen eingesetzt, nachdem ihr in einer Vision die funkelnden Augen eines höllischen Wesens entgegengestarrt hatten. Kurz darauf war Cäcilia zur Welt gekommen. Die Zeit, die seitdem vergangen war, erschien Magda so fern wie die Erschaffung der Welt.

Sie trat den Rückweg nach Merode an. Nun war ihr wieder ein Jahr Ruhe vergönnt.

Im Haus herrschten Dunkelheit und Stille, es roch nach kalter Asche. „Wo bist du gewesen?", fragte die heisere Stimme ihres Schwiegervaters. Seit dem Tod seiner Frau Franziska vor einigen Jahren verbrachte Harro den größten Teil der Nacht auf der Bank neben dem Herd, da er den leeren Platz in seinem Bett nicht ertrug.

„Ich brauchte frische Luft", erklärte sie, wissend, wie seltsam das klingen mochte, schließlich hatte sie den Tag auf dem Feld verbracht. „Ist Falk schon daheim?"

„Er ist noch im Wirtshaus."

„Ich gehe ins Bett. Der Tag war sehr anstrengend. Gute Nacht, Vater."

„Gute Nacht, Magda."

Den Weg zur Schlafkammer fand sie leicht im Dunkeln. Cäcilia und Lothar schliefen. Sanft küsste sie zuerst den Sohn, dann die Tochter auf die Stirn, bevor sie ihr Kleid abstreifte und sich auf ihr Bett sinken ließ.

Sie dachte zurück an die Zeit, als sie in dieses Haus eingezogen war. Ihr war es zu verdanken, dass es nicht länger einem Stall glich, unermüdlich und manchmal auch gegen den Willen der Schwiegereltern hatte sie nötige bauliche Veränderungen vorangetrieben, bis sie sich endlich heimisch gefühlt hatte. Mit Schaudern erinnerte sie sich, dass ihre Schlafkammer einst an den Schweinestall gegrenzt hatte, faustgroße Löcher in der Wand hatten es schwer gemacht, sich heimisch zu fühlen.

Anfangs war Falk sehr zurückhaltend gewesen, was die körperliche Vereinigung mit seiner Ehefrau anging. Auch dies gehörte zu Magdas grässlichen Erinnerungen. Es hatte Zeiten gegegen, da war sie ernsthaft versucht gewesen, es mit Rupert, dem Knecht, zu treiben, der sie sicherlich nicht abgewiesen hätte. Glücklicherweise aber war es ihr gelungen, ihre Wollust im Zaum zu halten. Nicht auszudenken, wenn ein solcher Fehltritt ans Tageslicht gekommen wäre.

Im Lauf der Zeit hatte Falk seine Zurückhaltung aufgegeben, und irgendwann war der Beischlaf zur Normalität geworden. Auch heute sehnte sich Magda danach, ihn zu empfangen. Die Kinder schliefen, tief erschöpft von den Mühen des Tages, die Gelegenheit konnte kaum günstiger sein. Ungeduldig wartete sie auf seine Rückkehr. Nach den Erntearbeiten war er ins Wirtshaus eingekehrt, um seine Kehle vom Staub der Felder freizuspülen. Er hatte versprochen, vor Mitternacht wieder daheim zu sein.

„Carolus Magnus" war der Name des kleinen Wirtshauses, das mitten in Merode, auf halber Höhe der langgezogenen Dorfstraße, durstigen Kehlen eine Anlaufstelle bot. Das Leben war für die Bauern hart und entbehrungsreich genug, da war das „Carolus Magnus" eine willkommene Abwechslung. Bauern aus den Dörfern der Umgebung beneideten die Meroder um dieses Wirtshaus, den meisten Frauen aber war es ein Dorn im Auge, ein Ort des Müßiggangs, wo ihre Männer obendrein noch unnötig Geld ließen, das anderweitig dringender benötigt wurde.

Baldur hieß der Wirt, ein untersetzter Mann jenseits der sechzig, kahlköpfig, knollennasig und geschäftstüchtig. In seinem Wirtshaus, so wurde er nicht müde zu behaupten, habe einst der große Kaiser Karl die Nacht mit einem seiner zahlreichen Kebsweiber verbracht.

Falk war nicht häufig bei Baldur zu Gast, doch ab und an zog es ihn hierher. Begleitet wurde er dann meistens von Martin und Hunold, den Brüdern seiner früheren Verlobten Eva. Martin und Hunold waren um die zwanzig und somit einige Jahre jünger als Falk. Wenn Falk mit ihnen beisammensaß, glaubte er in ihren Augen etwas von Eva zu erkennen, es war, als sei ein Teil von ihr gegenwärtig. Das machte ihn glücklich und traurig zugleich. Zehn Jahre waren vergangen, seit er sie, inmitten der Ruinen eines alten Gehöftes, zum letzten Mal gesehen hatte. Bis heute war es ihm nicht gelungen, die Trennung zu verschmerzen. Er wusste, dass ihm das wohl nie gelingen würde.

Auch Falks Schwager Winand war an diesem Abend im gut gefüllten „Carolus Magnus" zugegen und hatte sich zu seinen Vettern und dem Schwager gesellt. Falk und Winand pflegten kein besonders enges Verhältnis, zu verschieden waren die Männer, doch weil sie verwandtschaftlich verbunden waren, konnte man sich schwerlich aus dem Weg gehen. Winand neigte zur Prahlerei, was Falk nicht leicht ertragen konnte. Außerdem trank Magdas Bruder mehr, als ihm gut tat. Aus dem Angeber wurde dann ein echter Maulheld, und Falk hatte sich vorgenommen, ihn einfach zu ignorieren, sollte er auch heute wieder große Reden schwingen. Schließlich war man nicht nur während der Erntezeit aufeinander angewiesen, und es war allemal besser, keinen Familienstreit vom Zaun zu brechen.

Man sprach über die Heiratsabsichten des jungen Martin. Im nächsten

Jahr würde er ein Mädchen namens Ursel aus dem Unterdorf ehelichen, und Martin gab sich ganz zufrieden mit dieser Wahl. „Denk daran", sagte Winand und hob grinsend einen Finger, „wenn du erstmal verheiratet bist, ist's vorbei mit dem Naschen aus fremden Töpfen."

„Tu ich sowieso nicht", winkte Martin ab.

„Ha, soll das heißen, du verzichtest freiwillig darauf, dir vorher ordentlich die Hörner abzustoßen?" Winand lachte laut.

„Na und?"

„Willst wohl eines Tages heilig gesprochen werden, wie?"

„Jeder muss tun, was er für richtig hält", warf Falk ein, der spürte, wie seine guten Vorsätze schwanden. Warum legte Winand es darauf an, seinen braven Vetter in Verlegenheit zu bringen?

„Wenn ich so an meine Zeit vor der Ehe denke!" Winand ließ das Bier in seinem Becher kreisen.

„Niemand will das hören, Vetter", meinte Hunold, aber Winand ließ sich nicht beirren.

„Es gab da ein dralles Mädchen mit braunen Haaren und zünftigen Titten - na schön, ich will ehrlich sein, sie war eine Hure."

„Was du nicht sagst."

„Sie hieß Hanna. Ich kann euch sagen, sie hat mir das Reiten beigebracht. Ihr jungen Kerle solltet euch auch etwas beibringen lassen, damit eure Weiber zufrieden mit euch sein können."

„Deine Cordula muss ja ein echtes Glückswesen sein", sagte Martin seufzend.

„Kannst sie gerne fragen."

„Nicht nötig. Wir alle wissen, was für ein prächtiger Hengst du bist."

„Nicht frech werden, Bürschchen." Seine Stimme ließ keinen Zweifel daran, dass er den Zustand der Nüchternheit längst hinter sich gelassen hatte. „He, Baldur! Sollen wir hier vielleicht verdursten?"

Der Wirt erschien mit einer Kanne und füllte die leeren Becher nach. „Du wärst der erste, der in diesem Haus verdurstet, Winand."

„Lass ihn nur, Baldur", erklärte Martin mit einem Augenzwinkern. „Gerade erzählt er von seinen früheren Großtaten, da braucht es schon eine feuchte Kehle."

„Ah, verstehe. Worum geht's denn diesmal? Etwa um die dralle Hanna, die noch schärfer war als ein Henkersbeil?"

„Spottet nur. In Wahrheit seid ihr bloß neidisch." Winand trank in einem Zug aus und ließ sich abermals nachschenken.

„Neidisch? Auf deine Liebesabenteuer mit einer Hure? Nein, das kann ich wirklich nicht behaupten", meinte Martin abfällig. Falk warf ihm einen warnenden Blick zu. Für alle war es besser, wenn man Winand einfach reden ließ.

„Schwager, du solltest mir beistehen. Sag auch du diesem jungen Gemüse, was sie von einer kundigen Frau lernen können."

„Würde ich tun, Winand, wenn ich entsprechende Erfahrungen hätte."

„Das ist nicht dein Ernst. Du hast es nie mit einem Flittchen getrieben?"

„Tut mir leid, wenn ich dich enttäusche."

Winand zupfte an seiner Nase. Plötzlich grinste er schief, als sei ihm etwas Komisches eingefallen. „Ich würde wetten, dass es Leute gibt, die dir das nicht abkaufen."

Falk zuckte gleichgültig mit den Schultern.

„Mindestens eine kenne ich, die dich einen Lügner schimpfen würde."

„Ach ja? Und wer könnte das sein?"

„Eva!"

Ruckartig hob Falk sein Kinn. „Was meinst du damit?"

„Hm! Wäre es nicht möglich, dass sie dich deswegen verlassen hat?"

„Wovon sprichst du?", forschte Falk mit schärfer werdender Stimme.

„Möglicherweise hast du ja mit einem Flittchen rumgemacht."

„Ich sagte doch, dass ich nie etwas mit einem solchem Weib zu schaffen hatte."

Winand schien trotz seiner Trunkenheit zu begreifen, dass er zu plappern begann, obwohl er seiner Schwester einst hoch und heilig Stillschweigen gelobt hatte. „Schon gut", murmelte er kleinlaut, aber Falk gab sich nicht damit zufrieden. Er widerstand dem Impuls, sich vorzubeugen und den anderen am Kragen zu packen.

„Du wirst mir gefälligst sagen, was es mit deinen Andeutungen auf sich hat."

„Nichts! Gar nichts. Sollte bloß ein Scherz sein."

„Ein Scherz?" Wut ließ Falks Stimme beben. „Was soll das für ein dämlicher Scherz sein, he?" Nun verlor er doch die Beherrschung und versetzte Winand eine schallende Ohrfeige.

„Was soll das?", protestierte dieser, wagte es aber nicht, sich zur Wehr zu setzen.

Martin und Hunold fassten Falk beschwichtigend an der Schulter. „Lass ihn doch", sagte Martin. „Er hat zuviel getrunken und redet Unsinn, das ist alles."

Das entsprach wahrscheinlich der Wahrheit. Winand war ein unverbesserlicher Dummschwätzer, das galt umso mehr, wenn er ein paar Becher getrunken hatte. Falk begann seine voreilige Handgreiflichkeit zu bereuen. „Verzeih mir", murmelte er halblaut, ohne den Schwager dabei anzusehen.

„Scheinst ja immer noch an ihr zu hängen", entgegnete Winand säuerlich, vermied es aber diesmal wohlweislich, Evas Namen auszusprechen. „Sei unbesorgt", fügte er gönnerisch hinzu, „ich bin nicht nachtragend. Und meiner Schwester erzähle ich kein Wort, versprochen."

Was immer Winand auch plapperte, am nächsten Tag würde er wohl alles wieder vergessen haben. Falk beschloss, unverzüglich nach Hause zu gehen.

Magda war noch wach, als er leise zu ihr ins Bett stieg. Auch schien sie keinen Wert auf Schlaf zu legen, denn sie war nackt und schmiegte sich an ihn. Falks Ärger über Winands törichte Worte hatte sich inzwischen weitgehend gelegt. Und wie immer, wenn er viel Zeit mit Martin und Hunold verbracht hatte, galt ein Großteil seiner Gedanken Eva. Nicht zum ersten Mal stellte er sich vor, sie sei es, die aus der Fremde zurückgekehrt, unbekleidet neben ihm lag und sich schmachtend nach ihm verzehrte. Es war Magda gegenüber nicht gerecht, aber es gab nichts, was er dagegen tun konnte.

Ihre Hände erkundeten seinen ganzen Körper, bis sie fordernd zwischen seinen Lenden verweilten. Behutsam drang er in sie ein. Magda begann leidenschaftlich zu stöhnen. „Die Kinder“, mahnte er flüsternd.

„Mach weiter!“, kam es flehend zurück.

Falk war froh, dass er nicht länger in dem Wirtshaus geblieben war.

20.

Am Dreikönigstag des Jahres 1324 starb in Straßburg der alte Pfarrer Johannes.

An jenem Morgen wachte Eva später auf als gewöhnlich. Das erste Licht eines trüben Januartages fiel durch die Ritzen des Fensterladens. Rasch stand sie auf und sprang in ihr Kleid. Sie hatte die ersten Hahnenschreie nicht gehört, das war ihr noch nie passiert. Warum hatte Vater Johannes sie nicht geweckt? Erst jetzt fiel ihr auf, dass Clärchen bereits aufgestanden war, denn ihr Schlafplatz war leer. In der Stube fand sie die Tochter am Tisch sitzend, den Blick starr ins Leere gerichtet, das Kinn auf ihre Fäustchen gestützt. „Clara! Wo ist Vater Johannes?"

„In seinem Bett", kam es tonlos zurück.

Eva schwante Böses. „Ist er krank?"

„Ich glaube, er ist tot."

Unverzüglich suchte Eva des alten Priesters Schlafkammer auf. Reglos lag er auf seinem Lager. Sein Antlitz war bleich wie eine gekalkte Wand, die Augen geschlossen, die Hände lagen, wie zum Gebet gefaltet, auf seiner Brust. Beklommen trat Eva näher. Sie bekreuzigte sich. Als sie zurück in die Stube kam, ging sie zu ihrer Tochter und nahm sie sanft in die Arme.

„Warum?", fragte Clara.

„Seine Zeit war gekommen, Kleines. Er hat nicht gelitten. Er ist am Abend eingeschlafen und einfach nicht wieder aufgewacht."

Clärchen begann nun hemmungslos zu weinen. Eva streichelte ihren Kopf, küsste immer wieder ihren Scheitel.

„Was geschieht nun mit uns, Mama?"

„Mach dir keine Sorgen, mein Mädchen."

Vater Johannes' Nachfolger wurde ein noch recht junger Priester namens Alfons, der kaum älter war als Eva. Er war kräftig gewachsen, hakennasig und hatte kleine Augen unter wulstigen Lidern. Seine Stimme klang verwaschen, es bedurfte einiger Konzentration, um jedes seiner Worte zu verstehen. Johannes' Warmherzigkeit ging ihm gänzlich ab, von Anfang an fühlte Eva sich in seiner Gegenwart unwohl. Auch Clara hielt Distanz zu Alfons, was nicht verwunderlich war: niemand würde ihr den väterlichen Johannes ersetzen können.

Möglicherweise hatte Alfons die Gunst der beiden schon verloren, als man sie ihm am Tag seiner Einführung vorstellte. „Mutter und Tochter?", hatte er mit hochgezogenen Brauen gesagt. „Merkwürdig, ich sehe nicht die geringste Ähnlichkeit." Wie ein Vorwurf hatten die Worte geklungen. Eva verspürte wenig Neigung, ihm die Wahrheit anzuvertrauen, aber eines Tages würde sie es wohl tun müssen. Nichtsdestotrotz bemühte sie sich, den

Haushalt mit gleichem Eifer zu führen, wie sie es zu Vater Johannes' Zeiten getan hatte.

Wochen verstrichen, ohne dass sich man sich menschlich näher kam. Alfons legte Wert darauf, dass ihre Konversation auf das Nötigste beschränkt blieb. Immerhin war er mit ihrer Arbeit zufrieden, jedenfalls kam ihm nie eine Rüge über die Lippen. Auch schien er, der er zwar Priester, aber gleichwohl ein Mann in den besten Jahren war, seine fleischlichen Begierden aufs Beste im Griff zu haben, denn niemals entdeckte Eva Anzeichen von Lüsternheit in seinen von den Lidern stets halbverdeckten Augen.

Aber das war ein Irrtum.

Eines Nachts, es war in der Karwoche, ließ ein Geräusch sie aus dem Schlaf fahren. „Psst!", machte jemand.

„Vater Alfons?"

„Komm mit mir."

Offenbar gab es ein Problem, bei dem Alfons ihre Hilfe benötigte. Leise, um die schlafende Clara nicht zu wecken, erhob sie sich und folgte dem Priester durch das dunkle Haus, bis sie seine von Kerzenlicht erleuchtete Schlafkammer erreichten. Erst jetzt wurde Eva bewusst, wie leicht sie bekleidet war. Durch den leichten Stoff ihres Nachtgewandes mussten die Rundungen ihres Busens und die durch die Nachtkühle aufgerichteten Brustwarzen überdeutlich zu erkennen sein. Verschämt legte sie die Arme um sich, um dem Priester diesen Anblick zu ersparen. „Setz dich! Auf mein Bett!", wies Alfons sie an.

Nach kurzem Zögern tat sie, was er von ihr wünschte. Er trat vor sie hin und begann zu sprechen. „Die Woche vor Ostern, vor der Auferstehung unseres Herrn, es sind Tage schwerster Prüfung, wie auch Christus im Garten Gethsemane vom Teufel in Versuchung geführt wurde. Vor allem wir Männer Gottes werden in diesen Tagen versucht. Doch ich werde Satan widerstehen, ich werde ihm trotzen!" Mit jedem Wort, das er sprach, wurde sein Atem schwerer, während sein Blick Entschlossenheit und Gier zugleich verströmte.

Evas Unbehagen wuchs. „Ich bete für Euch."

„Beten allein wird nicht reichen", erwiderte Alfons orakelhaft.

„Was könnte ich sonst -" Sie stockte, denn nun konnte sie sehen, wie sich Alfons' aufgerichtetes Geschlecht deutlich unter seiner Kutte abzeichnete. „Du musst es tun für mich", flüsterte er eindringlich. „Ich selbst darf es nicht. Hilf mir, den tobenden Dämon in meinen Lenden zu bändigen. Tu es mit deinen Händen, mit deinem Mund."

Mit aller Kraft wünschte sich Eva, im nächsten Augenblick aus einem schlechten Traum zu erwachen. Doch nichts dergleichen geschah, Alfons stand leibhaftig vor ihr und begann seine Kutte zu lupfen. Sein Atem war nur noch ein Keuchen, sein Blick pure Lüsternheit. „Ihr glaubt wahrhaftig, dass Ihr dem Versucher auf diese Weise ein Schnippchen schlagen könnt?", fragte Eva fassungslos.

„Was verstehst du schon davon?"

Eva erhob sich. „Das ist widerlich!"

Alfons' Brunst wandelte sich in Zorn. „Was maßt du dir an, Weib? Überlasse es Männern des Glaubens zu entscheiden, was recht und rein ist."

„Erzählt mir nicht, es sei rein, wenn Ihr mich zu Eurer Buhle macht, damit ich Eure Wollust befriedige."

„Ein Dämon quält mich."

„Seht zu, wie Ihr mit ihm fertig werdet - ohne mich!" Sie zwängte sich an ihm vorbei.

„Wer zugrunde gehen soll, der wird zuvor stolz!", rief er ihr drohend nach.

Sie blieb stehen und schenkte ihm noch einmal ihre Aufmerksamkeit. „Wenn Ihr schon Salomons Weisheiten bemühen wollt, wie wäre es dann mit dieser: *Ein Zuchtloser liebt es nicht, dass man ihn rügt!* Oder diese: *Falsche Waage ist dem Herrn ein Greuel!*" Sie spürte seinen grimmigen Blick im Rücken, als sie die Kammer verließ.

Am Morgen tat Alfons erstaunlicherweise so, als sei nie etwas geschehen. Er verspeiste seelenruhig sein Morgenmahl, verlor sogar ein paar Worte über belanglose Dinge, bevor er schließlich das Haus verließ, um in der Kirche die zweite Frühmesse zu lesen, nicht ohne der kleinen Clara zuvor wohlwollend die Wangen getätschelt zu haben.

Eva war ratlos. Den Rest der Nacht hatte sie grübelnd verbracht. Felsenfest war sie entschlossen gewesen, das Pfarrhaus, ja die Stadt so rasch wie möglich zu verlassen. Einmal mehr schien die Zeit gekommen zu sein, ihr Leben zu verändern. Doch plötzlich erschien ihr die nächtliche Begebenheit so unwirklich. War es denkbar, dass sie einer unseligen Fantasie erlegen war? Oder war es wirklich so geschehen, wie es sich in ihrer Erinnerung immer wieder abspielte? Vielleicht bereute Alfons seine Verfehlung ja längst, vielleicht suchte er verzweifelt nach einer Möglichkeit, ihre und vor allem Gottes Vergebung zu erlangen. War sie als gute Christin nicht verpflichtet, ihm diese zu gewähren?

Die Tage verstrichen, das Osterfest ging vorüber, und am Himmelfahrtstag war Eva immer noch unschlüssig. Alfons aber ließ sich nichts anmerken, gab sich sehr umgänglich. Eine Woche vor dem Pfingstfest ließ ein weiteres Geschehnis Eva eine endgültige Entscheidung fällen.

Sie war unterwegs zum Marktplatz, musste aber feststellen, dass sie die Geldkatze vergessen hatte. Also kehrte sie zum Pfarrhaus zurück. Als sie die Stube betrat, hörte sie aus der Schlafkammer Clärchens Stimme. „Nein!" Es klang verzweifelt.

„Mach schon, du tust ein gutes Werk", sagte der Pfarrer.

„Ich will nicht!", beharrte Clara.

„Von all deinen Sünden will ich dich freisprechen, wenn du ihn nur berührst."

Eva stand einen Moment lang wie gelähmt da, dann begriff sie und schritt entschlossen in die Schlafkammer. Bei ihrem Erscheinen ließ Alfons hastig seine Kutte herab. Clara rannte ihrer Mutter entgegen, um sich schluchzend an sie zu klammern. Eva streichelte ihren Kopf und sah den Priester mit kalter Verachtung an. Ihr Leben lang hatte sie sich eifrig mit den Schriften von Gelehrten und Philosophen beschäftigt, und doch gab es gab keine Worte, die ihr in den Sinn kamen, diese zum Himmel schreiende Freveltat zu kommentieren.

Alfons besaß die Dreistigkeit, ihrem Blick nicht auszuweichen, als ärgere er sich, dass sie ihm bei der Erfüllung seiner Lust ein weiteres Mal hinderlich gewesen war. Schließlich schickte er sich an, den Raum zu verlassen. Bevor er verschwand, überlegte er kurz, flüsterte Eva etwas ins Ohr. Ihre Nackenhaare sträubten sich, als sie seinen Atem spürte. „Wenn du redest, werde ich alles abstreiten. Ich werde sagen, dass du eine Hexe bist. Du weißt, wem man glauben wird."

Als er fort war, löste Clärchen sich aus ihrer Erstarrung. „Mama, ich schäme mich ja so", sagte sie aufgelöst. Ihre Stimme klang fremd.

„Dazu hast du keinen Grund, Kleines. Es ist nicht deine Schuld!"

„Warum hat Pfarrer Alfons -?"

„Weil er ein schlechter Mensch ist!"

„Aber er ist ein Priester."

„Auch Priester können schlechte Menschen sein." Diese Antwort mochte das fromme Kind in weitere Verwirrung stürzen, aber eine andere wusste Eva ihr beim besten Willen nicht zu geben.

„Mama, ich will fort von hier."

Noch vor wenigen Monaten hätte Eva Stein und Bein geschworen, dass diese Worte niemals über Clärchens Lippen kommen würden.

„Noch in dieser Stunde werden wir Straßburg verlassen, mein Mädchen!"

„Aber wo sollen wir hin?"

„Wolltest du nicht immer schon Tante Johanna besuchen?"

Nur eine Stunde später standen sie am Rheinhafen vor den Toren der Stadt. Während der vergangenen Jahre hatte Eva etwas Geld gespart, das sie nun in ihre Reise nach Köln zu investieren bereit war. Einen wochenlangen Fußmarsch wollte sie der kleinen Clara nicht zumuten. Ohnehin war es ein gefährliches Unterfangen, sich ohne Begleitschutz einer solchen Strapaze zu unterziehen. Deshalb hatte Eva beschlossen, die Reise per Schiff anzutreten und ihr Geld als Fährlohn zu verwenden. Am Kai, wo geschäftiges Treiben herrschte und ein gutes Dutzend Kähne angelegt hatte, machte sie sich auf die Suche. Ein kahlköpfiger Schiffmann, der mit seinem Kahn Wolltuch und Leinen nach Geldern transportierte, erklärte sich bereit, sie mitzunehmen, nachdem sie sich auf den Fährlohn geeinigt hatten. „Zu zahlen im Voraus", erklärte er.

Eva sah einen Hauch von Verschlagenheit in seinen Augen und schüttelte den Kopf. „Die Hälfte jetzt, die andere Hälfte in Köln", erwiderte sie und wunderte sich über ihre Resolutheit.

Der Kahlkopf grinste. „Du traust mir wohl nicht?"

„Ein Geschäft bedarf der Zufriedenheit beider Seiten."

„Was du nicht sagst. Hast du keine Angst, dass ich dich nachts um dein Geld erleichtere? Es wäre ein Leichtes, dich als Fischfutter in den Fluss zu werfen."

Clärchen begann zu heulen.

„Schon gut, Kleine", sagte der raue Schiffmann mit unerwarteter Sanftheit. „Hab nur Spaß gemacht. Morgen früh legen wir ab. Findet euch noch vor Sonnenaufgang hier ein."

„Wäre es möglich, die Nacht schon heute auf Eurem Schiff zu verbringen?", fragte Eva.

„Lass mich raten: Du bist auf der Flucht vor den Stadtbütteln."

„Seid versichert, dass ich nichts verbrochen habe."

„Wie eine Hure siehst du auch nicht aus. Trotzdem, irgendwas scheinst du doch auf dem Kerbholz zu haben."

„Erlaubt Ihr es uns nun oder nicht?"

„Nun, ich kann nicht wissen, worauf ich mich da einlasse. Sagen wir, gegen einen kleinen Aufpreis -"

Sie feilschten noch eine Weile, bevor sie sich einig waren. Die Nacht verbrachten Eva und Clara im Bauch des Schiffes, neben Ballen und Holzkisten. Eva konnte keinen Schlaf finden, was nicht allein am sanften, doch unablässigen Schaukeln des Schiffes lag, das von den Wellen des Stromes umspült wurde. Die Luft war stickig, Holz knirschte ohne Unterlass, Ratten fiepten. Im Dienst des Schiffers standen ein paar Burschen, deren Lager sich weiter vorn befand, doch ihr Schnarchen war laut vernehmlich. Der Schiffer hatte Eva hoch und heilig versprochen, dass niemand sie und ihre Tochter behelligen würde. „Freilich darfst du die Kerle nicht scharf machen", hatte er warnend hinzugefügt. Was blieb Eva übrig, als mit Gottvertrauen die kommenden Tage abzuwarten? Es kam ihr der Gedanke, dass es letztlich doch der Wille des Höchsten war, Meister Eckhart zu folgen.

Am nächsten Morgen legten sie ab. Über dem Fluss lagen Nebelschwaden, doch der frühe Tag versprach den Lenz. Ein sanfter Wind blähte das große Segel des Kahns, während die Männer eifrig ihren Arbeiten nachgingen. Eva und Clärchen standen an der Reling, warfen letzte Blicke auf die Stadt, in der sie so lange gelebt hatten. Eine Weile noch waren die Türme des Münsters in der Ferne zu sehen. Die Landschaft glitt an ihnen vorüber, sattgrüne Hügel säumten beide Seiten des Stroms, hier und dort weideten Lämmer im üppigen Gras. Allmählich wurde Eva sich ihrer Müdigkeit bewusst.

„Mir ist schlecht", riss Clärchen sie plötzlich aus ihrer Schläfrigkeit. Das Gesicht der Kleinen war weiß wie Kalk.

„Oh je", sagte Eva besorgt. „Du bist wohl seekrank." Kaum war es ausgesprochen, erbrach Clärchen sich schwallartig.

„Das kann ja heiter werden", meinte seufzend der Kapitän, der hinter ihnen stand. „Du könntest wenigstens ins Wasser kotzen, Kleine."

„Sagt uns lieber, was wir gegen dieses Leiden tun können", sagte Eva unwirsch.

„Tja, ich fürchte, da kann man nicht viel machen. Es sei denn, ihr wollt lieber zu Fuß gehen." Er breitete die Arme aus und machte kehrt. „Einer der Burschen wird euch was zum Putzen bringen."

Bis zum Abend hatte Clärchen sich mehrmals übergeben, und als sie in Speyer anlegten, um dort die Nacht zu verbringen, war Eva fest entschlossen, ihrer Ziehtochter diese Tortur nicht weiter zuzumuten. „Sei unbesorgt, mein Mädchen. Keine Stunde länger werden wir auf diesem Schiff verbringen. Wir müssen einen anderen Weg nach Köln finden. Notfalls gehen wir eben zu Fuß."

Clärchen, obwohl ihr hundeübel war, schüttelte heftig den Kopf. „Nein, Mama. Bitte, lass uns bleiben."

„Aber du verträgst das Reisen auf dem Wasser nicht."

„Ich werde beten, dass es besser wird."

„Mein Mädchen, es gibt Dinge, die auch durch unermüdliches Beten nicht zu ändern sind."

„Wie kannst du so etwas sagen?"

„Ach, ich will doch nur dein Bestes, versteh das doch."

„Meinetwegen musst du deine Pläne nicht ändern. Ich werde eifrig beten, und du wirst sehen, morgen geht alles besser."

Clärchens Dickschädel. Widerwillig gab Eva nach. „Na schön, aber wenn es dir morgen nicht besser geht, dann wirst du tun, was ich dir sage, verstanden?"

Der nächste Morgen war grau und bewölkt, ein heftiger Wind fegte über den unruhigen Fluss. Vom Frühlingwetter war nichts mehr geblieben. Eva hatte kein gutes Gefühl, als sie ablegten, um ihre Fahrt stromabwärts fortzusetzen. Immerhin behielt das gut erholte Clärchen bis zum Mittag ihre rosige Gesichtsfarbe. Dann aber, von einem Augenblick zum anderen, begann ihr Leiden von neuem.

Inzwischen hatte Dauerregen eingesetzt. Der hinderte Clärchen aber nicht daran, eiligst den Schiffsbauch zu verlassen, um sich draußen erneut zu übergeben. Ein wenig ratlos folgte Eva ihr. Was nun folgte, sollte Eva später noch oft in schlechten Träumen durchleben. Als sie nach draußen trat - es stürmte, und der Wellengang war heftig -, sah sie ein Paar kleiner Füße hinter der Bordwand verschwinden.

Clärchens Füße!

Eine heftige Windböe musste die Kleine erfasst haben. Einen schrecklichen Moment lang war Eva wie gelähmt vor Entsetzen. Im Wasser des Flusses erkannte sie Clärchens dunklen Haarschopf. Verzweifelt mit ihren Ärmchen rudernd versuchte die Kleine ihren Kopf über Wasser zu halten, doch es war offensichtlich, dass ihr das nicht lange gelingen würde. Eva schrie um Hilfe, doch keiner hörte sie. Von den Männern war niemand in der Nähe, außerdem trug der Wind ihren Ruf mit sich fort. Kurzentschlossen kletterte sie über die Reling und sprang in den Fluss.

Das Wasser war so kalt, dass sie glaubte, ihr Herz müsse augenblicklich zerspringen. Sie wusste nicht, wo oben und unten war, das eisige Nass hielt sie unbarmherzig gepackt, der Drang zu atmen wurde übergroß. Wie durch ein Wunder tauchte sie plötzlich auf. Gierig sog sie Luft in ihre Lungen. Niemals hatte sie schwimmen gelernt. Auch hatte sie, seitdem sie als Kind fast ertrunken wäre, nie den Wunsch danach verspürt. Andererseits wusste sie, dass es in ihrer Familie gute Schwimmerinnen gab. Maria, ihre Tante, die sie einst aus dem Weiher gefischt hatte. Oder ihre Großmutter gleichen Namens, die sie nie kennengelernt hatte, da sie im Jahr ihrer Geburt, gerade einmal dreiunddreißig Jahre alt, an einem Lungenleiden gestorben war.

Wohlan, es gab also Frauen in ihrer Familie, die schwimmen konnten. Plötzlich war Eva davon überzeugt, dass auch sie selbst diese Fähigkeit besaß. Während sie mit erstaunlich ruhigen, gleichmäßigen Bewegungen ihrer Arme ein neuerliches Untertauchen verhinderte, hielt sie Ausschau nach Clärchen, entdeckte sie wenige Körperlängen von sich entfernt, vielmehr nur eine Hand von ihr, die noch aus dem Wasser ragte. Unverzüglich - später vermochte sie nicht zu sagen, auf welche Weise - schwamm sie zu ihr, packte die kleine Hand und zog das Kind zu sich heran. Clärchen begann fürchterlich zu husten, was recht beängstigend klang, aber es bewies, dass sie noch nicht ertrunken war.

Das Schiff war bereits weit weg. Eva dachte beklommen, dass ihr Verschwinden sicher noch nicht bemerkt worden war. Es war aussichtslos, niemand würde sie ihrer misslichen Lage befreien. Eva und Clara waren auf sich selbst angewiesen. Das rettende Land schien meilenweit entfernt zu sein. Eva entschied sich für das linke Ufer, das ihrer Meinung nach ein Stück näher lag. Mit dem linken Arm hielt sie Clärchen vor der Brust umklammert, während sie mit dem rechten immer wieder die Wassermassen verdrängte. Es funktionierte, denn auf diese Weise hielten sie sich über Wasser, zumindest vorläufig. Die Strömung trieb sie vorwärts, immer wieder schwappten Wellen über sie hinweg. Eva bot alle Kräfte auf, Clärchen nicht loszulassen. Die Kleine begann nun panisch um sich zu schlagen. Selbst um Atem ringend, redete Eva beruhigend auf sie ein.

„Mein Mädchen ... du darfst dich nicht bewegen, hörst du? ... Bleib ganz ruhig. ... Ich hol dich hier raus, ich versprech's -“

Clärchen schnaubte ohne Unterlass, doch immerhin schien sie Evas

Worte vernommen zu haben, denn ihre Bewegungen wurden weniger heftig. Eva aber spürte allmählich ihre Kräfte schwinden. Die Kälte, der unablässige Kampf gegen das Wasser, die scheinbare Aussichtslosigkeit ihres Unterfangens - Gott musste schon ein Wunder wirken, damit sie diesen Albtraum überlebten. Wenn doch nur schon alles vorüber wäre! Eva dachte daran, ihre Bemühungen einzustellen, dem Tod offen ins Gesicht zu schauen und Gott mit einem letzten Stoßgebet ihre Seelen anzuvertrauen.

Der Mensch soll sich willig in den Tod ergeben und sterben, damit ihm ein besseres Leben werde. Es muss ein gar kräftiges Leben sein, in dem tote Dinge lebendig werden, in dem selbst der Tod ein Leben wird. Bei Gott stirbt nichts: Alle Dinge werden in ihm lebendig!

Meister Eckhart hatte einst so gesprochen, sie erinnerte sich an jedes Wort. Ja, warum sollte sie sich eigentlich noch an dieses Leben klammern? Totes wird in Gott lebendig!

„Mama ... ich will nicht sterben", riss Clärchens jämmerliche Stimme sie aus ihren Gedanken. Eva kam zu sich. Hatte sie der Kleinen nicht ein Versprechen gegeben? Welches Recht hatte sie, über ihr junges Leben zu entscheiden? „Du wirst nicht sterben, Clärchen", erwiderte sie mit neuer Entschlossenheit.

Das Ufer! Stand dort nicht eine Gestalt und winkte ihnen mit beiden Armen zu? Abermals schwappte eine Welle über sie hinweg. Eva sah, dass das Wasser sich wie in einem Strudel zu drehen begann. Unaufhaltsam trieben sie auf diesen Sog zu, der sie unerbittlich in die Tiefe ziehen würde.

„Gott, warum spielst du mit uns?", rief Eva verzweifelt. Warum machte der Allmächtige ihr zuerst Mut, um sie letztlich doch ins Verderben zu reißen?

„Lass mich nicht los!", schrie Clärchen flehend.

„Nein, mein Mädchen ... Ich halt dich ganz fest", entgegnete Eva.

Wir gehen zusammen in den Tod, fuhr sie in Gedanken fort.

21.

Magdas Schwangerschaft verlief ohne Schwierigkeiten - bis zu jenem diesiggrauen Sonntagmorgen im März, als unversehens und viel zu früh die Wehen einsetzten.

Augenblicklich wurde nach Sibylle geschickt, die nach Auskunft ihres Bruders Bodo in den Wald gegangen war und erst gesucht werden musste. Falks Knecht Rupert fand sie am Ufer des Forellenweihers, wo sie zwischen Schilfhalmen Kräuter suchte. Sibylle beeilte sich, dem Knecht nach Merode zu folgen. Magdas gellende Schreie waren schon von der Dorfstraße her zu hören. Bauer Harro empfing die Hebamme aufgelöst und führte sie zu seiner Schwiegertochter.

Magda lag schweißnass in ihrem Bett. Neben ihr kniete Falk und hielt hilflos ihre Hand. Auch Cäcilia und Lothar waren da. Das Mädchen heulte Rotz und Wasser, auch der Junge war den Tränen nahe, aber Sibylle konnte die Wissbegierde in seinem Blick erkennen, eine Neugier, die nicht alleine von der Sorge um die Mutter bestimmt war.

Die Hebamme verlangte eine Schüssel mit heißem Wasser und ein sauberes Tuch, bat die Anwesenden schließlich, die Kammer zu verlassen. Die nächsten, endlos währenden Stunden verbrachten Falk, sein Vater und die Kinder betend in der Wohnstube. Immer wieder ließen Magdas Schmerzensschreie sie furchtsam inne halten. Am frühen Morgen kam endlich das Kind. Die Geburt verlief schwierig, und wäre keine erfahrene Hebamme zur Stelle gewesen, hätten weder der Säugling noch die Mutter den nächsten Tag erlebt. Die Gefahr für ihre Leben aber blieb bestehen. Der Säugling, ein Knabe, war so schmächtig, dass Sibylle dem Vater riet, ihn unverzüglich taufen zu lassen. Also wurde nach Pater Raphael geschickt, und noch bevor es Mittag wurde, hatte der kleine Wurm das Taufsakrament empfangen. Die völlig verausgabte Magda erhielt die Krankenölung. Sibylle hatte dem Gatten unmissverständlich zu verstehen gegegen, es sei keineswegs gewiss, dass Magda das nahende Osterfest noch erleben werde. Aber auch ohne diese offenen Worte hätte Falk gewusst, wie es um sie stand, sah sie doch schon jetzt mehr tot als lebendig aus.

Die folgenden Tage verbrachte man zwischen Hoffen und Bangen. Magda war in ein Fieberdelirium gefallen. Der kleine Christian - auf diesen Namen war das Frühgeborene getauft worden - lebte nur eine knappe Woche. Da half es auch nicht, dass eine junge Bäuerin aus der Nachbarschaft, die wenige Wochen zuvor entbunden hatte, sich als Nähramme andiente. Christian war einfach zu schwach auf die Welt gekommen, selbst Sibylles unablässige Bemühungen, ihm Stärke einzuhauchen, blieben aussichtslos. Lothar stand erschüttert neben der Wiege des Bruders, als dieser sein Leben, das von Anfang an an einem seidenen Faden gehangen hatte, aushauchte.

Magda kam bald wieder zu Kräften. Nur knapp war sie dem Tod entronnen, und jeder, der sie gut kannte, stellte fest, dass ihr sonst so temperamentvolles Wesen nun zeitweilig von einer bleiernen Schwermut erfüllt wurde. Mehr denn je überschüttete sie ihren Sohn mit Fürsorge und Zärtlichkeiten, was immerhin bewies, dass sie ihrer Betrübtheit zum Trotz noch zu liebenden Gefühlen fähig war.

Dem sechsjährigen Lothar wurde die Zuneigung der Mutter manchmal unheimlich. Es war der Mittwochmorgen vor dem Pfingsfest, als er sich heimlich davonstahl, um Sibylle in ihrem Haus am Waldrand aufzusuchen. Gebannt und voller Bewunderung hatte er in den vergangenen Wochen ihre Bemühungen verfolgt, seiner Mutter und dem erbarmenswürdigen Menschlein, das sein Bruder war, das Leben zu retten. Viele Fragen lagen ihm auf der Zunge. Er fand Sibylle in den Beeten neben der Köhlerhütte knieend. Sie war erstaunt, ihn zu sehen, erhob sich und trat auf ihn zu. „Lothar! Welch unerwarteter Besuch! Weiß deine Mutter, dass du hier bist?"

Er schüttelte schuldbewusst den Kopf. Sibylle machte ihm keine Vorhaltungen. Der Junge musste einen guten Grund haben, sie aufzusuchen. Natürlich war es ihr nicht entgangen, dass er zuletzt jede ihrer Tätigkeiten mit Argusaugen beobachtet hatte. Sie führte ihn in den Schatten einer Linde, wo sie sich niederließen. Sibylle musterte den Knaben eingehend. „Nun? Was führt dich zu mir?"

Lothar wusste nicht, wo er beginnen sollte. „Wieso - wieso musste mein Bruder sterben?"

Die Hebamme griff sanft nach seiner Hand. „Deinen Bruder drängte es zu früh aus dem mütterlichen Schoß. Er hätte noch ein paar Wochen in ihrem Bauch wachsen müssen."

„Warum ist er nicht einfach drin geblieben?"

„Manchmal geschehen Dinge, die niemand erklären kann, Lothar. Auch die Natur kann sich irren, so wie die Menschen sich irren können."

„Das verstehe ich nicht. Die Natur ist Gott untertan. Warum lässt Er zu, dass solche Fehler geschehen?"

„Wer weiß? Vielleicht sind wir Menschen nicht würdig genug."

„Aber Christian war ohne jede Schuld. Er war zu klein, um Sünden zu begehen."

„Wir Menschen werden Gottes Wege niemals verstehen, so sehr wir uns das auch wünschen."

„Glaubst du, dass er wegen Mutters Sünden sterben musste?"

Sibylles Augen rundeten sich überrascht. „Wie meinst du das?"

„Vielleicht möchte Gott sie strafen."

„Deine Mutter - nun, sie hat in ihrem Leben sicherlich einige Sünden begangen. Aber welcher Mensch ist ohne Sünde?"

„Du magst sie nicht, nicht wahr?"

Es war noch nicht vielen Menschen gelungen, Sibylle in Verlegenheit zu bringen. Doch in diesem Augenblick wusste sie nicht so recht, welche Antwort sie dem Knaben geben sollte. Sie war erstaunt über seinen Scharfsinn. „Es spielt keine Rolle, ob ich sie mag oder nicht."

„Als sie krank war, hast du dich trotzdem um sie gekümmert."

„Ein Heilkundiger darf keine Unterschiede machen, wenn er Kranke behandelt. Vor unserem Herrgott sind nämlich alle gleich. Diesen Grundsatz musst du dir gut einprägen, Lothar. Du besitzt nämlich eine besondere Gabe. Die Gabe, kranken Menschen zu helfen.

Lothar war überrascht. „Woher -?"

„Ich hab Augen im Kopf, Junge. Zugegeben, sie sind nicht mehr die besten, aber dein Interesse an allem, was ich tat, war unverkennbar. Du besitzt eine ausgezeichnete Beobachtungsgabe, deine Fingerfertigkeiten sind die eines Menschen, der Schwieriges nicht scheut. Ich bin mir sicher, dass du den heimlichen Wunsch hegst, ein Heiler zu werden."

Lothar stand der Mund weit offen. Er fühlte sich durchschaut, doch es war ihm nicht unangenehm. „Wie wird man Heiler?", fragte er ohne Umschweife.

Sibylle schmunzelte. „Nun, du könntest einem Orden beitreten. Unter den frommen Fratres gibt es viele, die in der Heilkunde unterwiesen wurden. Aber vermutlich würde dir das Klosterleben nicht behagen. Eines Tages wird sich eine andere Möglichkeit ergeben, davon bin ich überzeugt. Außerdem hat die Heilkunst der Mönche ihre Grenzen und beschränkt sich häufig auf die Kräuterkunde, denn es ist ihnen untersagt, allzusehr am kranken Menschen herumzuwerkeln. Die Kirchenmänner glauben, dass der Mensch die Krone der Schöpfung ist. Und dem Schöpfer dürfe man nicht ins Handwerk pfuschen."

Lothar dachte lange nach. „Glaubst du das auch?", fragte er. „Ich meine, dass der Mensch die Krone der Schöpfung ist?"

„Es gibt Augenblicke, wo ich ernsthaft daran zweifle", antwortete die Hebamme flüstern, ihm verschwörerisch zuzwinkernd.

„Ja, das kann ich verstehen."

Sibylle lachte. „Wirklich? Jedenfalls solltest du, falls du eine ähnliche Meinung hast, darüber schweigen. Es gibt Leute, die solche Ansichten für ketzerisch halten."

Lothar zuckte erschrocken zusammen. Sibylle nahm ihn in den Arm. „Ich will dir keine Angst einjagen, Junge. Sei nur immer du selbst. Nur: wenn du eines Tages ein Medicus bist, dann versuche nicht gleichzeitig ein Philosoph zu sein."

„Es war so schrecklich, den kleinen Christian sterben zu sehen", sagte Lothar nach einer Weile grüblerisch. „Das Schlimmste war, dass man ihm nicht helfen konnte."

„In der Tat, das war schrecklich. Aber du wirst lernen müssen, damit umzugehen. Noch oft wirst du Menschen sterben sehen, ohne dass du ihnen helfen kannst."

„Daran mag ich nicht denken. Lieber stelle ich mir vor, wie ich Menschen aus den Fängen des Todes befreie."

Sibylle strich dem Jungen zärtlich über den Kopf. Das Leben würde ihn früh genug seiner Illusionen berauben. Die sich nähernden Schritte eines Mannes weckten ihre Aufmerksamkeit. Bodo, Sibylles Bruder, kehrte aus dem Dorf zurück. Er stutzte, als er den Jungen sah.

„He, bist du nicht Falks Sohn?"

Lothar nickte.

„Dann solltest du dich lieber auf den Heimweg machen, Junge. Deine Mutter läuft wie eine Furie durchs Dorf und sucht nach dir. Anscheinend denkt sie, der Erdboden hätte dich verschluckt."

Seufzend schlug Lothar die Hände vors Gesicht. „Ständig macht sie sich Sorgen. Manchmal eilt sie schon herbei, wenn ich mich nur kratze."

Er erhielt einen aufmunternden Klaps von Sibylle. „Geh!", forderte die Hebamme ihn auf. „Mütter sorgen sich immer um ihre Kinder. Die einen mehr, die anderen weniger!"

„Weniger wäre mir lieber", raunte Lothar ihr zu.

„Ich weiß", sagte Sibylle lächelnd.

Seit ihrer Genesung war Magda ihrem Mann sehr fremd geworden. Ganze Nächte hatte Falk neben ihrem Krankenlager verbracht. Seine Gebete waren erhört worden, der Herrgott hatte Magda am Leben gelassen, doch in ihren Fieberträumen hatte sie von Dingen gesprochen, die Falk seltsam anmuteten. Vom Teufel hatte sie gefaselt, von Versprechungen, von Opfergängen. Gewiss, es war nichts Ungewöhnliches, wenn Fiebernde wirres Zeug redeten, aber warum um alles in der Welt hatte sie so oft den Leibhaftigen erwähnt? Immer unheimlicher war sie ihm geworden. Als sie wieder bei Sinnen gewesen war, hatte Falk das Gehörte nicht einfach vergessen können. Wie eine fremde Person war sie ihm erschienen.

An dem Morgen, als Lothars kurzzeitiges Verschwinden eine beispiellose Hysterie bei ihr auslöste, fragte sich Falk, ob sie etwa im Begriff war, den Verstand zu verlieren. Als der Junge wieder auftauchte, packte sie ihn an den Schultern und rüttelte ihn, als wollte sie einen Dämon aus ihm vertreiben. Nachdem ihre Wut sich ausgetobt hatte, nahm sie ihn schluchzend in die Arme, sodass der Junge kaum Luft bekam und Falk sich gezwungen sah, ihn aus ihrem eisernen Griff zu befreien.

Später, als Falk im Geräteschuppen einen Spaten reparierte, wurde er zufälliger Beobachter einer merkwürdigen Begebenheit. Durch einen Spalt in der Wand sah er Magda aus dem Hühnerverschlag schleichen, in ihrer Hand ein totes Huhn. Vorsichtig linste sie in alle Richtungen, offenbar darauf bedacht, von niemandem gesehen zu werden. Auf der Stelle beschloss Falk, ihr heimlich zu folgen.

Bald wurde ihm klar, dass Magda in den Wald wollte. Mehrmals warf sie hastige Blicke nach hinten, und Falk musste großen Abstand halten, damit sie ihn nicht bemerkte. Im Wald verlor sich ihre Spur zunächst, doch dann fand Falk eine Hühnerfeder, die ihm den Weg wies. Mit wachsendem Unbehagen nahm er zur Kenntnis, dass sie Richtung Teufelsgrotte ging. Eine unheilvolle Ahnung erfüllte ihn und wurde zur Gewissheit, als er von einem Versteck im Dickicht aus beobachten konnte, was nun geschah.

Zwanzig Schritte trennten die Eheleute. Magda hatte das tote Huhn in die Grotte geworfen und murmelte ein paar Worte, die Falk wie eine Beschwörungsformel anmuteten. Er hielt die Luft an, um sie verstehen zu können, doch es drangen nur Wortfetzen an sein Ohr. Rief sie den Teufel an? Wozu sonst suchte man diesen unheimlichen Ort mit einer Opfergabe auf? Falk lief es abwechselnd heiß und kalt über den Rücken. Dann hörte er sie den Namen Eva aussprechen, und sein Herzschlag drohte auszusetzen. Plötzlich, so ungeheuerlich der Gedanke auch war, ergab Magdas Verhalten einen Sinn.

Inzwischen hatte sie ihr Ritual - oder wie immer man ihr frevlerisches Tun auch nennen mochte - beendet. Mit bleichem Gesicht trat sie den Rückzug an.

Fast eine ganze Stunde verging, ohne dass Falk sich regte. So leer und hilflos wie damals fühlte er sich, als Eva ihn verlassen hatte. Was war das bloß für ein Leben, das immer wieder einen Narren aus ihm machte? Endlich erhob er sich steifbeinig und ging nach Merode zurück.

Falk war nicht daheim, als Magda sich ins Bett legte. Wie immer, wenn sie ihren Opfergang erledigt hatte, fühlte sie sich von einer beklemmenden Unruhe ergriffen. Am liebsten hätte sie mit Falk geschlafen, um auf diese Weise Zerstreuung zu erlangen. Überhaupt, seitdem sie von ihrer schweren Erkrankung genesen war, hatten sie einander nicht mehr angerührt. Nun wünschte sie sich Falk mit aller Macht herbei, doch ausgerechnet heute war Falk ins „Carolus Magnus“ eingekehrt. Als er schließlich nach Hause kam und die Schlafkammer betrat, roch Magda die Bierdünste, die ihn umwehten. Doch das machte ihr nichts aus. „Ich habe schon auf dich gewartet“, hauchte sie verführerisch.

„Ach ja?“ Falk entledigte sich seiner Kleidung und zeigte sich gleichgültig ob der verlockenden Einladung.

„Findest du nicht, dass es mal wieder an der Zeit wäre für ein nettes Schäferstündchen?“

Falk schwieg.

„Ich bin wieder vollkommen bei Kräften.“

„Ja, zweifellos.“

„Meinethalben brauchst du dir also keine Sorgen zu machen“, ermunterte sie ihn.

Er legte sich hin und presste die Lippen aufeinander. „Ich hab dich gesehen", sagte er, den starren Blick zur Decke gerichtet. „Heute, im Wald. An der Teufelsgrotte!"

Ein eisiger Schreck fuhr Magda durch die Glieder. „Ich - weiß nicht, wovon du sprichst", entgegnete sie mit belegter Stimme.

„Du hast ein totes Huhn in die Grotte geworfen."

„Und du hast getrunken."

„Mag sein. Dennoch weiß ich genau, was ich gesehehen habe. Das Huhn, war es eine Opfergabe für den Leibhaftigen?"

„Ich -"

„War es eine Dankesgabe?"

„Weshalb sollte ich dem Teufel Dank schulden?"

„Möglicherweise hast du ihn ja zum Komplizen gemacht."

„Der Teufel mein Komplize? Bei allen Heiligen, was denkst du eigentlich von mir?"

„Lass doch die Heiligen aus dem Spiel, das macht die Blasphemie nur noch größer. Damals, als Eva spurlos verschwand, da hast du den Teufel angefleht, dass sie nie wieder heimkehren möge. So war es doch, nicht wahr?"

Magda sah ein, dass weiteres Leugnen zwecklos war. Er musste sie nicht nur gesehen, sondern auch gehört haben. Sie wandte ihm den Rücken zu und starrte in die Dunkelheit der Kammer. „Ja, so ist es gewesen", sagte sie nach einer Weile. Ein Geständnis war für den Augenblick das Beste. Falk hatte sie durchschaut. Sie schuldete ihm eine Erklärung, wenngleich sie nicht bereit war, ihm die volle Wahrheit zu beichten. Die eingefädelte Geschichte mit ihrem Bruder Winand und der Hure durfte unter keinen Umständen ans Tageslicht, niemals würde Falk ihr diese Intrige verzeihen.

„Als Eva damals verschwand", begann sie kleinlaut, „da war ich hin und hergerissen. Natürlich wollte ich, dass sie bald wieder unversehrt auftaucht, doch andererseits -", sie schniefte, „ich war doch hoffnungslos in dich verliebt, Falk. Ich war ein junges, einfältiges Ding, das vom Leben nichts kannte, und ich -" Sie begann zu schluchzen, doch ihre Hoffnung, dass Falk sie tröstend in den Arm nahm, erfüllte sich nicht. „Ich wollte dich einfach haben, Falk. Ich hätte nicht mehr leben können ohne dich. Eva war fort, und ich betete, dass ihr nichts zugestoßen war. Doch ich wollte nicht, dass sie zurückkehrt. Deshalb bin ich eines Tages zur Teufelsgrotte gegangen." Immer weinerlicher wurde ihre Stimme, doch Falk ließen ihre vorgeblichen Seelennöte weiterhin unbeeindruckt.

„Ich war doch nur ein einfältiges, verliebtes Ding", wiederholte sie, indem sie sich ihm wieder zuwandte. Er streifte ihre Hand ab, die sie zögerlich auf seine Brust gelegt hatte.

„Rühr mich nicht an!", sagte er kalt. „Rühr mich nie wieder an, Magda!"

22.

Als Eva aufwachte, war sie fern jeden Begreifens. Ihr Kopf schmerzte höllisch, und es bereitete ihr unsägliche Mühe, ihre veklebten Augen zu öffnen. Nachdem es ihr endlich gelungen war, sah sie eine braune, gewölbte Stoffplane über sich. Sie war zu schwach, um neugierig den Blick schweifen zu lassen, deshalb schloss sie die Augen erneut und versuchte sich zu erinnern.

Clärchen! Der Fluss! Kälte!

Eva stöhnte und versuchte sich aufzurichten, was ihr Herz mit einer Salve schmerzhafter Schläge beantwortete.

„Alles ist gut, Mädel", sagte eine ihr unbekannte Männerstimme. Sie spürte die Hand, die sich beruhigend auf ihre Schulter legte und sie sanft zurück auf ihr weiches Lager zwang.

Erneut sank sie in tiefsten Schlaf.

Sie hätte beim besten Willen nicht zu sagen vermocht, wieviel Zeit vergangen war, als sie abermals die Augen aufschlug. Clärchen!, schoss es ihr durch den Kopf. Sie stemmte ihren Oberkörper in die Höhe. Clärchen lag neben ihr, tief schlummernd, gewickelt in eine Wolldecke. Ihr Atem ging ruhig und gleichmäßig. Eva dankte Gott mit einem Stoßgebet. Nie in ihrem Leben hatte sie solche Erleichterung verspürt.

Sie sah sich um. Offenbar lagen sie in einem Wagen. Zahllose Kisten und Schatullen säumten ihr Lager. Draußen gurrten Tauben, zwitscherten Vögel. Auch glaubte sie das gemächliche Murmeln eines fließenden Gewässers zu vernehmen. Das Plätschern erinnerte sie daran, dass ihre Blase zum Bersten gefüllt war.

Langsam erhob sie sich. Der Kopfschmerz war noch da, wenn auch nicht mehr so heftig wie bei ihrem ersten Erwachen. Ihre Blase drückte unerträglich, es war höchste Zeit, sich zu erleichtern.

Das grelle Tageslicht blendete sie, als sie den Stoff an der Stirnseite des Wagens beiseite schob. Dennoch, nach all der Finsternis war die Helligkeit ein Segen. Die Luft roch würzig nach Blüten und Kräutern, das Wetter war wieder frühlinghaft mild, als hätte es den grauen Tag, an dem ihnen dieses Unglück widerfahren war, niemals gegeben. Zu ihrer Rechten lag der breite Fluss, der seinen Schrecken verloren hatte. Ein grünes Wäldchen säumte die andere Seite, davor ein Streifen Wiese, wo ein grobknochiger, schwarzer Gaul graste. Kurz hielt das Tier in seinem Tun inne, sah kauend zu ihr herüber, widmete sich wieder seiner Tätigkeit. Der Besitzer des Wagens war nirgends zu sehen. Eva erinnerte sich vage an eine Stimme, die ihr sanft zugeredet hatte.

Vorbei an dem grasenden Rappen steuerte sie auf das Wäldchen zu, um sich dort hinter einen Busch zu kauern. Erst als sie ihr Kleid raffte, fiel ihr auf, dass es nicht ihr eigenes war. Es bestand aus grobem, aber sauberem Leinen. Ein Unterkleid trug sie nicht, was sie ein wenig befremdete. Während sie sich erleichterte, hörte sie Schritte.

„Oh!", sagte jemand, ohne dass es sonderlich verlegen klang. Erschrocken fuhr Eva herum, sah einen Mann, der sich diskret abwandte. „Lass dich nicht stören, Mädel. Was raus muss, muss raus. Der liebe Gott hat's so eingerichtet, was will man da machen?"

Rasch ordnete Eva ihr Kleid und trat dem Mann entgegen. „Ich nehme an, Ihr habt mir und meiner Tochter das Leben gerettet", sagte sie und war erschrocken, wie heiser ihre Stimme klang.

„Tja, ich war zufällig zur Stelle. Außerdem hatte ich sowieso vor, ein Bad im Fluss zu nehmen."

Eva hatte einen Mann vor sich, der die fünfzig schon überschritten hatte. Er war weder schmächtig noch besonders kräftig, sein graubärtiges Gesicht war rund, seine Wangen rosa, und das, was von seinem Haarschopf noch übrig geblieben war, wuchs ungeordnet in alle Richtungen. In seinen Händen hielt er ein totes Karnickel.

„Ich weiß nicht, wie ich Euch danken soll", hub Eva an, aber der Mann winkte ab.

„Papperlapapp. Wie ist dein Name, Mädel?"

„Eva. Meine Tochter heißt Clara."

„Schöne Namen. Im Gegensatz zu meinem. Ich bin Moritz Grobe, aber die meisten Leute nennen mich Mo, andere, die mich am liebsten von hinten sehen, Grobian. Dann wiederrum gibt es Leute, die das eine mit dem anderen verbinden und mich deshalb Mo Grobian rufen."

„Ihr seid ein Chirurg, nehme ich an."

„Kluges Mädel. Chirurg, Wundarzt, Barbier, Zahnzieher, Krudener - wie du's gerade brauchst. Hast wohl in meine Kisten geschaut."

Sie nahm ihrem Lebensretter die Unterstellung nicht übel. Moritz schien jener Sorte Mensch anzugehören, der man nie lange böse sein konnte. „Wie ein Grobian seht Ihr nun wirklich nicht aus. Eure Hände und Finger sind eher als feingliedrig zu bezeichnen, wie könntet Ihr damit Grobheiten begehen? Wenn es dennoch Leute gibt, die Euch so nennen, so tun sie das wohl aus einem Unbehagen heraus. Viele mögen sich hilflos fühlen, wenn sie sich einem Chirurgen anvertrauen müssen. Vielleicht hilft es ihnen, damit fertig zu werden, wenn sie Euch einen wenig vornehmen Namen geben. Dies waren meine Gedanken, als ich zu der Vermutung gelangte, Ihr könntet ein Chirurg sein. Nicht Eure Kisten."

„Bei allen Aposteln!" Moritz, halb belustigt, halb verblüfft, hob die Brauen. „Du bist noch klüger als ich dachte. Und hübsch obendrein. Schade, dass ich nicht mindestens dreißig Jahre jünger bin. Oh, dann müsstest du dich vor mir hüten. Brauchst aber nicht gleich rot zu werden, Mädel. Ich bin zu alt, um dir lästig zu werden. Und jetzt wollen wir essen." Er hob das Karnickel in seiner Hand. „Frisch in die Falle gegangen. Kannst du ihm das Fell abziehen, während ich Feuer mache? Du bist doch hungrig, oder?"

In der Tat konnte Eva sich nicht erinnern, jemals so hungrig gewesen zu sein. Inzwischen war auch der weidende Gaul neugierig herbeigetrabt. Ein grollendes Geräusch ertönte und ließ Eva erschrocken zusammenzucken. Moritz verdrehte seufzend die Augen. „Meinen Klepper hast du ja sicher schon kennengelernt. Leider hat er die Angewohnheit so laut zu furzen, als hätte er eine Gewitterwolke verschluckt." Er schlug dem Pferd derb auf die Hinterflanke. „Verschwinde, Klepper, zurück auf die Wiese mit dir! Wenigstens in Anwesenheit einer Dame könntest du dich zurückhalten mit deiner Furzerei."

Eine halbe Stunde später briet das Kaninchen an einem Spieß. Moritz und Eva hockten neben dem Feuer und warteten. Clärchen schlief noch immer. Der Chirurg hatte empfohlen, sie nicht zu wecken. „Sie braucht jetzt viel Schlaf", erklärte er. „Sie hatte Unmengen von Wasser geschluckt." Er begegnete Evas sorgenvollem Blick. „Beruhige dich, Mädel. Hab dafür gesorgt, dass sie's aushustet. Hab da meine Mittelchen, weißt du."

Eva fragte lieber nicht, wie er es zustande gebracht hatte. „Wie lange war ich bewusstlos?"

„Zwei Tage!"

„Und - wer hat mich ausgezogen?"

„Ich natürlich. Wer sonst?"

„Oh!"

„Du bist nicht die erste Frau, die ich in meinem Leben nackt gesehen habe", versicherte er ihr. Er deutete auf ihr Leinenkleid. „Nicht gerade ein Kleidchen für hübsche Dinger wie dich. Eine alte Vettel hat mich damit bezahlt. ‚Was zur Hölle soll ich damit anfangen', hab ich sie gefragt. ‚Eines Tages wirst du's bestimmt brauchen können, Mo', hat sie gesagt. Die Alte hat tatsächlich Recht gehabt. Dein eigenes Kleid dürfte übrigens inzwischen wieder trocken sein. Und für dein Töchterchen hatte ich noch ein altes Leinenhemd von meinem letzten Lehrling übrig."

„Nochmals vielen Dank für alles."

„Papperlapapp!"

Offenbar war das für gewöhnlich Mos Antwort, wenn ihm jemand dankte. Eva vermutete, dass zuviele seiner Patienten ihn mit warmen Worten statt mit Münzen entlohnten. Ihr fiel ein, dass auch sie kein Geld mehr besaß. Ihre wenigen Habseligkeiten waren auf dem Schiff geblieben.

„Nun zu dir, Mädel!" Moritz sah sie eindringlich an. „Woher kommst du? Wohin willst du mit deinem Töchterchen? Wieso seid ihr über Bord gegangen? Und wo ist eigentlich dein Mann?"

So viele Fragen. Aber sie schuldete ihm die Antworten darauf. Ohnehin verspürte sie das Bedürfnis, sich diesem Mann anzuvertrauen. Moritz hätte ihr Großvater sein können. Merkwürdigerweise vertraute sie ihm vollkommen, obwohl sie ihn noch keine Stunde lang kannte. „Es ist wohl eine lange Geschichte, die du zu erzählen hast“, mutmaßte er nach einem forschenden Blick in ihre Augen. „Nun, du kannst sie auch für dich behalten, wenn's dir unangenehm ist. Du schuldest mir keine Erklärungen, Mädel.“

Eva schüttelte den Kopf. „Ich werde Euch alles erzählen, Meister Moritz.“

„Um Himmels willen, warum nennst du mich nicht einfach Mo? Gut, erzähl's mir, aber zuerst wollen wir essen. Dein Magen brummt ja lauter als eine ganze Bärensippe.“ Er holte das inzwischen knusprig gebratene Karnickel vom Spieß und begann es mit einem Langmesser sorgsam zu zerteilen. Beim Essen musste Eva sich zwingen, nicht allzu gierig zu schlingen, obwohl zu vermuten stand, dass Moritz dies völlig einerlei gewesen wäre.

Später, als sie satt waren, erfuhr Moritz Evas Lebensgeschichte. Der alte Chirurg erwies sich als aufmerksamer Zuhörer. Als die Schatten länger wurden, spürte Eva, dass das Erzählen sie hundemüde gemacht hatte.

„Geh in den Wagen, zu deinem Töchterchen“, riet ihr Moritz. „Auch du kannst den Schlaf gut gebrauchen.“

„Danke, Mo.“

„Papperlapapp.“

„Morgen wirst du uns los werden.“

„Nichts da! Ich werde doch zwei Frauenzimmer nicht allein ziehen lassen. Da könnte ich euch ja gleich dem nächstbesten Strauchdieb ausliefern. Ihr dürft mit mir kommen. Auch ich bin rheinabwärts unterwegs, so wie jedes Jahr um diese Zeit. In zwei oder drei Wochen werde ich auch nach Köln kommen. Da wolltest du doch hin?“

„Das stimmt, Köln ist unser Ziel.“

„Die Stadt der Weiber“, grinste Moritz.

Eva hob fragend die Brauen.

Moritz erklärte: „Ich kenne keine andere Stadt, wo die Weiber so selbstbewusst auftreten. Sollte mich nicht wundern, wenn sie eines Tages noch ihre eigenen Zünfte gründeten.“

„Erstaunlich.“

„Wir werden deine Kleine ein wenig aufpäppeln müssen, aber das schaffen wir schon. Und außerdem kannst du dich nützlich machen, wenn ich meine Patienten behandle. Ich meine, wenn du mich schon nicht bezahlen kannst -“ Er kniepte mit einem Auge.

Eva war überglücklich, als sie sich neben Clärchen auf ihr Lager legte. Die Kleine schlief immer noch tief und fest, auch wenn ihr Atem leicht rasselte. Eva küsste sie sanft auf die Stirn. „Ich liebe dich, mein Mädchen“, hauchte sie ihr zu.

Ein bedrohlicher Hustenanfall riss Clärchen in der mondhellen Nacht aus dem Schlaf. Eva fiel nichts anderes ein, als beruhigend auf sie einzureden und zart ihren Rücken zu klopfen, doch im Grunde fühlte sie sich völlig hilflos. Es tat ihr in der Seele weh, ihr Ziehkind so leiden zu sehen. Nach einer Weile linste Moritz, der die Nacht unter freiem Himmel verbrachte, in den Wagen. „Sie ist also aufgewacht", stellte er mit einem Nicken fest.

Eva sah ihn angsterfüllt an. „Aber sie erstickt."

Moritz stieg mit einer für sein Alter erstaunlichen Behändigkeit in den Wagen. „Ihre Lungen sind immer noch nicht frei von Wasser, aber das war zu erwarten. Stellen wir sie auf den Kopf!"

„Was?", fragte Eva entsetzt.

Statt einer Erklärung packte er die prustende Clara an beiden Füßen, hob sie hoch, sodass ihr Kopf bodenwärts hing und ihr Haarschopf über das Holz des Wagenbodens fegte, und schüttelte sie wie einen Apfelbaum. Nach einer Weile spuckte Clärchen Wasser. Moritz brummte zufrieden, legte sie dann behutsam in Evas Arme. Clärchen schnaufte erschöpft. Moritz öffnete eine seiner Kisten, holte ein Ledersäckchen hervor, aus dem er eine Pastille nahm. „Hier, lutsch das, kleiner Engel. Das wird dir guttun."

„Was ist das?", fragte Clärchen matt.

„Ein Mittel aus Minze, Wacholderkraut und Honig, es wird dir schmecken. Und dein geschundenes Brüstchen wird's dir danken."

Zögerlich nahm Clärchen die Pastille. „Wo sind wir, Mama? Und wer ist dieser Mann?"

„Sein Name ist Moritz. Er hat uns aus dem Fluss gefischt. Ihm verdanken wir unser Leben."

Clärchen schüttelte den Kopf. „Gott verdanken wir unser Leben", widersprach sie.

„Trotzdem könntest du dich Meister Moritz etwas verbundener zeigen."

Moritz hob lächelnd beide Hände. „Schon gut, die Kleine kennt mich doch gar nicht. Was soll sie schon denken über einen alten Grobian, der sie, kaum dass sie aufwacht, unsanft herumschüttelt, als sei sie ein staubiger Sack?"

Clärchen ging nicht darauf ein. „Der liebe Gott hat uns bestraft", sagte sie zu Eva, die befremdet die Stirn runzelte.

„Wofür, mein Mädchen?"

„Du hast an der Kraft des Gebetes gezweifelt."

Eine Ohrfeige hätte für Eva kaum schmerzhafter sein können. „Wie - meinst du das?"

„Es gibt Dinge, die lassen sich auch durch unermüdliches Beten nicht ändern - das waren deine Worte. Nun hat der liebe Gott dich dafür bestraft. Und mich dazu. Ein Glück, dass Er uns diesen Mann zur Rettung schickte. Ein weiteres Mal wird Er nicht mehr so gütig sein."

Moritz räusperte sich. „Na, dann will ich euch beiden Hübschen mal allein lassen. Die Nacht ist nicht mehr lang, ihr solltet sie nutzen, um noch etwas Schlaf zu finden." Er verließ den Wagen.

„Lass uns seinen Rat beherzigen", sagte Eva mit einem unterdrückten Seufzen. „Und morgen -"

„Wie lange hab ich geschlafen?", schnitt Clärchen ihr das Wort ab.

„Mehr als zwei Tage!"

„Dann werde ich den Rest der Nacht beten!"

„Aber das kannst du morgen auch noch tun, mein Mädchen."

„Ich hab vieles nachzuholen. Der liebe Gott und die Heilige Jungfrau mögen es nicht, wenn man sie außer Acht lässt." Und Clärchen begann den Rosenkranz zu beten. Erst als schon der Morgen graute, schlief sie darüber ein.

Moritz war längst auf den Beinen, als Eva aus dem Wagen kletterte. Er hockte auf einem breiten Findling und kaute an einem Stück Brot herum, während Klepper sich am taufeuchten Gras gütlich tat. „Setz dich zu mir, Mädel. Hier, iss ein Stück Brot. Was ist mit deiner Tochter?"

„Nachdem sie in der Nacht drei Rosenkränze gebetet hat, ist sie wieder eingeschlafen." Eva nahm neben ihm Platz und nahm dankend das Brot entgegen, das er ihr reichte.

„Ein sehr frommes Kind", meinte Moritz.

Eva nickte. „Ja, das war sie immer schon."

„Hat sie das von dir?"

„Meine Frömmigkeit ist eine andere."

„Macht ja nichts."

„Clara ist mir plötzlich ein wenig fremd." Ihr Unbehagen war nicht zu übersehen.

„In welcher Weise?", fragte Moritz.

„Nun, sie scheint mir so rechthaberisch zu sein. Sie ist noch ein Kind, aber mitunter kommt sie mir vor wie eine verbitterte Greisin. Der Glaube an Gott sollte meiner Ansicht nach etwas sein, was Freude in die Herzen der Menschen sät."

„Dein Clärchen hat Schlimmes durchgemacht. Beinahe wäre sie ertrunken, es wird eine schreckliche Erinnerung für sie bleiben, ein Leben lang. Und dieser geile Kinderschänder von Priester - glaubst du etwa, das hätte sie schon vergessen?"

„Nein, das glaube ich keineswegs", meinte Eva traurig. „Auch wenn sie wahrscheinlich nie wieder darüber sprechen wird."

„Für ein frommes Kind muss es ein unbegreifliches Erlebnis sein. Lass sie noch ein wenig mit der Welt hadern, das wird schon wieder vergehen. Und beten hat auch noch keinem geschadet." Er zupfte verlegen an seiner Nasenspitze. „Ich wünschte, ich könnte selbst so unbefangen an Gott glauben. Glaube soll etwas Freudvolles sein, behauptest du? Nun, ich kann mindestens zwanzig Pfaffen aufzählen, die dir da widersprechen würden. Mit der Androhung der Hölle lässt sich bei ihren Schäfchen mehr erreichen als mit huldvollen Versprechungen."

„Meister Eckhart sagt: Wirf alles Herzleid hinaus, auf dass in deinem Herzen nichts als stetige Freude ist!"

„Ach ja, dein Meister Eckhart!" Moritz schürzte die Lippen. Eva hatte ihm am Vorabend vieles über den berühmten Gelehrten erzählt. „Ich will ehrlich zu dir sein, Mädel. Aus seinen Lehren werde ich nicht ganz schlau. Bin zu dämlich, verstehst du? Wenn ich zwanzig Ave-Maria bete, wie dein Clärchen, dann weiß ich wenigstens, woran ich bin. - *Gott ist nirgends. Gottes Geringstes, dessen ist alle Kreatur voll, und ein Größtes ist nirgends!* - Zum Teufel, was soll das eigentlich heißen? Und wenn du's mir hundert Mal erklärst, so versteh ich's noch immer nicht."

Eva lächelte matt. Es hatte eine Zeit gegeben, da sie mit Inbrunst eine lebhafte Debatte vom Zaun gebrochen hätte. „An manchen Tagen", erklärte sie mit dünner Stimme, „da glaube ich zu begreifen, was der Magister lehren will. An anderen Tagen wiederum zweifle ich an seinem Verstand. Oder an meinem. Und dann frage ich mich, ob der Herrgott nicht den Kopf schüttelt über all diese Gelehrsamkeiten. Ja, es stimmt, ein Ave-Maria oder ein Paternoster lässt dem Beter keine Fragen offen. Und doch, es liegt in meiner Natur, immerzu zu fragen. Wenngleich ich feststellen muss, dass diese Neugier in den letzten Jahren geringer geworden ist."

„Das Leben lehrt dich nun mal andere Dinge."

„Ja, vielleicht. Auch wenn es mich immer noch juckt, dir zu widersprechen, Mo."

„Tu, was du nicht lassen kannst. Bedenke nur, ich besitze keinerlei Waffen gegen dich."

Sie lachten und merkten erst jetzt, dass Clärchen hinter ihnen erschienen war. Offenbar stand sie schon eine ganze Weile dort. Das Leinenhemdchen hatte sie wieder gegen ihr eigenes Kleid getauscht.

„Was soll das bedeuten, Gott ist nirgends?", fragte sie Eva mit vorwurfsvollem Blick.

„Was der Magister damit ausdrücken wollte, mein Mädchen, ist -"

„Der Magister irrt sich. Gott ist überall! Er ist immer gegenwärtig, jetzt und in Ewigkeit!" Fast war es Zorn, der ihre kindliche Stimme beben ließ.

„Und ob Er das ist!", meinte Moritz begütigend.

Evas Unwillen über die Widerborstigkeit ihrer Ziehtochter wuchs. „Gehört es zu deinen neuen Angewohnheiten, mich dauernd zu unterbrechen?", mahnte sie streng. „Was fällt dir eigentlich ein? Künftig wirst du mich ausreden lassen, wie es sich für eine artige Tochter gehört. Hast du das verstanden?"

Clärchen rang sich ein trotziges Nicken ab.

„Dann wären ja alle Unstimmigkeiten ausgeräumt." Moritz versuchte Frohsinn zu verbreiten. „Komm her, Clärchen, auch für dich hab ich ein Stück Brot."

„Erst will ich in die Messe."

Moritz kratzte sich am Kinn. „Nun, wenn du dich mal umsiehst, Clärchen, dann wirst du feststellen, dass es hier weit und breit kein Gotteshaus gibt. Aber heute erreichen wir ein Dorf, da gibt es eine Kapelle, in der du nach Herzenslust beten kannst. Und spätestens übermorgen kommen wir nach Worms, da gibt es einen großen Dom, wo du unserem Herrgott deine Aufwartung machen kannst."

Clärchen sah ihre Mutter an. „Soll das heißen, dass wir von nun an mit diesem Mann reisen?"

„So ist es, wir werden uns Meister Moritz anschließen", erwiderte Eva kurz angebunden.

„Aber ich möchte nach Köln, zu Tante Johanna."

„Da kommen wir noch früh genug hin. Inzwischen werden wir unserem Retter ein wenig zur Hand gehen."

„Es gibt nur einen Retter!"

„Still jetzt! Ich will nichts mehr von deinem frömmlerischen Geschwätz hören!"

Clärchen klappte die Kinnlade nach unten, und Eva erschrak über sich selbst. Noch nie hatte sie die Kleine auf solch barsche Weise zurechtgewiesen. Versöhnlicher fuhr sie deshalb fort: „Du kannst Moritz ruhig vertrauen, er wird uns beschützen. Und Schutz haben wir nötig, wenn wir heil nach Köln gelangen wollen. Es ist das Mindeste, dass wir uns Moritz erkenntlich zeigen."

„Wie - wie zeigen wir uns denn erkenntlich?", fragte Clärchen bänglich.

Die Erwachsenen begriffen und wechselten einen erschütterten Blick. Vater Alfons musste ähnliche Worte verwendet haben, um sie zu nötigen. „Moritz ist ein Chirurg", erklärte Eva sanft. „Er fährt durchs Land und behandelt Menschen, die seiner Hilfe bedürfen. Wir werden eine Weile bei ihm bleiben. Du hast nichts von ihm zu befürchten."

Clärchen griff nach dem Brot, das Moritz ihr reichte, und biss hungrig hinein. „Na also", sagte dieser zufrieden. „Und nach dem Frühstück machen wir uns auf den Weg. Zwei Tage hab ich wegen euch zwei Hübschen verloren. Es gibt da eine Menge Patienten, die auf mich warten."

Moritz hatte nicht übertrieben. In jedem Dorf, das sie erreichten, gab es Menschen, die seine alljährliche Ankunft bereits herbeigesehnt hatten. Er kampierte auf den Dorfplätzen, und alle, die seiner Hilfe bedurften, eilten zu seinem Wagen, vor dem sich lange Warteschlangen bildeten. Moritz zog eiternde Zähne, behandelte hartnäckige Geschwüre, richtete schlecht verheilte Knochenbrüche. Er verarztete eitrige Augen mit Aufgüssen, schiente verletzte Glieder und verkaufte den Leuten Salben und Tinkturen aller Art. Anfangs war es für Eva eine Überwindung, dem Chirurgen bei seinen Tätigkeiten zur Hand zu gehen, denn was sie zu sehen bekam, war oft scheußlich, und das Wimmern der Behandelten verfolgte sie manchmal bis in ihre Träume. Aber nach einer Woche hatte sie sich daran gewöhnt. „Hätte ich Mitleid mit den Leuten, während ich sie behandele, so wäre ich ein miserabler Wundarzt", erklärte Mo ihr einmal. Sie dachte über seine Worte nach und gab ihm Recht. Mitgefühl konnte einem Mann wie Moritz Grobe bei der Arbeit nur hinderlich sein.

Schon nach wenigen Tagen kannte Eva die Namen der gängigsten Werkzeuge. Der Zahnzieher war ein zangenartiges Instrument; allein sein Anblick erweckte Unbehagen und seine Handhabung war schwieriger, als man annehmen konnte. „Man muss sich hüten, den Zahn zu zerbrechen", erklärte Moritz seiner neuen Gehilfin. „Bleibt auch nur ein Splitter zurück, wird es dem Kranken Qualen bereiten, die weitaus schlimmer sind als zuvor!"

Messer und Lanzetten in allen Größen waren die am häufigsten benutzten Instrumente. Darüber hinaus lagerten in Mos Kisten Gerätschaften, die eher wie Folterwerkzeuge aussahen, aber allem Anschein nach selten verwendet wurden. Eva hoffte inständig, dass sie diese entsetzlichen Gegenstände nicht im Einsatz erleben musste.

Zu ihren Aufgaben gehörte es, die Instrumente dem Chirurgen anzureichen, sobald dieser danach verlangte. Nach der Behandlung reinigte sie sie sorgfältig in einer Schüssel mit heißem Wasser, die stets bereit stand. Unterdessen hatte Clärchen dafür zu sorgen, dass das Wasser nicht abkühlte. Auf einem Lagerfeuer neben dem Wagen hing stets ein Kessel bereit.

Nach zwei Tagen beklagte sich Clärchen über den ständigen Blutgeruch; ihr wurde so übel, dass Moritz und Eva sie von ihrer Aufgabe entbanden. Clärchen nutzte die neu gewonnene Freizeit um Kirchen aufzusuchen, wo sie dann stundenlang im Gebet verharrte.

Am Tag vor dem Johannisfest sahen sie vor dem Angelusläuten die Mauern Bonns in der Ferne auftauchen. Der Rhein floss gemächlich zu ihrer Rechten, auf den Feldern gedieh das Getreide, und über allem stand ein azurblauer Himmel. Klepper, dem die zunehmende Hitze zu schaffen machte, schnaubte missmutig. Moritz munterte ihn auf. „Gleich hast du Feierabend, Alter. In der Stadt kannst du dich einige Tage ausruhen."

Noch bevor sie das Stadttor erreichten, wurden sie auf den Menschenpulk am Flussufer aufmerksam. „Grundgütiger", murmelte Moritz und brachte Klepper mit einem Zungenschnalzen zum Stehen.

Eva sah ihn fragend an. „Was ist da vorne los?"

„Eine Hinrichtung", erklärte er blinzelnd.

„Mama", wimmerte Clärchen, die neben ihr auf dem Kutschbock saß. Eva nahm die Verängstigte sanft in den Arm. Moritz deutete mit dem Kinn über den Menschenpulk hinweg.

„Seht den Scheiterhaufen dort am Ufer. Vermutlich verbrennen sie einen Ketzer." Eine Handvoll Bewaffneter sicherte den Richtplatz ab. „Seitdem der Virneburger Erzbischof von Köln ist", fuhr Moritz düster fort, „ist es für die Ketzer nicht einfacher geworden!"

Über Heinrich von Virneburg hatte Eva schon einiges gehört, er galt als papstreuer, kompromissloser Hüter der reinen, katholischen Lehre. Auch war allgemein bekannt, dass Heinrich den Lehren zeitgenössischer Mystiker nichts abgewinnen konnte. Deshalb hatte Meister Eckharts Abberufung nach Köln bei denen, die hinter die Kulissen zu schauen vermochten, Unbehagen ausgelöst.

Trotz der Sommerhitze begann Eva zu frösteln. „Lass uns von hier verschwinden, Mo", bat sie den Chirurgen mit dünner Stimme. Aber Moritz schüttelte bedauernd den Kopf.

„Das wäre dumm, Mädel. Merke: Wo Menschen hingerichtet werden, gibt es viele Zuschauer. Einigen wird die Hinrichtung auf den Magen schlagen, glaub mir. Die Leute werden dankbar sein, wenn einer wie ich gerade in der Nähe ist. Außerdem wird die grausige Gegenwart des Todes sie an ihre eigenen Wehwehchen erinnern, die sie in diesem irdischen Jammertal noch ertragen müssen, bevor sie, wie der Verurteilte, den Weg allen Fleisches gehen." Er grinste freudlos. „Hab meine Erfahrungen damit. Hinrichtungen sind grausam eklig, aber gut fürs Geschäft. Ändern lässt sich sowieso nichts daran. Halt dir die Augen zu, wenn's soweit ist, Mädel. Clärchen, warum gehst du nicht in den Wagen und betest zur Muttergottes?"

Clärchen war für solcherlei Vorschläge für gewöhnlich offen, doch diesmal regte sie sich nicht. Inzwischen war auch der Delinquent zu sehen, der vom Henker und einem Mann im Priestergewand zum Scheiterhaufen empor geführt wurde. Dort band der Henker ihn an den Pfahl, legte einen schweren Eisenring um seinen Hals. „Es ist eine junge Frau", stellte Moritz nach längerem Hinsehen beklommen fest.

Die Unglückselige war barfüßig und trug ein langes Büßerhemd, die Haare hatte man ihr kurz geschoren. Trotz der Entfernung war ihr blasses, eingefallenes Antlitz deutlich auszumachen. Immerhin schien sie gefasst zu sein, denn erhobenen Hauptes lauschte sie den Worten des Priesters, während der Henker mit geübten Griffen den Sitz der Fesseln kontrollierte. Neben dem Scheiterhaufen war ein vornehm gewandeter Mann erschienen, der aus einer Schriftrolle laut den Urteilsspruch zitierte, doch Eva und Moritz konnten von weitem keines seiner Worte verstehen. Eine alte, gebeugte Frau, die sich auf einen Stock stützte, hatte sich aus der Zuschauermenge gelöst und näherte sich zielstrebig Mos Wagen.

„Na, was hab ich gesagt?" Moritz verschränkte die Arme. „Da kommt die erste Kundschaft. He, Mütterchen! Sagt, wer ist die Unglückselige, der das letzte Stündlein geschlagen hat?"

Die alte Frau blieb neben dem Kutschbock stehen und schnaufte kurzatmig, erschrak dann, weil Klepper laut furzte. „Eine Begine", beantwortete sie endlich Moritz' Frage. Der hob verwundert die Brauen.

„Eine Begine? Es ist mir neu, dass jetzt auch Beginen auf den Scheiterhaufen müssen."

„Nur wenn sie störrisch sind", erwiderte die Alte tonlos.

Eva war erschüttert. In Straßburg hatten die Beginen der Aufsicht Meister Eckharts unterstanden, zu seinen Aufgaben zählte es, ihre Spiritualität in geregelte Wege zu lenken. „Der Bock wurde hier zum Gärtner gemacht", hatten Eckharts Gegner dies höhnisch kommentiert, denn die religiösen Vorstellungen der Beginen und Begarden waren von des Magisters Lehren in vielerlei Hinsicht beeinflusst. Nicht immer war es Meister Eckhart gelungen, sie vor dem Verdacht der Häresie zu schützen. Eva erinnerte sich an zwei Begarden, die zum Tod durch Einmauern verurteilt worden waren, weil sie Teile der Heiligen Schrift in die deutsche Sprache übersetzt hatten. Meister Eckharts Bemühungen, sie vor der grausamen Hinrichtung zu bewahren, waren erfolglos gewesen.

„Störrisch? Wie meint Ihr das?", wollte Eva von der Alten wissen.

„Ich selbst meine gar nichts, mein Kind. Ich bin nur ein Weib, zu alt, um etwas zu ändern in dieser merkwürdigen Welt."

„Was ist eine Begine?", fragte Clärchen.

„Beginen sind Frauen, die sich zu einer religiösen Gemeinschaft zusammengeschlossen haben, ohne dabei einem Orden anzugehören", erklärte ihr Eva. „Im Gegensatz zu Nonnen legen Beginen nur ein Gelübde auf Zeit ab."

Clärchen rümpfte die Nase. „Welchen Sinn sollte das haben?"

Ihre Frage blieb unbeantwortet.

„Also störrisch war die Begine", rekapitulierte Moritz und sah die Alte fragend an.

„Störrische Beginen", fuhr diese fort, „legen die Heilige Schrift nach ihrem eigenen Gutdünken aus. Sagt der Herr Bischof. Die Ärmste da hinten hat das wohl auch getan. Hat gesagt, die Diener der Kirche müssten arm und demütig sein. Dinge, wie Ketzer sie eben verbreiten. Außerdem gehört sie zu den wandernden Beginen. Ihre Verfehlungen eingestehen wollte sie offenbar auch nicht. Tja, das hat sie nun davon."

Eva wusste, dass das fahrende Beginentum auf dem Konzil von Vienne verboten worden war. Allerorten waren Beginen und Begarden - so nannte man die männlichen Mitglieder der Gemeinschaft - dem Klerus ein Dorn im Auge, standen sie doch häufig in Opposition zu den katholischen Orden, und nicht selten gerieten sie in die Fänge der Inquisition. Vor einigen Jahren hatte eine päpstliche Bulle allen Beginen und Begarden Gnade zugesichert, sofern sie die Regel der Tertiarier annahmen. Die junge Begine dort auf dem Richtplatz gehörte wohl nicht zu denen, die dies getan hatten.

„Sagt, Meister Medicus", sagte die Alte, „Ihr habt doch sicher ein gutes Sälbchen gegen mein Rheuma?"

Moritz verschwand ins Wageninnere, um mit einer kleinen Phiole zurückzukehren. „Hier, Mütterchen! Eine Essenz aus Birkenrinde und Labkraut, ein besonderes Rezept von mir. Reibt Euch jeden Abend die Gelenke damit ein. Es wirkt keine Wunder, aber es wird die Schmerzen lindern." Er reichte ihr die Phiole, fragte dann blinzelnd: „Lasst mich raten, Ihr habt kein Geld, um mich dafür zu bezahlen?"

„Ihr tut es um Gotteslohn, Meister Medicus."

Moritz verdrehte die Augen. „Papperla-"

„Seht!", rief Clärchen. Sie folgten ihrem Fingerzeig. Der Henker hatte eine Fackel in die unter dem Pfahl aufgeschichteten Reisigbündel geworfen. Flammen loderten empor.

Eva nahm Clärchen behutsam am Ellenbogen. „Am besten, du gehst jetzt in den Wagen, mein Mädchen."

Clärchen schüttelte heftig den Kopf. „Ich bleibe!"

„Du willst sie sterben sehen?"

„Sie hat sich gegen die Kirche aufgelehnt. Sie hat den Tod verdient."

Eva starrte ihre Ziehtochter sprachlos an.

Die Flammen hatten die Begine erreicht. Ihre Schreie mussten meilenweit zu hören sein. Bald breitete sich der widerliche Geruch verbrannten Fleisches aus. „Man hätte sie wenigstens zuvor erdrosseln können", sagte Moritz. Manchmal wurde den zum Flammentod Verurteilen diese Gnade gewährt. „Heiliger Damian, etwas Widerlicheres hab ich seit der Schlacht von Mühldorf nicht mehr mit ansehen müssen."

„Sie hätte sich besser reuig gezeigt", entgegnete Clärchen altklug. „Gott sei ihrer armen Seele gnädig!" Sie schlug ein Kreuz, wobei sie die Sterbende nicht aus den Augen ließ.

23.

Mit ihren vierzehn Jahren hatte Berta inzwischen ein heiratsfähiges Alter erlangt. Doch an eine Vermählung war nicht zu denken. Ihr Verstand war der eines Kindes, und ihre runden Augen blickten immer ein wenig verwirrt drein, sodass die Leute aus Wesel Roberts Tochter hinter vorgehaltener Hand „Die verrückte Schönburgerin" nannten. Auch ihr Körperbau war nicht der einer jungen Frau, eher der einer Zehnjährigen, deshalb war es zweifelhaft, ob sie jemals gesunde Kinder gebären könnte. Selbst eine große Mitgift würde keinen Freier von Stand anlocken; vermutlich würde sie ihr ganzes Leben auf der Schönburg verbringen. Trotz ihrer Beeinträchtigung war sie der Liebling ihrer Großmutter Elisabeth.

Kasimir, der Stallbursche Goswin und auch Daniel, der Koch, waren neben Frau Elisabeth Bertas wichtigste Bezugspersonen. Sie waren stets herzlich zu ihr, nahmen sich oft die Zeit, mit ihr und Wowo zu spielen. Wowo war ein junger Hund mit zottligem braunem Fell. Robert hatte ihr - bevor er zu einer Pilgerreise nach Santiago de Compostela aufgebrochen war - den Welpen geschenkt. Erst seitdem Berta Wowo besaß, erfuhr ihr altgedientes Lieblingsspielzeug, der holzgeschnitzte Esel, ernstliche Vernachlässigung.

Inmitten der anderen Burgkinder blieb Berta stets eine Außenseiterin in deren Runde. Bardolf, Kasimirs zehnjähriger Sohn, beließ es nicht dabei, sie zu missachten, er spielte ihr alle erdenklichen Streiche, die weit übers Ziel hinausschossen. Einmal hatte er sie mit Steinen beworfen, sodass sie eine blutende Stirnwunde davontrug. Ein anderes Mal war Wowo das Ziel seiner Aggression gewesen. Mit einem glühenden Holzscheit hatte er dem Tier das Fell versengt, zurückgeblieben war eine kahle Stelle auf Wowos Rücken. Kasimir war entsetzt, als er von den Missetaten seines Sohnes erfuhr, verabreichte ihm eine gehörige Tracht Prügel und ließ ihn einen ganzen Tag lang hungern. Bardolf zeigte nicht die Spur von Reue.

Manchmal ertappte Kasimir sich bei dem Gedanken, dass Berta ihm näher stand als der eigene Sohn. Bardolf war ein Eigenbrötler, Berta dagegen suchte die Gegenwart der Menschen. So kam es, dass Kasimir mehr Zeit mit Berta als mit seinem eigenen Sohn verbrachte. Außerdem war sie die Tochter jener Frau, die er verehrt hatte. Wenn Berta auch nicht wie andere Menschen sein mochte, so war sie doch liebenswert und auf ihre eigene Weise hübsch, es gab genug an ihr, was Kasimir mit Egida verbinden konnte.

Am Pfingstsonntag, nach dem Besuch der Frühmesse, hatte Kasimir das Bedürfnis, nach den Pferden zu sehen. Er ermunterte Bardolf, ihn zu den Ställen zu begleiten. Bardolf aber schüttelte unwillig den Kopf. „Keine Lust", murmelte er respektlos, was Kasimir ärgerte.

„Trotzdem, du kommst mit mir!"

„Ich will aber nicht!"

„Du wirst tun, was ich dir sage!"

„Warum lässt du den Jungen nicht in Ruhe?", mischte Hanna sich ein. Kasimir war empört, dass seine Frau ihm wieder einmal in den Rücken fiel. Sie war viel zu nachsichtig mit dem Jungen.

„Er wird nur wieder irgendwelchen Unsinn machen."

„Ich hab ein Auge auf ihn."

„Dass ich nicht lache. Macht, was ihr wollt!" Ohne weitere Debatten machte er sich auf den Weg zu den Stallungen. Wenn er ehrlich war, legte er nicht viel Wert auf die Begleitung des Jungen. Andererseits stimmte dieser Gedanke ihn traurig.

Jemand folgte ihm. Ohne sich umzusehen, wusste er Bescheid. „Komm, Berta!" Er streckte eine Hand aus, die Berta ergriff. Selbstverständlich befand sich auch Wowo in ihrer Begleitung. Erwartungsfreudig sprang der Hund den beiden voran.

„Gehst du zu den Pferden?", fragte Berta neugierig.

„So ist es, meine Süße."

„Au fein." Sie mochte Tiere über alles.

„Wollen doch mal sehen, ob der faule Goswin sich gut um sie kümmert, nicht wahr?"

Berta kicherte, denn sie wusste, dass Kasimir nur scherzte. Goswin mochte faul sein, aber die Pferde hatten es gut bei ihm. „Er liebt die Pferde", sagte sie, damit auch kein Zweifel blieb.

Kasimir grinste. „Sicher. Das tut er." Berta und Goswin hatten zweifellos eine Schwäche füreinander.

Den Stallburschen fanden sie erwartungsgemäß in der Futterscheune, wo er sein obligatorisches Nickerchen hielt. Seitdem Robert von Schönburg nach Santiago aufgebrochen war, frönte er dem Müßiggang noch häufiger als früher.

„Was meinst du, Berta: Machen wir ihn nass?"

Sie nickte eifrig. „Nass machen!"

Kasimir nahm einen halbgefüllten Wassereimer und ergoss ihn über den Schlafenden. Wie von einer Feuerzange gepackt, fuhr Goswin hoch. „Sakrament! Du verdammter polnischer Satansbraten!", schnaubte er.

„He, wer wird denn in Anwesenheit einer Dame fluchen?" Er deutete auf Berta, die sich lachend die Schenkel klopfte.

„Oh, Verzeihung", murmelte Goswin. Seine Verlegenheit wirkte echt.

„Und in der Messe hab ich dich auch nicht gesehen."

„Ach? Ist denn schon wieder Sonntag? Hätte schwören können, es sei erst Freitag."

„Glaub ihm kein Wort, Berta."

„Was hast du eigentlich hier zu suchen, du heimtückischer Schnüffler?"

„Ich wollte mich nur davon überzeugen, dass mein Duma noch nicht verhungert ist."

„Ach, woher. Dein Duma überlebt uns noch alle. Und fressen tut er mehr als ihm zusteht. Das ist ja gerade das Seltsame: Je älter der Satansrappen wird, um so größer wird sein Magen. Er ist geradezu unverschämt, wie sein Reiter."

„Und Remus?"

Goswin schüttelte bedauernd den Kopf. „Das genaue Gegenteil. Er ist alt und müde. Der Herr wird wohl nie wieder in die Schlacht mit ihm reiten können." Er schwieg, und Kasmimir wusste genau, was dem Stallburschen durch den Kopf ging. Auch wenn niemand gern darüber sprach, so war es doch fraglich, ob Robert jemals heil und unversehrt von seiner langen Pilgerreise zurückkehren würde. Abgesehen von all den Gefahren, die unterwegs auf einen einsamen Wanderer lauerten, war seine alte Verletzung für ihn doch eine schwere Beeinträchtigung. Dennoch hatte er darauf bestanden, den weiten Weg zu Fuß und ohne Begleiter anzutreten. Nur mit Mühe hatte seine Mutter Elisabeth ihn überredet, wenigstens nicht barfuß loszuziehen. Und Kasimir überzeugte ihn davon, dass er, wenn er schon ein Schwert verweigerte, zumindest ein Jagdmesser bei sich tragen musste.

„Ich wünschte, du würdest mich begleiten, aber die Einsamkeit ist Teil meiner Sühne", hatte er zu Kasimir gesagt, bevor er sich auf den Weg machte, anderthalb Jahre nachdem er in einem Anfall blinder Wut den Knappen Jan getötet hatte. Niemand rechnete mit Roberts Rückkehr innerhalb des nächsten Jahres.

Kasimir, Berta und Goswin schlenderten zum Stall. In der Tat wirkte das alte Schlachtross Remus kraft- und teilnahmslos, schwer hingen seine Lider herab. Kasimir tätschelte seinen Hals, dachte wehmütig zurück an die Zeit, als das Tier den Neid der gesamten rheinischen Ritterschaft geweckt hatte. Seit der Schlacht von Mühldorf, wo er einige Fleischwunden davongetragen hatte, war Remus vorzeitig gealtert, als sei er des Krieges überdrüssig. Goswin würde immerhin dafür sorgen, dass Remus ein anständiges Gnadenbrot erhielt.

Duma wieherte den Ankömmlingen fröhlich entgegen.

„In der Frühe hab ich ihn schon ausgeritten, gleich nach dem Morgengrauen", erklärte Goswin bedeutsam. „Das mache ich sonntags meistens. Der Kerl giert nach Bewegung wie eine Maus nach dem Speck."

„Ha! Du wusstest also genau, dass heute Sonntag ist. Hast die Messe geschwänzt und obendrein gelogen."

„Ich, äh - verdammt, kannst du nicht einmal deine neunmalkluge Klappe halten? Berta, wie hältst du's bloß aus mit dieser Landplage?"

Berta hatte inzwischen das Interesse verloren, ihren verbalen Scharmützeln zu lauschen. Statt dessen inspizierte sie Dumas Fell sorgsam nach Parasiten. „Kasimir, was bedeutet eigentlich Duma?", fragte sie über ihre Schulter.

„Duma bedeutet Stolz."

„Warum hast du ihm einen fremden Namen gegeben?"

„Auch ich bin ein Fremder, Berta."

„Du bist doch nicht fremd!"

„Dort, wo ich geboren wurde, spricht man eine andere Sprache, Kleines."

Berta war verwirrt.

„Eines Tages werde ich dir alles erklären", sagte Kasimir. „Versprochen."

„Erklär's mir jetzt."

„Nein. Ein Pferdestall ist nicht der rechte Ort dafür."

„Bitte, bitte!"

Goswin, der wusste, dass Kasimir ungern über seine Vergangenheit sprach, kam ihm zu Hilfe, indem er Berta ablenkte. Er packte sie mit einer Hand an beiden Handgelenken und kitzelte ihr den Bauch. Berta krümmte sich vor Lachen. Wowo hüpfte bellend um sie herum.

„Weißt du denn nicht, dass allzu neugierige Frauen gekitzelt werden, wenn sie zuviele Fragen stellen?"

„Das wusste ich nicht", prustete Berta.

Goswin hielt plötzlich inne. „Was hast du denn da?", fragte er und inspizierte behutsam ihre Kopfhaut.

„Da hat mich ein Stein getroffen", erklärte Berta.

„So? Ich nehme an, diesen Stein hat jemand geworfen?"

Berta nickte verängstigt.

„Wer?", fragte Kasimir, dem längst ein Verdacht gekommen war.

„Bardolf", kam es leise zurück.

Kasimir nickte grimmig. „Natürlich. Bardolf." Er mahlte mit den Kiefern und raunte Goswin zu: „Der Bengel hat mir hoch und heilig versprochen, nie wieder Steine nach Berta zu werfen. Vermutlich hat er nie vorgehabt, sich an das Versprechen zu halten."

Goswin breitete hilflos die Arme aus.

„Bardolf treibt es immer wieder auf die Spitze", fuhr Kasimir fort. „Manchmal schäme ich mich regelrecht für meinen Sohn."

Goswin zog eine Schnute, als wolle er sich eine Bemerkung verkneifen.

„Was ist?", fragte ihn Kasimir.

„Nichts."

„Komm schon, was wolltest du sagen?"

„Ich behalt's lieber für mich."

„Los, spuck's aus!"

„Nein. Und jetzt entschuldige mich. Hab noch was in der Sattelkammer zu tun." Er machte einen Kussmund Richtung Berta und eilte aus dem Stall.

„Goswin, bleib!", rief Berta ihm hinterher. Aber schon war der Stallbursche verschwunden. Sanft strich Kasimir ihr über den Kopf.

„Er hat zu tun", erklärte er. „Das ist der Ärmste gar nicht gewohnt."

Berta kicherte, und Kasimir fragte sich, weshalb Goswin so betreten gewirkt hatte. Als gäbe es ein Geheimnis, von dem allein er, Kasimir, nichts wissen durfte. Freilich konnte er sich das auch einbilden. Aber er kannte eine Person, die sich nicht so geheimnistuerisch zeigen würde.

Daniel, der dickbäuchige Koch, stand am Herd und rührte Kräuter in einen Kessel, aus dem köstlich riechender Dampf stieg. Mit verschränkten Armen lehnte Kasimir in der Tür und regte sich nicht, denn der Koch würde vor Zorn aus der Hose springen, wenn man ihm beim Anrühren einer Soße störte. Nach einer Weile ergriff Daniel einen Holzlöffel und kostete davon. Er nickte zufrieden.

„Wenn's so köstlich schmeckt, wie's riecht, dann hast du dich wieder selbst übertroffen", sagte Kasimir.

Erschrocken fuhr Daniel herum. „Verfluchte Hölle! Wie lange stehst du da schon?"

„Schlechtes Gewissen, Meisterkoch?"

„Witzbold! Ich rühre die Kräutersoße für den verdammten Hecht an. Wenn die misslingt, dann kann man ebensogut Dinkelbrei ohne Dinkel essen."

„Du übertreibst. Außerdem kann ich mich nicht erinnern, dass dir je ein Gericht misslungen wäre."

Die kleinen Äuglein des Kochs wurden noch schmaler. „Was führst du im Schilde, elender Schmeichler?"

„Nichts. Außer, dass ich deinen Rat brauche."

„Den sollst du haben. Vermutlich handelt es sich aber nicht um ein Küchenrezept?"

„Erraten."

„Na schön. Der Hecht muss sowieso noch eine Weile schmoren. Setz dich dort auf den Hocker, ich hol dir was zu trinken."

„Bemüh dich nicht." Leuten wie Daniel fiel es immer schwer zu glauben, dass ein Gespräch sich auch ohne Bier führen ließ.

„Bist du sicher, dass du keinen Durst hast?"

„Todsicher."

„Vielleicht ein Stück Ziegenkäse?"

„Nein, danke."

„Beklag dich hinterher bloß nicht, ich hätte dich verhungern lassen."

„Wie gesagt, ich brauche nur deinen Rat."

„Worauf wartest du dann noch? Sprich, Kriegsheld!" Mit verschränkten Armen blieb der Koch vor Kasimir stehen.

„Nun ja, genau gesagt brauche ich keinen Rat, sondern vielmehr eine Erklärung."

„Sehe ich denn aus wie ein gottverdammter Gelehrter?"

„Ein Gelehrter würde mich wohl irgendwann mal zu Wort kommen lassen."

„Bitte sehr, ich höre!"

„Vorhin im Pferdestall - Goswin hat da eine seltsame Bemerkung gemacht."

„Was hat diese Pferdelaus denn gesagt?"

Kasimir kratzte sich die Nase. „Um Grunde hat er nichts gesagt. Das ist es ja gerade. Hat nur so geguckt, als wollte er etwas sagen. Aber dann hat er's für sich behalten."

„Bei den Eiern sämtlicher Teufel, was ist heute nur los mit dir? Komm endlich zur Sache, Kerl."

„Berta erzählte uns, dass Bardolf sie wieder einmal mit Steinen beworfen hat. Natürlich war ich stocksauer auf meinen Sohn. Als ich zum Ausdruck brachte, wie sehr ich mich für ihn schäme -"

„Schon gut. Brauchst nichts weiter zu sagen. Weiß schon Bescheid."

„Du weißt bescheid?"

„Goswin hatte augenblicklich einen Frosch im Hals, als die Sprache auf deinen kleinen Bardolf kam."

„Siehst du, da ist es wieder: das Gefühl, als einziger ein Brett vor dem Kopf zu haben."

Dem Koch entfuhr ein tiefes Seufzen. „Wenigstens das siehst du richtig. Das Brett ist riesig. Obwohl du ja sonst nicht der Dümmste bist."

„Hättest du die Güte, mir bei der Beseitigung des Brettes behilflich zu sein?"

Daniel blies die Wangen auf, sodass sein feistes Gesicht noch aufgedunsener wirkte. Er dachte nach, als müsse jedes seiner Worte sorgsam abgewogen werden, was nun wahrhaftig in keiner Weise bezeichnend für ihn war.

„Sag mal", meinte er in leicht gedehntem Tonfall, „findest du, dass Bardolf viel Ähnlichkeit mit dir hat?"

Darüber hatte Kasimir nie ernsthaft nachgedacht. „Ob er Ähnlichkeit mit mir hat? Wieso fragst du?"

Daniel schaute flehend nach oben. „Lieber Heiland, warum ich?"

Kasimirs Miene verhärtete sich. „Du willst also behaupten, dass Bardolf nicht mein Sohn ist!"

Wie erleichtert atmete der Koch aus, den Blick noch immer zur Decke gewandt. „Danke, Herr!"

„Woher willst du das wissen?"

„Ich hab Augen im Kopf, mein Junge. So wie jeder andere hier auf der Burg."

„Und wer ist deiner Meinung nach -" Er hielt inne, weil ihm die Antwort plötzlich offensichtlich schien. Daniel war nun gewillt, keine Zweifel mehr offen zu lassen.

„Bardolf ist ein hinterlistiges, missratenes Bürschchen, Kasimir. Er hat überhaupt nichts von dir." Seine Stimme wurde zu einem Flüstern, sein Doppelkinn begann zu wabern. „Wir alle wissen, dass es jemanden auf der

Burg gibt, dem er ähnelt. Und wenn du ehrlich zu dir selbst bist, wirst du selbst endlich zu der Überzeugung kommen, dass du nicht sein verdammter Vater bist."

„Danke für die Aufklärung", murmelte Kasimir zerknirscht. Daniel legte eine Hand auf seine Schulter.

„Du wolltest einen Rat von mir, mein Junge. Ich geb dir einen: Lass es einfach darauf beruhen. Die Welt ist voller Bastarde. Wen kümmert's?"

Grußlos verließ Kasimir die Küche.

Wie konnte ich Narr all die Jahre nur so blind sein?, sagte er sich wieder und wieder. Vermutlich machte man sich schon seit Ewigkeiten über ihn lustig. Oder empfand einfach nur Mitleid mit ihm. Was auch immer, eines war so schlimm wie das andere.

Er fand Hanna und Bardolf in der kleinen Wohnstube, die Robert ihnen einst - als Privileg für seinen treuen Waffengefährten - zur Verfügung gestellt hatte. Hanna nähte an einer Schecke, während Bardolf die Klinge eines Messers mit einem Wetzstein bearbeitete. Kasimir musterte den Jungen streng bei seinem Tun. „Wer hat dir erlaubt?"

„Mutter!", erwiderte Bardolf trotzig.

„Und ich verbiete es. Leg es beiseite, bevor du dich oder andere damit verletzt!"

Bardolfs Augen funkelten vor Wut, doch Kasimirs drohender Blick ließ ihn seinen Widerspruch schlucken.

„Lass mich mit deiner Mutter allein!"

Der Junge warf das Messer beiseite und stapfte davon.

„Du lässt ihn mit einem Messer hantieren, Hanna?", fragte Kasimir vorwurfsvoll.

„Der Junge ist zehn Jahre alt. Er ist kein kleiner Junge mehr."

„Bardolf zeichnet sich nicht gerade durch Verantwortungsbewusstsein aus."

Hanna schwieg.

„Ich möchte, dass du mir eine Frage beantwortest, Hanna." Er lehnte sich an die Wand. „Wer ist Bardolfs Vater?"

Hanna starrte auf ihre Näharbeit. Erst als die Stille unerträglich wurde, sagte sie: „Was für eine Frage, Kasimir."

„Beantworte sie."

„Ich weiß es nicht", erwiderte sie nach einer Weile.

„So, du weißt es nicht. Im Gegensatz zu allen anderen Menschen, die auf dieser Burg leben. Sogar ich weiß es inzwischen. Wenn auch Jahre vergehen mussten, bis ich Trottel es begriffen habe."

„Du weißt, dass Merbodo mich damals vergewaltigt hat. Ich hab's dir nie verheimlicht."

„Er ist also Bardolfs Vater?"

„Wie kann ich das wissen?“

„Als Bardolf geboren wurde, hast du behauptet, er sei zu früh auf die Welt gekommen. Das war gelogen. Er war so groß und kräftig wie jedes andere Neugeborene.“

„Mag sein, dass Merbodo sein Vater ist. Aber vielleicht bist du es auch.“

„Bardolf und Merbodo ähneln einander sehr.“

„So? Das finde ich nicht.“

„Warum machst du dir etwas vor? Ist dir eigentlich klar, dass sich alle über mich lustig machen?“

„Unsinn. Jedermann schätzt und achtet dich.“

Kasimir hatte seinen Blick bewegungslos auf den Boden geheftet. Bardolf war nicht sein Sohn. Niemand war sein Sohn. Ein Mann ohne Sohn war er. Der Irrtum, dem er zehn Jahre lang erlegen war, war so schmerzhaft wie ein brennendes Feuermal.

„Kasimir!“, sagte Hanna beschwörend. „Wer immer auch Bardolfs Erzeuger ist - du hast ihn aufgezogen. In meinem Leib ist er gewachsen. Du liebst mich doch noch, oder?“ Sie legte ihre Näharbeit beiseite, ging auf ihn zu und warf sich ihm in die Arme. „Liebst du mich?“, fragte sie abermals und sah ihn mit feuchten Augen an.

Kasimir stand wie gemeißelt, unbeholfen streichelte er über ihren Rücken und war nicht imstande, ihre Frage zu beantworten.

24.

Eva war schon viel in der Welt herumgekommen, deshalb hielt ihr Staunen sich in Grenzen, als in der Ferne Kölns mächtiger Mauerring sichtbar wurde. Gewiss, die Ausmaße der Stadt waren groß, die Bauten schon von weitem bewundernswert, doch wer einige Jahre in Paris gelebt hatte, der war nicht mehr so leicht zu beeindrucken. Anders Clärchen, die zwischen den Erwachsenen auf dem Kutschbock saß. An Paris hatte sie keinerlei Erinnerungen, zu jung war sie damals gewesen. Doch Köln, wie es schien, besaß noch mehr Gotteshäuser als Straßburg. „Soviele Kirchtürme", staunte sie.

Klepper furzte. Was freilich keinen Aufschluss darüber gab, ob auch ihn der Anblick der Stadt beeindruckte. Manchmal furzte er ohne Unterlass. Moritz bedachte den Gaul mit einem Schimpfwort und wedelte mit einer Hand, um die heranschwebende Duftwolke zu vertreiben.

„Im Herzen der Stadt entsteht die größte Kathedrale der Christenheit", erklärte er dann der Kleinen. „Erst vor zwei Jahren wurde der Chor vollendet. Ich selbst werde die Fertigstellung des Bauwerkes wohl nicht mehr erleben, aber du, Clärchen, hast vielleicht Glück und wirst es eines Tages in seiner ganzen Pracht bewundern können."

Nachdem sie ans Severinstor gelangt waren, rief ein junger, flachshaariger Wächter: „He, wenn das nicht Mo Grobian ist! Ist denn schon wieder ein Jahr vergangen?"

„Sieht ganz so aus, Gereon. Obwohl man das deinem Milchgesicht keineswegs ansieht."

Der Wächter pfiff durch die Zähne. „Diesmal sogar in Begleitung zweier Weiber. Wo zum Teufel hast du denn diese entzückenden Wesen aufgetrieben?"

„Für dich sind sie tabu, du Schwerenöter. Sonst bekommst du's mit mir zu tun, verstanden?"

„Schon gut, reg dich nur ab. Wer will sich schon mit einem Knochenbrecher anlegen?"

Die Trennung von Moritz fiel Eva nicht leicht. Moritz hatte ihnen das Leben gerettet, und in den vergangenen Wochen hatten sie eine schöne Zeit miteinander verlebt. Wie ein gütiger Vater war er zu ihnen gewesen. Gern hatte Eva ihn bei seiner Arbeit assistiert, hatte viel dabei gelernt. Sie wusste jetzt, wie man frische Verletzungen versorgte, was man tun konnte, um Schmerzen zu lindern, welche Kräutertinkturen bei welchen Beschwerden halfen, oder dass man eiternde Wunden am besten erweiterte. Wenn sie sich früher mit den Leiden der Menschen beschäftigt hatte, so war es vor allem das Leid der Seele gewesen, das sie zu Studien inspiriert hatte. Legionen von Scholastikern und Philosophen hatten sich in Gegenwart und Vergangenheit hierzu geäußert; auf der Stelle hätte Eva ein Dutzend von ihnen zitieren können. Aber der Leib? Fast schien es, als sei der Leib des Menschen für Gott nicht von Wichtigkeit. Aber war das wirklich so? War der Leib tatsächlich nur eine Seelenhülle, ein lästiges, aber notwendiges Behältnis für die Dauer eines Erdenlebens? Waren Krankheit, Siechtum und Verwundung nur Strafen eines zürnenden Gottes? Mehr denn je bezweifelte Eva dies.

„Die Seele ist wie ein Wind!“, hatte Hildegard von Bingen vor langer Zeit behauptet. „Ein Wind, der den Elenden hilft, ein Tau, in dem er die Verlassenen tröstet. Und Regenluft sei er, indem er die Ermatteten aufrichtet und sie mit der Liebe erfüllt wie Hungernde: indem er ihnen seine Seele gibt!“

Körper und Seele, waren sie nicht eins?

Gleichwohl, Eva war entschlossen, Moritz nicht weiter zu begleiten. Auch wenn sie sich immer gern an die Zeit mit ihm erinnern würde, spürte sie keine Berufung dazu. Vergeblich versuchte Moritz, der jetzt nach einem neuen Gehilfen Ausschau halten musste, ihr das Bleiben schmackhaft zu machen. „Was wirst du tun in diesem Sündenbabel, Mädel?“, fragte er.

„Ich suche meine Freundin Johanna.“

„Und was dann?“

Sie hob lächelnd die Schultern. „Es wird sich schon etwas ergeben.“

„Du hast Vorstellungen. Am Ende landest du noch im Hurenhaus.“

„Bestimmt nicht, Mo, sei unbesorgt.“

„Ach, und was macht dich da so sicher?“

„Hast du nicht selbst gesagt, dass Köln die Stadt der Frauen ist? Clärchen und ich kommen schon zurecht.“

„Solange ich in Köln bin, findest du mich am Heumarkt, unweit des Rheinufers.“

Eva war nicht bange in der Fremde, oft genug schon war sie auf sich selbst angewiesen gewesen, und eine echte Heimat hatte sie schon lange nicht mehr. Außerdem schien ihr Lebensweg auf merkwürdige Weise mit dem des großen Meisters Eckhart verbunden zu sein. In Köln hatte der Gelehrte vor zwei Jahren die Leitung des *Studium generale* übernommen, jenes Lehrstuhls, den auch Albertus Magnus innegehabt hatte.

„Weißt du denn auch, wo du deine Freundin Johanna zu finden ist?“, fragte Moritz, als sie sich anschickten, endgültig Abschied voneinander zu nehmen.

„Ich finde es heraus.“

„In dieser Stadt leben nicht hundert, sondern viele tausend Menschen, Mädel. Du suchst die Nadel im Heuhaufen?“

„Der liebe Gott wird uns schon führen. Nicht wahr, Clara?“

Die Kleine nickte heftig. „Ich hab gebetet, deshalb werden wir sie finden“, erklärte sie zuversichtlich.

„Vertraut dem Höchsten bloß nicht zu häufig“, brummte der Chirurg,

„ich weiß, wovon ich spreche."

Clara war entsetzt. „Wie kannst du so etwas sagen?"

„Schon gut, meine Kleine. Ich werde es beichten, damit du beruhigt bist." Er wandte sich an Eva. „Ist sie hübsch, deine Freundin?"

„Zweifellos."

„Wie alt? Welche Haarfarbe? Besondere Merkmale?"

Eva war verwundert über diese Fragen, beantwortete sie aber bereitwillig. Offenbar kannte Moritz einen Weg, ihr die Suche zu erleichtern. Er wandte sich abermals an den Torwächter, der immer noch verstohlen zu ihnen herüberschielte. „He Gereon! Rühmst du dich nicht, alle schönen Kölnerinnen mit Namen zu kennen?"

„Bei vielen ist's nicht nur der Name, der mir vertraut ist!"

„Gesucht wird eine großgewachsene, schlanke Frau namens Johanna. Anfang dreißig, rote Haare, Sommersprossen und nicht auf den Mund gefallen."

„Ah, die rote Johanna! Oh ja, die ist nicht von schlechten Eltern. Nicht mehr ganz taufrisch, aber sie wirkt feuriger als ein Mägdelein nach der Fastenzeit."

„Wo ich sie finde, will ich wissen, Schafskopf."

„Vermutlich bei der alten Frau Hirtz. Dort arbeitet sie nämlich. Heute findest du sie wahrscheinlich an Frau Hirtzens Stand auf dem Neumarkt. Aber mach dir keine Hoffnungen, die lässt keinen an sich ran. Nicht mal mich. Ein Jammer ist das. Manchmal frage ich mich, ob ihr etwas fehlt."

„Jedenfalls nicht ihr gesunder Menschenverstand, wenn sie dich nicht ranlässt!"

„Dann brauchst du dir erst recht keine Hoffnungen zu machen, Tattergreis. Sei zufrieden, mit dem was du hast." Erneut verschlang er Eva mit brünstigem Blick. „Viel zu schade für dich, dieser Leckerbissen."

„Denk daran, was ich dir vorhin gesagt habe", erwiderte Moritz mit drohendem Finger. Dann schenkte er dem selbsternannten Weiberheld keine weitere Beachtung mehr.

„Frau Hirtz? Wer ist das?", fragte Eva.

„Eine Tuchmacherin. Sie führt mit ihrem Gatten eine Wollweberei, aber sie ist es, die die Hosen an hat. Wie ich schon sagte, in Köln können die Frauen es weit bringen."

„Jetzt werde ich Johanna rasch finden. Vielen Dank, Mo." Ihre Stimme begann zu zittern. „Danke für alles, was du für uns getan hast!"

Mos Augen wurden feucht. „Passt gut auf euch auf, ihr beiden Wasserratten", sagte er. „Und dass ihr mir nie wieder in einen Fluss springt, versprochen?"

„Versprochen", schniefte Clara."

Bevor sie sich trennten, verharrten sie noch lange in gegenseitigen Umarmungen, als sei es gewiss, dass sie einander nie wieder begegnen würden.

Das rege Markttreiben erinnerte Eva an Les Halles in Paris. Buden, Lauben und Verkaufstische reihten sich aneinander, die Anzahl der Menschen war unüberschaubar, es wurde geschrieen, geschubst und palavert, es roch nach Körperausdünstungen, und die Sommerhitze tat ein übriges, das Atmen zu erschweren. Ein Mütterchen wies Eva den Weg zum Stand der Tuchmacherin Tryngen Hirtz. Clara fest an der Hand führend, kämpfte sich Eva durch die Menge.

Johanna saß hinter einem Tisch, auf dem Tücher und Decken ausgebreitet waren. Ein wenig gedankenverloren wirkte sie, während sie ein Stück Stoff auf ihren Knien zusammenfaltete. Nur noch wenige Schritte trennten sie, doch sie hatte die Herannahenden noch nicht bemerkt. Mehr als ein Jahr war vergangen, seitdem die Freundinnen in Straßburg einander zum letzten Mal gesehen hatten. Bis auf ein paar Fältchen, die ihre Augen umkränzten, schien Johanna sich nicht verändert zu haben. Eine rote Haarsträhne lugte unter einem modischen Kopftuch hervor, und das blaue Kleid aus feinem Stoff, das sie trug, war ein deutlicher Hinweis, dass sie keine Not litt. Ohne Zweifel war Johanna immer noch eine betörende Erscheinung, die jedes Männerherz höher schlagen lassen musste.

Freudig wollte Eva ihr entgegeneilen, als etwas Unvorhergesehenes geschah: ein geflecktes, aus voller Kehle quiekendes Ferkel zog die allgemeine Aufmerksamkeit auf sich. Wie ein kleiner Berserker wühlte es sich durch das Menschengewimmel, manch ein Erschrockener fand sich im nächsten Augenblick auf dem Erdboden wieder, der Stand eines Korbmachers stürzte um, sodass seine Ware sich rasch verteilte. Nun schickte das wild gewordene Ferkel sich an, geradewegs auf Johannas Stand zuzusteuern. Johanna reagierte unverzüglich, sprang hoch und trat vor den Tisch hin, versperrte dem Tier mit grimmiger Entschlossenheit den Weg. Das Ferkel aber hatte schon zuviel Fahrt aufgenommen, um Johanna, die den Zusammenstoß mit ausgebreiteten Armen in Kauf nahm, noch auszuweichen.

Eva schlug entsetzt eine Hand vor den Mund, als sich die Freundin und das Ferkel über den Boden wälzten und einen Ringkampf austrugen. Das Quieken des Ferkels wuchs nun zu einem ohrenbetäubendem Geschrei an. „Blödes Borstenvieh, du wirst meine Ware nicht ruinieren!“, schrie Johanna, während sie es grob an den Ohren zog. Nach einer Weile gelang es dem Ferkel, sich aus Johannas Umklammerung zu entwinden. Flugs verschwand es in eine andere Richtung, ohne Johannas Ware Schaden zugefügt zu haben.

Johanna erhob sich und ordnete ihr Kleid, das nun nicht wenige Schmutzflecken aufwies. Ein paar der Umstehenden klatschten johlend Beifall. „Was gibt's denn da zu gaffen? Mach dich dünn, Hornochse“, blaffte sie einen Kerl an, der sich besonders aufdringlich gebärdete.

In der Zwischenzeit war Eva an sie herangetreten, legte sanft eine Hand auf ihre Schulter. „Temperamentvoll wie ehedem, du hast dich nicht verändert, meine Liebe.“

Wie vom Donner gerührt starrte Johanna sie an. „Eva?“
„So heiße ich immer noch.“
„Gott der Gerechten!“
„Tante Johanna!“ Die Kleine klammerte sich munter um ihre Hüften.
Die nächsten Minuten vergingen unter heftigen Umarmungen, Küssen und freudvollen Jauchzern. „Ich kann es kaum glauben, so glücklich macht mich euer Anblick“, beteuerte Johanna immer wieder. „Was habt ihr vor? Werdet ihr in Köln bleiben? Ach bitte, bleibt doch, das wäre so wunderbar!“
„Wir werden sehen“, meinte Eva und hob die Schultern.
„Was ist mit dem alten Pfarrer Johannes?“
„Der Herr erbarme sich seiner Seele“, sagte Clara.
„Umso besser! Ich meine - tut mir natürlich leid, aber er war ja weiß Gott nicht mehr der Jüngste. Ich nehme an, dass es somit keinen Grund mehr für euch gibt, nach Straßburg zurückzukehren.“
Eva nickte ernst. Sie hatte der Freundin vieles zu erzählen. Aber dafür würden sie hoffentlich später noch genug Zeit finden.
„Tante Johanna, was ist das für eine Kirche?“, wollte Clara wissen, indem sie auf die dreitürmige Basilika am Ende des Marktplatzes zeigte. Johanna erklärte ihr, dass die Kirche den Namen Sankt Aposteln trug.
„Darf ich?“, fragte Clara Eva hoffnungsvoll.
„Aber mein Mädchen, du wirst dich verlaufen.“
„Unsinn! Lass mich nur gehen. Nur einen Rosenkranz will ich dort beten. Bitte!“
Clara würde keine Ruhe geben, bevor sie ihr frommes Bedürfnis, das sie beim Anblick eines Gotteshauses unweigerlich überfiel, gestillt hatte. „Na schön, aber ich begleite dich.“
„Ich bin kein kleines Kind mehr, Mama. Zu Gott finde ich allein, da brauchst du mich nicht an der Hand zu nehmen. Er wacht über mich, verstehst du?“ Schon war sie im Menschenpulk verschwunden.
„Gottesfürchtig wie eh und je, die Kleine“, stellte Johanna fest.
Eva verzog den Mund zu einem gequälten Lächeln. „Frömmer als fromm, würde ich sagen.“
„Hört sich an, als wärst du darüber nicht besonders glücklich.“
„Ach, es ist nur - aber lassen wir das. Erzähl mir lieber von dir. Wie ist es dir ergangen hier in Köln?“
Johanna führte sie hinter ihren Stand, vor dem inzwischen ein paar vornehme Kölnerinnen standen und die kostbare Ware bestaunten.
„Mir geht's nicht schlecht, wie du sehen kannst. Frau Hirtz behandelt ihre Beschäftigten sehr gütig. Sogar mit mir hat sie Geduld, und du weißt ja, wie oft Madame Henriette an mir verzweifelt ist. Frau Hirtz sorgt sogar dafür, dass man uns nicht mit gemeinen Dienstmägden verwechselt.“ Sie zwinkerte mit einem Auge und nahm wie zum Beweis ein Stück Stoff ihres Kleides zwischen die Finger.

„Es ist wirklich wunderschön."

„Mal abgesehen davon, dass es im Augenblick nach Schweinescheiße stinkt." Johanna dachte nach. „Bestimmt würde Frau Hirtz dich einstellen! Du bist geschickt, viel geschickter als ich, du lernst sehr schnell und hast vorzügliche Manieren, das schätzt sie besonders. Außerdem ist letzte Woche ein Platz an einem der Webstühle frei geworden." Sie bekreuzigte sich, offenbar war jemand gestorben.

„Und du glaubst wirklich, dass Frau Hirtz -"

„Und ob. Ist das nicht wunderbar? Alles wird wieder so sein wie früher!"

Wenige Stunden später war Eva eingestellt.

Tryngen Hirtz, eine kleingewachsene, energievolle Frau mittleren Alters, wollte nichts über Evas Lebensgeschichte wissen. Lieber vertraute die Unternehmerin ihrer Menschenkenntnis. Sie gehörte, obgleich nicht aus patrizischem Geschlecht, zu den reichsten Menschen in Köln, zumal ihr Gatte bis weit über die Grenzen des Reiches hinaus im Wolltuchhandel tätig war und ihr in den Werkstätten freie Hand ließ. Mehr als dreißig Beschäftigte, darunter auch viele Frauen, standen in ihren Diensten. Eva würde lernen, die verschiedensten Gewebe herzustellen. Und das Wichtigste: Clara durfte bei ihr bleiben. Schon bald, so meinte Frau Hirtz, indem sie Clara wohlwollend über den Kopf streichelte, könne auch sie das Handwerk erlernen. Clara zog ein missmutiges Gesicht, doch Frau Hirtz schien es ihr nicht übel zu nehmen.

Erst am späten Abend fanden Eva und Johanna wieder Zeit, sich auszutauschen. Über der Weberei lag ein großer Schlafsaal, wo Frau Hirtz' Arbeiterinnen kleine Quartiere besaßen. Hölzerne Trennwände erlaubten den Frauen sogar etwas Privatsphäre. Eva, Johanna und Clara teilten sich einen dieser Schlafplätze. Nach einem ausgiebigen Nachtgebet schlief Clara ein. Um die allgemeine Nachtruhe nicht zu stören, blieb Eva und Johanna nichts anderes übrig, als sich flüsternd zu unterhalten.

„Ich kann's noch immer nicht glauben, dass wir wieder vereint sind", sagte Johanna und griff nach Evas Hand. „Bist du mir eigentlich noch böse, dass ich mich damals einfach davon gemacht habe?"

„Nie war ich dir böse, Johanna. Vielleicht hätte ich genauso gehandelt. Außerdem hattest du mir ja einen klugen Boten geschickt."

„Johannes Tauler. Netter Bursche, nicht wahr? Thomas ist davon überzeugt, dass Tauler eines Tages ein großer Gelehrter werden könnte. So wie Eckhart."

Es war das erste Mal seit ihrem Wiedersehen, dass Johanna Thomas erwähnte. Sie kam Evas Frage zuvor. „Zwischen ihm und mir hat sich nichts verändert." Sie seufzte, und ihr Flüstern wurde noch leiser. „Unsere Liebe ist unerschütterlich, doch die Lage ist kaum weniger kompliziert geworden. Immerhin, es ist uns gelungen, unser Verhältnis all die Jahre geheim zu halten - was in Köln noch schwieriger ist als anderswo. Wenn wir uns heimlich treffen, tun wir das außerhalb der Stadt, doch die Gelegenheiten dafür sind rar. Ach Eva, ich wünschte mir so sehr, dass er den Orden verlässt. Ich weiß genau, er liebt mich, er würde alles für mich tun. Allein der liebe Gott, der scheint ihm noch wichtiger zu sein. Manchmal bin ich richtig eifersüchtig auf den lieben Gott."

Nur zu gern hätte Eva ihr einen guten Rat gegeben. Nur welchen? Hilflos fragte sie: „Und Meister Eckhart? Hat er in Köln soviele Anhänger wie anderswo?"

„Noch einige mehr, würde ich sagen. Die Menschen lieben ihn. Vor allem deshalb, weil er in ihrer Sprache predigt. Das bedeutet zwar nicht, dass sie ihn auch begreifen, aber wenigstens gibt er sich nicht so unnahbar wie andere Pfaffen. Allein das ist den Kölnern wichtig. Verlogene Kapläne, die ihnen unablässig mit den Feuern der Hölle drohen, sind ihnen ein Greuel. Wohl deshalb haben sie schon vor vielen Jahren ihren eigenen Bischof aus der Stadt vertrieben."

„Die Kölner scheinen es dir angetan zu haben."

„Sie sind merkwürdig. Man muss sich erst an sie gewöhnen, bevor man sie lieben kann." Sie schwieg kurz. „Als ich dir sagte, Eckhart habe hier noch mehr Anhänger als in Paris oder Straßburg, war das nur die halbe Wahrheit. Denn auch die Zahl seiner Gegner ist hier mächtig."

Eva erschrak, obwohl kluge Leute diese Entwicklung schon vor langer Zeit vorausgesehen hatten. „Menschen wie er werden immer gegen Widerstände kämpfen müssen", erklärte sie bitter.

„Widerstände zu bekämpfen ist eine Sache. Sich gegen Intrigen zu wehren eine andere. Es sind vor allem einige Mitbrüder aus seinem eigenen Orden, die ihm das Leben schwer machen. Thomas sagt, es sei nur noch eine Frage der Zeit, wann sie ihn offen der Häresie bezichtigen."

Das Bild der brennenden Begine erschien vor Evas Augen. Johanna spürte, wie sehr ihr Bericht die Freundin bedrückte. „Genug davon. Erzähl mir lieber von dir und Clärchen. Wie ist es euch ergangen in den vergangenen Monaten?"

Auch Eva hatte manches Unerfeuliche zu berichten: von Vater Alfons' frevlerischen Gelüsten, von ihrer spontanen Flucht aus Straßburg, und wie sie um ein Haar in den kalten Fluten des Rheins ertrunken wären. Sie vermied jede Weitschweifigkeit, ließ aber auch nichts Wesentliches aus.

Erschüttert lauschte Johanna ihren Worten. „Ich danke dem Herrgott auf Knien, dass er euch diesen Medicus schickte", sagte sie am Ende grüblerisch. „Ich danke ihm so sehr, dass ich im Augenblick gar nicht mehr eifersüchtig auf ihn bin."

Mehr als ein Monat musste vergehen, bevor sich Eva die Gelegenheit bot, Meister Eckhart zu begegnen. Sonnabends, nach der Vesper, pflegte er den

Dominikanerinnen in St. Gertrud zu predigen, anschließend - das wussten die Menschen, die ihn verehrten - traf man ihn auf dem Platz vor der Kirche St. Aposteln an. Hier stillte er das Bedürfnis derer, die an seiner Mystik teilhaben wollten.

An einem Samstag Ende August erlaubte Frau Hirtz ihren Weberinnen, die Werkstatt zwei Stunden früher zu verlassen, denn die ganze Woche über hatten sie besonders hart gearbeitet. Eva wusste, was sie mit der Freizeit anfangen sollte, und Johanna erklärte sich bereit, sie zu begleiten, hoffte sie doch im Stillen, in des Magisters Begleitung auch den Geliebten anzutreffen. Zwar würde sich ihre Zwiesprache auf heimliche Blicke und allenfalls ein paar unverfängliche Worte beschränken müssen, doch das war immer noch besser als nichts. Auch Clara schloss sich ihnen an, beschloss jedoch unterwegs, in die unvollendete Kathedrale einzukehren, um dort in Ruhe zu beten. Das sei ihr lieber, als der Predigt eines Mannes zu lauschen, dem es nicht möglich sei, Gott und Seine Schöpfung zu erklären.

Meister Eckhart hatte schon zu predigen begonnen, als sie den Platz erreichten, vierzig oder fünfzig Leute umringten ihn. Er sprach von den guten Gaben.

Zu Johannas Enttäuschung war Thomas nicht unter seinen Gefolgsleuten. Eva aber erkannte einen anderen alten Bekannten, nämlich Michel, der nach wie vor der Leibwächter des Mystikers war. Der Hüne stand wenige Schritte hinter seinem Herrn, unverkennbar und unscheinbar zugleich, hielt die Menge der Zuhörer aufmerksam im Auge. Auf seiner Schulter hockte Balthasar. Michel hatte die beiden weiblichen Ankömmlinge wahrgenommen, nickte ihnen fast unmerklich zu - seine Wiedersehensfreude auf überschwänglichere Weise zu zeigen war halt nicht seine Art.

Anders Balthasar. Erstaunlicherweise erkannte der Rabe seine frühere Herrin. Aufgeregt begann er zu krächzen, erhob sich flatternd in die Lüfte und flog dicht über die Köpfe der Leute zu ihr herüber. Ungestüm landete er auf ihrer Schulter, ließ sich ausgiebig von ihr liebkosen. Der Zwischenfall sorgte für Aufsehen und entging auch dem Prediger nicht. Meister Eckhart rief schmunzelnd: „Diese Frau, die mir wie eine Tochter ist, ich habe sie, wie auch jener Vogel, lange Zeit nicht gesehen. Und siehe, kaum predige ich zu euch von den guten Gaben, taucht sie unversehens aus dem Nichts auf. Es ist Gottes Natur, dass er gibt. Wisset: die beste Gabe kommt von oben herab, vom Vater der Lichter. Dass wir immer bereit seien, die beste Gabe zu empfangen, dazu verhelfe uns Gott, der Vater der Lichter!"

„Amen!", antwortete die Menge.

Eva erwiderte Meister Eckharts Lächeln, doch zugleich schlich sich Sorge in ihr Herz. Wie lange würde man es dem großen Gelehrten noch gestatten, den Leuten auf diese Weise zu predigen?

25.

Magdas Schwägerin Cordula, Winands Frau, war wieder einmal schwanger. Wenn alles glatt verlief - und bei ihren bisherigen Schwangerschaften war das der Fall gewesen - würde sie im kommenden Monat ihr sechstes Kind gebären. In Magdas Augen war Cordula eine Zuchtkuh, die, kaum dass sie ein Junges zur Welt gebracht hatte, die Erzeugung des nächsten in Angriff nahm. Magda, die immer noch eine ansehnliche Mädchenfigur besaß, fand es tröstlich, dass auch Cordulas unverschämtes Glück seinen Preis hatte. Die vielen Geburten hatten aus der hübschen Frau von einst eine beleibte, für einen Mann wohl wenig begehrenswerte Matrone gemacht.

Es wäre keinesfalls notwendig gewesen, Cordula beim Ernten des Frühlingsgemüses zur Hand zu gehen, zumal Magda selbst genug Arbeit hatte. Dennoch drängte sie der Schwangeren ihre Hilfe geradezu auf. Magda nutzte jede sich bietende Gelegenheit, um den Hort ihrer Jugend, den Winandshof, aufzusuchen. Außerdem war die Frau des Bruders nach wie vor ihre einzige Freundin. Und eine Freundin zum Reden brauchte sie mehr als je zuvor. Außer Cordula gab es niemanden, dem sie ihr Herz ausschütten konnte. Gewiss, auch ihrer Mutter Isolde hätte sie sich anvertrauen können. Doch Mutter redete lieber selbst, anstatt zuzuhören, es hatte nie zu ihren Stärken gezählt, sich in ihre Kinder einzufühlen.

Magda wurde von den Frauen freudig begrüßt, doch als es an die Arbeit in die Beete ging, erwie sich ein ungestörter Plausch mit Cordula als schwierig. Agnes, ihre Tante, sowie Bliza und Hiltrud, die Mägde, knieten in der Nähe, ganz zu schweigen von Mutter, die es nicht ausstehen konnte, wenn in ihrer Nähe etwas gesprochen wurde, wovon sie nichts mitbekam. Mit ihrer lauten Stimme versuchte sie stets, die Gespräche ringsumher an sich zu reißen. Nach einer Weile hatte Magda eine Idee, wie sie dennoch ungestört mit Cordula sprechen konnte. „Grundgütiger! Du bist ja ganz bleich, Cordula!", rief sie und schlug mit gespieltem Entsetzen eine Hand vor den Mund.

Cordula hob fragend die Brauen. „Was? Ich? Aber ich fühle mich -"

„Ab in den Schatten mit ihr!", befahl Isolde. „Sie muss sich ausruhen. Magda, nimm sie an der Hand und begleite sie!"

Magda nickte und packte die knieende Cordula am Arm. „Komm!", flüsterte sie eindringlich.

„Aber mir fehlt nichts. Wirklich nicht. Ich -"

„Still", zischte Magda. „Ich muss mit dir reden."

„Geh ins Haus mit ihr!", ordnete Isolde an. „Schwangere sollen viel trinken."

Umso besser! Im Haus waren sie gänzlich ungestört. Zwei von Cordulas Kindern, die neben den Gemüsebeeten gespielt hatten und sich nun flennend an den Rockzipfel der Mutter klammerten, schickte Magda unbarmherzig fort.

„Muss ja was Heikles sein, was du mir zu berichten hast", wunderte sich Cordula. In der Stube nahmen sie Platz am Herd. Der Geruch kalter Asche lag schwer in der Luft. Cordula wischte sich eine Schweißperle von der Stirn. „Jetzt bin ich aber gespannt."

„Du und mein Bruder", begann Magda ohne Umschweife. „Ihr seid fast so lange verheiratet wie Falk und ich. Und offenbar nimmt Winand seine ehelichen Rechte noch wahr, sonst würdest du nicht schon wieder ein Kind kriegen."

Cordula hob die Schultern und nickte. Sie schien nicht die leiseste Ahnung zu haben, worauf die Freundin eigentlich hinauswollte.

„Nun, bei Falk und mir ist das anders", erklärte Magda rundheraus. „Seit Monaten rührt er mich nicht mehr an."

„Oh!"

„Er missachtet mich. Abends, im Bett, tut er so, als sei ich überhaupt nicht da."

„Vielleicht will er dich schonen. Du warst sehr krank, und beinahe hätte es dich -"

Magda winkte ab. „Damit hat seine Ablehnung nichts zu tun", versicherte sie ihr ungeduldig.

„Womit sonst?"

„Falk hat erfahren -", sie nagte an ihren Lippen, „nun, er weiß, dass ich mir damals Evas Verschwinden regelrecht herbeigesehnt habe." Nicht einmal ihre Freundin sollte die volle Wahrheit erfahren.

„Du hast es ihm gesagt?", wunderte sich Cordula.

„Natürlich nicht. Ich habe dummerweise im Schlaf gesprochen."

„Wie ägerlich. Aber er wird sich sicher wieder beruhigen."

„Ich glaube, er liebt dieses gottverdammte Weib noch immer."

„Was wirst du tun?"

„Was wirst du tun, was wirst du tun?", äffte Magda sie nach. „Was glaubst du denn, weshalb ich zu dir gekommen bin? Ich hatte gehofft, du könntest mir einen Rat geben."

„Geh zu Sibylle. Die braut dir einen Liebestrank für Falk."

Magda schüttelte den Kopf. „Sibylle hasst mich", entgegnete sie kurz angebunden.

„Und wenn schon, sie muss dich nicht mögen, um dir einen Trank zu verkaufen."

„Hör mir zu, Cordula, ich will Falks Liebe nicht durch billigen Zauber wiedererlangen. Wenn du keinen besseren Rat weißt, dann gehe ich wieder heim."

Pikiert verzog Cordula den Mund. Magda sah ein, dass sie sich im Ton vergriffen hatte und griff nach Cordulas Hand. „Verzeih mir", bat sie die

Freundin kleinlaut. „Hab's nicht so gemeint."

„Schon gut. Ich verstehe ja, dass dich das mitnimmt."

„Wenigstens habe ich noch den Jungen."

„Und Cäcilia."

Sie starrten eine Weile vor sich hin. Magda dachte darüber nach, wie sehr sie sich verändert hatte. Früher wäre sie nicht in Resignation erstarrt, sondern hätte voller Tatkraft das Heft des Handelns in die Hände genommen.

„Vielleicht gibt es einen Weg, dass dein Mann wieder zur Vernunft kommt", meinte Cordula nach langem Überlegen. Magda sah sie hoffnungsvoll an.

„Geh zu Pater Raphael! Beklag dich, dass Falk dir seine Liebe entzieht. Ich bin sicher, er wird ihn sich vorknöpfen. Schließlich ist Euer Ehebund von Gott gesegnet, da geht es nicht an, dass dein Mann dich wie Luft behandelt. Du bist noch nicht alt, kannst noch Kinder bekommen, und das ist schließlich der Sinn einer Ehe. Falk kann sich seinen Pflichten nicht einfach entziehen."

Magda gefiel Cordulas Vorschlag. Weshalb war sie nicht selbst auf diesen Gedanken gekommen? „In der Tat, das wäre einen Versuch wert", dachte sie laut nach.

Lothar spürte, dass seine Mutter mit ihren Gedanken weit weg war. Als er sich im Werkzeugschuppen an einem rostigen Nagel das rechte Bein verletzte, hielt ihre sonst so übertriebene Fürsorge sich in Grenzen. „Ach, du armer Junge", sagte sie nur, was erstaunlich wenig war, und betrachtete mit gerunzelter Stirn die fingerlange, klaffende Wunde an seiner Wade.

„Es tut nicht besonders weh", erklärte Lothar, doch für seine Tapferkeit erntete er diesmal kein Lob. Magda zerrte ihn ins Haus, um dort die Wunde zu behandeln. Kritisch verfolgte er jeden Handgriff der vor ihm knieenden Mutter. „Was ist das?", fragte er, während sie ihm einen übelriechenden Balsam auf die Wunde strich.

„Es wird die Wunde heilen."

„Es ist der Balsam mit dem Hühnermist, nicht wahr? Sibylle sagt, dass man Wunden lieber nicht mit Hühnermist behandelt", wandte er zaghaft ein.

„Ach wirklich, sagt sie das?" Magda funkelte ihn an. „Schon deine Urgroßeltern haben den Balsam verwendet. Und ich wüsste nicht, dass die Behandlung ihnen je geschadet hätte."

„Aber Sibylle -"

„Sie sollte lieber Kindern auf die Welt helfen. Davon versteht sie mehr."

„Sie hat dir das Leben gerettet, Mama!"

Magda wich dem vorwurfsvollen Blick ihres Sohnes aus. „Gott hat mir das Leben gerettet", widersprach sie murmelnd.

„Im Hühnermist gibt es Gifte, die eine rasche Heilung verhindern, meint Sibylle."

„Sibylle ist nicht allwissend. Auch sie kann sich irren. Mist düngt schließlich auch unsere Felder. Und jetzt will ich nichts mehr darüber hören!"

Später, nachdem die Wunde verbunden und seine Mutter hinaus aufs Feld gegangen war, kam Lothar ein Gedanke: Wäre es möglich zu überprüfen, wer in der Streitfrage um die richtige Behandlung der Wunde richtig lag?

Er ging zurück in den Schuppen, wo das Missgeschick ihm vorhin beim Erklimmen einer Leiter widerfahren war. Den rostigen Nagel, die Ursache seiner Verletzung, zog er mit einer Zange aus dem Holz, nahm ihn fest zwischen Daumen und Zeigefinger. Dreimal holte er tief Luft, dann fügte er sich die gleiche Verletzung am anderen Bein zu.

Der Schmerz war diesmal heftiger als vorhin. Dies ließ Lothar vermuten, dass allein die Erwartung eines nahenden Schmerzes ausreichen mochte, um seine Heftigkeit zu steigern. Jedenfalls verbiss er sich jeglichen Wehlaut. Niemand, erst recht nicht die Mutter, durfte von dem Selbstversuch erfahren. In nächster Zeit würde er nur noch lange Beinkleider tragen, damit die Wunde unentdeckt blieb.

Kurze Zeit später wunderte sich der Wirt des „Carolus Magnus" über den jungen Besucher, der, ein wenig hinkend, seine Gaststube betrat. Es war kurz vor Mittag, Gäste waren erst am Abend zu erwarten. Baldur war damit beschäftigt, die alte Binsenstreu des Fußbodens gegen frisches auszutauschen. „Bist du nicht Falks Jüngster?"

Lothar nickte.

„Hast dich wohl verletzt."

Statt einer Antwort ließ Lothar die Hosen hinab.

„Schon gut, ich glaub's dir ja, Junge. Lauf nur rasch zu deiner Mutter."

Aber schon hatte Lothar den behelfsmäßigen Verband seines linken Beines entfernt. Zum Vorschein kam ein klaffender Wundspalt. „Schüttet etwas Branntwein darauf!", sagte er.

„Branntwein?"

„Es wird die Wunde säubern."

„Du machst mir Spaß, Junge. Es würde brennen wie die Hölle."

„Bitte!"

Baldur kratzte sich den Kahlkopf. Etwas im Blick des Knaben sagte ihm, dass er es bitterernst meinte. Und dass Branntwein Wunden zu säubern vermochte, hatte der Wirt auch schon einmal gehört. „Na schön, wie du willst. Setz dich dort hin!"

Tatsächlich, der Schmerz, den der Branntwein auslöste, war fürchterlich. Tapfer biss Lothar auf die Zähne. Es dauerte eine Weile, bis das Brennen nachließ. Besorgt blickte Baldur auf ihn herab. „Bei allen Erzengeln, du bist ja ganz blass!"

„Dafür ist die Wunde jetzt sauber. Danke."

„Deine Mutter wird mich einen Kinderquäler schimpfen."

„Von mir erfährt sie kein Sterbenswort!" Lothar hatte ein getrocknetes Lindenblatt mitgebracht, das er jetzt auf die Wunde legte, bevor er mit viel Geschick den Verband erneuerte.

„Bist wirklich ein bemerkenswertes Kerlchen", meinte Baldur, der ihm staunend zusah.

Einige Jahre zuvor hatte die beiden Herren von Merode binnen weniger Monate der Tod ereilt. Zuerst war Werner an der Reihe gewesen. Aus heiterem Himmel hatte ihn der Schlag getroffen, mitten in der Burgkapelle, während des Freitaggebets. Werner war den Menschen der Herrschaft stets unnahbar erschienen. Dennoch erschütterte sie sein Tod, denn niemals hatte er sie mit übertriebener Strenge behandelt.

Anders als sein Vetter hatte Johann lange leiden müssen. An einem Wintermorgen 1317 hatte er erstmals Blut erbrochen. Drei Wochen später war er abgemagert bis zum Skelett, weder Flüssigkeit noch Nahrung hatte er bei sich behalten. Bei lebendigem Leib war er verhungert und verdurstet, wobei letzteres, so munkelten die Bewohner der Herrschaft, dem weinliebenden Lebemann besonders heftige Qualen bereitet haben musste.

Weder Werner noch Johann hatten das vierzigste Lebensjahr erreicht, beide hinterließen Witwe und Kinder. Die Nachfolge von Werners Teil der Herrschaft trat sein ältester Sohn an, der den Namen des Vaters trug. Nach Johanns Tod übernahm dessen Bruder den anderen Teil der Herrschaft; wie sein jüngerer Verwandter und wie schon etliche ihrer Ahnherren hieß auch er Werner. Zur Unterscheidung bezeichnete sich Johanns Bruder gern als „der Ältere", die Dörfler dagegen nannten ihn, nach seinem Großvater, „Scheiffart".

Inzwischen hatten die Meroder sich an die neuen Herren gewöhnt. Untereinander waren die beiden Werner sich selten eins, anders als ihren Vorgängern fiel es ihnen schwer, am selben Strang zu ziehen, und niemandem blieb das auf Dauer verborgen. Den Bauern gegenüber aber zeigten sie sich zu deren Erleichterung nicht strenger als ihre Vorgänger, doch nahmen sie es in allem sehr genau. So hatte jeder Bauer halbjährlich bei seinem Grundherrn zu erscheinen. Akribisch wurden dann die Ernten geplant und die Abgaben für die kommenden Monate festgelegt.

Eine Woche nach dem Osterfest Anno 1326 war Falk bei Werner dem Jüngeren vorstellig. Das Gespräch im Vestibül war sachlich und kurz. Falk beschränkte sich weitgehend darauf, zu Werners Ausführungen gehorsam zu nicken, denn nichts wurde ihm abverlangt, was zu leisten er nicht imstande gewesen wäre. So wirkte er recht zufrieden, als er das Burggebäude schon nach kurzer Zeit wieder verließ. Auf dem Hof hielt er Ausschau nach Lothar, der ihn hierher begleitet hatte. Er fand den Jungen unweit des Torhauses, wo er auf dem Boden hockte und sich um ein schwarzes Kätzchen kümmerte, das kläglich maunzte und an einem der Vorderläufe verletzt war. Veit, der Wachdienst schob, stand daneben und sah ihm zu. Ein etwa vierjähriges, rot gezopftes Mädchen, eines von Veits Kindern, kniete hinter Lothar und heulte Rotz und Wasser.

„Einer der Hunde hat sich die Katze vorgenommen", erklärte Veit. Und fügte augenzwinkernd hinzu: „Dein Sohn ist ein begnadeter Medicus."

Falk hob fragend die Brauen, deutete mit dem Kinn auf eine am Boden liegenden Trinkschlauch. „Man sollte meinen, hier riecht's nach Branntwein."

„Erraten. Er hat ein paar Tropfen davon auf die Wunde geträufelt." Veit zog eine Grimasse. „Schade um das gute Zeug, aber dein Junge beharrte darauf! Wurde richtig zornig als ich ihm das ausreden wollte."

„Bist du denn von allen guten Geistern verlassen?", fragte Falk seinen Sohn.

„Branntwein säubert die Wunde", erwiderte Lothar trotzig. „Und zwar besser als Hühnermist!"

„Aha. Und woher weißt du das so genau?"

„Ich hab's ausprobiert."

„Was du nicht sagst. Komm jetzt, wir gehen heim, bevor du den armen Veit um seine Trinkvorräte erleichterst."

„Augenblick noch. Bin gleich soweit."

Veits Töchterchen weinte immer noch, aber Lothar raunte ihr tröstende Worte zu. Falk seufzte leise. Er kannte den Dickkopf seines Sohnes nur zu gut. Verletzte oder kranke Lebewesen übten eine magische Anziehungskraft auf ihn aus. Für bäuerliche Tätigkeiten zeigte er hingegen wenig Interesse. Aber Falk war guter Hoffnung, dass Lothars kindliche Launen eines Tages der Wirklichkeit weichen würden. Während er noch darüber nachdachte, spürte er eine knochige Hand, die sich sanft auf seine Schulter legte. Er wandte sich um.

„Seid gegrüßt, Pater Raphael!"

Der alte Geistliche war in den vergangenen Jahren sehr gebrechlich geworden, doch sein Geist war noch wach, sein Blick, obgleich von einem milchigen Schleier getrübt, forschend und durchdringend wie ehedem. Er nickte den Männern zu, sah wohlwollend auf die beiden Kinder hinab, die vor lauter Sorge um das Kätzchen sein Erscheinen noch nicht bemerkt hatten.

„Auch Katzen sind Geschöpfe Gottes", sagte Veit grinsend. „Stimmt doch, Pater. Oder?"

„Du sagst es, Veit. Falk, ich würde gern mal mit dir sprechen. Unter vier Augen."

„Gewiss, Pater. Ich muss ohnehin noch auf meinen Herrn Sohn warten."

Der alte Burgkaplan führte ihn einige Schritte abseits, im Schatten der Gemäuer des Ostflügels bleiben sie stehen. Raphael sah Falk tief in die Augen.

„Die Karzeit ist vorüber, Falk", sagte er leise, aber eindringlich.

„Gewiss, Pater."

„Nun, die Zeit des Fastens und des Verzichts hat seit dem Fest der Auferstehung ein Ende. Du darst deine Frau durchaus wieder anrühren, mein Sohn."

Falk blieb der Mund offen stehen. Raphael flüsterte: „Hast du mir etwas zu beichten?"

„Beichten? Was meint Ihr?"

„Gibt es vielleicht - eine andere Frau?"

„Wie kommt Ihr nur darauf?" Endlich ging ihm ein Licht auf. „Magda! Was hat sie Euch erzählt?"

„Das spielt keine Rolle, mein Sohn."

„Es spielt sogar eine sehr große Rolle!"

„Du vernachlässigst sie schon seit langem. Das ist nicht gottgefällig. Einst habt ihr einen Bund vor dem Herrn geschlossen. Der Beischlaf mit deinem Weib hat nicht allein mit Lust zu tun. Ihr beiden seid noch keine alten Menschen, und Gott will, dass ihr Leben schenkt. Ich weiß, Magda hätte die letzte Geburt beinahe nicht überlebt. Aber alles geschieht nach Gottes Willen, es liegt nicht an dir, hierüber Entscheidungen zu treffen." Seine Worte verloren an Strenge, als er fortfuhr: „Falk, sie braucht deine Zuneigung. Du kannst sie nicht einfach behandeln wie eine Sünderin. Richten wird einst ein Anderer über uns."

Falk nagte an seinen Lippen. „Sie hat Euch also erzählt, was sie getan hat?"

Der Burgkaplan nickte ernst. „Welcher Mensch kann sich freisprechen von finsteren Wünschen? Die Versuchung lauert überall, und der Teufel gibt niemals auf. Als Eva damals verschwand, da hoffte Magda insgeheim, sie möge niemals zurückkehren. Kein ehrenhafter Wunsch, aber ein erklärbarer, denn sie war dir hoffnungslos verfallen. Ich weiß, wie sehr du Eva geliebt hast. Ihr Verschwinden war ein harter Schlag für dich. Auch mich hat ihr Verlust getroffen, denn sie war wie eine Tochter für mich. Du kannst deinem Weib nicht ein Leben lang ihre Sehnsüchte nachhalten, Falk."

„Offenbar hat sie ausgiebig mit Euch gesprochen."

„Ich predige den Menschen nicht nur, sondern sorge mich auch um ihre Seelen."

Falks Kiefer begannen zu mahlen. „Nun, ich würde darauf wetten, dass sie Euch die Sache mit dem Teufelsopfer wohlweislich verschwiegen hat."

Die Falten auf Pater Raphaels Stirn wurden noch tiefer. „Teufelsopfer? Was redest du da?"

Falk zögerte.

„Sprich!", drängte der Geistliche.

„Sie bringt dem Teufel regelmäßig Opfer. Im Wald, an der Teufelsgrotte.

Zum Dank für Evas Verschwinden."

Pater Raphael wurde bleich. „Hüte dich, einen Menschen auf diese Weise zu verleumden."

„Es ist die Wahrheit!", erwiderte Falk gereizt. „Ich habe es mit meinen eigenen Augen gesehen. Sie hat ein Bündnis mit dem Teufel geschlossen, auch wenn Ihr das nicht wahr haben wollt, Pater."

„Grundgütiger", murmelte Raphael.

„Und jetzt seid so gut und lasst mich gehen. Ich kann mein Weib nicht mehr lieben, selbst wenn Ihr mir mit den ewigen Feuern der Hölle droht!"

So laut hatte Falk die Stimme erhoben, dass Veit und die Kinder erschrocken herüberblickten. „Komm endlich!", befahl er seinem Sohn, der immer noch neben dem Kätzchen kniete.

„Nur noch einen Augenblick", flehte Lothar, doch schon war sein Vater bei ihm, packte ihn grob an der Schulter und zerrte ihn mit sich fort.

26.

Mehr als zwei Jahre waren vergangen, seit Robert von Schönburg nach Santiago de Compostela aufgebrochen war. Seine Mutter Elisabeth ließ gewissen Leuten in Wesel Geld zukommen, damit sie weitgereiste Pilger nach ihrem Sohn befragten. Doch niemand war dem Schönburger begegnet - bis auf einen rotschopfigen Burschen, der behauptete, ihn zu Ostern 1325 in einer Kirche im Süden Frankreichs gesehen zu haben. Möglich, dass es nur die Aussicht auf ein paar Münzen war, die den Rotschopf zu dieser Aussage veranlasste, aber Elisabeth war gewillt, ihm zu glauben.

Seit Roberts Aufbruch übernahm Kasimir zunehmend neue Tätigkeiten, arbeitete manchmal in den Ställen, betätigte sich als Handwerker, war sich auch nicht zu schade, während der Lese in den Weinbergen zu schuften. Frau Elisabeth betraute ihn gern mit organisatorischen Aufgaben, am liebsten hätte sie ihm gar Lesen und Schreiben beibringen lassen, doch Kasimir lehnte dankend ab. Lesen und Schreiben war keine Tätigkeit für einen Mann wie ihn, außerdem glaubte er, dass er niemals dazu fähig sein würde. Trotzdem war er bald Elisabeths wichtigster Vertrauer, wenngleich er diese Rolle niemals angestrebt hatte. Den Menschen auf der Burg erschien es, als schenke die Herrin ihm mehr Vertrauen als Merbodo, dem eigenen Sohn. Verständlicherweise trug dieser Umstand nicht dazu bei, die gegenseitige Abneigung der Männer zu lindern.

An einem heißen Junitag des Jahres 1326 ließ Elisabeth nach Kasimir schicken. Der befand sich mit einer Handvoll halbwüchsiger Burschen auf dem Waffenübungsplatz hinter den Ställen. Einmal pro Woche unterrichtete er die Söhne der Burgbediensteten im Schwertkampf. Eifrig schwangen sie unter seiner Aufsicht ihre Holzwaffen. Für die jungen Kerle war der Unterricht ein Höhepunkt in ihrem Alltag.

„Kasimir! Die Herrin möchte dich sehen! Sofort!"

So konzentriert war er den Darbietungen der Burschen gefolgt, dass er seine neben ihm erschienene Frau erst jetzt wahrnahm. Was mochte so dringlich sein sein, dass Elisabeth ihn aus seiner Unterrichtsstunde holen ließ?

„Was gibt es denn?"

„Etwas, das sie offenbar nur dir allein mitteilen will", erwiderte Hanna säuerlich.

„Schon gut, ich komme." Er wandte sich wieder seinen Schülern zu. „Jungs, für heute müssen wir leider - He!" Der erzürnte Ruf galt Bardolf, der mit dem Holzschwert auf seinen am Boden liegenden Gegner eindrosch. „Hör sofort damit auf!"

Zwar gehorchte Bardolf, doch der Blick, den er Kasimir zuwarf, zeugte von großer Verärgerung: Er fühlte sich um die Früchte seines Sieges gebracht. Locken klebten feucht auf seiner Stirn, und ein weiteres Mal glaubte Kasimir ein Abbild des jugendlichen Merbodo vor sich zu sehen. „Ein Gegner, der in ehrenhaftem Kampf besiegt wurde, verdient ehrenvolle Behandlung. Es ist schändlich, auf einen Wehrlosen einzudreschen!"

Der öffentliche Tadel machte Bardolf noch verdrossener. Sein Protest aber beschränkte sich darauf, dass er vor sich ausspuckte.

„Hilf deinem Gegner auf die Beine", befahl Kasimir streng. „Entschuldige dich bei ihm."

Abermals tat Bardolf widerwillig, wie ihm geheißen worden war. „Du wirst ihm heute deine Mettwurst abgeben!", fuhr Kasimir fort. Nach dem Unterricht durften die Burschen sich stets einen solchen Leckerbissen bei Daniel in der Küche abholen. Der dickliche Norbert, Bardolfs Opfer, grinste zufrieden, während seinem Bezwinger die Zornesröte ins Gesicht stieg. Bardolf konnte nicht länger an sich halten.

„Der Fettwanst soll meine Wurst bekommen?"

Hanna raunte ihrem Mann zu: „Du solltest den Jungen nicht immerzu demütigen."

„Er ist es, der seine Mitmenschen demütigt", erwiderte Kasimir ungerührt.

„Warum?", schnaubte Bardolf. „Warum kriegt der Fettwanst meine Wurst?"

Hanna versuchte zu beschwichtigen. „Weil dein Vater es so gesagt hat, mein Junge. Gehorche ihm lieber."

„Mein Vater? Ha!"

Kasimir erbleichte. „Was gibt es da zu lachen?"

„Nichts. Gar nichts. Selbstverständlich werde ich dir gehorchen, Vater!" Es geschah nicht oft, dass Bardolf sich der Ironie bediente; dass er es in diesem Augenblick tat, war für Kasimir umso unerträglicher. Ebensogut hätte der Junge auch sagen können: Jeder Dumme weiß, dass du nicht mein Vater bist!

Kasimir trat vor ihn und versetzte ihm eine schallende Ohrfeige. Klaglos nahm Bardolf sie hin, doch seine Augen loderten. Merbodos und Bardolfs Augen - wie sehr sie sich glichen.

Kasimir stapfte davon, vorbei an seiner Frau, die erschrocken eine Hand vor ihren Mund schlug. Nur mit Mühe hatte er dem Drang widerstanden, seinen Sohn - trotz allem nannte er ihn immer noch so! - windelweich zu prügeln. Nun musste er sich zwingen, seine Gefühle zu bändigen, bevor er vor Frau Elisabeth trat.

Die alte Herrin saß aufrecht in ihrem gepolsterten Stuhl. Für gewöhnlich arbeitete sie, wenn Kasimir sie aufsuchte, an einer Stickerei oder etwas Ähnlichem, doch heute hatte sie die Hände untätig in ihrem Schoß gefaltet. Ihr sonst so weicher Blick war bitterernst. Kasimir verbeugte sich. „Ihr ließet mich rufen, Herrin?"

„Ja, Kasimir." Ihre Stimme zitterte leicht. Sie bot ihm keinen Platz an, ohne Zweifel war sie sehr erregt.

„Es geht um Berta", erklärte sie mit leiser Stimme.

„Fehlt ihr etwas?", entfuhr es Kasimir bang.

„Wie man es nimmt", antwortete Elisabeth nach einer Weile. „Sie ist schwanger."

Kasimir glaubte, nicht richtig gehört zu haben. „Schwanger?" Sein Lächeln gefror, als Elisabeths tadelnder Blick ihn traf. „Aber - das kann doch nicht sein", sagte er mit belegter Stimme.

„Und doch ist es so. Ihre Blutungen haben seit Wochen ausgesetzt, ihr Bauch ist runder geworden. Ich ließ eine Hebamme aus der Stadt herbeirufen, sie hat keinen Zweifel an der Schwangerschaft."

Diese Nachricht war ungeheuerlich. Kasimir fragte sich, ob der Erste war, der davon erfuhr.

„Die Frage nach dem Vater brennt nicht nur dir auf den Lippen, mein Junge. Auch ich will wissen, wer ihr das angetan hat. Hilf mir, es herauszufinden."

In Kasimir stieg ein beunruhigender Verdacht hoch, den er aber für sich behielt.

„Fest steht für mich, dass es niemand von der Burg gewesen sein kann", fuhr Elisabeth nachsinnend fort. „Jedenfalls fällt mir beim besten Willen niemand ein, der dazu imstande wäre, das Mädchen zu schänden."

„Was sagt Berta selbst?", fragte Kasimir.

Elisabeth schaute ratlos drein. „Nichts. Ich habe versucht, ihr zu entlocken, was geschehen ist - vergebens. Sie hat mich nur verständnislos angesehen, als habe sie nicht die geringste Ahnung, wovon ich spreche. Gleichwohl, irgendwer hat sie geschändet. Dass es ihr in ihrer kindlichen Einfältigkeit gelingt, das furchtbare Erlebnis zu verdrängen, macht die Sache nicht besser. Ich möchte, dass du den Wicht, der ihr das angetan hat, für mich findest, Kasimir. Prüfe nach, welche Männer in den vergangenen Wochen auf der Burg waren: Kaufleute, Hintersassen, Hausierer, Leute aus der Stadt! Einer muss für diese Schandtat verantwortlich sein."

„Keine einfache Aufgabe", wand sich Kasimir.

Elisabeth beugte sich vor. „Es geht um Berta, Kasimir. Ich weiß genau, dass du sie liebst wie eine eigene Tochter. Willst du, dass ihr Vergewaltiger ungestraft davon kommt?"

„Natürlich nicht, Herrin."

„Du bist klug und ich vertraue dir. Bestimmt wirst du den Kerl finden." Sie verengte die Brauen. „Ich will ihn hängen sehen!"

Eiskalt lief es Kasimir über den Rücken, kannte er die Herrin doch nur als warmherzige Frau, die keiner Fliege etwas zu Leide tun konnte. Ihr Hass gegen den Peiniger ihrer Enkelin war befremdend, wenn auch durchaus verständlich. „Ich werde alles tun, um Euch nicht zu enttäuschen, Herrin."

Sie nickte ihm dankbar zu. Gemessenen Schrittes verließ er das Gemach, damit es nicht wie eine Flucht aussah. Nachdem er den Bergfried verlassen hatte, steuerte er geradewegs auf die Pferdeställe zu. Ausnahmsweise erwischte er Goswin einmal nicht bei einem Nickerchen. Der Stallbursche war dabei, des alten Remus Koppel auszumisten, wobei ihm einer der jungen Burgbediensteten zur Hand ging. Goswin gelang es immer wieder, für die anfallenden Drecksarbeiten einen willigen Helfer aufzutreiben. „Lass mich mit Goswin alleine, Cono", befahl Kasimir mit rauer Stimme.

Der Bursche warf seine Mistgabel beiseite und machte sich beschwingt davon.

„He, was soll das?", protestierte Goswin. „Warum schickst du ihn fort?"

„Halt die Klappe, Goswin!"

„Was?"

„Wir müssen reden!"

„Deswegen musst du nicht gleich meinen Helfer zum Teufel jagen. Los, nimm die Gabel und wetze deine Scharte aus, du polnischer Knurrhahn!"

„Klappe halten, sagte ich." Kasimir vergewisserte sich, dass niemand in der Nähe war, baute sich dann breitbeinig vor dem Stallburschen auf.

Goswin klammerte sich an den Stiel seiner Mistgabel. „Gütiger Himmel! Man könnte glatt meinen, ich hätte was ausgefressen, wie du mich anstarrst."

„Was hast du mit Berta getan?", fragte Kasimir ohne Umschweife.

„Mit Berta?"

„Du hast mich verstanden. Antworte!"

„Was soll ich schon mit ihr gemacht haben?"

„Du hast sie - benutzt!"

„Benutzt?"

„Stell dich nicht dümmer als du bist. Du warst mit ihr im Heu."

„Ach, das meinst du." Goswin kicherte, beinahe wirkte er beschämt. Kasimir fand sein Geständnis alles andere als komisch. Im nächsten Moment landete seine Faust krachend an Goswins Kinn. Der Stallbursche taumelte, eine Bretterwand fing ihn auf. Die Mistgabel war ihm aus den Händen geglitten. Schon stand Kasimir wieder vor ihm und packte ihn grob am Hemd.

„Goswin! Du gottverdammter Idiot!"

„Warum regst du dich so auf?"

„Das fragst du noch? Was bist du nur für ein ehrloses Schwein!"

„Jetzt halt mal die Luft an -"

„Ist dir eigentlich klar, dass dich das an den Galgen bringt?"

Goswin erbleichte. „Aber - wir haben uns doch bloß geliebt, Berta und ich."

„Ah, geliebt habt ihr euch. Nun, ich würde es anders bezeichnen: Du hast sie geschändet!"

„Moment mal -"

Ein zweiter Faustschlag ließ ihn wiederum verstummen. Tastend fuhr er übers Gesicht, um hiernach seine Fingerspitzen nach Blutspuren zu untersuchen. Kasimir bemühte sich, Herr über seinen Zorn zu werden. „Gibt es nicht Huren genug in der Stadt? Warum ausgerechnet Berta?" Immer noch zitterte seine Stimme.

„Darf ich antworten, ohne dass du mir gleich wieder eine runterhaust?"

„Es warten schon ganz andere Übel auf dich als meine Prügel."

„Hat Berta denn gesagt, dass ich sie vergewaltigt habe?"

Kasimir blinzelte ihn an. „Nein", musste er zugeben.

„Siehst du! Wie kannst du dann behaupten, dass ich -"

„Grundgütiger! Sie ist schwanger, Goswin. Schwanger, verstehst du?"

Goswin blies langsam die Luft aus. „Schwanger", murmelte er bestürzt. Dann sah er Kasimir offen an. „Wie lange kennen wir uns, alter Freund?", fragte er leise.

„Schon sehr lange."

„Und du hältst es für möglich, dass ich Berta Gewalt angetan habe?"

Kasimir wich dem Blick des Stallbuschen aus und entließ ihn aus seinem eisernen Griff. „Nein", murmelte er.

„Ich hab sie nicht vergewaltigt, Kasimir. Auch Berta hat es gewollt. Wir beide wollten es. Vielleicht hätte ich mich beherrschen sollen, aber -"

„Oh ja, das hättest du besser getan!"

„Es ist nun mal geschehen. Wir sind doch alle keine Heiligen, oder?"

„Sie ist noch ein Kind, Goswin."

„Berta ist kein Kind mehr, Kasimir. Sie hat Brüste, Hüften und alles, was Frauen nun mal haben", fuhr Goswin leidenschaftlich fort.

„Aber -"

„Aber was? Gehörst du auch zu denen, die sie für verrückt halten?"

„Du weißt genau, wie sehr ich sie mag. Sie ist nicht verrückt. Sie ist nur - anders."

„Wer und was auch immer sie ist, sie ist fähig, mich zu lieben. Berta und ich, wir haben uns sehr lieb, das musst du mir glauben."

Kasimir nickte. „Na schön, ich kapier's ja. Aber Berta ist die Tochter unseres Herrn. Und du bist sein Pferdeknecht. Du kannst sie nicht einfach schwängern, du Hornochse."

Goswin seufzte bitter. „Und was jetzt?"

„Frau Elisabeth hat mich gebeten, den zu suchen, der ihrer Enkelin das angetan hat!"

„Was wirst du tun?"

Kasimir breitete die Arme aus. „Eine gute Frage."

„Hast du nicht eben was von Galgen gesagt?", fragte Goswin ängstlich.

Kasimir war der Ansicht, dass ein bisschen Angstschweiß Goswin gut anstünde. „Du hast der Tochter unseres Herrn die Unschuld genommen, was erwartest du also? Dass man dich in den Adelsstand erhebt?"

„Aber nun weißt du doch, wie's passierte. Ich hab ihr keine Gewalt angetan."

„Sei nur froh, dass Herr Robert nicht da ist. Der würde dich auf der Stelle vierteilen lassen. Am Galgen hast du's wenigstens schnell hinter dir."

„Hör auf. Darüber macht man keine Späße. Du könntest es einfach für dich behalten. Um Christi willen, du bist doch mein Freund."

„Ich verdanke der Herrin vieles, Goswin. Ich kann sie nicht anlügen."

Goswin ließ sich zu Boden sinken und vergrub sein Gesicht. „Was soll nur aus mir werden? Und aus Berta? Und aus unserem Kind?"

„Darüber hättest du dir früher den Kopf zerbrechen sollen." Kasimir sah ein, dass Goswin vorerst genug Angst durchgestanden hatte. „Natürlich werde ich bei der Herrin ein gutes Wort für dich einlegen", meinte er begütigend.

„Sag ihr, dass ich mein Leben für Berta geben würde", beschwor ihn Goswin.

„Ja, ja."

„Und dass ich sie heiraten möchte. Sag ihr das!"

Zum ersten Mal an diesem fürchterlichen Tag musste Kasimir lachen. „Sicher, auf einen Vogel wie dich haben die Schönburger schon lange gewartet."

*

Wenige Wochen später machte in Wesel eine ungeheuerliche Klatschgeschichte die Runde: Berta, die verrückte Schönburgerin, sei mit einem Stallburschen vermählt worden. Obendrein, so hieß es, sei die Braut schwanger vor den Altar getreten. Was zunächst nur als Gerücht kursierte, erwies sich letztlich als unbestrittene Tatsache. „Wenn das der Schönburger wüsste", tratschten die Marktweiber. „Sollte er jemals heimkehren, dann Gnade ihnen Gott", munkelten andere.

Doch die meisten Weseler waren davon überzeugt, dass Robert von Schönburg längst den Weg allen Fleisches gegangen war, auch wenn die alte Godwa das Gegenteil behauptete. Man schenkte Godwas Prophezeiungen längst nicht mehr so viel Aufmerksamkeit wie früher. Hatte sie nicht auch den Sieg der Habsburger über den König vorausgesagt? Vor vier Jahren aber hatte der Wittelsbacher Ludwig im Streit um die Königskrone über seinen habsburgischen Kontrahenten triumphal gesiegt. Erst im vergangenen Jahr war der gefangene Friedrich gegen Zahlung hoher Lösegelder freigekommen. Ludwig hatte sich mit ihm ausgesöhnt, ihn gar zum Mitkönig erhoben. Mit viel Geschick war es dem Bayern gelungen, aus seinen Feinden Verbündete zu machen. Auch wenn der Papst in Avignon den Bann gegen ihn und seine Anhänger ausgesprochen hatte - eine stumpf gewordene Waffe der Kirche im Kampf gegen den Ungehorsam der weltlichen

Herrscher -, so vermochte dies den König nicht zu schwächen.

Nein, die Habsburger konnten dem Wittelsbacher weiß Gott nicht das Wasser reichen. Ludwig hielt alle Fäden fest in seiner Hand.

27.

Erzbischof Heinrich von Virneburg war von dem heiligen Eifer erfüllt, sein Bistum und die ganze Welt von jeder Häresie zu befreien. Zahllose Beginen und Begarden hatten bereits erfahren müssen, wie ernst er es damit meinte, und viele von ihnen waren im Lauf der letzten Jahre verurteilt, verbrannt oder im Rhein ertränkt worden. Meister Eckhart von Hochheim war Heinrich schon lange ein Dorn im Auge, doch bislang war es dem Erzbischof nicht gelungen, ihn in seinem Sinne zu disziplinieren. Überdies war das Ansehen des Dominikaners in der Bevölkerung so groß, dass man Vorsicht walten lassen musste, ehe man ihn unter Anklage stellte. Dass auch eine Geistesgröße wie Nikolaus von Straßburg, dominikanischer Theologe und päpstlicher Visitator, sich für Eckharts Lauterkeit aussprach, machte dem Erzbischof die Angelegenheit nicht einfacher.

Doch mit Eckharts Ruhm stieg zugleich die Zahl seiner Neider und Verleumder. Ermutigt durch eine Anordnung Heinrichs, alle der Häresie verdächtigen Personen seiner Gerichtsbarkeit auszuliefern, zeigten Eckharts Gegner ihn an, und ehe Nikolaus von Straßburg sich abermals für ihn aussprechen konnte, sah er selbst sich denunziert.

Im Verlauf des Herbstes 1326 kam es gegen Eckhart zu mehreren Verhandlungen. Immer wieder bestritt der Magister die Rechtmäßigkeit der Verfahren. Die Inquisitoren folgten den Vorgaben des Erzbischofs, und Eckharts leidenschaftliche Verteidigungsreden schienen an ihnen abzuprallen wie Holzpfeile an einem metallbeschlagenen Schild. Mit Bestürzung sagte Eckhart zu seinen Vertrauten: „Der Irrtum meiner Gegner liegt darin, dass sie alles, was sie nicht verstehen, für verkehrt halten, das Verkehrte wiederum für Ketzerei! Ich selbst mag irren, doch ich bin kein Häretiker. Denn das erste hat mit dem Verstand zu tun, das zweite aber mit dem Willen."

Appellationen, die er im Februar 1327 vor den Untersuchungsrichtern verlesen ließ, wurden abgelehnt. Zermürbt von den ständigen Vorladungen, den endlosen Debatten mit Männern, die sich nicht die Mühe machten, seine Traktate zu verstehen, beschloss Meister Eckhart, sich vor dem Papst in Avignon selbst zu verantworten.

Ein Schatten tiefster Sorge huschte über Frau Hirtz' Gesicht, während sie die beiden Frauen taxierte. „Ich bin mir nicht sicher, ob ich das richtig verstanden habe, Eva. Du und Johanna, ihr wollt den Meister Eckhart nach Avignon begleiten?"

„So ist es", entgegnete Eva verlegen. „Es wäre unser sehnlichster Wunsch."

Die Tuchmacherin beugte sich mit ernster Miene vor. „Nun, Eva, ich habe mich längst daran gewöhnt, dass du über Dinge nachdenkst, die gemeinhin nur die großen Gelehrten beschäftigen. Auch weiß ich, dass Meister Eckhart deine Geistesgaben besonders schätzt, obwohl du nur eine Frau bist. Aber du, Johanna? Seit wann beschäftigen die Fragen des Glaubens sich so sehr, dass du diesen beschwerlichen Weg auf dich nehmen möchtest?"

„Ich, äh -" Johanna lächelte unbehaglich. Thomas und einige Mitbrüder würden Eckhart nach Avignon begleiten. Und Johanna war nicht gewillt, ohne ihn in Köln zurückzubleiben. Der Meisterin konnte sie das unmöglich sagen. Auch wenn Frau Hirtz wie eine mütterliche Freundin zu ihnen war: Johannas Liebesbeziehung war nach wie vor ein gut gehütetes Geheimnis. Und musste es bleiben. „Ich möchte meine Freundin unbedingt begleiten, Frau Meisterin."

Die Tuchmacherin wirkte keineswegs überzeugt. „Ach? Und Meister Eckhart hat selbstverständlich nichts dagegen, dass zwei Frauen ihn nach Avignon begleiten."

„Selbst unser Herr Jesus hatte Jüngerinnen in seinem Gefolge", erwiderte Johanna schulterzuckend.

„Sei nicht so vorlaut!"

Eva sprang für die Freundin in die Bresche. „Der Magister wird uns nicht abweisen!", behauptete sie, ohne zu erläutern, woher sie diese Gewissheit nahm.

Frau Hirtz stützte nachdenklich ihr Kinn. „Was ist mit Clärchen?", fragte sie vorwurfsvoll.

„Sie wird mit uns kommen."

„Will sie das?"

Darauf wusste Eva ihr nichts zu erwidern.

„Kommt nicht in Frage", verkündete Frau Hirtz heftig. „So ein weiter, gefährlicher Weg! Herrgott, sie ist doch noch ein Kind, Eva."

Eva senkte beschämt den Kopf. Auch wenn Clara mit ihren fast fünfzehn Jahren durchaus kein Kind mehr war, wie die Meisterin behauptete, ließ sich nicht leugnen, dass der Weg nach Avignon strapaziös sein würde.

„Sie wird bei mir bleiben!", erklärte Frau Hirtz nachdrücklich. „Mit dir verliere ich meine beste Weberin, Eva. In Clärchens Adern fließt dein Blut, also werde ich dafür sorgen, dass sie so gut wird wie du. Lass sie in meiner Obhut, bei mir ist sie wohlbehütet."

„Daran zweifle ich nicht. Ihr seid sehr gütig, Frau Meisterin. Aber ich fürchte, dass meine Tochter sich niemals so recht für die Tuchmacherei begeistern wird. Selten hält sie es längere Zeit am Webstuhl aus."

„Das kommt gewiss noch."

„Ihr wisst, dass sie einmal Nonne werden möchte."

„Hirngespinste! Warum ist sie dann noch nicht im Kloster? Alt genug dazu wäre sie doch."

„Sie möchte den Zeitpunkt selbst bestimmen." Eva seufzte leise. „Sie wartet auf - naja, auf eine Art von Erleuchtung."

Frau Hirtz sah sie verständnislos an. „Erleuchtung?"

„Clara ist fest davon überzeugt, dass der Herrgott ihr durch ein Zeichen zeigen wird, wann der rechte Zeitpunkt gekommen ist."

„Siehst du? Das sind nur die verrückten Ideen einer Heranwachsenden. Sie wartet auf göttliche Eingebung, weil sie zuviele fromme Heiligengeschichten gehört hat. Was ja im Grunde nichts Verwerfliches ist. Aber mit der Welt von heute hat das nur wenig zu tun. Überlass sie ruhig mir. Sie wird die Wirklichkeit schon bald begreifen. Und wer weiß, vielleicht lernt sie ja bald einen tüchtigen Burschen kennen."

Eva bezweifelte das, war aber nun entschlossen, das Angebot der Meisterin anzunehmen. Clara selbst war nämlich von Evas Reiseplänen alles andere als erbaut gewesen. Die Glaubenswelt des berühmten Meister Eckhart war ihr nach wie vor fremd. „Warum muss ich mitkommen?", hatte sie Eva missmutig gefragt. „Ich will nicht, dass die Dämonen, die Eckhart beherrschen, auch über mich Gewalt bekommen."

Eva sagte zu der Meisterin: „Hoffentlich werdet Ihr es nicht bereuen. Sie kann sehr widerspenstig sein."

„Wenn du zurückkehrst, hast du eine neue Tochter", versprach Frau Hirtz.

*

Obwohl Heilwig erst sieben Jahre alt gewesen war, als Eva Merode verließ, konnte sie sich noch gut an die ältere Kusine erinnern. Heilwig hatte Eva stets bewundert, denn Eva war klug, hübsch und in keiner Weise eingebildet. Eva hatte sie ernst genommen und nicht wie ein kleines Kind behandelt. Damals hatte Heilwig nicht verstanden, weshalb Eva so plötzlich verschwunden war. Niemand hatte es verstanden. Heilwig hatte geweint, tagelang, hatte zum lieben Gott gebetet, die Kusine möge zurückkehren. Mit der Zeit fand Heilwig sich damit ab, dass sie Eva wohl nie wieder sehen würde.

Inzwischen war Heilwig zweiundzwanzig Jahre alt. Vor einigen Jahren hatte sie geheiratet. Johann, ihr Mann, war ein junger Bauer aus dem Nachbardorf Schlich, sie liebte ihn, nur Kinder waren ihnen bislang aus unerfindlichen Gründen versagt geblieben. Heilwig führte nun ein Leben als Bäuerin. Wehmütig dachte sie manchmal an die Tage ihrer Jugend zurück, an ihr Leben im Schatten der Burg, wo ihr Vater bis heute die Aufsicht über die Ställe hatte. Pferde waren Heilwigs Leidenschaft, mit ihnen war sie groß geworden, und als sie nach der Hochzeit zu ihrem Mann nach Schlich zog, war die Trennung von den Tieren kaum weniger schwer als die Trennung von ihren Eltern. So oft es sich einrichten ließ, kam Heilwig nach Merode, um die Eltern zu besuchen. Ihre Mutter Maria aber wusste genau, dass sie überdies die Aussicht auf einen kleinen Ausritt hertrieb. „Nun geh schon, mein Kind", pflegte Maria ihr lächelnd zu sagen, nachdem man eine Weile geplaudert hatte, „du kannst es ja kaum erwarten, endlich in den Sattel zu steigen."

Dass ein Mädchen ritt, war für die Bauern von Anfang an gewöhnungsbedürftig gewesen, und dass sie es als erwachsene Frau immer noch tat, ließ manchen verständnislos den Kopf schütteln. Auch weil sie Frauensättel verschmähte. Lieber saß sie nach Art der Männer auf dem Pferderücken und trug obendrein Beinkleider.

Die älteren Meroder erinnerten sich an eine Schwester des seligen Herrn Johann Scheiffart, Sophia, die man gleichfalls oft zu Pferde gesehen hatte. Aber Sophia war immerhin von Adel gewesen.

Heilwig hatte sich daran gewöhnt, dass mancher Dörfler sie mit scheelen Blicken bedachte. Es war ihr einerlei. Weniger gleichgültig ließ sie die Behauptung, das Reiten sei der Grund dafür, dass sie keine Kinder bekäme. Auch Pater Raphael schloss das nicht aus, wenngleich er zugab, es nicht zu wissen. Zudem hatte Heilwig Sibylle nach ihrer Meinung gefragt. Die Hebamme hatte sie beruhigt, es sei wenig wahrscheinlich, dass das Reiten sie unfruchtbar mache.

Und Johann, ihr Mann? Zum Glück hatte er Verständnis für sie, verbat ihr nichts und machte ihr keine Vorhaltungen. Ihn interessierte das Geschwätz der Leute nicht. Von Zeit zu Zeit jedoch äußerte er die Sorge, sie könne sich bei einem ihrer Ausritte verletzen. „Ich bin mit Pferden aufgewachsen", entgegnete sie ihm dann lachend, „noch nie hat mich eines abgeworfen."

An einem warmen Frühsommerabend des Jahres 1327 sollte sich das ändern. Auf dem Weg zur Burg dachte Heilwig einmal mehr an ihre verschollene Kusine, der sie sich auf seltsame Weise verbunden fühlte. Auch Eva war oft genug Gegenstand des Dorfklatsches gewesen, wenngleich aus anderen Gründen. Heilwig bewunderte Eva, weil sie unbeirrt ihren Weg gegangen war. Ihre Heimat hatte sie kurzerhand verlassen, durch nichts und niemanden hatte sie sich verbiegen lassen. Dass sie allerdings den Mann, den sie heiraten wollte, ohne ein Wort des Abschieds verließ, war schon seltsam. Vermutlich hatte sie ihn nicht geliebt.

Bei den Stallungen traf sie ihre Eltern nicht an. „Sie sind rüber zur Burg. Haben was mit dem Kastellan zu besprechen", erklärte ihr Paul, einer der jungen Stallburschen.

„Na schön", erklärte sie, „dann vertreibe ich mir die Wartezeit durch einen kleinen Ausritt."

„Nur zu", grinste Paul. „Welcher Gaul darf's heute sein?"

„Was ist mit Pollux? Ist der inzwischen friedlicher geworden?"

Paul schüttelte den Kopf. „Kein bisschen!"

„Du musst dich mehr mit ihm beschäftigen, sonst bleibt er immer so störrisch. Ach, es ist ein Jammer, dass ich nicht öfter hier sein kann. Ich würde ihn schon zähmen, den Schelm, glaub mir."

„Nicht mal dein Vater schafft das!"

„Wie auch immer, heute werde ich Pollux reiten."
„Aber dein Vater hat's verboten!"
„Dir hat er's verboten, Paul."
„Er würde es nicht gut heißen, wenn du -" Er brach ab, denn Heilwig ließ ihn einfach stehen und schritt zur Sattelkammer. „Hilfst du mir beim Tragen?", rief sie über ihre Schulter. „Aber warte gefälligst, bis ich mir die Beinkleider meines Vaters angezogen habe."

Pollux war ein dreijähriger Grauschimmelhengst, der den Stallleuten den letzten Nerv raubte. Heilwig fand, es sei an der Zeit, ihm endlich Manieren beizubringen.

Schnaubend sah der Hengst ihnen entgegen. Heilwig trat zu ihm in die Koppel, flüsterte ihm beruhigende Worte zu, tätschelte seinen Hals. Zu Pauls Verwunderung blieb er ruhig, während sie ihn sattelten und das Zaumzeug anlegten. „Du scheinst einen beruhigenden Einfluss auf ihn zu haben", räumte Paul ein. „Aber ihn reiten? Das würde ich mir an deiner Stelle noch mal überlegen. Pollux ist und bleibt ein Teufel."

„Den werde ich ihm austreiben."

„Du könntest Nelda ausreiten, die würde sich im Gegensatz zu Pollux sogar darüber freuen."

Heilwig bedachte den Stallburschen mit einem ungnädigen Blick. „Wirst du endlich aufhören, mich zu beschwatzen, Paul? Ich will Pollux reiten, das ist doch nicht so schwer zu begreifen."

„Dein Vater würde dich daran hindern."

„Er ist aber nicht hier! Oder?" Mit diesen Worten führte sie den Hengst aus dem Stall. Paul folgte ihr und schüttelte unbehaglich den Kopf.

„Siehst du, er verhält sich ganz manierlich", frohlockte Heilwig und schwang sich geschickt in den Sattel. Immer noch blieb Pollux ruhig, nur dass seine Ohren unentwegt wackelten.

„Sei vorsichtig!", warnte Paul abermals. „Er mag's nicht, wenn man ihm die Hacken in die Flanken drückt."

„Genau daran wird er sich aber gewöhnen müssen!"

Pollux begann nun nervös zu tänzeln. „Wirst du dich wohl benehmen", sagte Heilwig mahnend.

Pauls Miene wurde noch ernster. „Hab ich's nicht gesagt? Steig lieber ab, Heilwig." Vorsorglich trat er zwei Schritte zurück.

„Das könnte dem Kerl so passen."

„Er wird gleich -" Weiter kam der Junge nicht, denn just in diesem Augenblick stieg Pollux unter wildem Gewieher auf die Hinterbeine, während seine Vorderhufe durch die Luft wirbelten. Trotz aller Warnungen, die Heilwig sich hatte anhören müssen, war sie zu überrascht, um sich im Sattel zu halten. Der Aufprall auf der Erde war nicht sonderlich schmerzhaft, sie wusste sofort, dass nichts gebrochen war. Aber ihre Erleichterung darüber währte nicht lange. Denn noch bevor sie sich aufrappeln konnte, ging ihr auf, dass Pollux sich noch nicht beruhigt hatte. Im Gegenteil, jetzt, da er die lästige Reiterin abgeworfen hatte, wurde er noch wilder und gebärdete sich, als habe jemand eine brennende Fackel an seinen Schweif gebunden. Sein Wiehern glich eher einem Brüllen, von seinen Augen war nur noch das Weiße zu sehen, und immerzu drehte er sich um die eigene Achse, während er Heilwig näher kam. Vergeblich versuchte Paul nach seinen Zügeln zu greifen, um Haaresbreite verfehlten ihn dabei Pollux' wirbelnde Hufe.

Keine Verwundung hinderte Heilwig am Aufstehen, sondern der lähmende Schreck, der ihr beim Anblick des tobsüchtigen Hengstes in die Glieder fuhr. Gleich würde Pollux über sie hinwegtrampeln.

Die Rettung kam in Gestalt ihrer Mutter.

Maria sah das Unheil schon von weitem kommen. Saß da nicht ihre Tochter auf dem Rücken von Pollux? Heilige Mutter Gottes, ja, das war Pollux! Wie konnte sie bloß so unvernünftig sein? Warum hatte Paul ihr diese Narretei nicht ausgeredet? Als Pollux verrückt spielte, rannte sie augenblicklich los, um Heilwig aus der Gefahrenzone zu schaffen.

Heilwig hörte die Stimme der Mutter und löste sie sich aus ihrer Erstarrung, streckte instinktiv eine Hand aus. Maria ergriff sie mit beiden Händen, riss daran, als gelte es einen Baum zu entwurzeln. Hierbei entwickelte sie eine Kraft, über die sie selbst erstaunt war. Wie eine Strohpuppe wurde Heilwig über den Boden geschleift.

Marias Erscheinen machte Pollux noch wütender. Zwar hatte er den Frauen inzwischen sein Hinterteil zugewandt, als habe er das Interesse an ihnen verloren, doch urplötzlich schossen seine Hinterläufe hoch. Die Hufe trafen Maria mit voller Wucht an Schädel und Bauch. Maria wurde zurückkatapultiert und blieb reglos liegen.

„Mama!", brüllte Heilwig.

Endlich war es Paul gelungen, die Zügel des Hengstes zu packen. Pollux beruhigte sich allmählich, als sei er zufrieden, einen seiner Widersacher außer Gefecht gesetzt zu haben. Paul beeilte sich, das Tier in den Stall zu führen.

Auf ihren Knien kroch die zitternde Heilwig zu ihrer Mutter. Maria bewegte sich nicht, ihre Lider waren geschlossen. Aus einem grausigen Loch ihrer linken Schläfe sickerte unaufhörlich dunkles Blut. Überhaupt schien ihr Schädel seltsam deformiert zu sein. Heilwig spürte nackte Panik in sich aufsteigen. Immerhin, die Mutter atmete noch, denn aus ihrer Brust waren brodelnde Geräusche zu vernehmen. „Mama!" Sie rüttelte heftig an ihrer Schulter. „Wach auf, bitte!"

Maria blieb reglos.

„Du darfst nicht -" Heilwig biss sich auf die Lippen, um es nicht auszusprechen. Sie dachte nur selten an den Tod. Die Mutter, sie war so lebenskräftig und schien keinen Tag älter zu sein als in Heilwigs Kindheitserinnerung.

Hastige Schritte näherten sich. „Was ist mit ihr?", fragte Paul beklommen. Inzwischen hatte er Pollux in sicheren Gewahrsam gebracht.

„Lauf und hol Sibylle!", rief Heilwig flehend. „Spute dich!" Tränen kullerten über ihre Wangen. Paul nickte und rannte los.

Die Mutter hatte ihr das Leben gerettet. Selbst das hatte sie nun mit ihrer Kusine Eva gemein, ging es Heilwig durch den Kopf.

Am Abend des folgenden Tages erschien Sibylle auf dem Winandshof und verlangte Nikolaus und Agnes zu sprechen. Martins Frau Ursel wies ihr den Weg zur Scheune. Dort waren die Eheleute damit beschäftigt, einen Pflug zu reparieren.

Nikolaus' Haare, einst kastanienbraun und von dichtem Wuchs, hatten sich mittlerweile gelichtet und eine silbergraue Färbung angenommen. Zahllose Furchen durchzogen sein wettergegerbtes Gesicht. Aber noch immer wirkte er gesund und vital. Was man auch von Agnes behaupten durfte. Nur ein paar weiße Haarsträhnen und die zarten Krähenfüße um ihre Augen kündeten davon, dass das Alter auch an ihr nicht spurlos vorüberging.

Sibylles Erscheinen beunruhigte die beiden. Gewiss überbrachte sie Neuigkeiten über Marias Gesundheitszustand. Seit dem Unfall lag Nikolaus' jüngere Schwester in tiefster Ohnmacht. Sibylle hatte gesagt, es sei fraglich, ob sie jemals wieder die Augen aufschlug.

„Sie ist aufgewacht", sagte Sibylle, doch es klang keineswegs hochgestimmt.

„Aber das ist doch wunderbar."

Sibylle schüttelte traurig den Kopf. „Macht euch keine Hoffnungen. Ihre Bauchorgane sind schwer verletzt."

„Wird sie sterben?"

„Ja."

Agnes und Nikolaus fassten einander an den Händen.

„Sie möchte euch sehen", verkündete Sibylle leise.

„Worauf warten wir dann? Kommt!"

Am Scheunentor stand Nikolaus' Neffe Lothar. „Warte!", sagte er zu der Hebamme. Er sah sie mit fragenden Augen an. „Was ist mit meiner Tante? Gibt es wirklich keine Hoffnung?"

Sibylle legte beide Hände auf die Schultern des Neunjährigen. „Das Problem sind ihre inneren Verletzungen, mein Junge. Ihre Kopfwunde mag weniger schlimm sein als zunächst befürchtet, aber ihre Leber blutet unentwegt. Es gibt nichts, was man dagegen tun kann."

Lothar dachte nach. „Und wenn man ein kleines Loch in den Bauch bohren würde? Dann könnte das Blut abfließen."

„Es würde die Blutung nicht zum Stillstand bringen."

„Man müsste also demnach -"

„Den Bauch aufschneiden und die blutenden Organe wieder herrichten. Wie diesen Pflug dort. Nur ist das leider unmöglich, wie du dir denken kannst."

Lothar nickte zaghaft. „Ja, das ist nicht möglich." Er klang keineswegs überzeugt.

Sibylle strich ihm seufzend über den Kopf. „Wir können nichts für sie tun, Lothar."

Sie hatte *wir* gesagt! Lothar nahm es stolz zur Kenntnis. „Ich habe meine Tante Maria sehr gemocht", erklärte er.

Sibylle lächelte. „Es war schwer, sie nicht zu mögen."

Gedankenvoll sahen sie Nikolaus und Agnes hinterher, die sich eilig auf den Weg gemacht hatten.

In der Kammer war es düster. Nur eine flackernde Kerze auf einem kleinen Tisch sorgte für etwas Licht, das die Schatten der Versammelten an den Wänden unruhig tanzen ließ. Der schwere Geruch von Siechtum und Leiden lag in der Luft. Marias Antlitz war aschfahl, ihr Atem oberflächlich. Auf einem Hocker kauerte Thietmar und hielt die Hand seiner sterbenden Frau. Seine Augen waren rot, seine Nase tropfte; der sonst so hart gesottene Stallmeister hatte bitterlich geweint. Auch Heilwig war zugegen. Apathisch hockte sie in einer Ecke und starrte mit leerem Blick auf das Krankenbett. Seit dem fürchterlichen Unfall hatte sie kaum ein Wort gesprochen. Niklolaus und Agnes standen hilflos hinter ihrem Schwager, auch ihnen war nach Heulen zumute. Marias Augen waren geschlossen, doch ihre Lippen bewegten sich zitternd, als formulierten sie ein stummes Gebet. Sibylle hatte ihr einen frischen Kopfverband angelegt, doch schon tränkte neues Blut das Leinen. Vor einer Stunde war Pater Raphael hier erschienen und hatte Maria die letzte Ölung gespendet.

Nikolaus fand es unerträglich, seine Schwester so leiden zu sehen. „Vielleicht sollten wir dich allein mit ihr lassen", flüsterte er Thietmar zu.

Maria öffnete die Augen. „Nein!", sagte sie deutlich, was bewies, dass sie alles, was um sie herum geschah, zur Kenntnis nahm. „Ich hab euch nicht ohne Grund rufen lassen."

„Verzeih, Schwesterherz. Ich dachte, du würdest schlafen."

„Schlafen werde ich bald lange genug."

„Der Herrgott wird dich aufwecken."

„Das hat der gute Raphael auch gesagt."

Ihre Stimme war erstaunlich klar und fest. Nur der trübe Blick ihrer Augen, mit dem sie die Anwesenden taxierte, täuschte nicht darüber hinweg, wie es wirklich um sie stand. „Du warst immer mein Lieblingsbruder, Niko. Wusstest du das?"

Er versuchte ein Lächeln. „Natürlich. Winand hat dich zu gern drangsaliert."

„Und du, Agnes. Ich erinnere mich gut, wie es mit uns anfing. Damals war ich noch ein Kind, und du warst Nikos schöne Herzdame. Ich war so stolz, dich zur Schwägerin zu haben und bin es immer noch."

Agnes konnte nichts darauf erwidern, ein riesiger Kloß blockierte ihre Kehle.

„Nun", fuhr Maria leiser fort, „bevor ich dahinscheide, muss ich euch beiden ein Geständnis machen."

Nikolaus schüttelte den Kopf. „Was könntest du uns schon zu gestehen haben, Schwester? Spar dir deinen Atem lieber."

„Still, Bruder. Ich weiß noch genau, was ich sage. Also hört mir zu."

Nikolaus wechselte einen kurzen Blick mit seinem Schwager. Thietmar nickte nur.

„Damals", begann Maria, und es war ihr anzumerken, dass die Worte ihr nicht leicht fielen, „damals, bevor eure Tochter verschwand, da kam sie zu mir." Sie holte mehrmals tief Luft, das Sprechen fiel ihr zunehmend schwer. Nikolaus und Agnes standen wie erstarrt.

„Sie kam zu mir, vertraute sich mir an. Ich musste ihr hoch und heilig versprechen, euch nichts zu verraten. Jahrelang trug ich das Geheimnis mit mir herum, und es war nicht leicht zu tragen. Doch jetzt, denke ich, ist die Zeit gekommen, mein Schweigen zu beenden."

Agnes schluckte mühsam. „Was hat sie dir gesagt?"

Und Maria erzählte von Evas unabwendbaren Entschluss, dem Mönch namens Eckhart in die Welt zu folgen. „Und ich", gab sie schwer atmend zu, „ich hab sie mit Männerkleidung versorgt. Hoffentlich könnt ihr mir vergeben."

„Du hast sie einst vor dem Ertrinken bewahrt", meinte Agnes nach einer Weile des Schweigens. „Es gibt nichts zu vergeben, Schwägerin."

„Was für eine Logik, Agnes. Und wenn sie längst tot ist? Tot, weil ich nicht den Mut hatte, sie aufzuhalten!"

„Sie lebt!", sagte Agnes mit fester Stimme. „Sie lebt, ich weiß es genau."

„Ich bin froh, dass ich's euch jetzt gesagt habe."

Nikolaus aber schüttelte immer wieder seinen Kopf. „Aber - ich versteh' das nicht! Eva war doch so sehr in Falk verliebt. Wie konnte sie ihn einfach verlassen? Mein Gott, es wuden schon Hochzeitspläne geschmiedet."

Maria stöhnte auf, und alle wussten, dass dies kein Schmerzenslaut war. „Falk hatte sie betrogen", sagte sie schweren Herzens.

Nikolaus straffte sich. „Was?"

„Mit einer Hure."

„Unmöglich."

„Sie hat's mit eigenen Augen gesehen. Ihr wisst, dass Eva sich das niemals ausgedacht hätte."

„Dieser Mistkerl", stieß Nikolaus hervor und ballte die Fäuste. Agnes fasste ihn sanft am Arm.

„Lass es gut sein. Es ist so lange her."

„Er ist schuld daran, dass wir keine Tochter mehr haben. Außerdem schwor er mir damals Stein und Bein, dass er Eva nicht betrogen habe. Er ist ein Lügner, der um ein Haar unser Schwiegersohn geworden wäre. Ach, mein armes Evchen."

„Versprich mir nur, dass du ihn nicht umbringst", sagte Maria, deren Stimme immer schwächer wurde.

„Das dürfte mir schwer fallen."

„Es würde dich geradewegs in die Hölle bringen. Dann sehe ich dich wohl nie wieder, denn ich selbst möchte in den Himmel. Also, wirst du einer Sterbenden versprechen, nicht die Hand gegen Falk zu erheben?"

Sein Groll schwand. Die geliebte Schwester lag im Sterben, warum ärgerte er sich über die Wollust eines Mannes, von dem er ein falsches Bild gehabt hatte? Aber wenigstens zur Rede stellen würde er den Lump.

„Na los, versprich's ihr endlich", flüsterte Agnes.

Nikolaus ergriff Marias Hand und verbarg seinen Schrecken darüber, wie kalt sie sich anfühlte. „Mein Schwesterherz, ich verspreche dir alles, was du willst. Ich bin mir nicht sicher, ob ich dir jemals gesagt habe, wie sehr ich dich liebe." Die letzten Worte brachte er nur noch mühsam über die Lippen, dann begann er leise zu weinen.

Nach der Beerdigung luden Nikolaus und Winand Trauergäste ein. Es war Marias Wunsch gewesen, dass ihre Verwandten und Freunde bei Brot und Apfelmost zusammenkamen, um ihrer ein letztes Mal in ungezwungener Weise zu gedenken. Der Tag war sommerlich, ein milder Westwind sorgte dafür, dass die Hitze erträglich blieb. Die Trauergäste fanden sich auf der Wiese hinter dem Hof ein, wo die Mägde ihnen zu essen und zu trinken reichten. Schon manche Hochzeit war hier gefeiert worden, zuletzt die von Hunold und seiner jungen Frau, aber heute war der Anlass des Zusammentreffens ein trauriger. Niemand spielte zum Tanz auf, die Stimmung blieb gedrückt, zu unerwartet war Maria dahingeschieden. Einige der Älteren erinnerten sich an den Tod von Marias Mutter Eva vor dreißig Jahren. Eva, obwohl einst aus der Fremde gekommen, war im Dorf beliebt und geachtet gewesen, und ihr Sterben hatte die Menschen berührt. Maria war damals neun Jahre alt gewesen.

Auch Falk war unter den Trauergästen. Mit einigen anderen Bauern unterhielt er sich über die bevorstehende Ernte, denn wer wollte schon immerzu vom Tod reden, das hätte auch Maria nicht gefallen. Gerade lauschte Falk der Rede seines Nachbarn Frieder, der sich weitschweifig über die Saatgutpreise ausließ, als sich eine Hand auf seine Schulter legte. Falk wandte sich um.

„Ah, Martin!"

„Mein Vater will dich sprechen", erklärte der junge Bauer. Er wirkte kühl und kurz angebunden, was seltsam war, denn eigentlich mochten die beiden sich sehr gut leiden. „Er wartet vor dem Hühnerstall."

Falk ging hinüber zum Gebäudetrakt. In den vergangenen Jahren hatte der Hof einige Anbauten erhalten, denn neben dem jüngeren Winand hatten ja auch Martin und Hunold geheiratet. Längst galt der Winandshof als größter Hof der Herrschaft Merode. Aber Falk hatte niemals Neid empfunden. Er mochte die Familie seiner Frau.

Auch mit Magda war er seit einiger Zeit wieder im Reinen, er hatte ihr vergeben. Ihr Verhalten war töricht, unfromm und sündig gewesen, aber an Evas Entscheidung, Merode und ihn zu verlassen, trug sie keine Schuld. Magda hatte feierlich versprochen, dem Teufel keine Opfer mehr zu bringen. Pater Raphael bürdete ihr zahllose Bußen auf, ungezählte Stunden verbrachte Magda im stillen Gebet. Falk mochte fest daran glauben, dass ihre Reue aus tiefstem Herzen kam. Deshalb hatte er seinen Vorsatz, sie mit Verachtung zu strafen, nach und nach aufgegeben. Er schlief auch wieder mit ihr, denn er wollte, dass sie seine Vergebung ernst nahm. Soviele Jahre waren seit Evas Verschwinden vergangen, und Falks Seelenstürme hatten sich weitgehend ausgetobt. Das Leben ging weiter, und wäre der milde Sommertag nicht von Marias Tod überschattet gewesen, so hätte er vielleicht sogar ein vergnügliches Lied vor sich hingepfiffen.

Als er den Hühnerstall erreichte, erwartete Nikolaus ihn mit fest verschränkten Armen. Falk erschrak über sein finsteres Gesicht, aus dem nicht Trauer, sondern Zorn sprach. Nikolaus kam unverzüglich zur Sache.

„Bevor meine Schwester starb", erklärte er mit metallischer Stimme, „bat sie mich und Agnes zu sich!"

Falk sah ihn fragend an.

„Maria sprach zu uns über Eva!"

„Über Eva?" Falk spürte, wie sein Herzschlag kurz aussetzte.

„Damals, bevor sie ging, war sie bei ihrer Tante. Eva ist den Dominikanern gefolgt."

„Ja", sagte Falk tonlos.

„Sie wusste, dass wir nach ihr suchen würden. Aber sie hat uns an der Nase herumgeführt."

Falk nickte. Nikolaus' Erkenntnisse entsprachen den allgemeinen Vermutungen. Nie hatte Falk jemandem erzählt, dass er Eva noch einmal begegnet war und inmitten einer kalten Ruine einen stummen Pakt geschlossen hatten.

„Eva war schon als Kind anders als die anderen Mädchen", fuhr Nikolaus mit mahlenden Kiefern fort. „Wir alle wussten, dass man sie auf besondere Weise behandeln muss. Nicht nur wegen des Mals an ihrem Hals. Sie war -" Er suchte nach Worten.

„Ein wunderbarer Mensch", vollendete Falk, aber das machte Nikolaus nur noch wütender.

„Lass das verlogene Geplapper! Du hast ihr das Herz gebrochen!“

Falk war mehr erschrocken als empört. „Ich?“

„Betrogen hast du sie! Mit einer Hure! Am Waldrand!“ Er spie die Worte verächtlich aus. „Sie hat euch gesehen!“

„Wer behauptet das?“, fragte Falk, nachdem er Nikolaus’ Worte verdaut hatte.

„Eva erzählte es ihrer Tante. Du weißt, dass Eva nie eine solche Lüge verbeitet hätte. Niemals!“

Falk war ratlos. Sein Mund öffnete sich, um etwas zu entgegnen, aber kein Wort kam über seine Lippen.

„Jetzt guckst du ganz schön dumm, was? Du hast ihr das Herz gebrochen, du Lump. Nur deshalb ist sie diesen Dominikanern gefolgt. Hätte ich meiner sterbenden Schwester nicht versprochen, dich zu schonen, dann würde ich dir alle Zähne ausschlagen.“

Falk fühlte sich dennoch wie geprügelt. Endlich fand er seine Sprache wieder. „Bei allem was mir heilig ist: Ich habe sie nie betrogen. Auch nicht mit einer Hure.“

Die feierliche Inbrunst, mit der er es sagte, ließ Nikolaus nicht unbeeindruckt. Eine Weile herrschte Schweigen, dann fragte Nikolaus blinzelnd: „Eva hat nicht gelogen soviel steht fest. Auch meine Schwester ist ... war keine Lügnerin. Vielleicht trügt dich ja deine Erinnerung. Soll vorkommen bei jungen Männern, die einen zuviel getrunken haben.“

„Meine Erinnerung ist ausgezeichnet. Und betrunken hab ich mich nur einmal. Als mir klar wurde, dass Eva nicht zurückkehren würde.“

„Wie erklärst du dir dann die Worte meiner Schwester?“

„Ich habe keine Erklärung. Nicht die geringste.“ Verzweifelt schüttelte er den Kopf.

Nikolaus sah ihn noch eine Weile grimmig an, dann ließ er ihn ohne ein weiteres Wort stehen und begab sich wieder zu den Trauergästen.

Falk stand wie gelähmt. Die Vergangenheit holte ihn wieder ein. Die Schmerzen und Qualen seiner Seele, die leidvollen Erinnerungen, plötzlich war alles wieder gegenwärtig. Warum diese Lüge? Ausgesprochen von einer Sterbenden, die es von Eva selbst erfahren haben wollte. Warum sollte ihm jemand schaden, jetzt, nach so langer Zeit? Das ergab alles keinen Sinn. Er versuchte seine Gedanken zu ordnen und dachte nach, während zwei Hühner vor seinen Füßen im Dreck scharrten. Lange Zeit stand er dort, resigniert, verwirrt, nachsinnend. Durchforstete seine Erinnerungen.

Bilder eines längst vergangenen Tages. Sie saßen in der Dorfschänke. Martin und Hunold, Evas Brüder, waren bei ihm. Und Winand, sein Schwager! Einige Jahre war das her. Nichts Weltbewegendes war an jenem Abend geschehen, nichts, worüber er später noch einmal ausgiebig nachgedacht hätte. Aber jetzt, vor diesem gottverdammten Hühnerstall, lichteten sich die Nebel seiner Erinnerung. Damals hatte Winand von seinen Erlebnissen mit liederlichen Huren geprahlt und merkwürdige Andeutungen gemacht. Er war betrunken gewesen. Nur das hatte Falk davon abgehalten, ihm eine Tracht Prügel zu versetzen.

„Wo bleibst du denn? Was machst du hier?"

Magdas Stimme! Sie riss ihn in die Gegenwart zurück. Er starrte sie mit offenem Mund an und begriff in diesem Augenblick alles. „Du und dein Bruder!", sagte er mit bebender Stimme.

„Was?"

„Ihr habt damals -" Er besann sich. Magda würde alles abstreiten. Seine Lethargie wich zorniger Entschlossenheit. Mit großen Schritten stapfte er an Magda vorbei.

„Was hast du denn?", fragte sie verwirrt, während sie versuchte, ihn einzuholen.

Falk antwortete nicht. Nie wieder würde er mit ihr sprechen, das schwor er sich. Und diesmal würde er sich daran halten. Vergebung hatte ihre Grenzen. Außer Geringschätzung verdiente Magda allenfalls Prügel. Aber es lag ihm nichts daran, sie zu verprügeln. Winand freilich sollte seinen Zorn zu spüren bekommen. Er erblickte ihn inmitten einer Gruppe von Dörflern und schritt geradewegs auf ihn zu. „Winand, du Dreckskerl!", rief er schon von weitem. Alle Trauergäste verstummten. Als er ihn erreichte, boxte er ihm ohne jede Vorwarnung in den Bauch. Winand krümmte sich, und schon traf ihn Falks Faust hart am Kinn. Er stürzte, blieb ausgestreckt auf dem Rücken liegen, japsend wie ein gestrandeter Fisch. „Steh auf und verteidige dich!", forderte Falk ihn auf, doch einige der Umstehenden, darunter sein Vater Harro, packten ihn, um ihn zurückzuhalten.

„Junge! Was ist in dich gefahren?", fragte Harro fassungslos.

Auch Magda glaubte ihren Augen nicht zu trauen. „Bist du verrückt geworden?"

Winands Frau Cordula rannte herbei und kreischte, als sie begriff, was geschehen war. Ebenso Isolde, die wortreich zu jammern begann. Winand stöhnte, Blut rann aus seiner Nase. Auch Nikolaus war Zeuge der Begebenheit. Obwohl er sich am Hühnerstall nur mühsam hatte beherrschen können, blieb er jetzt merkwürdig ruhig, als wolle er abwarten, was weiter geschah.

Ächzend richtete Winand den Oberkörper auf, tastete nach seiner Nase, betrachtete seine blutigen Finger. „Ich kann mich nicht erinnern, dir etwas zu Leide getan zu haben, Schwager", keuchte er.

„So, du erinnerst dich nicht? Ist ja auch schon einige Jährchen her, als du und deine Schwester dieses ruchlose Schauspiel mit der Hure inszeniert habt."

Magda vermied es, Falk anzusehen, sondern bückte sich fürsorglich zu ihrem Bruder hinab. Winand stieß sie unsanft von sich. „War nicht meine Idee, Falk", murmelte er. Er bergriff, dass Leugnen zwecklos war, andererseits wollte er nicht, dass alle Anwesenden von dieser alten Geschichte erfuhren. „Lass uns später in Ruhe darüber reden", sagte er gepresst.

„Nein, Winand. Hier und jetzt will ich mit dir darüber sprechen. So einfach kommst du mir nicht davon."

„Frag doch deine Frau."

„Wovon redet ihr eigentlich?", fragte der ältere Winand, der ebenfalls herbeigeeilt war.

„Er hat ihn geschlagen!", schnaufte Isolde, indem sie auf Falk deutete.

„Dich hab ich nicht gefragt", herrschte ihr Mann sie an. „Falk, was ist hier geschehen? Warum schlägst du meinen Sohn?"

Falk blickte dem Schwiegervater fest in die Augen. In seiner Wut hatte er nicht vor, die Sache vor fremden Ohren zu verschweigen. Sollte doch jedermann erfahren, was man ihm angetan hatte. Was seine eigene Frau ihm angetan hatte! „Dein Sohn und deine Tochter waren es, die Eva einst aus Merode vertrieben!" Er betonte jedes Wort.

„Meine Kinder?" Winands Verwirrung nahm mit jedem Wort, das gewechselt wurde, zu. „Was haben sie denn getan?"

„Dein Sohn hat's am Waldrand mit einer Hure getrieben. Magda erschien dort mit Eva, und das keineswegs zufällig. Eva sollte denken, ich sei es, der dort im Gras lag. Irgendwie haben sie es hingekriegt, dass Eva am Ende glaubte, ich habe sie betrogen. So war es doch, nicht wahr, Winand?"

„Warum fragst du nicht Magda?", war die zerknirschte Antwort.

Falk sah seine Frau an. Ein Meer widerstrebender Gefühle brandete in ihren Augen, er sah Angst und Flehen, zugleich auch Wut und Trotz darin schimmern. Sie öffnete den Mund, um etwas zu sagen, doch letztlich brachte sie kein Wort heraus. „Na los, frag sie", drängte Winand, der es offenbar eilig hatte, sich der Rolle des Sündenbocks zu entziehen.

Falk schüttelte den Kopf. „Nein!", sagte er mit Nachdruck. „Von heute an werde ich nie wieder ein Wort mit ihr sprechen. Sie mag meine Frau sein, aber kein Mensch, auch Pater Raphael nicht, kann mich zwingen, jemals wieder mit ihr zu sprechen!"

Betretenes Schweigen breitete sich aus. Sogar Isolde hielt entsetzt die Luft an. Die Trauergäste wurden Zeugen eines unseligen Ehezwists. Bald würde die ganze Herrschaft Merode darüber Bescheid wissen. Noch einmal wandte Falk sich an den Schwiegervater. Sein Blick streifte auch Nikolaus, als er leise verkündete: „Verzeiht mir, eure verstorbene Schwester hat es nicht verdient, dass ich ihre Trauerfeier auf solche Weise störe. Es ist wohl besser, ich gehe!"

Er spürte bestürzte Blicke in seinem Rücken, als er davonstapfte.

28.

Seit mehr als zwanzig Jahren residierten die Päpste im südfranzösichen Avignon. Nicht allein der ständige Krieg zwischen Ghibellinnen und Guelfen und die daraus resultierende unsichere Lage hatten sie bewogen, Rom den Rücken zu kehren. Zunehmend waren sie auch in Abhängigkeit des französischen Königtums geraten. Philipp IV. hatte das ohnehin geschwächte Papsttum gedemütigt und sich selbst wie der Herrscher über die Christenheit gebärdet. Zunächst hatte er Papst Bonifatius VIII. nach politischem Streit kurzerhand gefangen gesetzt. Darüber hinaus hatte Philipp später den mächtigen Templerorden zerschlagen, ein ungeheuerliches Vorgehen, das für die meisten der französischen Templer auf dem Scheiterhaufen endete. Die königlichen Richter warfen ihnen Ketzereien und zum Himmel schreienden Freveltaten vor. Geständnisse erhielten sie durch Folter, Belastungszeugen wurden zu reichen Männern. Reich war nach der Zerschlagung des Ordens vor allem die französische Krone, Philipps Begehrlichkeiten nach den Schätzen der Templer waren befriedigt.

Nach dem Tod Bonifatius' VIII. im Jahre 1303 blieben die Päpste unter der Fuchtel Philipps, zumal das Kardinalskollegium fortan mehrheitlich aus Franzosen bestand. Papst Klemens V. wurde zum unfreiwilligen Handlanger des Königs. Sein Nachfolger, Jacques Duèse, wurde 1316 als Johannes XXII. zum Papst gewählt. Zuvor war Duèse Bischof von Avignon gewesen. Bei Amtsantritt war Johannes schon zweiundsiebzig Jahre alt. Die Kardinäle hatten ihn als Übergangspapst erkoren, nachdem sie sich auf einen anderen Kandidaten nicht hatten einigen können. Doch mit jedem Tag, den Johannes im Amt waltete, schien er jünger zu werden anstatt älter. Er scheute keine Auseinandersetzung, auch ließ er den alten Konflikt zwischen Papsttum und den deutschen Königen wieder aufleben. Ludwig der Bayer, der sich anmaßte, die Richtlinien der Politik in Italien zu bestimmen und sich ohne päpstliche Approbation mit dem Titel des römischen Königs schmückte, war ihm ein Dorn im Auge. Der Tag würde kommen, an dem er, Johannes, den Unbeugsamen bannen würde, so wie einst Papst Gregor den anmaßenden Salierkönig Heinrich gebannt hatte. Johannes träumte davon, dem Papsttum seinen früheren Glanz zurückzugeben und es mit unbegrenzten Rechten auszustatten, die von keinem weltlichen Gesetz, von keiner Macht dieser Welt untergraben werden konnten. Es war der törichte Traum eines alten Mannes, der sich halsstarrig einer neuen Zeit verweigerte. Nicht nur seine Feinde sagten ihm nach, rechthaberisch bis zur Sinnlosigkeit zu sein. Von einem einmal gefassten Entschluss - und mochte dieser von noch so abwegig sein - konnte ihn kein Einwand jemals wieder abbringen.

Als Meister Eckhart und seine Getreuen im Sommer 1327 nach Avignon aufbrachen, um beim Papst vorzusprechen, war Johannes schon elf Jahre im Amt, und nichts deutete darauf hin, dass seine Lebenskräfte sich ihrem Ende zuneigten.

*

Eva, Johanna und Michel warteten auf einer steinernen Bank vor dem Audienzsaal. Mehr als drei Stunden mussten vergangen sein, seitdem der Magister und die anderen Dominikaner hinter der schweren Tür verschwunden waren, die von zwei belanzten Wächtern gehütet wurde. Immerhin, das Haupt der Christenheit schien Eckhart nicht wie ein Richter zu empfangen - noch nicht! Seit vier Wochen weilten die Deutschen in Avignon, es war heute bereits das dritte Mal, dass Eckart bei Johannes XXII. vorstellig wurde. Und der alte Papst, dem man nachsagte, aufbrausend und ungemein reizbar zu sein, hatte ihn bislang noch nicht in Grund und Boden verdammt. Das machte Eva Hoffnung. Johanna war weniger zuversichtlich. „Er will ihn in Sicherheit wiegen, um ihm möglichst viele Ketzereien zu entlocken", mutmaßte sie. Ihr Blick fiel auf die Türwächter. „Was glotzt ihr denn so dämlich?", fuhr sie die beiden barsch an.

Die Wächter verstanden ihre Sprache nicht, nahmen aber die Bärbeißigkeit zur Kenntnis. Was sie allerdings nicht davon abhielt, unverdrossen zu grinsen. „Sie tun doch nur ihre Pflicht", beschwichtigte Eva ihre Freundin.

„Uns lüstern anzustarren ist ihre Pflicht?"

Johanna übte immer noch diese sinnliche Anziehungskraft auf Männer aus, auch wenn sie es, anders als früher, nicht mehr darauf anlegte, sie zu umgarnen. Für sie gab es nur noch Thomas. Auch nach all den Jahren ging Eva die unselige Tragik dieser Liebesbeziehung zu Herzen. „Wir hätten nicht herkommen sollen", fuhr Johanna lamentierend fort. „Es wird alles ein böses Ende nehmen."

Auch in dieser Hinsicht hatte sie sich verändert, dachte Eva: aus dem lebensfrohen Mädchen von einst war eine notorische Skeptikerin geworden. Bedingt durch die immerwährende Notwendigkeit, ihre Liebe zu dem Dominikaner geheim zu halten.

Der Hüne Michel indes war der Alte geblieben. Er sprach nur dann, wenn es nicht zu vermeiden war, nichts vermochte ihn aus der Ruhe zu bringen. In den vergangenen Jahren hatten ihn immer seltener Anfälle heimgesucht. Geblieben war ihm sein gefiederter Freund Balthasar. Der Rabe war inzwischen in die Jahre gekommen, doch selbst die lange Reise nach Avignon hatte er heil überstanden. „Johanna hat Recht", sagte Michel mit sonorer Stimme, was verwunderte, denn niemand hatte ihn angesprochen. „Wird kein gutes Ende nehmen."

„Wieso glaubst du das?", fragte ihn Eva.

„Hab's geträumt."

Balthasar krächzte laut.

„Siehst du?", meinte Johanna. „Sogar Michel hat düstere Ahnungen."

„Schlechte Träume haben wir mitunter alle." Eva war bemüht, die Gemüter aufzuhellen, obgleich sie selbst ein flaues Gefühl im Bauch hatte.

Sie hielten den Atem an, denn just in diesem Augenblick öffnete sich Saaltür. Doch heraus trat nur Auguste, der junge Palastdiener. Die Wächter schlossen die Tür wieder hinter ihm, sodass den Wartenden ein Blick in den Saal verwehrt blieb. Johanna erhob sich und trat dem Diener aufgeregt entgegen. „Auguste! Kannst du uns sagen, was da drinnen gesprochen wird? Los, erzähl schon!" Sie zerrte ihn auf die Bank, und alle sahen ihn fragend an.

Auguste war noch ein halber Knabe, dreizehn oder vierzehn Jahre alt. Er hatte braune Haut und schwarzes Haar. Wäre er nicht Diener im päpstlichen Palast gewesen, so hätte man ihn ebensogut für einen Heiden aus dem Morgenland halten können. Die beiden Frauen hatten den ruhigen Jungen längst in ihr Herz geschlossen. Und Auguste war von Anfang an fasziniert gewesen von den Besuchern aus dem fremden Land: von den gelehrten Ordensbrüdern, die ihn nie herablassend behandelten; von den hübschen Frauen, die sie begleiteten; von dem Riesen Michel, der mit dem schwarzen Vogel auf seiner Schulter dennoch irgendwie sanftmütig wirkte.

„Der Papst, ist er zornig auf Meister Eckhart?", wollte Johanna von ihm wissen. Ihre französischen Sprachkenntnisse, erworben in ihrer Pariser Zeit, waren noch recht passabel, wenngleich sie für gewöhnlich lieber Eva das Sprechen überließ.

Auguste breitete seufzend die Hände aus. „Das kann man beim Heiligen Vater nie so genau wissen", erklärte er flüsternd, da er offenbar nicht wollte, dass die beiden Wächter es hörten.

„Aber du kennst den Papst. Du weißt, was in seinem Kopf vorgeht."

„Niemand kennt ihn. Er beginnt zu rasen, wenn keiner es erwartet, er lobt, wenn man mit Tadel rechnet. Manchmal, wenn ich ihm das Messgewand anlege, fragt er mich nach meinem Namen, als habe er mich noch nie gesehen. Ein anderes Mal klopft er mir wohlwollend auf die Schulter und behauptet, ich sei ihm der liebste Diener, den er je gehabt habe."

„Ist der alte Mann denn überhaupt noch bei Verstand?", fragte Johanna stirnrunzelnd. Sie erhob die Stimme und blickte empor zu den Holzbalken der Decke. „Um Himmels willen, ich sag's doch, der Magister hätte niemals hierher kommen sollen!"

„Ruhe!", sagte einer der Wächter.

„Halt die Klappe!", gab Johanna unbeeindruckt zurück.

Auguste begann zu erzählen. „Meister Eckhart und dieser andere Dominikaner - wie heißt er doch gleich?"

„Nikolaus von Straßburg", sagte Eva.

„Vor allem diese beiden sind es, die das Wort ergreifen. Wobei der Straßburger wie Eckharts Advokat auftritt."

„Einen Advokaten wird er auch brauchen", murmelte Johanna. „Wie verhält sich der Papst?"

„Meist hört der Heilige Vater ihnen reglos zu. Zu seiner Linken sitzen zwei Schreiber, die eifrig Protokoll führen, zu seiner Rechten Kardinäle, mit denen er sich berät. Manchmal stellt einer der Kardinäle ihnen Fragen, und, um ehrlich zu sein, sie machen aus ihrem Argwohn keinen Hehl." Er kratzte sich den Kopf. „Ich verstehe nichts von dem, was dort debattiert wird, und eigentlich hat man mir verboten, darüber zu sprechen. Schließlich bin ich nur ein Diener."

„Komm schon, Auguste. Wir machen uns Sorgen um den Magister."

Auguste sah Johanna offen an. „Besonders sorgst du dich um Bruder Thomas, nicht wahr?", flüsterte er, ohne dass es herausfordernd oder spöttisch klang.

Johanna errötete. „Wie bitte?"

„Schon gut." Auguste winkte mit einem feinen Lächeln ab.

„Nichts da. Du wirst mir auf der Stelle sagen, wie du das gemeint hast, Auguste."

„Ich habe nun mal ein Gespür für solche Dinge." Es klang nicht überheblich, es war eine nüchterne Aussage.

Allmählich gewann Johanna ihre Fassung zurück. „Ach ja? Ein Gespür hast du dafür, soso. Aber was im Kopf des Papstes vor sich geht, dafür hast du kein Gespür, wie?"

„Nein. Nicht einmal seine engsten Berater können in ihn hineinsehen."

„Und jetzt willst du mir unterstellen, dass ich - dass ich und Bruder Thomas -" Sie kaute auf ihrer Unterlippe und gab dann auf, schließlich war der junge Auguste niemand, der ihr Übles wollte. „Grundgütiger, ist das denn wirklich so einfach zu durchschauen?"

„Nur für mich", entgegnete Auguste augenzwinkernd. „Ich habe -"

„Ein Gespür dafür, das sagtest du bereits." Johanna seufzte. „Verachtest du mich dafür?"

„Wofür?"

„Dass ich und ein Mönch - na, du weißt schon!"

„Ich weiß, dass es echte Liebe ist, die euch beide bindet."

„Ach, das siehst du auch?"

„Ja."

„Nur ein einfacher Diener, wie?"

„Genau."

„Eva, was hältst du von unserem Freund?"

„Ein bemerkenswerter Bursche. Aber das wussten wir ohnehin schon."

Abermals öffnete sich die Tür zum Audienzsaal. Die Wächter wichen einen Schritt zur Seite, um den Männern, die heraustraten, Platz zu machen. Meister Eckhart ging vorweg, den Kopf gedankenverloren gesenkt, die Hände in die Ärmel seiner Kutte geschoben, er nahm weder Michel noch die beiden Frauen wahr. Nikolaus von Straßburg folgte dem Magister, sein bleiches, hageres Gesicht von Sorge gezeichnet. Dann folgten die anderen Dominikaner: Bruder Thomas, Konrad von Halberstadt und Heinrich de Cigno. Immerhin, sie durften sich nach wie vor frei bewegen, der alte Papst hielt es offenbar nicht für erforderlich, sie in ein finsteres Kerkerloch zu sperren. Auch diesmal ließ man die Männer unbehelligt ins Dominikanerkloster zurückkehren, das außerhalb der Mauern Avignons lag. Seit ihrer Ankunft hatten sie dort Quartier bezogen. Michel schloss sich ihnen an. In den Audienzsaal hatte er nicht hinein gedurft, jetzt aber hätte ihn keine Armee daran hindern können, an der Seite seines Herrn zu sein. Eva und Johanna bedachten Thomas mit einem fragenden Blick. „Der Papst und seine Kardinäle verstehen nichts, überhaupt nichts", raunte dieser ihnen zu. „Zweifelhaft, ob sie ihn verstehen wollen."

„Zumindest bleibt er auf freiem Fuß", sagte Eva, aber es klang eher wie eine bange Frage.

Thomas hob die Brauen. „Bislang waren es nur Anhörungen. In Kürze wird er sich vor einer Kommission verantworten müssen."

„Klingt bedrohlich", meinte Johanna schaudernd.

Thomas war nicht in der Stimmung, etwas zu beschönigen. „Es *ist* bedrohlich", erwiderte er ernst.

Bei aller Bedrohlichkeit, auch die Mühlen der päpstlichen Kirche mahlten langsam. Sieben Monate verstrichen.

„Der alte Johannes spielt wie eine Katze mit seiner Beute, geduldig und wissend, dass sie ihm nicht entkommen kann", sagte Johanna einmal während dieser beklemmenden Zeit des Wartens zu ihrer Freundin. Vermutlich zitierte sie ihren Geliebten, dem zugetragen sein mochte, was sich hinter den Kulissen abspielte. Dass Eckharts treuer Fürsprecher Nikolaus von Straßburg vor Wochen hatte abreisen müssen, machte die Sache nicht einfacher. „Was können wir tun außer beten?", lautete Evas Antwort, und sie erschrak, wie hilflos ihre Worte klangen.

*

Seit Tagen fegte ein niemals ermüdender, kalter Wind durch die Gassen Avignons. Die Einheimischen störten sich nicht daran, sie waren an diese Plage gewöhnt, doch Eva und Johanna bestärkte der Wind durch seine gnadenlose Beharrlichkeit in ihrer Schwermut. Grund zum Kummer hatten sie genug. Eine Theologenkommission, vor die Meister Eckhart kürzlich zitiert worden war, hatte dem berühmten Gelehrten nahegelegt, insgesamt 28 seiner Sätze zu widerrufen. Wenn er das nicht tue, müsse man ihn wie einen Häretiker behandeln.

Eckhart hatte sich Bedenkzeit erbeten. Widerrief er, würde die Kirche ihn wieder gnadenvoll in ihren Schoß aufnehmen wie einen verlorenen Sohn, der sich eines Besseren besonnen hatte. Widerrief er nicht, drohte ihm die Exkommunikation, ja womöglich eine Verurteilung als Ketzer. Das eine war für ihn so schrecklich wie das andere.

In einem Albtraum hatte Eva ihn auf einem Scheiterhaufen brennen sehen. Seitdem sie Zeugin des Feuertodes der bedauernswerten Begine geworden war, glaubte sie manchmal, den Gestank verbrannten Menschenfleisches wahrzunehmen, dann kam es über sie wie ein böser Fluch.

Sie war mit Johanna in einem Nonnenkloster untergebracht, wo sie sich nützlich machten. An jenem trüben Januartag, als sie trotz des widrigen Windes zum Markt gingen, sahen sie bei ihrer Rückkehr Michel vor dem Klosterportal stehen. Balthasar, der aufgeplustert auf seiner Schulter hockte, begrüßte die Frauen mit einem kurzen Schlagen seiner Flügel. Michel beschränkte sich auf ein Nicken. „Der Meister will dich sehen", sagte er zu Eva. „Er ist auf dem Felsen. Komm."

„Auf dem Felsen?" Eva sah zuerst Michel, dann ihre Freundin fragend an.

„Geh nur", sagte Johanna. „Es wird schon seinen Grund haben."

An Michels Seite passierte sie wenig später den Palast Johannes' XXII. Von außen glich das Gebäude einer großen Baustelle. Zahllose Gerüste und Leitern lehnten an den Mauern, darauf ein Heer von Handwerkern. Der heftige Wind machte ihre Arbeit zu einem gefährlichen Unterfangen. Papst Johannes hatte kürzlich einige der umstehenden Häuser abreißen lassen, um seine Residenz zu vergrößern. Die ehemalige Bischofsresidenz schickte sich an, ein prächtiger Papstpalast zu werden.

Sie ließen den werdenden Prachtbau und die Kathedrale Notre Dame des Doms zu ihrer Rechten liegen, erreichten bald den Fuß des Rocher, eines Felsenhügels am Rand der Stadt. Eva sparte sich die Frage, weshalb der Magister sich ausgerechnet an diesem abgelegenen Ort aufhielt, der wortkarge Michel würde ihr keine erschöpfende Antwort geben. Ein schmaler Pfad, umsäumt von windschiefen Kiefern und Zedern, führte sie hinauf. Immer wieder ließen heftige Böen Eva taumeln, bis Michel ihr eine Hand reichte, die sie dankbar ergriff. Oben angelangt, bot sich Eva ein beeindruckendes Bild: linker Hand die mächtige Rhone, überspannt von einer steinernen Brücke. Klein wie Spielzeuge wirkten die Menschen und die Fuhrwerke, die den Fluss überquerten. Auf der anderen Seite ein weites Meer von Dächern: Avignon.

Eva war außer Atem, der Aufstieg und das ständige Ankämpfen gegen den Wind hatten sie erschöpft. Michel wartete, bis sie verschnauft hatte. Dann führte er sie weiter.

Meister Eckhart kauerte in einer breiten Felsspalte. Eva erschrak bei seinem Anblick, der Gelehrte wirkte verloren und verlassen, seine Augen waren geschlossen, die knochigen Hände um die Knie geschlungen. Immerhin saß er dort geschützt vor den Unbilden des Windes.

Michel entfernte sich wortlos. Verwirrt sah Eva dem Riesen hinterher, war aber überzeugt, dass er in der Nähe blieb. Sie richtete ihre Aufmerksamkeit wieder auf den schlafenden Mystiker. Eckhart war in den vergangenen Monaten sichtlich gealtert. Lange Zeit hatte Eva geglaubt, das Alter könne ihm wenig anhaben, doch nun war binnen kurzer Zeit ein hagerer Greis aus ihm geworden, und nichts deutete mehr darauf hin, dass er einen Ansatz zur Korpulenz gehabt hatte. Nicht allein die Strapazen der langen Reise und die Anhörungen hatten ihn Kraft gekostet. Ein ganzes Gelehrtenleben lang hatte er sich wieder und wieder gegen Anfeindungen wehren müssen, zuletzt in Köln, wo die Zahl der Missgünstigen - selbst innerhalb seines Ordens - stetig angewachsen war. Am Ende hatte er nur noch den Weg gesehen, sich vor dem Papst selbst zu rechtfertigen.

Wir hätten niemals hierher kommen dürfen! Johannas Worte gingen Eva durch den Kopf, während sie darauf wartete, dass der Magister die Augen aufschlug und sie wahrnahm. Sein Anblick tat ihr in der Seele weh. Die wenigen ihm verbliebenen Haare hingen wie weiße Fransen an seinem Schädel, dessen Haut sich wie dünnes Pergament darüber spannte. Eva erinnerte sich an den Tag, als sie ihm zum ersten Mal begegnet war, damals, in jenem Pariser Gasthaus mit dem Namen „Au maréchal-ferrant". Gewundert hatte sie sich, denn sie hatte einen hageren Asketen erwartet, einen Mann, den die Mystik zu allerlei Entbehrungen drängte. Merkwürdigerweise entsprach der Greis vor dem Felsen dem Bild, das sie damals gehabt hatte.

Plötzlich öffnete er die Augen. Darin war mehr Leben, als sein beklagenswerter Anblick hätte vermuten lassen. „Eva!" Seine heisere Stimme klang erfreut, sein Lächeln aber glich dem Grinsen eines Totenkopfs. „Komm, setz dich zu mir, mein Gotteskind."

Sie gehorchte. Das Gestein war kalt, aber trocken. Über ihnen verfing der Wind sich in einer Felsnische und pfiff ein schrilles Lied. „Morgen werden sie mich ein letztes Mal anhören", sagte Meister Eckhart müde.

„Man wird Euch sicherlich Gelegenheit zur Debatte geben."

Eckhart schüttelte traurig den Kopf. „Von Anfang an war es eine Illusion zu glauben, man würde mich hier als Theologen sprechen lassen. Man erwartet allein meinen Widerruf."

Eva schwieg betreten.

„Heinrich von Virneburg ist am Ziel. Nie wieder werde ich predigen!" Es war eine nüchterne Feststellung, weder Bedauern noch Selbstmitleid schwangen darin mit.

„Später werden die Menschen einmal begreifen, was Ihr gelehrt habt", sagte Eva.

„Ja, vielleicht. Vielleicht auch nicht. Möglicherweise bin ich tatsächlich einen Weg gegangen, der Gott nicht recht war."

„Das dürft Ihr nicht sagen!"

„Schon gut, mein Kind. Ich habe dich nicht holen lassen, damit du micht tröstest. Vielmehr möchte ich dir danken."

„Danken? Aber wofür?"

„Nur wenige meiner Anhänger waren mir so treu wie du."

„Auch Johanna ist Euch überall hin gefolgt."

„Ich mag sie. Aber sie ist nicht mir gefolgt."

Er wusste es also. Johanna und Thomas! Aber nichts deutete darauf hin, dass er es auch verurteilte. Wieder lächelte er, als er hinzufügte: „Begriffen hat sie ohnehin nichts von der Welt, die ich predigte."

„Eine Welt, in der ich nach Herzenslust sinnieren durfte." Eva holte tief Atem. „Doch vieles in ihr blieb auch mir fremd." Schon bereute sie ihre Worte. Aber Meister Eckhart wirkte in keiner Weise enttäuscht.

„Ja, ich weiß."

„Ihr wisst es?"

„Ich bin nicht die Wahrheit, Eva. Ich suche sie nur. Wärst du ein Mann, so hätte ein berühmter Philosoph aus dir werden können."

„Ihr habt eine zu hohe Meinung von mir. Früher dürstete mich tagein und tagaus nach Gelehrsamkeit. Heute hat dieser Durst nachgelassen."

„Weil das Leben dich etwas anderes lehrte. Nichts wird mich davon abbringen, eine hohe Meinung von dir zu haben, mein Kind." Er griff nach ihrer Hand und drückte sie sanft.

„Warum seid Ihr auf den Felsen gestiegen?", fragte sie nach einer Weile und erwartete eine bildhafte Antwort, eine Metapher, ein Gleichnis über die Nähe zu Gott oder zum Himmel. Doch zu ihrer Überraschung sagte er nur: „Die Luft hier tut meinem alten Herzen gut. Denn manchmal brennt es wie Feuer in meiner Brust."

„Aber es muss für Euch sehr mühsam sein, hierher zu kommen. Selbst ich war völlig außer Atem."

„Der gute Michel hat mich getragen. Was seinen Raben ein wenig eiferüchtig machte." Sie sahen einander an und lachten. „Willst du mit mir beten?", fragte er dann.

„Gewiss, Magister."

Immer noch hielt er ihre Hand, seine Finger waren kalt wie Eis. *„Herr im Himmel, wir wissen, dass wir alle Pein, alle Mühsal, die uns zustößt, nicht fürchten sollen. Denn es nimmt ein Ende. Niemand hat so viel Gott als der, der im Grunde tot ist. Der Mensch soll sich willig in den Tod vergeben und sterben. Es muss ein gar kräftiges Leben sein, in dem tote Dinge lebendig werden, in dem selbst der Tod leben wird. Bei Gott stirbt nichts: Alle Dinge werden in ihm lebendig."*

Eva streichelte seine kalten Finger. Er schien es nicht wahrzunehmen. „Man soll im Grunde tot sein", fuhr er fort, „dass uns nicht Freude noch Leid berühre. Wir bitten deshalb unseren lieben Herrgott, er möge uns helfen aus einem Leben, das geteilt ist, in ein Leben, das eins geworden ist. Das walte Gott. Amen!"

Meister Eckharts Gebet erschütterte Eva, denn es war ein Abschied an die Welt. Er schien fest davon überzeugt, dass man ihn anderentags verurteilte und ergab sich seinem Schicksal.

Die brennende Begine!

Eva erschauderte. Gab es wirklich nichts, was man tun konnte, um das Unheil noch abzuwenden?

„Betet für mich!", sagte Eckhart, als habe er in ihren Gedanken gelesen. „Du und Johanna, geht morgen in die Kathedrale und betet für mein Seelenheil."

„Wir werden es tun!", versprach Eva.

„Gott sei mit dir!" Er sprach zu ihr wie aus weiter Ferne. „Lebewohl, mein Kind!"

Eva fasste einen verzweifelten Entschluss.

Die beiden Wachen vor dem Palast waren von Evas Beharrlichkeit so beeindruckt, dass sie ihrem Drängen nachgaben. Vielleicht waren es aber auch ihre schöne Augen gewesen, die sie umstimmten. Eva hatte sich rechtzeitig daran erinnert, dass ihre Freundin Johanna früher vieles erreicht hatte, indem sie einfach mit den Lidern klapperte. „Also gut, chérie, wir bringen dich zu ihm. Aber meinst du nicht auch, dass der Knabe zu jung für dich ist?"

„Auguste ist nicht mein Geliebter", antwortete Eva errötend.

„Brauchst dich nicht zu schämen. Wenn ich dir erzähle, wer es in diesem Palast mit wem treibt, dann würdest du den Mund vor Staunen nicht zukriegen."

Die Männer lachten amüsiert. Jedenfalls bekam Eva ihren Willen, man ließ nach Auguste schicken. Als der junge Diener erschien, war er sichtlich erfreut über den Besuch. Er ließ Eva eintreten, ignorierte die anzüglichen Bemerkungen der Wächter. Eva war sehr aufgeregt und kam unverzüglich zur Sache. „Auguste, ich muss mit dem Heiligen Vater sprechen."

Der Diener glaubte nicht richtig zu hören. „Das geht nicht. Man kann nicht einfach hier aufkreuzen und den Heiligen Vater sprechen wollen."

„Ich weiß. Aber es geht um Leben und Tod."

Auguste seufzte. „Wenn der Magister widerruft, ist er gerettet, erzählte man mir."

„Auguste, bitte!"

„Ich würde dir gern weiterhelfen, Eva. Wirklich. Aber es liegt nicht in meiner Macht, dir beim Heiligen Vater eine Audienz zu verschaffen."

„Ich kenne hier niemanden außer dir."

„Ich bin nur ein einfacher Diener."

„Und wenn du es trotzdem versuchst? Mir zuliebe?"

Auguste kaute auf einem Mundwinkel.

„Hast du nicht erzählt, dass er unberechenbar ist?" Eva ließ nicht locker. „Vielleicht ist er ja heute gütig."

„Du könntest Recht haben", meinte Auguste nachdenklich. „Heute morgen, nach der Frühmesse, als ich ihm die Stola abnahm, war er bester Laune. Erinnerte sich sogar an meinen Namen. Also gut", schloss er, „ich will versuchen, ob ich etwas erreichen kann. Dir zuliebe!"

Papst Johannes XXII. war von kleinem Wuchs und unscheinbarer Gestalt. Sein Gesicht hatte etwas Habichtartiges, abgesehen von den alterstrüben Augen, die mit dem stechenden Blick des Raubvogels nichts gemein hatten. Doch dieser scheinbar milde Blick war es, so wurde behauptet, der die Menschen zu täuschen vermochte.

Er saß hinter einem Eichenpult und las in einem schweren, in dunkles Rindsleder gebundenes Buch. Das Gemach war, anders als die Säle des Palastes, klein und schlicht, weder Teppiche, noch kostbare Behänge schmückten es aus. Ein einfaches Holzkreuz hing an der weißgekalkten Wand hinter dem Pult. Johannes XXII. mochte als Träger der höchsten kirchlichen Würden von Habgier durchdrungen sein - sprichwörtlich waren seine Erlasse, die der Kurie immer wieder neue Pfründe und Einnahmen erschlossen -, persönlich war er offenbar bedürfnislos.

Auguste meldete ihm die Besucherin. Der Papst blickte nicht zu ihnen auf, gab aber nickend zu verstehen, dass er es vernommen habe. Aufmunternd zwinkerte Auguste Eva noch einmal zu, bevor er sich aus dem Raum schlich.

Der Papst schien sie nicht zur Kenntnis nehmen zu wollen. Eva war verunsichert, es erschien ihr ungehörig, das Wort zu ergreifen. Andererseits fragte sich sich, wie sie sich verhalten sollte, wenn er ihre Anwesenheit noch länger ignorierte. Endlich riss Johannes' fistelnde Stimme sie aus ihrem Dilemma. „Was für ein Glück für euch Weiber, dass ihr euch nicht mit den Schriften der Kirchenväter beschäftigen müsst!", sagte er, indem er seinen Kopf hob und Eva seine beringte, mit Altersflecken übersäte rechte Hand entgegenstreckte. „Nun, dafür müsstest du freilich lesen können, nicht wahr? Ich wünschte, Unsere Augen wären noch so gut wie deine. Das Lesen ist Uns eine Qual geworden."

Eva trat vor, küsste den Ring des Fischers. Auguste hatte sie beschworen, dem Pontifex nie zu widersprechen, und sie war entschlossen, sich daran zu halten. Auch hatte sie, auf Augustes dringende Empfehlung hin, ihre Haube zurechtgerückt, sodass kein einziges ungebändigtes Haar darunter hervorlugte. „Danke, dass Ihr mich empfangt, Eure Heiligkeit!"

„Warum setzt du dich nicht, meine Tochter?"

Eva sah sich um; es gab keinen Hocker, keinen Stuhl. Ob das eine Art päpstlichen Humors war? Oder Gedankenlosigkeit? Sie beschloss, nichts zu sagen und einfach stehen zu bleiben. „Du gehörst zum Gefolge Eckharts, wie Wir hörten", sagte er wie beiläufig, doch Eva entging nicht der lauernde Unterton.

„Ja, Eure Heiligkeit."

„Eckhart von Hochheim, ein kluger Mensch. Ein Jammer, dass er zu viel wissen wollte."

Eva schluckte. Papst Johannes sprach über den Magister, als sei er bereits Geschichte.

„Nun, was führt dich zu Uns, meine Tochter?"

Alles, was Eva sich zurechtgelegt hatte, war wie fortgeweht. Sie bildete sich ein, dass der Papst sie anstarrte wie ein Fuchs, der auf Beute aus war. „Ich möchte Euch nur bitten ... Habt Ihr jemals versucht zu verstehen, was Meister Eckhart den Menschen sagen möchte?" Sie war sich der Ungeheuerlichkeit ihrer Frage bewusst. Unter Aufbringung all ihrer Willenskraft hielt sie dem Blick des Alten stand.

„Was möchte er ihnen denn sagen?", kam es erstaunlich mild zurück.

„Hört ihm zu, Eure Heiligkeit."

„Du glaubst, der Stellvertreter Gottes brauche Belehrung?"

„Ihr hört doch auch auf die Kirchenväter."

„Eckhart von Hochheim ist keiner davon, soweit Uns bekannt ist."

„Das hättet Ihr auch über Thomas von Aquin behauptet, wäret ihr ihm zu Lebzeiten begegnet." Sie biss sich auf die Zähne.

„So, hätten Wir das?" Des Papstes Augen verengten sich zu schmalen Schlitzen, offenbarten nur noch trübes Weiß.

„Bitte, hört ihm nicht zu mit den Ohren des Richters", sagte sie verzweifelt. „Hört ihn mit den fremden Ohren eines Menschen, der die Welt zu begreifen sucht."

„Oh, das haben Wir bereits getan. Und die Herren Inquisitoren taten es auch. Manche seiner Sätze ließen Wir obendrein unbeanstandet, was ihm jedoch nicht genügte. Letztlich erfuhren Wir nichts, was Wir nicht ohnehin schon wussten: dass nämlich Gottes Wahrheiten nicht auf den Marktplätzen verkündet werden dürfen, noch dazu in der Sprache des Volkes. Die Wahrheit verkündet allein die Heilige Mutter Kirche."

„Hat nicht auch unser Herr Jesus in der Sprache des Volkes gesprochen?", wagte sie einen neuen Vorstoß. Sie konnte nicht mehr zurück. „Ich weiß, Heiliger Vater: Meister Eckhart ist nicht unser Herr Jesus. Aber -"

„Für Eckhart von Hochheim ist Gott ein ewig aus sich fließendes und in sich zurückfließendes Wesen. Was für ein haarsträubender Unsinn. Gott hat das Meer, die Gewässer und die Gezeiten geschaffen - warum sollte Er es Seiner eigenen Schöpfung gleichtun? Gott ist Gott und kein Kind, das sich albernen Spielereien hingibt. Zum Fließen fehlt Gott die Muße."

Eva war geradezu erschüttert von der Ignoranz, mit der Eckharts wunderbare Poesie gestraft wurde. „Der Magister wollte nur ausdrücken, dass

Gott allgegenwärtig ist."

Der Pontifex beugte sich nach vorne. „Zeig Uns deinen Hals, Weib."

„Um Vergebung?"

„Deinen Hals, zeig ihn Uns!"

Sie nahm ihr Halstuch ab. Zweifellos hatte er von ihrem Mal gewusst. „Du kannst jetzt gehen!", sagte er kühl, widmete sich wieder seiner Lektüre.

Eva begriff, dass keine Macht der Welt diesen alten Mann von seinen gefassten Entscheidungen abbringen würde. Niedergeschlagen verließ sie das Gemach.

Draußen wartete Auguste. „Wie war's?", fragte er mit bangem Blick.

„Fürchterlich."

„Du hast also nichts erreicht?"

Sie schüttelte den Kopf.

„Immerhin habe ich ihn nicht brüllen hören", sagte Auguste, als sei das ein Trost.

„Ich frage mich, ob seine eisige Ruhe nicht etwas Schlimmeres bedeutet. Hast du ihm von meinem Mal erzählt?"

„Warum hätte ich das tun sollen? Er hat seine Spione, zu denen zähle ich nicht."

„Johanna hatte Recht", murmelte Eva mit belegter Stimme. „Es wird kein gutes Ende nehmen hier in Avignon."

Von ihrer Zuversicht war kein Krümel übrig geblieben.

29.

Anders als im fernen Avignon, hatte der Winter im Reich heftig Einzug gehalten mit Eis und Schnee. Die klirrende Kälte hatte den Rhein überfrieren lassen, in Wesel waren Menschen in ihren Betten erfroren, und die alte Godwa hatte verlauten lassen, die kommenden Wochen würden noch ärger als die des schrecklichen Hungerwinters 1318.

Kasimir wachte schweißgebadet auf und fand keinen Schlaf mehr, was jedoch nicht an der Kälte lag. Kälte hatte ihm noch nie etwas ausgemacht, vielleicht weil er in einem Land geboren war, wo die Winter noch erbarmungsloser wüteten. Nicht die Kälte, sondern der finstere Traum, den er durchlebt hatte, hinderte ihn am Einschlafen.

Bilder aus finsteren Tagen. Wilmar, das widerwärtige Schwein, hatte ihn wieder einmal geschändet! Im Lauf der Jahre hatte Kasmimir die Erinnerungen an diese Zeit weitgehend verdrängt. Doch gegen die Heimsuchungen der Träume war er machtlos. Er träumte nicht mehr so häufig wie früher, doch wenn es vorkam, dann war er hinterher aufgewühlt und zornig, als sei alles erst gestern geschehen. Und vor allem weckte es unwillkürlich noch fernere Erinnerungen: Die fremden Reiter! Die toten Eltern! Und Bogna, die Magd, die sich verzweifelt gegen ihre Peiniger zur Wehr setzte, bevor man ihr kaltblütig die Kehle durchschnitt! Ungesühnte Frevel, die zum Himmel schrien!

Was war mit seiner kleinen Schwester Jagoda geschehen? War auch sie ein Opfer dieser fremden Bestien geworden? Und wenn sie noch lebte? Wenn ein Wunder ihr das Leben gerettet hatte?

Vielleicht lag auch sie - just in diesem Moment und weit entfernt - schlaflos in ihrem Bett und dachte an ihren verschollenen Bruder. Vielleicht hielt das Geschrei eines Säuglings sie wach oder das Schnarchen des Gatten. Vielleicht, und das war ihr mehr zu wünschen, schlief sie tief und fest, verschont von bösen Träumen.

Oder aber ihre Gebeine waren längst vermodert. Wie auch Vaters, Mutters, Bognas Gebeine längst Staub sein mussten. Es war sinnlos, all diese Gedanken verdrängen zu wollen, er hatte Erfahrungen mit solchen Nächten, an Schlaf war nicht mehr zu denken. Kasimir beschloss, sein Nachtlager zu verlassen. Vielleicht gab es innerhalb der Burgmauern noch andere Ruhelose, die bereit wären, mit ihm das Ende der Nacht zu erwarten. Möglich, dass Daniel keinen Schlaf fand, weil er über einem neuen Kochrezept brütete. Die Aussicht auf ein Schwätzchen mit dem Koch war nicht abwegig, es wäre nicht die erste Nacht, die sie plaudernd miteinander in der Küche säßen.

Leise, um die schlafende Hanna nicht zu wecken, stieg er aus dem Bett, kleidete sich an und warf sich zum Schutz vor der Kälte eine dicke Wollrobe über. Dann schlich er sich in das Dunkel der Gänge. Zu seiner Enttäuschung fand er die Küche leer, offenbar drückten Daniel keine nennenswerten Sorgen. Auch niemand sonst war auf den Beinen. Er war die einzige Seele, die es bei dieser Kälte aus dem Bett trieb.

Zum Pferdestall!, entschied er. Wenn schon kein Mensch sich die Nacht mit ihm um die Ohren schlagen wollte, so konnten die Tiere ihn schwerlich zum Teufel jagen. Außerdem drängte es ihn, nach Remus zu schauen. Roberts altes Schlachtross lebte immer noch, allen Gebrechen zum Trotz. Kasimir war zu der Überzeugung gelangt, dass das Tier erst zu sterben beabsichtigte, nachdem es seinen Herrn noch einmal begrüßt habe. Was Goswin zu der verstohlenen Bemerkung veranlasste, dann sei Remus wohl zur Unsterblichkeit verdammt.

Der Schnee knirschte unter seinen Schritten. In weiter Ferne, auf der anderen Seite des Flusses, heulten Wölfe. In den nächsten Tagen würde er zur Bejagung der Tiere einige Männer um sich sammeln, beschloss er.

Schon von weitem sah er Licht im Stall. War er auf der Suche nach einem Leidgenossen doch noch fündig geworden? Wer sonst außer Goswin konnte es sein, der dort sein nächtliches Unwesen trieb. Seitdem Berta ihm ein totes Kind geboren hatte, war Goswin sich nicht mehr sicher, ob seine Ehe wirklich gottgefällig war. Womöglich hielt ihn ja die Sorge um ihr Seelenheil vom Schlafen ab. Kasimir würde einen neuen Anlauf unternehmen, um ihm diesen Zahn zu ziehen. Er wusste, die beiden liebten sich - was konnte der Herrgott schon dagegen einzuwenden haben?

Das Klagen eines Mädchens ließ ihn aufhorchen. Offenbar war Goswin nicht allein im Stall. Doch Bertas Stimme war das nicht, so viel stand fest.

Das dürre Mädchen, das nackt und frierend im Stroh lag, war ihm fremd, es musste aus der Stadt sein. Den neben ihr verstreuten lumpigen Kleidern nach zu urteilen, stammte sie aus ärmlichen Verhältnissen. Der halbwüchsige Bursche, der auf ihr lag und immer wieder in sie eindrang, raunte ihr ein paar unfreundliche Worte zu. „Du tust mir weh", klagte das Mädchen.

„Halt endlich still, dumme Gans. Und sag ‚Herr' zu mir, wie oft muss ich das noch wiederholen?"

Kasimir war fassungslos. „Bardolf!", sagte er missfällig, nachdem er sicher war, dass seine Augen ihm keinen Streich spielten. Erst jetzt wurden die beiden auf ihn aufmerksam. Bardolf hörte auf mit seinen Stoßbewegungen, doch es war keine Scham, die aus seinen Augen sprach, als er Kasimirs Blick begegnete.

„Lass sie in Ruhe, Bardolf!", befahl Kasimir.

„Was geht dich das an?"

„Du tust ihr weh."

„Sie hat schon ihren Lohn erhalten. Ich bin noch nicht mit ihr fertig!"

„Was hat er dir gegeben?", fragte Kasimir das Mädchen.

„Ein Stück Käse ..., Herr", kam es heiser zurück. Filzige, schwarze Haarsträhnen zappelten vor ihrem blassen Gesicht.

„Du brauchst mich ebensowenig ‚Herr' zu nennen wie diesen Grünschnabel. Kleide dich wieder an, Mädchen."

Mit hastiger Erleichterung tat sie, was er ihr gesagt worden war. Bardolf schwieg und sah ihr grimmig dabei zu. „Schäm dich, die Not armer Menschen auf solch schändliche Weise auszunutzen", sagte Kasimir zu ihm, nachdem er entschieden hatte, ihn nicht auf der Stelle zu verprügeln.

Das Mädchen, es war nun wieder vollständig bekleidet, schickte sich an, den Stall rasch zu verlassen. Kasimir hielt sie zurück. „Es ist bitterkalte Nacht, da kannst du den weiten Weg in die Stadt nicht allein gehen, das wäre zu gefährlich. Bis morgen früh werde ich dich irgendwo unterbringen, wo du nicht frieren musst."

Sie starrte auf ihre bloßen, verschmutzen Füße. „Danke."

„Wie fürsorglich", höhnte Bardolf, während er in seine Hosen stieg. „Willst sie wohl selbst vögeln, was? Keine Sorge, Mutter erfährt davon nichts." Im nächsten Moment fand er sich erneut im Stroh wieder, Kasimirs Ohrfeige hatte ihn dorthin befördert. In einer der Koppeln begann Duma zu schnaufen, als sei er der nächtlichen Ruhestörung überdrüssig.

Bardolf rieb sich die Wange. „Vortrefflicher Hieb", sagte er.

„Und jetzt verschwinde, Herr!", erwiderte Kasimir mit dem Bedürfnis, ihn zu demütigen.

Bardolf stand auf, klopfte sich das Stroh von der Kleidung. Er grinste. „Jedenfalls fließt in meinen Adern mehr Herrenblut als in deinen."

Kasimir widerstand dem Drang, ihn abermals zu ohrfeigen. Es wäre nichts weiter als der Ausdruck hilflosen Zorns gewesen.

„Übrigens", fuhr Bardolf mit unvermindertem Hochmut fort, „wenn du die Absicht hast, mich noch öfter zu versohlen, dann bleibt dir nicht mehr viel Zeit."

Kasimir tat ihm nicht den Gefallen, nach dem ‚Warum' zu fragen. Bardolf brannte ja offensichtlich darauf, es ihm zu verraten. „Ich werde in die Dienste meines Vaters treten! Als sein Knappe!"

„So? Habe ich dir etwa meine Einwilligung dafür gegeben?"

„Die brauche ich nicht. Du bist nicht mein Vater!" Die Worte waren als Vergeltung für die Ohrfeige gedacht, aber Kasimir stellte fest, dass sie kaum noch schmerzten.

„Und dein - hm, Vater, ist er bereit, dich aufzunehmen?"

„Wer stößt schon seinen leiblichen Sohn vor den Kopf?"

Kasimir verspürte wenig Lust, sich mit Merbodo von Schönburg anzulegen. Nicht etwa, weil er den Konflikt mit ihm scheute. Sollte Bardolf doch in seine Dienste treten, warum eigentlich nicht? Die Aussicht, ihn bald los zu sein, war alles andere als betrüblich. Allein für Hanna tat es ihm Leid. Hanna vermochte immer noch gute Seiten an Bardolf zu entdecken, die anderen verborgen blieben. Immerhin würde sie sich damit trösten können, dass er in ihrer Nähe blieb, wenngleich der Nordtrakt, den Merbodo mit seiner Familie bewohnte, ein abgeschiedenes, eigenes Reich bildete.

Bardolf verließ mit stolzgeschwellter Brust den Stall.

„Soll ich mich wieder ausziehen, Herr?", fragte das Mädchen leise.

Kasimir schüttelte seufzend den Kopf. „Nein!" Er packte sie an der Schulter, fühlte dort nur Knochen. „Komm, ich will zusehen, dass du etwas zu essen kriegst."

*

„Mein Opfer willst du haben?"

Magda spie im hohen Bogen in die Teufelsgrotte. „Da hast du eins!"

Die dichte Schneedecke, die den Wald überzog, reflektierte genügend Mondlicht, um die Nacht zu erleuchten. Hätte Magda einen heimlichen Beobachter gehabt, so wäre diesem bei ihrem Anblick angst und bange geworden. Die Haare offen, ihre Miene verzerrt und bebend vor Wut - wie ein Racheengel stand sie dort und rang nach Worten, um sie dem Leibhaftigen entgegenzuschleudern.

„Was nützt es mir, dass Eva fort ist? Mein Mann verachtet mich! Spricht nicht mit mir! Rührt mich nicht an! Ein Stück Dreck bin ich für ihn!"

Wieder spie sie aus, Fäden von Speichel hingen an ihrem Kinn. „Das war nicht unsere Vereinbarung! Ich fühle mich nicht länger an meinen Schwur gebunden. Nie wieder wirst du mich hier sehen. Meine Seele willst du haben? Ha, so einfach wird du sie nicht kriegen!" Sie schwieg kurz, um Atem zu schöpfen, fuhr dann mit mit unvermindertem Hass fort: „Ich wende mich den guten Mächten zu. Gott wird mir vergeben! Und zum Dank für Seine Vergebung will ich Ihm das geben, was mir am liebsten ist! Du wirst nicht länger Macht über mich besitzen!"

Ein letztes Mal wollte sie in die Grotte spucken, doch ihr Mund war nunmehr so trocken wie ein Acker unter der Sommersonne. Triumphierend reckte sie ihr Kinn in die Höhe. Die Nähe des Leibhaftigen bereitete ihr keine Furcht mehr. Was konnte schlimmer sein, als nicht geliebt zu sein? Sie machte sich auf den Heimweg.

Daheim schliefen alle. Sie schlich zum Bett ihres Sohnes, beugte sich über den Schlafenden, strich ihm zärtlich über den Kopf, küsste seine Wange.

Lothar erwachte. „Mama?"

„Psst. Schlaf weiter, mein Liebling."

Sie wartete, bis er wieder eingeschlummert war. Ach, wie sehr sie ihn liebte. Sie widerstand dem Drang, ihn erneut zu liebkosen. „Ich weiß, du willst nicht dein ganzes Leben in diesem Bauerndorf verbringen, mein Liebling", flüsterte sie. „Und das sollst du auch nicht, verlass dich nur auf deine liebe Mutter." Sie lächelte, fühlte endlich wieder Frieden in ihrem Herzen. „Ja, ich weiß, du willst ein berühmter Arzt werden. Aber das ist nur der Wunschtraum eines Kindes. Er wird vergehen, glaub mir nur."

Wieder schwebte ihre Hand über seinen Lockenkopf, zuckte aber dann zurück. „Im Kloster wirst du den Frieden finden, den ich nie hatte. Dieses Leben wird dir viel Leid ersparen. Und für deine geliebte Mutter erlangst du auf diese Weise Gottes Vergebung." Sie löste sich widerwillig von seinem Anblick und begab sich ins Bett, neben ihren schlafenden Ehemann, der sie nicht mehr liebte. Aber sie fühlte sich wie von einer schweren Last befreit.

Lothar schlug die Augen auf, nachdem sie gegangen war. Sein Herz trommelte, seine Welt wankte. Mit der Wucht eines Hammerschlages war ihm bewusst geworden, dass er vor seiner Mutter auf der Hut sein musste.

*

Seit Stunden waren Eva und Johanna in Gebete versunken. Die Kälte der steinernen Platten, auf denen sie knieten, war längst in sie hineingekrochen. Eisige Luft hing zwischen den Mauern der Kathedrale Notre Dame des Doms. Die beiden Frauen waren mutterseelenallein in dem großen Gotteshaus.

Johanna bekreuzigte sich. „Ich kann mich nicht erinnern, jemals so viel gebetet zu haben", sagte sie und hauchte fröstelnd in ihre Hände. „Aber wenn's der ausdrückliche Wunsch des Magisters ist, dann wollen wir ihm diesen Gefallen eben tun." Sie schüttelte den Kopf. „Obwohl ich bezweifle, dass der liebe Gott auf uns hört. Wenn der Papst den Magister verurteilen will, dann wird er's tun, selbst wenn wir hier ein ganzes Jahr beteten."

Ihre lauten Überlegungen rissen Eva aus ihrer Andacht. „Beten hat nichts mit der Erfüllung von Wünschen zu tun, Johanna", sagte sie leise.

„Das sagt auch Thomas. Eigentlich würde er besser zu dir passen als zu mir. He, das war nicht ernst gemeint! Glaubst du, dass das Verhör jetzt vorüber ist?"

„Wir werden es früh genug erfahren."

„Dann könnten wir doch jetzt aufhören mit dem Beten, oder? Heilige Jungfrau, mir werden hier noch alle Glieder abfrieren."

Laute Schritte, die durch die Kathedrale hallten, ließen sie innehalten. Sie sahen sich um. „Auguste!", begrüßte Eva den Ankömmling, der bleich und ernst wirkte. „Ist das Verhör -?"

„Meister Eckhart ist tot!", erklärte der Diener ohne Umschweife.

Eva glaubte, augenblicklich die Besinnung verlieren zu müssen, und selbst Johanna blieb jedes Wort im Hals stecken.

„Es geschah während des Verhörs", fuhr Auguste fort. „Plötzlich griff er sich ans Herz und stürzte zu Boden. Man rief einen Medicus, aber der konnte nichts mehr tun."

„Oh Gott", stammelte Johanna und schlug die Hände vors Gesicht.

Auguste sagte nachdrücklich: „Ihr müsst fort! Unverzüglich!"
„Aber warum?", fragte Johanna verwirrt.
„Frag Eva, sie weiß es!"
Mit offenem Mund blickte Johanna ihre Freundin an. Eva aber blieb stumm. Wieder Flucht! Ihr Leben war eine einzige Flucht - wovor eigentlich? Sie wollte jetzt nur in Ruhe um Eckhart trauern. Warum wurde diese Trauer ihr verweigert?
„Eva!", sagte Auguste drängend. „Gut möglich, dass der Papst es darauf beruhen lassen würde. Er mag jähzornig, starrsinnig und verschlagen sein, aber er ist nicht das Ungeheuer, für das ihr Deutschen ihn haltet. Doch ich fürchte, die Inquisitoren werden im Umfeld des Magisters nach Ersatzopfern suchen."
„Dann soll es eben so sein", erwiderte Eva matt.
„Wovon, zum Teufel, redet ihr eigentlich?", fragte Johanna fassungslos.
„Sie wissen von ihrem Mal!", erklärte ihr Auguste ungeduldig und tippte sich an den Hals.
„Na und?"
„Für sie könnte es der Beweis sein für einen Teufelspakt oder dergleichen."
„Was für ein haarsträubender Unsinn."
„Ich würde es jedenfalls nicht darauf ankommen lassen. Es ist besser, wenn ihr auf der Stelle aus Avignon verschwindet! Bruder Thomas lässt euch ausrichten, dass er mit Michel vor dem Westtor auf euch warten wird."
„Hast du gehört?" Johanna stieß ihre Freundin an, die apathisch vor sich hin starrte. „Verschwinden wir!"

Als die Frauen, Thomas und Michel der Stadt des Papstes nur eine Stunde später den Rücken kehrten, fiel Eva ein, dass sie dem treuen Auguste für seine Warnung nicht gedankt hatte. Was wohl daran lag, dass sie sich nach Rettung nicht sehnte. Trostlosigkeit erfüllte sie. Selbst der Gedanke an Clara, die in Köln auf ihre Rückkehr wartete, verlieh ihr keinen neuen Mut. Außerdem beschlich sie die unbestimmte Ahnung, dass ihr und ihren Begleitern das Schlimmste noch bevorstand.

30.

Obwohl Thomas für seine Person keine Nachstellungen durch die Inquisiton befürchtete, fasste er nach Meister Eckharts Tod einen raschen Entschluss. Anders als Konrad von Halberstadt und Heinrich de Cigno, die weiteren Mitglieder der Delagation, verließ er Avignon noch in derselben Stunde. Es war keine Flucht aus Angst. Er wollte der Heiligen Mutter Kirche nicht länger dienen, Eckharts Tod hatte ihm die Augen geöffnet. Viele Jahre lang hatte Thomas sich gequält, hatte seine Liebe zu Johanna als Sünde empfunden. Wozu? Die Kirche war eine Bestie, sie hatte nicht das Wohl der Menschen im Blick, sie hämmerte ihnen ein, was sie zu glauben hatten, und wehe dem, der anders dachte. Jesus und seine Jünger waren arm gewesen, der Klerus dagegen war raffgieriger als der durchtriebenste Krämer.

In Avignon waren Thomas die Augen aufgegangen. Zwar würde er Gott auch weiterhin seine Ehrerbietung entgegenbringen, doch nicht mehr in der Kutte des Dominikaners. Er hatte nicht die geringste Ahnung, wovon er künftig leben sollte, er wusste nur, dass er seine Zukunft an Johannas Seite verbringen wollte. Johanna konnte ihm noch Kinder gebären. Er würde sie lieben bis an sein Lebensende.

Als Eva und Johanna den vereinbarten Treffpunkt hinter dem Westtor erreichten, hatte der wartende Thomas sich seiner Kutte bereits entledigt. Er trug Sachen aus dunklem Wollstoff, Auguste hatte die Kleidung für ihn aufgetrieben.

„Thomas?", fragte Johanna verwundert.

Der gewesene Dominikaner nickte.

„Was bedeutet das?"

„Es bedeutet, dass ich dich heiraten möchte!"

Sie schrie freudig auf und warf sich ihm an den Hals.

„Keine Zeit für sowas", sagte Michel und klopfte beiden auf die Schultern. „Müssen weg von hier!"

Erst nach einer Stunde zügigen Fußmarsches waren die Türme Avignons ihrem Blickfeld entschwunden.

Der Winter wurde strenger, je weiter sie die Rhone entlang nach Norden zogen. Ihr Weg in eine ungewisse Zukunft war entbehrungsreich, die wenigen Münzen, die sie besessen hatten, nach drei Tagen aufgebraucht. Eva begann zu kränkeln und hustete ohne Unterlass. Der Fußmarsch wurde zur Strapaze, in einem Hospital zu Lyon blieben sie einige Tage, bis es Eva besser ging. Zwischenzeitlich hatte Michel auf einem Jahrmarkt einen weitbekannten Hünen im Ringkampf bezwungen und auf diese Weise gewisse Berühmtheit erlangt. Darüber hinaus erhielt er eine Siegprämie. Dank Michel besaßen die Heimkehrer wieder etwas Geld, als sie weiterzogen.

Heftiger Schneefall ließ sie einige Tage später in ein abgeleges Gasthaus einkehren, in das es noch weitere Reisende verschlagen hatte. Es bestand aus einem einzigen Raum, in dessen Mitte ein Feuer brannte. Beißender Rauch verteilte sich in alle Richtungen und suchte einen Abzug. Die Binsenstreu auf dem Lehmboden schien seit Wochen nicht erneuert worden zu sein. In einer Ecke ließen sie sich nieder, Johanna und Thomas etwas abseits, um ungestört Händchen zu halten. Eva war sehr erschöpft, ihre Erkrankung noch nicht auskuriert, doch es war fraglich, ob innerhalb dieser stickigen und verwanzten Wände an Schlaf zu denken war. Entgegen ihrer Gewohnheit musterte Eva verstohlen die anderen anwesenden Gäste. Zwei Männer mittleren Alters, ihrer Kleidung nach Kaufleute, hockten in der gegenüberliegenden Ecke auf der einzigen vorhandenen Holzbank und löffelten eine wässrige Suppe, die die Wirtin ihnen gereicht hatte. Desweiteren befand sich ein junger Ritter unter den Gästen. Er saß, den Rücken gegen die Wand gelehnt, neben der morschen Eingangstür und polierte die Kinge seines Schwertes. Seine Umgebung schien ihn nicht zu interessieren. Eva vermutete, dass weder er noch die Kaufleute freiwillig einen Fuß in dieses heruntergekommene Gasthaus gesetzt hätten, wären sie nicht durch das widrige Wetter dazu gezwungen worden.

Der vierte im Bunde war ein zerlumpter Kerl mit roten, verfilzten Haaren. Er wirkte so vertrauenswürdig wie eine Natter, und als Eva seinem Blick begegnete, grinste er anzüglich. Eva war froh, dass Michel bei ihnen war.

Der Rotschopf stieß plötzlich einen lauten Laut der Überraschung aus. Er stand auf und kam auf Eva zu. Doch seine Aufmerksamkeit galt nicht länger ihr, sondern Michel, der neben ihr saß. „He, du bist doch der Deutsche, der Jacques L'Ours aufs Kreuz gelegt hat!“ Er entblößte löchrige Zahnreihen.

Michel schwieg, starrte ihn nur unbewegt an.

„In Lyon, auf dem Marktplatz. Ich hab's gesehen. Du hast's ihm wirklich gezeigt. Hatte der Kerl auch bitter nötig. Hielt sich für unbesiegbar. Übrigens, hübsches Vögelchen hast du da!“ Es blieb offen, ob er damit Balthasar meinte, der auf Michels Schulter hockte, oder eben Eva.

Michel schwieg weiter. Was vielleicht auch daran lag, dass er nur wenig von den genuschelten Worten des Rotschopfs verstand.

„Den Geldpreis hast du dir jedenfalls mehr als verdient!“ Er kramte ein paar Würfel aus seiner Hosentasche hervor. „Lust auf ein Spielchen?“, fragte er plump.

Michel schüttelte den Kopf.

„Sei kein Spielverderber!“

„Er mag nicht würfeln“, erklärte Eva in der Hoffnung, dass der Rotschopf sich damit zufrieden gab. Doch die Aussicht, Michel etwas von seiner Siegprämie abzuknöpfen, musste zu verlockend für ihn sein.

„Ach, komm schon. Vertreiben wir uns ein wenig die Zeit in diesem Rattenloch."

Eine Hand, die ihn unsanft an der Schulter packte, ließ ihn abrupt verstummen. Der junge Ritter war von hinten an ihn herangetreten. „Lass diese Leute in Ruhe!", befahl er mit metallischer Stimme. Die beiden Kaufleute hielten beim Essen inne und sahen herüber.

„Nun beruhigt Euch mal, ja? Ich wollt' ja nur -"

Der Ritter packte den Rotschopf grob am Hemd und stieß ihn fort. Grummelnd verschwand dieser in die Ecke, aus der er gekommen war. Den Ritter mit ein paar zünftigen Schimpfwörtern zu bedenken, wie er es wohl am liebsten getan hätte, traute er sich nicht.

„Gibt es auch in eurem Land solches Gesindel?", fragte der Ritter, indem er Eva anlächelte, wartete ihre Antwort aber nicht ab. „Wohin führt euch der Weg?"

„Heimwärts, Richtung Norden", antwortete sie.

„Dann solltet ihr bei Solutré auf der Hut sein. Seit Wochen treiben dort Räuber ihr Unwesen."

Eva sagte: „Meistens schlägt Michels Anblick alle Strauchdiebe in die Flucht."

Der Ritter musterte den Riesen abschätzend. „Das glaube ich gern. Doch es handelt sich in diesem Fall nicht um gewöhnliche Strauchdiebe, sondern um eine Mörderbande. Wenn ihr gestattet, werde ich euch morgen begleiten. Auch ich reise in diese Richtung."

„Nicht nötig", brummte Michel, der wohl begriffen hatte, dass der Ritter sich ihnen andienen wollte.

„Was sagt dein Begleiter?"

„Er nimmt fremde Hilfe nur ungern in Anspruch, habt Nachsicht mit ihm." Eva griff nach Michels gewaltiger Hand. „Er meint es gut mit uns, Michel. Und er trägt ein Schwert, das wird die Räuber abschrecken."

Michel legte den Kopf schief, widersprach aber diesmal nicht, was man als Einverständnis werten durfte.

„Ihr seid sehr gütig", sagte Eva zu dem Ritter. „Wir nehmen Euer Angebot an."

„Gut. Dann also bis morgen!" Der Ritter machte eine elegante Verbeugung vor ihr, kehrte dann zu seinem Platz zurück und widmete sich wieder der Säuberung seiner Schwertklinge.

Wider Erwarten schlief Eva in dieser Nacht zunächst tief und fest. Später jedoch stellten sich böse Träume ein und ließen sie erwachen. Ihr Herz hämmerte wie wild, ein Husten begann sie zu schütteln. „Alles in Ordnung. Schlaf nur weiter", hörte sie Michel flüstern. Was darauf hindeutete, dass er selbst es vorzog, wach zu bleiben. Michel brauchte nicht viel Schlaf, und zweifellos traute er dem Rotschopf nicht.

Als der Morgen graute und Bewegung in die Stube des Gasthauses kam, verstärkte sich Evas Unbehagen, ohne dass sie eine triftige Erklärung dafür gehabt hätte.

Ihr Gefühl erwies sich als begründet: Die kommenden Stunden sollten sich als weiterer, unauslöschlicher Albtraum in ihr Gedächtnis brennen.

Es hatte aufgehört zu schneien, als sie, geplagt von Flohbissen, loszogen. Die hohe Schneedecke machte das Gehen beschwerlich, der Himmel war eisgrau, doch niemand verspürte Lust, noch länger in dem Gasthaus zu verweilen. Der Ritter stapfte voran, sein Pferd am Zügel hinter sich her führend. Eva, Johanna und Thomas folgten ihm, Michel indessen beharrte darauf, den Schluss der Reisegruppe zu bilden.

Bei Solutré erhob sich inmitten von Wald und Feldern ein schroffes Felsenmassiv in die Landschaft, gleich einem gewaltigen Lindwurm, der sich aus der Erde grub, um den Kopf lauernd in die Höhe zu strecken. Dort, sagte der Ritter, in diesem unwegsamen Gelände, würden die Mordbuben umherstreifen. Deshalb wolle er voranreiten, um zu erkunden, ob der Weg sicher sei. Er schwang sich auf sein Pferd und kehrte nach einiger Zeit zurück. Die Luft sei rein, von der Bande nichts zu sehen, versicherte er. Sie setzten ihren Weg fort. Wie hätten sie, von dem stets misstrauischen Michel einmal abgesehen, ahnen können, dass der Ritter sie in Wirklichkeit in eine Falle lockte?

Als sie eine der Felswände passierten, hob er, wie zu einem Kommando, urplötzlich die Hand. Augenblicklich schwirrten Armbrustbolzen heran. Eva hörte Johanna entsetzt aufschreien, sah Michel getroffen in den Schnee stürzen. Zwei der Bolzen steckten in seinem Hals, die Augen hatte er weit aufgegrissen, Blut färbte den Schnee. Balthar flatterte aufgeregt um ihn herum.

Michel, der Hüne, ihr treuer Beschützer, hilflos, sterbend! Wie gelähmt sank Eva zu Boden. Auch Thomas war getroffen worden, er kniete vor seiner Geliebten, drei oder vier Bolzen steckten in seinem Rücken. Verzweifelt hielt Johanna seinen Kopf zwischen ihren Händen, ein weiterer Bolzen verfehlte sie nur um Haaresbreite. „Die Frauen noch nicht!", rief der Ritter in die Felsen hinauf.

Zwei Armbrustschützen erschienen am Ort des Gemetzels, ihre Waffen triumphierend in die Höhe reckend. Der Ritter durchwühlte die Kleidung des leblosen Michel, bis er den Geldbeutel gefunden hatte, wog ihn in seiner Hand. „Hat sich gelohnt", rief er seinen Kumpanen zu.

Eva sah sich nun den beiden Ankömmlingen gegenüber, rohe Kerle, Mörder, die sie mit unverhohlener Lüsternheit musterten. „Hübsches Weib! Nehmen wir sie mit?", fragte der eine.

„Kein Ballast!", rief der Anführer ihnen mahnend zu. „Tut hier und jetzt, was ihr nicht lassen könnt!"

Die Kerle verloren murrend einige Worte über die scheußliche Kälte und ließen ihre Hosen herab. Eva wünschte sich den Tod herbei. Sie schloss die Augen, spürte, wie sich grobe Hände an ihrem Kleid zu schaffen machten. Sterben! Das war alles, was sie wollte. Dieser Welt endlich entfliehen!

Alle Pein und alle Werke der Pein, das alles nimmt ein Ende, und der Lohn ist ewig! Niemand hat soviel Gott als der, der tot ist!

„Lasst sie in Ruhe, ihr gottverdammten Schweine! Nehmt lieber mich!" Eva hörte Johannas zornbebende Stimme wie aus weiter Ferne.

„Tja, wenn du unbedingt die erste sein willst." - „Zieh dich aus! Mach schon!"

Und der Lohn ist ewig!

„Johanna!" Evas Lippen formten den Namen, aus ihrer Kehle jedoch wollte kein Laut kommen. Noch immer war sie unfähig sich zu rühren. Schleichend nahm der Tod sie in Besitz. Johanna!

„Eva!", hörte sie. „Danke, dass ich deine Freundin sein durfte! Thomas, Geliebter: Ich folge dir!"

Johanna, vergib mir! Deine Hand - ich kann sie nicht halten! Aber beten, beten will ich für dich. Bei Gott stirbt nichts, sagt der Magister. Alle Dinge werden in ihm lebendig!

Die Schwärze, die Eva umfing, wurde undurchdringlich.

Als sie aufwachte, weil jemand unablässig ihre kalten Wangen tätschelte, sah sie in das bärtige Gesicht eines Mannes, den sie nie zuvor gesehen hatte. „Sie lebt!", rief er über seine Schulter.

Ich lebe also?

Die Erinnerungen kehrten unbarmherzig zurück. Die Mörderbande, der Tod der Gefährten, Johanna in der Gewalt der Schurken! Dass sie, Eva, angeblich noch lebte, war eine Hiobsbotschaft.

„Ausländer", meinte ein weiterer Mann, der neben den Bärtigen getreten war.

„Nicht von vornehmer Herkunft", bemerkte ein dritter.

Eva versuchte ihren Oberkörper aufzurichten. Der bärtige Mann half ihr dabei. „Hast verdammt viel Glück gehabt", sagte er. „Im Gegensatz zu deinen Begleitern!"

Ringsumher färbte Blut den Schnee. Leichen! Thomas und Michel, sie lebten nicht mehr, ebenso die Räuber. Johanna lag in grotesker Verrenkung neben ihrem Geliebten, ihr Hals eine klaffende Wunde, die einst so betörenden Augen weit aufgerissen. Ihr toter Blick war auf ihre Freundin gerichtet. Eva stieß einen heiseren Laut aus. Ihre eigene Klage war der grausame Beweis, dass sie tatsächlich noch am Leben war.

„Du brauchst jetzt keine Angst mehr zu haben. Wir sind Leute des Herzogs. Leider kamen wir erst heute dazu, diesen verfluchten Raubrittern den Garaus zu machen. - He, verschwinde, blödes Mistvieh. Wir sind nicht die Leichen!" Seine letzten Worte galten Balthasar, der aufgeregte Anstalten machte, sich Eva zu nähern. „Verschwinde, los!"

Balthasar war völlig außer Rand und Band, krächzend flatterte er um ihre Köpfe herum, als begreife er, dass ihm allein Eva geblieben war. Missmutig zog der Bärtige sein Schwert.

„Nein!", stieß Eva erschrocken hervor. Doch schon sauste die Klinge durch die Luft. Das Krächzen verstumme abrupt, wie ein Stein stürzte der Rabe zu Boden. Wieder Blut! Und Federn, die wie schwarze Schneeflocken umherstoben.

Evas verstörter Blick ließ den bärtigen Kriegsmann aufseufzen. „Gütiger Himmel, was starrst du mich so an? Das war bloß ein Vogel!" Seufzend winkte einen seiner Männer zu sich. „Diese Frau ist halb erfroren und verwirrt obendrein. Bring sie zu irgendwelchen Bauersleuten, die sollen sich um sie kümmern."

Johanna, Thomas, Michel und auch Balthasar lebten nicht mehr. Aber Evas Tage auf Erden waren noch nicht gezählt. So hatte es der Höchste, so hatte es das ewig aus sich fließende und in sich zurückfließende Wesen offenbar beschlossen.

*

Anwortschreiben des Pontifex Johannes XXII. an Heinrich von Virneburg, Erzbischof zu Köln.

Es ist nicht nötig, Bruder, dass du dich ängstigst über das Verfahren im Fall des Eckhart vom Orden der Prediger - Gott möge seiner sündigen Seele gnädiger sein, als Wir dazu die Macht gehabt hätten. Mit Umsicht wird über jenen Fall verhandelt, und wenn Gott es gibt, woran Wir nicht zweifeln, zu einer Entscheidung zügig vorangeschritten.

Was den Leichnam des Verstorbenen angeht, so wisse, dass die hiesigen Dominikaner ihn innerhalb ihrer Klostermauern bestattet haben. Eine Überführung der Gebeine in dein Bistum wird nicht stattfinden.

Der dreieinige Gott segne dich.

Gegeben in Avignon an den 11. Kalenden im 12. Jahr (Mai 1328)

31.

Erschüttert lauschte Frau Hirtz dem Bericht der Zurückgekehrten. Ein Jahr war Eva fort gewesen, nun saß sie erschöpft und abgezehrt vor der Tuchmacherin, die ihr keine Vorhaltungen machte. „Hätten wir damals auf Euch gehört, wäre Johanna noch am Leben", räumte Eva mit tonloser Stimme ein. In den vergangenen Wochen hatte sie unentwegt geweint, sodass der Quell ihrer Tränen inzwischen versiegt war. Frau Hirtz ergriff ihre zitternden Hände.

„Du und Johanna, ihr habt getan, was ihr für richtig hieltet. Und als die Menschen, die du liebtest, starben, warst du in deren Nähe."

Eva nickte abwesend. „Johanna hat sich für mich geopfert."

„Du bist ihrers Opfers würdig, mein Kind."

„Wie könnt Ihr Euch da so sicher sein?"

„Willst du mir etwa Menschenkenntnis absprechen?"

Eva versuchte ein Lächeln. „Nein, Frau Meisterin."

„Wenn du möchtest, kannst du mir den Rest später erzählen, mein Kind. Ruh dich erst einmal aus."

„Schon gut, es gibt nicht mehr viel zu erzählen. Männer des Herzogs von Burgund waren es, die die Räuber aufstöberten. Zu meiner Schande muss ich gestehen, dass ich meine Retter hinterher verfluchte. Weshalb kamen sie nicht früher, um auch meine Gefährten zu retten?" Sie senkte die Stimme. „Anders gefragt: Weshalb kamen sie nicht später? Warum hinderten sie mich, meinen Gefährten zu folgen?"

„Sag so etwas nicht. Du versündigst dich."

„Sünde ist eine willentliche Abkehr von Gott. Sie ist nichtig, sobald der Mensch seinen Eigenwillen aufgibt, um mit Gott eines Willens zu sein."

„Eckharts Worte?"

Eva nickte.

„Für mich ist es dennoch eine Sünde, sich den Tod herbeizusehnen. Was geschah weiter?"

„Sie brachten mich zu einem Gehöft. Brave Bauersleute, die mich eine Zeitlang bei sich behielten und pflegten. Ich muss ziemlich elend und verstört gewesen sein. Als der Schnee schmolz, habe ich ich einer Pilgergruppe angeschlossen. Hier bin ich nun."

„Dem Himmel sei es gedankt. Bei mir bist du in Sicherheit. Niemand soll dich je wieder behelligen. Ich will dir etwas zeigen." Sie ging hinüber zu einer Truhe, öffnete sie und kehrte mit einem sorgfältig gefalteten, purpurrot glänzendem Tuch zurück. „Hier, nimm es in die Hände, mein Kind."

Eva tat ihr den Gefallen.

„Es ist Seide - ein wunderbares und kostbares Textil, nicht wahr?" Die Augen der Tuchmacherin leuchteten.

„Ja, es ist wunderschön."
„Mein Gatte und ich überlegen, künftig auch Seide zu verweben."
„Wirklich?"
„Eva, hierfür brauche tüchtige Weberinnen wie dich."
Eva schüttelte langsam den Kopf. „Verzeiht mir, Frau Meisterin, aber ich glaube kaum, dass ich in Köln bleiben werde."
Frau Hirtz starrte sie ungläubig an. „Was willst du tun?"
„Ich bin unruhig, etwas treibt mich. Ich muss weiterziehen."
„Aber wohin?"
„Ich wünschte, ich wüsste es."
„Willst du denn auf immer heimatlos sein?"
Heimat! Eva hatte den elterlichen Hof vor Augen, die Burg, die bewaldeten Hügel hinter Merode. Sie sah ihre Eltern, ihre Brüder, ihre Tante Maria. Und sie sah Falk, der unter der Liebeseiche auf sie wartete! Nur eine Tagesreise trennte sie von der Welt, der sie vor langer Zeit entflohen war. „Wahrscheinlich ist es meine Bestimmung, heimatlos zu sein."
Frau Hirtz stieß einen langen Seufzer aus. „Nun, wenigstens wirst du darüber nicht mit Clara streiten müssen. Denn auch sie wird nicht in Köln bleiben wollen."
Eva nickte ernst. Vorhin hatte sie mit Clara ein kurzes Wiedersehen gefeiert. Clara war erleichtert gewesen über ihre Rückkehr. Die Nachricht vom Tod Johannas und der anderen aber hatte sie mit unbewegter Miene aufgenommen. „Was kann der Umgang mit einem Ketzer anderes bringen als den Tod?", hatte sie gesagt. Und weiter: „Sei froh, Mama, dass Gott dich weiterleben ließ, damit du bereuen kannst."
Eva hatten diese Worte schwer getroffen. „Clara! Ist das alles, was du zu sagen hast? Johanna war dir immer sehr nah. Nie wieder werden wir sie bei uns haben!"
„Du hast Recht, Mama. Gewiss, ich trauere um sie. Ich werde für ihre Seele beten." Dann war sie in die nächste Kirche gerannt.
„Danke, dass Ihr Euch um sie gekümmert habt", sagte Eva zu Frau Hirtz.
„Sie ist eine junge, hübsche Frau geworden", erwiderte die Tuchmacherin, hob aber hilflos die Hände, „auch wenn sie ihre weiblichen Vorzüge stets unter weiten Kleidern verbirgt. Übrigens hattest du Recht mit deiner Behauptung, dass sie niemals eine gute Tuchmacherin abgeben würde. Sie ist immer noch fest entschlossen, Nonne zu werden. Ich muss es freimütig zugeben, hier hat meine Menschenkenntnis doch versagt."
„Ich verstehe Euer Unbehagen, Frau Meisterin."
„Mein Unbehagen?"
„Macht mir nichts vor, auch Ihr habt es längst bemerkt: Claras Frömmigkeit hat etwas Bedrohliches, etwas Befremdliches. Etwas - Gnadenloses!"
Sie schwiegen. Nach einer Weile sagte Frau Hirtz: „Aus dir wäre eine

begnadete Seidenweberin geworden, Eva. Ich werde dich sehr vermissen."
Über Clara sprachen sie nicht mehr.

Am Abend, als sie zu Bett gingen, wurde Clara zugänglicher. „Mama", sagte sie, indem sie sich fest an Eva schmiegte, „ich bin so froh, dass du wieder da bist." Fast war sie wieder das Kind von einst, das Liebe zeigen konnte, ohne zugleich von göttlichem Missfallen oder Strafen des Himmels zu sprechen. Eva war glücklich über ihre Zuneigung.

„Ich habe dich sehr vermisst, Clärchen. Du hast jedes Recht der Welt, mir gram zu sein. Ich hätte dich nicht so lange allein lassen dürfen."

Clara legte den Kopf auf Evas Schulter. „Mach dir keine Sorgen, Mama. Ich war nie allein, Gott war bei mir. Und wie könnte ich dir gram sein? Ich bin von deinem Blut, du hast mich einst unter Schmerzen geboren, ich bin deine Tochter und liebe dich! Ich werde dich ehren bis zu meinem Tod."

Eva schwieg betroffen. Clara war kein Kind mehr und reif für die Wahrheit. Doch Eva hielt diesen seltenen Augenblick der Vertrautheit nicht für geeignet, der Ziehtochter ein Geständnis über ihre wahre Herkunft zu machen. Vielleicht war es für Claras fromme Seele besser, wenn dieses Geheimnis auf ewig begraben blieb.

„Du willst fort von hier", sagte Clara. „Nicht wahr, du willst Köln und Frau Hirtz verlassen."

„Ja, mein Mädchen."

„Gut. Das möchte ich auch. Ich mag Frau Hirtz nicht. Der Mammon ist ihr wichtiger als der Glaube."

„Du tust ihr Unrecht, denn sie hat ein großes Herz. Wir verdanken ihr vieles."

Clara ging nicht weiter darauf ein. „Wohin werden wir gehen?"

„Ich weiß es nicht." Eva stieß einen kaum hörbaren Seufzer aus.

„Nun, ich hab den lieben Gott gefragt, welchen Weg wir einschlagen müssen", erklärte Clara rundheraus.

„Hat Er dir geantwortet?"

„Ja. Als ich vorhin die Kirche betrat, las der Priester aus der Apostelgeschichte. Steh auf und geh nach Süden!, hieß es dort. Es war eine Botschaft von Gott an uns, Mama."

Eva bezweifelte das. Clara war geradezu süchtig nach himmlischen Botschaften, sie suchte überall und immerfort danach. Nur deshalb war sie noch nicht in ein Kloster eingetreten, weil sie auf eine unmissverständliche Anweisung Gottes wartete. Clara war davon überzeugt, dass Gott etwas Besonderes mit ihr vorhatte. „Ohne Zweifel, Gott hat uns angewiesen, rheinaufwärts zu ziehen, nach Süden", verkündete sie salbungsvoll.

Eva dachte lange nach, während ihre Finger sanft durch Claras Haare glitten. „Wie du meinst, mein Mädchen", lautete ihre geflüsterte Antwort.

*

Zahllose Schwalben segelten dicht über den murmelnden Fluss. Der Tag war frühsommerlich mild gewesen, doch nun, zum Abend hin, kündigte der Himmel über den Weinbergen Regen an. Claras Füße waren voller Blasen und schmerzten unerträglich. „Heiliger Christopherus, ich kann nicht mehr!“, klagte sie und ließ sich einfach auf die Erde sinken. Besorgt beugte Eva sich über sie.

„Es ist nicht mehr weit bis zum nächsten Ort. Siehst du die Burg dort hinten auf dem Berg? Darunter liegt eine Stadt, dort werden wir die Nacht verbringen. Komm, wir wollen im Fluss die Füße baden, bevor wir weitergehen. Das wird uns erquicken.“

Die Aussicht auf eine Erfrischung verlieh Clara neue Kräfte. Eva nahm sie an der Hand, und sie stiegen eine Böschung zum Rheinufer hinab. Zu ihrer Überraschung waren sie dort nicht allein. Zwei Frauen, die eine jung, die andere älter, hatten denselben Einfall gehabt und kühlten ihre marschgeplagten Füße im Wasser des Rheins. Ihre Rockesäume hatten sie über die Knie gestreift. Clara stieß einen empörten Laut aus.

„Was glotzt du, Kleine? Gefallen dir etwa unsere Beine nicht?“, fragte die Ältere barsch.

„Huren“, flüsterte Clara entsetzt.

Auch Eva hatte die kennzeichnenden Bänder an den Kleidern der Frauen schon bemerkt. „Guten Abend! Dürfen wir uns zu euch gesellen?“, versuchte sie die verpatzte Begrüßung vergessen zu lassen.

„Von mir aus“, kam es gleichgültig zurück. „Allerdings scheint deiner Gefährtin unsere Gesellschaft nicht recht zu sein.“

„Komm“, sagte Clara zu Eva und wandte sich entschlossen um. „Bei denen haben wir nichts verloren.“

„Clara, warte!“

Doch schon stapfte Clara die Böschung hinauf.

„Auch eine, die sich für was Besseres hält“, meinte die jüngere der Huren und lachte bitter.

Eva und hob bedauernd die Schultern. „Vergebt ihr“, sagte sie, bevor sie der Ziehtochter folgte.

„Zum Teufel mit euch!“, rief die Alte ihnen nach.

Eva musste laufen, um Clara wieder einzuholen. „Der werfe den ersten Stein, Clara“, sagte sie im tadelnden Tonfall.

„Nichtsdestoweniger sind sie Sünderinnen“, entgegnete Clara mit trotzigem Zorn.

„Wer vermag schon zu sagen, wieso das Leben sie zu dem machte, was sie sind.“

„Auch uns hat das Leben übel mitgespielt, Mutter. Sind wir deswegen Huren geworden? Außerdem trugen sie Messer bei sich, hast du das nicht gesehen? Sie sind keine guten Menschen, sie sind gottlos, ihr Tun ist verwerflich."

Eva sah ein, dass es keinen Sinn machte, weiter mit ihr zu debattieren, Clara würde keinen Jota von ihrer Meinung abweichen. Schweigend setzten sie ihren Weg fort. Als sie durch das nördliche Tor die Stadt betraten, fielen die ersten Regentropfen vom Himmel. Von den Menschen in den Gassen der Stadt wurden die Ankömmlinge kaum beachtet, jeder wollte im Trockenen sein, bevor der Regen heftiger wurde. Verloren sahen Eva und Clara sich um. Noch bevor sie jemanden nach einem Hospital oder einer Herberge befragen konnten, winkte ein graubärtiger Schmied sie zu sich in seine Werkstatt. Er war schon alt, aber immer noch von kräftigem Wuchs, wie es sich für einen Mann seines Berufsstandes geziemte. „Woher kommt ihr?", fragte er neugierig.

„Aus Köln", erklärte Eva in der Hoffnung, dass seine Wissbegierde nicht allzu groß war.

„Ihr seid ohne Männer unterwegs?" Der Alte musterte sie aufmerksam.

„Ja, und Hurenbänder sucht Ihr an unserer Kleidung vergebens", sagte Clara feindselig. „Wir sind ehrbare Frauen."

Der Schmied hob beide Hände. „Schon gut, meine Teure, daran zweifle ich nicht. Ich wollte euch nicht zu nahe treten. Ein alter Mann wie ich hält eh nicht mehr nach Huren Ausschau, deshalb ist's mir einerlei, wer ihr seid. Meinethalben könnt ihr bis morgen früh in meiner Schmiede bleiben. Hier seid ihr für euch und ungestört."

„Das ist sehr freundlich." Eva war dankbar für das Angebot des Alten und gedachte es anzunehmen. Claras Füße brauchten dringend Pflege.

„Und ich?", fragte eine Stimme aus einem hinteren Winkel der Werkstatt. „Wo soll ich heute bleiben?" Eva und Clara wurden erst jetzt auf einen pockennarbigen Burschen aufmerksam, der lautlos dort gestanden und sie angegafft hatte.

„Karl, mein Geselle", erklärte der Schmied. „Er wird heute nebenan nächtigen, in meiner Wohnung."

Der Bursche grinste schief. „Aber warum denn? Ich könnte den beiden doch gut Gesellschaft leisten."

„Das glaub ich dir aufs Wort, du Wüstling. Aber daraus wird nichts. Du kommst mit mir, verstanden? Lösch die Glut und räum das Werkzeug weg. Und dann lassen wir unseren Gästen ihre Ruhe."

Der Geselle grinste noch immer. Clara funkelte ihn wütend an. Bald waren die Frauen allein in der Schmiede. Es roch nach Rauch und Schweiß, doch es war trocken und ruhig, draußen hörte man nur den Regen. Der alte Schmied hatte ihnen frisches Stroh gebracht, aus dem sie sich in einer Ecke ein behagliches Lager machten. Eva behandelte Claras wunde Füße mit Kräuterauflagen. Später kam die Frau des Schmiedes und brachte ihnen Käse und einen Krug Wein. Dankbar nahmen sie die freundlichen Gaben an. Nach den Strapazen des Marsches schmeckte es ihnen wie bei einem opulenten Festmahl.

Clara sank schon bald in tiefen Erschöpfungsschlaf, Eva dagegen blieb noch eine Zeit lang wach und starrte in die Dunkelheit. Auch sie war hundemüde, doch es gelang ihr schon seit geraumer Zeit nicht mehr, vor der zweiten Nachthälfte einzuschlafen. Denn mit der Dunkelheit kamen die Erinnerungen, all die furchtbaren Erlebnisse der vergangenen Monate wurden gegenwärtig. Fast alle Menschen, die ihr nahestanden, hatte der Tod ereilt, allein Clara war ihr noch geblieben. Sie lauschte Claras gleichmäßigem Atem. Das beruhigte sie. Dann begann sie leise zu beten.

„Jesus, komme in mein Herz,
beseitige alle Hindernisse in mir,
mache uns eins,
so wie Du eins bist mit dem Vater,
dazu helfe uns Gott. Amen."

Obwohl der Magister ihr in den letzten Jahren fremd geworden war, verging kein Tag, an dem sie sich seiner nicht erinnerte.

Endlich tat sie es Clara gleich und schlief ein.

Sie waren zum Aufbruch bereit, als der alte Schmied am Morgen die Werkstatt betrat. „Hoffentlich hattet ihr eine gute Nacht", begrüßte er sie lächelnd.

„Wir sind Euch wirklich sehr dankbar", beteuerte Eva.

„Wohin führt euch der Weg?"

„Um ehrlich zu sein: Wir wissen es nicht!"

Zum Glück ging der Schmied nicht weiter darauf ein, sondern ließ suchend den Blick durch die Schmiede schweifen. „Ist mein Geselle Karl noch nicht hier?"

Eva verneinte.

„Seltsam, denn bei mir ist er auch nicht mehr", wunderte sich der Schmied. „Hab mir schon Sorgen um euch gemacht, denn Karl läuft jedem Weiberrock hinterher." Er zwinkerte mit einem Auge.

„Bei uns wäre das ein vergebliches Unterfangen", erklärte Clara sauertöpfisch.

„Sicher, sicher." Er kratzte sich nachdenklich den Bart. „Nun, vermutlich hat sich der Bursche in der Nacht aus dem Haus geschlichen, um sich in irgendeiner Spelunke zu vergnügen. Wäre nicht das erste Mal. Werde mal ein ernstes Wort mit ihm reden müssen!"

Sie nahmen Abschied von dem freundlichen Alten. Draußen war die Welt noch feucht vom Regen der Nacht, doch der morgenrote Himmel war wolkenlos, die Luft angenehm frisch. In den Gassen erwachte das Leben. „Wie geht es deinen Füßen?", fragte Eva ihre Ziehtochter.

„Sie sind bereit, sich Gott zu nähern."

Sie machten sich auf, die Stadt Richtung Südtor zu durchqueren. Immer wieder wichen sie rumpelnden Karren aus. Clara humpelte, klagte aber nicht und schlug Evas Angebot, einen weiteren Tag ruhend in der Stadt zu verweilen, aus. Eva vermutete, dass Clara sich im Stillen wieder einmal eine Buße für irgendeine lässliche Sünde aufgebürdet hatte.

Ein Menschenauflauf verstopfte mit einem Mal die Gasse und machte ein Weitergehen unmöglich. Erhitzte Stimmen kündeten vom Grund der Aufregung: ein Toter lag dort auf der Straße. „Gott sei seiner Seele gnädig", murmelte Clara. Eva fiel auf, wie mechanisch ihr Stoßgebet klang.

„Ha! Das sind sie!" Eva sah einen jungen Mann, der sich aus der Menge schälte und zu ihrer Verwunderung auf sie und Clara zeigte. Die Köpfe der zahllosen Anwesenden fuhren zu ihnen herum. „Ohne Zweifel, das sind sie!", wiederholte der Bursche anklagend. „Haltet sie!"

Im nächsten Augenblick sahen sie sich von mehreren Gestalten umringt, die sie finster anstarrten. „Ruft den Schultheiß!", rief jemand.

„Wir haben nichts Unrechtes getan", sagte Eva verwirrt. Clara griff ängstlich nach ihrer Hand.

Der Bursche, ihr Ankläger, baute sich vor ihnen auf. Er war schlaksig und hatte hohle Wangen, wirr und unordentlich standen die Haare von seinem Kopf ab. Sein Atem roch durchdringend nach Branntwein. „Das sind sie!", sagte er ein drittes Mal. „Die eine jung, die andere älter! Ich erkenne sie wieder."

„Bist du sicher? Sie tragen keine Hurenbänder", gab sein Nebenmann zu bedenken.

„Offenbar haben sie sich aus gutem Grund davon getrennt."

Eva schluckte. „Was wirft man uns vor?"

Der Schlaks hob einen Finger und wedelte damit herum. „Frag nicht so dumm, Hure. Du hast ihn umgebracht. Ihn abgestochen wie ein Schlachtschwein." Er rülpste.

„Gott ist unser Zeuge: Wir haben niemanden umgebracht!" Clara zitterte vor Angst, ihre Empörung über die perfide Anschuldigung war dennoch augenfällig.

„Dafür werdet ihr hängen", schnaufte der Bursche. „Er war mein Freund." Er ballte die Fäuste, als wollte er auf die Frauen einprügeln, doch ein paar Besonnene hielten ihn zurück. Bald darauf erschien der Schultheiß, ein kleiner Mann mit rotem Gesicht und fassrundem Bauch. Er trug eine pelzbesetzte Schecke aus tiefrotem Seidenstoff und vornehme Schnabelschuhe aus weichem Leder. In seinem Schnurrbart hingen Essensreste, man hatte ihn wohl beim Frühstück gestört. Die Leute machten ihm eine Gasse frei, bis er vor dem Toten stand, der bäuchlings in einer Lache aus Blut und Dreck lag. Der Schultheiß zog eine missmutige Grimasse. „Wer ist das?", fragte er.

„Ein Geselle des alten Kuno", erklärte man ihm.

„Und hat dieser Geselle vielleicht auch einen Namen?"

„Karl!", rief der Schlaks. „Sein Name ist Karl, und ich bin sein Freund!"

Der Schultheiß sah ihn aus schmalen Augen an. „Du kannst jetzt ruhig in der Vergangenheit von ihm sprechen, so mausetot wie er da liegt. Und du bist?"

„Wilbert. Ich arbeite bei den Fischern."

„Dann frage ich mich, warum du hier bist und nicht auf dem Fluss."

„Hab den Vormittag frei!"

„Sei's drum, wer hat deinen Freund denn deiner Meinung nach umgebracht?"

„Diese beiden Huren hier!"

„Lüge!", schrie Clara.

„Wer seid ihr?", fragte sie der Schultheiß.

Eva nannte ihm ihre Namen. „Wir haben den Mann nicht getötet", erklärte sie so ruhig, wie es ihr möglich war.

„Bestimmt nicht", erwiderte der Schultheiß zuckersüß und spitzte den Mund. Einige der Umstehenden lachten. „Du, erzähl, was hier geschehen ist!", befahl er dem Schlaks.

„Karl und ich, wir waren gestern Abend im ‚Blauen Ochsen' und haben einen Becher getrunken."

„Einen?", meinte einer der Nebenstehenden zweifelnd. „Du stinkst, als hättest du den Wirt um alle Fässer erleichtert!"

„Ruhe!", brüllte der Schultheiß übellaunig. „Berichte weiter", sagte er zu dem Fischerburschen.

„Auf dem Heimweg begegneten uns diese beiden Huren. Karl sprach sie an, er hätte gern mit einer der beiden - na, Ihr wisst schon."

„Und?"

„Sie nannten einen Preis, der selbst einem jüdischen Wucherer kaum über die Lippen gekommen wäre."

„Und?"

„Karl lehnte ab."

Weiter!"

„Na ja, er bedachte sie mit einem Schimpfwort."

„Mit welchem?"

„Hm, kann mich nicht richtig erinnern. Jedenfalls war's kein gotteslästerliches Schimpfwort, soviel weiß ich noch."

„Sicher, er hatte ja bestimmt seine Prinzipien. Und dann? Lass dir nicht jedes Wort aus der Nase ziehen, Kerl. Ich hab noch nicht zu Ende gefrühstückt."

„Das glauben wir dir sogar aufs Wort", rief eine vorlaute Fistelstimme. Da der Schultheiß ihren Urheber nicht ausfindig machen konnte, beließ er es mit einem mahnenden Blick in die lachende Menge.

„Auf einmal zog eine der Huren ein Messer", fuhr der Fischer fort.

„Welche?"

„Die jüngere, glaub ich."

„Und dann stach sie auf deinen Freund ein?"
„Genau."
„Und du bist dir sicher, dass es diese beiden Frauen dort waren?"
„Ob ich mir sicher bin? Mit Verlaub, Herr Schultheiß, ich stand direkt daneben!"
„Und dann bist du weggerannt, wie?"
„Sie waren wie Furien. Ich hatte Angst um mein Leben!"
Der Schultheiß musterte die Beschuldigten mit kühlem Blick. „Nun? Was sagt ihr dazu?"
„Lüge, alles Lüge!", schrie Clara.
Eva legte eine Hand auf ihre Schulter. „Offenbar sind wir Opfer einer Verwechslung", sagte sie und erschrak, wie leidenschaftslos ihre Stimme in ihren eigenen Ohren klang. Dies war nichts weiter als ein neuer Albtraum in ihrem Leben.
„Die waren's! Bin doch nicht blind", beharrte ihr Kläger.
„Ihr seid fremd in dieser Stadt?", wollte der Schultheiß von ihnen wissen.
Eva nickte.
„Woher kommt ihr?"
„Wir sind heimatlos", entgegnete Eva und begriff sogleich, wie töricht ihre Antwort war.
„Wanderhuren, soso", sagte der Schultheiß wie zu sich selbst, Claras Prosteste beharrlich ignorierend. Noch einmal wandte er sich an den Fischer. „Und du bist dir wirklich sicher?"
Der andere verdrehte die Augen und rülpste abermals. „Ja, Herr Schultheiß."
„Na schön. Dann ruft den Scharfrichter und schafft sie zum Richtplatz. Dieses Exempel wird verbrecherisches Hurengesindel künftig abschrecken. Warum lange fackeln mit dem fremdem Gesindel?"
„Lasst meine Tochter gehen!", sagte Eva mit bebender Stimme. „Ich habe es getan, Clara hat nichts damit zu tun!"
„Mama!", schrie Clara verzweifelt. „Warum sagst du das? Es stimmt nicht! Du hast niemanden umgebracht!"
Aber wie schön wäre es, wenn ich meinen toten Gefährten endlich nachfolgen könnte, dachte Eva.
Der Schultheiß schnalzte missbilligend mit der Zunge. „Ah, die Mutter stellt sich schützend vor ihr Töchterchen. Wie edel! Wie alt bist du, junge Frau?"
„Fast sechzehn."
„Alt genug, um für deine Schandtat zu büßen. Es bleibt dabei, sie hängen beide, nehmt sie also fest!" Die letzten Worte galten zwei Bütteln, die inzwischen am Ort des Geschehens erschienen waren und auf Anweisung warteten. Jeder packte eine der Frauen am Arm.

„Wartet!“, tönte da eine laute Stimme über alle Köpfe hinweg. Verwundert sahen die Leute sich um und erblickten einen Mann im dunklen Pilgergewand. Sein Gesicht lag im Schatten einer Kapuze verborgen.

„So wird also Recht gesprochen in dieser Stadt!“, fuhr der Mann mit unverhohlenem Zorn fort.

„Wer bist du? Verschwinde, sonst lass ich dich verjagen!“, entgegnete der Schultheiß nicht minder wütend.

Der Mann schob langsam seine Kapuze zurück. Zum Vorschein kam ein wettergegerbtes, von Entbehrungen und Schmerz gezeichnetes Gesicht, das gleichwohl von kompromissloser Entschlossenheit gezeichnet war. Zunächst herrschte fassungsloses Schweigen, dann ging ein immer lauter werdendes Raunen durch die Menge. „Wer ist das?“, hörte Eva einen Knaben seine verblüffte Mutter fragen. Eine Antwort bekam er erst, nachdem er seine Frage hartnäckig wiederholt hatte.

„Das das ist Herr Robert von Schönburg, mein Kind.“

32.

Robert von Schönburg richtete anklagend einen Finger auf den Schultheiß. „Ich kenne Euch nicht! Wer seid Ihr?"

„Ich bin der Schultheiß!" Er wirkte nun sehr kleinlaut. „Und wir alle ... nun, wir sind erfreut über Eure Rückkehr, Herr, und heißen Euch willkommen in der Stadt. In Eurer Stadt", fügte er rasch hinzu.

„Wo ist der alte Gerold?"

„Er starb vor zwei Jahren. Euer Herr Bruder machte mich zu seinem Nachfolger."

„Und ich setzte Euch hiermit wieder ab!"

Einige aus der Menge spendeten schadenfrohen Applaus. Robert trat dem Schultheiß entgegen, bis er ihm Auge in Auge gegenüberstand. „Wie könnt Ihr Euch anmaßen, diese Frauen ohne Gerichtsverfahren zum Tode zu verurteilen?"

Der Schultheiß antwortete mit erstaunlich dünner Stimme. „Sie sind fremd. Euer Herr Bruder hat mir ausdrücklich gestattet, mit streunenden Missetätern nach eigenem Gutdünken zu verfahren."

„Er selbst hat wohl wenig Zeit, wie? Dass diese beiden Mörderinnen sind, ist nicht erwiesen. Müssten ihre Kleider nicht mit Blut besudelt sein? Was denkt Ihr?"

„Aber dieser Mann", der Schultheiß zeigte auf den jungen Fischer, „er hat's mit eigenen Augen gesehen. Und die da", sein Kinn wies auf Eva, „die hat's sogar zugegeben."

„Habt Ihr nicht selbst in Erwägung gezogen, dass sie nur deshalb gestand, um ihre Tochter zu schützen?"

Der Schultheiß schwieg. Sein Kopf war jetzt fast so rot wie das Gewand, das er trug, Schweißperlen bedeckten seine Stirn. Eva spürte die Augen des Schönburgers auf sich ruhen. „Sie ist doch deine Tochter, oder?", fragte er.

Eva nickte. Etwas in seinem forschenden Blick irritierte sie. „Euer Name ist Robert?", stammelte sie. „Es bedeutet *der Glänzende!*"

Unterdrücktes Kichern aus der Menge. Robert achtete nicht darauf. „Hast du den Ermordeten zuvor schon einmal gesehen?", fragte er Eva.

„Ja, Herr. Es ist der Geselle des Schmiedes, in dessen Werkstatt wir die Nacht verbringen durften."

„Na also", traute der Schultheiß sich aus der Deckung, doch bevor er neue Argumente zu seiner Rechtfertigung vorbringen konnte, brachte Robert ihn mit einer barschen Geste zum Schweigen. Der Schönburger wandte sich an den Fischerburschen, der verunsichert von einem Bein auf das andere trat.

„Und du willst also mit eigenen Augen gesehen haben, wie diese beiden Frauen den Schmiedegesellen erstachen."

„J- ja, Herr."
„Du warst betrunken und wirkst noch immer nicht gerade nüchtern."
„Aber ich -"
„Du warst dir nicht einmal sicher, wer von den beiden zugestochen haben soll."
„Nun ja, es war dunkel, Herr."
„Und kannst dich nicht an die Schimpfwörter erinnern, die fielen. Was wohl kaum an deiner Schamhaftigkeit liegt. Wieviel hast du getrunken?"
Der Fischer blies die Wangen auf. Robert aber wandte sich wieder dem Schultheiß zu. „Ihr habt dem Wort eines betrunkenen Müßiggängers geglaubt, ohne euch ernsthaft um die Wahrheit zu bemühen!", sagte er anklagend.
„Aber es sind fremde Huren, Herr", erwiderte der andere verdrossen.
„Und Ihr glaubt, das würde alles erklären? Die Frauen streiten es jedenfalls ab, den Mann getötet zu haben. Ihr habt nicht einmal versucht herauszufinden, ob sie wirklich Huren sind."
„Wir sind keine Huren!" Wieder war es Clara, die dies klarstellte.
„Nur weil ihr euch eurer Hurenbänder entledigt habt", sagte der Schultheiß, „macht euch das noch nicht zu anständigen Leuten."
„Meine Tochter ist noch unberührt", verkündete Eva. „Ist Euch das Beweis genug?"
„Unberührt, aber gewiss doch. Und was ist mit dir?"
Eva zögerte. „Auch ich bin noch unberührt", sagte sie dann leise, was neues Gelächter hervorrief.
„Sei gebenedeit!", rief ein Spaßvogel aus der Menge.
Der Schultheiß glaubte, verlorenen Boden wieder gutmachen zu können. „Was hab ich gesagt?", triumphierte er. „Herr Robert, diese Weiber lügen, sobald sie nur den Mund aufmachen."
Eva spürte Claras fragenden Blick auf sich ruhen. Auch in der Miene des Schönburgers stand Verwirrung geschrieben. „Wie kannst du unberührt sein?", fragte er sie. „Sagtest du nicht, dass jene deine Tochter ist?"
„Sie ist meine Ziehtochter", kam es heiser zurück.
Clara stand der Mund weit offen.
„Glaubt mir, ich habe ein Gespür für die Wahrheit, Herr", frohlockte der Schultheiß, doch Robert ignorierte ihn. Zu den Bütteln sagte der Schönburger: „Bringt sie zu den Schwestern des Stiftes. Dort wird man herausfinden, ob sie die Wahrheit sagen. Behandelt sie gut, denn ihre Schuld steht keineswegs fest."
Der Schultheiß unternahm einen weiteren Versuch, die Gunst des Schönburgers zurückzugewinnen. „Ihr seid sehr weise. Wenn die frommen Nonnen sie der Lüge überführen, dann sind sie zweifellos auch die Mörderinnen unseres Schmiedegesellen!"
Robert ließ die Schmeichelei unbeeindruckt. „Räumt Eure Amtsstube

bis zum Mittag. Danach tretet mir nicht mehr unter die Augen. Das gleiche gilt für dich, Fischer Wilbert. Verschwinde, sonst lass ich dich an den Pranger stellen."

Eine halbe Stunde später hatte sich die Nachricht von der Rückkehr des verschollenen Pilgers wie ein Lauffeuer verbreitet. Auch wusste man von zwei vermeintlichen Huren zu berichten, die Robert vor dem Galgen bewahrt habe. Und manch einer schwor Stein und Bein, dass eine der beiden Roberts verstorbener Gattin Egida zum Verwechseln ähnlich sah.

Als Kasimir seinen Freund sah, der sich mit stolpernden Schritten dem Übungsplatz näherte, wusste er, dass etwas Außergewöhnliches geschehen sein musste. Auch die Jungen hielten in ihren Waffenübungen neugierig inne. „Goswin! Dich in solcher Hast zu sehen, befremdet mich. Nein, es macht mir Angst. Ist dir der Leibhaftige begegnet?"

Goswin stützte sich auf seine Knie und schnappte nach Luft. „Du wirst doch unseren Herrn nicht als den Leibhaftigen bezeichnen wollen."

Kasimir blinzelte ihn verständnislos an.

„Schwer von Begriff heute, Meister Waffenknecht?"

„Ich kann's nicht leugnen! Denn so sehr ich auch nachdenke, ich kenne nur einen, den ich als meinen Herrn bezeichnen würde."

„Und der heißt Robert von Schönburg, wie ich vermuten darf."

„Eben. Was faselst du also nur für einen Unsinn?"

„Du denkst wirklich, ich rede Unsinn."

„Wäre ja nicht das erste Mal."

„So wisse, dass Herr Robert heimgekehrt ist."

Kasimir verschlug es die Sprache. Das Raunen der Jungen bewies, dass er sich nicht verhört hatte. „Wo ist er?", brachte er endlich mühsam hervor.

„Komm mit!"

Lärmend wollten die Jungen ihnen folgen, aber Kasimir wies sie zurück. „Ihr bleibt, bis man euch ruft!" Wenn Goswin keinem Hirngespinst erlegen war, war das Wiedersehen mit seinem Herrn eine geheiligte Angelegenheit, die nicht durch das Geschrei Halbwüchsiger entehrt werden durfte.

„Stell dir vor, als erstes hat er den Schultheiß zum Teufel gejagt", berichtete Goswin, während sie zügig Richtung Burghof schritten.

„Was davon zeugt, dass er noch bei klarem Verstand ist", kommentierte Kasimir diese Personalie.

„Aber war es wirklich klug, Merbodo auf diese Weise gleich gegen sich aufzubringen?" Goswins Einwand hatte seine Berechtigung. Andererseits blieb eine Konfrontation zwischen den Brüdern nach Roberts Rückkehr ohnehin nur eine Frage der Zeit.

„Was hat ihn gegen den Schultheiß aufgebracht?"

„Der Wahnwitzige wollte zwei Huren henken, die einen Schmiedegesellen abgemurkst haben sollen. Allerdings stellte sich heraus, dass sie weder

Huren noch Mörderinnen sind."
„Wie ärgerlich für den Schultheiß!"
„Das Beste kommt noch. Der Herr hat die Frauen hierher gebracht. Nicht von schlechten Eltern, die beiden, sag ich dir. Mutter und Tochter, wenn ich's richtig verstanden habe. Und die Mutter der Kleinen - du wirst es mir nicht glauben, bevor du es selbst gesehen hast."
„Was denn?"
„Wart's nur ab! Jedenfalls hat sie zum Herrn gesagt, sein Name bedeute der Glänzende."
„Der Glänzende? Was meint sie damit?"
„Woher soll ich das wissen? Frag sie doch selbst."
„Wie geht es dem Herrn? Welchen Eindruck macht er?"
„Abgezehrt, erschöpft und so wortkarg wie früher. Doch zugleich irgendwie gestärkt. Vielleicht liegt's ja an der -" Er brach ab.
„Woran?", forschte Kasimir.
„Schon gut, mach dir selbst ein Bild." Er verlangsamte seinen Schritt. „Kasimir, du könntest etwas für mich tun."
Eine Wäschnerin, die ihnen begegnete, rief aufgeregt: „Der Herr ist zurück, der Herr ist zurück!"
„Erzähl uns lieber was Neues", zischte Goswin ihr zu, verärgert, dass sie ihn just in dem Moment unterbrach, da er den Freund um einen peinsamen Gefallen bitten wollte.
„Was kann ich für dich tun, Goswin?"
Goswin druckste noch eine Weile herum. „Der Herr hat immer große Stücke auf dich gehalten", sagte er dann. Du könntest ein gutes Wort für mich einlegen. Wegen Berta. Er wird es ja sicher jetzt erfahren."
Kasimir versprach es ihm. „Er wird dir schon nicht den Kopf abreißen", fügte er zur Beruhigung hinzu.
„Vielleicht nicht den Kopf. Aber was ist mit meinen Eiern?"
„Selbst die wird er dir lassen. Immerhin ist er ja dein Schwiegervater."
„Und Großvater wird er auch demnächst", sagte Goswin nach einer kleinen Pause.
„Berta ist wieder schwanger?"
„Schwangerer geht's nicht."
„Aber das ist doch wunderbar. Die Aussicht auf ein Enkelkind wird ihn noch gnädiger stimmen."
Goswin kratzte sich unbehaglich die Nase. „Wenn diesmal nur alles gut geht."
„Komm mir bloß nicht wieder mit dem Teufel. Ihr werdet ein prächtiges Kind bekommen, hörst du?"
„Wenn du das sagst, Herr Prophet!"
Innerhalb des Zwingers herrschte hektische Betriebsamkeit. Inzwischen gab es auf der Burg keinen mehr, der noch nicht von der Rückkehr Roberts

erfahren hatte. Kasimir sah Daniel, der seinem neuen Küchenjungen wütend in den Hintern trat. Was sicherlich nicht ganz gerecht war, denn wer hätte schon mit Roberts Rückkehr rechnen können? Dass Daniel dem Heimkehrer ein opulentes Mahl auftischen würde, stand außer Zweifel, doch der Junge konnte dabei in Daniels Augen nur Fehler machen.

Soeben verließen Merbodo und seine Frau Veronika die Halle. Offenbar hatten sie Robert ihre Aufwartung gemacht. Merbodo sah aus, als habe er einen Igel verschluckt, seine Frau wirkte bedrückt und nachdenklich. Freilich wirkte sie immer so. Kasimir hatte, seitdem sie auf der Burg lebte, kaum zehn Sätze mit ihr gewechselt, bis heute wusste er nicht, was er von ihr halten sollte. Fest stand nur, dass eine Form von Schwermut sie umfangen hielt. Bardolf, Merbodos Knappe, folgte seinem Herrn auf den Fuß. Er würdigte Kasimir keines Blickes.

In der Mitte der Halle stand Robert, im Pulk kaum auszumachen, umringt von zahllosen Menschen, darunter Elisabeth, seine Mutter, die Freudentränen vergoss, und Berta, die sich schüchtern im Hintergrund hielt. Zu Bertas Füßen saß der treue Wowo und beobachtete alles mit aufgerichteten Ohren.

Elisabeth wurde auf den Waffenknecht aufmerksam und wies den Sohn auf ihn hin. Robert löste sich aus der Menge, trat ihm entgegen. Kasimir erkannte, dass sein Gesicht kantig und hart geworden war. Keiner wusste, was er in den vergangenen Jahren erlebt hatte, und aller Voraussicht nach würde er niemandem etwas erzählen. Es war von jeher seine Art gewesen, dass er nicht über seine Leiden sprach.

Robert umarmte seinen Waffenknecht.

„Herr", stammelte Kasimir ergriffen. Erst in diesem Moment wurde ihm endgültig bewusst, dass er nicht träumte. Robert war zurückgekehrt, es war wie ein Wunder.

„Manches Mal habe ich mir gewünscht, du wärest an meiner Seite gewesen", raunte Robert ihm zu.

Zwei Ritter betraten die Halle, alte Waffengefährten des Schönburgers, herbeigeeilt von ihren nahen Gütern. Es war bemerkenswert, mit welcher Geschwindigkeit sich die Kunde von der Rückkehr des Pilgers verbreitet hatte. Robert wandte sich den beiden Ankömmlingen zu, die ihm mit ausgebreiteten Armen und jovialen Beteuerungen entgegentraten.

Kasimir zog sich zurück. Ahnte, dass sein Herr jetzt lieber seine Ruhe gehabt hätte, doch was blieb Robert übrig, als zu erdulden, dass jedermann ihm seine Referenz erweisen wollte? Als Totgesagter, der sich wieder unter die Lebenden gesellte, konnte er sich nicht einfach wieder davonschleichen.

Auf einer Bank an der Längsseite der Halle saßen zwei fremde Frauen, auf die Kasimir nun aufmerksam wurde. Vermutlich jene, über die Goswin vorhin gesprochen hatte. Kasimir nahm sie in Augenschein, doch immer wieder schoben sich Körper in sein Blickfeld, sodass er gezwungen war, näher zu treten. Er tat es so unauffällig wie möglich. Die eine war jung, zwar kein Kind mehr, aber noch sehr mädchenhaft, obgleich sie ungewöhnlich ernst, ja beinahe verbittert vor sich hinstarrte. Die andere Frau redete auf sie ein, machte beschwörende Gesten, als wollte sie ihr etwas erklären oder sie trösten. Doch sie tat es offenbar ohne Erfolg, denn die andere blieb reglos und stumm. Plötzlich, als habe sie seinen Blick gespürt, wandte die Ältere den Kopf und sah Kasimir direkt ins Gesicht. Kasimir erstarrte. Für einen Moment glaubte er zu träumen, so frappierend war die Ähnlichkeit. Als sei Egida nie gestorben. Als habe eine gnädige Macht sie wieder zum Leben erweckt.

Das also hatte Goswin mit seinen merkwürdigen Andeutungen gemeint. Robert musste die Begegnung mit dieser Frau eine schier unmenschliche Beherrschung abverlangt haben. Und plötzlich, wie in einer Vision, wusste Kasimir, dass Robert sie zu seinem Weib machen würde.

Inzwischen war, ohne dass er sie wahrgenommen hätte, Hanna neben ihn getreten. Ihr war nichts entgangen. „Hübsche Frau, nicht wahr? Könnte die Zwillingsschwester der verstorbenen Herrin sein."

Er sagte nichts darauf.

„Hast sie angestarrt, als würdest du am liebsten auf der Stelle über sie herfallen", sagte sie mit einem Hauch Bitterkeit.

„Sei nicht albern."

„Ich hab Augen im Kopf."

„Du bist eifersüchtig, Hanna. Und das ohne jeden Grund."

„Warum gehst du nicht zu ihr hin und heißt sie willkommen? Sie wird nämlich mit ihrer Tochter auf der Burg bleiben."

„Ach ja?"

„Herr Robert hat seine Mutter gebeten, sie einzustellen." Ihre Stimme bekam einen ironischen Unterton. „Die Armen sind ja angeblich heimatlos und haben Schweres durchgemacht! Na los, geh hin und begrüß sie! Sie wird dir jetzt öfter begegnen."

Hanna fiel ihm zunehmend auf die Nerven. „Na schön, das will ich tun", sagte er deshalb und schritt auf die beiden Frauen zu.

Eva sah den Mann, dessen Blick sie vorhin begegnet war, auf sich zukommen. Er hatte ein rundes, gleichmäßiges Gesicht mit hohen Wangenknochen. Sein Blick war sanft und zugleich forschend, seine Bewegungen anmutig und dennoch männlich. Er blieb vor ihr und Clara stehen, deutete eine leichte Verbeugung an. „Ich heiße Kasimir", sagte er. Seine Stimme war weich und angenehm, doch sein Lächeln blieb sparsam. „Leibdiener des Herrn Robert."

„Ich bin Eva! Meine Tochter Clara!"

„Sie ist nicht meine Mutter!" Beinahe verächtlich spie Clara die Worte aus. Ihre Augen waren verheult. Eva senkte bekümmert den Blick.

„Tja, ich möchte euch auf der Schönburg willkommen heißen", sagte Kasimir. „Wie ich hörte, werdet ihr eine Weile bleiben!"

„Das steht noch nicht fest!", erwiderte Clara heftig.

„Nun, wir werden sehen. Jedenfalls freuen wir uns über den freundlichen Willkommensgruß, Kasimir."

„Wenn ihr etwas braucht, könnt ihr euch jederzeit an mich wenden."

„Danke."

Er nickte und machte kehrt, hielt aber noch einmal inne. „Ist es wahr, dass der Name meines Herrn der Glänzende bedeutet?"

„Ja. Ein kluger Mann erklärte mir einmal die Bedeutung verschiedener Namen."

„Was bedeutet Eva?"

„Die Lebenspendende."

„Es wäre schön, Lebenspendende, wenn du und Clara bleiben würdet", sagte er.

Erst als Eva ihm zulächelte, ging er.

*

Im März 1329 verurteilte Papst Johannes XXII. in der Bulle „In agro dominico" 17 Thesen des Eckhart von Hochheim als häretisch, elf weitere als mit üblem Geruch behaftet. Die Ordensleitung der Dominikaner distanzierte sich nach dem Prozess von dem großen Gelehrten.

Eckhart hatte sich seiner Verurteilung entzogen, indem er gestorben war. Zu Lebzeiten war er beim gemeinen Volk sehr beliebt gewesen, nach seinem Tod aber wurde er rasch vergessen. Eva, die ihn freilich niemals vergessen würde, erfuhr von der endgültigen Verurteilung zufällig: ein Dominikaner, der kurzzeitig zu Gast auf der Burg weilte, berichtete von der päpstlichen Bulle.

Die Nachricht bedrückte Eva, obgleich sie nichts anderes hatte erwarten dürfen. Und noch etwas lag ihr schwer auf der Seele: Sie würde Clara besuchen müssen, um ihr eine ganz andere Neuigkeit zu überbringen. Clara hatte ihr den Abschied - nur wenige Tage nach ihrer Errettung durch Robert von Schönburg - nicht gerade leicht gemacht, hatte sie als Schwindlerin beschimpft. Dass sie in Wahrheit das Kind einer Hure sein sollte, war ihr unfassbar erschienen.

Clara war äußerst verletzend gewesen. Dennoch hatte sie ein Recht darauf, die Neuigkeit aus dem Mund ihrer Ziehmutter zu erfahren.

Bis zum Kloster Schönau waren es etwa vier Wegstunden. Einen Ritt dorthin lehnte sie ab. Es war ein herrlicher Spätsommertag, sie freute sich auf die einsame Wanderung. Unterwegs würde sie Zeit haben, sich auf die Begegnung mit Clara vorzubereiten. Der besorgte Robert aber bestand darauf, dass Kasimir sie begleitete.

Sie marschierten unter einem azurblauen Himmel. Die Wälder hatten erste herbstliche Farben angenommen. Schwer und betörend lag der Duft verblühter Pflanzen in der Luft. Die Bauersleute, die sie auf den Wiesen und Feldern sahen, wirkten gelassen und fröhlich, die Ernte war üppig gewesen, der Winter konnte kommen. Unwillkürlich dachte Eva an Merode, und Wehmut überkam sie.

Unterwegs wechselten Eva und Kasimir nicht viele Worte. Doch seine Nähe war Eva angenehm. Das Schwert, das er an seiner Seite trug, passte nicht zu seinem sanftmütigen Wesen. Als sie sich an einem Stein stieß und stolpernd auf die Knie ging, half er ihr galant auf die Beine, und sie lächelten sich an. Sie wünschte sich, sie könnten Hand in Hand weitergehen. Zugleich erschreckte sie dieser Gedanke. Und sie verdrängte ihn auf der Stelle.

Gegen Mittag erreichten sie das Kloster, das auf einer leichten Anhöhe jenseits einer Siedlung lag, umgeben von Weiden und Äckern. Kasimir hielt Ausschau nach einem schattigen Platz. „Ich warte hier draußen", sagte er. „Nehmt Euch alle Zeit der Welt für sie."

Sie nickte dankbar und näherte sich dem Klosterportal. Ihr Herz klopfte aufgeregt. Diesen Ort hatte Clara sich auserkoren. Schönau war eine Benediktinerabtei mit einem Mönchskloster und einem Nonnenkonvent. Letzterem hatte vor hundertfünfzig Jahren Elisabeth von Schönau angehört, die wegen ihrer visionären Verzückungen von den Leuten in der Gegend wie eine Heilige verehrt wurde. Clara hatte die Wahl des Klosters damit begründet, Elisabeth sei ihr im Traum erschienen und habe sie gerufen. Die angehende Nonne hatte nicht gewollt, dass die Ziehmutter sie hierhin begleitete, ein weitere Kränkung, die Eva sehr zu schaffen machte. Alle Formalien, die für den Eintritt in das Kloster notwendig waren, hatte Frau Elisabeth erledigt. Und letztlich war es Kasimir gewesen, der Clara nach Schönau gebracht hatte.

Ein Pförtner wies Eva den Weg zu einem Gebäude, wo die Priorin des Nonnenkonvents anzutreffen sei. Sie war eine große dürre Frau mit dunklen Augenringen und hohlen Wangen. „Es gibt bei uns keine Novizin mit dem Namen Clara", erklärte sie.

Eva erschrak. „Ich verstehe nicht."

„Sie nahm den Namen Johanna an." Eva war zu überrascht, um darauf etwas zu erwidern. Erklärend fuhr die Priorin fort: „Eure Ziehtochter wählte den Namen einer Frau, die sie kannte und sehr gemocht hat, die aber in Sünde starb, wie sie behauptet. Indem sie ihren Namen annimmt, hofft sie, die Verstorbene durch Frömmigkeit vor den ewigen Feuern der Hölle zu bewahren." Da Eva noch immer sprachlos blieb, fügte sie leise hinzu: „Sie ist sehr eigenwillig."

„Ja, das ist sie."

„Ihr findet sie im Garten des Kreuzganges. Ich habe ihr erlaubt, jeden

Tag dort eine Stunde in Meditation zu verbringen. Sie braucht das Alleinsein, zumal die Gemeinschaft mit den Mitschwestern ihr nicht leicht fällt."

Die Priorin selbst geleitete sie dorthin. Rosen, welche die Säulen des Kreuzganges umrankten, verströmten einen trunkenen süßen Duft. Clara kniete in der Mitte des Gartens vor einer Muttergottesstatue. Sie trug das weiße Habit einer Novizin. Da sie ihnen den Rücken zukehrte und im Gebet versunken war, hatte sie ihr Erscheinen noch nicht bemerkt. „Geht nur zu ihr", flüsterte die Priorin und schob Eva sanft voran. „Ich weiß, dass sie Euch nicht abweisen wird."

Leise ging Eva auf sie zu. Wenige Schritte hinter der Betenden verharrte sie, um sie nicht zu stören. Nach einer Weile schlug Clara ein Kreuzzeichen und erhob sich. Als sie Eva erblickte, stockte sie. „Clara!", sagte Eva nur und versuchte ein Lächeln.

„Ich heiße jetzt Johanna", lautete die Antwort, doch es klang nachsichtig. Unter ihrem Schleier wirkte ihr Gesicht knochig und fremd.

Eva sagte: „Johanna würde sich sehr geehrt fühlen."

„Darum geht es nicht. Ich will versuchen, sie vor der Verderbnis zu bewahren. Ob dies ein Weg ist, weiß ich nicht, aber ich will es zumindest versuchen. Wüsste ich den Namen meiner leiblichen Mutter, so hätte ich den erwählt."

„Bist du mir immer noch gram?", fragte Eva.

Clara schürzte die Lippen, als müsse sie über diese Frage nachdenken. „Nein", sagte sie endlich. „Dein Schweigen war keine böse Absicht, Eva."

Es war schon seltsam für Eva, dass Clara sie nicht Mutter nannte. Aber immerhin konnten sie wieder miteinander sprechen, ohne dass Clara sie mit Vorwürfen überhäufte. „Fühlst du dich wohl?", fragte Eva.

„Ja. Alles ist so gekommen, wie es kommen musste. Ich habe viele Jahre auf ein Zeichen des Himmels gewartet. Zugegeben, ich hatte mir Gottes Wink anders vorgestellt, weniger schmerzhaft. Aber Er hat für alles seine Gründe."

„So ist es wohl."

„Auch für dich bete ich jeden Tag, Eva. Warum bist du gekommen?"

„Ich möchte dir etwas mitteilen."

„Wirst du heiraten?"

„Ja."

„Das dachte ich mir schon. Gott möge euren Bund segnen. Liebst du Herrn Robert?"

„Ja, ich liebe ihn, Clara."

„Johanna", korrigierte Clara geduldig. „Du wirst ihn also nicht bloß aus Dankbarkeit heiraten?"

„Nein!" Eva nahm ihr die Frage nicht übel. Clara hatte ein Recht, sie zu stellen. Lange genug hatte es gedauert, bis Eva sich selbst darüber im Klaren geworden war. Es war mehr als nur Achtung, die sie für Robert empfand.

„Du wirst die Gattin eines Adligen, Eva. Du wirst eine Herrin sein."

„Du kennst mich gut genug um zu wissen, dass dies nie mein Trachten war."

Clara dachte nach und nickte. „Ja, das ist wahr. Es muss Gottes Wille sein, dass du deinen Stand verlässt. Ansonsten wäre es Teufelswerk. Ich werde für euch beten."

„Möchtest du, dass ich dich manchmal hier besuchen komme, ... Johanna?"

Clara lächelte, doch ihre Antwort lautete: „Nein! Ich lebe hier ein neues Leben. Du hingegen bist ein Teil meines früheren Lebens. Ich liebe dich sehr und bin dir dankbar für alles, was du je für mich getan hast. Aber ich möchte das Vergangene vom Jetzt trennen, das ist Teil meiner Berufung." Ihre Stimme war brüchig geworden. Eva sah eine Träne über ihre Wange kullern. „Kannst du das verstehen, Mama?"

„Geh nur deinen Weg, mein Mädchen."

Weinend fielen sie sich in die Arme, und endlich schwand die quälende Distanz zwischen ihnen.

Sie sagten einander Lebewohl.

Kasimir stellte keine Fragen, als Eva nach einer Stunde zurückkehrte, wusste er doch um die Brisanz des Treffens. Sie wirkte nachdenklich und in sich gekehrt, aber Kasimir spürte, dass das Wiedersehen mit Clara ihr Friede gebracht hatte. Lange Zeit gingen sie schweigend nebeneinander her, dann fragte er so unbefangen, wie es ihm möglich war: „Bist du glücklich, Eva?"

„Ja, ich bin glücklich, Kasimir", entgegnete sie ohne Zögern.

Kasimir wünschte, er hätte das auch von sich behaupten können.

Dritter Teil

1333 - 1336

33.

Magdas Hoffnung, Lothar wünschte eines Tages aus freiem Willen einem Orden beitreten, war von Jahr zu Jahr geschwunden. Der Junge zeigte nicht das geringste Interesse, wenn sie seine Aufmerksamkeit auf spirituelle Dinge lenkte. Zunehmend reagierte er sogar ungehalten auf ihre versteckten Anspielungen, was Magda in der Seele weh tat. Denn nach wie vor liebte sie ihren Sohn über alles. Sie hatte Lothar dem Herrgott versprochen, doch nicht allein um dieses Versprechens willen verfolgte sie ihr Ziel mit solcher Beharrlichkeit. Bauer zu sein fiel Lothar ohnehin schwer genug, ein Leben hinter Klostermauern, so glaubte sie, würde den Jungen vor der Mühsal auf den Feldern bewahren. Darüber hinaus würde es ihm manchen Liebesschmerz ersparen, denn Magda war davon überzeugt, dass Liebe und Schmerz untrennbar miteinander verbunden waren. War Falk nicht einst ihr Abgott gewesen? Was war aus ihnen geworden? Seit Jahren rührte Falk sie nicht mehr an, redete kaum noch mit ihr. Seine gleichgültige Missachtung schmerzte sie mehr, als offene Feindseligkeit es vermocht hätte. Nein, Liebe war eine Irrglaube, ein Stoff für Minnesänger, es lohnte sich nicht, ihretwegen zu hoffen, zu warten, zu leben.

Ein Leben für Gott würde Lothar vor der Bitternis der Welt bewahren. Und kein Weib würde ihr den Sohn nehmen. Sein Seelenheil wäre ihm gewiss. Und die Mutter wäre den Mächten des Bösen entrissen, die sie einst an der Teufelsgrotte heraufbeschworen hatte.

Nur zu dumm, dass Lothar noch immer seinem albernen Kindheitstraum anhing. Ein Heiler, ein Medicus zu sein, schien ihm das Erstrebenswerteste auf dieser Welt zu sein. Magda musste zugeben, dass er durchaus eine Hand für Kranke hatte und erstaunliches Talent an den Tag legte, wenn es hieß, Verletzungen zu versorgen. Zwei Jahre zuvor, während der Hochzeitsfeier seiner Schwester Cäcilia, war halb Merode Zeuge von Lothars außergewöhnlichen heilerischen Fähigkeiten geworden.

Nur wenige Stunden nach der Trauung durch Pater Raphael wäre Cäcilia nämlich fast schon zur Witwe geworden, hätte Lothar nicht geistesgegenwärtig das Leben ihres Gatten gerettet. Brun, so der Name des Bräutigams, hatte in seinem Becher eine Wespe übersehen. Bald wälzte er sich röchelnd über den Boden, während seine Augen aus ihren Höhlen traten und sein Antlitz zunehmend blau wurde. Entsetzt starrten die Hochzeitsgäste auf ihn hinab, Cäcilia begann hysterisch zu kreischen, nur Lothar behielt die Nerven. „Gebt mir ein Messer, rasch!“, sagte er zu den ratlos Umherstehenden. Als niemand seiner seltsamen Bitte nachkam, kramte er einen Stein unter seinem Surkot hervor, jenen Faustkeil, mit dem er als Knabe manches tote Tier seziert hatte. Lothar trug den Stein immer bei sich. Brun zappelte wild, den Erstickungstod vor Augen. „Haltet ihn fest, vor allem den Kopf“, sagte Lothar. Einige Männer traten vor, um zu tun, was der halbbwüchsige Junge von ihnen verlangte. Lothar tastete Bruns geschwollenen Hals ab, stieß dann, zur Erschrockenheit aller, die Spitze des Faustkeils hinein. Augenblicklich war ein lautes Pfeifen zu vernehmen, als fegte ein Herbstwind um die Ecke, Bluttropfen spritzten umher, doch Brun konnte wieder atmen, wenn auch nicht durch den aufgerissenen Mund, sondern durch das klaffende Loch in seinem Hals.

Noch lange war Lothars Tat in aller Munde. Es imponierte den Leuten, dass er in der heiklen Situation ruhig und besonnen geblieben war. Es gab Augenblicke, da Magda ihren Sohn tatsächlich für einen begnadeten Heiler hielt. Dann fragte sie sich im Stillen, ob sie Gott nicht besser ein anderes Versprechen gegeben hätte. Doch ein anderes Opfer wäre dem Herrn wohl zu gering erschienen. Immerhin hatte sie mit dem Teufel paktiert, da musste es zur Sühne das größte Opfer sein, das zu bringen sie imstande war. Außerdem konnte Lothar auch als Mönch ein großer Heilkundiger werden, für ihn mochte dieses Opfer nicht allzu groß sein. Indes, die Zeit schien Magda davonzueilen. Lothar war nun ein stattlicher Bursche von fünfzehn Jahren, längst waren die Mädchen ihm nicht mehr gleichgültig. Und natürlich erwartete Falk von seinem Sohn, dass er in seine Fußstapfen trat, von ihm konnte Magda nicht auf Rückendeckung hoffen. Alles lief darauf hinaus, dass sie Gott die Erfüllung ihres Versprechens schuldig bleiben würde. Die ewigen Qualen der Hölle waren ihr gewiss, wenn kein Wunder geschah.

Sie hatte ernsthaft mit dem Gedanken gespielt, dem Sohn die ganze Wahrheit anzuvertrauen. Wenn er wusste, was es mit ihrer Beharrlichkeit auf sich hatte, dann würde seine Mutterliebe ihn vielleicht von allein die Entscheidung fällen lassen. Doch schon bald nahm Magda Abstand von diesem Plan. Sie hätte die Wahrheit nicht über die Lippen gebracht, kein Gedanke, auch nicht der an die Hölle, war unerträglicher als die Verachtung, die Lothar ihr nach einem Geständnis entgegenbringen mochte.

In Magda reifte ein neuer Plan heran. Es war ein furchtbarer, ja ein schauriger Plan, doch der Weg schien ihr der einzig gangbare zu sein, um ihre Seelenrettung zu erwirken.

Es war ein regnerischer Spätsommernachmittag, als sie sich anschickte, den Stein ins Rollen zu bringen. Falk, Lothar, Harro und der Knecht waren auf den Feldern. Sie machte sich auf den Weg zum Winandshof. Etwas versuchte ihr einzureden, ihr Vorhaben sei falsch, doch sie ignorierte diese aufdringliche Stimme. Auch das Gefühl der Übelkeit, das sich langsam durch ihren Bauch pflügte, ließ sie außer Acht. Weder Unbarmherigkeit noch Grausamkeit waren die Triebfedern ihres Handelns. Sie führte sich vor Augen, dass einzig und allein Mutterliebe sie zu ihrem Vorhaben bewog.

Winand, ihren Bruder, fand sie im Schuppen, wo er einen Pflug reparierte. Zu ihrer Erleichterung war er allein, denn das, was sie mit ihm besprechen musste, duldete keine Zuhörer. Winand grinste schief, als er die Schwester sah. „Dein Blick sagt mir, dass du wieder mal meine Hilfe brauchst, Schwesterherz", begrüßte er sie.

„Wozu sonst hat man einen Bruder."

„Oft genug führten mich deine Aufträge in Teufels Küche."

„Wenn ich an die Hure denke, mit der du dich damals vergnügen durftest, da wirktest du nicht wie jemand, der Angst vor dem Teufel hat."

„Verlang solches bloß nicht wieder von mir. Meine Cordula würde mich -"

„Halt die Luft an, Bruder. Keine Huren, Ehrenwort."

Winand musterte sie blinzelnd. „Du kommst mir heute seltsam vor. So verstört. So kenne ich dich gar nicht."

„Halt die Klappe und hör mir zu!" Noch einmal vergewisserte sie sich, dass niemand in der Nähe war. Dann begann sie mit leiser, nur mühsam beherrschter Stimme zu reden und vermied es, ihm dabei in die Augen zu sehen. Winand starrte auf ihre Lippen. Je länger sie sprach, umso mehr wich das Blut aus seinem Antlitz. Als sie schließlich schwieg, holte er tief Luft.

„Das kann nicht dein Ernst sein."

„Es gibt keinen anderen Weg, glaub mir."

„Du willst, dass ich -?"

„Ich weiß selbst, was ich gesagt habe. Tu's einfach. Für mich. Und für deinen Neffen. Es ist vor allem zu seinem Besten."

Winand schüttelte den Kopf, wandte sich von ihr ab. „Du bist wahnsinnig, Magda." Er wollte mit seiner Arbeit fortfahren, doch Magda packte ihn grob am Handgelenk.

„Ich bin verdammt, wenn du mir nicht hilfst!"

„Es muss einen anderen Weg geben."

„Siehst du etwa einen? Nie und nimmer wird Lothar sich in ein Kloster stecken lassen."

„Das hättest du dir überlegen sollen, bevor du dem Teufel -"

Die Ohrfeige, die sie ihm versetzte, ließ ihn abrupt verstummen. „Wirst du mir helfen oder nicht?, herrschte sie ihn an.

Er rieb sich die Wange. „Ich kann das nicht tun", erwiderte er tonlos. „Auch nicht für dich."

„Na schön. Dann erzähle ich Cordula, dass du's wieder mit Huren treibst."

„So ein Unsinn. Drohst du mir etwa?"

„Du kennst mich. Ich finde Mittel und Wege. Und auch Zeugen, wenn's sein muss."

„Es wäre eine Lüge!"

Sie erwiderte nichts, verschränkte nur die Arme vor ihrer Brust und sah ihn herausfordernd an.

„Cordula würde dir und deinen Zeugen kein Wort glauben", erklärte er. Seine Stimme war rau und knotig.

„Nun, wir werden ja sehen."

„Du bist eine boshafte Hexe, Magda!"

Sie begriff, dass es einer neuen Strategie bedurfte. Schluchzend sank sie auf die Kniee und vergrub ihr Gesicht. „Verzeih mir, Bruder! Es war nicht recht von mir, dich so zu bedrängen. Doch wenn man weiß, dass man verloren ist, dann sagt man die niederträchtigsten Dinge."

„Du bist nicht verloren, Schwester. Gott vergibt doch den Menschen ihre Sünden."

Sie spürte, wie sehr ihre Qual ihn bewegte. Kopfschüttelnd sagte sie: „Todsünden können nicht vergeben werden. Es sei denn, man bringt ein einzigartiges Opfer!" Tränen rollten über ihre Wangen.

Er trat an sie heran und streichelte ihr zärtlich übers Haar. „Weine nicht! Wir finden einen Weg, dich vor der Verdammnis zu bewahren."

Hoffnungsvoll sah sie zu ihm empor. „Du wirst mir helfen, Winand?"

„Was bleibt mir anderes übrig."

*

„Erzähl mir die Geschichte von Remus, dem Schlachtross!", quengelte der kleine Robert.

Kasimir kniff dem Jungen in die Wange. „Die hab ich dir doch gestern erst erzählt."

„Erzähl sie mir noch einmal."

Robert folgte Kasimir auf Schritt und Tritt. Seine Äugelchen leuchteten. In seinen Händen hielt er den Holzesel, der nun in der dritten Generation als Spielzeug diente.

„Warum fragst du nicht deinen Vater, Robert? Er kennt die Geschichte von Remus so gut wie ich."

Der Kleine schüttelte den Kopf. „Vater kann das nicht. Immer wirft er alles durcheinander."

Das sieht dem Plappermaul ähnlich, dachte Kasimir und schmunzelte. Goswin war noch nie ein guter Erzähler gewesen, obwohl er doch gerne und viel redete. Selten hatte Kasimir einen so aufgeweckten Dreijährigen erlebt. Allen Unkenrufen zum Trotz hatte die Mutter ihm ihr Leiden nicht vererbt.

Auf dem Weg zur Waffenkammer, wo Kasimir Bestandsaufnahme machen wollte, überquerten sie den vorderen Burghof. Wowo erblickte sie, trottete hinter ihnen her. Anders als der alte Hund hatte der quirlige Robert keine Mühe, mit Kasimir Schritt zu halten. „Bitte, Kasimir! Erzähl!" Er ließ einfach nicht locker.

Kasimir mochte den Jungen zu sehr, um ihn fortzuschicken. „Na schön, du hast gewonnen. Komm, gehen wir zu unserem Platz, dort sind wir ungestört!" Er führte ihn in den Schatten der Gemäuer. Dort hockten sie sich auf einen Felsvorsprung, der Teil des Fundaments war. Wowo legte sich zu ihren Füßen, bettete seine ergraute Schnauze auf die Vorderpfoten. „Nun", Kasimir holte tief Luft, „so höre also ein weiteres Mal die Geschichte von Remus, dem gewaltigen Schlachtross. Sein Besitzer, ein edler Ritter, trug den gleichen Namen wie du!"

„Mein Großvater", strahlte der Junge.

„Der treue Remus diente ihm viele Jahre lang, trug ihn durch viele blutige Schlachten. Ja, bis nach Rom trug er ihn, wo der König Heinrich zum Kaiser gekrönt wurde. Robert war bekannt für seine Tapferkeit, aber um sein Schlachtross wurde er beneidet. Kein anderer Ritter konnte behaupten, ein solches Pferd zu besitzen. Eines, das selbst in größter Gefahr niemals scheute. Und Gefahren gab es auf dem Weg nach Rom zuhauf, überall lauerten des Königs Feinde."

„Erzähl mir, wie mein Großvater den berühmten italienischen Helden im Zweikampf besiegte, Kasimir."

„Sachte, mein Junge, wir sollten uns auf eine Geschichte beschränken, einverstanden?" Längst bereute es Kasimir, dem Jungen jemals vom Krieg erzählt zu haben. Robert glaubte, der Krieg sei ein Spiel. Noch nie hatte er die Grausamkeit der Menschen kennengelernt.

„Einverstanden", nickte der Kleine.

„Remus war ein Schlachtross, wie es kein zweites gab. In der Schlacht bei Mühldorf, wo Robert an der Seite seines Herrn gegen den Habsburger Friedrich kämpfte, zog das Tier durch seinen Wagemut sogar die Aufmerksamkeit der Feinde auf sich. Mitten im Schlachtgetümmel schickte Friedrich einen Boten zu deinem Großvater, um ihm ein Angebot für Remus zu machen."

„Tausend Golddukaten bot er ihm!", sagte Robert begeistert.

Kasimir schmunzelte. Er war sicher, tags zuvor von hundert Golddukaten gesprochen zu haben. Da die Geschichte aber ohnehin ersponnen war, spielte das keine Rolle. „Ja, tausend Golddukaten, ein Vermögen."

„Und Großvater lehnte ab!"

„Für alle Schätze der Welt hätte er Remus nicht hergegeben."

„Wer gewann die Schlacht?"

„Du weißt es."

„Erzähl es mir."

„Nein. Du wolltest die Geschichte von Remus hören."

Das dunkle Familiengeheimnis - Merbodos Verrat während der Schlacht bei Mühldorf - musste auch vor dem kleinen Robert bewahrt bleiben. Gewissermaßen zur Ablenkung hatte Kasimir die Geschichte vom begehrlichen Habsburger ersonnen. „Remus und sein Herr, dein Großvater, waren nur noch zu vergleichen mit dem Griechen Alexander und seinem legendären Ross Bukephalos", fuhr Kasimir fort und blickte in Roberts glühende Augen. „Aber deren Geschichte erzähle ich dir ein anderes Mal." Er machte

Anstalten, sich zu erheben, doch Robert zupfte ihn am Hemd.

„Die Geschichte von Remus ist noch nicht zu Ende", protestierte er.

„Macht das Ende dich denn nicht traurig?"

„Ich will's trotzdem hören."

„Nun denn, eines Tages beschloss dein Großvater, eine Pilgerreise nach Santiago anzutreten. Das ist eine weit entfernte Stadt, wo sich das Grab des Apostels Jakobus befindet. Dorthin gehen viele Menschen, um Buße zu tun."

„Warum wollte Großvater Buße tun?"

„Das musst du ihn schon selbst fragen."

„Das hab ich getan, aber er gab mir keine Antwort."

„Wenn du älter bist, wird er dir vielleicht antworten. Jedenfalls pilgerte er nach Santiago und blieb viele Jahre fort. Die Menschen glaubten schon, er sei tot, doch eines Tages kehrte er zurück."

„Und bestrafte alle Bösen!"

„Oh ja, das tat er als erstes."

„Und Remus?"

„War inzwischen alt und müde geworden. Aber er hatte sich geweigert zu sterben, ohne seinen Herrn noch einmal begrüßt zu haben. Als dein Großvater den Stall betrat, kehrten die Lebensgeister des Schlachtrosses zurück. Sein Wiehern war bis nach Wesel hinab zu hören. Dein Großvater vergoss Freudentränen, und dein Vater, der daneben stand, behauptet noch heute steif und fest, auch Remus habe geweint."

„Glaubst du ihm das?"

„Tja, warum nicht? Soll ich dir wirklich noch das Ende erzählen?"

Über Roberts Gesicht flog ein Schatten, aber er nickte tapfer. „Bringen wir's hinter uns."

„Wie du willst. Am nächsten Morgen lag Remus tot im Stroh. Nie wieder wird ein Ritter ein Schlachtross wie Remus reiten können. Solche Pferde werden nur alle hundert Jahre einmal geboren."

Vielleicht ahnte Robert ja, dass Kasimir nach Art der Märchenerzähler manches übertrieb. Jedenfalls starrte er nachdenklich auf den Holzesel in seinen Händen. „Glaubst du, dass Großvater bald sterben wird?", fragte er nach einer Weile. Seine Stimme klang nun ängstlich, er mochte seinen Großvater sehr, auch wenn Robert, wie es seine Art war, mit Zuneigungsbekundungen zurückhaltend war.

„Mach dir keine Sorgen, mein Junge. Dein Großvater wird noch lange leben, denn er ist sehr zäh, trotz seines Kriegsleidens. Und außerdem -" Er biss sich auf die Lippen.

„Was, außerdem?", forschte Robert.

„Nichts."

„Los, sag schon!"

Kasimir verwünschte sich, weil er nicht den Mund gehalten hatte. Andererseits war es wenig wahrscheinlich, dass ein Dreijähriger, und mochte er noch so aufgeweckt sein, ihm auf die Schliche kam. Noch nie hatte Kasimir seinen Herrn, Robert von Schönburg, um etwas beneidet - bis zu dem Tag, als er Eva heiratete. Kasimir vermochte nicht zu sagen, ob es Liebe oder Begierde war, die er für Eva empfand, vielleicht beides. Anfangs hatte sie ihn lediglich an Egida erinnert, doch irgendwann hatte er - fast widerwillig - eingesehen, dass Eva mehr für ihn war als nur das Abbild einer Erinnerung. Manchmal schämte er sich für dieses Gefühl. Sowohl er selbst als auch Eva waren verheiratet - sie war die Frau seines Herrn! -, und schon allein der Gedanke an einen Ehebruch kam einer Sünde gleich. Zumal Eva seine Gefühle wohl kaum erwiderte, wenngleich er überzeugt war, dass sie ihn zumindest mochte. Wie sonst war es zu erklären, dass sie sein Lächeln, sobald sie einander begegneten, stets erwiderte. Heiß wurde ihm dann ums Herz, und er hätte alles dafür gegeben, sie in einem solchen Moment in die Arme zu schließen.

„He!" Der kleine Robert klopfte ihm auf die Schenkel. „Sag mir den Grund, warum Großvater noch lange lebt."

„Seine Frau, deine Stiefgroßmutter, ist ein Jungbrunnen für ihn."

„Wie meinst du das?"

„Nun, Eva ist klug und hübsch. Wie kann er da altern?"

„Hm!" Robert schien ernsthaft über Kasimirs Worte nachzudenken. Dann deutete er auf die Frau, die sich ihnen vom Hof her näherte. „Da ist sie ja!" Er winkte ihr lebhaft zu. „Hallo, Eva!" Robert nannte sie stets bei ihrem Vornamen. Der Name „Großmutter" war der Herrin Elisabeth vorbehalten, obgleich sie in Wahrheit seine Urgroßmutter war.

Ihr Anblick ließ Kasimirs Herz stolpern. Sie so unvermutet zu sehen versetzte ihn in Erregung. Eva trug schlichte Kleidung aus braunem Wollstoff. Auch als Gemahlin des Schönburgers war sie bescheiden geblieben. Ein Stirnband aus blauem Brokat - es war das Wertvollste, was sie am Körper trug, ein Geschenk ihrer Schwiegermutter - bändigte ihre braunen Haare. Kasimir bot alle Willenskraft auf, um nicht wie ein aufgeregter Narr zu erscheinen. Als sie vor ihnen stand, erhob er sich und neigte den Kopf vor ihr.

„Robert! Dein Großvater sucht dich!"

„Wirklich?", fragte der Junge.

„Ich glaube, er möchte dir seinen neuen Jagdfalken zeigen. Geh nur, er wartet vor der Wachstube."

Robert nickte eifrig. „Danke für die Geschichte, Kasimir", sagte er und rannte los. Eva und Kasimir blickten ihm hinterher.

„Er mag dich sehr", erklärte Eva nach einer Weile.

„Er ist wie ein Sohn für mich", entgegnete Kasimir. Etwas anderes fiel ihm in seiner Verlegenheit nicht ein, aber immerhin entsprach es der Wahrheit.

„Du erzählst ihm viele Geschichten."

„Die vom Schlachtross Remus ist ihm die liebste."

„Ja, ich weiß. Auch mir erzählt er sie immer wieder."

„Hoffentlich fällt er Euch damit nicht auf die Nerven."

Sie schmunzelte. „Ich mag die Geschichte. Ich finde sie faszinierend."

Sie möchte nur höflich sein, was bildest du dir ein, schalt sich Kasimir. Zum ersten Mal fiel ihm auf, dass ihre Haare dünne, silberne Strähnen aufwiesen. Ihrer Schönheit tat das keinen Abbruch.

„Ich weiß, dass Ihr lesen könnt. Mehr noch, Ihr beschäftigt Euch mit Dingen, die den Verstand der meisten Menschen übersteigen. Wie kann Euch da die tumbe Mär vom Schlachtross Remus faszinieren?"

Lachend warf sie den Kopf in den Nacken. „Goswin sagte mir, dass nicht alles an der Geschichte erfunden ist. Und was meinen Verstand angeht, so überschätzt du ihn erheblich." Sie machte kehrt, um zum Wohnturm zurückzukehren.

„Eva, bitte wartet!"

Mit fragendem Blick wandte sie sich um. Kasimir stöhnte innerlich. „Ich, äh -"

„Ja?" Ihre Brauen hoben sich.

„Schon gut, Herrin. Nichts von Wichtigkeit."

Eva legte den Kopf schief. „Grüß mir deine Frau, Kasimir. Kann es sein, dass sie mir aus dem Weg geht?" Ohne seine Antwort abzuwarten, verschwand sie mit raschen Schritten.

Kasimir kratzte sich die Nase. Über Evas Scharfsinn war er nicht verwundert. Tatsächlich ging Hanna ihr - soweit es mit ihren Pflichten vereinbar war - aus dem Weg. Vom ersten Tag an war Hanna eifersüchtig auf sie gewesen. Und dazu hatte sie allen Grund, wie Kasimir zugeben musste. Offenbar waren seine Gedanken wie ein offenes Buch für sie. Dass Eva sie erwähnt hatte, stimmte ihn nachdenklich. Hatte sie ihm auf diese Weise eine Mahnung erteilt? Wusste sie von seinen Gefühlen? Was konnte er anderes von ihr erwarten als Missbilligung?

Und doch, in Evas Augen leuchtete etwas wie Zuneigung, sobald ihre Blicke sich trafen. Möglich, dass er sich einer Selbsttäuschung hingab, möglich, dass sie jeden Menschen auf diese Weise ansah, doch Kasimir war nicht gewillt, von dieser wundervollen Illusion abzulassen.

Zwei Mägde überquerten den Burghof, gefolgt von zwei jungen Handwerkern aus der Stadt. Ihr Kichern riss Kasimir aus seinen Überlegungen. Er besann sich. Der alte Wowo saß vor ihm und schaute mit angelegten Ohren zu ihm auf. Dabei brummte er leise, während sein wedelnder Schwanz über den Boden fegte.

„Ich bin nicht mehr zu retten, alter Knabe", raunte Kasimir ihm zu.

34.

Lothar fand es ungewöhnlich, dass Onkel Winand seine Hilfe brauchte. Gab es auf dem Winandshof nicht genug Leute, die ihm beim Holzhacken zur Hand gehen konnten? Aber zu Magda hatte der Onkel gesagt, niemand sei abkömmlich, er sei dankbar, wenn der Neffe es für eine Stunde einrichten könne.

„Warum hat er es so eilig mit dem Holz?", fragte Lothar seine Mutter verwundert. „Bis zum Winter ist es noch weit hin."

„Frag nicht und hilf ihm einfach, sei so gut. Sicher macht ihm sein Rheuma wieder zu schaffen, weißt du?"

Lothar machte sich auf den Weg dorfaufwärts. Verwandtschaftliche Hilfsbereitschaft zu pflegen konnte schließlich nicht falsch sein. Und vielleicht hatte Onkel Winand ja sogar ein Ohr für die aufregende Neuigkeit, über die Lothar mit seinen Eltern nicht zu sprechen wagte.

„Beim Holzhacken sollst du ihm helfen?", wunderte sich Nikolaus. „Hat man dafür noch Worte? Der Kerl wird immer fauler. Als hätte er nicht genug eigene Bälger."

„Ich helf ihm gern", erwiderte Lothar beschwichtigend. „Außerdem hat er doch starkes Rheuma. Vielleicht kann ich ihm ja ein Rezept empfehlen."

„Da kommen wir der Sache schon näher. Bestimmt ist das der Grund, weshalb er dich wirklich kommen ließ."

Es machte Lothar stolz, dass man ihn in gesundheitlichen Dingen immer wieder um Rat fragte. Manche Leute im Dorf behaupteten, sein Wissen sei schon jetzt größer als das von Sibylle. Aber davon wollte Lothar nichts hören, er schätzte die Hebamme zu sehr, um mit ihr in Wettstreit zu treten. Was hatte er ihr nicht alles zu verdanken? Und an Erfahrung war sie ihm weit voraus.

„Nun gut, dann lass dich nicht aufhalten von mir, Junge", sagte Nikolaus. „Du findest deinen Onkel hinter den Ställen."

Winand hatte schon mit der Arbeit begonnen. „Danke, dass du gekommen bist", begrüßte er seinen Neffen. Irgendwie wirkte er bedrückt.

„Rheuma?", fragte Lothar mitleidvoll.

Winand nickte und ließ die Axt auf die Erde fallen. Rieb sich seufzend die Handgelenke.

„Du solltest Fleisch meiden", riet ihm Lothar.

„Das tue ich, weil Sibylle dasselbe sagt, aber es wird kaum besser. Ich denke mit Schrecken an den nächsten Winter."

Lothar schmunzelte. „Hackst du deshalb jetzt schon Holz?"

Winand zuckte mit den Schultern.

„Sind es nur die kleinen Gelenke? Oder auch die großen?"

„Jeder einzelne Knochen tut mir weh."

„Ich werde dir eine Salbe anmischen, die dir hoffentlich Erleichterung bringt. Aber zuerst helfe ich dir, die Äste da klein zu hacken. Gib mir die Axt und ruh' dich aus."

„Bist ein guter Junge."

Winand lehnte sich gegen die Außenwand des Schuppens und sah ihm eine Weile bei der Arbeit zu. Dabei nagte er grüblerisch an seinen Lippen. Lothar dachte, während er Holz hackte, über seinen Onkel nach. Wahrscheinlich litt Winand neben seinem Rheuma neuderdings auch an einem Gemütsleiden. Jedenfalls wirkte er sehr nervös, ja verstört, was nicht allein den Schmerzen in seinen Gelenken geschuldet sein konnte. Lothar beschloss, ihm neben der Salbe ein paar aus Baldriankraut bereitete Pastillen vorbeizubringen, die ihm zu mehr Gelassenheit verhelfen würden. „Geh jetzt wieder nach Hause, Lothar", riss Winand ihn schließlich aus seinen Gedanken. Er war aufgestanden und streckte die Hand nach der Axt aus. „Es geht mir wieder etwas besser, ich schaff das schon."

Lothar schüttelte energisch den Kopf. „Kommt nicht in Frage, ich mach weiter. Du könntest in der Zwischenzeit etwas anderes tun. Etwas, das dich nicht zu sehr anstrengt, Onkel."

„Na schön, ich - ich leg dir die Äste auf die Pflöcke, ja?"

„Gut, Onkel." Sie arbeiteten schweigend, bis Lothar einfiel, dass er dem Onkel noch immer nichts von der Neuigkeit berichtet hatte. „Wusstest du eigentlich, dass auf dem Hahndorn derzeit ein Chirurg kampiert? Sein Name ist Moritz Grobe."

„Deine Tante Cordula hat sich von ihm einen Backenzahn ziehen lassen", nickte Winand. „Es war die reinste Folter."

„Vielleicht könnte er auch dir helfen."

„Wozu sich das Geld aus den Taschen ziehen lassen? Ich hab doch dich, und zur Not gibt es immer noch Sibylle."

„Aber Chirurgen kommen viel herum in der Welt. Sie kriegen einiges zu sehen, und von ihren Erfahrungen kann man profitieren."

„Unsinn! Meistens sind es Halunken, die sich so rasch wie möglich wieder aus dem Staub machen."

Lothar schwieg dazu. Die Nachricht vom Erscheinen eines Chirurgen war für ihn höchst aufregend. Doch es war töricht gewesen zu denken, dass andere sich gleichfalls davon begeistert zeigten. Es sei denn, man litt an einem vereiterten Zahn oder juckenden Geschwüren, dann wurden die Dienste des Chirurgen gern in Anspruch genommen. Menschen wie Moritz Grobe besaßen kein hohes Ansehen. Lothar fand das betrüblich. Von neuem schwang er die Axt.

„Komm, lass uns tauschen", meinte Winand, und seine Stimme klang wieder rau und bedrückt. „Gib mir die Axt und leg mir die Äste zurecht, Junge. Siehst ein wenig erschöpft aus."

„Erschöpft? Nein, Onkel, ich kann gerne weiter -"

„Keine Widerrede! Jetzt bin ich dran."

„Was ist mit dir?", fragte Harro seine Schwiegertochter, indem er sie sorgenvoll musterte.

„Was soll sein? Nichts!", entgegnete Magda kurz angebunden.

Harro blinzelte sie an. „Solltest du tatsächlich noch einmal schwanger geworden sein? Zumindest würde das deine Launen und deine Blässe erklären."

„Schwanger? Ich? Wovon?", lautete Magdas dahingezischte Antwort.

„Lass sie nur in Frieden, Vater!", sagte Falk kopfschüttelnd.

Schweigend arbeiteten sie weiter. Der Acker musste für das Wintergetreide vorbereitet werden. Jede verfügbare Hand wurde hierfür benötigt. Tags zuvor war man mit dem Pflug über den Boden gefahren, nun galt es, die alten Wurzeln und Unkräuter zu entfernen, bevor geeggt werden konnte. „Wo steckt eigentlich der Bengel?", fragte Harro nach einer Weile. „Er nimmt doch hoffentlich nicht wieder tote Ratten auseinander. Warum ist er nicht hier?"

Falk antwortete säuerlich: „Magda hat ihn zu ihrem Bruder geschickt. Der gute Winand braucht angeblich Hilfe."

Magda ließ den Korb fallen, in dem sich aufgesammeltes Unkraut befand. „Entschuldigt mich. Ich fühle mich unpässlich." Mit diesen Worten stapfte sie davon.

Zunächst hatte sie nur ein mulmiges Gefühl gehabt, nachdem Lothar zum Winandshof aufgebrochen war. Inzwischen tobte ein Sturm in ihrem Innern. Was hatte sie nur getan? Deine Entscheidung war richtig, versuchte sie sich einzureden. Kein Mann taugte zum Bauern, wenn er eine verkrüppelte Hand besaß. Er taugte zu nichts mehr und musste froh sein, wenn er Aufnahme in einem Kloster fand.

Doch was, wenn die Verletzung nicht abheilte? Wenn er womöglich daran starb? Heißer Schweiß drang aus all ihren Poren. Von ihrer Entschlossenheit war nichts mehr geblieben. Sie liebte Lothar über alles. Was war sie bloß für eine Mutter, die das Leben des Sohnes für ihr Selenheil aufs Spiel setzte? Ihre Zweifel wuchsen mit jedem Augenblick. Plötzlich hielt sie nichts mehr. Sie rannte los. Zum Winandshof.

Agnes, ihre Tante, die aus dem Hühnerstall trat, sah nur einen Schatten vorbeihuschen. „Magda?", rief sie verwundert.

Magda blieb stehen und fragte atemlos: „Wo ist er?"

„Wer?"

„Mein Junge!"

Ein gellender Schrei ließ die Frauen erstarren.

„Lothar!", rief Magda entsetzt.

„Hinter den Ställen", sagte Agnes düster.

Als sie den Ort der Bluttat erreichten, bot sich ihnen ein erschütternder

Anblick. Zitternd starrte Winand, die Axt noch in den Händen, auf seinen Neffen. Lothar lag am Boden und wand sich vor Schmerzen, presste wimmernd die Hände gegen seine Brust. Blut färbte die Erde. Magdas Blick fiel auf den Fleischklumpen, das Torso einer menschlichen Hand. „Nein!", schrie sie und warf sich auf ihn, als könne eine Umarmung ihn von seinen Schmerzen erlösen. „Junge, mein lieber Junge. Was habe ich nur getan?"

Winand wirkte wie gelähmt, das Erscheinen seiner Schwester, die ihn doch zu dieser Tat überredet hatte, verwirrte ihn obendrein. „Ein - ein Unfall", stammelte er heiser.

Nach ein paar Augenblicken des Schreckens war es Agnes, die kühlen Kopf bewahrte. „Was glotzt du, hol Hilfe, rasch!", sagte sie zu Winand.

„Aber wen soll ich holen?"

„Den Chirurgen", presste Lothar mit zusammengebissenen Zähnen hervor.

*

Eva war sich darüber im Klaren, dass ihrer Schwiegermutter schon seit langem eine Frage auf den Lippen brannte, die zu stellen sie aber nicht schicklich fand. An einem Abend im September - die Tage wurden kürzer - brachte Frau Elisabeth endlich zur Sprache, was sie offenbar bedrückte. Die Frauen hatten in der Kemenate gesessen und an Stickereien gearbeitet. Nach und nach hatte sich die Kemenate geleert. Zuerst war Berta gegangen, da der kleine Robert nicht einschlafen konnte und nach seiner Mutter verlangte. Mechthild, die alte Amme, war ihr gefolgt, bald darauf hatten sich Hanna und die beiden anderen Mägde verabschiedet. Übrig geblieben waren Eva und Frau Elisabeth.

Durch die Spalten des Fensterverschlages, bislang nur unzureichend mit Moos gestopft, blies ein kühler Wind. Schon bald würde man heizen müssen. „Ihr dürft mir die Frage ruhig stellen", sagte Eva leise in den Raum hinein, ohne die Augen von ihrer Arbeit zu lassen.

Elisabeth zeigte sich nicht verwundert über ihren Scharfsinn. Sie mochte ihre Schwiegertochter, wenngleich es immer noch Distanz zwischen ihnen gab. Denn immerhin ließ Evas Vergangenheit manches offen. „Dann betrachte sie als gestellt", entgegnete die Ältere mit einem halben Lächeln.

Eva seufzte bekümmert. „Ich fürchte, mein Gemahl und ich werden Euch nicht zur Großmutter machen können, Frau Elisabeth."

Sie nickte, als habe sie keine andere Antwort erwartet. „Liegt es an ihm?", fragte sie zögernd.

Eva nickte. Es gab keinen Grund, ihr etwas vorzumachen.

„Ist es die alte Verletzung?"

„Ja, sie ist der Grund", kam es leise zurück.

„Mein armer Junge."

Eine Weile herrschte Stille.

„Nun, wenigstens gibt es den kleinen Robert", brach die Herrin schließlich das Schweigen. Es klang, als bedürfe sie des Trostes.

„Ja, zum Glück."

„Es wäre nicht gut, wenn Robert ohne Nachfahren bliebe. Merbodo würde Burg und Stadt für sich allein beanspruchen, niemand könnte ihm Einhalt gebieten. Und das wäre -" Sie sprach es nicht aus. Für gewöhnlich nahm sie den Jüngsten vor Kritik und Missbilligung stets in Schutz. „Ich bin sehr müde", verkündete sie dann. „Gestatte, dass ich mich zurückziehe, mein Kind."

Eva blieb allein zurück. Sie ließ die Stickerei auf ihre Knie sinken und stierte in die Dämmerung. Nun wusste Elisabeth, was sie ohnehin längst geahnt hatte. Eva war enttäuscht darüber, dass die Schwiegermutter nicht auch für sie ein tröstendes Wort übrig gehabt hatte. Betraf das Problem die Gemahlin nicht gleichermaßen? Sie liebte Robert. Liebte ihn so sehr, dass sie nicht aufhören konnte, sich darüber zu wundern. Und doch gab es keinen Weg, ihm einen Erben zu schenken. Das war schrecklich genug. Indes, das Mitleid seiner Mutter schien nur Robert zu gehören. War sie in Elisabeths Augen denn nur ein fremder Eindringling? War sie nur hier, um die Lücke wieder zu füllen, die der Tod Egidas gerissen hatte? Eine Platzhalterin, die lediglich an glückvolle, längst vergangene Tage erinnern sollte?

Wie schön wäre es, könnte sie mit Elisabeth wie mit einer Freundin sprechen. Eine wirkliche Freundin fehlte ihr auf der Schönburg. Meister Eckhart hatte einst gesagt: *Was kann süßer sein, als einen Freund zu haben, mit dem du alles, was in deinem Herzen ist, besprechen kannst wie mit dir selbst?* Es fehlte ihr eine Freundin, wie Johanna eine gewesen war. Jahre waren vergangen seit ihrem Tod. Und die Welt war leerer geworden ohne sie. Trotz ihrer trüben Gedanken musste Eva schmunzeln, wenn sie an Johannas großes Mundwerk, an ihre verschmitzte Unverfrorenheit dachte.

„Nun, wie war's denn in der vergangenen Nacht?", hätte Johanna sie am Morgen nach der Hochzeit wohl gefragt. Und Eva begann sich auszumalen, wie ein solches Gespräch verlaufen wäre. „Zier dich doch nicht so. Los, erzähl schon."

„Da gibt es nichts zu erzählen."

„Du verlierst deine Unschuld und hast nichts zu erzählen? Dass ich nicht lache."

Seufzen. „Ich habe meine Unschuld nicht verloren, Johanna."

„Du willst mich zum Besten halten."

„Durchaus nicht."

„War er betrunken?"

Johanna würde keine Ruhe geben, bis sie die volle Wahrheit erfuhr. „Nein, das ist es nicht. Er -"

„Erzähl mir bloß nicht, seine Manneskraft hätte ihn im Stich gelassen."

„Nun, er hat eine alte Verletzung. Ein Kriegsleiden."

„Das darf doch nicht wahr sein."

„Es ist nicht seine Schuld, Johanna."

„Hast du denn nicht versucht, ihn ein wenig anzuheizen?"

„Schon, aber ... es war erfolglos."

„Ich hätte da ein paar Ratschläge für dich! He, du musst nicht gleich wieder erröten."

„Johanna!"

„Er nimmt dich zur Frau, obwohl er weiß, dass sein Knüppel nicht mehr austeilt?"

„Urteile nicht so über ihn. Er selbst ist todunglücklich darüber. Er glaubte, dass sich alles wieder richtet, sobald -"

„Aber nichts hat sich gerichtet, geschweige denn aufgerichtet, nicht wahr? Er hätt's vorher ausprobieren müssen. Auf seiner gottverdammten Pilgerreise hatte er doch sicher reichlich Gelegenheit."

„Johanna, bitte!"

„Ist doch wahr, Herrgott nochmal. Überhaupt, wieso war er jahrelang fort? Hatte er nichts Besseres zu tun?"

„Sei nicht so garstig. Für seine Pilgerreise hatte er Gründe."

„Hat er auch Gründe, dich zu einer alten Jungfer zu machen?"

„Du bist ungerecht. Ich verdanke ihm so vieles."

„Vor allem verdankst du ihm, dass du eines Tages ausgetrocknet sein wirst wie eine alte Pflaume."

„Wir lieben uns. Hast du denn nur nur das Eine im Kopf? Was sagt eigentlich dein Thomas dazu, wenn du so unzüchtig daherredest?"

„Er liebt das. Aber erzähl's nicht weiter."

„Genug jetzt."

„Evchen! Sei mir nicht länger böse. Ich wollte doch nur, dass du endlich deine Jungfernschaft los wirst."

„Weißt du, was der Magister einmal gesagt hat? *Gott verhängt kein Ding über uns, womit er uns nicht zu sich lockt!* - Weißt du, was er damit ausdrücken wollte?"

„Nein, und ehrlich gesagt ist's mir einerlei. Ich wünschte mir nur, dass du endlich - ach, was soll's, lassen wir's für heute gut sein. Vielleicht findet sein Knüppel ja doch wieder zu alter Kraft zurück ..."

Ja, so oder ähnlich wäre das Gespräch verlaufen.

Inzwischen war es dunkel geworden. Eva beschloss, ihre Schlafkammer aufzusuchen. Vielleicht war Robert auch schon im Bett. Sie liebte es, wenn sie sich an ihn schmiegen konnte, wenn er sie in seine Arme nahm, ihren Körper mit Küssen bedeckte. Es gab es sicher nicht viele Menschen, die dem verschlossenen, freudlos wirkenden Schönburger solcherlei Zärtlichkeiten zugetraut hätten. Eva wusste es besser.

Abermals dachte sie an Johanna. Die Ausdrucksweise der Freundin mochte mitunter recht derb gewesen sein, doch wie man es auch formulierte, es entsprach der Wahrheit: Auch als Gattin des Schönburgers war Eva immer noch unberührt.

35.

Als Lothar zwischen Tod und Leben schwebte, fragte sich Falk, ob er je ein guter Vater für den Jungen gewesen war. Je länger er darüber nachdachte, umso deutlicher wurde ihm, was er Lothar, wenn auch unbewusst, stets vorgeworfen hatte: Er war nicht Evas, sondern Magdas Sohn. Ähnlich mochte er auch über seine Tochter Cäcilia gedacht haben, doch die war inzwischen verheiratet und aus seiner Obhut entlassen. Was konnten die Kinder dazu, dass nicht Evas Blut durch ihre Adern floss? Es war nicht ihre Schuld, dass Magda und das Schicksal sich gemeinsam gegen ihn verschworen hatten.

Hatte er je versucht, seinen Sohn zu verstehen? Seine Hingabe für die Heilkunde, hatte es nicht Augenblicke gegeben, wo er ihm diese Leidenschaft gerne ausgeprügelt hätte? Lothar war seinen bäuerlichen Pflichten ohne großen Eifer nachgekommen, und das hatte Falk geschmerzt.

Und nun dieser schreckliche Unfall!

Auch wenn Lothar die kommenden Tage überleben würde, seine rechte Hand würde nie wieder tauglich sein. Daumen, Zeige- und Mittelfinger hatte Winands ungeschicker Hieb ihn gekostet, beinahe wäre er an Ort und Stelle verblutet. Stöhnend, einer Ohnmacht nahe, hatte der Verletzte die herbeigeeilten Frauen angewiesen, den Arm abzubinden. Bald war der Chirurg eingetroffen. Später, als Falk vom Feld zurückkehrte und von dem Unfall erfuhr, lag Lothar bereits schlafend im Bett. Der Chirurg hatte ihm einen betäubenden Sud aus Mohn verabreicht.

Drei Tage waren seitdem vergangen. Immer wieder schaute der Chirurg bei seinem jungen Patienten vorbei. Lothar litt große Schmerzen, wenngleich er tapfer auf die Zähne biss. Moritz aber konnte er nichts vormachen, immer wieder gab er ihm Mohnsaft zu trinken. Im Schlaf werde die Wunde umso rascher heilen, erklärte er den besorgten Eltern.

Zum ersten Mal seit langem spürte Falk sich Magda wieder verbunden. Es tat ihm weh, sie so sehr leiden zu sehen, trotz allem, was sie ihm angetan hatte. Mehrmals nahm er sich vor, sie tröstend in den Arm zu nehmen - er hatte sie seit Jahren nicht angerührt -, aber etwas hielt ihn zurück. Was genau, vermochte er nicht zu sagen, vielleicht war die verwirrende Art, wie Magda seinen Blicken auswich. Vermutlich machte sie sich bittere Vorwürfe, der Bitte des Bruders um Hilfe nachgekommen zu sein.

Schon war die Sonne hinter den Hügeln versunken, als es an der Tür klopfte. Magda ahnte, wer sich zu dieser Stunde noch herbemühte. Sibylle, die vor der Türschwelle stand, nickte ihr grüßend zu, doch in ihren Augen glomm Geringschätzung und Verachtung. „Wie geht es Lothar?", fragte die Hebamme. „Darf ich zu ihm?"

„Er ist bei Meister Moritz in den besten Händen. Es ist nicht nötig, dass auch du ihn pflegst."

„Wenn du gestattest, würde ich ihn trotzdem gern sehen. Du weißt ja, wie sehr wir uns verbunden fühlen."

Seit jeher wurde Magda das Gefühl nicht los, dass die Hebamme in den Grund ihrer Seele zu schauen vermochte. Doch es war schlicht unmöglich, dass Sibylle etwas von vom wahren Grund des vermeintlichen Unfalles ahnte. „Wie gesagt, deine Anwesenheit ist hier nicht vonnöten. Lothar schläft, komm ein anderes Mal wieder."

„Was soll das, Magda?", erscholl es da missmutig hinter ihrem Rücken. Falk war wenig erfreut über das Verhalten seiner Frau. „Wie kannst du es wagen, sie abzuweisen? Sibylle ist eine Freundin der Familie, du weißt selbst, was wir ihr alles verdanken."

„Meister Moritz hat gesagt, dass Lothar seine Ruhe braucht."

Ihre trotzigen Worte machte ihn nur noch zorniger. Ohne ein weiteres Wort schob er sie beiseite. „Folge mir", sagte er zu der Hebamme. Er führte die späte Besucherin in den Nebenraum, wo sich Lothars Krankenlager befand. Magda folgte ihnen mit umwölkter Stirn.

Moritz Grobe hatte sich von seinem Hocker erhoben und plauderte zu Magdas Verdrossenheit angeregt mit Sibylle, wobei sie immer wieder fürsorglich auf den schlafenden Patienten hinabblickten.

„Ich danke dem Herrn, dass Ihr an jenem Tag in der Nähe wart, Meister Moritz. Denn ich selbst war im Wald, man hätte mich suchen müssen, und in der Zwischenzeit wäre er wohl verblutet."

Der Chirurg schmunzelte. „Der Junge ist ein Teufelskerl. Noch bevor ich bei ihm war, hatte er den Frauen gesagt, was zu tun sei."

„Ein Heiler wie er wird nur selten geboren. Wäre er der Sohn eines Edlen, so stünde ihm die Welt offen."

„Wie tragisch, dass er so unwürdige Eltern hat", sagte Magda mit bitterem Hohn.

Sibylle würdigte sie keines Blickes. „Er ist so begabt", sagte sie zu Moritz, „dass selbst das Fehlen einer halben Hand ihn nicht daran hindern wird, seiner Berufung nachzukommen."

„Berufung?" Magda wäre der Hebamme am liebsten an den Hals gegangen. „Du maßt dich an zu wissen, wozu mein Sohn berufen ist?"

„Sei still", herrschte Falk sie an.

Sibylle nahm den Verband in Augenschein. „Die Behandlung einer solchen Wunde muss selbst für Euch keine Alltäglichkeit gewesen sein, Meister Moritz."

„So ist es", nickte der Chirurg, „aber wenn man, wie ich, schon manches Schlachtfeld nach beendetem Kampf betreten hat, vermag einen nichts so rasch aus der Fassung zu bringen. Übrigens, warum sagt Ihr nicht Mo zu mir, so wie alle, die es gut mit mir meinen. Und dazu zählt Ihr doch, wie ich zu hoffen wage."

„Wie man hörte, habt Ihr einige Nähte gesetzt, Mo. Es muss eine wahre Kunst sein, solch fürchterliche Wunden zu versorgen."

„Papperlapapp! Keine Kunst, sondern allein Handwerk, gute Frau", wiegelte Motitz bescheiden ab.

„Ich wünschte, ich könnte Eure Nähte bewundern."

Moritz lächelte sie an. „Das lässt sich einrichten. Ohnehin hatte ich vor, ihm den Verband abzunehmen. Die Wunde trägt kaum noch aus, und ein wenig Luft wäre der weiteren Heilung förderlich." Behutsam begann er, das Leinentuch von Lothars Hand zu wickeln, entfernte den Holzstab, der der Ruhigstellung des Handgelenks diente. Den Jungen störte das nicht, immer noch schlief er tief und fest. Wie gern hätte Magda ihn in diesem Augenblick umarmt, sein Gesicht mit Küssen bedeckt, doch hilflos musste sie mit ansehen, wie fremde Menschen sich um sein Wohlergehen kümmerten. Wohlan, wenn dies Teil ihrer Sühne war, dann war sie bereit, die Unverschämtheiten der verhassten Hebamme zu ertragen.

Als die Wunde frei lag, konnte Sibylle ihre Überraschung nicht verbergen. „Ihr seid ein Genius, Mo!"

„Woher? Der Junge hat bestes Heilfleisch."

„Was gebt Ihr ihm, um das Fieber fernzuhalten?"

„Ich lasse ihn rohe Zwiebelringe kauen."

„Nicht einmal einen guten neuen Ratschlag kann ich Euch mehr geben."

„Ich bin überzeugt, dass Ihr vieles wisst, wovon mein Ohr noch nie etwas vernommen hat."

Auch Magda sah die verarztete Hand zum ersten Mal, bisher hatte sie den Anblick stets vermieden. Daumen und Zeigefinger fehlten, während vom Mittelfinger immerhin noch ein Stumpf übrig war. Die Klinge der Axt war quer durch die Hand gedrungen. Dass Moritz Grobe gute Arbeit geleistet hatte, war auch für Magda nicht zu übersehen.

„Noch nie sah ich so saubere Nähte", sagte Sibylle begeistert. „Meine Hochachtung, Mo."

„Hört endlich auf damit, Sibylle."

„Vermutlich legt Ihr Wert auf saubere Instrumente - was viele Eurer Kollegen leider nicht tun." Sie zeigte auf den Mittelfingerstumpf. „Knochen, Sehnen, Adern - alles muss zertrümmert und durchtrennt gewesen sein. Und doch habt Ihr es geschafft, den Stumpf sauber zu vernähen."

„Glücklicherweise verblieb ein Hautlappen, den ich für die Schließung des Stumpfes verwenden konnte."

Während der Chirurg und die Hebamme mit Inbrunst fachsimpelten, wünschte sich Magda, der Teufel käme die beiden holen. Sie spürte, wie Falk sie eindringlich ansah, doch sie tat, als bemerkte sie seinen Blick nicht.

„Wann werdet Ihr weiterziehen, Mo?", fragte Sibylle. Nie hatte Magda die Hebamme so gesprächig erlebt.

„Normalerweise wäre ich längst fort", erklärte Moritz, „aber ich habe beschlossen, noch einige Tage zu verweilen. Ich will die Fäden nämlich selbst entfernen, um sicherzugehen, dass keine schlimmere Entzündung auftritt."

„Wann wird das sein?", fragte Magda gepresst.

Moritz dachte nach. „In frühestens fünf Tagen. Vielleicht erst in einer Woche, wir werden sehen. Nun, ich glaube, der Junge ist es wert, nicht wahr? Außerdem hoffe ich doch sehr, dass ich Euch noch einmal zu Gesicht bekomme, Sibylle. Was meint Ihr?"

Sibylle lachte hell auf. Beim besten Willen konnte Magda sich nicht erinnern, sie jemals lachen gehört zu haben. „Mo, Ihr wollt doch nicht etwa mit mir anbändeln."

„Warum denn nicht? Ah, ich verstehe: Sicher bin ich zu alt für Euch."

„Alt? Ihr? Ich bitte Euch. Ihr seht aus wie das blühende Leben."

„Nun übertreibt Ihr aber."

„Durchaus nicht."

„Gut. Dann steht einer Bändelei ja nichts im Wege."

„Werter Mo, mir hat seit Ewigkeiten niemand mehr den Hof gemacht."

„Das ist aber schade."

„Weder für mich noch für die Männer. Trotzdem schmeichelt es mir natürlich, wenn Ihr -"

„Ich wäre dankbar, wenn in diesem Raum leise gesprochen würde", unterbrach Magda ihr Geplänkel verärgert. „Wir wollen doch nicht, dass Lothar aufwacht, oder?" Ihr Flüstern wirkte mächtig übertrieben, das wusste sie selbst.

„Die Sorgen einer Mutter", meinte Moritz und zwinkerte Sibylle zu. Tatsächlich entwand sich in diesem Moment ein Stöhnen aus Lothars Kehle. Doch seine Augen blieben geschlossen, und schon bald wirkte sein Schlummer wieder tief und ruhig.

„Gut zu wissen, dass er bei Euch in guten Händen ist, Mo", sagte Sibylle leise.

Nur zu genau vernahm Magda den verborgenen Vorwurf in ihren Worten: *Hauptsache, diese Furie von Mutter malträtiert ihn nicht allzu sehr!*

Oft hörte Lothar die Stimmen der Leute, die an seinem Bett standen und ihn umsorgten. Neben seinen Eltern und seinem Großvater Harro gab es da diesen fremden Arzt, der sich Moritz Grobe nannte. Ohnehin hatte Lothar ihn kennenlernen wollen, bevor der Unfall geschah, nun war er dessen Patient. Offenbar lag diesem Moritz daran, dass er viel schlief, denn immer wieder wurde ihm Mohnsaft eingeflößt. Und manchmal, wenn er aus dem Dämmerschlaf aufschreckte, steckte man ihm rohe Zwiebelringe in den Mund.

Lothar wusste genau, was ihm widerfahren war. Allzu deutlich erinnerte er sich an Winands verunglückten Hieb, an den fürchterlichen Schmerz, an die entsetzten Frauen. Seine rechte Hand würde nie wieder tauglich sein. Wie aus weiter Ferne hörte er Sibylle und Moritz über seine Wunden fachsimpeln. Die beiden schienen sich prächtig zu verstehen. Erstaunlich war, dass die Verletzung kaum schmerzte, der Chirurg schien sich nicht nur mit Wunden auszukennen. Lothar brannte darauf, sich endlich mit ihm auszutauschen und beschloss deshalb, den Mohntrunk beim nächsten Mal zu verweigern. Was bedeutete schon ein wenig Schmerz, wenn man Gelegenheit hatte, mit einem weitgereisten und an Erfahrung reichen Medicus zu sprechen?

Obwohl er Moritz Grobe bislang nur hinter dichten Nebelschleiern wahrgenommen hatte, besaß Lothar ein klares Bild von ihm: Er musste mindestens sechzig Jahre alt sein, hatte ein rundes, freundliches Gesicht und kaum noch Haare auf dem Kopf. Ein sorgsam gestutzter weißer Bart um Kinn und Oberlippe verlieh ihm etwas von einem Philosophen. Trotz seines Alters war er voller Lebenskraft. Erstaunlicherweise war es Moritz gelungen, die eigenbrötlerische Hebamme aus ihrem Schneckenhaus zu locken. Er konnte es kaum erwarten, diesen Menschen näher kennenzulernen.

„Mein Liebling, nun wird alles gut. Glaub mir, ich wollte nur dein Bestes!“

Die Stimme seiner Mutter. Offenbar saß sie bei ihm, allein. Er spürte, wie sie seine unversehrte Hand drückte. Eine Geste der Zärtlichkeit, und doch befremdete sie ihn. Dafür schämte er sich. Sie war doch seine Mutter. Er erwiderte leicht den Druck ihrer Hand, um ihr zu zeigen, dass er sie wahrnahm. „Mein Junge, mein Liebling“, sagte sie überschwänglich.

„Lass ihn schlafen, Magda!“, hörte er die befehlende Stimme des Vaters, der offenbar den Raum betreten hatte.

„Nur noch einen Augenblick“, erwiderte sie heiser.

„Nein, es ist genug für heute! Lass ihn in Frieden!“

Widerstrebend löste sie sich von ihm. Lothar war seinem Vater sehr dankbar.

*

In der Nacht hatte Kasimir von Eva geträumt. Deshalb war ein wenig verstört, als sie plötzlich leibhaftig vor ihm stand. Ihre Lippen, die er im Traum noch geküsst hatte, waren wie zu einer Frage leicht geöffnet. Die Begegnung fand vor dem Barbarossaturm statt. In ihren Händen hielt Eva einen Eimer mit erkalteter Asche. Nicht zum ersten Mal sah er sie Dinge erledigen, die gemeinhin die Mägde verrichteten. „Wohin des Weges?“, fragte er verlegen, obgleich es ihm nicht zustand, sie auf diese Weise anzusprechen.

„Ich hatte das Bedürfnis, mir die Beine zu vertreten“, erklärte sie ihm und machte einen tiefen Atemzug. „Die Luft riecht schon nach Herbst. Ich empfinde sie als sehr wohltuend.“

„Gestattet, dass ich den Eimer trage“, sagte Kasimir und kam sich unbeholfen vor.

Eva lächelte, wirkte dennoch zurückhaltend, mied seinen Blick. „Du glaubst wohl, er sei zu schwer für mich."

„Ihr werdet noch Eurer Kleid beschmutzen."

„Oh, das wäre schrecklich."

Er nahm den Eimer, den sie ihm reichte. Schweigend überquerten sie den Burghof. Daniel - mit den Jahren war der Koch noch runder geworden - kreuzte ihren Weg und murmelte einen Gruß. Die Verblüffung über die Vertraulichkeit zwischen Eva und Kasimir stand ihm offen ins Gesicht geschrieben.

Kasimir leerte den Eimer hinter einer Balustrade. Eva sagte: „Begleitest du mich? Ich will diesen Mauern für ein Weilchen entkommen. Manchmal engen sie mich ein. Geht es dir auch so?"

„Ja, manchmal."

Sie verließen den Burghof, schritten über die Brücke und ließen die Mauern hinter sich. Von Westen her strich ein frischer Wind über den Burgberg, riss hier und dort die ersten Blätter von den Bäumen. Im Tal trieben Fischerboote auf dem Rhein; wie Spielzeugfiguren wirkten die Menschen darin. Glockengeläut aus der Stadt wehte zu ihnen herüber.

Ein breiter Pfad umrundete die trutzigen Burggemäuer. Kasimir fragte sich, wieviele Augenpaare sie in diesem Moment beobachteten. Er konnte geradezu hören, was die Mägde einander zuraunten: *Der Waffenknecht flaniert mit der Herrin!* Was würde Hanna wohl darüber denken?

Eva schien solche Bedenken nicht zu haben. Sie wirkte nachdenklich und in sich gekehrt. Einmal hatte Kasimir den Eindruck, sie wolle ihm etwas mitzuteilen, aber dann machte sie nur einen tiefen Atemzug und schwieg. Er widerstand der Versuchung, nach ihrer Hand zu greifen. „Euer Gatte", sagte Kasimir, um das lastende Schweigen zu brechen. „Er leidet wieder starke Schmerzen, nicht wahr?"

Eva nickte ernst. „Ja, aber er spricht nicht darüber."

„Nicht einmal zu Euch?" Sie antwortete nicht, und Kasimir bereute seine Frage. „Vergebt mir", murmelte er, aber sie schien ihn nicht zu hören.

„Kasimir", meinte sie nach einer Weile und blieb stehen, „es gibt da etwas, das du vielleicht wissen solltest." Sie stockte.

„Ja?"

Ihre Lippen begannen zu zittern. „Ach nichts", erklärte sie schließlich kopfschüttelnd. Sie nahm ihren Gang wieder auf. „Es ist nichts, vergiss es einfach."

Ihr Verhalten verwirrte ihn. Schweigend setzten sie ihren Spaziergang fort, bis sie von neuem die Holzbrücke erreichten. „Danke, dass du mich begleitet hast, Kasimir."

„Es gibt nichts, was ich lieber gemacht hätte."

Mit raschen Schritten überquerte sie die Brücke und verschwand im Burghof. Kasimir sah ihr nach. „Was hat sie nur?", flüsterte er zu sich selbst.

Obwohl Robert sich nicht regte, wusste Eva, dass er nicht schlief. Er hatte ihr den Rücken zugewandt. Sie kroch unter seine Decke und schmiegte sich an ihn, sodass er ihren Atmen im Nacken spüren musste. „Du solltest schlafen", riet er ihr mit tonloser Stimme.

„Ich weiß, dass der Schmerz dir die Nachtruhe raubt", entgegnete sie.

„Es gibt größere Schmerzen als die des Leibes."

Sie wusste, wovon er sprach. Nichts bedrückte ihn mehr als die Tatsache, dass er nicht imstande war, einen Erben zu zeugen. „Welchen Sinn macht es, mit dem Schicksal zu hadern?", sagte sie. Dann, leiser: „Zweifle nie an meiner Liebe."

„Du hättest einen besseren Mann verdient."

„Sag das nie wieder!" Ihre Stimme wurde schneidend. Für einen kurzen Moment ließ sie ab von ihm, als stünden ihm keine weiteren Zärtlichkeiten zu. „Nie wieder, hörst du?"

Erneut hüllte Robert sich in Schweigen.

„Außerdem", fuhr Eva fort, „hast du sehr wohl einen Erben: Robert, deinen Enkelsohn!"

„Du hast Recht", antwortete der Schönburger leise seufzend, „was wäre ich ohne dich und den Jungen?" Eva wusste um seine Sorge, Merbodo könnte sich eines Tages zum alleinigen Besitzer der Burg aufschwingen. Und diese Sorge war berechtigt, denn Merbodo war ein Mann, der keine Skrupel kannte und vor nichts zurückscheute, um sich einen Vorteil zu verschaffen. Drei Töchter hatte Veronika ihm geboren, ein Sohn war ihm bislang versagt geblieben, abgesehen von seinem Bastard Bardolf. Zweifellos würde Merbodo darauf hinarbeiten, seinen eigenen Nachkommen möglichst alles zu hinterlassen.

„Robertchen vergöttert dich", sagte Eva.

„Er wird lernen, dass es verehrungswürdigere Menschen gibt."

„Warum redest du so? Du bist -"

„Lass es gut sein, Liebes. Reden wir lieber über dich." Langsam - seine Schmerzen ließen nur bedächtige Bewegungen zu - wandte er sich zu ihr um.

„Über mich?" Obwohl es dunkel war, spürte Eva seinen fragenden Blick.

„Etwas scheint dich zu bedrücken!" Sanft streichelte er ihre Wange.

„Du hast Recht", erwiderte sie. „Etwas bedrückt mich." Sie machte einen tiefen Atemzug. „Es geht um Kasimir."

„Was ist mit ihm?"

Nach kurzem Zögern beschloss sie, Robert alles zu berichten. „Seine Frau betrügt ihn."

„Mit wem?"

„Mit deinem Bruder. Gestern wurde ich durch Zufall Zeugin, wie die beiden sich im Stroh vergnügten. Sie bemerkten mich nicht. Hanna machte keineswegs den Eindruck, als würde Merbodo sie dazu zwingen."

Robert sagte bitter: „Offenbar stimmt das alte Sprichwort von der alten Liebe, die nicht rostet."

„Alte Liebe? Heißt es nicht, dass Hanna einst sein Opfer war?"

„Manche Dinge ändern sich, andere nicht."

„Robert, es tut mir in der Seele weh - für Kasimir!"

„Hast du es ihm erzählt?"

„Ich hatte es vor, weil ich glaubte, er habe ein Recht, es zu erfahren. Deshalb bat ich ihn heute, mich auf einem Spaziergang zu begleiten. Doch dann wollte kein Wort über meine Lippen kommen. Ich konnte ihm einfach nicht die Wahrheit sagen."

„Es ist gut, dass du geschwiegen hast. Ich werde es ihm selbst sagen, wenn der rechte Zeitpunkt gekommen ist. Sofern er es ohnehin nicht längst ahnt. Lass es gut sein, Liebes."

Seine Worte klangen orakelhaft. Aber Eva hielt es für besser, nicht weiter auf ihn einzudringen. „In Santiago begegnete mir ein Pilger aus Brabant", fuhr er nach einer Weile flüsternd fort, als Eva schon glaubte, er sei endlich eingeschlafen. „Ein vornehmer Patrizier, reif an Jahren und reich an Lebenserfahrung. Begleitet wurde er von zwei jungen Menschen, von denen ich zunächst glaubte, sie seien seine Tochter und sein Schwiegersohn."

Eva hielt den Atem an. Selbst ihr gegenüber war Robert stets wortkarg geblieben, wenn es um seine Pilgerreise ging. Niemand wusste, was er in den Jahren seiner Abwesenheit erlebt und erlitten haben mochte.

„Bald erfuhr ich, dass die junge Frau in Wahrheit seine Gattin war, der Bursche sein Diener. Und es entging mir nicht, wie sehr die jungen Leute einander anschmachteten."

Er betonte jedes Wort. Eva spürte, wie er sie in der Dunkelheit eingehend musterte. Sie erschrak. „Liebster, du denkst doch nicht -"

Sanft legte er einen Finger auf ihre Lippen, um sie zum Schweigen zu bringen. „Der Patrizier wusste von der Liebschaft. Er duldete sie, ja er hieß sie gut."

„Wie kann ein Mann das tolerieren?"

„Glaub mir, er hatte seine Gründe. Und jetzt lass uns schlafen, Eva."

Nie hatten seine Worte Eva so verwirrt.

36.

Baldur kauerte vor dem Wagen des Chirurgen. Er konnte es kaum fassen, dass die Prozedur bereits überstanden war. Er hielt sich die Wange und starrte ungläubig auf den blutverschmierten Backenzahn, den Moritz Grobe vor ihm schwenkte. Die fürchterliche Zange, die dem Wirt vorhin noch wie ein Folterwerkzeug erschienen war, glich nun einem Instrument mit der Wirkung einer Reliquie.

„Wenn du einen Zahn ziehst", erklärte Moritz seinem jungen Zuschauer, „gilt es zwei Dinge zu beachten."

Da er nicht fortfuhr, wusste Lothar, dass er aufgefordert war, diese beiden Dinge zu benennen. Ohne lange nachzusinnen, begann er eifrig: „Erstens muss ich mir sicher sein, dass es der richtige Zahn ist, den ich ziehen möchte. Zweitens -"

„Sachte, nicht so rasch. Nicht immer ist es eindeutig, welcher Zahn der Übeltäter ist. Verrate mir, wie du es herausfindest."

„Indem ich sie der Reihe nach mit einem Metallstab beklopfe. Vereiterte Zähne reagieren besonders empfindlich."

„Empfindlich? Es war die Hölle!" Baldur spuckte Blut ins Gras.

Moritz nickte. „Und zweitens, mein Junge?"

„Ich muss mich hüten, den Zahn zu zerbrechen. Dann nämlich wird ein Teil des Zahnes bleiben und dem Kranken Qualen bereiten, die schlimmer sind als vorher."

Baldur erhob sich. Die Schwellung unterhalb seines Kiefers ließ den dicken Wirt noch aufgequollener erscheinen, doch seine Augen blitzten froh. „Meister Moritz, meine Wirtsstube steht Euch selbstverständlich jederzeit offen. Ihr könnt saufen, soviel Ihr wollt, und-"

„Papperlapapp, Herr Wirt! Gebt mir die vereinbarte Münze und verführt mich nicht zum Trinken. Seid froh, noch ein weiterer Tag und Ihr hättet mich nicht mehr angetroffen."

„Ihr reist also weiter?"

„Ich war lange genug hier."

„Ja, ich weiß, wegen des Jungen seid Ihr geblieben. Und das war eine gute Entscheidung, wenn Ihr mich fragt. Jedermann weiß, der Knabe hat heilende Hände, ähm -" Offenbar fiel ihm ein, dass Lothar nur noch eine Hand besaß, die er wirklich benutzen konnte. Er kratzte sich den kahlen Kopf und warf einen verstohlenen Blick auf Lothars verletzte Linke, die Ähnlichkeit mit einer Klaue hatte.

Nachdem Baldur gegangen war, blieb ihnen nur noch ein Patient, ein junger Knecht aus dem Oberdorf. Geduldig hatte dieser im Hintergrund gewartet, bis er an die Reihe kam. Vor einigen Wochen, so berichtete er dem Chirurgen, habe er sich an einem Dornenstrauch verletzt, die Wunde an seiner Wade wolle einfach nicht verheilen und mache das Laufen und die Arbeit unerträglich. Moritz bat ihn in seinen Wagen, hieß ihn, sich auf den Bauch zu legen und betrachtete eingehend die Wunde, die eiterte und einen erbärmlichen Gestank verbreitete. Eine ganze Kinderfaust hätte man darin verbergen können. „Nun?“, fragte Moritz seinen Gehilfen.

„Wunde säubern, und zwar gründlich.“

Moritz nickte. „Es grenzt an ein Wunder, dass noch kein Brand entstanden ist. Kerl, warum bist du nicht früher zu mir gekommen?“

„Der Bauer hat's nicht erlaubt.“

„Warum sind diese verfluchten Dörfler so stur?“ Moritz kramte ein Instrument hervor, das Ähnlichkeit mit einer winzigen Schaufel hatte. Damit begann er in der Wunde zu wühlen, ganz so, als wolle er eine Frucht aushöhlen. Ab und zu bat er Lothar, Wasser aus einer bereitstehenden Kanne in die Wunde zu träufeln. Der Knecht stöhnte schmerzvoll, doch Moritz ignorierte das.

„Wir könnten ihm etwas Mohnsaft geben“, schlug Lothar vor.

„Das dürfte zu teuer werden für unseren Freund.“

Lothar sah seinen Mentor an, den Mund wie zu einem Flehen geöffnet.

„Hältst mich jetzt wohl für herzlos, was, Junge? Nun, unser Freund hier braucht eine schmerzhafte Lektion. Beim nächsten Mal wird er dann früher um Hilfe nachsuchen. Vorausgesetzt natürlich, er überlebt die Verletzung.“

Die letzten Worte sollten eine wohlwollende Warnung für die Zukunft darstellen, aber der Knecht begann nun umso herzerweichender zu wimmern. Ein langes Grollen von draußen her ließ ihn überdies ängstlich zusammenfahren. „Was war das?“, fragte er bange.

„Nichts. Nur mein Klepper. Er hat gefurzt.“

„Es tut so weh!“

„Der Furz meines Kleppers tut dir weh?“

„Nein, mein Bein ... Auu-huu!“

„Bitte, Meister“, flüsterte Lothar.

Moritz gab nach. „Na schön, dann gib ihm halt ein paar Tröpfchen von dem verflixten Sud.“

Als der Knecht zu schlummern begann, setzten sie die Behandlung fort. Moritz hielt es für angebracht, die Wunde zu erweitern. „Damit kein faules Fleisch zurückbleibt“, erklärte er seinem Schüler. Immer wieder schüttelte er den Kopf, während er arbeitete. „Ich hab kein Verständnis, wenn jemand Schindluder mit seinem Körper treibt. Der liebe Gott erwartet, dass wir respektvoll mit uns selbst umgehen. Dieser Nichtsnutz von einem Knecht hätte doch längst Frau Sibylle aufsuchen können. Auch sie hätte ihm geholfen.“

Nicht zum ersten Mal stellte Lothar fest, dass der Chirurg mit großer Achtung von der Heilerin sprach. Und zweifellos verehrte Moritz Sibylle auch als Frau. Unbestreitbar war auch, dass er es bedauerte, bald nicht mehr mit ihr plaudern zu können.

Als er die Wunde gereinigt hatte, fragte Moritz: „Und jetzt, was schlägst du vor, mein Junge? Nähen wir die Wunde zu oder lassen wir's bleiben?"

Lothar wiegte abwägend sein Kinn. „Keine einfache Frage, Meister. Nähen wir sie zu und es kommt erneut zu einer Entzündung, wird er hohes Wundfieber bekommen. Lassen wir sie aber von selbst verheilen, dauert es Wochen oder Monate, bis sie vollständig verschlossen ist. Falls sie überhaupt heilt, denn der Bauer wird ihm wohl kaum die Ruhe gewähren, die für die Genesung nötig wäre. Auch in diesem Fall käme es bald wieder zu einer Entzündung, deshalb denke ich, man sollte nähen."

„Kluger Junge." Moritz holte Nadel und Fäden aus seiner Kiste, reichte alles Lothar. „Hier! Hast mir oft genug zugesehen, nun bist du an der Reihe."

„Ich?"

„Keine Ausreden. Ich weiß, du kannst das. Je früher du übst, umso rascher gewöhnst du dich daran, dass dir ein paar Finger fehlen. Ich kannte einen Feldscher, dem fehlte der rechte Arm. Trotzdem konnte er schneller nähen als ein Frauenzimmer ein Leinenhemd zusammenflickt."

Als der Knecht aufwachte, war seine Wunde verschlossen. „Du kannst mich jetzt bezahlen und nach Hause gehen", verkündete Moritz mit anerkennendem Blick auf Lothars Naht. Der Knecht keuchte und zog drei Birnen aus seinem Wams.

„Was soll ich denn damit?"

„Eure Bezahlung", entgegnete sein Patient verunsichert.

„Willst du mich veräppeln?"

„Bestimmt nicht, Meister. Es sind Birnen, keine Äppel."

Der Chirurg blinzelte ihn an. „Heilige Muttergottes, ich glaube du bist wirklich so einfältig."

„Ich ... hab kein Geld und ich dachte -"

„Papperlapapp! Mach, dass du fort kommst, bevor ich's mir anders überlege. Und sieh zu, dass kein Dreck in die Wunde kommt. In zwei Wochen gehst du zu Sibylle, die wird dir die Fäden wieder herausziehen. Kapiert?"

Als der Bursche den Wagen verlassen hatte, tat Moritz einen langgezogenen Seufzer. „Warum um alles in der Welt bin ich so großmütig?"

„Weil Ihr nicht anders könnt", beschied Lothar ihm grinsend.

„Wird Zeit, dass ich wieder in die Stadt komme, diese Bauerntölpel bringen mich noch um den Verstand." Wieder seufzte er, diesmal jedoch verhalten und wehmütig. „Ich werde dich sehr vermissen, wenn ich morgen weiterziehe. Dich und auch Sibylle."

„Ich werde mit Euch kommen!", sagte Lothar leise.

„Sie ist wirklich außergewöhnlich. Ich wünschte mir - he, was hast du gerade gesagt?"

Lothar sah ihm fest in die Augen. „Ich komme mit Euch!"

„Das kannst du nicht, mein Junge."
„Warum nicht? Weil ich ein Krüppel bin?"
„Unsinn, du wärst der beste Gehilfe, den ich kriegen könnte, und das weißt du. Auch wär's mir einerlei, dass du mir schon bald in allem weit voraus wärest, ich bin da nicht eitel. Mehr noch, du wärst mir wie der Sohn, den ich nie hatte."
„Wenn das so ist, warum wollt Ihr nicht, dass ich zu Euch in die Lehre komme?"
„Weil -" Der Chirurg rang nach Worten. „Deine Mutter würde dich niemals ziehen lassen."
„Sie entscheidet nicht über mein Leben."
„Du willst mit einem alten Mann in einem klapprigen Wagen durch die Welt ziehen? Ich bin nur ein Chirurg, Lothar. Schon bald werde ich dir nichts mehr beibringen können, du hast Besseres verdient. Irgendwo da draußen, in der weiten Welt, da gibt es Schulen, wo man Ärzte ausbildet, wo gelehrt wird, was Menschen in den vergangenen tausend Jahren erforscht haben. Dorthin sollte es dich ziehen, nicht zu mir."
„Meister, ich bin der Sohn eines Bauern. Außerdem bin ich ein Krüppel - nun gut, ein halber zumindest - und ich spreche keine fremde Sprache. Niemals würde ich in femde Länder reisen können, um dort zu studieren. Alles was ich will ist, kranken Menschen zu helfen, und ich wüsste keinen außer Euch, der mich darin unterweisen könnte. Bitte, lasst mich mit Euch ziehen!"
„Deine Eltern -"
„Ich werde sie fragen, noch heute Abend." Er hob seine lädierte Hand. „Als Bauer tauge ich nichts, früher nicht und jetzt erst recht nicht. Seid gewiss, mein Vater und auch auch Herr Scheiffart werden mir gestatten, Merode zu verlassen."
Moritz kaute auf seiner Unterlippe. „Gut", sagte er nach einer Weile. „Aber lass mich wenigstens dabei sein. Sie sollen mir in die Augen sehen dürfen, wenn du sie fragst."

„Auf keinen Fall!", schrie Magda ihren Sohn an. „Du bleibst bei mir, hast du verstanden?"
„So beruhige dich doch", sagte Falk zu ihr.
„Ich soll mich beruhigen? Unser Sohn will uns verlassen."
„Er ist nun erwachsen, Magda. Die Feldarbeit wird ihm für den Rest seines Lebens schwer fallen. Und Meister Moritz ist ein rechtschaffener Mann. Er hat ihm nicht weniger als das Leben gerettet."
„Mutter", setzte Lothar noch einmal an. „Meister Moritz kann mir so vieles beibringen!"
„Voller Gefahren ist die Welt da draußen, weißt du das denn nicht?"
Falks Vater Harro saß auf einer Bank neben dem Herd und lauschte dem

Disput. „Nicht nur da draußen lauern Gefahren“, meinte er spitz. „Selbst beim Holzhacken kann man sein Leben aufs Spiel setzen.“

Magda funkelte ihren Schwiegervater wütend an. „Warum schicken wir ihn nicht in ein Kloster? Auch dort kann er seinen Neigungen nachkommen. Sie werden ihm alles beibringen, was ein Heiler wissen muss.“

„Mutter, ich will nicht ins Kloster“, widersprach Lothar entschieden.

„Nicht du hast das zu entscheiden!“

„Verzeiht, dass ich mich einmische.“ Moritz hüstelte in seine Faust. „Ich fände es, mit Verlaub gesagt, nicht gerecht, aus dem Jungen einen Mönch zu machen, wenn es gegen seinen Willen ist. Hierzu gehört Berufung, und die verspürt Lothar nicht.“

„Was fällt Euch ein? Kümmert Euch gefälligst um Euren eigenen Kram! Schert Euch zum Teufel!“

„Gerade du solltest den Teufel lieber nicht ins Spiel bringen, Magda“, fiel Falk seiner Frau ins Wort. „Der Mann hat Recht, warum sollten wir Lothar zwingen, hinter Klostermauern zu leben?“

Magda schnappte nach Luft und verließ wütend die Stube. Falk sah den Chirurgen flehend an. „Auch ich lasse meinen einzigen Sohn nur ungern ziehen, Meister Moritz, denn er ist mir lieb und teuer. Aber ich respektiere seinen Wunsch. Wenn Ihr mir nur versprecht, gut auf ihn aufzupassen.“

Moritz entgegnete feierlich: „Ich verspreche es nicht, ich schwöre es!“

Anderentags gab es eine große Verabschiedung. Lothars Schwester und Brun, sein Schwager, dem er einst das Leben gerettet hatte, waren erschienen, um ihm Lebewohl zu sagen. Cäcilia begann bitterlich zu weinen. „Bald wirst du Onkel, und du wirst deinen Neffen nicht aufwachsen sehen.“

„Du bist schwanger, Schwesterherz?“ Freudig nahm Lothar sie in den Arm. „Aber das ist doch wunderbar. Und wer sagt denn, dass ich für immer gehe? Bestimmt schaue ich öfter mal bei euch vorbei.“

„Versprochen?“

„Versprochen!“

„Und du, Schwager“, Lothar wandte sich Brun zu, „du passt auf sie auf, nicht wahr? Und gib Acht auf Wespen in deinem Trinkbecher!“

„Verlass dich drauf.“

Eine Umarmung folgte der nächsten. Harro überhäufte seinen Enkel mit gutgemeinten Ratschlägen. Schließlich stand Lothar seinem Vater gegenüber. Falk war der Abschiedsschmerz deutlich anzumerken, doch er bewahrte Haltung. „Wo ist Mutter?“, fragte Lothar.

Falk schaute weg. „Sie sagt, sie bringe es nicht über sich, dir Lebewohl zu sagen.“

„Ich gehe zu ihr.“

„Nein, lass sie. Sie ist in den Wald gegangen, um allein zu sein.“

Lothar versuchte, sich in seine Mutter hineinzuversetzen. Vielleicht war ihre Verweigerung ein letzter verzweifelter Versuch, ihn zum Bleiben zu bewegen. Er schloss die Augen und atmete tief.

„Lass sie nur", beharrte Falk. „Sie wird sich schon wieder beruhigen. Ich werde ihr sagen, dass du uns bald besuchen wirst."

„Ja, Vater. Sag ihr das."

Als sie einander umarmten, ging Lothar auf, dass er seinem Vater noch nie so nahe gewesen war.

Erst als Merode schon einige Meilen hinter ihnen lag, kamen Lothar ein paar Tränen. Moritz legte tröstend eine Hand auf seine Schulter. Klepper furzte, und der Himmel kündigte Regen an. „Woran denkt Ihr, Meister?", fragte Lothar, um sich selbst auf andere Gedanken zu bringen.

Der Chirurg kratzte sich nachdenklich am Kinn. „Merode! Seitdem ich dieses Nest betreten habe, überlege ich, wo ich den Namen schon einmal gehört habe. Aber es will mir einfach nicht einfallen. Ach, ich werde alt, mein Junge, und es ist gut, dass du von nun an bei mir bist."

*

Der alte Wowo gab keine Ruhe an jenem Herbstmorgen, der den ersten Frost gebracht hatte. Winselnd lief er von einem zum anderen, nachdem er von einem morgendlichen Streifzug zurückkehrt war. Nicht einmal die halbe Wurst, die Daniel ihm vor die Pfoten warf, rührte er an. Berta war die erste, die sich ernsthaft Gedanken um den Hund machte. „Was hat er bloß?", fragte sie Goswin, aber der zuckte gleichgültig mit den Schultern. „Wo ist Robert?", forschte Berta weiter.

„Wo soll er schon sein? Spielt mit den anderen Schlingeln im Burghof!"

Berta ging zum Fenster und schaute hinaus. „Da ist er aber nicht."

„Goswin, du alter Tunichtgut", posaunte Kasimir, der soeben die Halle betrat, „in den Ställen sind die Tröge zugefroren. Sagt mal, ihr beiden, was schaut ihr so trüb aus der Wäsche?"

Wowo setzte sich winselnd vor ihn hin. „Was hat er?", fragte Kasimir seinen Kameraden.

„Das fragen wir uns gerade auch. Hast du unser Robertchen gesehen?"

„Nein, heute noch nicht."

„Schlingel."

„Vielleicht erledigt er ja gerade die Arbeiten, die sein Vater vernachlässigt hat."

„Blödmann!" Goswin verließ die Halle, gefolgt von Wowo, der laut zu bellen anfing. Schon lange nicht mehr hatte man den altersschwachen Hund solch kräftige Laute von sich geben hören. Kasimir, der sich an Goswins Fersen heftete, kam das Verhalten des Tieres immer merkwürdiger vor. „Als wollte er uns auf etwas aufmerksam machen. Sieh, er läuft uns voran. Er will wohl, dass wir ihm folgen."

Humpelnd führte Wowo sie über den Burghof. Der junge Torwächter grinste sie an. „Kleiner Spaziergang? So gut wie ihr will ich's auch mal haben."

„Halt die Klappe", blaffte Goswin ihn an. „Siehst du nicht, dass der Köter uns was zeigen will?"

„Glaubst du? Würde eher sagen, er ist ein wenig übermütig, der alte Scheißer. Ist immer so, wenn die letzten Lebensgeister noch einmal wach werden."

Der hechelnde Wowo führte sie auf einen Trampelpfad, der den Felssporn, auf dem die Burg errichtet war, eng umrundete. Der Boden war steinhart gefroren. Zweimal fand sich der fluchende Goswin auf seinem Hintern wieder.

Unterhalb der nordwestlichen Palasmauer entdeckten sie die Kinderleiche.

Zunächst hofften sie noch, es sei bloß ein Knäuel Kleidungsstücke, das dort vor ihnen lag, bewacht von emsigen Krähen. Doch als sie näher kamen, wurde es zur schrecklichen Gewissheit: Roberts kleiner Körper lag steif in einer Lache aus geronnenem Blut, die Glieder grotesk verrenkt, sein Köpfchen zerschmettert.

Goswins Schrei hallte über den Burgberg, die Krähen flatterten auf. Er kniete sich neben den toten Sohn, rüttelte ihn, stammelte Worte, die keinen Sinn ergaben. Kasimir stand wie versteinert, von namenlosem Entsetzen gepackt. Der Anblick des toten Jungen erschien ihm grauenvoller als alles, was er je im Krieg erlebt hatte. Mit aller Macht wünschte er sich, im nächsten Augenblick aus einem scheußlichen Albtraum zu erwachen. Goswin weinte hemmungslos, riss den Leichnam hoch, presste ihn an sich, als wolle er seinem Sohn auf diese Weise neues Leben einhauchen.

Als Kasimir sich nach einer gefühlten Ewigkeit aus seiner Erstarrung löste, wanderte sein Blick den Fels zu ihrer Rechten empor. Hoch oben die Mauern des Nordtraktes. Unwillkürlich ballten sich seine Fäuste.

Eine Stunde später lag der kleine Robert aufgebahrt in der großen Halle, umgeben von fassungslosen, lamentierenden und verzweifelten Menschen, die sich noch gestern an seiner Gewitztheit erfreut hatten. Einer der Diener war in die Stadt geschickt worden, um den Kaplan herbeizurufen. Frau Elisabeth hatte einen Schwächeanfall erlitten, bleich und zitternd saß sie auf einer Bank, umsorgt von Hanna und Mechthild, der alten Amme, die ihr etwas zu trinken einflößte. Neben dem Leichnam kniete Berta, sie hatte ihm den alten Holzesel auf die Brust gelegt. Sie schluchzte unentwegt, der Fluss ihrer Tränen wollte nicht versiegen, sie verstand die Welt nicht. Immer wieder warf sie den anderen ungläubige Blicke zu, als könne sie in deren Gesichtern die Antworten auf ihre Fragen finden. Eva beugte sich zu ihr hinab, nahm sie sanft in die Arme, trauerte mit ihr, denn Trost gab es nicht. Goswin, erschöpft vom Ausbruch seiner Verzweiflung, starrte apathisch auf seinen toten Sohn, ohne ihn wirklich zu sehen. Kasimir stand neben seinem Herrn und wusste, was diesem durch den Kopf ging. In den Augen des Schönburgers glomm ein gefährliches Licht. „Komm mit mir!", befahl er Kasimir.

Sie verließen die Halle. Draußen wirkte alles wie ausgestorben. „Merbodo!" Robert spuckte den Namen in die Kälte. „Du glaubst doch auch, dass er dazu imstande wäre, nicht wahr? Komm!"

Sie überquerten den mittleren Burghof, betraten ungestüm den Palas des Nordtraktes, wo eine von Merbodos Mägden erschrocken vor ihnen zur Seite wich. „Wo ist dein Herr?", fuhr Robert sie an, wartete ihre Antwort freilich nicht ab, sondern steuerte entschlossen das andere Ende der Halle an, wo eine Treppe nach oben führte. Kasimir hatte beinahe Mühe, mit ihm Schritt zu halten.

In der kleinen Kemenate fanden sie Merbodos Gattin Veronika, ihre drei Mädchen und eine Zofe. Als ihr Schwager polternd den Raum betrat, erhob sich Veronika aus ihrem Polsterstuhl. Die beiden jüngeren der Mädchen klammerten sich ängstlich um ihre Hüften. „Verzeiht mein Eindringen, Schwägerin", sagte Robert mit mahlendem Kiefer, „ich suche meinen Bruder."

Veronika schüttelte den Kopf. „Er ist nicht daheim", erklärte sie leise und strich den Mädchen beruhigend über die Köpfe.

Kasimir musterte sie verstohlen. Nicht oft bekam man Merbodos Gemahlin zu Gesicht, und niemand wusste so recht, was von ihr zu halten war. Sie sei schwermütig, wurde behauptet, und ein Blick in ihre runden, traurigen Augen mochte diese Vermutung bestätigen. Ihr Antlitz war hohlwangig, die Nase eine Spur zu groß, ein Grübchen zierte ihr Kinn. Sie war nicht wirklich hübsch zu nennen, zu herb erschien ihr Äußeres, doch Kasimir fand, je länger er sie betrachtete, dass ihre Melancholie etwas Anziehendes hatte.

„Seid so freundlich und sagt mir, wo er sich aufhält", fuhr Robert fort. Seine Stimme hatte etwas Metallisches.

„Ich weiß es nicht. Was ist geschehen, Schwager? Ihr seid sehr aufgewühlt."

Robert sah sie mit zusammengekniffenen Augen an. „Mein Enkelsohn ist tot!", verkündete er schließlich.

Entsetzt presste Veronika eine Hand auf den Mund und ließ sich wieder in den Stuhl sinken. Die Zofe nahm sich der wimmernden Mädchen an. „War er krank?", fragte sie mit dünner Stimme. Ihr ohnehin blasses Gesicht hatte die Farbe von Kreide angenommen.

„Man fand ihn am Fuß des Felsens. Jemand muss ihn hinabgestoßen haben. Von den Mauern dieses Traktes!"

Sie stierte ins Leere. Eine Zeitlang herrschte Schweigen. Dann befahl sie der Zofe, mit den Kindern die Kemenate zu verlassen. Als sie gegangen waren, blickte sie ihren Schwager offen an. „Ihr glaubt, dass Merbodo für diese Tat verantwortlich ist." Es klang nicht wie eine Frage, es war eine Feststellung, in der keineswegs Empörung mitschwang. „Ihr glaubt, dass er sich eines Erben entledigen wollte, um die Burg nicht mit den Verwandten seines Bruders teilen zu müssen. Nicht wahr, das glaubt Ihr doch?"

Robert hielt ihrem Blick stand. „Und was glaubt Ihr?"

Sie seufzte. „Spielt es eine Rolle, was ich glaube, Schwager? Nur ist es so, dass er den Mord, sofern es einer war, nicht begangen haben kann. Merbodo weilt seit vorgestern nicht auf der Burg. Er ist der Einladung zu einem Turnier gefolgt."

Robert schwieg. Vielleicht hatte er kurz mit dem Gedanken gespielt, sie der Lüge zu bezichtigen. Doch nichts in Veronikas Worten, nichts in ihrem Verhalten ließ sie wie eine Widersacherin erscheinen. Eher wie eine Verbündete, dachte Kasimir erstaunt. Erst jetzt fiel ihm ein, dass Merbodos Wallach tatsächlich seit zwei Tagen nicht im Stall stand.

„Ich trauere um Euren kleinen Enkel, Schwager!"

Kasimir wollte einfach nicht glauben, dass Veronika eine Possenspielerin war. Robert nickte seiner Schwägerin zu, verließ ohne ein weiteres Wort die Kemenate.

„Was nun?", fragte ihn Kasimir hilflos.

Der Schönburger antwortete nicht, offensichtlich bereitete das Gehen ihm wieder heftigste Schmerzen.

„Und wenn es doch ein Unglück war?", murmelte Kasimir zu sich selbst.

„Ein Unglück, ja, wir müssen davon ausgehen", erwiderte Robert. „Merbodo ist ein Unhold, doch wir können ihn nicht anklagen, wenn er gar nicht hier war." Beinahe widerwillig kamen die Worte ihm über die Lippen. Kasimir versuchte zu verstehen, was seinen Herrn bewegte. Früher hatte er oft im Zorn gehandelt, seine Unbeherrschtheit hatte Merbodos Knappe Jan gar mit dem Tod bezahlt. Robert von Schönburg wollte nicht schon wieder eine Pilgerreise antreten müssen, denn Gottes Gnade hatte ihre Grenzen. Nie wieder sollte maßloser Zorn ihn zu einer Todsünde verleiten.

Dann sah Kasimir den blassen Schatten der Gestalt, die sich hinter einem Eckpfeiler verbarg. Vertraute Konturen. Und plötzlich traf ihn die Erkenntnis wie ein Blitz. Stehenbleibend raunte er seinem Herrn etwas zu, aber Robert hörte ihn nicht, schritt gedankenverloren weiter, ohne sein Zurückbleiben zu bemerken. Kasimir wartete, bis seine Schritte verhallt waren. „Nur spielende Kinder pflegen sich zu verstecken. Oder aber Diebe und Mörder!", sagte er kühl.

Grinsend trat Bardolf aus seinem Schlupfwinkel hervor. Inzwischen trug er ritterliche Kleidung, seine Jahre als Merbodos Knappe lagen hinter ihm. Mehr denn je fühlte sich Kasimir an den jungen Merbodo erinnert.

„Aber Vater", meinte Bardolf spöttisch. „Du wirst mich doch nicht als Halunken bezeichnen."

„Dein Herr reitet aus, und du begleitest ihn nicht? Hängst doch sonst ständig an seinem Rockzipfel."

„Diesmal hatte ich eben andere Dinge zu tun."

„So? Und welche Dinge wären das wohl? Kinder umzubringen?"

Mit gespieltem Bedauern breitete Bardolf die Arme aus. „Ach ja, der kleine Robert. Hab schon davon gehört. Was für ein bedauerliches Unglück. Warum war er bloß so unachtsam?"

„Hör auf mit der Posse. Ich weiß, dass du ihn umgebracht hast."

Bardolfs Grinsen wollte nicht weichen, er machte sich nicht einmal die Mühe, den Empörten zu mimen. „Aber warum hätte ich dem kleinen Kerl denn etwas Schlimmes antun sollen?"

„Wir beide kennen den Grund."

Merbodos Gefolgsmann schnalzte mit der Zunge. „Ein Jammer, dass man mir nichts beweisen kann."

Kasimir erwog ernsthaft, sich auf ihn zu stürzen, besann sich aber. Bardolf war ein kräftiger junger Mann, der sich nicht ohne weiteres überwältigen ließ. Er schien geradezu darauf zu warten, dass sein Gegenüber die Beherrschung verlor. Diesen Gefallen wollte Kasimir ihm nicht erweisen. Eines Tages würden sie sich bewaffnet gegenüberstehen. Kasimir erschrak vor sich selbst, weil er keine Skrupel haben würde, Bardolf, den er einst für seinen Sohn gehalten hatte, zu töten. Er erinnerte sich, wie er seinem Kameraden Waldo, damals bei Mühldorf, stolz von dem kleinen Bardolf erzählt hatte. Vor Ewigkeiten.

„Nein, beweisen kann es niemand. Aber ich weiß, dass du es warst, und das genügt. Sieh dich vor, es kommt der Tag, an dem dir die Tat vergolten wird."

Kasimir machte kehrt und ließ ihn stehen.

„Grüß mir die Hure meines Vaters, deine Frau", rief Bardolf ihm nach. „Und sag ihr, dass ich sie lieb habe."

37.

Nach einem dunklen Winter riss der Frühling die Menschen aus ihrer Bedrückung. Magda aber blieb in ihrer Schwermut gefangen, den Fortgang ihres Lieblings konnte sie nicht verkraften. Sie hatte es immer gut mit ihm gemeint, doch nun sie sah ein, dass sie alles falsch gemacht hatte. Ihretwegen war er zum Krüppel geworden, vor lauter Liebe hatte sie einen Frevel an ihrem eigenen Blut begangen. Wie schon einmal, als sie mit dem Teufel einen Pakt geschlossen hatte, hatte sie ihr Seelenheil gefährdet. Ihr Versprechen an den Himmel war nicht eingelöst worden.

Sie bereute alles und schlief kaum noch. Falk zeigte sich ihr gegenüber nun sehr fürsorglich, wenngleich Zärtlichkeiten zwischen ihnen weiterhin ausblieben. Offenbar hatte er Verständnis für die Qualen einer Mutter, die von ihrem geliebten Sohn verlassen worden war. Seine Sorge um sie war ihr fast ein Trost, und wäre da nicht das neue, schreckliche Geheimnis gewesen, das sie vor ihm hüten musste, so hätte sie einen neuerlichen Versuch gewagt, seine Liebe wieder zu erlangen. Sie sah ein, dass sie angesichts ihrer Taten Falks Hingabe nicht verdiente. Dass sie selbst ihn trotz aller Entfremdung noch liebte, war ihr im Schmerz der vergangenen Wochen bewusst geworden.

Nur einen Menschen gab es, mit dem sie über ihre Zerrissenheit reden wollte. Auch wenn dieser ihr in der Vergangenheit strenge Buße abverlangt hatte. An einem Morgen in der Karwoche ließ sie ihre Arbeit einfach liegen und ging hinüber zur Burg. Ein übellauniger Torwächter wollte sie vertreiben, aber Magda bestand unnachgiebig darauf, mit Bruder Raphael zu sprechen.

Sie fand ihn in der Burgkapelle. Trotz seiner Gebrechlichkeit war er, so hieß es, von früh bis spät auf den Beinen, sein Dienst an Gott kannte keine Ruhepausen. Er stand vor der Marienfigur neben dem Seitenaltar, schnitt den Docht einer Talgkerze zurecht. Magda glaubte einen Schatten über sein Gesicht fliegen zu sehen, als ihre Blicke sich begegneten. Ihr Anblick mochte ihn an ihre früheren Verfehlungen erinnern, an ihre Sünden, die so schwerwiegend waren, dass seine Sorge um ihre Seele augenblicklich wieder aufflammte.

„Keine Sorge, Pater. Ich habe keine neuen Vereinbarungen mit dem Teufel getroffen." Ihr Flüstern klang heiser, ihr Lächeln wirkte gequält.

Er gab ihr einen Wink, ihm zu folgen. Auf einer Sitzbank in der Sakristei nahmen sie nebeneinander Platz. „Was bedrückt dich?", fragte Raphael ohne Umschweife.

„Die Trennung von meinem Sohn."

Der Burgkaplan nickte. „Jede Mutter wird es dir nachfühlen können."

„Er war die Sonne, die mir noch geblieben war."

„Meine Tochter -" Raphael griff nach ihrer Hand, doch sie entzog sie ihm.

„Der Herrgott bestraft mich, Pater." Sie vergrub ihr Gesicht.

„Du hast deine Sünden bereut. Du hast Buße getan, Magda. Warum sollte Gott dir weiter zürnen? Vertraust du nicht auf Seine Gnade?"

Sie war gekommen, um ihm alles zu sagen. Alles! Doch nun schwieg sie, irritiert von Raphaels sanfter Liebenswürdigkeit. Wie konnte sie erwarten, dass ein frommer Mann wie Raphael begriff, dass die Bluttat, die sie zu verantworten hatte, in Wahrheit ein Akt von Mutterliebe gewesen war? „Ach Pater", seufzte sie endlich und nahm die Hände von ihrem Gesicht. „Bin ich ein Kind der Finsternis?"

„Sag so etwas nie wieder, Magda! Einst warst du Finsternis, jetzt aber bist du durch den Herrn Licht geworden. Lebe als ein Kind des Lichts!"

„Wie könnt Ihr Euch dessen so sicher sein?", fragte sie matt. Sie biss sich auf die Lippen. „Ich hätte Eva niemals vertreiben dürfen", erklärte sie kopfschüttelnd. „Mit ihr wäre Falk glücklicher geworden als mit mir."

„Lass die Vergangenheit endlich ruhen und widme dich dem Licht. Das Licht bringt lauter Güte, Gerechtigkeit und Wahrheit hervor", fuhr der Burgkaplan unbeirrt fort.

Magda seufzte. Raphael überhörte es.

„Gott will, dass alle Menschen Kinder des Lichts sind. Begreifst du?"

„Kinder des Lichts", wiederholte Magda und nickte, damit er glaubte, sie verinnerliche seine Worte. „Werde ich Lothar jemals wiedersehe, Pater?"

„So Gott es will, wird es so sein."

„Was muss ich tun, damit Gott es will?"

„Du musst beten und vertrauen. Er weiß genau, was gut für dich ist."

Ihre Augen wurden feucht. „Ich habe ihn nicht einmal umarmt, bevor er ging. Ich habe mich einfach davongestohlen. Das lässt mir keine Ruhe mehr."

Wieder ergriff er ihre Hand, diesmal ließ sie ihn dankbar gewähren. „Dein Sohn weiß, wie lieb du ihn hast. Glaub mir, er weiß es genau."

„Dennoch, wie finde ich die Wahrheit?"

„Sie wird zu dir kommen. Von allein."

„Und wenn ich sie nicht erkenne? Es mangelt mir an Geduld, auf die Wahrheit zu warten. Darf ich sie nicht selbst suchen?"

Pater Raphael lächelte. „Gewiss, mein Kind. Wir alle sind Suchende und werden es sein bis zum Tag unseres Todes."

Ihr Gesicht hellte sich auf. „Seht Ihr?"

„Komm, wir wollen zusammen beten!" Sie erhoben sich und gingen in die Kapelle. Als Magda eine halbe Stunde später ins Dorf zurückkehrte, war sie guter Dinge. Ich bin ein Kind des Lichts, sagte sie sich. Während des Gesprächs mit Raphael war die Überzeugung in ihr gereift, dass sie Lothar suchen musste.

Sie schlug den Weg zum Winandshof ein. Cordula wies auf die Felder, als Magda sie nach ihrem Bruder fragte. „Hast du Sorgen?", fragte die Freundin aus früheren Tagen. „Wie kommst du denn darauf?", entgegnete Magda so unbefangen, wie sie nur konnte. Wehmütig erinnerte sie sich an die Zeit, da sie wie Pech und Schwefel gewesen waren. Von ihrer einstigen Vertrautheit war nichts mehr geblieben, das Pflänzchen ihrer Freundschaft war verdorrt, weil Magda es nicht mehr gegossen hatte. Ängste, Schwermut und Sorgen hatten sie in den vergangenen Jahren zu sehr eingenommen, um die Freundschaft mit Cordula zu pflegen. Das sollte sich nun ändern. Magda fühlte sich nach dem Besuch bei Pater Raphael von neuer Lebenskraft durchdrungen. Sie nahm sich vor, Cordula bald wieder zu ihrer Vertrauten zu machen. Lange genug hatte sie sich in ihrer Einsamkeit vergraben.

Das Pflügen der Äcker war der Aufbruch in die hellere Jahreszeit, die Abkehr vom tristen Winter. Selbst die Ochsen vor den Gespannen wirkten erleichtert, ungeachtet der schweren Arbeit, die sie verrichteten. Alle Männer des Winandshofes waren auf den Äckern vereint, die Knechte, ihr Vater, ihr Bruder, ihr Onkel Nikolaus. Magda blieb am Wegrand stehen und beobachtete sie. Als ihr Bruder ihre Anwesenheit bemerkte, winkte sie ihn zu sich.

„Was willst du?", fragte er barsch, als er vor ihr stand. Diesmal würde es schwierig werden, ihn für ihre Zwecke einzuspannen. Sein Mitleid schien ausgeschöpft, und Drohungen hatten ihn schon beim letzten Mal nicht mehr eingeschüchtert.

„Wir alle sind Kinder des Lichts. Wusstest du das?", fragte sie salbungsvoll.

„Komm zur Sache", gab Winand ungeduldig zurück. Seine unverhohlene Feindseligkeit verwirrte sie mehr, als sie vermutet hätte. Sie schluckte.

„Als Lothar mit diesem Chirurgen zog", begann sie und rang hilflos mit den Händen, „da ... da bin ich in den Wald gegangen, weil ich es nicht ertragen konnte. Ich ... ich -"

„Was?"

„Ich hab meinem Sohn nicht Lebewohl gesagt."

„Was geht mich das an?"

„Ich will es nachholen: ihn umarmen, ihn küssen, ihm sagen, wie lieb ich ihn hab."

Winand musterte sie mit zusammengekniffenen Augen. „Du bist verrückt, Magda." Er machte kehrt, aber sie hielt ihn fest.

„So warte doch."

Seine Augen funkelten wütend. „Herrgott, ich weiß nicht, was du vorhast. Aber diesmal hältst du mich da raus, verstanden?"

„Aber ich brauche Hilfe", beschwor sie ihn.

„Such dir einen anderen Dummen, der dir hilft. Wobei auch immer."

„Winand! Du bist mein Zwillingsbruder!"

„Und du mein Verhängnis."

Seine Worte waren wie Peitschenhiebe, aber sie gab nicht auf. „Hilf mir noch ein einziges Mal! Danach werde ich dich nie wieder um etwas bitten."

„Was willst du diesmal? Dass ich jemandem die Lebenslichter ausblase? Oh, das mach ich doch gern für dich. Bist doch meine Zwillingsschwester!"

„Sprich leise, sie hören uns."

„Wann hast du je etwas für mich getan?"

„Winand, ich -"

„Genug jetzt. Sag endlich, was du zu sagen hast."

Sie wischte sich eine Träne von der Wange. „Ich werde Lothar suchen. Begleitest du mich?"

Winand zog eine Braue in die Höhe und wirkte mit einem Male amüsiert. „Und wo gedenkst du ihn zu suchen, he?"

„Es ist mir bewust, dass er weit weg ist. Das Reich ist groß, und für eine Frau ist es gefährlich, allein unterwegs zu sein. Deshalb brauche ich einen Beschützer."

„Ach? Und da hast du an deinen Trottel von Bruder gedacht?" Er lachte und betrachtete kopfschüttelnd seine Stiefelspitzen.

Sie schaute ihn kläglich an. „Wen sonst könnte ich fragen?"

„Du hast doch einen Mann, oder nicht? Ah, ich verstehe. Auch Falk hält dich für verrückt. Und das völlig zurecht. Nun, ich kann dir nicht helfen, Magda. Die Schuldige an deinem Elend bist du selbst. Und jetzt lass mich zurück an meine Arbeit gehen."

Noch einmal machte sie Anstalten, ihn zurückzuhalten, aber er riss sich jäh von ihr los und schritt mit stapfenden Schritten davon.

In diesem Augenblick wusste Magda, dass sie ihren Bruder endgültig und für immer verloren hatte.

Noch vor dem ersten Hahnenschrei stahl sich Magda aus dem Haus. Am Vorabend hatte sie in aller Heimlichkeit ein Bündel geschnürt. Auch Lothars Faustkeil, mit dem er Brun einst vor dem Erstickungstod gerettet hatte, steckte sie ein. Offenbar hatte Lothar schlichtweg vergessen, seinen Glücksbringer mitzunehmen. Ein weiterer Grund, sich auf die Suche zu machen.

Falk schlief, als sie das Bett verließ. Einen Moment lang zögerte sie, dann beugte sie sich über ihn, küsste ihn auf die Wange, zum ersten Mal seit langem. Falk schlief weiter, nur sein Atem setzte einmal aus. Auf Zehenspitzen schlich Magda sich aus der Kammer.

Draußen war es empfindlich kühl und noch stockdunkel, aber sie durfte nicht länger warten. Bis Tagesanbruch musste sie ein gutes Stück Weg geschafft haben, falls Falk auf den Gedanken kam, nach ihr zu suchen.

Sie verließ das Dorf in östlicher Richtung, dort wo bald die Sonne aufgehen würde. Irgendwo begann ein Hund zu bellen. Als erste rote Lichtschimmer am Horizont auftauchten, lagen die Dörfer Merode und Schlich bereits hinter ihr. Ringsumher erscholl der muntere Chor von Drosseln. Magda fror, obwohl sie ein wollenes Übergewand trug, aber die Kälte war ihr gleichgültig. Sie war davon überzeugt, Lothar bald wiederzusehen, der Trübsinn der vergangenen Monate war wie fortgeweht. Sie würde ihm versichern, dass sie ihm ihm seine Eigenwilligkeit nicht nachtrug. Und sobald sie sich versöhnt hätten, würde sie heimkehren, allein. Sollte er doch sein Leben so leben, wie er es wünschte.

Ihr Weg führte sie in die Stadt, nach Düren, schob bald würde sie die Mauern erreichen. Inzwischen war sie froh, dass Winand sie nicht begleitete. Warum brauchte sie einen Beschützer? Sie war nur eine Bäuerin, niemand würde ihr etwas zu Leide tun, nichts führte sie bei sich, was von Wert war. Musste es ihr überdies nicht anzusehen sein, dass sie bloß ihren geliebten Sohn suchte? Das Sehnen in ihren Augen sagte doch mehr als tausend Worte. Wer würde sich schon an einer schmachtenden Mutter vergreifen? Magda war geradezu berauscht von ihren Gedanken, und bald begann sie ein Liedchen aus Kindertagen zu trällern.

In Düren angelangt, ging sie zum Marktplatz. Von einem alten Chirurgen wollte sie wissen, ob ihm jemals ein Heiler namens Moritz Grobe begegnet sei.

„Mo Grobian? Wer kennt den nicht?", lachte der Befragte. „Tüchtiger Kerl, von dem sich manch einer aus unserer Zunft eine Scheibe abschneiden kann."

„Weißt du, wo ich ihn finde?"

„Hier jedenfalls nicht. Mo und ich haben die Vereinbarung, uns nicht gegenseitig die Patienten wegzunehmen."

„Wo kann er sein?"

„Was weiß ich? Irgendwo am Rhein. Vielleicht in Köln."

Also auf nach Köln. Die Stadt war in anderthalb Tagen Fußmarsch zu erreichen. Eine halbe Stunde später befand sich Magda auf dem Weg in jene große Stadt, die, wie jedes Kind wusste, die Gebeine der Heiligen Drei Könige beherbergte. Etwas mulmig war ihr doch zu Mute. Nie zuvor war so weit fort von daheim gewesen. Doch bald wurde sie wieder gelassener. Sie würde in den kommenden Tagen viel unterwegs sein, und es gab keinen Grund, etwas an ihrem Plan zu ändern. Fest entschlossen, Lothar zu finden, begann sie wieder zu singen. Die Welt sah hier nicht anders aus als daheim: Äcker, auf denen gearbeitet wurde, Weiler, Gehöfte, Wälder - und über allem derselbe Himmel.

Die Nacht verbrachte sie in der Scheune eines Bauernguts. Sie schlief so gut wie lange nicht mehr, träumte vom Wiedersehen mit Lothar. Das Glücksgefühl blieb bestehen, als sie im Morgengrauen weiterzog.

Schon von weitem raubte der Anblick der imposanten Stadt ihr den Atem: Unzählige Türme reckten sich in den Himmel, überragten ein Meer von Dächern, eine hohe Mauer umschloss die Stadt, die ihr anmutete wie das himmlische Jerusalem. Glockengeläut wehte zu ihr herüber. Sie begann die Kirchtürme zu zählen, gab es aber bald auf, weil es einfach zu viele gab.

Vor dem Schaafentor wartete ein Heer von Menschen, vor Karren gespannte Maulesel schrieen um die Wette, ebenso ihre ungeduldigen Besitzer, denen der Einlass nicht rasch genug vonstatten ging. Irgendwann hatte Magda es geschafft und tauchte ein in eine Welt, die sie nur vom Hörensagen kannte. Die Häuser, deren Dächer sie von weitem bestaunt hatte, besaßen mehrere Stockwerke und waren aus Fachwerk oder Steinen errichtet. Magda sah verglaste Fenster, und in ihr wuchs der Wunsch, selbst in einem solchen Haus zu leben. Sie begann die Menschen zu beneiden, die hier ihr Dasein führten und von der Mühsal der Bauern wenig kannten.

Es war die Stadt, in der Kusine Eva einige Jahre ihres Lebens verbracht hatte. Aber davon ahnte Magda nichts.

Viele Frauen, die ihr in den Gassen begegneten, trugen bunte Kleider, manche waren geschminkt. Keine von ihnen würdigte Magda eines Blickes. Andere Frauen wirkten ärmlich wie sie selbst, auch an zerlumpten Gestalten fehlte es nicht. Von einigen Männern - freilich waren dies augenfällige Müßiggänger - wurde ihr sogar Beachtung geschenkt, wenngleich diese aus anzüglichen Bemerkungen oder lüsternen Blicken bestand. Magda freute sich, dass man sie offenbar noch begehrenswert fand, schließlich war sie kein junges Mädchen mehr, und die Zeiten, da Burschen ihr hinterhergepfiffen hatten, lagen lange zurück. Sie fragte ein altes Mütterchen, wo die fahrenden Heiler zu finden seien. Das Mütterchen wies sie zu den Marktplätzen.

„Moritz Grobe? Den hab ich hier schon seit längerem nicht mehr gesehen", versicherte ihr auf dem Neumarkt ein junger Barbier. Auch andere Befragte vermochten ihr nicht weiterzuhelfen. Einer behauptete, ihn unlängst in einem Städtchen abwärts des Rheinss gesehen zu haben. „Wurde er begleitet von einem jungen Burschen?", fragte Magda hoffnungsvoll. Der andere dachte nach.

„Blondes, gelocktes Haar, groß und schlank gewachsen, blaue Augen", versuchte sie seinem Gedächtnis auf die Sprünge zu helfen.

„Hm, jetzt erinnere ich mich: Ein junger Krüppel war Mos Gehilfe. Ihm fehlte eine Hand, aber er stellte sich trotzdem erstaunlich geschickt an."

Magda war beglückt und erschrocken zugleich. Lothar ging es gut, doch er blieb den Leuten nur deshalb in Erinnerung, weil er ein Krüppel war. „Weißt du, wohin sie ziehen wollten?"

Nein, er wusste es nicht.

Magda verspürte Hunger. Ihr Proviant war aufgezehrt, und mit einem Mal wurde ihr bewusst, wie planlos sie die Suche nach dem geliebten Sohn angegangen war. Erschöpft war sie obendrein. Auf den Stufen vor der großen Apostelkirche ließ sie sich nieder, um über ihr weiteres Vorgehen nachzudenken. Neben ihr hockte ein zerlumpter Bettler und flehte die Leute um Almosen an.

„Du, was hast du hier zu suchen?", fuhr ein Büttel Magda an. „Warum trägst du kein gelbes Band am Kleid, he?"

Sie sah ihn verständnislos an.

„Du bist doch eine Dirne, oder?", fragte der Büttel ein wenig leiser.

„Nein, bin ich nicht, merk dir das!" Ein paar Schimpfworte, die sie hinzufügen wollte, blieben ihr vor lauter Empörung im Hals stecken. Der Büttel murmelte etwas von einer Verwechslung und verschwand wieder.

„Sehe ich denn aus wie eine Dirne?", fragte Magda den Bettler erregt. Der hob nur die knochigen Schultern.

Laut begann ihr Magen zu knurren, was auch dem Bettler nicht entging. Er reichte ihr eine vertrocknete Brotecke, und sein zahnloser Mund öffnete sich zu einem Lächeln. Zögernd nahm Magda die Gabe an. Das Stück schmeckte abscheulich, mit Brot hatte sie jedenfalls nicht mehr viel gemein. Magda beschloss, sich auf der Stelle etwas Essbares zu besorgen. Da sie kein Geld hatte, bedeutete dies, dass sie sich etwas erbetteln musste. Ein entwürdigender Gedanke. Aber es gab noch eine andere Möglichkeit! Betteln oder Stehlen, was war schändlicher?

Als Diebin - Magda lächelte grimmig bei diesem Gedanken - besaß sie durchaus Erfahrung: Hatte sie ihrer Kusine nicht einst den Geliebten geraubt?

Das Stehlen einer Frucht oder eines Brotes war wohl eine lässliche Sünde. Ihr wurde klar, dass sie schon wieder anfing, Sünden zu begehen. Aber ihr Hunger war groß, außerdem hatte sie es eilig, den widerlichen Geschmack der Brotkrume loszuwerden.

Zwischen den Marktständen hatte sie die Qual der Wahl. Gemüse, Früchte, weiter vorn verkaufte man Käse, Fleisch und Fisch. Sie entschied sich für ein großes Stück Käse, weil das Marktweib hinter dem Tisch alt und kurzsichtig war.

Als Magda später im Schatten der Kirche in den Käse biss, fragte sie sich, was wohl geschehen wäre, hätte man sie auf frischer Tat ertappt. Hätte man ihr zur Strafe die rechte Hand abgekackt? Sie schauderte, denn dieses Schicksal hätte sie mit ihrem Sohn gemein gehabt. Dass aber ihre Dieberei ungeahndet blieb, war wohl eher ein Zeichen der Gnade Gottes. Offenbar hatte Gott ihr niemals wirklich gezürnt. Ihren einzigen Sohn hatte sie zu Seinem Diener machen wollen, da würde der Herr ihr ihre Verfehlungen nicht ein Leben lang nachhalten.

Dennoch, so konnte es nicht weitergehen. Zwar war sie nun gesättigt, aber bald würde der Hunger wiederkommen. Lothar war weit weg. Wenn sie nicht mittellos durchs Land ziehen wollte, brauchte sie Geld, woher auch immer.

Später erschien es ihr wie eine Fügung, dass just in diesem Augenblick, da sie keinen Rat mehr wusste, ein Mann vor sie hintrat. Er war einen halben Kopf kleiner als sie und mindestens zehn Jahre älter, er war rund und hatte lichtes Haar. Sein feistes Gesicht war von einigen Blatternarben gezeichnet, was ihm einen verschlagenen Zug verlieh, aber für sein Aussehen konnte er ja nichts. Auf jeden Fall war er gut gekleidet, der blaue Stoff war neu und sah nicht billig aus.

Zunächst musterte der Mann sie eine Weile von oben bis unten. „Neu in der Stadt?", fragte er dann näselnd.

Magda nickte und wusste nicht, was sie von jemanden halten sollte, der sie wie ein Stück Vieh beäugte.

„Und wohin führt dich dein Weg?"

Sie zuckte mit den Achseln. Der Mann schien sich an ihrem Schweigen nicht zu stören. „Brauchst du Geld?" Er grinste, seine Zähne wirkten wie angespitzt.

Sie nickte erneut und steckte sich das letzte Käsestück in den Mund.

„Gut", sagte der Mann. „Du kannst bei mir arbeiten." Er gab ihr einen Wink und schritt voran. Magda folgte ihm. Er hatte sie nicht nach ihrem Namen gefragt. Auch hatte er sich nicht vorgestellt. Aber dieser Mann war ihre Chance. Sie brauchte Geld, und er wollte ihr Arbeit verschaffen. Durch ein Gewirr von Gassen folgte sie ihm.

Sein Name war Heiner, wie Magda unterwegs erfuhr. Die Art, wie die vorübergehenden Leute Heiner begegneten und mit ihm sprachen, deutete zwar darauf hin, dass er kein vornehmer Bürger dieser Stadt sein mochte, doch niemandem schien daran gelegen zu sein, sich seinen Unmut zuzuziehen. „Wohin gehen wir?", traute Magda sich schließlich zu fragen.

„Wirst es gleich sehen", sagte Heiner.

38.

Seit hundert Jahren lagen die Herren von Dernbach mit den Grafen von Nassau im Streit. 1231 hatten die Landgrafen von Thüringen das Reichslehen über die Mark Herborn an die Nassauer unterverlehnt. Deren Bestrebungen, die Rechte des örtlichen Adels zu beschneiden, stießen auf heftigen Widerstand. Unterstützt wurden die Dernbacher bald von den Thüringer Landgrafen, ebenso waren die Landgrafen von Hessen an den Händeln beteiligt, deren Interessen sich mit dem Machtstreben der Nassauer nicht vereinbarten. Zahllose bewaffnete Auseinandersetzungen hatten im Lauf der Zeit manches Leben gefordert, und manches Dorf war verheert, mancher Hof geplündert worden. Vor sechs Jahren, 1328, hatte es bei Wetzlar eine große Feldschlacht gegeben, in der Landgraf Heinrich II. von Hessen seinen Gegner Johann von Nassau vernichtend schlug. Letztlich zählten die Dernbacher dennoch zu den Verlierern der Fehde. Nachdem ihr Stammsitz, Burg Dernbach, von den Nassauern niedergebrannt worden war, hatten sie ihren Gegnern nichts mehr entgegenzusetzen. Im Mai 1333 sahen sie sich gezwungen, einen Vertrag mit Heinrich von Nassau-Dillenburg zu schließen, ihm sämtliche Rechte, die sie in der Stadt, in der Mark Herborn und im Schelderwald besessen hatten, zu verkaufen.

Damit herrschte Frieden. Allein eine Handvoll junger Dernbacher Ritter wollte sich mit der Niederlage nicht abfinden. An einem der letzten Märztage des Jahres 1334 lauerten sie einem kleinen Reitertrupp der Nassauer in einem Waldstück bei Dillenburg auf. Es ging ihnen nur um Rache.

„Was ist das?“ Lothar hielt beim Kauen inne und horchte aufmerksam.

„Ich höre nichts“, entgegnete Moritz, ohne das Hühnerbein, an dem er nagte, aus den Augen zu lassen. Klepper ließ einen lauten Furz.

„Hufgetrappel! Waffenlärm!“, sagte Lothar erbleichend.

„Unsinn, das war Klepper. Hat einen fahren lassen.“

„Wenn ich's Euch doch sage, da hinten wird gekämpft. Da, hört Ihr nicht die Schreie?“

Diesmal machte der Chirurg sich die Mühe, Lothars Behauptung auf ihre Richtigkeit hin zu überprüfen. Sein Gehör war nicht mehr das beste, das wusste er so gut wie Lothar. Aber bald vernahm selbst er die Geräusche. „Hast ja Recht, Junge. Scheint so, als ob da irgendwo ein Haufen Arbeit auf uns wartet. Komm, wir wollen sehen, was wir tun können. Nimm die Tasche mit den Instrumenten. Und vergiss die Säge nicht.“

Sie ließen Klepper und den Wagen zurück. Lothar ging voran in die Richtung des Kampflärms. Seine Beine waren mit einem Mal wie Wachs. Moritz raunte ihm zu: „Keine Angst, mein Junge. Uns wird schon nichts passieren.“ Am liebsten hätte Lothar unverzüglich das Weite gesucht.

Als der Wald sich vor ihnen lichtete und in offene Feldflur überging, wurden sie Augenzeugen eines Reiterscharmützels. Vier Männer lagen bereits am Boden, zwei davon wahrscheinlich tot, die beiden anderen schreiend und außerstande, sich zu erheben. Drei herrenlose Pferde entfernten sich im Galopp. Zwei Ritter - sie trugen ein Nassauer Wappen auf ihren Schilden, wie Moritz zu erkennen glaubte - wehrten sich mit dem Mut der Verzweiflung gegen eine doppelte Übermacht. Schwertklingen kreuzten sich mit einer Wucht, die Lothar erschaudern ließ. Es war abzusehehen, dass die beiden Nassauer mit ihren Kräften bald am Ende sein würden. Doch bevor es soweit war, gelang es ihnen noch, einen ihrer vier Gegner aus dem Sattel zu schlagen. Blut spritzte, und zum ersten Mal in seinem Leben verabscheute Lothar den Anblick des roten Lebenssafts. Unnütz vergossen, warum taten Menschen sich das an?

Als die beiden verbliebenen Nassauer besiegt am Boden lagen, war der Kampf beendet. „Unser Einsatz!", sagte Moritz zu seinem Lehrling. Entschlossen schritt er voran, als sei es die selbstverständlichste Sache der Welt, ein Schlachtfeld nach beendetem Gefecht zu betreten. Lothar folgte ihm und versuchte, seinen Widerwillen, der an die Stelle der Angst getreten war, zu bezähmen. Es roch nach Blut und Erde.

Sie verschafften sich rasch einen Überblick. Zwei der am Boden liegenden Männer lebten noch, einem war der Schwertarm knapp unterhalb des Ellenbogengelenks abgetrennt worden. Er wand sich unter Schmerzen, das Blut spritzte pulsierend aus der Wunde. Den zweiten Verletzten schien es auf den ersten Blick weniger übel gertroffen zu haben. An der Art, wie er sich bewegte, erkannte Lothar, dass er an der Schulter verletzt war. Moritz deutete auf den Verwundeten mit dem abgetrennten Arm. „Den zuerst!" Sie knieten sich beidseits neben ihn.

„Sachte, Freunde! Was habt ihr vor?"

Mit aufgeklappten Visieren traten die drei überlebenden Ritter neben sie. Knappen, die aus irgendwelchen Gebüschen gekrochen waren, hatten ihnen beim Absitzen geholfen. Lothar wagte kaum, die Männer anzusehen. Moritz aber blickte dem Sprecher, einem noch jungen Mann mit hellem Bart und hochmütiger Miene, geradewegs in die Augen. „Bei Christus und Seiner Mutter, das seht Ihr doch. Wir sind Wundärzte und können Euch hier von Nutzen sein."

„Wundärzte, wie? Was für ein glücklicher Zufall."

Moritz zuckte mit den Schultern, widmete seine Aufmerksamkeit wieder dem Verwundeten.

„Halt!", sagte der Ritter.

Lothar spürte, wie Moritz sich zusammenriss.

„Den lasst liegen. Kümmert euch zuerst um unseren Kameraden." Er deutete auf den Ritter mit der Schulterverletzung, der sich, gestützt von zwei Knappen, anschickte, wieder auf die Beine zu kommen. Lothar konnte nicht mehr an sich halten und sprach aus, was seinem Meister sichtlich auf der Zunge lag.

„Dieser Mann hier wird verbluten, wenn wir ihm nicht augenblicklich helfen. Euer Kamerad dagegen -"

„Ist ein Dernbacher, Bürschchen, und deshalb mehr wert als ein Nassauer. Ihr werdet tun, was ich euch sage, wenn ihr nicht mein Schwert schmecken wollt."

Moritz mahlte mit den Kiefern. „Lasst wenigstens meinen Gehilfen bei diesem Mann, während ich mich um die Schulter Eures Freundes kümmere."

„Was denkt ihr?", fragte der Ritter seine Kameraden. „Sollen wir diesem unverschämten Feldscher Manieren beibringen?" Zum Glück stand den anderen nicht der Sinn danach, zu sehr hatte der Kampf sie erschöpft.

„Na schön", gab der Ritter nach, „dein Gehilfe darf den Nassauer umsorgen. Bestimmt kann er ihm von seinen Erfahrungen als Krüppel berichten."

Moritz klopfte Lothar auf die Schulter. „Du weißt, was du zu tun hast?"

„Ja, Meister."

„Gut. Sobald ich mit meinem Mann fertig bin, gehe ich dir zur Hand. Viel Glück, mein Junge!" Er erhob sich und ging zu seinem Patienten.

Eilig holte Lothar ein Stück Seil aus seiner Tasche und begann, den Arm des Verletzten abzubinden, bis der Blutfluss aufhörte. Zwei Knochen ragten aus dem Stumpf, er würde sie später mit Moritz' Hilfe absägen müssen. Jetzt war es an der Zeit, dem Verletzten den Topfhelm abzunehmen, damit er besser atmen konnte. Zum Vorschein kam ein leichenblasses Gesicht. „Mutter, Mutter", stammelte er immer wieder, ein untrügliches Zeichen, dass er nicht mehr Herr seiner Sinne war. Beruhigend sprach Lothar auf ihn ein, strich ihm übers Haar, wie eine Mutter es wohl getan hätte.

Ein durchdringender Schrei ließ Lothar herumfahren: Moritz hatte seinem Patienten mit geübtem Griff die Schulter eingerenkt. Der Chirurg hatte es eilig, zu seinem Gehilfen zurückzukehren. „Nun?", fragte er, während er sich niederkniete.

„Er hat viel Blut verloren", erklärte Lothar. „Sein Puls rast und wird immer schwächer. Eigentlich sollten wir mit der Säge ran, aber ich bezweifle, ob er das überleben würde."

Moritz kratzte sich nachdenklich das Kinn. „Dennoch müssen wir's tun, unverzüglich. Es bleibt uns keine Wahl."

„Darf ich einen Vorschlag machen, Meister?"

Moritz sah ihn fragend an.

„Bevor wir uns um seine Wunde kümmern, sollten wir dafür sorgen, dass mehr Blut durch sein Herz fließt."

„Was du nicht sagst. Und wie, bitte sehr, möchtest du das bewerkstelligen?"

„Indem wir seine Beine hochheben."

„Was?"
„Seine Beine brauchen im Augenblick kein Blut. Wenn wir sie anheben, fließt es dorthin, wo es von Nutzen ist."
Moritz blieb der Mund offen stehen. „Heiliger Kosmas, du hörst wohl niemals auf, mich zu verblüffen."
Sie befreiten den Verletzten von seinen Beinschienen. Lothar nahm die Beine hoch. „Komische Vögel seid ihr", meinte der hinzutretende rotbärtige Dernbacher. „Wollt ihr ihn etwa fußwärts in den Himmel schicken? Zwecklos, sage ich euch, denn schon bald schmort der Kerl in der Hölle!" Er zog sein Schwert, stieß die Spitze dem Nassauer tief in den Hals. Dann säuberte er die Klinge gründlich am Umhang des Toten.
„Ihr habt ihn ermordet", sagte Lothar fassungslos.
„So wie ich auch dich gleich ermorden werde, wenn du nicht das Maul hältst, Bürschchen."
Moritz schluckte schwer. „Er hätte Euch gutes Lösegeld eingebracht."
„Für einen Wundarzt bist du gar nicht so dumm. Doch leider gibt es einen Friedensvertrag mit den Nassauern."
Lothar begriff. Keiner der Nassauer durfte am Leben bleiben. Die Dernbacher würden abstreiten, mit deren Tod etwas zu tun zu haben. „Warum habt Ihr ihn dann nicht vorhin schon getötet?", fragte er den Ritter wütend.
„Still, mein Junge", raunte Moritz ihm zu.
„Manche Dinge haben keine Eile", grinste der Ritter.
Lothar und Moritz wechselten einen beunruhigten Blick. Der Ältere sprach aus, was beiden durch den Kopf ging. „Für Euch sind wir lästige Zeugen, nicht wahr? Was müssen wir tun, damit Ihr unser Leben verschont?"
Der Ritter schien sich an ihrer Furcht zu ergötzen. „Nun, was hättet ihr beiden Scharlatane denn für meine Güte anzubieten?"
„Unser Wort, dass wir über das Geschehene schweigen", erwiderte Moritz mit fester Stimme.
„Das ist alles? Wie kann ich mir sicher sein, dass ihr Euch daran haltet?"
„Ich wüsste noch etwas", warf Lothar ein, und nicht nur der Ritter, sondern auch Moritz sahen ihn neugierig an. „Lasst uns unbehelligt ziehen, und wir machen Euch ein wirksames Kraut zum Geschenk."
„Und was soll das für gottverdammtes Kraut sein?"
„Es wird Euer Lungenleiden lindern, Herr!"
„Woher weißt du davon?", fragte der Ritter misstrauisch.
„Ich sehe es in Euren Augen."

Eine Stunde später saßen sie wieder auf ihrem Wagen und zogen weiter. „Du bist wirklich ein Teufelskerl", lobte Moritz seinen Schüler überschwänglich. „Woran hast du's wirklich gemerkt? Doch nicht an seinen Augen."
Anders als sein Meister war Lothar alles andere als gut gelaunt. „Hab's in seiner Stimme gehört", brummte er. „An der Art, wie er atmete und sprach."

„Auch wenn ich mich wiederhole: Der Herrgott hat dir eine besondere Gabe verliehen, mein Junge."

„Meister, wir haben mit angesehen, wie Menschen sinnlos starben. Wir mussten schwören, über diese Gräuel zu schweigen. Und Euch fällt nichts anderes ein als meine Gabe?"

„Was grämst du dich? Es gab nichts, was wir sonst tun konnten."

„Aber das ist verdammt wenig, findet Ihr nicht?"

Moritz legte ihm väterlich einen Arm um die Schulter. „So ist nun mal das Leben. Menschen leben, Menschen sterben, Menschen töten sich gegenseitig. Seit Urzeiten tun sie das."

Lothar war wütend und traurig zugleich. „Warum nur, warum? Diese Schlacht war das Schlimmste, was ich je gesehen habe."

„Nun, als Schlacht würde ich dieses Scharmützel nicht bezeichnen. Damals, bei Mühldorf, als Habsburger und Wittelsbacher sich gegenüberstanden, das war eine Schlacht. Hinterher hätte man tausend Wundärzte benötigt. Leider waren wir allenfalls ein Dutzend."

„Ihr wart dabei?"

„Nie zuvor und nie mehr danach hab ich so viel arbeiten müssen. Noch heute höre ich die Schreie der Verwundeten -" Er winkte ab. „Lassen wir das. Jedenfalls musst du lernen, dir ein dickes Fell zuzulegen, sonst gehst du vor die Hunde. Da nützt dir auch deine Begabung nichts."

Lothar starrte schweigend vor sich hin, wurde aber aus seiner Versunkenheit gerissen, als Klepper wieder einmal Darmblähungen entweichen ließ. Eine übelriechende Wolke hüllte die Männer ein. „Herrgott, habt Ihr eigentlich nie etwas gegen Kleppers schreckliche Marotte unternommen?", fuhr Lothar seinen Meister übellaunig an.

Moritz war verwundert über Lothars Verhalten, denn bislang hatte sein Schüler es nie an Respekt vermissen lassen. „Tja, was kann man schon dagegen machen?"

„Helft Ihr nicht auch Menschen, wenn sie mit Verdauungsstörungen zu Euch kommen?"

„Schon, aber Klepper ist ein Pferd."

„Haben Pferde etwa keinen Darm? Klepper beweist uns doch ständig das Gegenteil, oder etwa nicht?"

„Junge, so beruhige dich doch."

„Er frisst immer nur Gras. Und im Winter Getreide."

„Was schlägst du also vor?"

„Dass wir ihn abwechslungsreicher füttern. Neben Gras und Hafer auch Heu, Stroh oder Äpfel. Wir müssen herausfinden, was ihm gut tut und was nicht. Verdammt nochmal, das kann doch nicht so schwierig sein!"

Moritz musterte ihn mit hochgezogenen Brauen.

„Tut mir Leid, Meister", seufzte Lothar nun schuldbewusst. „Ich bin einfach nicht ich selbst. Wird nicht wieder vorkommen, das verspreche ich."

„Schon gut, mein Junge. Nach meinem ersten Gemetzel war auch ich auch so aufgewühlt. Heiliger Damian, wieviele Jahre liegt wohl das zurück?"

„Meister, ich -"

„Papperlapapp! Musst micht nicht länger Meister nennen, Junge. Ein Meister vermag seinen Schülern etwas beizubringen. Vielleicht sollte ich mich künftig darauf beschränken, Bärte zu scheren, und das übrige Handwerk dir überlassen. Ab heute nennst du mich Mo, kapiert?"

Lothar wollte widersprechen, aber Moritz brachte ihn mit einer heftigen Geste zum Schweigen.

*

Die alte Amme Mechthild stand am Fenster der Kemenate und starrte finster auf die Reiter, die sich anschickten, die Burg zu verlassen. Raues Gelächter. Merbodo und seine Leute brachen nach Mainz auf, um an einem Turnier teilzunehmen. Die Saison hatte wieder begonnen, und Merbodo war ganz versessen darauf, seiner Sammlung von Siegerkränzen einige weitere hinzuzufügen. „Seht ihn Euch nur an", sagte Mechthild verächtlich, „da reitet er, der Mörder des kleinen Robert. Nicht die geringsten Schuldgefühle scheinen ihn zu plagen."

Eva ließ ihre Stickerei nicht aus den Augen. „Setz dich wieder, Mechthild", sagte sie leise. „Niemand vermag zu ändern, was bereits geschehen ist."

Mechthild humpelte zu ihrem Stuhl zurück. „Wäre ich jung und stark", erklärte sie grimmig, „würde ich ihn eigenhändig töten. Ihn und seinen ergebenen Bastard, der die Drecksarbeiten für ihn erledigt."

Es gab keinen Beweis, dass Merbodo und Bardolf etwas mit Roberts Tod zu tun hatten. Doch nur wenige zweifelten an ihrer Schuld. Mitunter erfüllte Eva lodernder Hass. Wo blieb die Gerechtigkeit? War das Unrecht, das begangen worden war, nicht himmelschreiend? Oft fragte sie sich, was Meister Eckhart ihr geraten hätte.

Den gerechten Menschen ist es so ernst mit der Gerechtigkeit, dass sie, gesetzt den Fall, Gott wäre nicht gerecht, nicht eine Bohne sich um Gott kümmerten ...

Es klopfte, und Robert betrat die Kemenate. Das war eine Überraschung. Eva konnte sich nicht erinnern, ihren Gatten jemals hier gesehen zu haben, die Kemenate war ein Ort für die Frauen. Ihm war anzumerken, dass er wieder starke Schmerzen litt, seine dunkel umrandeten Augen waren ein deutliches Zeichen für sein Befinden. Robert war kein Mann vieler Worte, aber Eva hatte im Lauf der Zeit gelernt, ihn zu verstehen, selbst wenn er schwieg.

Diskret verließ Mechthild den Raum.

„Liebster!“ Eva legte ihre Stickerei beiseite, aber Robert gebat ihr, Platz zu behalten. Er selbst blieb stehen, was ihn, wie Eva wusste, die Schmerzen besser ertragen ließ.

„Du bist wunderschön!“, sagte Robert.

Eva lächelte. Roberts Lob war vermutlich nicht der Grund für sein unvermutetes Erscheinen, aber sie wollte ihn nicht bedrängen. Eine Weile sahen sie sich in die Augen, und Eva wurde einmal mehr bewusst, wie sehr sie sich ihm zugehörig fühlte. „Es ist nur eine Frage der Zeit“, begann Robert mit gesenkter Stimme, „wann Merbodo sich zum Alleinherrscher aufschwingen wird. Spätestens nach meinem Tod steht ihm niemand mehr im Weg.“

„Du wirst noch viele Jahre leben, Liebster.“

„Nein, das werde ich nicht.“ Es folgte ein kurzes Schweigen. „Mein Enkelsohn ist tot, Eva. Ich selbst bin nicht fähig, einen Erben zu zeugen.“

„Warum sorgst du dich? Wir vertrauen auf Gott. Und wer weiß, vielleicht wird Berta noch einmal schwanger.“Robert schüttelte den Kopf. „Es muss eine andere Lösung geben“, sagte er. Zweifellos schwebte ihm eine solche bereits vor Augen, nur konnte Eva sich beim besten Willen nicht vorstellen, wie diese aussehen mochte. „Du musst mir einen Sohn gebären!“, erklärte er dann eindringlich.

Eva breitete die Hände aus, sah ihn fragend an.

Robert fuhr fort: „Jemand muss die Rolle des Erzeugers für mich übernehmen.“ Er meinte es ernst, seine fordernden Augen sprachen eine eindeutige Sprache.

Eva schluckte schwer. „Wie ... wie kannst du solches bloß von mir verlangen?“

„Tu es um unserer Liebe willen.“

Sie versteifte sich. „Einem anderen Mann soll ich mich hingeben? Aus Liebe zu dir? Welchen Sinn ergäbe das? Ich bin deine Frau!“

„Ich will es so. An deiner Treue zweifle ich nicht.“

„Meine Treue? Was wäre sie noch wert, wenn ich im Bauch das Kind eines anderen trüge?“

„Niemand wird es erfahren außer uns beiden - und dem Erzeuger.“

„Ha! Und an wen hast du da gedacht, mein Herr Gemahl?“

Der Schönburger wich ihrem Blick nicht aus. „An den Mann, dem ich mein Leben anvertrauen würde. Der mir seit vielen Jahren ein treuer Diener ist. Auf dessen Verschwiegenheit ich mich verlassen kann.“

Eva erhob sich abrupt. „Du willst, dass ich mit Kasimir ein Kind für dich zeuge?“, fragte sie fassungslos.

„*Unser* Kind, Eva.“

„Wie könnte es unser Kind sein, wenn du nicht sein Vater bist? Nein, Robert, das werde ich nicht für dich tun. Wenn Gott will, dass wir kinderlos bleiben, dann soll es so sein.“ Sie begann unruhig auf und ab zu gehen. Plötzlich blieb sie vor ihm stehen, sah ihm fest in die Augen. „Sag mir nur eines: Was hätte Egida gesagt, wärst du mit diesem Ansinnen an sie herangetreten?“

Ein Schatten flog über sein Gesicht. „Lass sie aus dem Spiel“, sagte er mit unerwarteter Kälte.

Eva bereute ihre Worte. „Vergib mir“, sagte sie, doch an ihrer Empörung änderte sich nichts.

„Glaub mir, ich liebe dich nicht weniger als Egida“, beteuerte er ihr.

„Darum geht es nicht. Ich kann deiner Bitte nicht nachkommen, Robert. Es wäre falsch, es wäre Sünde. Finde dich mit deinem Schicksal ab, alles andere bringt Unheil.“

„Unheil wird über dich kommen, wenn es keinen Erben gibt, Eva.“

„Ich wehre mich nicht gegen das, was mir bestimmt ist.“ Sie schickte sich an, die Kemenate zu verlassen.

„Liebste!“, rief er. Sie blieb stehen und sah ihn ausdruckslos an. „Denk noch einmal darüber nach!“, flüsterte er flehentlich.

39.

Heiner war der Besitzer einer kleinen Badestube auf dem Berlich. Eine seiner Bademägde war vor kurzem mit einem Lautenschläger durchgebrannt, deshalb war ihm die orientierungslose Magda gerade recht gekommen.

Als Magda die Badestube zum ersten Mal betrat, hätte sie am liebsten auf der Stelle kehrt gemacht. Die Luft war dunstig, es gab wenig Licht, alles wirkte eng und bedrohlich. Und doch - Magda hatte davon gehört - waren die öffentlichen Badestuben in den Städten Orte der Freude und des Vergnügens. Und auch der Sünde, wie die Pfaffen behaupteten.

In einem der Badezuber saßen kichernde Weiber. Erst auf dem zweiten Blick erkannte Magda, dass auch ein Kerl unter ihnen war. Er hatte genussvoll die Augen geschlossen, sein Schnauzbart bebte vor Wonne, und Magda konnte sich vorstellen, was unter dem Wasserspiegel vor sich ging. Heiner legte eine Hand auf Magdas Schulter. „Hier kannst du arbeiten, wenn du willst", erklärte er ihr.

Magda starrte angewidert in den Dunst der Stube.

„Was ist? Willst du nicht?", fragte Heiner nach einer Weile ungeduldig.

Wenn sie sich noch länger zierte, würde er die Geduld mit ihr verlieren und sie fortjagen. „Von mir aus", antwortete sie mit dünner Stimme.

„Na schön, dann will ich's mit dir probieren. - Rosi!"

Ein junge, durchaus hübsche Frau eilte herbei. Ihre flachsblonden Haare waren hinten zusammengesteckt, eine Haube trug sie nicht, aber ein weißes, ärmelloses Leinenhemd, unter dem sich, wie Magda erschrocken zur Kenntnis nahm, ihre üppigen Brüste samt Warzen abzeichneten. Außerdem trug sie einen langen, beidseitig geschlitzten Unterrock, der viel von der weißen Haut ihrer Beine erkennen ließ. Sie nahm Magda in Augenschein.

Heiner erklärte ihr: „Sie wird eine Weile hier arbeiten. Sei so nett und weise sie gründlich ein."

„Gewiss doch", sagte Rosi.

„Zwar ist sie nicht mehr so knackig wie du, aber als Zumutung würde ich sie auch nicht bezeichnen."

„Sehe ich genauso." Rosi zwinkerte Magda zu.

Heiner tätschelte Rosis Wange. Gleiches tat er dann bei Magda, die vor seiner Berührung unwillkürlich zurückzuckte. „Genug geschwatzt, an die Arbeit", befahl er mit übergangsloser Strenge.

Rosi führte die Neue in einen Nebenraum. „Wie heißt du eigentlich?"

„Magda!"

„Und wo kommst du her?"

„Ist das denn wichtig?" Schon immer war Widerborstigkeit für Magda ein Mittel gewesen, ihr Unbehagen zu verbergen.

Rosi schien es ihr nicht übel zu nehmen. „Nein, ist es nicht. Hast du einen Mann?“

Magdas Mund öffnete sich, ohne dass ein Ton daraus hervorkam.

„Ja, ja, schon gut. Willst nicht darüber sprechen. Musst du auch nicht! Zeig mir deine Haare!“

Zögernd nahm Magda die Haube vom Kopf. Rosi nahm fachkundig eine Haarsträhne zwischen ihre Finger. „Ich werde dir die Haare waschen müssen, aber sonst bist du sehr ansehnlich. Die paar grauen Haare stören nicht, im Gegenteil, manche finden das betörend. Und jetzt zieh dich aus!“

„Ich soll -?“

„Du kannst unmöglich in diesem Bauernkleid hier arbeiten. Los, raus aus den Sachen, ich werde dir passende Arbeitskleidung geben.“

Worauf hab ich mich nur eingelassen, dachte Magda, tat aber, was Rosi von ihr forderte. Rosi wollte ihr nichts Böses, das spürte sie deutlich, deshalb war es klug, sie zu ihrer Verbündeten zu machen. Auch nackt bekam Magda von der Jüngeren ein Kompliment. „Dafür hat der gute Heiner wirklich ein Auge.“

„Die Blüte meiner Jahre liegt hinter mir“, widersprach Magda.

„Nicht jeder Mann bevorzugt junge Dinger. Sag mal, wieviele Schwangerschaften hattest du? Zwei? Drei? Wie auch immer, du bist wirklich noch gut in Form, Magda.“

„Warum redest du ständig von den Männern? Ich muss doch nicht - ich meine, das ist doch kein Hurenhaus, oder?“

Rosi lachte schallend. „Nein, aber für gewisse Dienste darfst du dir nicht zu schade sein, wenn du gut verdienen möchtest.“

„Und um was für Dienste handelt es sich da?“

„Es ist alles nicht so schlimm, wie du denkst. Am besten, du lässt erstmal alles auf dich zukommen.“ Rosi strich ihr zärtlich über den Kopf, während sie ihren nackten Körper taxierte. Dann ging sie hinüber zu einer Truhe, aus der sie ein hauchdünnes weißes Hemd und einen Rock hervorkramte. „Hier, zieh das an!“

Rosi nickte zufrieden, als Magda wieder bekleidet vor ihr stand. Halb bekleidet, wenn man es genau nehmen wollte. „Siehst gut aus, meine Liebe. Und jetzt beug dich mal ein bisschen vor, ja?“

Magda gehorchte, kreuzte die Arme vor ihrer Brust.

„Ich bitte dich, nimm die Arme da weg! Ich will sehen, ob auch deine Paradiesäpfel gut zur Geltung kommen. - Na also, wer sagt’s denn. Prächtige Glocken, die werden schon ihre Bewunderer finden.“

Magda zog die Nase kraus. „Und was muss ich noch tun, außer den Mannsleuten meine Glocken zu zeigen?“

„Oh, eine ganze Menge: Wir heizen die Öfen heizen und säubern die Wannen. Ich werde dir beibringen, wie man massiert, abreibt, karessiert, mit Birkenruten schlägt-“

„Ich soll Menschen schlagen?“

Rosi lachte. „Natürlich sollst du das. Viele sind ganz versessen auf diese Tortur. Außerdem wirst du lernen, dem Heiner zur Hand zu gehen, wenn er Leute zur Ader lässt oder schröpft.“ Sie räusperte sich. „Vermutlich wirst du dem alten Heiner ziemlich oft zur Hand gehen müssen“, sagte sie vieldeutig.

„Wie meinst du das?“

„Nun ja, seine Frau ist vor einiger Zeit gestorben. Und er ist ein Mann. Muss ich noch mehr sagen?“

„Du glaubst doch nicht etwa, dass ich mit ihm -“

„Was hab ich dir gesagt, Magda? Lass erstmal alles auf dich zukommen. Nichts wird so heiß gegessen wie gekocht.“

Magda überlegte ernsthaft, diese Lasterhöhle auf der Stelle zu verlassen und im Laufschritt nach Merode zurückzukehren. Aber ein Blick in Rosis besänftigende Augen hielt sie davon ab. Wenn sie Lothar bald wiedersehen wollte, musste sie bereit sein, das eine oder andere Opfer zu bringen. Vermutlich hatte der Herrgott sie mit voller Absicht hierhergeführt.

„Verdammt, wo bleibt ihr denn?“, hörte man Heiner rufen.

Rosi griff nach ihrer Hand. „Komm, Magda. Ich glaube, da ist Kundschaft gekommen.“

Drei Tage später war Magda mit dem Tagesablauf in der Badestube weitgehend vertraut. Niemand hatte ihr bisher Hurendienste abverlangt. Allerdings hatte sie sich nur schwer daran gewöhnen können, dass die männlichen Gäste - und minunter auch die Frauen - sie zu jeder sich bietenden Gelegenheit betatschten. Ihre Hüften, Schenkel, ja sogar ihre Brüste, nichts war vor dem Zugriff der Lüstlinge sicher. Anfangs war sie empört zurückgewichen, was für Gelächter gesorgt hatte, hielt man ihre Scheu doch für Schauspielerei. Als sie feststellte, dass es ihr tatsächlich gutes Trinkgeld einbrachte, wenn sie die Kerle gewähren ließ oder gar zu Anstößigkeiten ermunterte, schwanden ihre Hemmungen. Von Rosi schaute sie sich ab, wie man wirkungsvoll mit den Augenlidern klapperte. Doch sich einem der Männer hinzugeben, das kam überhaupt nicht in Frage. Opfer hin, Opfer her, ihre Würde ließ sie sich nicht nehmen. Rosi hatte solche Skrupel offenbar längst abgelegt. Mehr als einmal hatte Magda sie mit einem Burschen hinter dem Vorhang verschwinden sehen, wo ein Lager aus Decken und weichen Kissen hergerichtet war. Und die Geräusche, die Rosi und ihr Freier dort verursachten, ließen keinen Zweifel daran, was sie miteinander trieben.

Nach Feierabend, sie hatten sich in ihre gemeinsame Schlafkammer zurückgezogen, betrachtete Magda nachdenklich Lothars Faustkeil, rieb zärtlich mit ihren Daumen über die Oberfläche.

„Was hast du da?“, fragte Rosi neugierig.

„Nichts“, antwortete Magda.

„Ein seltsames Nichts. Birgt es eine Erinnerung?"

Magda nickte zögernd. Dann fragte sie ihre neue Freundin mit fester Stimme: „Warum schläfst du mit fremden Männern?"

„Es sind keine Fremden, Magda. Der gut aussehende Junge von heute nachmittag zum Beispiel heißt Walter. Er ist der älteste Sohn eines Zunftherrn."

„Red keinen Unsinn. Für mich und auch für dich sind sie Fremde. Oder gedenkst du, dich mit einem von ihnen zu verloben? Du machst es für Geld, wie eine Dirne."

Rosi schwieg. Als Magda schon glaubte, sie habe sie mit ihrem Vorwurf zutiefst beleidigt, erwiderte Rosi leise: „Ja, ich tu's für Geld. Aber was ist so schlimm daran? Ich sehe mich nicht als Dirne, ich bin eine Reiberin. Eine Bademagd."

„Was geschieht, wenn du dich weigerst?"

„Was soll schon geschehen? Nichts. Aber irgendwann bleiben die Gäste aus. Und darüber würde Heiner kaum erfreut sein."

„Ich jedenfalls werde mich weigern, wenn einer mit mir hinter den Vorhang möchte."

„Magda, überleg's dir, was vergibst du dir schon? Und wenn du Glück hast, erwischst du sogar einen Kerl, der es dir so richtig besorgt."

„Rosi!" Magda verschlug es fast die Sprache.

„Was?"

„Wie kannst du nur so etwas sagen? Und außerdem bin ich -"

„Verheiratet?"

Magda biss sich auf die Lippen.

„Ha!", frohlockte Rosi. „Hast dich verraten."

„Behalt's nur ja für dich." Missmutig schob sie Lothars Faustkeil unter ihre Strohmatte.

„Bist ihm davongelaufen, wie?"

„Ich werde bald zu ihm zurückkehren."

„Wenigstens verstehe ich nun deine Zurückhaltung. Aber du brauchst deinem Mannsbild ja nichts zu erzählen. Jedenfalls wärst du dumm, wenn du auf ein ordentliches Zubrot verzichten würdest."

„Ach, Rosi!"

„Diese Kerle bezahlen dich wenigstens, wenn du dich zu ihnen legst. Bei Heiner sieht das anders aus, der sieht's als Selbstverständlichkeit, dass du ihm zu Diensten bist."

„Auf keinen Fall werde ich ihm zu Diensten sein."

„Das hab ich anfangs auch gesagt. Was, wenn er dich vor die Tür setzt? Man lässt es eben über sich ergehen, so schlimm ist's am Ende gar nicht, glaub mir. Er ist doch auch nichts anderes als ein Mann. Stell dir einfach vor, er sei ein strammer Jüngling!"

„Nicht mit mir!" Magda wurde regelrecht wütend. „Er weiß genau, dass

ich ihn zurückweisen würde. Ich bin nur eine neue Bademagd."
„Lass uns jetzt schlafen", sagte Rosi gähnend.

Bald musste Magda erfahren, dass sie sich falschen Hoffnungen hingegeben hatte. Als Frau war sie Heiner keineswegs gleichgültig.

Den ganzen Tag über hatten sie sich um eine Gesellschaft vornehmer Herrschaften gekümmert. Es seien Ratsherren unter ihnen, hatte Heiner seinen Mägden zugeraunt, was für sie bedeutete, sich umsomehr ins Zeug zu werfen. Zum Glück wurden die Ratsherren von einigen Weibern begleitet, sodass ihre Lüsternheit sich nicht allein auf Magda und Rosi konzentrierte. Die Gesellschaft hatte sämtliche Wannen in Beschlag genommen, für andere Gäste blieb die Stube geschlossen. Heiner sorgte für Musikanten und ließ Speisen herbeischaffen, es wurde gelacht, gegrölt, gesungen und geschlemmt, selbst die Weiber tranken fleißig mit und waren zu Magdas Entsetzen noch eher betrunken als ihre Begleiter. Einer der Kerle versuchte, Magda einen abgenagten Hühnerknochen zwischen die Beine zu schieben. Eine Ohrfeige versetzte sie dem Wüstling nur deshalb nicht, weil Rosi ihr warnend zublinzelte.

Als die Gesellschaft am frühen Abend abzog, um woanders ihr sittenloses Unwesen zu treiben, schickte Magda ein Stoßgebet des Dankes Richtung Himmel. Heiner rieb sich die Hände ob seines guten Geschäftes, aber auch er wirkte erschöpft. Eigenhändig schloss er die Eingangstür ab, für heute wollte er keinen Gast mehr sehen. Er streifte ungeniert seine Kleidung ab und stieg in einen noch dampfenden Zuber, während Magda und Rosi sich ans Aufräumen machten. „Macht die Kieselsteine richtig heiß, ich will hinterher in die Schwitzstube", befahl ihnen Heiner.

Rosi ächzte. „Nichts ist's mit Feierabend", raunte sie Magda zu.

Die Schwitzstube, eine winzige Kammer, in der nur zwei Holzbänke standen, war wie das anliegende Liebeslager durch einen Vorhang von der Badestube getrennt. Dorthin verschwand Heiner, nachdem er eine Weile dösend im Wasser verbracht hatte. Rosi wusste, was zu tun war. Mit Magdas Hilfe schleppte sie einen mit Kieselsteinen gefüllten Kupferkessel in die Schwitzstube. Dann schafften sie Wasser in Eimern herbei, gossen es in den Kessel. Es zischte, heißer Dampf waberte umher. Heiner, der bäuchlings auf der Bank lag, grunzte zufrieden. Der Anblick seines fetten, wabbeligen Körpers war alles andere als erfreulich. Doch zu Magdas Ensetzen sagte Heiner: „Geh ins Bett, Rosi. Sie schafft das auch alleine!"

Rosi unterdrückte einen Freudenschrei. Bevor sie flugs verschwand, klopfte sie Magda verstohlen auf die Schulter. „Augen zu und durch, meine Liebe", flüsterte sie.

„Hol ein paar Weidenruten", trug Heiner Magda auf. Magda verdrehte die Augen, wagte aber nicht zu widersprechen. Während sie ihn bald darauf mit den Ruten abrieb, versuchte sie ihren Widerwillen zu bekämpfen, indem sie an etwas Angenehmes dachte. Was leichter gesagt war als getan, denn immer wieder verschmolz Lothars schönes Gesicht mit dem fülligen Hintern des Baders. Noch schlimmer wurde es, als Heiner sich unversehens auf den Rücken drehte, damit sie nunmehr seine Vorderseite bearbeitete. Und damit nicht genug, plötzlich sah sie mit Entsetzen, dass sein Geschlecht sich langsam aufrichtete. „Das reicht jetzt", sagte er endlich, doch Magdas Erleichterung währte nur kurz, denn gebieterisch fügte er hinzu: „Gehen wir nach nebenan."

Nebenan war das Liebeslager. Was Heiner dort mit ihr vorhatte, stand außer Frage. Das Verlangen davonzulaufen wurde immer größer, allein der Schreck, der ihre Beine lähmte, hinderte sie daran. Heiner hievte sich schnaufend von der Bank, packte sie am Arm und führte sie ins Liebeslager. „Zieh dich aus!", lautete wie befürchtet seine nächste Anweiung. Er legte sich hin und sah sie fordernd an.

Magda war übel. Was tun? Der Lohn, den dieser Widerling ihr zahlte, war unverzichtbar, wenn sie Lothar finden wollte. Mit mechanischen Bewegungen entledigte sie sich ihrer Kleidung und konnte selbst nicht glauben, dass sie nun nackt vor ihm stand. Verzweifelt versuchte sie Scham und Brüste mit Armen und Händen zu verhüllen. „Lass das zimperliche Getue", sagte Heiner unwirsch, „komm, leg dich hier neben mich!"

Nie in ihrem Leben hatte sie solchen Ekel verspürt. Heiner hielt sich nicht mit Nebensächlichkeiten auf und zwängte sich mit einem Stöhnen zwischen ihre Schenkel. Erst als er in sie eindringen wollte, erwachte ihr Widerstandsgeist. „Nein!", schrie sie, löste sich entschlossen aus seiner Umklammerung und sprang auf die Beine. Mehr verdutzt als verärgert sah Heiner zu ihr hoch. Keuchend hielt sie seinem Blick eine Weile stand, bevor sie davonrannte.

Am liebsten hätte sie das Haus auf der Stelle verlassen, doch sie wusste, dass die Tür verschlossen war und Heiner den Schlüssel hütete wie einen Schatz. Was blieb ihr übrig, als die Stiegen ins obere Stockwerk hinaufzuhasten und Zuflucht in ihrer Schlafkammer zu suchen.

Rosi lag noch wach. „Schon fertig?", wunderte sie sich.

Zitternd ließ Magda sich auf ihre Strohmatte sinken, kauerte sich zusammen wie ein Embryo.

Rosi richtete sich auf. „Was ist passiert, Magda?", fragte sie sorgenvoll und tippelte zu ihr hinüber, um ihr die Decke über den entblößten Leib zu ziehen.

„Dieser Widerling!", stieß Magda hervor.

„Hat er dir weh getan?"

„Ha, soweit ist es nicht gekommen."

„Heißt das, du hast ihn nicht gewähren lassen?"

„Ich bin weggelaufen, bevor er seinen verfluchten Schwanz in mich stecken konnte! Was ist? Findest du das etwa bedauerlich?"

„Du glaubst doch nicht, dass er das auf sich beruhen lassen wird, Magda."

Schweigen. Auch Magda leuchtete ein, dass Heiner sie für ihre Verweigerung bestrafen würde. Ein Wunder, dass er ihr nicht gefolgt war. - Noch nicht. Sie lauschten bedrückt in die Dunkelheit, erwarteten jeden Augenblick das Knarzen der Holzstiegen unter Heiners zornigen Tritten zu vernehmen. Eine ganze Stunde verging, draußen hörte man den Nachtwächter rufen. Wie eine Beschützerin hatte Rosi sich zu der Freundin ins Bett gelegt. Doch wenn es hart auf hart kam, das wussten die Frauen, wären sie schutzlos gegen einen Mann wie Heiner.

Aber Heiner kam nicht.

Erst am Morgen begegnete Magda ihm wieder. Heiner verhielt sich, als sei nichts vorgefallen. Bestimmt hatte er eingesehen, dass er sie nicht wie eine Hure behandeln konnte. „Seid so freundlich und schafft neues Brennholz zum Ofen, meine Täubchen", trug er den beiden Mägden auf.

Gewissenhaft erfüllte Magda ihre Aufgaben, um Heiner keinen Grund zur Klage zu geben. Zwei Tage lang geschah nichts Außergewöhnliches. Beinahe schien es Magda, als schämte sich Heiner seiner lüsternen Regung, jedenfalls mied er ihren Blick. Und einmal, als ein Gast ganz unverhohlen den Wunsch äußerte, mit ihr hinter den Vorhang zu verschwinden, eilte Heiner ihr sogar zur Hilfe. „Warum nehmt Ihr nicht die Rosi, glaubt mir, die erfüllt Euch jeden Wunsch noch besser!" Dem Gast war's einerlei, und Magda blieb weiterhin verschont von den Begierden dieser Unholde.

Doch Magda täuschte sich. Heiner war keinswegs von neuen Einsichten erfüllt, sie sollte es bald erfahren. Drei Tage waren seit Magdas Verweigerung vergangen, als er abends in der Kammer der Mägde erschien, in seinen Händen ein Öllicht, das sich in seinen Augen spiegelte und ihn noch grimmiger erscheinen ließ. „Raus mit dir!", sagte er zu Rosi.

Rosi erhob sich und trat vor ihn hin. „Warum lässt du sie nicht in Ruhe, Heiner?", sagte sie sanft, schlang ihre dünnen Arme um seinen Hals. „Komm, lass uns nach unten gehen, nur du und ich, da werde ich dir -"

Rüde stieß er sie von sich. „Heute ist deine Freundin an der Reihe! Verschwinde, und komm nicht eher zurück, bis ich dich rufe, verstanden?"

Rosi sah Magda an. *Sei ihm zu Willen, und bring es hinter dich, dann ist's nur halb so schlimm!*, sagte ihr warnender Blick. Ein kalter Schauder erfasste Magda. Nachdem die Freundin mit einem Schulterzucken die Kammer verlassen hatte, nahm das Schicksal seinen Lauf. Heiner stellte das Öllicht auf den Boden und zog hastig seine Hosen aus. „Bitte", hörte Magda sich flüstern, ohne selbst zu wissen, ob ihr Flehen Gott oder dem Bader galt, aber Heiner nahm es ohnehin nicht zur Kenntnis.

„Glaubst wohl was Besseres zu sein", zischte er durch die Zähne. „Oh nein, du wirst mir mein Geschäft nicht ruinieren, mein Täubchen. Jetzt wirst du eingeritten, und diesmal wirst du stillhalten!"

Heiner beugte sich über sie, zerriss ihr das dünne Schlafgewand. Magda verwendete alle Kräfte darauf, ihre Schenkel geschlossen zu halten, doch Heiner hatte wenig Mühe, dies zu verhindern. Auch packte er ihre Handgelenke, riss sie grob über ihren Kopf und hielt sie fest, sodass sie zu keiner Bewegung mehr fähig war. Sein Atem streifte ihr Gesicht, sie schloss die Augen, biss sich die Lippen blutig. Diesmal würde sie sich ihm nicht wieder entwinden können, schon spürte sie sein Glied. Als er versuchte in sie einzudringen, war dies furchtbarer als die Schmerzen ihrer Geburten, demütigender als alle Bußen, die ihr je auferlegt worden waren.

„Störrische Zicke, bist trocken wie ein altes Weib, das machst du mit Absicht!", fluchte Heiner. Er entließ sie aus seinem Griff, steckte sich den Zeigefinger in den Mund, um ihn zu befeuchten.

Magda öffnete die Augen. Ihre Arme waren frei! Sie konnte spüren, wie das Blut wieder pulsierend durch ihre Fingerspitzen strömte. Ihr Entsetzen wandelte sich mit einem Schlag in beispiellosen Hass.

Lothars Faustkeil! Sie ertastete den Stein unter dem Strohkissen. Eine Bewegung, ein Hieb, wie aus einem Reflex heraus. Ein unterdrückter Aufschrei. Und im nächsten Augenblick tropfte Blut auf ihr Gesicht.

Heiners Blut.

Ungläubig starrte er sie an, auf seiner Stirn eine klaffende Wunde. Magda ächzte, nun befiel sie Panik. Was würde Heiner ihr in seinem Zorn noch antun, außer sie zu schänden? Abermals schlug sie zu, mit aller Kraft. Ein Geräusch, als würde der Schädel ihres Peinigers zerbersten, gleich dem Eis einer Pfütze, über die man schritt. Langsam, behäbig, kippte Heiner zur Seite und blieb reglos liegen. Erst jetzt spürte Magda ihr Herz, laut und schmerzhaft klopfte es in ihrer Brust. Aber sie war befreit, Heiner hatte von ihr abgelassen.

„Grundgütiger!" Rosi war herbeigeeilt und bestürzt über den Anblick, der sich ihr bot.

„Er ... er wollte mich umbringen", stammelte Magda. Ihre Finger öffneten sich, und der Faustkeil entglitt ihrer schlaffen Hand.

Ein Stöhnen. Heiner begann sich wieder zu regen. Seine Beine zuckten, ebenso die Arme. Weit öffneten sich seine Lider, die Pupillen huschten hin und her. Aus einem Loch in seinem Kopf sickerte unaufhörlich Blut. „Verfluchte Hexe", hörte Magda ihn raunen. Sie schloss die Augen und kauerte sich zusammen, als könne sie dem Albtraum auf diese Weise entgehen. Jeden Moment erwartete sie, Heiner wieder über sich zu spüren. Sie ergab sich ihrem Schicksal. Die Zeit verstrich, wenngleich Magda hinterher nicht zu sagen vermochte, ob es nur Augenblicke oder Stunden gewesen waren. Wie aus weiter Ferne hörte sie Heiner stöhnen, hörte ihn sprechen, ohne ihn zu verstehen. Dann erneut ein dumpfes Geräusch. Und noch eines.

Heiner schwieg.

Sie öffnete die Augen.

Rosi warf den blutbeschmierten Faustkeil beiseite, kniete sich neben Magda, streichelte sie wie ein verängstigtes Kind. „Beruhig' dich, es ist vorbei mit ihm, Magda", flüsterte sie. „Nie wieder wird er uns anrühren. Nie wieder, hörst du?"

40.

Seitdem Magda vor einigen Tagen spurlos verschwunden war, wuchs Falk die Arbeit über den Kopf. Sein Knecht verstauchte sich zudem einen Fuß und war deshalb nur bedingt einsatzbereit. Und von seinem alten Vater konnte er kaum erwarten, dass er die Lücke füllen half, die Magda hinterlassen hatte.

Schon seit längerem hatte Falk eine Ahnung gehabt. Magda war seit Lothars Aufbruch nicht mehr sie selbst gewesen, freudlos hatte sie dahingelebt. Deshalb war er nur wenig überrascht, als sie plötzlich verschwand, ahnend, dass sie sich auf die Suche nach Lothar gemacht hatte. Es gab nichts, was er gegen ihren Eigensinn hätte tun können, schließlich konnte er sie ja nicht festbinden wie ein Kalb an einem Pflock. Er konnte nur hoffen, dass sie bald wohlbehalten nach Hause zurückkehrte. Fest hatte er sich vorgenommen, ihr keine Vorhaltungen zu machen, er würde sie mit offenen Armen empfangen und künftig versuchen, ihrer gepeinigten Seele zu helfen. Gewiss, sie hatte ihm einst seine große Liebe gestohlen, was ihn auch heute noch schmerzte, aber das Rad der Zeit ließ sich nicht zurückdrehen. Nochmals würde er ihr alles vergeben, als Christenmensch war er dazu verpflichtet.

Abends, nach verrichtetem Tagewerk, saß Falk mit seinem Vater in der Stube. Erschöpft schwiegen sie sich an, bis Harro nicht mehr zurückhalten konnte, was ihm auf der Zunge brannte. „Deine Frau war mir nie geheuer“, erklärte er.

„Ach, ist das so?“ Falks Stimme hatte einen schläfrigen Beiklang.

„Es ist ein Jammer, dass Eva dir damals davongelaufen ist.“

„Sprich nicht mehr darüber, Vater, sei so gut.“

„Erst Eva, jetzt Magda - der Himmel weiß, was du mit den Frauen anstellst.“

Falk zog es vor, ihm nicht zu antworten. Er wusste, sein Vater war verbittert, immer hatte er von einem großen Hof geträumt, der dem Winandshof ebenbürtig war. Aber im Lauf der Zeit war die Zahl der zupackenden Hände immer kleiner geworden. „Wer hilft uns auf dem Feld?“, lamentierte Harro. „Dort wuchert das Unkraut, als würd’s der Teufel säen. Und das Gemüsebeet erst! Herr im Himmel, warum hat sie uns bloß im Stich gelassen?“

„Cäcilia hat versprochen, uns morgen zu helfen. Und auch Brun will für ein paar Stunden vorbeischauen.“

„Und was ist übermorgen? Und danach? Falk, du hättest deine Frau besser im Griff haben sollen.“

Falk schloss die Augen. „Lass uns schlafen gehen, Vater.“

„Was, wenn sie nicht zurückkommt?“

Falk hatte keine Antwort auf seine Frage, er wünschte sich nur, sein Vater würde endlich Ruhe geben. In diesem Moment klopfte es laut an der Tür. Magda!, schoss es Falk durch den Kopf. Er sprang auf.

Aber sie war es nicht. Cordula sah dem verblüfften Falk flehend in die Augen. „Ich weiß, es ist schon spät", erklärte sie händeringend, „aber ich muss unbedingt mit Magda sprechen. Darf ich reinkommen?"

Falk ließ sie eintreten. Sie begrüßte den alten Harro, und Falk bot ihr einen Schemel an. „Ist sie schon im Bett?", fragte Cordula.

„Sie ist seit einigen Tagen spurlos verschwunden", gab Falk unumwunden zu.

„Oh!" Zweifellos waren die in Merode kursierenden Gerüchte ihr längst zu Ohren gekommen. Allein ihre Neugier trieb sie her. „Wohin ist sie denn gegangen?"

„Ich wünschte, ich wüsste es. Vermutlich sucht sie Lothar."

„Verstehe!" Sie blickte grüblerisch in das Halbdunkel der Stube. Falk betrachtete sie unter gesenkten Lidern. Aus dem zierlichen Mädchen von einst war nach sieben Geburten eine füllige Matrone geworden.

„Bestimmt kommt sie bald zurück", sagte er.

„Das hoffe ich auch", entgegnete sie, doch in ihrer Stimme schwangen Beunruhigung und Zweifel mit. „Wie kann sie bloß so töricht sein?"

Falk breitete seufzend die Hände aus.

Cordula wischte sich eine Haarsträhne aus dem Gesicht. „Dabei hätte ich nur zu gern mit ihr über ihren Bruder gesprochen. Winand verhält sich recht merkwürdig."

„Ach ja?"

„Er wirkt bedrückt, will aber nicht darüber spechen. Auch die Kinder behandelt er wie Luft. Ich frage mich, ob er etwas über Magdas Verschwinden weiß. Als Zwillinge hatten sie schon immer ein enges Verhältnis."

„Unbestritten!" In Falk stiegen die Erinnerungen an das üble Spiel hoch, das sie einst mit ihm und Eva getrieben hatten.

„Nun, ich werde ihm noch mal auf den Zahn fühlen. Sollte ich etwas erfahren, sag ich's dir, Falk."

„Danke, Cordula."

„Und beten werde ich auch, damit deine Frau unversehrt zurückkehrt." Sie erhob sich.

„Junge, was hast du bloß für Manieren?", zischte Harro seinem Sohn zu. „Draußen ist es dunkel, nun begleite sie gefälligst bis zum Winandshof."

„Hast ja Recht, Vater. Ich begleite sie."

Als er später zurückkehrte, saß sein Vater noch immer in der Stube. „Stattliches Weib, diese Cordula", sagte Harro nachdrücklich. „Und sehr liebenswürdig, finde ich."

„Sie ist Magdas beste Freundin", entgegnete Falk unverbindlich.

„Wieviele Kinder hat sie eigentlich zur Welt gebracht? Fünf oder sechs?"

„Sieben!"

„Gütiger Jesus! Hätte ich diese Frau zur Schwiegertochter, könnte ich beruhigt ins Gras beißen."

*

Eva wusste, dass ihr Gemahl sie mit seiner Zurückhaltung nicht strafen wollte. Es war kein Zeichen von Verachtung, dass er nicht mehr das Bett mit ihr teilte und sich ihr entzog. Auf diese Weise wollte er ihr Zeit zum Nachdenken geben. Seine Bitte war ungeheuerlich gewesen, aber es war offenkundig, dass er daran festhielt.

Sie starrte auf die leere Seite des Bettes. Robert fehlte ihr, sie vermisste seine Zärtlichkeiten. Gleichwohl war sie keineswegs bereit, sein Flehen zu erhören und Ehebruch zu begehen. Sie hatte kurz erwogen, sich Frau Elisabeth anzuvertrauen, war aber wieder davon abgerückt, denn sie wollte nicht, dass Robert bei seiner Mutter in ein schlechtes Licht geriet.

„Johanna, hörst du mich?", fragte sie in die Dunkelheit der Kammer hinein.

„Bin ja nicht taub!"

Eva schmunzelte. Die erdachten Zwiegespräche mit ihrer toten Freundin waren zu einer Gewohnheit für sie geworden. „Ich muss dir was erzählen."

„Ich weiß es längst: Dein Gatte will, dass du mit diesem Kasimir vögelst!"

„Johanna!"

„Du musst zugeben, dass seine Idee im Grunde nicht schlecht ist. Sobald ihm ein männlicher Erben geboren wird, hat er eine Sorge weniger."

„Von wegen. Merbodo würde versuchen, ihn abermals aus dem Weg zu schaffen."

„Nur dass ihr diesmal alle klüger wäret. Ihr würdet ihn hüten wie euren Augapfel."

„Aber verstehst du denn nicht, dass es Ehebruch wäre?"

„Ehebruch? Dein eigener Gemahl verlangt es von dir."

„Sag, was du willst, für mich ist es Ehebruch."

„Mädchen, du bist immer noch Jungfer. Welche Ehe brichst du denn? Selbst die Pfaffen würden dich von dieser Ehe entbinden."

„Aber ich liebe Robert. Trotz allem."

„Ein Grund mehr, ihm einen Gefallen zu erweisen."

„Johanna! Ich müsste mit einem Fremden schlafen!"

„Kasimir ist dir fremd?"

„Nun ja -"

„Ich kann mich erinnern, dass du voller Hochschätzung von ihn gesprochen hast."

„Das heißt noch lange nicht, dass ich auch mit ihm schlafen möchte.

Noch einmal: In meinen Augen wäre es Ehebruch."

„Du findest ihn recht anmutig, nicht wahr? Komm schon, Evchen, mir brauchst du nichts vorzumachen."

„Seine Frau Hanna betrügt ihn mit Merbodo. Er tut mir so Leid."

„Soviel zum Thema Ehebruch. Müsstest nicht einmal ein schlechtes Gewissen haben."

„Wie kann man nur so oberflächlich sein?"

„Es macht das Leben einfacher und hätte auch unserem Freund Eckhart manches Leid erspart. Und meinem armen Thomas!"

„Ach Johanna, ich hatte mir einen Ratschlag von dir erhofft."

„Den gab ich dir: Zeuge mit Kasimir einen Sohn. Und alle sind glücklich!"

Eva seufzte.

„Wann bist du fruchtbar?", wollte Johanna wissen.

„Heute ...- glaube ich."

„Na schön. Worauf wartest du noch?"

„Meine Einwände habe ich dir ausführlich dargelegt."

„Und ich hab dir dargelegt, dass es im Interesse aller ist, wenn du diesmal über deinen Schatten springst. Du willst doch auch, dass Merbodo und Bardolf ihre gerechte Strafe kriegen? Glaub mir, ein weiterer kleiner Robert wäre für sie ein Schlag in die Fresse. Mach schon, geh hin zu deinem Gatten, sag ihm, dass du ihm seinen Herzenswusch erfüllen möchtest."

„Ich weiß wirklich nicht, ob ich noch einmal mit dir plaudern will."

„Wem könntest du sonst dein Herz ausschütten? Und hinterher, wenn du's mit Kasimir getrieben hast, erzählst du mir, wie es war, ja?"

„Ist das wirklich dein letztes Wort?"

„Mein allerletztes!"

Draußen ertönte der Ruf eines Nachtvogels. Hundert Gedanken schwirrten durch Evas Kopf. Ihr Entschluss kam so unerwartet wie ein Sommersturm. Sie stand auf, hüllte sich in einen wärmenden Umhang und tastete sich durch die Dunkelheit.

Robert hatte ein Schlafquartier in einer benachbarten Kammer bezogen. Er lag noch wach, als sie eintrat. „Hast du Schmerzen, Liebster?", fragte sie sanft.

„Sie lassen nach, sobald ich dich sehe, mein Herz."

Sie setzte sich zu ihm, streichelte seine rauen Wangen. „Ich will tun, worum du mich gebeten hast", hörte sie sich flüstern.

Er nahm die Hand, die ihn liebkoste, küsste ihre Finger. „Danke, Eva."

Sie wollte sich zu ihm legen, doch sanft gebot er ihr Einhalt. „Geh zurück in deine Kammer, Liebste. Warte dort auf ihn."

Kasimir trug eine Kerze in seinen Händen, als er eintrat. Er wirkte verunsichert. Eva lag zugedeckt auf ihrem Bett. Sie atmete tief ein, gab ihm einen

Wink, näherzutreten. „Herrin!", sagte er.

„Mein Gemahl hat mit dir gesprochen?"

Er starrte auf seine Füße. „Ja, Herrin."

„Bitte, komm her, setz dich zu mir aufs Bett."

Nachdem er die Kerze in eine Wandhalterung gesteckt hatte, tat er, was sie ihm gesagt hatte. Noch immer traute er sich nicht, sie anzusehen. Eva war froh, dass er sie nicht angaffte. Eine Weile herrschte drückendes Schweigen. „Du musst wissen, dass ich mich lange gegen den Wunsch meines Mannes gesträubt habe", erklärte sie schließlich.

„Mir ging es ähnlich", beteuerte er.

„Deine Frau! Was würde sie dazu sagen, wenn sie uns jetzt hier sehen könnte?"

Kasimir zuckte mit den Achseln. „Es interessiert sie schon lange nicht mehr, was ich tue oder nicht tue. Als Merbodos Mätresse kann es ihr ohnehin egal sein."

Er wusste es also. Wenigstens war Eva von der Last befreit, ihm dieses Wissen voraus zu haben. Sie redete sich ein, dass es ihre Aufgabe erleichtern würde. „Wenn es dir zuwider ist, mir beizuliegen, Kasimir, kannst du gehen. Niemand, auch mein Gemahl nicht, kann von dir verlangen, dies gegen deinen Willen zu tun."

„Wie könnte es einem Mann zuwider sein, der wünschenswertesten Frau beizuliegen, der er jemals begegnet ist?" Er biss sich auf die Lippen, als habe er etwas Törichtes gesagt.

Sie versuchte ein Lächeln. „Lass uns ein Kind zeugen, Kasimir. Doch lass es uns tun wie eine Pflicht. Hinterher wollen wir vergessen, was zwischen uns war."

Er nickte ernst. „Ja, Herrin."

Wieder schwiegen sie eine Zeitlang, bis Eva ihn mit leiser Stimme anwies: „Leg deine Kleider ab, Kasimir. Und dann leg dich zu mir."

41.

Erst nach einer Weile begriff Magda wirklich, was geschehen war. „Du hast ihn umgebracht, Rosi", flüsterte sie fassungslos.

„Machst du Witze? Ich hab dich vor ihm gerettet", entgegnete Rosi sichtlich gekränkt.

„Aber ... du kannst ihn doch nicht einfach töten."

„Wer hat denn damit angefangen? Ich hab nur vollendet, wozu du keine Kraft mehr hattest. Außerdem wollte er dich umbringen, du hast es selbst gesagt. Entweder du oder dieses Schwein, was ist dir wohl lieber?"

Magda vergrub schluchzend ihr Gesicht. „Vergib mir, Rosi. Gewiss, du hast mich gerettet. Aber sie werden uns schnappen und an den Galgen hängen."

„So weit wird's nicht kommen. Wir hauen ab!"

Magda nickte entschlossen, sie hatte ihren Schrecken nun endgültig überwunden. „Ja, Rosi. Lass uns auf der Stelle aus der Stadt verschwinden."

„Langsam, meine Liebe, keine Hast. Wir müssen bedächtig vorgehen. Alle Stadttore sind verschlossen. Vor dem Morgengrauen können wir uns auf keinen Fall aus dem Staub machen."

Das war einzusehen. Magda seufzte.

„Bis dahin wird freilich niemand etwas von seinem Ableben bemerken", fuhr Rosi selbstsicher fort, während sie Heiner nach dem Hausschlüssel abtastete. Als sie ihn gefunden hatte, schloss sie triumphierend die Faust darum. „Es gibt keinen Grund zur Panik. Erst dann wird man uns suchen, wenn man seine Leiche findet. Bis dahin werden wir über alle Berge sein."

„Und wie stellen wir das an?"

Rosi lächelte grimmig. „Wir werfen ihn in den großen Ofen."

„Verbrennen willst du ihn?" Magda wurde speiübel.

„Warum denn nicht? Da kann er sich schon mal ans Höllenfeuer gewöhnen."

„Müssen wir nicht einen Pfaffen rufen? Seine Seele -"

„Bist du verrückt? Traue keinem Pfaffen, sag ich dir. Außerdem wär's vergebene Liebesmüh: Wenn der Heiner nicht in die Hölle kommt, dann niemand."

„Na schön. Schleppen wir ihn zum Ofen."

„Das hat noch Zeit. Oder willst du, dass der Gestank des verbrannten Fleisches uns verrät? Wir warten bis zur Frühe, damit der Rauch sich mit den Dünsten der Gerber- und Tuchmacherbetriebe vermischt."

Magda musterte die Freundin mit zusammengekniffenen Augen, während sie sich ein Hemd überstreifte. „Wieso werde ich den Verdacht nicht los, dass du Heiners Tod schon lange geplant hast?"

Rosi grinste. „Ich will's nicht leugnen, hab schon öfter darüber nachgedacht. Heute ergab sich endlich die Gelegenheit. Dank dir!“

Vergnügt ging sie auf Magda zu, gab ihr einen Kuss auf die Wange. Magda war froh, wieder eine gute Freundin zu haben. So wie früher Cordula eine gewesen war.

Dass Rosi schon früher weitergehende Überlegungen angestellt hatte, bewies sie, indem sie rasch fündig wurde, als sie nach des Baders Geld suchten. Rosi zählte mehr als zwanzig Silbergulden und etliche Kupfermünzen. Das Geld würde ihnen mancherlei Annehmlichkeiten ermöglichen.

Rosis kaltblütige Ruhe wirkte auf Magda ansteckend. Die beiden Frauen erledigten alles ohne übertriebene Hast. Als die ersten Hähne krähten, verließen sie das Haus, schlossen sorgsam die Tür hinter sich ab. Mancher Frühaufsteher war bereits auf den Beinen, Grüße wurden ausgetauscht, von gewissen Mannsleuten erhielten die Bademägde wie gewöhnlich zweideutige Komplimente. Niemand hatte Grund, sich zu fragen, was sie beiden so früh nach draußen trieb.

Durch das Severinstor verließen sie bald die Stadt. Rosi schäkerte noch ausgiebig mit den Torwächtern. Keiner sollte später behaupten können, sie hätten nervös gewirkt.

Der Tag versprach mild und sonnig zu werden, auch wenn die letzte Kälte des Winters noch in der Luft lag. Linker Hand floss träge der Rhein, Enten trieben auf seinen Wellen. Zu ihrer Rechten der für Magda so vertraute Anblick von Wiesen und Äckern, über allem ein zarter Schleier von Raureif. Endlich, die Suche nach Lothar konnte weitergehen, und es war an der Zeit, ihrer Freundin davon zu erzählen. Doch siedendheiß fiel ihr ein, dass sie etwas vergessen hatte. Wie hatte sie bloß so zerstreut sein können? „Wir müssen umkehren, Rosi“, sagte sie, stehenbleibend.

„Umkehren? Bist du noch zu retten?“

„Ich hab etwas liegen lassen.“

„So? Und was?

Magda zögerte, wissend, wie töricht ihr Anliegen in Rosis Augen erscheinen musste. „Den Faustkeil.“

„Was denn, diesen blöden Stein? Glaub mir, er hat seine Aufgabe mehr als gründlich erfüllt.“

„Aber - er ist ein Andenken an meinen Sohn.“

„Dein Sohn, wie?“ Rosi verschränkte die Arme und sah Magda fest in die Augen. „Du kannst mir gern von deinem Sohn erzählen, Magda. Und auch, was es mit dem Stein auf sich hat. Aber auf keinen Fall werden wir umkehren. Das wäre viel zu riskant. Wir müssen zusehen, dass wir so rasch wie möglich von hier weg kommen.“

Einmal mehr hatte Rosi Recht. Es war unverantwortlich, nach Köln zurückzukehren. Womöglich suchte man dort bereits nach ihnen. „Komm!“ Rosi packte sie sanft am Arm und zog sie mit sich.

Magda gab jeden Widerstand auf. Sie verfluchte ihre Vergesslichkeit.

Lothars Glücksbringer schien unwiderbringlich verloren. Es beschlich sie die finstere Ahnung, dass es fortan mit ihrem Glück vorbei war.

Rosi warf den Schlüssel des Badehauses in hohem Bogen in den Rhein.

Drei Tage lang liefen sie rheinaufwärts, immer wieder nach hinten spähend, aber kein Häscher war ihnen auf den Fersen. Sie nächtigten in überfüllten Herbergen, wo sie keinen Argwohn weckten. Auf dem Weg nach Einsiedeln befänden sie sich, versicherte Rosi jedem, der sie nach dem Wohin befragte. Dort wollten sie nach überstandener Krankheit ihrer Ehemäner der Muttergottes ein Dankopfer bringen. Ein alter Kartäusermönch, der ihr zuhörte, rümpfte die Nase. Wallfahrende Frauen brächten mehr Sünden als Ablass nach Hause, erklärte er missfällig.

Rosi hatte von großen Städten im Süden gehört, man müsse nur dem Fluss folgen. Was auch in Magdas Interesse war. Inzwischen hatte sie der Freundin von Lothar erzählt, dabei freilich alles verschwiegen, was sie wie eine Verrückte erscheinen lassen musste. Was wusste denn Rosi schon über die Sorgen und Nöte einer Mutter? Niemals hätte sie verstanden, dass das Wohl eines Kindes mitunter drastische Maßnahmen erforderte. Sie müsse Lothar deshalb finden, behauptete Magda, weil die Herren von Merode seine Rückkehr forderten. „Er hat sich ohne deren Erlaubnis auf den Weg gemacht, ich will ihn vor ihrem Zorn bewahren."

Es entging Magda nicht, dass Rosi stets zweifelnd die Stirn runzelte, sobald sie von Lothar erzählte. Immerhin machte sie keinerlei Anstalten, ihr die Wahrheit zu entlocken, als erkenne sie an, dass Magda düstere Geheimnisse hütete. Womöglich war Rosi selbst mit großer Schuld beladen; dass sie den Heiner erschlagen hatte, schien ihr freilich keine Gewissensbisse zu bereiten.

Oft fragte Magda Reisende nach Moritz Grobe, doch niemand konnte ihr Auskunft geben. Bis sich schließlich ein Hökerweib zu erinnern glaubte, den Chirurgen gesehen zu haben. Ja, auch ein junger Gehilfe sei bei ihm gewesen. Ob dieser eine verstümmelte Hand gehabt habe? Oh ja, richtig, der Bursche habe eine verstümmelte Hand gehabt. In welche Richtung die beiden gezogen seien? Nach Köln, antwortete das Weib.

„Ich muss umkehren, Rosi", verkündete Magda fest entschlossen.

„Geht das schon wieder los? Wir können nicht -"

„Hast doch gehört, was die Alte gesagt hat. Lothar ist in die andere Richtung unterwegs. Ich werde ihn verfehlen."

„Die Alte hat gelogen. Hat nur etwas dahergeplappert, weil sie sich eine Münze erhoffte."

„Woher willst du das wissen?"

„Es war ihr anzusehen. Ich kenne die Menschen eben ein bisschen besser als du."

„Ha! Ein junges Küken bist du, was weißt du denn schon vom Leben und von den Menschen?"

Rosis Brauen verengten sich. Zum ersten Mal bahnte sich zwischen ihnen ein ernsthafter Streit an. „Immerhin verstehe ich genug vom Leben, um dich vor einer Vergewaltigung zu bewahren."

„Ich hab dich nicht darum gebeten, meinetwegen einen Menschen zu meucheln."

„Gut. Beim nächsten Mal lasse ich deinen Peiniger halt gewähren."

„Ich muss zurück nach Köln, Rosi."

„Aber ohne mich."

„Dann müssen wir uns trennen."

Rosi stieß einen langgezogenen Seufzer aus. „Magda! Noch heute können wir Koblenz erreichen. Willst du denn nicht wenigstens -"

„Nein!" Magdas Entschluss stand felsenfest. Sie verstand, dass Rosi nicht zurückkehren wollte, aber für sie selbst gab es keinen anderen Weg. Versöhnlich sagte sie: „Geh nur ohne mich, Rosi. Ich bin sicher, du wirst dein Glück finden. Um mich mach dir keine Sorgen, ich werde gut auf mich aufpassen. Mein Sohn bedeutet mir viel, sehr viel, weißt du?"

„Ja, das ist mir nicht entgangen", antwortete Rosi resigniert. „Schon gut, du schuldest mir keine Rechtfertigung, Magda. Im Grunde geht es mich ja nichts an."

Eine Weile lauschten sie nur dem Chor der Vögel und dem Plätschern der Wellen. „Wenn sie dich kriegen", fuhr Rosi leise fort, „werden sie dich foltern und henken."

„Sie kriegen mich aber nicht!"

„Dein letztes Wort?"

„Versteh doch, ich kann nicht anders, Rosi."

„Wie du willst." Sie holte die Geldkatze unter ihrem Kleid hervor. „Die Hälfte für jeden von uns!"

Magda machte eine abwehrende Handbewegung - es war doch nichts anderes als Blutgeld -, aber Rosi bestand darauf. „Das ist nur gerecht. Und sollte man dich ergreifen, kannnst du deinen Häscher vielleicht bestechen. Nimm es, es gibt mir ein besseres Gefühl, wenn ich schon sonst nichts für dich tun kann."

Magda war gerührt, und auch über Rosis Wange kullerten Tränen. Sie umarmten einander, und Rosi wollte sie lange Zeit nicht loslassen. „Der liebe Gott sei mit dir, Magda!"

„Vielleicht sehen wir uns einmal wieder", verkündete Magda mit brüchiger Stimme. Aber im Stillen ahnte sie, dass es ein Abschied für immer war.

Ihre Entschlossenheit, Lothar zu finden, war größer denn je, doch mit jedem Schritt, der sie näher nach Köln brachte, wuchs auch ihr Unbehagen. Rosis Bedenken waren ja nicht aus der Luft gegriffen gewesen, sollte man ihrer habhaft werden, würde man sie als Mörderin verurteilen. Die Tat abzustreiten wäre aussichtslos, ihre Flucht aus der Stadt mochte Beweis genug sein. In Magda begannen Furcht und Sehnsucht unerbittlich miteinander zu ringen. Und während sie über ihr Dilemma nachsann, reifte ein neuer Entschluss in ihr heran.

Wenn Lothar und Moritz Grobe tatsächlich in Köln weilten, bedeutete dies, dass sie rheinabwärts gezogen sein mussten. Sicherlich würde Lothar die Gelegenheit nutzen, einen Abstecher in die Heimat zu machen, um seine Familie zu besuchen. Hatte er das nicht fest versprochen? Was, wenn er bereits in Merode war und sie war nicht dort? Dieser Gedanke wurde ihr unerträglich. Es gab nur einen Weg, sie musste unverzüglich heimkehren. Von Anfang an war es töricht gewesen, sich auf die Suche zu machen. Nach allem, was geschehen war, sah sie ein, dass ihre Mutterliebe sie fast ins Verderben getrieben hätte.

Heimwärts also, ohne jeden weiteren Verzug. Indes, Rosi hatte völlig Recht, es wäre Wahnsinn, den Weg über Köln zu gehen, es war ratsam, einen weiten Bogen um die Stadt zu schlagen. Blieb nur der Weg durch die weiten Wälder der Eifel. Auch dies erschien ihr wenig verlockend, war aber letzten Endes wohl die vernünftigere Lösung. Sie war ein Kind des Lichts - Pater Raphael hatte es ihr versichert -, es würde ihr schon nichts zustoßen. Längst hatte ihr der Herrgott ihre Sünden vergeben. An Heiners Tod trug sie keine Schuld, sie hatte sich doch nur gegen seine Zudringlichkeit zur Wehr gesetzt. Umgebracht hatte ihn letztlich Rosi, das war dem Herrgott gewiss nicht entgangen.

Sie wandte sich westwärts und ließ den Fluss hinter sich. Sein vertraut gewordener Anblick und das Murmeln der Wellen würden ihr fehlen. Fortan galt es, sich nicht hoffnungslos zu verirren. Hügelige Wälder erstreckten sich vor ihr, forderten sie heraus, verhießen ihr Mühsal und Schweiß. Als der Abend kam, war sie von Einsamkeit umgeben, weit und breit kein Dorf, nirgends ein Gehöft, die Gegend schien menschenleer zu sein. Stunden waren vergangen, seit sie den letzten Weiler durchquert hatte.

Magda bekam es nun mit der Angst zu tun. Wo sollte sie nächtigen? Es begann zu dämmern, nicht weit von ihr bellte ein Fuchs. Unter einem Felsvorsprung, wo sie sich vor Wind und Niederschlag geschützt wähnte, bereitete sie sich notdürftig ein Lager aus Laub und Zweigen. Ihr letzter Proviant war verzehrt, doch mehr Sorge als der Hunger bereiteten ihr die wilden Tiere, die nachts aus ihren Löchern hervorkriechen mochten. Außerdem wurde es bald empfindlich kühl, sie konnte nur hoffen, dass sie im Schlaf nicht erfror. Da der Marsch sie sehr erschöpft hatte, lag sie allen Widrigkeiten zum Trotz nicht lange wach.

Doch der Schlaf brachte ihr keinen Frieden. Im Traum sah sie sich vor der Teufelsgrotte liegen, schwach und hilflos, wie damals, als die Wehen sie im Wald heimsuchten. Auch der alte Wolf, der ihr einst wie ein Bote des

Todes erschienen war, stand wieder geifernd vor ihr, bereit, ihr die Kehle durchzubeißen. Glutaugen funkelten Magda an, ein kalter Schauder erfasste sie. Schreiend fuhr sie aus dem Schlaf.

Ihr Herz hämmerte. Ein Kauz schrie. Dunkelheit ringsumher, aber keine Glutaugen. Erleichterung. Nach einer Weile schlief sie wieder ein, und diesmal blieben die Träume aus.

Am Morgen fühlte sie sich bleischwer, Füße und Hände waren kalt wie Eis. Vergeblich wartete sie darauf, dass die Sonne zum Vorschein kam, doch sie blieb verborgen hinter grauen Wolken. Bald würde es regnen, wie sollte sie sich da orientieren? Immerhin wusste sie, wo die Sonne am Abend verschwunden war, dorthin setzte sie ihren Weg fort. Jeder Schritt schmerzte in ihren Gelenken. Irgendwo in den Bäumen klopfte ein Specht.

Der Hunger zog ihr die Magenwände zusammen, aber der Wald bot ihr zu dieser Jahreszeit keine Nahrung. Magda dünkte es wie eine Verhöhnung, trug sie doch mehr Geld bei sich, als sie sich je erträumt hätte, und doch vermochte sie ihren Hunger nicht zu stillen.

Sie kannte Geschichten von den Menschen ihrer Heimat, deren Nahrung in Zeiten des Hungers aus Moos und Wurzeln bestanden hatte. Aus Würmern und Käfern. Gelang es ihr nicht bald, etwas Essbares aufzutreiben, würde auch sie sich mit solcher Kost begnügen müssen, um bei Kräften zu bleiben, ein Gedanke, der vor ihr bis vor kurzem noch völlig abwegig erschienen wäre. Oh nein, ein Kind des Lichts war sie in diesem Augenblick nicht, und sie konnte nur hoffen, dass ihre Misere bald ein Ende nahm. „Lieber Gott, hilf mir,“, flehte sie, als der Regen einsetzte, „lass mich hinter der nächsten Wegbiegung ein Dorf erblicken!“

Drei Wegbiegungen später musste sie einräumen, dass der liebe Gott ihr Gebet nicht erhören wollte. Trotzdem wehte ihr mit einem Mal der köstliche Duft gebratenen Specks in die Nase. Das Wasser lief ihr im Mund zusammen, mit neuem Mut spähte sie umher. Dichtes Gebüsch säumte den Pfad. Nun vernahm Magda menschliche Stimmen. Ohne Zögern machte sie sich auf die Suche nach ihren Rettern.

Fündig wurde sie auf einer Lichtung, an deren Rand sie zwei Gestalten an einem Lagerfeuer erblickte. Ein Blätterdach schützte sie vor dem Regen. Freudig ging Magda auf die beiden zu. Plötzlich richte sich ein behaartes Ungetüm vor ihr auf, ein beängstigendes Grollen drang aus seiner Kehle. Seine Nase war beringt, daran hing eine schwere Kette.

Ein Bär! Vor vielen Jahren hatte Magda ein solches Tier zuletzt während eines Erntefestes gesehen. Ein Vagabund hatte auf einer Flöte gespielt, und der Bär tanzte dazu. Doch das schreckliche Wesen dort vor ihr machte keinerlei Anstalten das Tanzbein zu schwingen, Geifer tropfte aus seinem Maul. Gleich würde es sich auf sie stürzen.

Was für ein alberner Tod, dachte Magda voll Bitterkeit. Sie hätte Merode niemals verlassen dürfen. Die Furcht vor den Feuern der Hölle war größer als ihre Todesangst. „Herr, erbarme dich meiner!"

Die Kette klirrte, ruckartig wandte der Bär sich von ihr ab. Verwundert sah Magda, wie er sich trollte und sich unter den Baum setzte, an dem er gekettet war.

Vor ihr stand eine der beiden Gestalten, die am Lagerfeuer gesessen hatten. Ein Mann im mittleren Alter mit gedrungener Statur und einem zerfurchten Gesicht. „Was willst du?", fragte er misstrauisch.

„Ich - bin hungrig", stammelte Magda.

„Kein Grund, Hugo zu erschrecken." Offenbar war das der Name des Untiers.

„Um Vergebung, ich wollte nicht -"

„Mach dich vom Acker!"

Diese Begegnung hatte Magda sich anders vorgestellt. Da sie inzwischen ihren ersten Schrecken überwunden hatte, spürte sie wieder den nagenden Hunger. „Ich roch gebratenen Speck und dachte -"

„Falsch gedacht. Und jetzt verdrück dich, sonst hetz' ich dir den Hugo doch noch auf den Hals."

Ihr Hunger war zu groß, um sich durch solche Feindseligkeit abweisen zu lassen. „Ich zahl' einen ganzen Kölnischen Silbergulden, wenn ich mit euch essen darf."

„Willst mich wohl veräppeln, he?"

Sie kramte ein Geldstück hervor und präsentierte es ihm mit ausgestreckter Hand. Dem Bärenführer fiel die Kinnlade herab. „Nun?", fragte Magda keck.

Mit dem Kinn wies er sie an, ihm zu folgen. Die zweite Person am Lagerfeuer war eine Frau mit wirren Haaren und verbissenen Zügen. Ihre Glotzaugen musterten Magda eifersüchtig. „Wer ist denn die?", fragte sie unwirsch.

„Sie isst mit uns."

„Ach ja?"

„Mach schon, gib ihr Brot und Speck!"

Sie nahmen Platz und aßen. Gierig langte Magda zu. Endlich hatte ihre Pechsträhne ein Ende. „Wohin führt euch der Weg?", fragte sie den Bärenführer, um das lastende Schweigen zu beenden.

„Düren, Aachen, dann Lüttich. Dorthin, wo die Leute nur selten einen tanzenden Bären zu sehen kriegen. Weshalb fragst du?"

„Wenn ich euch begleiten darf, soll's euer Schaden nicht sein."

„Soweit kommt es noch, dass wir jede dahergelaufene Schlampe mitnehmen", brummte die Frau.

„Still, Weib!", sagte der Mann. „Allein in diesen Wäldern, das wär' doch viel zu gefährlich für sie!"

Magda nickte ihm dankbar zu. Gott musste ihr endlich vergeben haben. Hätte Er ihr sonst nicht diese Leute über den Weg geschickt?

42.

Als nach endlos währenden Monaten des Wartens der Winter übers Land kam, schwanden Falks Hoffnungen auf Magdas Rückkehr. Es war mehr als wahrscheinlich, dass ihr etwas zugestoßen sein musste. Wobei viele Meroder der Überzeugung waren, sie sei mit irgendeinem Kerl davongebrannt. Unbeeindruckt von solchen Klatschgeschichten betete Falk für ein Wunder.

Zu Beginn des Jahres 1335 erfuhr man in der Herrschaft vom Tod des Papstes im fernen Avignon. Neunzig Jahre alt war der Pontifex geworden, von dem man wusste, dass er während der achtzehn Jahre seines Pontifikats mit dem deutschen König einen beharrlichen Kampf um Macht und Privilegien ausgefochten hatte. Als erster Papst hatte er dauerhaft in Avignon residiert, und es stand zu hoffen, dass sein Nachfolger nach Rom zurückkehrte. Dies aber blieb ein frommer Wunsch, denn auch Benedikt XII., ein hochgebildeter Zisterzienser, sollte sich von der Abhängigkeit des französischen Königs nicht lösen können.

Unter Johannes war das Ansehen des Papsttums in den Augen vieler Gläubiger gesunken, Simonie und Günstlingswirtschaft hatten das Amt in Verruf gebracht. Zudem hatte Johannes in seinen letzten Lebensjahren die Lehre vertreten, dass die Seelen aller Verstorbenen, selbst die der Heiligen, erst am Jüngsten Tag zur Anschauung Gottes gelangen würden - was manchen Gläubigen in schiere Verzweiflung stürzte. Denn wie sollten die Heiligen als Fürsprecher vor Gott in Erscheinung treten, wenn sie Sein Antlitz nicht schauen durften? Zum Sprichwort wurde in Merode der Ausruf der geschwätzigen Bäuerin Kunigunde während einer Bittprozession. Als Pater Raphael die vierzehn Nothelfer um ihren Beistand bat, schlug Kunigunde die Hände über den Kopf zusammen und rief mit inbrünstiger Verzweiflung: „Alles vergebens, Sankt Raphael, alles für die Katz'!"

Erst kurz vor seinem Tod widerrief der alte Papst seine Meinung, was bei seinem viel beschworenen Starrsinn immerhin erstaunlich war war.

Johannes' Erzfeind, der Wittelsbacher Ludwig, seit 1327 mit dem Kirchenbann belegt, hatte sich im Januar 1328 in Rom zum Kaiser krönen lassen. Den Franziskanermönch Pietro Rainalducci machte er zum Gegenpapst, doch nach zwei Jahren verzichtete dieser auf seine Würden und unterwarf sich Johannes. Im selben Jahr starb Friedrich der Schöne, Ludwigs früherer Rivale um die Königsmacht, den er nach ihrer Aussöhnung zum Mitkönig erhoben hatte. Acht Jahre nach der Schlacht von Mühldorf, wo Hunderte ihr Leben ließen, ging auch der Habsburger den Weg allen Fleisches.

Ohnedies hatte der Tod in den vergangenen Jahren unter den Mächtigen muntere Ernte gehalten. Auch jener Mann, der Friedrich einst in Bonn zum König und somit zum Widersacher des Wittelsbachers salbte, starb 1332. Gierig, trunksüchtig und gnadenlos, das waren die Eigenschaften, die Erzbischof Heinrich von Virneburg von seinen Feinden nachsagt wurden. Sein hartes Vorgehen gegen Beginen und Begarden hatte selbst strenggläubige Kleriker erschüttert. Maßgeblich war er am Ketzerprozess gegen Eckhart von Hochheim beteiligt gewesen.

Und auch in Merode hatte Gevatter Tod sich nicht allein mit einfachem Volk begnügt. Werner der Ältere - zuletzt hatte er den Titel „Baron" für sich beansprucht - war zwei Jahre zuvor an einem Lungenfieber gestorben. Seine Hälfte der Herrschaft übernahm sein jüngerer Bruder Gerhard.

Ein grausiger Leichenfund sorgte im Frühjahr 1335 für allgemeine Betroffenheit in der Herrschaft. Bis weit in den März hinein hatten Frost und Schnee die Menschen in ihren Häusern festgehalten. Als endlich Tauwetter einsetzte, warteten Unmengen von Arbeit auf die erleichterten Bauern.

Auch Sibylle, die Hebamme, machte sich auf, um in den Wäldern die ersten Frühlingskräuter zu sammeln. Sie litt nun selbst zunehmend unter rheumatischen Schmerzen. Die Sonne war ihr deshalb eine Wohltat nach all den finsteren Wochen, während derer sie sich mancher Grübelei hingab. Seit dem Tod ihres geliebten Jakob - mehr als vierzig Jahre waren seitdem vergangen, ein ganzes Menschenalter - war ihr an der Zuneigung der Männer nicht das Geringste gelegen gewesen. Ohnehin war sie den meisten Leuten im Dorf unheimlich, sofern man nicht gerade ihre Dienste benötigte. Doch seitdem Moritz, der Wundarzt, ihr zwei Jahre zuvor den Hof gemacht hatte, waren in ihr lange verschüttet geglaubte Gefühle erwacht. Es gelang ihr nicht, Moritz zu vergessen. Sie schalt sich eine alte Närrin.

Manchmal stellte sie sich vor, wie es wohl wäre, mit Mo ein gemeinsames Leben zu führen, wenngleich ihr Bruder Bodo wohl sein Veto dagegen eingelegt hätte. Der alte Junggeselle war in den vergangenen Jahren sehr hinfällig geworden. Schon immer hatte er an seiner Schwester gehangen, und je mehr er seine Kräfte schwinden spürte, umso größer wurde seine Anhänglichkeit. Zu allem Unglück hatte er im vergangenen Jahr sein rechtes Bein verloren, weil er neben seinem schwelenden Meiler eingeschlafen war. Sibylle war nichts anderes übrig geblieben, als ihm das faulende Bein unterhalb des Knies abzusägen.

Nachsinnend schritt Sibylle durch den Wald und genoss die wärmenden Sonnenstrahlen, die ihr die Schmerzen aus den Knochen saugten. Sie kannte eine Stelle, zwei Stunden Fußmarsch von Merode entfernt, wo der Bärlauch früher als anderswo wuchs. Doch von Jahr zu Jahr wurde der Weg beschwerlicher. Jedes Mal aufs Neue fragte sich Sibylle, ob sie auch im kommenden Jahr noch die Kraft besitzen würde, diesen Weg zurückzulegen. Fast war sie schon am Ziel angelangt, als sie die grauenhafte Entdeckung machte.

Ein blauer Stofffetzen, der abseits des Pfades durch das noch winterkahle Dickicht schimmerte, erweckte ihre Aufmerksamkeit. Nichts Gutes ahnend, beschloss sie, der Sache auf den Grund zu gehen. Im Schatten der Bäume war der Schnee noch nicht weggetaut, gefrorenes Unterholz knackte unter Sibylles vorantastenden Schritten.

Es war die Leiche einer Frau, zu der das schimmernde Blau sie führte. Die Skelettierung war bereits fortgeschritten, doch der lange Winter hatte den Verwesungsprozess noch einmal aufgehalten. Wilde Tiere hatten sich an ihrem Fleisch gütlich getan. In grotesker Verrenkung lag sie dort, und eine dumpfe Ahnung beschlich Sibylle. Sie bückte sich zu der Leiche hinab, um den Totenkopf, der sie hämisch anzugrinste, näher zu betrachten. Ihre Ahnung wurde zur Gewissheit.

Die Tote war Magda.

„Mädchen, wir beide haben uns nie gemocht", raunte Sibylle dem Leichnam zu, „dennoch wünsche ich dir, dass deine Seele Frieden gefunden hat."

Unverzüglich machte sie sich auf den Heimweg, um dem Witwer die Nachricht zu überbringen.

*

„Komm nur herein!", rief Eva. Offenbar hatte sie auf sein Klopfen gewartet. Kasimir betrat die Schlafkammer und schloss rasch die Tür hinter sich. Bis heute war es ihm noch immer gelungen, unbemerkt vom Rest der Burgbewohner zu seiner Herin zu gelangen.

Sie wurde einfach nicht schwanger.

„Bereit?", fragte er sie mit einem Lächeln.

Sie nickte und lächelte ebenfalls.

Er zog sich aus. „Meinetwegen kann es noch ein Jahr so weitergehen", lachte er.

„Sag so etwas nicht!" Sie klang verärgert. „Du kennst den Zweck unserer Zusammenkunft."

„Um Vergebung."

Er begann sie zärtlich zu streicheln. Zuerst die Schulter, dann ihren Bauch und ihre Brüste. Vor geraumer Zeit hatte Eva ihm die Erlaubnis dafür gegeben. Es half ihr, in die richtige Stimmung zu kommen. Einen Moment lang spielte er mit dem Gedanken, seine Hand zwischen ihre Schenkel gleiten zu lassen, aber er besann sich. Eva würde das nicht zulassen. Sie lag auf dem Rücken, die Augen geschlossen, ihr Atem ging ruhig und gleichmäßig. Sie war so wunderschön, dass Kasimir am liebsten vor Glück geweint hätte. An ihrer Schönheit änderte auch das dunkle Mal an ihrem Hals nichts, auf seltsame Weise machte es sie sogar noch begehrenswerter.

„Bereit?", fragte er nach einer Weile.

„Bereit", erwiderte sie flüsternd.

Er legte sich auf sie, sanft, wie er es immer tat. Ihn überkam das unbändige Bedürfnis, ihre Lippen zu küssen. Ob sie es zulassen würde? Langsam näherte er sich ihrem Mund. Eva hielt die Augen geschlossen, schien seinen Atem zu spüren, seine brennende Begierde. Rasch wandte sie den Kopf zu Seite, und Kasimir bereute, gegen eine unausgesprochene Vereinbarung verstoßen zu haben. Doch sie schien ihm nicht weiter gram zu sein, machte ihm keine Vorhaltungen. Ihr Atem beschleunigte sich, und sie öffnete die Schenkel. Früher war es vorgekommen, dass sie, obwohl er sehr sanft vorging, vor Schmerzen aufstöhnte. Manchmal stöhnte sie immer noch, wenn er in sie eindrang, aber Kasimir gab sich der Hoffnung hin, dass es Laute der Wonne waren. Nachdem er sich in ihr ergossen hatte, wälzte er sich behutsam von ihr. Einmal hatte er keuchend auf ihr verharrt, da hatte sie ihn von sich geschoben.

„Danke, Kasimir." Sie sagte das immer, wenn sie zum Ende gekommen waren. Als ob er ihr etwas zu essen gereicht hätte. Immerhin lächelte sie ihn wieder an.

Kasimir stand auf, begann sich anzukleiden. Spürte ihren Blick in seinem Rücken. „Was ist mit Hanna?", fragte sie ihn. „Teilst du inzwischen wieder das Bett mit ihr?"

„Nein. Sie meidet mich. Und solange Merbodo sie nicht verstößt, wird sich auch nichts daran ändern."

„Kasimir, ich wünschte -" Sie rang nach Worten, er wandte sich zu ihr um.

„Ja?"

„Ach, ich wünschte, alles wäre anders."

Es blieb offen, was genau sie meinte, aber Kasimir hielt es für besser, sie nicht danach zu fragen. Er nickte ihr zu.

Wie jedes Mal verließ er die Kammer in der Hoffnung, dass Eva auch diesmal nicht empfangen hatte.

Eva wartete eine Weile, bis sie sich an seine Abwesenheit gewöhnt hatte. Dann ließ sie ihre Hände langsam abwärts gleiten, bis sie ihre Scham erreichten. Sie begann sich sanft zu streicheln. Dann war es ihr plötzlich, als hörte sie Johanna aufschreien. „Na, was muss ich sehen!", sagte die Freundin aus früheren Tagen amüsiert. „Mein ach so keusches Evchen gibt sich der Wollust hin!"

„Musst du immer gleich zu allem einen Spruch abgeben?"

„Ja. Sonst wäre ich nicht ich."

„Ich dachte, es könnte hilfreich sein. Für die Leibesfrucht, meine ich."

„Für die Leibesfrucht, gewiss, gewiss. Warum gibst du nicht einfach zu, dass es dir Spaß macht, dich zu streicheln."

„Müssen wir wirklich darüber sprechen?"

„Wann legst du endlich deine Hemmungen ab? Ja, lass uns darüber sprechen. Der Beischlaf mit Kasimir - er bereitet dir inzwischen Genuss, nicht wahr? Viel Genuss!"

„Ich weiß nicht."

„Und ob du's weißt. Lüg mich nicht an. Das passt nicht zu dir."

„Genuss, wie meinst du das?"

„Heiliger Strohsack, willst du mich verkohlen? Du hast dich ein Leben lang mit dem Kauderwelsch der Gelehrten auseinandergestzt, und jetzt willst du mich glauben lassen, dass du nicht weißt, was ich mit Genuss meine?"

„Nein, ich -"

„Du magst es, von ihm gevögelt zu werden, Eva. Genau das meine ich, nicht mehr und nicht weniger."

Eva schwieg beschämt, aber Johanna fuhr unerbittlich fort: „Und du hasst es, dass du ihn nicht liebkosen kannst. Ihn nicht küssen kannst. Nicht seine Rute in die Hand nehmen kannst, oder sonst wohin. Das würdest du doch alles einmal liebend gern tun, oder? - He, ich rede mit dir."

„Selbst wenn es so wäre -"

„Keine Umschweife! Verdammt, du hast dir angewöhnt, immer um den heißen Brei herumzureden. Ich bin deine Freundin, und mit mir kannst du über alles sprechen."

„Das weiß ich doch."

„Also gut. Ich höre?"

„Was?"

„Gott im Himmel, muss sich denn wirklich wiederholen, was ich eben gesagt habe?"

„Du meinst -"

„Einen Mann lieben! Mit all deinen Sinnen! Und nicht nur da liegen wie ein Mehlsack und alles mit schlechtem Gewissen über dich ergehen lassen! Das würdest du doch gern tun, gib's endlich zu."

„Ich -"

„Ja oder Nein?"

„Warum schreist du denn so?"

„Ja oder Nein?"

„Verdammt, ja! Ja, das würde ich gern einmal tun!"

Ein Ausruf des Erstaunens. „Evchen! Du hast es gesagt! Siehst du, da fühlt man sich doch gleich besser. Und was noch viel erstaunlicher ist: Du hast geflucht! Im Leben nicht hab ich dich je fluchen gehört. Nicht mal, wenn wir wieder mal in einer flohverseuchten Kaschemme nächtigen mussten."

„Ich hab geflucht?"

„Hab's genau gehört."

„Und wenn schon."

„Warum lässt du deiner Leidenschaft nicht einmal freien Lauf?"

„Bei Kasimir?"

„Sonst gibt es ja keinen, der dich besteigt, oder?"
„Du weißt genau, Johanna, was der Zweck unserer Vereinigung ist. Ich tue es, weil Robert es von mir erwartet. Und Kasimir macht es aus dem gleichen Grund. Darüber hinaus kann ich Kasimir nicht die Hingabe entgegenbringen, die in Wirklichkeit meinem Gemahl zusteht."
„Du machst es dir wirklich nicht leicht. Magst du Kasimir?"
„Sicher."
„Liebst du ihn?"
„Natürlich nicht."
„Bist du dir dessen wirklich so sicher?"
„Ich liebe Robert!"
„Auch wenn Robert dich nicht wie ein Mann lieben kann?"
„Das spielt für mich keine Rolle. Liebe besteht nicht aus Fleischeslust."
„Ist er nicht eifersüchtig, dass du es seit einem Jahr mit seinem Diener treibst?"
„Ich glaube nicht. Und wenn er es wäre, würde er sich das nicht anmerken lassen."
„Den Verlust deiner Unschuld hatte ich mir anders vorgestellt. Andererseits, so wie es ist, passt es eigentlich zu dir. He, das sollte keine Beleidigung sein."
Eva seufzte bekümmert. „Ich wünschte, es wäre alles anders."
„Ist das dein neuer Lieblingsspruch? Erzähl deiner treuen Freundin, was du gerne anders hättest."
„Kannst du dich in meine Situation hinein versetzen?"
„Hm! Zugegeben, das ist nicht einfach. Zumal wir grundverschiedene Menschen sind ... waren."
„Stell dir folgendes vor: Robert hat Gäste zum Bankett geladen. Alle sitzen an der Tafel, ich zur Linken meines Gemahls. An meiner Seite wiederum sitzt Kasimir, sein Diener. Man isst, man trinkt, es wird gelacht, Musikanten spielen auf. Roberts Gäste sind hohe Herren aus Wesel oder Ritter aus der Umgebung. Immer wieder glaubt einer der Gäste, Robert Komplimente machen zu müssen."
„Zum Beispiel über die Schönheit und die Klugheit seiner Gemahlin."
„Alle schauen zu mir herüber, man lächelt und winkt mir zu, und ich, ich sitze da zwischen dem Mann, dem ich angetraut bin, und dem, der mit mir ein Kind zeugen soll. Ich spüre, wie ich feuerrot anlaufe, als könnten die Anwesenden in meinen Gedanken lesen. Ich komme mir vor, wie eine Lügnerin, eine Heuchlerin, eine -", sie zögerte es auszusprechen, überwand sich, „wie eine Hure."
„Falls es dich beruhigt: Mit einer Hure hast du so wenig gemein wie die Rose mit einem Unkraut."
„Wie sehr ich es hasse, den Menschen etwas vorzumachen."
„Nicht deine Schuld."

„Nächste Woche findet wieder ein solches Bankett statt. Robert erwartet den Erzbischof. Ach, ich wünschte, ich müsste nicht dort sein."

„Wird schon vorübergehen." Fast glaubte Eva, die tröstende Hand der Freundin auf ihrer Schulter zu spüren. „So wie alles einmal vorübergeht."

43.

Vermutlich war Magda ermordet worden, denn es gab Merkmale an ihrem halbverwesten Körper, die darauf hinwiesen. Zumindest behauptete das der Leichenbeschauer, den Herr Gerhard Scheiffart eigens aus Düren herbeirufen ließ. Doch viele Fragen blieben offen. Die Umstände ihres Verschwindens sowie ihr rätselhafter Tod sollten in der Herrschaft noch lange Gegenstand abenteuerlicher Mutmaßungen bleiben.

Falk durchlebte eine Zeit tiefster Leere. Umsorgt wurde er zeitweilig von Cäcilia, die ihm eröffnete, dass sie wieder schwanger sei. „Wenn's ein Mädchen wird", sagte sie tröstend zu ihrem Vater, „möchten wir es nach seiner Großmutter benennen." Ihr Versprechen konnte Falk nicht aus seiner Lethargie reißen. Trauer und Einsamkeit erfüllten ihn - und die Sehnsucht nach längst vergangenen Tagen. Nachts, wenn er schlaflos und grübelnd ins Dunkle starrte, sah er sich mit Eva unter der Liebeseiche sitzen, und es schien ihm, als sei die Welt damals ein Paradies gewesen.

Nur drei Tage nach Magdas Beisetzung starb auch ihr Zwillingsbruder Winand. Evas Bruder Martin fand den Vetter morgens tot im Stall. Wie entschlafen lag er zwischen den Kühen, die sich nicht an ihm störten. Offenbar hatte Winand der Schlag getroffen. Rätselhaft war nur, warum seine Lippen eine purpurne Färbung aufwiesen. Hatte er ein giftiges Kraut gegessen und sich auf diese Weise selbst ums Leben gebracht? Und wenn ja, warum hatte er diese Sünde begangen? Der Familienrat beschloss, den fürchterlichen Verdacht für sich zu behalten. Selbst der großherzige Pater Raphael hätte einen Selbstmörder nicht in geweihter Erde bestatten dürfen.

Aufmerksamen Merodern blieb nicht verborgen, dass Cordula, Winands trauernde Witwe, während der Beerdigung immer wieder den Blickkontakt mit Falk suchte. Zwei Menschen, die gleiches Leid zu ertragen hatten - kein Wunder, dass bald die ersten Gerüchte aufkamen.

*

„Bitte, legt Euch bäuchlings dort auf die Lagerstätte", sagte Lothar mit ruhiger Stimme. Sein Patient hatte sich inzwischen seiner Hosen entledigt und schielte ängstlich auf die Lanzette in Lothars Hand. Er sei Schneider, hatte der Mann zuvor verlauten lassen, er müsse viel sitzen, und seit einiger Zeit plage er sich, nun ja, er plage sich mit ... „Mit einem Geschwür!", hatte Lothar ihn aus seiner Verlegenheit geholfen. „Und zwar an Eurem Hintern! Glaubt mir, Ihr seid nicht der erste Schneider, den dieses lästige Übel plagt. Aber ich kann Euch helfen!"

Der Schneider zögerte. Plötzlich schienen ihm Zweifel zu kommen. „Sollte das nicht besser dein Meister erledigen?", fragte er mit argwöhnischem Blick auf Lothars verkrüppelte Hand.

„Gewiss, wenn's Euch lieber ist. Allerdings müsst Ihr Euch dann gedulden. Meister Moritz ist draußen noch beschäftigt."

„Ach verdammt, ich will's endlich hinter mich bringen. Wie oft hast du das schon gemacht, Junge?"

Lothar war daran gewöhnt, dass die Leute wegen seiner Jugend Vorbehalte hatten. „Schon einige Male", erwiderte er. Es klang selbstbewusst, aber nicht überheblich. Der Schneider nickte ihm zu.

„Also gut, fangen wir an!" Er schlug ein Kreuz und legte sich hin. „Wird es wehtun?", fragte er gepresst.

„Wenn Ihr wollt, versetzte ich Euch in einen Halbschlaf", bot Lothar ihm an. Von einem anderen Wanderchirurgen hatte er erst kürzlich ein wirksames Rezept in Erfahrung gebracht. Hierbei goss man einen Saft aus Bilsenkraut über einen Schwamm, den man dem Patienten sanft auf Mund und Nase presste. Der Chirurg verriet ihm das Rezept wohl auch deshalb, weil er hoffte, ihn abwerben zu können. Aber Lothar wollte seinen großväterlichen Freund auf keinen Fall verlassen. Ohnehin wirkte Moritz in letzter Zeit oft fahrig und zerstreut. Lothar hatte sich vorgenommen, künftig gut auf ihn Acht zu geben.

„Halbschlaf?" Der Schneider dachte nach. „Ist das etwa Zauberei?"

„Wo denkt Ihr hin? Es sind betäubende Dämpfe, die Euch den Schmerz nicht so heftig spüren lassen werden."

„Und vermutlich kostet das extra, nicht wahr?"

„Umsonst ist nur der Tod!", erwiderte Lothar seufzend. Es war die Antwort, die Moritz ihm für solcherlei Fragen eingebläut hatte. Lothar hatte ihm versprechen müssen, nicht allzu großzügig zu sein, wenn jemand mit ihm feilschte. „Schließlich müssen wir leben, und das können wir nicht allein von Luft!", pflegte Moritz zu sagen.

„Nun, ich werde es auch ohne diese verdammten Dämpfe überleben", entschied sich der Schneider. „Bringen wir's hinter uns."

Lothar kniete sich neben ihn, nahm das taubeneigroße Abszess am Steiß des Schneiders sorgfältig in Augenschein. „Ich werde zuerst den Eiter ablassen", erklärte er beflissen. „Dann werde ich die Wunde gründlich ausspülen, bevor ich -"

„Schon gut, Junge, ich will das gar nicht wissen. Fang einfach an!"

Gerade wollte Lothar die Lanzette ansetzen, als draußen jemand laut fluchte. Lothar hielt inne. Bald war ihm klar, was dort vor sich ging.

„Was ist?", fragte der Schneider ungeduldig.

„Bitte entschuldigt mich einen Augenblick."

„Kriegst also doch kalte Füße, wie?"

Lothar erhob sich, schob die Plane beiseite und spähte hinaus. Auf dem Barbierschemel saß ein dicker Mann, der Moritz derb beschimpfte. Moritz hatte ihn bei der Rasur geschnitten. Der Dicke fuhr mit seinen fleischigen Fingern über die Wunde. „Könnt Ihr nicht aufpassen, Tattergreis? Seht Euch das mal an. Wollt Ihr mich umbringen?"

„Kann doch mal passieren, oder? Aufregung schadet nur Eurem Herzen." Auch wenn er Fehler machte, ließ Moritz sich niemals einschüchtern.

„Was geht Euch mein Herz an? Eine Rasur wollte ich, keine dummen Ratschläge!"

„Papperlapapp!"

Der Dicke lief rot an vor Wut. „Was fällt Euch ein? Ihr wisst wohl nicht, wen Ihr vor Euch habt. Ich bin Zunftmeister der Zimmerleute in dieser Stadt, und ich -"

„Und wenn Ihr der Kaiser persönlich wärt: Ich hab's nicht mit Absicht gemacht. Außerdem habt Ihr Euch bewegt!"

„Was sagt man dazu?" Der Dicke schnaufte und suchte Unterstützung bei zwei Männern, die bislang in der Nähe gewartet hatten. „Der Kerl schlitzt mir den Hals auf und gibt mir auch noch die Schuld dafür."

Die Männer hoben die Schultern und berieten sich kurz. Dann machten sie sich davon, um sich, wie Lothar vermutete, ihre Bärte anderswo scheren zu lassen.

Lothar nahm eine getrocknete Brennessel aus der Kräuterkiste. Er verließ den Wagen und gesellte sich zu den beiden Streithähnen. Der Dicke hatte sich inzwischen erhoben, drohte Moritz mit einer Faust und drakonischer Vergeltung. „Wenn ich wollte, könnte ich Euch in den Kerker werfen lassen, alter Kurpfuscher!"

„Papperlapapp! Und wenn ich wollte, könnte ich dafür sorgen, dass Euer Gemächt -"

„Am besten lässt du das Gemächt dieses Herrn aus dem Spiel, Mo", fuhr Lothar ihm ins Wort und legte besänftigend eine Hand auf seine Schulter. Moritz blinzelte ihn wütend an, öffnete den Mund zu einer Entgegnung, aber Lothar schüttelte warnend den Kopf. „Lass nur, Mo, ich werde die Rasur beenden. Der Herr Zunftmeister soll nicht verdrossen von hier fortgehen."

„Nicht verdrossen?" Der Dicke lachte höhnisch auf. „Soll das ein Witz sein, Kleiner? Ich sehe aus, als sei ich unters Schlachtermesser gekommen!"

„Ich bitte Euch, nehmt nur wieder Platz."

„Den Teufel werde ich tun!"

„Bitte!"

Der Dicke schnaufte abermals wie ein Ochse, sein blutverschmiertes Doppelkinn waberte, er überlegte und ließ sich schließlich mit einer dahingezischten Verwünschung wieder auf dem Hocker nieder. Es war eine Erfahrung, die Lothar nicht zum ersten Mal machte: etwas in seinen Augen, vielleicht auch in seiner Stimme, ließ auch die halsstarrigsten Leute tun, worum er sie bat. Seiner Jugend zum Trotz gab es offenbar etwas in seinem Wesen, das die Menschen Vertrauen schöpfen ließ. „Danke", sagte er zu dem Dicken. Hiernach presste er die getrocknete Brennessel auf seinem Hals.

„Was machst du da?", fragte der Zunftmeister mürrisch.

„Es wird die Blutung stillen. Seid unbesorgt, ich werde gleich mit der Rasur fortfahren. Ihr werdet sicher zufrieden sein." Er nahm das Schermesser, das Moritz ihm reichte.

„Hab keine Lust mehr, Bärte zu scheren", maulte der alte Wundarzt. „Immer nur Bärte scheren, Bärte scheren - als ob es auf dieser beschissenen Welt nur noch Bärte gäbe."

„Schon gut, Mo. Ich mach's ja."

„Was hast du da im Wagen?"

„Ein Eitergeschwür. Sei so nett und vertröste den guten Mann. Sag ihm, ich komme gleich zu ihm."

„Brauchst du nicht. Ich erledige das."

„Warum ruhst du dich nicht aus?"

„Lümmel, denkst du etwa, ich sei nicht mehr imstande, ein beschissenes Geschwür zu spalten? Kümmere dich um deinen Bart." Er verschwand im Wagen. Besorgt sah Lothar ihm hinterher. Einmal mehr fiel ihm auf, wie zerbrechlich sein Mentor geworden war.

„Er hat seine besten Tage wohl hinter sich", verkündete der Zunftmeister bärbeißig. Lothar war verärgert über seine Worte, blieb aber höflich.

„Glaubt mir, er ist ein sehr guter Wundarzt", versicherte er ihm.

Der Dicke brummte vor sich hin, während Lothar mit der Rasur fortfuhr. Plötzlich öffnete sich die Plane des Wagens und der Schneider sprang heraus. Er trug wieder seine Hosen, was Lothar verwunderte: so schnell konnte Moritz unmöglich gearbeitet haben. „Zuerst ein Jungspund, dann ein verrückter Alter!", sagte der Scheider zu dem Dicken und schüttelte fassungslos den Kopf.

„Mit Verlaub, Herr Schneider, aber ich sagte es gerade schon zum Herrn Zunftmeister: Meister Moritz ist ein tüchtiger Wundarzt!"

„Wieso weiß er dann nicht, was er zu tun hat?"

Lothar sah den Schneider verständnislos an. Er konnte sich keinen Reim auf diese Behauptung machen.

„Glücklicherweise gibt es ja noch andere Wundärzte." Der Schneider rauschte ab, ohne sich noch einmal umzudrehen.

„Mir scheint, du hast ein Problem mit deinem alten Meister, Junge", sagte der Zunftmeister.

Lothar arbeitete schweigend weiter. Als er fertig war, lobte ihn der Zunftmeister: „Du bist wirklich geschickt, trotz deiner verkrüppelten Hand. Lass dir einen guten Rat geben: Such dir einen neuen Lehrherrn. Einen, der noch alle Sinne beisammen hat."

Lothar nahm die Münze, die der andere ihm reichte, nicht an. „Danke", sagte er kühl, „aber meine Dienste braucht Ihr heute nicht zu bezahlen.

Und seht es mir nach, wenn ich Meister Moritz trotz Eures wohlmeinenden Ratschlags die Treue halte."

„Wie du meinst." Der Dicke stapfte davon. Am liebsten hätte Lothar ihm das Rasiermesser hinterhergeworfen.

Der Tag neigte sich inzwischen dem Ende zu. Der Himmel über dem Rossmarkt zu Frankfurt wurde zusehends dunkler, und die Menschen zog es nach Hause, Kirchenglocken läuteten zum Abendgebet. Mit weiterer Kundschaft war nicht mehr zu rechnen. Lothar stieg in den Wagen, wo Moritz in einer Ecke kauerte und wie entgeistert die Lanzette in seiner Hand anstarrte. „Was war mit dem Schneider, Mo?"

Moritz ließ die Lanzette nicht aus den Augen. „Ist wieder gegangen."

„Ja, das hab ich gesehen. Warum hast du ihn nicht behandelt?" Er achtete darauf, dass in seiner Stimme kein vorwurfsvoller Ton mitschwang.

„Ich wollte es ja, aber ... aber -"

Noch nie hatte Lothar ihn so verwirrt gesehen. „Was aber, Mo?"

„Ich wusste plötzlich nicht mehr, was ich zu tun hatte."

„Wie meinst du das?"

„Herrgott, so wie ich's sage. Plötzlich hatte ich alles ... vergessen! Vergessen, wie man ... wie man - ja, was eigentlich?"

Lothar ließ sich seine Erschütterung nicht anmerken. „Und jetzt? Weißt du wieder, was du hättest tun sollen?"

Moritz nickte, aber es wirkte nicht sehr überzeugt. „Wie kann man alles vergessen?", stammelte er.

Lothar setzte sich zu ihm, nahm ihm die Lanzette aus der Hand. „Du hattest heute einen schlechten Tag, Mo. Nimm dir das nicht so zu Herzen."

Sein Trost schien von Moritz abzuprallen. „Wie kann man alles vergessen?", fragte er sich ein zweites Mal.

„Lass uns in ein Wirtshaus gehen, Mo. Lass uns etwas Gutes essen und trinken, das haben wir uns verdient."

Ein deftiges Stück Braten und ein guter Tropfen Wein: es gab nicht viele Dinge auf der Welt, die Moritz mehr Freude und Genuss bereitet hätten. Heute aber schüttelte er nur kraftlos den Kopf. „Bin nicht hungrig. Wie kann man alles vergessen?"

„Komm schon. Stell dir einfach vor, Sibylle würde uns begleiten."

„Sibylle", echote Moritz leise.

„Und morgen sieht die Welt schon wieder anders aus."

„Ich kannte alte Menschen, die wurden von Tag zu Tag vergesslicher. Bis sie sich am Ende noch nicht einmal an ihren eigenen Namen erinnern konnten."

„Das wird dir schon nicht passieren."

Moritz sah den Jüngeren lange an. „Seit wann müssen wir uns etwas vormachen, Junge?"

Lothar senkte den Blick vor ihm.

„Also schön, wenn du unbedingt möchtest, lass uns in ein Wirtshaus gehen. Beschwer dich aber nicht, wenn ich auf einmal Sibylle zu dir sage."
Endlich lächelte Moritz wieder.

Später, als sie satt und zufrieden zum Wagen zurückkehrten, wartete dort eine vemummte, hochgewachsene Gestalt auf sie. „Kommt morgen wieder!", sagte Moritz schroff.

„Aber, aber! Ihr wollt Euch doch etwa kein gutes Geschäft entgehen lassen." Die Stimme des Mannes klang hell und hochmütig.

„Kommt ganz darauf an", gab Moritz sich nun etwas freundlicher. „Was wollt Ihr?"

Der Mann sah sich nach allen Seiten um. Offenbar legte er keinen Wert auf ungebetene Zuhörer. Er dachte nicht im geringsten daran, die Kapuze zurückzuschlagen, aber trotz der Dunkelheit erkannte Lothar ein kantiges Profil. „Hier in Frankfurt bin ich eine wichtige Perönlichkeit", begann er flüsternd. Beinahe klang es wie eine Drohung.

In Lothar keimte eine Ahnung. „Ihr kommt wegen des Zunftmeisters, nicht wahr?"

„Ich weiß nicht, wovon du sprichst, aber ich rate dir, mich nicht noch einmal zu unterbrechen, Bürschchen."

Lothar nickte, hielt dem Blick des anderen jedoch tapfer stand. Der wandte sich wieder an Moritz.

„Ich will Euch eine Mark Silber zahlen, wenn Ihr mir einen Dienst erweist."

„Wenn es in unserer Macht steht, warum nicht?" Die Erwähnung der Geldsumme hatte Moritz noch zugänglicher gemacht.

Das Flüstern des Fremden wurde eindringlicher. „Ihr könnt doch sicher auch ein Kind wegmachen?"

„Ihr meint ein ungeborenes Kind? Sicher, das lässt sich machen."

„Gut." Er holte eine Geldkatze aus seinem Umhang und reichte sie dem alten Chirurgen. „Morgen früh wird eine junge Frau zu Euch kommen. Sorgt dafür, dass sie nicht länger schwanger ist."

„Verstanden!" Moritz wog die Geldkatze in seinen Händen.

„Und kein Wort zu irgendwem. Sonst sorge ich dafür, dass man Euch bei lebendigem Leib die Haut abzieht."

Drohungen hatten Moritz noch nie aus der Fassung gebracht. „Wie die Gräber werden wir schweigen. Unsere Haut ist uns lieb und teuer."

Der Mann nickte und machte kehrt, sein Schatten verschmolz mit der Dunkelheit.

„Siehst du, Junge?", frohlockte Moritz. „Der verdammte Zunftmeister kann uns gestohlen bleiben. Soviel Geld können wir in einem halben Jahr nicht verdienen."

„Hast du wirklich jemals einen Fötus weggemacht?", fragte Lothar beklommen.

„Wie? Hm, kann sein. Ist schon ein paar Jahre her. Aber darum mach ich mir keine Sorgen, ich weiß noch, wie's geht. Du bestimmt auch, oder? Es gibt doch nichts, was du nicht wüsstest."

„Warum fragt er ausgerechnet uns?"

„Na, was glaubst du denn? Weil wir fremd sind und bald weiterreisen. Er hat sich unsere Verschwiegenheit gekauft. Hier in Frankfurt hat er womöglich Feinde, da kann er nicht riskieren, dass jemand ausplaudert, wen er da gerade geschwängert hat. Denn davon kannst du ausgehen: Es ist ganz sicher nicht sein eigenes Weib, das morgen früh bei uns vorbeischauen wird."

Lothar war verblüfft, wie rasch Moritz wieder Herr über sein Denkvermögen geworden war. Was ein paar Becher Wein doch bewirken konnten. Aber Lothars Erleichterung war getrübt. „Ist es nicht unsere Aufgabe, Leben zu retten?", fragte er, nachdem sie sich hinterher zum Schlafen niedergelgt hatten.

„Gewiss, mein Junge. Gewiss."

„Wenn wir ein ungeborenes Kind töten, tun wir aber genau das Gegenteil."

„Wie du schon richtig sagtest, mein Junge: es ist ungeboren. Kapiert?"

„Trotzdem, es erscheint mir nicht richtig. Und auch die Kirche sieht es als Sünde an."

„Seit wann scherst du dich um die Gebote der Pfaffen?"

„Du und ich, wir sind immer noch Christenmenschen."

Moritz dachte lange nach. „Und selbst, wenn's eine Sünde wäre: Zeige mir einen Menschen, der niemals sündigt."

„Wenn wir es um des Geldes willen tun, wiegt die Sünde doppelt schwer."

„Hast wohl Angst vor dem Teufel, was?"

„Ich habe Angst vor mir selbst."

„Im Lauf deines Lebens wirst du lernen, mit solchen Dingen fertigzuwerden. Du brauchst dich nicht um diese Frau zu kümmern. Ich erledige das selbst, falls dich das beruhigt. Und jetzt bin ich müde, mein Junge, wirklich, hundemüde. Bitte, lass mich schlafen."

Lothar schwieg, doch schon bald musste er feststellen, dass Moritz keinesfalls so müde war, wie er behauptet hatte. Denn schlaflos wälzte der alte Wundarzt sich von einer Seite auf die andere.

44.

Erzbischof Balduin von Trier wirkte trotz seiner fünfzig Jahre rüstig und kraftstrotzend. Sein Haar war schütterer geworden, sein Leibesumfang hatte zugenommen, in seinen Augen indes schimmerte unvermindert jener Tatendrang, der vor mehr als zwanzig Jahren jeden Romfahrer zu beeindrucken vermocht hatte. Der Luxemburger war jeder Zoll ein Herrscher. Könige verdankten ihm ihre Krone, wer sein Feind war, hatte das Nachsehen. Im Reich galt er als der mächtigste der Kurfüsten. Zum Leidwesen seiner Gegner war ihm obendrein - wenn auch ohne päpstliche Zustimmung - das Erzbistum Mainz übertragen worden.

Aber auch Balduin war nicht unverwundbar. 1328 hatte ihn die junge und furchtlose Gräfin Loretta von Sponheim vorübergehend auf einer ihrer Burgen gefangengesetzt, jedes Kind kannte diese Geschichte. Erst nachdem man der Gräfin Lösegeld gezahlt und ihr die Erfüllung gewisser politischer Forderungen zugesagt hatte, war der Trierer wieder auf freien Fuß gekommen. Es sprach für seinen Pragmatismus, dass er die Gräfin von Sponheim fortan nicht als Feindin betrachtete und später gar ein Freundschaftsbündnis mit ihr einging. Der Spott seiner Gegner ließ ihn kalt, ebenso das Gerücht, der mächtige Kirchenmann sei zu seiner schönen Entführerin in Liebe entbrannt.

Balduins letzter Besuch auf der Schönburg lag drei Jahre zurück. Damals war er eigens hierher gekommen, um seinen alten Waffengefährten Robert, von aller Welt tot geglaubt, nach seiner unvermuteten Rückkehr persönlich zu begrüßen. Welcher von Balduins Gefolgsmännern hätte je ähnliche Wertschätzung erfahren? Diesmal lag die Schönburg auf seinem Reiseweg, denn immer noch war er viel unterwegs, um unermüdlich seine Fäden zu spinnen. Es war kein Geheimnis, dass sein Verhältnis zu Kaiser Ludwig, den er früher propagiert hatte, im Lauf der Jahre abgekühlt war. Balduin würde schon vor der Zeit dafür sorgen, dass der nächste König wieder aus dem Haus Luxemburg kam.

Die Anwesenheit des Erzbischofs an der Tafel zwang manchen, der sich sonst gern den rauen Sitten hingab, zu manierlichem Betragen. Merbodo und seine Spießgesellen gaben sich erstaunlich artig. Es gab nicht viel, was Balduin mehr hasste als disziplinlose Trunkenbolde in seiner Nähe.

Kasimir musterte Balduin verstohlen. Mehr denn je fühlte er sich bei seinem Anblick an Kaiser Heinrich erinnert, Balduins Bruder, dessen vorzeitiger Tod sie damals alle in Lethargie gestürzt hatte.

Balduin besaß eine Autorität, die manchen seiner Gefolgsmänner in Ehrfurcht erstarren ließ, sobald er nur in ihre Nähe kam. Anders Robert von Schönburg. Die beiden Männer kannten und schätzten sich seit einer halben Ewigkeit, und Balduin ließ den Schönburgern freie Hand in der Ausübung ihrer vogteilichen Macht. Doch bei allem Vertrauen, das der Erzbischof ihnen entgegenbrachte, ein dunkles Geheimnis galt es auch weiterhin zu hüten. Und es kam einem Wunder gleich, dass Merbodos Verrat während der Schlacht bei Mühldorf bis zum heutigen Tag ein Geheimnis geblieben war. Mitunter wunderte sich Kasimir über den Langmut seines Herrn, denn Merbodo hatte niemals aufgehört, ein niederträchtiger Mensch zu sein. Vielleicht konnte Robert nicht anders handeln: Hatte Christus nicht verlangt, dass man seinem Bruder siebenundsiebzig Mal verzeihen müsse? Womöglich nahm Robert auch Rücksicht auf seine Mutter, die er nicht grämen wollte. War es nicht auf der ganzen Welt so, dass Mütter selbst ihre verkommenen Söhne liebten?

Während der Tischgespräche gab Merbodo sich als glühender Bewunderer des Luxemburgers. Stieß eine nicht enden wollende Schimpftirade über die anmaßenden Habsburger aus, auf deren Seite er sich einst geschlagen hatte. Seine Frau Veronika, die neben ihm saß, war blass und wirkte in sich gekehrt, doch tapfer harrte sie aus, und Kasimir ertappte sich dabei, wie er sie bemitleidete.

Die Ankündigung von Balduins Besuch hatte das Gesinde seit Tagen auf Trab gehalten. Die meiste Hektik hatte Daniel verbreitet. Der dicke Koch mochte in die Jahre gekommen sein, doch die Nachricht vom Besuch des Erzbischofs stachelte noch einmal seinen Ehrgeiz an. Er tyrannisierte Mägde und Pagen, und wer ihm in der Küche durch Nichtstun oder Missgeschicke auffiel, bekam schmerzlich seinen Fuß zu spüren. Sein wütendes Gebrüll hallte manchmal so schauerlich über den Hof, dass einem Fremden, der den Koch nicht kannte, sicher das Blut in den Adern gefroren wäre.

Während des Banketts steckte Daniel in regelmäßigen Abständen den Kopf in die Halle, um sich zu vergewissern, ob dem Erzbischof die gefüllte Kalbsbrust mundete. Kasimir wusste, hinterher würde der Koch ihn eingehend befragen: „Wie oft hat der Bischof zugelangt?" - „Hat er das Essen gelobt?" - „Hat er sich über den Wein geäußert?" - „Glaubst du, dass er zufrieden war?" Und er, Kasimir, würde ihm die Antworten geben, die er zu hören wünschte. Es gab keinen Grund der Welt, den alten Freund in Verzweiflung zu stürzen.

Nach dem Mahl verabschiedete Balduin sich höflich von den Anwesenden; das Essen sei vorzüglich gewesen, nun aber sei er müde, morgen stünde ihm ja wieder ein langer Ritt bevor. Seinen mitgereisten Rittern erlaubte er, noch an der Tafel zu verweilen. Der mächtigste Fürst des Reiches gab sich gütig und liebenswert, keine Spur von jener schonungslosen Strenge, zu der er fähig sein konnte. Robert, der zu seiner Rechten saß, bestand darauf, den Gast zu seinem Nachtquartier zu begleiten. Kasimir konnte ihm ansehen, dass er wieder heftige Schmerzen litt und froh war über die Gelegenheit, sich gleichfalls zurückzuziehen. Frau Elisabeth folgte den Männern, und auch Eva hätte die Halle liebend gern verlassen, aber Robert hatte sie gebeten, der fremden Gäste wegen noch zu bleiben. Sie saß Kasimir gegenüber, und manchmal begegneten sich ihre Blicke. Immer war es Eva, die zuerst wegschaute. Verlegen nippte sie an ihrem Weinpokal, doch Kasimir bezweifelte, dass sie wirklich trank. Die alte Mechthild behauptete, Wein schade der Fruchtbarkeit einer Frau. Niemand wusste, ob das stimmte, aber Eva war offenbar gewillt, daran zu glauben. Sie wollte endlich schwanger werden, um den sehnlichen Wunsch ihres Mannes nach einem Erben zu erfüllen.

Nachdem auch die Begleiter des Erzbischofs sich in ihre Quartiere verabschiedet hatten, erhob sich Eva. Für sie gab es nun keinen Grund mehr, noch länger an der Tafel zu verweilen. Merbodo und seine Mannen würden nun ihr Trinkgelage abhalten. Eva wünschte allen eine gute Nacht.

„Was denn?“, trompetete Ritter Dietmar von Lahnstein, einer von Merbodos übel beleumdeten Kumpanen. Kasimir mochte ihn leiden wie Zahnschmerzen. „Wollt Ihr uns etwa schon verlassen?“

„Ihr Gatte wartet bestimmt schon sehnsüchtig auf sie“, sagte Bardolf mit dümmlichem Lächeln. „Fragt sich bloß, ob diese Sehnsucht auf Gegenseitigkeit beruht.“

Merbodo und Dietmar lachten und trommelten mit den Fäusten auf den Tisch.

„Du würdest wohl kaum so sprechen, wenn mein Gemahl zugegen wäre, Bardolf“, entgegnete Eva kalt.

Bardolfs Grinsen geriet ins Wanken, und Kasimir wusste warum: Er hasste es, wenn man ihn abfällig behandelte und ihn obendrein noch unverhohlen der Feigheit bezichtige. Er war eines Schönburgers Sohn, ob Bastard oder nicht, da verlangte er Respekt. Erst recht von Eva, die seine Tante war, obgleich doch niemand ihre wahre Herkunft kannte.

„Ihr solltet Eure Worte gut abwägen, Tante. Schließlich weiß man nie, was man dem Sumpf der Vergangenheit noch alles zu entreißen vermag.“

„Du hast Recht, Bardolf. Der Sumpf der Vergangenheit verheißt noch manche Offenbarung. Selbst dann, wenn man sich in Sicherheit wähnt.“

Bardolf verwirrte diese Mehrdeutigkeit sichtlich, Merbodo und Dietmar dagegen fanden sie höchst amüsant. Eva musste an ihnen vorübergehen, um die Halle zu verlassen. Dietmar sprang auf und baute sich breitbeinig vor ihr auf. „Einen Tanz werdet Ihr mir doch sicher noch gewähren, nicht wahr? Wo ist denn dieser verlauste Lautenschläger abgeblieben?“

„Danke, nach einem Tanz steht mir nicht der Sinn“, sagte Eva.

„Schwägerin, du wirst mir doch nicht meinen guten Freund Lahnstein verprellen?“, rief Merbodo. „Ich bitte dich, tanze mit ihm. Mein Bruder hat doch sicher nichts dagegen. Weißt ja selbst, wie großherzig er sein kann.“

Es entging Kasimir nicht, dass Eva für die Dauer eines Wimpernschlages verunsichert wirkte. Ob Merbodo etwas ahnte? „Seht es mir nach, ich werde heute nicht mit Euch tanzen, Herr Dietmar."

Der Ritter machte keine Anstalten, ihr den Weg freizugeben. „Und wenn ich Euch inbrünstig darum bitte?", fragte er mit gespielter Verzweiflung.

„Warum lasst Ihr sie nicht in Frieden?" Veronikas Stimme war leise, aber keineswegs demütig.

„Niemand hat dich gefragt", sagte Merbodo gelangweilt.

Kasimir erhob sich. „Vielleicht wäre es gut, wenn man mich fragt!"

Verblüffte Blicke richteten sich auf ihn. „Warum sollten wir das tun, Slawe?", fragte Merbodo verächtlich.

„Ich kann es nicht dulden, wenn jemand meine Herrin nötigt."

„Deine Herrin, wie?" Wieder diese vermeintliche Zweideutigkeit. „Was fällt dir eigentlich ein? Soll ich dir beibringen, wie du mit einem Mann von Stand zu sprechen hast?"

„Nicht nötig, Merbodo. Ihr braucht nur dafür zu sorgen, dass Euer vornehmer Freund ihr den Weg freimacht. Sie hat, glaube ich, deutlich genug zu verstehen gegeben, das ihr nicht nach einem Tänzchen mit ihm zumute ist."

Dietmar lief rot an. „Bursche, wir beide werden diese Frage wohl mit dem Schwert klären müssen."

Kasimir hob gleichmütig die Schultern. „Warum nicht?" Er hatte keine Angst vor dem Lahnsteiner. In seinem Leben hatte er schon gegen bessere Gegner gekämpft und gesiegt.

Merbodo schien der Auseinandersetzung nun überdrüssig zu sein. Offenbar hatte der Wein ihm die Sinne noch nicht so sehr vernebelt, dass er vergessen hätte, was für ein Kämpferherz Kasimir besaß. Außerdem befand sich der Erzbischof auf der Burg; ein Streit hätte vor allem ihn, Merbodo, in ein schlechtes Licht gerückt. „Lass es gut sein, Freund", sagte er zu Dietmar. „Du wirst dich doch nicht mit einem Waffenknecht schlagen? Sein Weib steigt in fremde Betten, deshalb ist er schlecht gelaunt."

Bardolf lachte laut, wenn auch diesmal als einziger. Eva schritt an ihnen vorüber. Dietmar von Lahnstein kaute noch eine Weile auf seinen Mundwinkeln herum, warf Kasimir einen letzten, vernichtenden Blick zu. „Ein anderes Mal!", zischte er, bevor er sich, Merbodos Rat beherzigend, wieder seinem Weinbecher widmete.

Schlaflos starrte Kasimir in das Dunkel. Heute Abend hatte er sich mit dem Lahnsteiner einen neuen Feind gemacht, aber das war ihm gleichgültig. Seine Gedanken waren bei Eva, er sehnte sich danach, sie in seine Arme zu nehmen. Es gab keinen Zweifel mehr daran, dass er sie liebte, mehr als sein Leben. Lange Zeit hatte er sich eingeredet, es sei bloß Leidenschaft, die er ihr entgegenbrachte. Aber es war mehr als das. So sehr liebte er sie, dass es manchmal schmerzte. Allmählich stieg in ihm eine Ahnung auf, die Befürchtung, dass alles ein unheilvolles Ende nehmen könnte.

Die Tür zu seiner Kammer öffnete sich. Herein trat Eva, in ihrer Hand ein Öllicht. Sie war kein Traum, leibhaftig stand sie dort.

„Was für ein Zufall", sagte Kasimir und richtete sich auf. „Gerade dachte ich an dich."

Eva lächelte. „Ich muss mich bei dir bedanken. Für den Schutz, den du mir gewährt hast."

Er sah, wie ihre Lippen zu beben begannen. Was hatte sie vor? „Geht es dir gut?", fragte er verunsichert.

Statt einer Antwort stellte sie das Öllicht ab und begann sich hastig zu entkleiden. Sie stieg zu ihm in Bett, und ihre nackten Körper pressten sich aneinander. „Küss mich, Kazimierz", bat sie ihn flüsternd zwischen zwei keuchenden Atemzügen. Nie hatte sie sich ihm mit solcher Wonne hingegeben. Gott, lass diese Nacht nie vergehen, betete Kasimir, als sie später ihren Kopf auf seine Brust bettete. Er streichelte sie sanft mit seinen Fingerspitzen, und sie ließ ihn gewähren. War das der Augenblick, ihr seine Liebe zu gestehen? Er biss sich auf die Lippen. Die Angst, den Zauber des Augenblicks zu zerstören, war übermächtig. Deshalb schwieg er.

„He, Junge! Bist du wach?"

Kasimir erschrak. Daniels Stimme. Die Tür öffnete sich. Rasch löschte Kasimir das Öllicht. Eva versteifte sich in seinen Armen.

„Bist du allein?", fragte der Koch.

„Nein, die Königin von Saba ist bei mir. Was willst du? Gütiger Himmel, es ist mitten in der Nacht."

„Ich weiß, aber etwas lässt mir keine Ruhe."

„Deine Kalbsbrust war vorzüglich, Daniel."

„Und die Würzung?"

„Genau richtig, der Erzbischof war entzückt."

„Wirklich?"

„Wenn ich's dir doch sage."

„Nicht zu scharf? Oder zu fade?"

„Niemand hätte das besser hinbekommen als du, du Meister aller Delikatessen. Alles weitere erzähle ich dir morgen, einverstanden?"

Daniel grunzte zufrieden. „Aber nicht vergessen."

Als er gegangen war, atmeten sie auf. Eva kniff ihm in den Bauch. „Die Königin von Saba", kicherte sie.

„Ob es in Saba unartige Frauen gab?"

„He, du Unverschämter!" Sie kniff ihn abermals, diesmal fester.

Sie fühlten sich wie zwei Kinder, die gemeinsam einen albernen Streich ausgeheckt hatten.

*

Am Morgen hängte Moritz ein schwarzes Band vor seinen Wagen, als Zeichen, dass sie keine Kundschaft empfingen. Aus der Holzkiste kramte er einige Instrumente hervor, darunter einen Zangengriff und ein langes Stecheisen. Lothar sah ihm reglos dabei zu. Sie wechselten kein Wort miteinander. Manchmal linste Moritz aus dem Wagen, doch die Frau ließ auf sich warten. Draußen pulsierte das Leben. Vom Main her wehte ein frischer Wind den Geruch von Fisch zu ihnen herüber. Als die Glocken der nahen Antoniterkirche zur Sext läuteten, war die Frau immer noch nicht erschienen. Moritz kramte eine Käserinde hervor, teilte sie. Nervös kauten sie darauf herum. Als jemand zaghaft gegen das Wagenholz pochte, war das für Lothar wie ein Stich ins Herz. „Sieh nach", wies Moritz den Jüngeren an, während er nach seinen Instrumenten schielte.

Vor dem Wagen stand ein Mädchen, allenfalls dreizehn Jahre alt. Sie trug ein langes dunkles Kleid, ein gelbes Kopftuch verbarg ihre Haare, die, wie Lothar vermutete, so schwarz wie ihre dichten Brauen sein mochten. Ihr Gesicht wirkte noch recht kindlich, aber Lothar entdeckte darin schon vieles, was Frauen für Männer anziehend machte. Sie wirkte keineswegs ängstlich, eher trotzig, denn ihre grünen Augen, die ein wenig zu tief in ihren Höhlen lagen, funkelten Lothar streitlustig an. Die Schwangerschaft war ihr noch nicht anzusehen, sie war so schlank, wie Mädchen ihres Alters es zu sein pflegten. „Was glotzt du mich an?", fuhr sie ihn mit verblüffend dunkler Stimme an.

„Bist du ... bist du die, auf die wir warten?", stotterte Lothar.

„Wird wohl so sein."

„Gut, dann ... tritt ein." Er reichte ihr eine Hand, um ihr in den Wagen zu helfen, doch sie ignorierte die Geste, raffte ihr Kleid und schob sich flugs an ihm vorbei ins Innere.

Moritz war nicht weniger überrascht als Lothar, als er das Mädchen vor sich sah. „Ein Kind?", fragte er nicht ohne Verdruss.

„Ich bin kein Kind", kam es bissig zurück.

Moritz seufzte. „Natürlich nicht. Na schön, bringen wir's hinter uns. Ich werde ganz vorsichtig zu Werke gehen, um dir nicht wehzutun, das verspreche ich dir, Kleine. Zieh das Kleid aus."

Das Mädchen rührte sich nicht.

„Wenn du dich nicht entkleidest, kann ich nicht arbeiten", erklärte Moritz ihr geduldig. „Du brauchst dich nicht vor uns zu schämen, wir haben schon öfter nackte Mäd... äh, Frauen gesehen."

Sie verschränkte die Arme vor ihrer Brust. „Ich will nicht, dass Ihr das tut!"

„Dass ich was tue?", fragte Moritz verwundert.

„Ich will das Kind behalten."

„Aber - man hat uns schon dafür bezahlt."

„Nicht mein Problem, sondern Eures!"

Moritz warf Lothar einen fragenden Blick zu. „Auch das noch", murmelte der Alte. „Hör zu, Mädchen“, fuhr er dann sanft fort, „ich kann ja verstehen, dass du Angst hast. Aber glaub mir, ein Kind zu kriegen tut noch viel mehr weh.“

„Es ist mein Kind! Und ich will es haben!“

Ratlos kratzte sich Moritz den Schädel. „Wenn du das Kind haben willst, wozu bist du dann eigentlich gekommen? Du bringst uns in eine missliche Lage, Mädchen.“

Lothar sprang ihr bei. „Warum geben wir unserem Auftraggeber nicht einfach sein Geld zurück?“

„Eine Mark Silber“, ächzte Moritz. „Ist dir eigentlich klar, was das für eine Menge Geld für uns ist?“

„Wir können ihr das Kind doch nicht gegen ihren Willen wegmachen!“

„Wir kennen unseren Auftraggeber nicht.“

„Dafür kenne ich ihn umso besser“, sagte das Mädchen grimmig. „Ich kann dafür sorgen, dass er sein verfluchtes Geld zurückbekommt. Dann seid ihr ihm nichts mehr schuldig.“

„Ja, so machen wir es!“, rief Lothar erfreut. Moritz breitete resigniert die Hände aus und legte die Instrumente zurück in die Kiste. „Wäre auch zu schön gewesen“, murmelte er. Lothar hätte ihn am liebsten geküsst, so froh war er, dass sein alter Mentor sich nicht länger sträubte. Moritz gab sich recht tapfer, als er sich von der Geldkatze trennte. „Hier, gib das deinem Geliebten, Mädchen.“

Ihre Augen sprühten Funken. „Er ist nicht mein Geliebter!“ Sie riss ihm die Geldkatze aus den Händen.

„Wer oder was auch immer er ist, bring's ihm zurück! Und wir“, sagte er zu Lothar, „wir verlassen noch heute die Stadt. Hier gibt es nichts mehr für uns zu tun, glaube ich.“

Bislang hatte das Mädchen keine Anstalten gemacht, den Wagen zu verlassen. „Wohin werdet Ihr ziehen?“, fragte es mit kühler Neugier.

„Immer der Nase nach. Und jetzt verschwinde!“

Sie rührte sich nicht. Ihr fragender Blick blieb auf Lothar haften. „Nun, wir werden wohl den Main hinauf ziehen“, erklärte dieser schulterzuckend.

„Tut das weh?“ Mit dem Kinn deutete sie auf seine verstümmelte Hand.

Lothar lächelte. „Nur wenn das Wetter umschlägt.“

„Aha. Na dann, viel Glück auf den Weg.“ In ihrer Stimme glaubte er feinen Spott herauszuhören. Sie hob ihr Kinn, machte kehrt und schien es plötzlich doch eilig zu haben, nach draußen zu gelangen. Als sie fort war, sagte Moritz kopfschüttelnd: „Freches Balg! Was unseren vornehmen Herrn wohl veranlasst hat, sich mit einem Kind einzulassen?“

„Immerhin weiß sie genau, was sie will!“, sagte Lothar.

„Du bewunderst sie auch noch?“

„Ich glaube, sie ist ein sehr kluges Mädchen.“

Moritz winkte mürrisch ab. „Packen wir unsere Siebensachen und verschwinden! In dieser Stadt werde ich nur an unseren verlorenen Reichtum erinnert."

Lothar holte Klepper ab, den sie einem Stallbetreiber in Verwahrung gegeben hatten. Der Gaul furzte zur Begrüßung, ein deutlicher Hinweis, dass der Stallbursche sich nicht an Lothars Kostanweisung gehalten hatte. Als die Kirchenglocken zur *None* läuteten, verließen sie die Stadt. Zum Glück hatte Moritz aufgehört, über das entgangene Geschäft zu lamentieren. Der Fluss, der sie begleitete, sowie das monotone Rumpeln der Räder und das Geschrei zeternder Wasservögel sorgten dafür, dass die Männer sich bald daran gewöhnten, keine Stadtluft mehr zu atmen. „Ich liebe den Frühling", brach Moritz nach Stunden ihr Schweigen. „Nur werde ich sein Kommen nicht mehr häufig erleben, fürchte ich."

„Das weiß Gott allein", erwiderte Lothar.

„Papperlapapp!"

Dann schwiegen sie wieder.

Lothar hörte den Ruf zuerst. Mit einem lauten „Brrrr!" brachte er Klepper zum Stehen. „Was ist?", fragte Moritz verwirrt.

„Jemand ruft!" Lothar reckte sich zur Seite, um die Gestalt erkennen zu können, die ihnen folgte. „Heiliger Damian!", entfuhr es ihm.

„Nun? Was ist denn?"

„Du wirst nicht glauben, Mo."

„Wen siehst du?"

„Das Mädchen!"

„Welches Mädchen?"

„Das sich weigerte, ihr Kind wegmachen zu lassen."

Moritz runzelte verständnislos die Stirn. „Ich weiß wirklich nicht, wovon du sprichst."

Lothar musterte ihn beklommen. Offenbar suchte ihn wieder ein Anfall von Gedächtnisschwäche heim. Das Mädchen erschien an Moritz' Seite. Sie war ziemlich außer Atem, aber zum ersten Mal glaubte Lothar, etwas wie ein Lächeln um ihre Mundwinkel zu entdecken.

„Erkennst du sie jetzt wieder, Mo?"

„Ah", sagte Moritz mit einiger Distanz.

„Warum bist du uns gefolgt?", fragte Lothar das Mädchen. Ihr Anblick erfreute ihn, einen Grund dafür wusste er nicht zu nennen.

„Darf ich mit euch fahren?" Ohne eine Antwort abzuwarten, sprang sie auf den Kutschbock und setzte sich zwischen die beiden Männer. Lothar starrte Moritz an, doch der schien mit der Situation hoffnungslos überfordert zu sein.

„Ich bin müde", klagte der alte Chirurg.

„Warum gehst du nicht in den Wagen und legst dich eine Weile aufs Ohr", schlug Lothar vor.

„Keine schlechte Idee." Moritz zog sich zurück, seine Bewegungen waren langsam und beschwerlich.

„Was ist mit ihm?", fragte das Mädchen.

„Das weiß ich selbst noch nicht so genau."

„Vielleicht wird er einfach nur alt?"

„Ja, das wird's wohl sein, du Neunmalkluge. Und jetzt zu dir: Was, um Himmels willen, führt dich zu uns?"

Sie sah ihn offen an. „In Wahrheit freust du dich doch, oder?"

Lothar spürte, wie er errötete.

„Hab doch gemerkt, wie du mich angesehen hast."

„Bist ja ziemlich eingebildet."

„Es braucht dir nicht peinlich zu sein", sagte sie schulterzuckend, „ich freue mich auch."

„Meine Frage hast du immer noch nicht beantwortet."

„Frage?"

„Was dich hierher führt?"

„Ich will mit euch reisen, das sagte ich doch."

Lothar schluckte und holte tief Luft. „Ehrlich gesagt, ich verstehe gar nichts."

„Was gibt es da zu verstehen? Ich bin fortgelaufen von daheim."

„Du ... bist doch schwanger."

„Na und?"

„Irgendwer ... naja, irgendwer wird dich doch sicher vermissen."

„Ja, meine Eltern. Aber mein Vater wird mich verprügeln, wenn er erfährt, dass ich schwanger bin. Es ist besser, wenn ich mich zu Hause nicht mehr blicken lasse."

„Und der Vater des Kindes?"

Sie spie verächtlich aus. „Ein Schwein!", erklärte sie.

„Mir kam er eher wie ein vornehmer Herr vor."

„Ein vornehmer Herr, ha! Sitzt im Magistrat der Stadt und hält sich für allmächtig. Meinem Vater aber schuldet er Geld, viel Geld." Sie lachte verbittert. „Wahrscheinlich hat er sich sogar das Geld für die Kindesabtreibung von ihm geliehen. Wenn mein Vater das wüsste - Allmächtiger, ich darf gar nicht daran denken."

„Und wieso -?"

„Wieso ich schwanger geworden bin?"

„Sicher hat er dich gezwungen, oder?"

„Hm! Eigentlich war es sein Sohn Eugen, der ein Auge auf mich geworfen hatte. Und ich fand den Eugen zunächst auch ganz süß. Doch sein alter Herr gönnte ihm die kleine Liebelei nicht. Bei einem heimlichen Stelldichein im Garten lauerte Eugens Vater uns auf. Wir hatten ein paar Becher Wein getrunken. Der Alte befahl seinem Sohn, auf der Stelle zu verschwinden."

„Und dann warst du allein mit ihm. Er zwang dich -“

„He, warum willst du mir ständig weis machen, er habe mich vergewaltigt? Du warst doch gar nicht dabei.“

„Hat er nicht?“

„Ich war betrunken, und er kam mir plötzlich überhaupt nicht garstig vor. Da ist es halt passiert.“

Ihre Offenheit verwirrte Lothar. Ein Mädchen, das Wein trank und sich den Verführungskünsten eines verheirateten Mannes hingab, der zugleich der Vater ihres Liebsten war - was sollte er bloß von ihr halten?

„Jetzt bist du wohl entsetzt, was?“, fragte sie höhnisch.

„Ich ... nein, warum sollte ich?“

„Glaub mir, wenn ich könnte, würde ich alles ungeschehen machen. Aber es ist nun mal passiert. Und das Kind in meinem Bauch kann schließlich nichts dafür.“

„Und was ist mit jenem Eugen?“

„Ich musste feststellen, dass ich ihn nicht liebe!“ Sie starrte vor sich hin. „Außerdem kann ich ihn nicht heiraten“, fügte sie leise hinzu.

„Und warum nicht?“

„Du musst nicht alles wissen.“

„Ach nein?“

„Nein. Musst du nicht.“

„Einen Grund, wieso wir dich mitnehmen sollten, kenne ich leider auch nicht.“

„Ich kann euch helfen. Ihr könnt doch Hilfe gebrauchen, oder? Ich meine, dein Herr ist alt, dir fehlt eine halbe Hand ...“

„Ich kann alles damit machen!“

„Ich hab einen kleinen Bruder, der kommt immer zu mir, wenn er sich bei einer Rauferei verletzt hat, was recht häufig der Fall ist. Weil er weiß, dass ich seine Wunden gut versorge, ohne ihm wehzutun.“ Offenbar spürte sie, dass ihre Worte ihn hellhörig machten. „Bitte“, sagte sie drängend, „ich kann euch beiden wirklich von Nutzen sein.“

„Oh, du kannst sogar ‚bitte‘ sagen! Verrat mir doch mal, wie du eine Schürfwunde behandeln würdest.“

Die Antwort kam ohne Zögern. „Sauerampfer! Besser noch: einen Balsam aus Ringelblumen. Aber die Wunde muss noch frisch sein, nicht älter als einen Tag.“

„Halsschmerzen?“

„Salbei!“

„Nervenleiden?“

„Johanniskraut!“

„Woher weißt du das alles?“

„Mein Vater besitzt ein Buch über Kräuterkunde, darin hab ich alles nachgelesen.“

„Du kannst lesen?"
„Du etwa nicht?"
„Na ja, nur ein bisschen. Moritz hat`s mir beigebracht."
„Wenn du willst, kann ich deine Lehrerin sein. Huh, es ist so warm heute, findest du nicht? Endlich wird es Frühling." Sie streifte sich das Tuch vom Kopf. Langes, rabenschwarzes Harr wallte über ihre Schultern. Sie schloss für einen Moment die Augen, wischte sich eine Strähne aus dem Gesicht, hielt es genussvoll in die Sonne. Plötzlich wirkte sie kaum noch mädchenhaft. Sie war eine hübsche junge Frau. Lothar blieb der Mund offen stehen.
„Was ist jetzt, darf ich mit euch kommen oder nicht?"
„Das Buch, in dem du manchmal liest: wer hat es geschrieben? Ein Mönch?"
Sie schüttelte den Kopf. „Kein Mönch."
„Wer?"
„Was weiß ich? Irgendein jüdischer Gelehrter, glaube ich."
„Wie heißt du eigentlich?"
Sie schwieg.
„Ich heiße Lothar! Und du?"
Sie antwortete erst nach einer Weile, und das leise und mit offenkundigem Widerwillen. „Sara."
Sein Verdacht bestätigte sich. „Du bist Jüdin, leugne es nicht."
„Ich hätte dich ebensogut anlügen können", erwiderte sie trotzig.
„Lügen kannst du nicht. Du sagst immer, was dir gerade durch den Kopf geht, egal, was andere darüber denken. Aber nicht allein dein Name hat dich verraten."
„So? Und was noch, Meister Scharfsinn?"
„Dein Vater verleiht Geld, das tun nur die Juden. Du selbst liest Bücher jüdischer Gelehrter, trägst dunkle Kleidung und weigerst dich, einen Christen zu heiraten."
„Selbst wenn Eugen Jude wäre, würde ich ihn nicht zum Mann haben wollen, verstanden? Hast du eigentlich was gegen Juden?"
„Ich? Woher? Ich kenne doch kaum welche. Na ja, jetzt kenne ich dich. Moritz sagt immer, dass es viele gute Ärzte unter den Juden gibt."
„Du gibst mir also nicht die Schuld am Tod eures Jesus?"
„Wie käme ich denn dazu."
„Also sind wir uns einig."
„Einig?"
„Ich begleite euch!" Sie griff nach der Peitsche zu ihren Füßen und ließ sie in der Luft knallen. Gemächlich trottete Klepper voran, rumpelnd setzte der Wagen sich in Bewegung.
„Könnt ihr nicht leiser sein?", knurrte Moritz aus dem Innern. „Ich möchte schlafen, kapiert?"
„Sara will uns begleiten", rief Lothar ihm entgeistert zu.

„Kann sie kochen?“

„Kann sie!“, rief Sara.

„Soll sie doch machen, was sie will!“

Saras Augen funkelten triumphierend. „Siehst du? Er hat nichts dagegen.“

Lothar bemühte sich um ein ernstes Gesicht. „Ich hoffe nur, es folgen uns keine Schwierigkeiten auf den Fuß. Immerhin bist du von zu Hause abgehauen.“

„Warum sollte ich mich fürchten? Zwei starke Männer beschützen mich.“ Wieder dieser hintergründige Spott. Lothar startete einen neuerlichen Versuch, sie ein wenig kleinlauter zu machen.

„Das Geld, das der Vater deines Kindes uns gab: du hast es ihm in Wahrheit nicht zurückgegeben, nicht wahr?“

„Was willst du damit sagen? Dass wir Juden verschlagene Menschen sind?“

„Ich will damit sagen, dass es vorhin in deinem Rocksaum geklimpert hat, als du auf den Wagen gestiegen bist.“

Zum ersten Mal entbößte sie ihre Zähne zu einem makellosen Lächeln. Lothar fand, dass sie wirklich hinreißend war, wenn sie nicht die Widerborstige mimte. „Ja, ich habe das Geld noch. Na und? Schließlich gehört es im Grunde meinem Vater.“

45.

Am Neujahrsmorgen des Jahres 1336 brachte Eva einen gesunden Jungen zur Welt. Die Geburt war schwierig. Mechthild, die alte Amme, hatte alle Hände voll zu tun, behilflich war ihr die eifrige Berta. Letztlich gelang es ihnen, das Kind, das sich mit aller Macht zu sträuben schien, zu entbinden. Es war kräftig und schrie aus Leibeskräften. Seine Mutter dagegen schwächte die Geburt so sehr, dass sie noch tagelang das Bett hüten musste.

Am Abend nach der Entbindung kam Robert und betrachtete mit unbewegter Miene das schlafende Kind in der Wiege. Dann setzte er sich zu Eva, nahm zärtlich ihre Hand in die seine. „Danke, Eva", sagte er mit feierlichem Ernst.

Sie sah ihn lächelnd an, erwiderte mit schwacher Stimme: „Wie konntest du dir so sicher sein, dass es ein Knabe wird?"

„Ich habe die alte Godwa gefragt", gab er zögernd zu.

„Sie behält wohl immer Recht."

Er sah hinüber zur Wiege. „Wie ich hörte, hatte er es nicht eilig, auf die Welt zu kommen."

„Es ist niemand fröhlicher, als wer in der größten Abgeschiedenheit steht."

Er streichelte ihre Wange. „Wann habt ihr es gezeugt?" Seine Frage quälte sie.

„In der Nacht, als der Erzbischof zu Gast war."

„Ich verstehe."

„Robert, ich -"

Er legte ihr einen Finger auf den Mund. „Du schuldest mir keine Erklärung, Liebste. Ich bin glücklich wie schon lange nicht mehr."

„Wir werden ihn Robert nennen, nicht wahr?"

Er dachte lange nach. „Nein", sagte er dann entschlossen. „Der Name bringt meinem Geschlecht kein Glück. Er soll einen anderen bekommen." Er beugte sich über sie und küsste ihre Stirn. „Aber darüber können wir später nachdenken. Jetzt ruh dich aus, Liebste."

*

Für Lothar war es ein merkwürdiges Gefühl, der Heimat jeden Augenblick ein Stück näher zu kommen. Mehr als zwei Jahre waren vergangen, seitdem er mit Moritz Grobe in die Welt gezogen war. Ihm kam es vor wie ein halbes Leben. Seine Eltern, Großvater, Cäcilia, der Hof, das Dorf, die Burg - alles war wie eine ferne Kindheitserinnerung. Doch der Gedanke, die Menschen, die er liebte, schon bald wiederzusehen, versetzte ihn in helle Aufregung.

Sie beschlossen, ein warmes Quartier für den immer kälter werdenden Winter zu suchen, denn der kleinen Judit war das unruhige Wanderleben zu dieser Jahreszeit nicht länger zuzumuten. Sie war erst zwei Monate alt, aber immerzu hungrig wie ein Wolf, und Sara machte es viel Mühe, sie zu stillen. Sie alle brauchten Ruhe, deshalb hielt Lothar die Gelegenheit für gekommen, seine nicht zu ferne Heimat zu bereisen. Ohnehin war der versprochene Familienbesuch längst überfällig.

Klepper schien die Kälte am wenigsten auszumachen, brav und ohne Hast zog er den Wagen. Sie hatten Düren bereits passiert, und Lothar wurde zusehends nervöser. Auf dem Kutschbock hockte Sara neben ihm, in ihren Armen den in ein Fell gewickelten Säugling. Moritz lag im Wagen, sein Zustand hatte sich in den letzten Monaten verschlimmert. Manchmal hatte er tagelang keinen lichten Moment, redete unentwegt wirres Zeug, und einmal hätte er beinahe den Wagen in Brand gesteckt - was auch der Grund dafür war, dass Sara ihm das Kind nicht mehr anvertraute. Ein großes menschliches Drama spielte sich um den alten Chirurgen ab, dem Lothar soviel verdankte. Das Schlimmste aber war, dass man offenbar nicht das Geringste für ihn tun konnte.

„Wann sind wir da?", fragte Sara mit bangem Blick in den eisgrauen Himmel. Seit Tagen schon rechneten sie mit Schneefällen.

Lothar hauchte sich in die kalten Hände. „Es ist nicht mehr weit", beruhigte er seine Gefährtin.

„Bist ziemlich aufgeregt, nicht wahr, Chawer?"

„Ein wenig."

„Was werden deine Eltern sagen, wenn du mit einer Jüdin kommst?"

„Wir müssen es ihnen ja nicht auf die Nase binden."

„Ha! Als ob ich etwas verbrochen hätte."

„So meine ich das natürlich nicht."

„Wie meinst du es denn sonst?"

„Es leben fast nur Bauern dort, Sara. Juden kennen sie nur aus der Bibel."

„Und aus den Gräuelmärchen, die über uns erzählt werden."

„Das ist es je gerade. Wir wollen doch nicht mit der Tür ins Haus fallen. Sollen sie dich erst einmal kennenlernen."

„Mein Name wird ihnen verdächtig erscheinen."

„Gut, dann nennen wir dich eben ... hm, Anna."

„Du bist ja verrückt. Und wie sollen wir Judit nennen?"

„Was weiß ich? Pauline, zum Beispiel."

„Pauline - was für ein blöder Name."

„Wer ist Pauline?", fragte Moritz, der den Kopf nach draußen streckte.

„Niemand. Leg dich wieder hin, Mo." Sara streichelte ihm mitfühlend übers Haar. „Als ob er nicht schon verwirrt genug wäre", zischte sie in Lothars Richtung.

„Ich seh's ja ein", seufzte dieser.

„Und damit du's weißt: Weder ich noch Judit werden einen falschen Namen annehmen. Wir sind nun mal die, die wir sind. Und dafür schämen wir uns nicht. Kapiert?“

„Kapiert, meine Rose von Jericho.“ Er zog sie zu sich heran und küsste sie auf den Mund. „Verzeih mir, du hast ja Recht mit allem, was du sagst. Meistens jedenfalls. Aber du musst auch mich verstehen. Ich will nicht, dass dich jemand schief ansieht. Das wäre so, als würde man mir selbst ins Fleisch schneiden. Stell dir nur vor, was dein strenggläubiger Vater sagen würde, wenn er wüsste, dass du mit einem Christen zusammen bist.“

„Er würde sich damit abfinden müssen.“

„Damals hast du dich noch vor seinen Prügeln gefürchtet, wenn ich mich recht entsinne.“

„Wer lässt sich schon gerne verprügeln? Du als Mann hast da wahrscheinlich weniger zu befürchten.“

Deshalb liebte er sie: Sie ließ sich nicht verfälschen. „Na schön, dein Wille geschehe. Wessen Wille wohl auch sonst?“

Sein Herzschlag beschleunigte sich, als er in der Ferne die Türme der Burg erkannte. Dann die ersten Dächer - und zum ersten Mal beschlich ihn das dumpfe Gefühl, dass schlechte Neuigkeiten auf ihn warteten.

Die Dorfstraße lag verlassen vor ihnen, nur ein paar Hunde streiften in der Abenddämmerung umher. Der Dorfbach war an seinen Rändern vereist, eine vergessene kleine Strohpuppe zeugte davon, dass vorhin hier noch Kinder gespielt hatten.

Vor dem Hof seines Vaters brachte Lothar den Wagen zum Stehen. Klepper schnaubte. „Wo sind wir?“, rief Moritz aus dem Innern.

„Daheim“, sagte Lothar ergriffen.

*

Leise betrat Kasimir die Kammer. Behagliche Wärme schlug ihm entgegen, denn Mechthild sorgte dafür, dass das glimmende Kohlebecken stets aufgefüllt wurde. Eva schlief, ebenso der Säugling. Kasimir war heftig berührt: Es war *sein* Sohn, der dort friedlich in der Wiege schlummerte. Mit der Frau, die er liebte, hatte er ihn gezeugt. Vor mehr als zwanzig Jahren war dieses Gefühl zuletzt durch sein Herz geströmt - bis sich später alles als Luftschloss entpuppte. Hanna und Bardolf, sie bedeuteten ihm nichts mehr. Die eine war treulos, der andere ein ruchloser Mörder. Eva dagegen und jenes Knäblein dort, sie gaben seinem Leben neuen Sinn. Am liebsten hätte er in diesem Augenblick, da ihm dies ein für alle Mal bewusst wurde, ein fröhliches Lied angestimmt.

Nachdem er seinen Sohn mit Stolz betrachtet hatte, widmete er seine ganze Aufmerksamkeit der schlafenden Eva. Wie schön sie war, trotz der durchgestandenen Strapazen. Die Zeiten, da er sie mit Egida verglichen hatte, waren vorüber. Egida hatte er schwärmerisch verehrt, ja auch begehrt hatte er sie, aber seine Empfindungen waren nichts anderes als jugendliche Torheit gewesen. Gemein war den beiden Frauen nur, dass sie die Gemahlinnen seines Herrn gewesen waren. Eva war es immer noch; schmerzlich wurde diese Tatsache ihm plötzlich bewusst.

Als Eva die Augen aufschlug, schlug ihm das Herz bis zum Hals.

„Kasimir", sagte sie mit schwacher Stimme.

„Wie geht es dir?", fragte er ein wenig hilflos.

Sie lächelte ihm flüchtig zu. „Mach dir keine Sorgen."

Er nickte. Das Bedürfnis, sie zu küssen, war gewaltig, aber er wollte sie nicht überfordern. Statt dessen griff er nach ihrer Hand, drückte sie sanft.

„Danke, dass du mich besuchst, Kasimir", sagte sie.

„Wie könnte ich dir und meinem Sohn denn keine Beachtung schenken?"

Sie schloss die Augen und schwieg.

„Eva! Was hast du?"

Nach einer Weile antwortete sie: „Es kann nicht länger zwischen uns so bleiben, Kasimir."

Er schluckte schwer. „Bedeute ich dir nichts mehr, Eva?" Seine Stimme klang unnatürlich in seinen Ohren.

„Du bedeutest mir viel. Sehr viel sogar. Wie oft haben wir uns geliebt? Ein Teil von dir ist jetzt auch ein Teil von mir. Du bist der Vater meines Sohnes. Aber wir müssen damit aufhören, wir dürfen uns nicht weiter lieben." Das Sprechen strengte sie an, auf ihrer Stirn perlte Schweiß.

„Dich nicht mehr lieben? Ich weiß nicht, ob mir das gelingen wird", murmelte er erschüttert.

„Wir hatten eine Aufgabe, Kasimir. Sie ist nun erfüllt."

Eine Aufgabe! Eva schien zu spüren, wie sehr diese Umschreibung ihn schmerzte. Traurig schüttelte sie den Kopf. „Robert ist mein Gemahl, Kasimir. Ich liebe ihn sehr. Du weißt, was es mit unserer Verbindung auf sich hatte."

„Ja", sagte er tonlos. Was hatte er erwartet? Im Grunde unterschied ihn nichts von dem törichten Kerl, der einst Egida verehrt hatte. Vorsichtig entzog er ihr seine Hand. Er sah, dass ihre Augen feucht zu schimmern begannen.

„Was hast du hier verloren, Rüpel?"

Plötzlich war Mechthild hinter ihm aufgetaucht. Sie hatte die Arme in die Hüften gestemmt und war sehr erbost.

„Ich wollte nur -"

„Siehst du denn nicht, dass die Herrin müde ist? Sie braucht Ruhe. Wer hat dir eigentlich erlaubt, sie zu besuchen?"

„Schon gut, Mechthild", sagte Eva besänftigend. „Als mein guter Freund ist er mir jederzeit willkommen."

Kasimir straffte sich. „Herrin, ich bin froh, dass es Euch und dem Knaben gut geht."

Er spürte Mechthilds missbilligenden Blick im Rücken, als er die Kammer verließ. Jetzt hatte er nur noch das Verlangen, mit sich und seinem Elend allein zu sein.

*

In Lothars Traum kam seine Mutter nach Hause. Plötzlich stand sie vor der Tür, lachend und guter Dinge, als sei sie niemals von Schwermut geplagt gewesen. Sie hatten sich alle geirrt; quicklebendig stand sie vor ihnen. „Siehst du, mein Schatz, da bin ich wieder", rief sie fröhlich und fiel ihrem Sohn um den Hals. „Wie konntet ihr bloß denken, ich sei tot?" - „Bei allen zwölf Aposteln. Weißt du eigentlich, wieviele Tränen ich um dich vergossen habe, Mutter?" - „Nun sind wir ja wieder vereint. Alles wird wieder so sein wie früher!"

Lothar fiel ein Fels vom Herzen. Mutter lebte. Nicht länger musste er sich vorwerfen, keinen Abschied von ihr genommen zu haben.

„Ich lass dich nie wieder gehen!", verkündete Mutter, bedeckte sein Gesicht mit Küssen. „Nie wieder!"

„Das geht nicht, Mutter. Im Frühjahr müssen wir weiterziehen." - „Unsinn, du bleibst!" Sie zeigte auf Sara. Jegliche Heiterkeit fiel von ihr ab. „Schick sie fort mitsamt ihrem Balg! Sie hat hier nichts verloren!"

„Mutter -" - „Schick sie fort!" - „Das werde ich nicht tun! Niemals!"

Eine Hand rüttelte ihn.

„Lass mich!", schrie er.

„Lothar, verflixt!"

Er fuhr aus dem Schlaf. Sein Herz raste, er atmete schwer. Um ihn herum Dunkelheit.

„Du hast schlecht geträumt", erklärte ihm Sara schlaftrunken. „Sei still, sonst weckst du noch die Kleine."

„Wo sind wir?"

„In deiner Heimat. Sei so gut und schlaf jetzt weiter, *Chawer*."

Magdas Tod hatte eine gewaltige Lücke hinterlassen. Falk, sein alter Vater und ein einziger Knecht waren mit der Arbeit auf dem Hof hoffnungslos überfordert. Die Erntearbeiten des vergangenen Sommers hatte die Männer an die Grenzen ihrer Belastbarbeit geführt. Glücklicherweise hatten Brun und Cäcilia ihnen häufig unter die Arme gegriffen, aber auf Dauer konnte das nicht so weitergehen.

Lothars Ankunft sorgte für Entlastung, denn er ging er den Männern zur Hand, wenngleich es im Winter auf dem Feld nicht viel zu tun gab. Auch Sara machte sich nützlich. Sie kochte, sponn Flachs, molk die Kuh. Darüber hinaus kümmerte sie sich neben Judit auch um Cäcilias lebhafte

Mädchen, Franziska und Magda, die endlich ihren Onkel Lothar kennenlernten. Während ihrer beiden Schwangerschaften hatte Cäcilia sich vorgenommen, einen Knaben nach ihrem Bruder zu benennen. „Beim dritten Mal klappt's bestimmt!", versprach Cäcilia dem Heimkehrer lachend.

Manchmal schauten Dörfler vorbei, um sich von Lothar behandeln zu lassen. Immer noch sprach man im Dorf von seiner beispiellosen Tat, die Brun einst das Leben gerettet hatte. Sara war ihm als Gehilfin unentbehrlich geworden. Ihr Verständnis von Krankheiten und Verletzungen sowie ihre Geschicklichkeit waren erstaunlich, und manchen Vorschlag, den sie ihrem Chawer machte, nahm dieser dankend an. Auch hatte sie begonnen, aus einem Stück Weidenholz ein künstliches Bein für Sibylles Bruder Bodo zu schnitzen. Mit Hilfe dieses Holzbeines, so hoffte sie, würde der alte Köhler auch ohne Stöcke gehen können.

Moritz dagegen hatte seine Fähigkeit, sich nützlich zu machen, weitgehend eingebüßt. Nicht allein auf die Kinder, auch auf ihn selbst musste Sara unentwegt ein Auge haben. Es gab Tage, da reagierte er nicht einmal auf seinen Namen. Das Drama seines Zerfalls belastete Lothar schwer. Er versuchte mehrere Behandlungen, ließ ihn Kräuterdämpfe atmen, probierte es mit Diäten, verabreichte ihm Brechmittel, alles vergeblich. Vermutlich saß der Grund des Übels in Moritz' Kopf, vielleicht in Form eines Steins oder einer Wucherung. Oder war es letztlich ein Dämon, der von Moritz Besitz genommen hatte? Lothar mochte nicht daran glauben. Nicht zum ersten Mal stand er einem Leiden hilflos gegenüber, aber noch nie hatte ihn seine Ohnmacht so traurig gemacht.

Auf das Wiedersehen mit Moritz Grobe hatte Sibylle sich besonders gefreut. Wie oft hatte sie wohl, gleich einer verliebten Jungfer, an ihn gedacht? Die erste Begegnung mit dem Chirurgen hatte sie aller Illusionen beraubt. Lothar hatte sie vorgewarnt, doch ihn derart verwirrt zu sehen, brach ihr fast das Herz. „Hab ich Euch schon einmal gesehen?", fragte Moritz mit zusammengekniffenen Augen.

Sibylle legte ihm die Hand auf den Arm. „Ja, das habt Ihr, Mo. Aber wie solltet Ihr Euch an jedes Gesicht erinnern können?"

Moritz zog die Mundwinkel nach unten und schüttelte müde den Kopf. „Wie kann man nur alles vergessen?"

Lothar sah die Tränen in Sibylles Augen.

Großvater Harro hatte an vielem etwas auszusetzen. Obschon er Sara nicht mit offener Feindseligkeit begegnete, befremdete ihn ihre Anwesenheit. „Musste es denn ausgerechnet eine Jüdin sein?", fragte er seinen Enkel, als dieser ihn eines Abends zur Ader ließ.

„Juden sind Menschen wie du und ich, Großvater", erwiderte Lothar ruhig, während er die Lanzette ansetzte.

Harro nahm den Einschnitt in sein Handgelenk klaglos hin. „Sie haben

Christus auf dem Gewissen", fuhr er fort.

„Du magst es nicht glauben, Großvater, aber Sara war damals noch nicht geboren."

„Früher warst du nicht so vorlaut. Sie hat keinen guten Einfluss auf dich."

„Sie ist mir unentbehrlich geworden. Als Gefährtin und als Gehilfin."

„Wenn sie wenigstens den rechten Glauben annähme. Dann könntet ihr heiraten. Und du könntest zumindest behaupten, das Kind sei von dir."

„Aber es wäre nicht die Wahrheit."

„Seit wann nehmen die Juden es mit der Wahrheit so genau?"

„Sara ist der ehrlichste Mensch, den ich kenne."

„Offenbar bist du nicht der erste, den sie mit ihrer Offenheit beglückt hat."

„Das geht dich wirklich nichts an, Großvater."

„Und das Geschwätz der Leute -"

„... macht mir nichts aus."

„Ich sehe, es ist hoffnungslos mit dir, Junge. Zu meiner Zeit hätte es das nicht gegeben. Da hätte man dir schon gesagt, wo's lang geht."

„Sei ehrlich, Großvater. Du magst sie doch. Und die kleine Judit ist dir ebenso ans Herz gewachsen wie Franziska und Magda."

Harro schwieg dazu, blickte grüblerisch in die Schüssel, die sein Blut aufnahm. Dann entschied er, dass er mit seinen Sticheleien noch nicht am Ende war. „Und der Fraß, den sie macht, ist ungenießbar."

Lothar verbiss sich ein Grinsen. Sara bereitete die Speisen, soweit es ihr möglich war, koscher zu. Aber davon wusste Großvater nichts, und es war besser, ihm das nicht auf die Nase zu binden. „Sara nimmt nur Rücksicht auf deine Gicht."

„Wo du einmal davon sprichst: Ehrlich gesagt hätte ich mir von dir eine andere Behandlung erhofft, als wie ein Schlachtkalb zur Ader gelassen zu werden."

„Wieso?"

„Sibylle behauptet, dass den verfluchten Kurpfuschern nur nichts Besseres einfällt. Und ich glaube ihr."

„Sibylle hat Recht, die meisten Aderlässe schwächen den Kranken unnötig. In deinem Fall jedoch ist er angebracht, Großvater. Gicht wird verursacht durch schlechte Säfte im Blut. Hinterher wird's dir besser gehen, wirst schon sehen."

„Eins muss man dir lassen, du weißt auf alles eine Antwort", sagte der Alte missmutig. „Vielleicht kannst du ja auch mal auf deinen Vater Einfluss nehmen."

„Wie meinst du das?"

Obwohl niemand in der Nähe war, winkte Harro den Enkel näher zu sich heran. „Er sollte wieder heiraten."

„Du meinst Cordula?" Gestern noch hatte Winands Witwe am Hof vorbeigeschaut. Lothar war nicht entgangen, wie sie seinen Vater angehimmelt hatte. Und Falk schien ihr Entzücken keineswegs unangenehm gewesen zu sein.

„Du hättest die beiden beim letzten Erntefest sehen sollen", erzählte Harro. „Haben getanzt wie zwei Jungverliebte. Es wäre wirklich das Beste, wenn sie heirateten. Cordula hat einen Haufen Kinder, viele davon sind schon groß und können arbeiten wie die Ochsen. Der alte Winand und sein Bruder Nikolaus würden sicher ihren Segen für diese Hochzeit geben, die beiden sind nicht engherzig. Unsere Sorgen und Nöte hätten endlich ein Ende. Ich verstehe überhaupt nicht, worauf dein Vater, dieser sture Bock, noch wartet. Rede du mit ihm, Junge."

„Warum sollte er ausgerechnet auf mich hören?"

„Er achtet dich mehr als du denkst. Rede mit ihm!"

Lothar hob die Schultern und machte sich daran, das Handgelenk seines Patienten zu verbinden. „Er wird schon wissen, was er tut. Am Ende kommt alles, wie es kommen muss."

„Grünschnabel", brummte Harro, „was weißt du denn schon?"

46.

Die Geburt seines Erben verlieh Robert von Schönburg neue Kräfte. Seine Niedergeschlagenheit wich neuem Lebensmut, auch die furchtbaren Schmerzen schienen ihn fortan seltener heimzusuchen. Eva war glücklich und dankte Gott, dass ihr Gemahl aufblühte, nie hatte sie ihn so unbeschwert und heiter erlebt. Die Mägde wechselten fassungslose Blicke, wenn sie erlebten, wie er dem Säugling, den er hielt, alberne Kinderweisen vorsang.

Zum ersten Mal seit langem plante er wieder einen Jagdausritt. An einem der ersten milden Frühlingstage brach er mit Kasimir und zwei alten ritterlichen Waffengefährten zur Pirsch in die nahen Wälder des Hunsrück auf. Zum Abschied umarmte er innig seine Frau, herzte sein Kind, als würde er sich abermals auf eine lange Pilgerreise begeben. Eva winkte den Reitern nach; dann ging sie hinauf in die Kemenate, um den kleinen Nikolaus zu stillen.

Anderntags, als sie an einem Stickrahmen arbeitete, gesellte sich Frau Elisabeth zu ihr. Erstaunlicherweise hatte ihr die Schwiegermutter bislang nicht jene Frage gestellt, die doch so nahe lag. Sie wirkte bedrückt, zugleich aber war ihr die Entschlossenheit anzusehen, nunmehr die Wahrheit zu erfahren. „Deine Schwangerschaft hat viele verwundert“, begann sie in leicht gedehntem Tonfall und ohne ihre Spindel aus den Augen zu lassen. Aber Eva spürte geradezu, wie die betagte Schönburgerin sie aus den Augenwinkeln beobachtete.

„Vor allem Euch dürfte sie verwundert haben, Mutter“, entgegnete Eva.

„Robert ist nicht der Vater des Kindes“, sagte Elisabeth nüchtern. „Ich weiß, dass es Kasimir ist, aber du brauchst nicht zu erröten. Schließlich war es Roberts ausdrücklicher Wille.“

„Er hat mit Euch darüber gesprochen?“

„Robert ist wortkarg und verschlossen, aber ich bin seine Mutter. Seine Seele ist auch mir ein Geheimnis. Dennoch gibt es manches, das er nicht vor mir verbergen kann.“

Eva war froh, dass Elisabeth es ihr einfach machte. „Es wäre Euer gutes Recht, empört über mich zu sein.“

Elisabeth schwieg, als müsse sie darüber nachdenken. „Liebst du Kasimir?“, fragte sie dann und sah Eva offen ins Gesicht.

„Ich liebe Robert, Mutter. Ich liebe ihn so sehr, dass ich tat, worum er mich anflehte. Kasimir? Er ist ein guter Freund für mich geworden, aber nie wieder werden wir beieinander liegen. Mein Gemahl ist sein Herr, wir haben einen Erben für ihn gezeugt. Niemand wird je erfahren, was zwischen mir und Kasimir war.“

Elisabeth starrte auf ihre Spindel. „Gestern Abend, ich lag schon im Bett, da hörte ich einen Schrei", sagte sie düster. „Es war Robert, da bin ich mir sicher."

„Unmöglich, Mutter. Er jagt in den Wäldern und kommt frühestens morgen zurück. Du hattest einen schlechten Traum."

„Der Schrei war Wirklichkeit!"

Eva kroch es kalt über den Rücken. Eine Weile verging, ohne dass die beiden Frauen miteinander sprachen. Nur das monotone Drehen der Spindel war zu vernehmen.

Hufgetrappel ließ Eva aufhorchen. Elisabeth erstarrte, ihre Spindel stand still. Eva erhob sich und ging ans Fenster. „Oh, nun sind unsere Jäger doch schon zurückgekehrt!", sagte sie überrascht. Elisabeth rührte sich nicht, ihre Augen waren geschlossen.

Irgendetwas stimmte nicht. Dumpfe Angst bemächtige sich Evas. Mit einem Mal waren ihre Beine weich und kraftlos, schwachen Schrittes kehrte sie zu ihrem Stuhl zurück. *Herr, du bist ein Geist, der aller Kreatur so unbegreiflich ist ...*

Schritte näherten sich der Kemenate.

Die zögerlichen Schritte eines Mannes, der eine Hiobsbotschaft überbringt!

Kasimir war außer Atem von dem langen Ritt, sein Gesicht gerötet und seltsam verzerrt. Er begegnete Evas angstvollem Blick. Sie sah nackte Verzweiflung in seinen Augen.

„Wann ist es passiert?", fragte Elisabeth mit ängstlicher Stimme. Ihre Augen waren immer noch geschlossen.

Kasimir schluckte heftig und sog laut die Luft ein. „Herrin, Euer Sohn! Sein Pferd scheute vor einer Natter. Er fiel herab und -"

„Wann?", unterbrach ihn die alte Schönburgerin und fasste sich ans Herz.

„Gestern Abend, Herrin."

„Er fiel vom Pferd und brach sich das Genick?"

„Ja, Herrin." Kasimirs Stimme war nur noch ein Flüstern. Evas Kehle war wie zugeschnürt.

„Ich will ihn sehen", verkündete Elisabeth entschlossen. Als sie aber Anstalten machte, sich zu erheben, fasste sie sich erneut ans Herz, sank in sich zusammen.

Wie in Trance hörte Eva, wie Kasimir nach Mechthild rief. Dann wurde es schwarz um sie.

*

Nach dem Osterfest planten Lothar und Sara ihren Aufbruch. Über drei Monate hatten sie in Merode verbracht. Judit war zu einem kräftigen Wonneproppen herangewachsen. Der Winter war vorüber, und Lothar sah keinen Grund, seinen Heimatbesuch zu verlängern. Den Abend vor dem Aufbruch verbrachte er mit seinem Vater im „Carolus Magnus". Falk hatte darauf bestanden, ihn auf einen Becher einzuladen. In den vergangenen Wochen waren sie sich so nahe gekommen wie nie zuvor. Nicht den Hauch einer Vorhaltung hatte Falk seinem Sohn gemacht; vielleicht war es ja auch Magdas Tod, der die beiden Männer zusammenschmiedete. Das zumindest war Lothars Vermutung.

Er hatte beschlossen, dem Wunsch des Großvaters nachzukommen, und den Vater über mögliche Heiratsabsichten zu befragen. Doch zunächst einmal sah er sich von Baldur, dem Wirt, und einigen anwesenden Bauern belagert, die ihm ratsuchend ihre Zipperlein schilderten oder die ihrer Weiber und Kinder. Geduldig gab Lothar ihnen Auskunft. Als sie endlich von ihm abließen, sagte Falk: „Offenkundig schätzen sie deine Heilkunst."

Lothar ließ das Bier in seinem Becher kreisen. „Wirst du Cordula heiraten?", fragte er ohne Umschweife.

„Wer weiß, vielleicht tu ich's." Falk schien nicht geneigt zu sein, näher darauf einzugehen, aber Lothar versuchte es ein weiteres Mal. „Liebst du sie, Vater?"

Nachsinnend starrte Falk auf das Holz des Tisches. „Aber welche Rolle spielt das schon? Wir alle müssen leben, Lothar. Liebe? Das ist etwas für Minnesänger. Im wirklichen Leben holt sie der Teufel."

Lothar sah ihn aus schmalen Augen an. „Was war zwischen dir und Mutter?"

„Ich weiß nicht, worauf du hinaus willst, Junge."

„Es gab da etwas Trennendes zwischen euch, warum leugnest du es? Schon als Kind fiel mir das auf."

Falk schüttelte traurig den Kopf. „Deine Mutter ist tot. Und Pater Raphael sagt, dass man über Tote nichts Schlechtes sagen soll. Ich habe meinen Frieden mit ihr gemacht. Belassen wir es dabei."

Lothar gab nicht auf. „Hab ich nicht ein Recht darauf, die Wahrheit über meine Mutter zu erfahren? Wenn ich Gebete für ihre Seele spreche, will ich wissen, worum ich den Heiland bitten muss. Ihre Zuneigung war manchmal erdrückend, aber ist meine Fürbitte nicht das Mindeste, was ich ihr schulde?"

Er sah, wie sehr der Vater mit sich rang. Baldur kam und schenkte ihnen schwatzend Bier aus einem tönernen Krug nach. Falk trank, wartete bis Baldur ihnen den Rücken kehrte. Dann sah er seinen Sohn offen an. „Gut, ich will dir erzählen, was damals geschah, lange vor deiner Geburt. Und danach wirst du mich nie wieder damit behelligen. Versprichst du mir das?"

Lothar nickte ernst.

„Du weißt, dass ich schon einmal verlobt war, bevor ich deine Mutter heiratete."

„Ja. Sie hieß Eva, die Tochter des Nikolaus. Aber eines Tages verschwand sie spurlos."

Falks Augen schimmerten feucht. „Ich schätze, es gab nie zwei Menschen, die sich so sehr liebten wie wir."

„Warum ging sie dann fort?"

„Deine Mutter spann eine Intrige, um uns zu entzweien!"

Mit angehaltenem Atem lauschte Lothar der Erzählung des Vaters. Später, als sie heimwärts gingen, sagte Falk: „Nun kennst du die Wahrheit. Was immer du jetzt über sie denkst, vergiss nie, dass sie deine Mutter ist."

Am Nachthimmel stand ein heller Halbmond, Fledermäuse schwirrten über ihre Köpfe hinweg. Lothar sog die Luft ein, Heimatluft. „Glaubst auch du, dass Onkel Winand sich vergiftet hat?", fragte er, aufgewühlt von den Worten des Vaters.

„Das habe ich mich auch schon manches Mal gefragt. Wer weiß, vielleicht gab es zwischen den Geschwistern noch weitere dunkle Geheimnisse. Wir werden es wohl nie erfahren."

Ein letztes Mal machten sich Lothar und Sara am nächsten Morgen auf den Weg durch das Dorf, um nach einigen Patienten zu schauen. Gerade noch rechtzeitig war Bodos Holzbein fertig geworden. Es war oben breit, ausgestattet mit einer gefütterten Höhlung für den Stumpf, wurde zum Boden hin schmaler. Mit Hilfe eines Riemers, den Sara in der Stadt aufgesucht hatte, war es ihr gelungen, ein ausgeklügeltes Befestigungssystem zu konstruieren, das freilich nur deshalb halten konnte, weil Bodos Kniegelenk dank Sibylles Können unversehrt geblieben war. Bodos erste Gehversuche mit dem künstlichen Bein waren wacklig, doch Sara und Lothar ermunterten ihn, er würde sich bald daran gewöhnen. Sibylle war entzückt. „Wartet", sagte sie, als die beiden sich verabschieden wollten. „Was geschieht mit Mo?"

„Natürlich kommt er mit uns", entgegnete Lothar. „Wo sollte er sonst hin? Der Ärmste hat doch nur uns, und wir schulden ihm so vieles."

„Ich hab da eine bessere Idee", verkündete die Hebamme geheimnisvoll.

Sie sahen sie fragend an.

„Lasst ihn bei mir, Kinder!"

Bodo stieß Laute des Protestes aus, aber seine Schwester unterbrach ihn barsch. „Mund halten, Bruder! Du hast wahrlich keinen Grund der Welt, unzufrieden zu sein."

„Du würdest Mo bei dir einquartieren?", wunderte sich Lothar. „Aber das würde ihn noch mehr verwirren."

„Das glaube ich nicht, im Gegenteil: Es verwirrt ihn, wenn er jeden Tag woanders aufwacht. Bei mir wird er sich rasch an seine neue Umgebung gewöhnen. Außerdem kennt er mich inzwischen. Nun ja, manchmal zumindest."

Sie sahen sich an. „Der alte Grobian würde uns fehlen", murmelte Lothar.

„Er kann sehr halsstarrig sein", meinte Sara.

„Ich bin daran gewöhnt, mit halsstarrigen Männern umzugehen", erklärte Sibylle mit Seitenblick auf ihren Bruder. „Seid ehrlich, es wäre das Beste. Das Beste für euch, das Beste für ihn", ihre Mundwinkel hoben sich kaum merklich, „und auch das Beste für mich."

Am frühen Nachmittag verließen sie Merode nach innigen Verabschiedungen. Ihr Weg führte ostwärts, nach Köln, von dort aus beabsichtigten sie rheinaufwärts ziehen. Lothar wurde es schwer ums Herz, Erinnerungen an seinen ersten Abschied aus der Heimat stiegen in ihm hoch. Und plötzlich war ihm, als habe er alles schon einmal erlebt. Mit dem Unterschied, dass diesmal nicht Moritz, sondern Sara neben ihm saß, auf ihrem Schoß die kleine Judit. Mutter und Tochter trällerten vergnügt um die Wette. „Glaubst du, dass Mo wütend auf uns ist?", fragte Lothar grübelnd.

Sara griff nach seiner Hand. „Mach dir keine Sorgen, *Chawer.* Nirgends könnte er es besser haben als bei Sibylle."

Der Fortgang seines Sohnes bedrückte Falk. Abermals wurde ihm bewusst, wie sehr er Lothar liebte. Auch an Sara und der kleinen Judit hatte er sein Herz verloren. Nachdem sie das Haus wochenlang mit Leben erfüllt hatten, empfand er die Leere nun wie eine unsägliche Qual. Bedrückt starrte er ins Halbdunkle der Stube.

„Er wird sicher bald wiederkommen", erklärte sein Vater, der neben ihm saß und sich die schmerzenden Fingergelenke rieb. Seine Worten klangen nicht tröstlich, waren vielmehr eine Aufforderung an den Sohn, sich endlich zusammenzunehmen.

„Ja", antwortete Falk mit tonloser Stimme. „So Gott will!"

„Weißt du eigentlich, wie sehr er dir ähnelt? Er sieht aus wie du in deinen jungen Jahren."

„Ach ja?"

„Tu mir den Gefallen und lass dich nicht so hängen. Und ich finde, es ist außerdem an der Zeit, dass du Nägel mit Köpfen machst."

Falk wusste genau, wovon er sprach, gab ihm keine Antwort.

„Wie lange willst du Cordula noch hinhalten, Junge? Sie ist eine tüchtige Frau, was willst du mehr? Nur ein Dummkopf würde sie verschmähen. Merkst du denn nicht, wie sehnsüchtig sie darauf wartet, dass du sie endlich fragst?"

Falk dachte lange nach. „Wahrscheinlich hast du Recht, Vater. Es ist nicht anständig von mir, sie so lange hinzuhalten."

Der Alte stieß einen Stoßseufzer der Erleichterung aus. „Dass ich das noch erleben darf: mein Junge kommt zur Vernunft. Der Herr und alle Heiligen seien gepriesen!"

*

Anderthalb Monate waren vergangen seit der Bestattung. Ihre letzte Ruhestätte hatten Robert und seine Mutter in der Weseler Liebfrauenkirche gefunden, wo auch Egida einst begraben worden war. Für Eva, die in ihrem Leben schon so viele Schicksalsschläge erlitten hatte, brach aufs Neue eine schwere Zeit an. Trost in ihrer Trauer fand sie, wenn sie den kleinen Nikolaus ansah, wenn er sie mit strahlenden Augen begrüßte und sein Fäustchen um ihren Finger krallte. Es war seltsam, obwohl er nicht Roberts Sohn war, schien er doch ein Teil des Verstorbenen zu sein. Allein Roberts unbeirrter Wille hatte dazu geführt, dass Nikolaus gezeugt und geboren wurde.

Auch für Kasimir brach mit des Schönburgers Tod eine Welt zusammen. Ein Leben ohne seinen Herrn war ihm bis dahin undenkbar erschienen. Nie war Kasimir einem Menschen nie so nahe gewesen - bis Eva in sein Leben getreten war. Für Hanna hatte er nicht annähernd soviel empfunden wie für die Frau seines Herrn. Allenfalls Bardolf, den er in den ersten Jahren für seinen Sohn hielt, hatte er mit vergleichbarer Innigkeit geliebt. Geblieben war ihm niemand mehr, denn Eva verhielt sich auch nach Roberts Tod distanziert und zog sich zurück. Ein Freund blieb ihm immerhin Goswin, von dessen Schlaksigkeit nichts mehr übrig war: Inzwischen trug er einen fassrunden Bauch vor sich her. Den Tod seines Sohnes versuchte er nämlich zu vergessen, indem er Unmengen von Nahrung in sich hineinschlang. Großherzig half ihm dabei ausgerechnet Daniel, der ihn früher regelmäßig aus seiner Küche gejagt hatte. Goswin war nie der fleißigsten einer gewesen, doch seine Dickleibigkeit machte ihm die Arbeit in den Pferdeställen noch schwerer. Kasimir ging ihm nun häufig und gern zur Hand, denn Roberts Tod ließ ihm die nötige Zeit dazu.

Immer öfter spielte er auch mit dem Gedanken, die Schönburg, wo er niemandem mehr verpflichtet war, zu verlassen, irgendwo hinzugehen, wo er ein neues Leben beginnen konnte. Vielleicht zu Waldo, seinem früheren Kampfgefährten, der ihn sicherlich nur zu gern in seine Dienste nehmen würde. Kasimir hatte schon seit langem nichts mehr von ihm gehört. Zwei Tagesreisen nur lag sein Rittergut entfernt, was hinderte ihn eigentlich daran, ihn zu besuchen?

Es waren gleich mehrere Dinge, die ihn daran hinderten, wenn er darüber nachdachte.

Zum einen war fest davon überzeugt, dass Eva seinen Schutz noch benötigen würde. Roberts Tod hatte sie zu einem Lamm unter Wölfen gemacht. Auch brachte er es nicht übers Herz, seinen alten Freund Goswin im Stich zu lassen. Und außerdem beunruhigte ihn in letzter Zeit ein immer wiederkehrender Traum: Jagoda, seine Schwester, stand vor dem Burgtor und bat um Einlass. Sie war immer noch das kleine, bezopfte Mädchen von damals. „Du hast überlebt?", rief Kasimir freudig. „Wäre ich sonst hier?", lautete ihre Antwort. Dann löste sie sich in Luft auf. Kasimir schrie voller Verzweiflung: „Jagoda! Wo bist du?“ Ihre Stimme hallte aus dem Nichts: „Du musst mich schon suchen, Kazimierz!“

Ein Wink des Allerhöchsten? Lebte Jagoda? Schon früher hatte ihn dieser Gedanke in Erregung versetzt. Barmherzige Menschen mochten sich der Waise damals angenommen haben. War es an der Zeit, sich auf die Suche zu machen? Doch die Befürchtung, einem Hirngespinst nachzujagen, war zu mächtig.

Gedankenverloren striegelte Kasimir den flämischen Hengst Dux, Remus' Nachfolger, der Robert von Schönburg auf der Jagd den Tod gebracht hatte. Ein einziges Mal nur hatte das prächtige und sonst so zuverlässige Tier gescheut: eine verdammte Natter war es gewesen, die ihrer aller Leben verändert hatte.

Goswin schlummerte im Stroh, während Kasimir dessen Arbeit erledigte. Goswins Schlafbedürfnis war im Lauf der Zeit keineswegs geringer geworden.

Ein leises Räuspern. Erschrocken fuhr Kasimir herum. Versunken in seine Überlegungen, hatte er die Frau nicht kommen hören. Er erkannte die Zofe Veronikas.

„Meine Herrin wünscht dich unverzüglich zu sehen“, erklärte sie leise, aber eindringlich. „Gib Acht, dass dich niemand sieht. Sie wartet hinter dem Barbarossaturm.“

Veronikas Wunsch war merkwürdig, der genannte Treffpunkt erst recht, aber Kasimir nickte und stellte keine Fragen. Die Zofe verschwand so rasch, wie sie erschienen war. Abrupt fuhr Goswin in diesem Moment aus dem Schlaf.

„Wie? Was? Hast du gerade was gesagt?“, japste er verschreckt.

„Ich? Nein. Kein Wort.“

„Dann ist's ja gut.“ Schon schnarchte er wieder.

Kasimir tätschelte Dux den Hals. Nebenan schnaubte der alte Duma eifersüchtig. „Duma, treue Seele“, raunte Kasimir ihm zu. „Ich hätte darauf bestehen sollen, dass mein Herr dich reitet. Du hättest dich von einer Natter nicht aus der Fassung bringen lassen.“

Er machte sich auf den Weg zum Treffpunkt.

Merbodos Gemahlin wartete im Schatten einer Mauernische. Sie wirkte nervös, wenngleich um Fassung und Würde bemüht. Kasimir verneigte sich ehrerbietig. „Ihr wünscht mich zu sehen, Herrin?“

„Ja, Kasimir.“ Sie beugte sich mit ernster Miene vor, erklärte mit gedämpfter Stimme: „Gleich morgen früh wird mein Gemahl nach Koblenz aufbrechen, um an einem Turnier teilzunehmen. Er wird einige Tage fort sein. Zufällig erfuhr ich, dass Bardolf ihn nicht begleiten wird. Du weißt, was beim letzten Mal geschah, als er hier zurückblieb.“

Unwillkürlich ballten sich seine Fäuste. „Ja, Herrin. Ich erinnere mich nur zu gut", sagte er düster.

„Nun, ich kann dir nicht sagen, was das diesmal zu bedeuten hat, aber ich rate dir, ein Auge auf deine Herrin und ihr Kind zu haben."

„Ich *werde* wachsam sein, Herrin. Habt Dank für Eure - Warnung!"

Die Schönburgerin nickte knapp, dann raffte sie ihr Kleid und hetzte davon. Kasimirs Gesicht verhärtete sich. Er musste etwas unternehmen.

Es gab nicht den geringsten Beweis dafür, dass Bardolf Morde im Auftrag seines Vaters beging. Der Tod des kleinen Robert war letztlich nie aufgeklärt worden. Doch Kasimir hatte keinen Zweifel, dass Merbodo und sein Bastard im besten Einvernehmen handelten. Die Abwesenheit des Schönburgers sollte ihn in den Augen möglicher Fragensteller unverdächtig am Tod seiner Rivalen erscheinen lassen, während Bardolf sich für ihn die Hände blutig machte. Merbodo beabsichtigte eines Tages der alleinige Herr auf Schönburg zu sein, deshalb suchte er höchstwahrscheinlich nach einer Möglichkeit, seinen Neffen, dessen Geburt auch ihn überrascht hatte, aus dem Weg zu schaffen. Der Tod des Bruders und der Mutter mochten ein übriges dazu beitragen, letzte Skrupel auszuräumen. Es gab nun niemanden mehr, der Merbodo maßregeln konnte, außer dem Erzbischof selbst.

Nikolaus' Leben war in Gefahr. Vielleicht auch Evas Leben. Aber Kasimir wollte die Frau, die immer noch sein Herz erfüllte, nicht beunruhigen. Er beschloss, sich in den nächsten Tagen verdeckt in ihrer Nähe aufzuhalten. Am liebsten hätte er in ihrer Kammer genächtigt, aber diese Fürsorge hätte sie womöglich falsch verstanden. Was zwischen ihm und ihr gewesen war, gehörte der Vergangenheit an, auch Roberts Tod würde daran nichts ändern.

Anderentags verließen Merbodo und seine Männer die Burg. Veronika hatte Recht behalten: Bardolf befand sich nicht unter den Reitern, wie Kasimir von einem Fenster des Palas aus feststellen konnte. Von nun an begann seine Schutzwache. Der einzige, den er einweihte, war Goswin.

Am Abend - längst lagen alle in ihren Betten - bezog Kasimir Quartier vor Evas Kammer. Hinter einem Mauerpfeiler, wo ihn niemand sehen konnte, hockte er sich nieder. Niemand würde in Evas Kammer eindringen, ohne dass er es bemerkte.

Nichts geschah, nicht einmal eine Maus ließ sich blicken. Als es draußen bereits dämmerte, übermannte ihn die Müdigkeit. Er nickte ein.

„Darf man wissen, warum du hier herumlungerst?"

Erschrocken wachte er auf und blickte in Mechthilds fragendes Gesicht. Er rieb sich die Augen und erhob sich mit einem Ächzen, denn jeder einzelne Knochen schmerzte ihn nach dieser langen Nacht auf kaltem Stein. „Sag's nicht der Herrin, aber ich pass auf sie auf."

Zu seinem Erstaunen genügte ihr seine Antwort. „Eine ausgezeichnete

Idee", flüsterte sie überdies, bevor sie in Evas Kammer trat. Offenbar waren Kasimir und Veronika nicht die einzigen, die sich um Eva und ihr Kind sorgten. Fakt aber war, dass weder Bardolf noch ein anderer Meuchler vor Evas Kammer erschienen war. Kasimir begann sich zu fragen, ob seine Sorge nicht übertrieben war. Dann aber rief er sich das Bild des kleinen Robert vor Augen, dachte an seinen zerschmetterten Leichnam. Nein, seine Befürchtungen waren keineswegs übertrieben. Er würde in seiner Wachsamkeit nicht nachlassen.

Tagsüber begegnete ihm Hanna im mittleren Burghof. Sie wollte ihm ausweichen, aber er stellte sich ihr in den Weg. „Hast du mir vielleicht etwas zu sagen, Hanna?"

Sie mied seinen Blick. „Es tut mir alles so Leid, Kasimir."

„Was tut dir Leid?"

„Merbodo liebt mich nun mal. Und ich -"

„Nein, Hanna, das meine ich nicht. Außerdem: Merbodo liebt dich nicht, er benutzt dich wie eine Ware. Dich, seine Gemahlin und all die anderen, die er sich ins Bett holt."

„Er ist nicht mehr derselbe wir früher."

„Das glaubst du nicht wirklich, oder? Eines Tages wird er deiner überdrüssig sein."

„Möchtest du, dass ich zu dir zurückkehre?"

„Nein, Hanna. Wir beide sind schon lange nicht mehr Mann und Frau."

„Was willst du dann von mir?"

„Dein Sohn - warum ist er auf der Burg geblieben?"

„Woher soll ich das wissen? Er ist kein kleiner Junge mehr."

„Er tritt nur selten aus Merbodos Windschatten. Wenn er es doch tut, hat er sicher seine Gründe dafür."

„Worauf willst du hinaus?"

Kasimir kannte sie gut genug, um ihr anzumerken, dass sie in der Tat ahnungslos war. Hanna ihrerseits schien nun einzuleuchten, was ihn bewegte. Sie schüttelte heftig den Kopf. „Nein, Kasimir. Ich weiß, was manche Klatschmäuler munkeln. Aber Bardolf hatte mit dem Tod des jungen Robert nichts zu tun. Es war ein Unfall. Und ich verbiete dir, Bardolf einen Mörder zu nennen!"

Er sah ihr nach und biss sich auf die Lippen. Obwohl sie fast vierzig Jahre alt war, besaß sie immer noch genügend frauliche Reize - was Merbodo wohl zögern ließ, sie zum Teufel zu jagen. Dass der Schönburger sie aber in seine Pläne mit einbezog, war unwahrscheinlich.

Auch die kommende Nacht hielt Kasimir sich im Verborgenen vor Evas Kammer auf. Nichts geschah. Wieder stiegen Zweifel in ihm hoch, wieder vertrieb er sie. Möglicherweise spekulierte Bardolf ja gerade auf seine nachlassende Aufmerksamkeit. Also bezog er auch in der dritten Nacht nach Merbodos Aufbruch Stellung. Er fühlte sich völlig übernächtigt, sein ganzer Körper schrie nach Schlaf. Gegen Mitternacht nickte er ein.

Ein kalter Lufthauch weckte ihn. Augenblicklich war er hellwach und lauschte in die Dunkelheit. Da, Schritte, wenngleich ihr Verursacher sich Mühe gab, leise zu sein. Kasimir griff nach dem Schwert, das neben ihm bereit lag. Langsam erhob er sich, spähte hinter dem Pfeiler hervor. Seine Muskeln spannten sich.

Der Schatten, der sich der Tür zur Kammer näherte, war ohne Zweifel Bardolf. Kasimir wartete mit angehaltenem Atem. Konnte noch Zweifel daran bestehen, dass Bardolf Böses im Schilde führte?

Als Bardolf in die Kammer schlich, sprang Kasimir aus seinem Versteck hervor. Bardolf war zu überrascht, um auf den Angriff zu reagieren, ein heftiger Schlag in sein Genick ließ ihn taumeln. Kasimir gab ihm keine Gelegenheit, sich zu sammeln. Bardolf fand sich am Boden wieder, die kalte Schwertspitze des Gegners an seiner Kehle.

„Wer ist da?“, rief Eva verwirrt. Der Lärm hatte nicht nur sie, sondern auch das Kind in der Wiege aufgeweckt. Nikolaus schrie zum Herzerweichen.

„Um Vergebung, Herrin“, sagte Kasimir ruhig. „Ich will nur das Ungeziefer von Euch fernhalten!“

47.

Das Verlies war düster und eng, es roch nach Moder und menschlichen Ausscheidungen. Ein winziges Loch unter dem Deckengewölbe erlaubte einem Sonnenstrahl, ins Innere dieses trostlosen Ortes zu gelangen. Bardolf kauerte, in Ketten gelegt, auf einem Bündel fauligen Strohs. Abfällig sah er dem Eintretenden entgegen. Kasimir blieb mit mahlenden Kiefern vor ihm stehen, widerstand dem Impuls, dem Wehrlosen seinen Stiefel ins Gesicht zu treten.

„Nur zu", höhnte Bardolf, der sein Verlangen offenbar bemerkte. „Du könntest deinen Heldentaten eine weitere hinzufügen."

„Es bedurfte weiß Gott keiner Heldentat, dich zu überwältigen", versicherte ihm Kasimir, wissend, dass diese Worte für Bardolf schmerzlicher waren als ein brutaler Fußtritt. „Selbst bei den Welschen kämpfte jeder verlauste Knecht besser als du."

Bardolf funkelte ihn wütend an. „Manche Torheit begeht man nur einmal. Ein zweites Mal würde ich mich nicht von einem gealterten Mann überwältigen lassen. Fordere mich zum Zweikampf, und du wirst sehen, wie sehr du dich täuschst. Oder hast du Angst davor?"

„Angst? Nein, Bardolf. Angst habe ich nur vor jenem Ort, den du schon bald kennenlernen wirst: der Hölle!"

„Was hast du vor mit mir?"

„Erinnerst du dich, als ich dir einmal sagte, deine Mordtaten würden dir eines Tages vergolten? Dieser Tag ist nicht mehr fern, Bardolf. Diesmal kommst du nicht ungeschoren davon. Ich werde dafür sorgen, dass man dich und deinen Vater endlich zur Rechenschaft zieht." Er sprach es aus wie einen feierlichen Schwur.

Bardolf grinste böse. „Du? Wer bist du denn, dass du dich zum Kläger über uns aufschwingen könntest? Ich bin ein Schönburger, vergiss das nicht."

„Ein Mordbube und Bastard bist du."

„Wirklich? Gibt es etwa Leichen?"

„Glücklicherweise war es mir diesmal vergönnt, dir zuvorzukommen."

„Erzähl das einem Richter, wer immer das auch sein mag. Ich wollte bloß nach dem Rechten schauen, war mir doch zu Ohren gekommen war, dass man meinen Verwandten ans Leben wollte."

Kasimir kräuselte verächtlich die Lippen, aber er schwieg. Ein Gefühl der Ohnmacht überkam ihn, denn Bardolf mochte Recht haben: Nichts ließ sich beweisen. Als er Bardolf überwältigte, war dieser bis auf einen Dolch am Gürtel waffenlos gewesen, doch hatte er ein großes Tuch in seinen Händen gehalten. Damit hatte er vermutlich den Säugling ersticken wollen; jeder hätte geglaubt, der Kindstod habe den Knaben im Schlaf ereilt. Möglicherweise war auch Evas Leben in Gefahr gewesen, aber auch hierfür gab es keinen Beweis. Wenn letztlich Aussage gegen Aussage stand, würden Bardolf und Merbodo ungeschoren aus der Sache herauskommen.

„Was ist mit dir los, Vater? Hat es dir die Sprache verschlagen?"

Kasimir holte tief Atem. Sein Zorn wich unterschwelliger Resignation, so sehr er sich auch dagegen wehrte. Leise sagte er: „Was ist nur geschehen mit dir? Ich war einmal sehr stolz auf dich. Weißt du noch, wie du auf meinen Schultern saßt? Wie du dein Vergnügen in die Welt hinaus gekräht hast? Als ich damals bei Mühldorf kämpfte, war's meine größte Sorge, ich könnte dich nicht wiedersehen."

Einen Augenblick schien es, als sei Bardolf von seinen Worten berührt worden, denn schweigend starrte er auf seine Knie. Dann aber zischte er: „Warum verschonst du mich nicht mit deinen Erinnerungen, alter Mann?"

Kasimir nickte, ein Eingeständnis an seine eigene Torheit. „Wann kehrt dein Vater zurück?", fragte er knapp.

„Das wirst du früh genug erfahren", lautete die Antwort, die nichts anderes als eine Drohung war.

Kasimir machte kehrt. Was hatte er eigentlich erwartet? Dass Bardolf ihm all seine Schandtaten gestehen und um Gnade winseln würde?

„He, Vater!"

Kasimir hielt inne. „Ich bin nicht dein Vater", sagte er, ohne sich umzusehen. „Nie wieder wirst du mich so nennen, hast du verstanden?"

„Wie Recht du hast. Mein Vater bist du nicht. Aber wer weiß, vielleicht gibt es ja andere Sprösslinge innerhalb dieser Mauern, die deinen Lenden entsprungen sind."

„Selbst wenn's so wäre - was geht dich das an?"

„Neulich hörte ich, wie einige der Mägde miteinander tuschelten. Sie fragten sich, wieso Evas Sohn deine hohen Wangenknochen besitzt."

Als Kasimir die eisenbeschlagene Tür des Verlieses hinter sich abschloss, hörte er, wie Bardolf in schallendes Gelächter ausbrach.

„Merbodo wird bald zurückkehren", erklärte Kasimir mit eindringlichem Ernst. „Wir müssen uns vor ihm schützen, Eva."

Sie rang verzweifelt die Händen. „Wie stellst du dir das vor?"

„Er wird das Burgtor verschlossen finden. Wir werden ihn nicht einlassen."

„Aber das bedeutet Fehde! Und Blut!"

„Willst du dir wegnehmen lassen, was dir zusteht? Du bist Roberts Witwe. Du bist die Herrin von Schönburg."

Sie schlug die Hände vors Gesicht. „Oh Gott! Gibt es denn keinen anderen Weg?"

„Den gibt es. Nimm Nikolaus und verlass die Burg, geh irgendwo hin, wo er euch nicht findet. Merbodo wird froh sein, wenn du ihm kampflos das Feld überlässt."

Sie nahm die Hände weg und sah ihn offen an.

„Um Himmels Willen, das mit der Flucht habe ich nicht ernst gemeint", beeilte sich Kasimir zu versichern.

„Und ich finde, es ist der einzig richtige Weg. Was habe ich hier noch verloren? Niemand soll bluten wegen mir oder Nikolaus. Soll Merbodo doch allein hier herrschen, schließlich ist es die Burg seiner Ahnen."

„Eva!" Er legte eine Hand auf ihre Schulter, zog sie aber sogleich wieder zurück, als habe er etwas Unüberlegtes getan. „Dein Schwager ist ein Unhold! Ich muss dir doch nicht erzählen, wie sehr dein Gemahl sich einen Erben wünschte, um Merbodo im Zaum zu halten."

Tränen rollten ihr über die Wangen. Er zögerte kurz, dann nahm er sie in die Arme. Sie wehrte sich nicht dagegen. „Wir werden sicher eine friedliche Lösung finden", schluchzte sie.

„Ja, vielleicht. Aber nur, wenn du ihm zeigst, dass du stark bist, Eva. Sonst wird er dich vernichten."

Er spürte, wie sehr sie mit sich rang. In der Wiege begann Nikolaus leise zu wimmern. Sanft löste sie sich aus seiner Umarmung. „Er braucht seine Milch", erklärte sie, ungeachtet Kasimirs forderndem Blick. Sie öffnete ihr Kleid, nahm den Säugling aus der Wiege, legte ihn an ihre Brust. Eine Weile herrschte Schweigen, Kasimir sah ihr dabei zu, wie sie ihren gemeinsamen Sohn stillte. Der Anblick machte ihn wehmütig.

„Glaub mir, Eva. Wir müssen handeln. Unverzüglich."

„Du sprichst von Macht und Privilegien, Kasimir. Das alles hat mir nie etwas bedeutet."

„Und der Wille deines Gemahls? Ist es dir denn gleichgültig, wenn alles, wofür er gelebt hat, sich in Nichts auflöst? Wenn alles umsonst war?"

Sie schloss die Augen. „Natürlich nicht", flüsterte sie kaum hörbar.

„Manchmal müssen wir Dinge tun, die uns widerstreben. Du kannst dich nicht immer hinter den Sprüchen von Gelehrten verstecken."

Trotzig sah sie zu ihm empor. „Ich habe mich nie vor irgendetwas versteckt, Kasimir."

„Verzeih", murmelte er zerknirscht. „Es war dumm von mir, das zu sagen. Aber jetzt müssen wir handeln."

Sie schwieg, betrachtete das säugende Kind in ihren Armen.

„Warum hast du ihn Nikolaus genannt?", fragte Kasimir sanfter.

„Es ist der Name meines Vaters." Für die Dauer eines Atemzuges flog ihr ein Lächeln übers Gesicht.

Kasimir seufzte. „Bitte, hör auf mich, Eva."

„Du weißt, wie sehr ich dich schätze", wich sie ihm aus.

„Das reicht nicht, du musst mir auch vertrauen."

„Du willst also das Burgtor vor ihm verschließen? Wie geht es dann weiter?"

„Er muss verhandeln. Wir werden ihm einen Vetrag aufzwingen, der ihn in seinen Rechten nicht beschneidet, deine und Nikolaus' Rechte jedoch unangetastet lässt. Es wird ihm nichts übrig bleiben, als sich zu fügen."

„Was wird ihn künftig daran hindern, seinem Neffen erneut ans Leben zu wollen?"

Kasimir beugte sich vor. „Ich werde ihn daran hindern. Selbst wenn es niemand weiß, Nikolaus ist auch mein Sohn. Bin ich denn in deinen Augen bloß ein nichtsnutziger Diener?"

„Nein, Kasimir, das bist du nicht. Wie kannst du so etwas nur sagen?"

„Dein Gemahl würde von mir verlangen, dass ich so handle. Wie könnte ich ihm einst im Jenseits die Augen schauen, wenn ich zulasse, dass du alles aufgibst?"

Nach einer Weile sagte sie leise: „Tu, was du tun musst, Kasimir."

Er nickte ihr zu. „Danke. Überlass alles mir. Hab keine Angst, es wird ein gutes Ende nehmen."

Seine Worte sollten sie zuversichtlich stimmen, doch bevor er die Kammer verließ, um unverzüglich die nötigen Anweisungen zu treffen, sah er neue Tränen in ihren Augen schimmern.

„Warum weinst du denn, Evchen?", fragte Johanna bedrückt.

„Du hast ja gehört, was er gesagt hat", erwiderte Eva. „Woher soll ich wissen, was das Richtige ist?"

„Du bist doch klug und belesen."

„Fang nicht schon wieder damit an. Kasimir hat auch schon so gesprochen."

„Er wird wissen, was zu tun ist."

„Aber er ist ein Mann. Männer wollen immer nur kämpfen, es liegt ihnen im Blut."

Nikolaus hatte sich satt getrunken.

„Er ist wirklich ein strammes Kerlchen", sagte Johanna. „Wird dir noch viel Freude machen. Ach, wie gern hätte ich auch noch ein Leben geboren, bevor ich diese Welt verlassen musste."

„Stattdessen darfst du das Paradies schauen."

„Zuerst das Fegefeuer, Schätzchen. Hat der Magister dir das nicht erklärt?"

„Für ihn hatte das Fegefeuer nur eine mystische Bedeutung."

„Was du nicht sagst. Wenn ich ihm begegne, muss ich ihn unbedingt danach fragen."

Eva wischte sich die Tränen ab, schaukelte Nikolaus sanft in ihren Armen.

„Ah, endlich schmunzelst du wieder", freute sich Johanna.

„Du und mein Sohn", sagte Eva, „ihr allein seid mir geblieben."

„Und was ist mit Kasimir?"
Eva dachte lange nach. „Wir sind nicht füreinander bestimmt."
„So? Und woher weißt du das?"
„Ich spüre es."
„Aha. Du spürst es!"
„Verschone mich heute mit deinem Spott, Johanna. Gib mir lieber einen guten Rat. Siehst du nicht mehr als wir Lebenden? Ich wurde nicht dafür geboren, Entscheidungen über das Wohl und Leben anderer Menschen zu treffen."
„Achte auf die Zeichen. Einen besseren Rat wüsste ich nicht."
„Zeichen?"
„Der Herrgott gibt uns manchmal durch kleine Zeichen zu verstehen, welchen Weg wir gehen müssen. Meistens verstehen wir sie aber nicht. Seltsam, dass ich gerade dir das erklären muss."
„Du hast mir eben einiges voraus."
„Weil ich tot bin?"
„Weil du über den Dingen stehst."
„Dann bin ich jetzt weiser als du? Wie konnte es nur so weit kommen?"
Liebevoll gab Eva ihrem Sohn, der inzwischen in ihren Armen eingeschlafen war, einen Kuss auf die Stirn. „Weißt du", flüsterte sie Johanna zu, „dass ich immer öfter an meine Heimat denken muss?"
„Mit wem sprichst du die ganze Zeit?"
Eva wandte sich um und sah Berta, die unbemerkt von ihr die Kammer betreten hatte. „Mit einer alten Freundin, Berta."
„Aber hier ist niemand!"
„Du hast Recht. Sie ist vor einigen Jahren gestorben. Trotzdem rede ich manchmal mit ihr und bilde mir ein, dass ich ihre Stimme höre."
Berta sah sie mit ihren großen runden Augen an. Die Leute nannten sie einfältig, aber Eva genoss ihre Gegenwart immer sehr. Berta besaß ein weites Herz und war ohne Falsch; wahrscheinlich waren Menschen wie sie gemeint gewesen, als Jesus von den Kindern predigte, denen das Himmelreich gehört. „Darf ich ihn halten?", fragte sie mit Blick auf den Säugling.
„Aber gewiss. Er ist schließlich dein Bruder."
Vorsichtig nahm Berta den Kleinen im Empfang, betrachtete ihn mit staunend geöffnetem Mund. Der Tod ihres eigenen Sohnes hatte sie damals sehr verstört, und Eva hatte viel Zeit mit ihr verbracht, um sie zu trösten. Aufmunternder als tausend Worte aber war es für Berta, den kleinen Nikolaus in ihren Armen zu halten. „Ich freue mich, dass Niko mein Bruder ist", sagte sie nach einer Weile.

Rastlosigkeit trieb Kasimir voran. Unermüdlich begann er, die Menschen der Burg auf den Ernstfall vorzubereiten. Zuerst suchte er Veronika auf. „Ich schulde Euch Dank für die Warnung", sagte er ehrerbietig.

Traurig erwiderte sie: „Es war meine Pflicht als Christenmensch."

„Möglicherweise wird Euer Gemahl die Burg belagern. Ihr solltet mit Euren Töchtern und dem Gesinde die Burg verlassen. Ich will Euch nicht in Gefahr bringen. Außerdem könnte Merbodo denken, dass Ihr mit uns gemeinsame Sache macht."

Sie dachte über seine Worte nach. „Schon lange habe keine Angst mehr vor ihm. Ich verachte ihn. Aber meine Töchter bedeuten mir alles, ich will sie keiner Gefahr aussetzen. Wir werden die Burg verlassen und eines unserer Güter aufsuchen. Dann bist du frei in deinen Handlungen."

Kasimir verneigte sich tief vor ihr. „Ihr seid eine bemerkenswerte Frau!"

„Ich werde für euch alle beten!"

Die Begegnung mit der Schönburgerin machte Kasimir deutlich, dass die Würfel unwiderruflich gefallen waren. Er beauftragte einige Knechte, in die Stadt zu eilen, um Nahrungsmittel einzukaufen. Von Cono, einem anderen Knecht, wusste er, dass er ein guter Reiter war. Ihn nahm er sich zur Seite und nannte ihm die Namen einiger Ritter aus der Umgebung. „Sie waren treue Gefolgsleute unseres Herrn", erklärte er. „Bitte sie, auf der Stelle herzukommen, damit sie uns Waffenhilfe gegen Merbodo leisten."

„Ich?", stammelte Cono ungläubig.

„Einen besseren Reiter hab ich nicht. Und sobald du sie benachrichtigt hast, reitest du unverzüglich nach Trier."

Cono blies die Wangen auf. „Aber ich war noch nie in Trier."

„Du wirst das schon schaffen, denn ich werde dir Duma geben. In Trier wirst du den Erzbischof aufsuchen, er muss von unserer Lage unterrichtet werden. Einen entsprechenden Siegelbrief lass ich dir mitgeben."

„Unsere Lage? Was meinst du damit?"

„Herrgott, hast du's denn noch nicht begriffen? Merbodo wird uns die Fehde erklären. Cono, kann ich auf dich zählen?"

Der Knecht nickte tapfer. Aufmunternd klopfte Kasimir ihm auf die Schulter.

Jedem, der ihm begegnete, schwor er auf die Situation ein. Zu Kasimirs Freude ließ niemand einen Zweifel an seiner Loyalität zu Eva und ihrem Sohn. Fortan durfte das Burgtor nur noch mit Kasimirs Genehmigung geöffnet werden, die Wachen wurden verdoppelt, auch die Wehrgänge hatten nun ständig besetzt zu sein. Insgesamt waren es sechzehn Männer, eine Handvoll halbwüchsiger Knaben eingeschlossen, die den Verteidigungstrupp bildeten. Sorgen bereitete Kasimir, dass die Fechtkünste der meisten Männer sich in bescheidenen Grenzen hielten. Ihr Alltag bestand aus Küchen- oder Gartentätigkeiten, aus Arbeiten in den Werkstätten und Ställen; einige hielten zum ersten Mal in ihrem Leben ein Schwert in den Händen. Blieb zu hoffen, dass Roberts kampferprobte Gefährten beizeiten eintrafen.

Erst am Abend, als im Westen die Sonne hinter den Hügeln versank, kamen die Menschen der Schönburg vorläufig zur Ruhe. In den vorangangenen Nächten hatte Kasimir kaum geschlafen. Darauf vertrauend, dass seine Anweisungen allseits befolgt wurden, sank er todmüde auf sein Lager. Schon im nächsten Augenblick war er eingeschlafen.

Zum ersten Mal seit vielen Jahren träumte er wieder von Wilmar, der ihn einst geschändet hatte. Kasimirs Hass, seine Wut auf ihn - plötzlich war alles wieder gegenwärtig. Und vor allem das Verlangen, ihn endlich seiner gerechten Strafe zuzuführen.

Wilmar stand vor dem verschlossenen Burgtor. In Wirklichkeit bestand er aus zwei Personen, denn er trug Merbodos Rüstung. Auch sprach er mit der Stimme des Schönburgers „Lasst mich herein!", forderte er. - „Wer ist das?" verlangten die Torwächter von Kasimir zu wissen. - „Ein alter Bekannter! Lasst Euch von seiner Rüstung nicht täuschen." Kasimir zog sein Schwert, packte es mit beiden Händen. „Na los, lasst ihn herein", befahl er ungeduldig.

Wilmar trat durch das Burgtor; auf einmal trug er keine Panzerung mehr, sondern ein blaues Surkot. Umso besser, dachte Kasimir und schlug zu. Getroffen sank Wilmar nieder, Blut spritzte, er schrie aus Leibeskräften und wollte überhaupt nicht mehr verstummen. Wann, um Himmels Willen, ist er endlich tot?, fragte sich Kasimir beklommen.

Wilmar schrie immer noch. Dies ist ein Traum, leuchtete es Kasimir allmählich ein. Nur ein Traum. Wenn ich aufwache, hört er auf mit dem Geschrei.

Er schlug die Augen auf. Sein Herz raste. Die Kammer war von schwachem Licht erleuchtet. Ja, er war aufgewacht, Wilmar war nur ein Spuk in der Nacht gewesen.

Aber warum schrie er immer noch? Woher kam das Licht?

„Kasimir", sagte jemand ängstlich. Goswins Stimme. Er stand vor seinem Bett und zitterte an seinem ganzen fülligen Leib. In seiner Linken hielt er das Öllicht.

„Was machst du hier?", fragte Kasimir verwirrt.

Statt einer Antwort starrte Goswin zu Boden. Kasimir fuhr hoch.

Bardolf! Bäuchlings lag er vor seiner Schlafstätte. In seinem Rücken steckte bis zum Heft ein langes Küchenmesser. Sein Schreien ging allmählich in ein jämmerliches Röcheln über. Ströme von Blut ergossen sich aus seinem Mund. Kasimirs fassungsloser Blick wanderte zwischen Goswin und Bardolf hin und her.

„Er ... er wollte dich töten", stammelte Goswin. Der Dolch, der Bardolf aus der Hand gefallen war, mochte ihm Recht geben. Auch ein Schwert trug Merbodos Sohn an seiner Seite. „Ich war in der Küche", fuhr Goswin aufgewühlt fort. „Wollte mir nur was zu essen holen. Da sah ich ihn über den Korridor schleichen. Wusste gleich, dass er nichts Gutes im Schilde führte. Also bin ich ihm gefolgt."

„Aber er war im Kerker."

Goswin hob nur die Schultern. Sein Gesicht war totenbleich.

„Keine Hölle ... will nicht in die Hölle", stieß Bardolf panisch hervor. Er wand sich, doch jede Bewegung schmerzte ihn nur noch mehr.

Kasimir und Goswin wechselten einen vedutzten Blick. Bardolf starb, und seine letzte Sorge galt tatsächlich seinem Seelenheil. „Zu spät!", erwiderte Goswin, der langsam die Fassung wiedergewann. „Für Kindsmörder denkt der Teufel sich ein paar besonders hübsche Foltern aus."

Kasimir brachte ihn mit einem Kopfschütteln zum Schweigen, kniete sich neben den Sterbenden. In diesem entsetzlichen Moment erinnerte Bardolf ihn wieder an den Knaben, der Rotz und Wasser heulte, nachdem er beim Klettern vom Baum gestürzt war. Zunächst zögerte Kasimir, doch dann griff er nach seiner Hand, drückte sie. „Schon gut, Junge", flüsterte er. „Ich werde viele Messen lesen lassen für deine Seele."

Bardolfs Augen flackerten wirr und suchten den Blick seines Trösters. „Wirklich?", hauchte er.

„Ich schwöre es!"

„Ja, Messen ... der Teufel ..."

Noch einmal ließ eine Schmerzwelle Bardolfs Körper erbeben, sein Stöhnen aber wurde leiser, ein letzter heftiger Atemzug, dann erschlafften seine Glieder, und seine Augen wurden starr.

Eine Weile betrachteten Kasimir und Goswin wortlos den Toten. Dann sagte Goswin heiser: „Er wollte dich umbringen. Abstechen wie ein Schwein."

„Ja, Goswin. Du hast mir das Leben gerettet."

„Merbodo wird mich töten, wenn er davon erfährt. Da nützen mir auch Bardolfs Seelenmessen nichts." Er schauderte.

„Mach dir keine Sorgen." Mit einem Ruck zog er das Küchenmesser aus Bardolfs Rücken und wendete den Toten. „Gib mir mein Schwert, Goswin. Es liegt dort auf der Truhe."

Goswin gehorchte, brachte es ihm. „Was hast du vor?", fragte er irritiert.

„Du hast mit seinem Tod nicht das Geringste zu tun, Goswin. Ich habe ihn getötet - im Zweikampf. Niemand wird beim Anblick seiner Leiche behaupten können, man habe ihn hinterrücks gemeuchelt. Du hast nichts zu befürchten."

Kasimir atmete tief durch; dann stieß er Bardolf das Schwert tief in die Brust. Knochen zerbarsten, wieder quoll ein roter See aus der Wunde.

„Hundert Messen", raunte er.

48.

Als der Morgen graute, ließ Kasimir nach Hanna schicken. Er machte sich bittere Vorwürfe. Tags zuvor hatte er wichtige Vorkehrungen treffen müssen und sich um den Gefangenen keine weiteren Gedanken gemacht. An eine verschärfte Bewachung war ohnehin nicht zu denken gewesen, jeder Mann wurde anderswo dringender gebraucht.

Er empfing seine Frau - denn das war Hanna noch immer - in der Wachstube vor dem Torhaus. Ihre Augen waren rot verheult, ansonsten war sie bleich wie eine Kalkwand. Vermutlich hatte man sie aus der Krypta unter der Kapelle geholt, wo Bardolf aufgebahrt lag. Steif setzte sie sich auf den Hocker, den Kasimir ihr wies.

„Bardolf kam nachts in meine Kammer, Hanna. Er wollte mich umbringen!"

Sie senkte den Blick.

„Es war töricht von dir, ihn aus seinem Verlies zu befreien. Warum hast du das getan?"

„Weil er mein Sohn ist", entgegnete sie nicht ohne Trotz.

„Bardolf hat viel Schuld auf sich geladen."

„Unsinn. Er hat nichts Böses getan. Wer gibt dir das Recht, ihn zu bestrafen? Rächst du dich so an mir?"

„Er wollte den Sohn unseres Herrn töten. So, wie er auch schon den kleinen Robert getötet hat. Ich verstehe, dass du das nicht wahrhaben willst, denn du bist seine Mutter. Aber er ist - er war ein Mörder!"

„Gegen diese Vorwürfe kann er sich leider nicht mehr wehren. Du hast ihn ja umgebracht."

„Hanna, ich musste mich verteidigen! Warum verlässt du die Burg nicht, bevor es zum Kampf kommt?"

„Weil mich niemand davon abhalten kann, bei meinem toten Sohn zu wachen." Sie stand auf und verließ ohne ein weiteres Wort die Stube.

Mit umwölkter Stirn sah er ihr hinterher.

Mittags meldeten die Wachen aufgeregt, dass etwa zehn, zwölf Reiter den Weg zur Burg eingeschlagen hätten. Rasch eilte Kasimir zum Torhaus, stieg auf den oberen Wehrgang, um den Ankömmlingen entgegenzusehen. Die Vermutung wurde zur Gewissheit, es waren Merbodo und seine Ritter, die aus Koblenz zurückkehrten und das Burgtor nun verschlossen fanden. Vor der Holzbrücke zügelten sie ihre Pferde. Alle waren behelmt und in voller Rüstung, als zögen sie in den Kampf. „Gütiger Jesus", murmelte Kasimir, als er sah, wen sie gefesselt mit sich führten. Bäuchlings hing Cono über Dumas Rücken.

Merbodo klappte sein Visier hoch. „Ich bringe dir deinen Boten zurück,

Slawe!", rief er mit metallischer Stimme. „Zufällig ritt er uns über den Weg. Leider konnte er seinem Auftrag nicht mehr nachkommen."

„Lasst ihn frei!", entgegnete Kasimir, wissend, wie einfältig seine Forderung war.

„Öffne auf der Stelle das Tor!"

„Eure Absichten sind mir bekannt. Deshalb bleibt das Tor verschlossen!"

Kasimir sah, wie Merbodo sich mit den Männern beriet. Zur Rechten des Schönburgers erkannte er den den verhassten Dietmar von Lahnstein. Endlich rief Merbodo: „Wo ist Bardolf?"

„Lasst meinen Boten frei. Dann will ich Euch sagen, wo Euer Sohn ist!"

„Du wagst es, mir Forderungen zu stellen?"

„Ich spreche im Namen meiner Herrin!"

Eine zornige Frauenstimme rief: „Bardolf ist tot! Er hat ihn getötet!" Auf der Mantelmauer stand wie ein Racheengel Hanna.

Eine Weile herrschte Schweigen. „Ist das wahr?", fragte Merbodo außer sich.

Kasimir straffte sich. „Ich konnte seinen Plänen beizeiten zuvorkommen. Sicher wisst Ihr, wovon ich spreche!"

„Das wirst du noch bereuen, Slawe!" Sein Gesicht war glutrot vor Wut. Auf sein Zeichen hin wendeten die Männer ihre Pferde und zogen sich ein Stück zurück.

„Was hat er vor?" Goswin war neben Kasimir getreten und blickte ängstlich auf die abgesessenen Reiter, die ihren Gefangenen grob zu einem der alten Lindenbäume zerrten. Eine finstere Ahnung beschlich Kasimir. Erbittert ballte er die Fäuste, während er das Tun der Männer verfolgte. „Mein Gott - Cono! Sie knüpfen ihn auf!", murmelte Goswin entsetzt.

Sie machten sich nicht einmal die Mühe, ihm die Augen zu verbinden. Conos Todeskampf schien Ewigkeiten zu dauern. Seine Augen quollen bald aus ihren Höhlen, seine Zunge wurde immer länger. Goswin wandte sich stöhnend ab, einer der jungen Burschen würgte und erbrach sich. Zum ersten Mal befielen Kasimir Zweifel. Wuchs ihm die Sache über den Kopf? Roberts Waffengefährten würden nicht zu ihrer Unterstützung erscheinen, ebensowenig der Erzbischof. Er und die Handvoll Männer, die noch nie in ihrem Leben gekämpft hatten, waren auf sich allein gestellt. Im Grunde war alles aussichtslos.

Als Cono endlich zu zappeln aufhörte und der Tod ihn gnädig erlöste, näherte sich Merbodo der Brücke im vollen Galopp. Nur wenige Schritte davor brachte er seinen schnaubenden Rappen zum Stehen. „Richte meiner Frau Schwägerin aus, dass es jedem so ergehen wird, der mir in die Hände fällt!", rief er Kasimir zu, bevor er zu seinen Männern zurückkehrte.

So einfach werden wir es dir nicht machen, Merbodo, sagte sich Kasimir mit neu erwachtem Widerstandgeist. Auch dem armen Cono glaubte er das nun schuldig zu sein.

„Um Himmels willen!" Entsetzt schüttelte Eva den Kopf, nachdem sie von Conos Schicksal erfahren hatte. „Wir müssen damit aufhören! Auf der Stelle! Öffnet ihm das Tor!"

„Herrin, das können wir nicht tun", beschwor sie Kasimir. Angesichts der anderen Anwesenden wählte er die förmliche Ansprache.

„Es wird noch mehr Tote geben", klagte Eva.

„Selbst wenn wir ihm kampflos das Tor öffnen: Er wird auf seine Rache nicht verzichten. Ihr kennt ihn doch!"

„Wo er Recht hat, hat er Recht", raunte Mechthild ihr zu. „Das Wort Ehre ist Merbodo von Kindheit an fremd."

Eva ließ sich auf einen Schemel sinken, vergrub ihr Gesicht.

„Was geschieht hier?", fragte Berta bang. Mechthild legte einen Arm um ihre Schulter, da ihr keine Antwort einfiel, um die Verängstigte zu beruhigen.

Auch Daniel war zugegen und räusperte sich laut. „Wenn Ihr mich fragt, Herrin: Niemals könnten wir einer Belagerung standhalten. Wir müssen uns ergeben und auf Merbodos Güte hoffen. Er kann uns unmöglich allen den Hals umdrehen."

„Wer hat dich gefragt?" Kasimir war verärgert über den Koch. „Warum verschwindest du nicht in deine Küche und überlässt solche Fragen mir?"

„Junge, ich weiß, du warst in Italien und bei Mühldorf. Aber außer dir gibt es hier keinen, der wüsste, wie man einen waffenstarrenden Ritter aus dem Kettenhemd haut." Sein Küchenjunge Max, der neuerdings ein rostiges Schwert am Gürtel trug, pflichtete ihm aus Gewohnheit bei.

„Was seid ihr bloß für Memmen", schimpfte Kasimir. „Und du", blaffte er den Küchenjungen an, „was hast du hier eigentlich zu suchen? Ab auf den Wehrgang mit dir!"

Der Junge trollte sich kleinlaut.

„Sei doch vernünftig, Kasimir", versuchte es Daniel noch einmal. „Wir werden den Kürzeren ziehen."

„Ja. Weil alle das gleiche Hasenherz haben wie du."

„Daniel hat Recht", sagte Eva leise.

„Herrin, ich -"

„Ich weiß, Kasimir, es geht dir um die Ehre der Schönburger. Einen treueren Diener könnte ich mir nicht wünschen. Aber Menschenleben gelten mehr als die Ehre."

„Mit Verlaub, Herrin", meldete sich jetzt auch Goswin zu Wort, „Merbodo hat meinen Sohn auf dem Gewissen, und um ein Haar wär's auch um Euren Sohn geschehen. Ihr müsst ihm zeigen, wohin der Hase läuft."

Dankbar nickte Kasimir seinem Freund zu. Wenigstens einer, der ihn unterstützte.

„Wo du gerade vom Hasen sprichst, Goswin“, meinte Daniel süffisant, „wenn sie uns belagern, wird es bald nichts mehr zu fressen geben.“

Der Verspottete stemmte die Arme in die breiten Hüften. „Mir scheint, du sprichst da eher für dich, Kellenschwinger. Du hattest deinen Bauch schon lange vor mir.“

„Hört auf zu streiten!“, befahl Eva mit ungewohnter Strenge. „Ihr alle, verlasst die Halle und lasst mich mit Kasimir allein!“

Nachdem sie verschwunden waren, streckte sie ihm beide Hände entgegen. Er fühlte ihre Wärme und unterdrückte das Bedürfnis, sie zu küssen. „Kazimierz“, begann sie mit weicher Stimme, „warum bist du so unerbittlich? Cono ist tot, willst du, dass noch mehr Menschen sterben?“

„Was wir auch tun, Eva, Merbodo wird dich früher oder später vernichten. Dich und deinen Sohn! *Unseren Sohn!* Es sei denn, wir hindern ihn daran. Wir müssen heute damit anfangen.“

Eva seufzte, wirkte keineswegs überzeugt. Kasimir war entschlossen, erneut um ihre Zustimmung zu ringen, stand doch alles auf dem Spiel, wofür sein Herr einst gekämpft hatte. „Ich will dir ein finsteres Familiengeheimnis verraten, Eva, auch wenn ich deinem Gemahl schwor, es auf ewig für mich zu behalten. Nun aber glaube ich, dass er mir erlauben würde, es preiszugeben, damit du dich überzeugen lässt. Du glaubst, dass Merbodo einen Kern von Anstand und Tugenden besitzt, nicht wahr? Dass du ihm das heilige Versprechen abringen könntest, deins, Nikolaus’ und unser aller Leben zu verschonen, wenn du seinen Willen erfüllst. Aber ich sage dir, den Teufel würde er tun. Ein Schwur bedeutet ihm so wenig wie ein Treueeid. Ich will dir erzählen, auf welch schändliche Weise er seinen Lehnsherren und den Kaiser bei Mühldorf verriet.“

Während er sprach, kochte die alte Wut in ihm hoch, doch er zwang sich, das Geschehene ruhig und nüchtern zu erzählen. Geduldig hörte Eva ihm zu. Am Ende sagte er: „Begreifst du endlich, dass er kein Mensch ist, mit dem du ernsthaft verhandeln kannst? Sein Wort ist wertlos wie eine Handvoll Dreck.“

Eva zeigte keine Regung. Wenn das Gehörte sie empört hatte, so zeigte sie es nicht.

„Nun?“, drängte Kasimir mit erhobenen Brauen.

Sie streichelte seine Hand. Er entzog sie ihr, obgleich er wusste, dass es das hinterher bereuen würde. Denn jede Zärtlichkeit von ihr war wie Balsam auf seine Seele.

„Ach, Kasimir.“

„Du musst eine Entscheidung treffen, Eva.“

„Lass uns auf Gott vertrauen und den Kampf beenden, bevor er richtig begonnen hat.“

„Das Recht ist auf deiner Seite.“

„Wer Recht erkennen will, muss zuvor in richtiger Weise gezweifelt haben. Hast du gezweifelt, Kasimir?"

„Eva, bitte!"

Sie schloss ihre Augen.

Kasimir dämmerte, dass er jeden Tag aufs Neue um ihre Zustimmung würde ringen müssen. „Die Männer harren tapfer auf ihren Posten für dich", sagte er.

„Sie haben Angst", erwiderte sie.

„Gib mir noch einen weiteren Tag."

„Eine alte Gefährtin versprach mir ein Zeichen. So Gott will, werde ich dir morgen meine Entscheidung mitteilen."

Auch wenn Kasimir nicht wusste, von wem sie eigentlich sprach, genügte ihm dieser Aufschub fürs Erste. „Ich hab dir schon einmal gesagt: Die Sache wird ein gutes Ende nehmen. Ich weiß es."

Sie schüttelte traurig den Kopf. „Ein gutes Ende? Cono und Bardolf sind tot."

Da er nichts zu erwidern wusste, machte er eine Verbeugung vor ihr und ließ sie allein.

Auf dem mittleren Burghof eilte ihm ein aufgelöst winkender Bursche entgegen. „Rasch! An der Mantelmauer!"

„Was?", fragte Kasimir und packte ihn am Arm.

„Sie versuchen, die Mauer mit einer Leiter zu erklimmen!"

„Verflucht, ich hab euch doch gesagt, was ihr dann tun müsst!"

Auf der Mauer angelangt, sträubten sich ihm die Nackenhaare. Zwar hatten Goswin und einige andere die richtige Maßnahme getroffen, denn mit einer langen, nach vorne gegabelten Stange versuchten sie, die angelehnte Leiter vom Mauersims zu stoßen. Doch damit schienen sie hoffnungslos überfordert zu sein. Schon stand einer der Belagerer auf dem Wehrgang. Verzagt leistete der Schmiedegeselle Ottokar ihm Widerstand, indem er mit zitternder Hand einen Morgenstern schwang, sorgsam darauf bedacht, außer Reichweite des fremden Schwertes zu bleiben. Der Eindringling beachtete ihn kaum - dieser Tölpel war für ihn kein Gegner. Statt dessen hielt er Ausschau nach wirklichen Widersachern und erkannte einen solchen in dem herbeieilenden Kasimir.

Der Zweikampf musste rasch entschieden werden, sonst war alles vorbei. Hatten erst zwei oder drei von Merbodos Männern die Mauer erklommen, war Kasimir gegen ihre Überzahl chancenlos. Auf die Waffenhilfe der armen Burschen konnte er vielleicht zählen, doch es war abenteuerlich zu glauben, sie könnten etwas gegen die kampferprobten Ritter ausrichten. Ihr Leben war dann keinen Pfifferling mehr wert. Kasimir war ohne Schild, ein weiterer Grund, dem Kampf ein schnelles Ende zu bereiten.

Der Ritter trug das Wappen der Rheinecker auf seinem Schild. Das musste Tilmann sein, von dem Robert einmal behauptet hatte, er eröffne den

Kampf unweigerlich mit dem Mühlenschlag, um seinen Gegner zu entmutigen. Einen Mühlenschlag zu parieren lag Kasimir seit den Tagen des Romzuges im Blut, auch die Guelfen hatten ihn mit Vorliebe angewendet.

Das Wissen um das Kommende machte es ihm leicht, ein rascher Ausfallschritt nach links und Tilmanns Klinge krachte funkensprühend auf Stein. Nur einen Wimpernschlag später stöhnte der Eindringling getroffen auf: blitzschnell hatte Kasimir ihm mit einem gezielten Hieb den Schwertarm vom Rumpf getrennt.

Zum Verschnaufen blieb keine Zeit, denn schon stand der nächste Feind auf der Mauer: Dietmar von Lahnstein! Wenigstens war es Goswin und den anderen inzwischen gelungen, die Leiter den Burghang hinab zu stoßen; ein langgezogener Schrei kündete davon, dass mindestens ein weiterer Feind noch auf den Sprossen gestanden haben musste.

Der Lahnsteiner würde sich nicht so rasch überrumpeln lassen. Er trug einen Topfhelm, unter dem hasserfüllte Augen Blitze auf Kasimir abschossen. „Wir beide haben noch etwas zu klären, nicht wahr?“, zischte er durch die Zähne.

Kasimir bückte sich nach Tilmanns Schild. Gegen den Lahnsteiner durfte er sich keine Blöße leisten. Dietmar preschte vor, nur mit Mühe parierte Kasimir seinen ersten Angriff. Währenddessen wand sich Tilmann schreiend am Boden, mit Verzögerung hatte er begriffen, was ihm widerfahren war.

Dietmars zweiter Angriff war noch heftiger, fast wäre Kasimir vom Wehrgang in die Tiefe gestürzt. Dietmar setzte nach, mit einem Ausfallschritt wich Kasimir ihm aus. Unter anderen Umständen hätte er geduldig gewartet, bis die Kräfte der Lahnsteiner erlahmten, doch Kasimir spürte deutlich, dass auch seine eigene Stärke zu wünschen übrig ließ. Die Anstrengungen und Entbehrungen der letzten Tagen hatten an ihm gezehrt, und jetzt, da es darauf ankam, spürte jedes seiner flauen Glieder. Es galt nun, sich nicht allein gegen Dietmar zur Wehr zu setzen, sondern auch gegen die aufkeimende Verzweiflung. Er sammelte sich für einen Gegenangriff.

„Komm schon“, lockte ihn der Lahnsteiner, der seine Unsicherheit zu bemerken schien.

„Nur Geduld“, entgegnete Kasimir mit vorgetäuschter Siegesgewissheit.

Dietmar parierte die verzweifelte Attacke scheinbar mühelos. Dann aber sank er mit einem Aufschrei auf die Knie. Kasimir hielt es für eine Finte und wich vorsichtshalber zwei Schritte zurück. Erst jetzt sah er den Pfeil, der tief in Dietmars Oberschenkel steckte. Ohne weiteres Zögern trat er auf den Verletzten zu und entwaffnete ihn mit geübtem Griff. Bevor Dietmar sich von dieser bösen Überraschung erholen konnte, traf ihn Kasimirs Tritt mitten im Gesicht; ächzend sank er in sich zusammen.

Neben dem schwer atmenden Kasimir erschien Goswin, in seinen Händen hielt er einen Bogen. „Na?“, begrüßte er seinen Kameraden.

„Heilige Jungfrau, wie oft hast du mit diesem Ding schon geschossen?", verlangte Kasimir von ihm wissen.

„Als Kind hab ich versucht, die Äpfel damit vom Baum zu holen. Hat nie geklappt."

„Du hättest mich treffen können!"

„Nichts zu danken, Pole! Bin doch dein Schutzengel."

Dietmar wollte aus seiner Ohnmacht erwachen; noch einmal traf ihn Kasimirs Stiefel. „Der wird künftig nicht mehr mit der Herrin tanzen wollen", vermutete Goswin.

Inzwischen war Tilmanns Geschrei in ein schmerzliches Gewimmer übergegangen. Kasimir winkte die anderen heran, die das Kampfgeschehen mit Beklommenheit verfolgt hatten. „Was ist mit den Belagerern?"

„Haben sich zurückgezogen, nachdem wir ihre Sturmleiter ins Tal gestoßen haben", meldete der Küchenjunge Max. Er glühte vor Stolz.

„Gut, Männer. Verbindet dem Rheinecker den Arm, bevor er verblutet. Dann helft mir, die beiden ins Verlies zu tragen."

„Im Vergleich zu dir war Hektor vor Troja ein Stümper", raunte Goswin ihm grinsend zu.

„Du warst mir von großem Nutzen, Goswin. Aber jetzt halt die Klappe und pack mit an!"

Unten, auf dem Burghof, sah er die alte Mechthild. Mit einem Wink gab sie ihm zu verstehen, dass sie ihn dringend sprechen musste. Er gab den Männern noch ein paar Anweisungen, ging dann zu ihr. Ernst sah sie ihm entgegen. Kasimir wappnete sich für eine weitere Hiobsbotschaft. „Es ist wegen Hanna", begann die Amme seufzend.

„Was hat sie wieder angerichtet? Verdammt, ich sollte sie einsperren!"

Mechthild schüttelte bedauernd den Kopf. „Dafür ist es zu spät, Kasimir. Sie hat sich von der Nordseite in die Tiefe gestürzt."

49.

Eva hätte viel für einen Ratschlag aus Meister Echharts Mund gegeben. Auch an Pater Raphael hatte sie in der Nacht häufig denken müssen. Wer von all den geliebten Menschen, die sie vor so vielen Jahren verlassen hatte, mochte noch am Leben sein? Und Falk! Längst hatte sie ihm alles verziehen. Was war aus ihm geworden? Seit Roberts Tod drehten ihre Gedanken sich wieder oft um ihre Heimat.

Vergeblich hatte sie in der Nacht auf ein Zeichen gewartet. Stunde um Stunde war vergangen, mit qualvoller Langsamkeit. Nichts war geschehen. Was hatte sie erwartet? Dass ihr ein Erzengel erschien? Ihr Leben lang hatte sie versucht, die Fragen des Lebens mit dem Verstand eines Gelehrten anzugehen, mit der Gelassenheit eines Philosophen, und nun wartete sie wie ein Kind auf einen Wink des Himmels.

Warum war Kasimir so besessen von dem Gedanken, ihr zu ihrem Recht zu verhelfen? Tat er es wegen Nikolaus, der ja immerhin auch sein Sohn war? Wie ein Held aus einer uralten Sage kämpfte er gegen einen überlegenen Feind. Er war ihr in den letzten Tagen sehr fremd geworden.

Als der Morgen zu grauen begann, kleidete sie sich an. Sie beschloss, in die Burgkapelle zu gehen und zu beten. Nikolaus schlummerte in seiner Wiege, nichts von alldem, was Eva bewegte, trübte seine noch heile Welt. Sein Anblick erfreute Evas hilfloses Herz, eine Welle von Zärtlichkeit durchströmte sie.

Es war empfindlich kühl in der Kapelle. Vor dem Altar brannten Kerzen, flammende Bitten an den Höchsten von verängstigten Menschen. Eva kniete sich hin und begann zu beten. Nach Hannas Freitod gab es eine weitere Seele, die der Fürbitte bedurfte.

Bald spürte Eva deutlich, dass sie beobachtet wurde. Sie blickte hinüber zu dem kleinen Fenster. Es stand offen, obwohl sie hätte schwören können, vorhin sei es noch geschlossen gewesen. Auf dem Sims hockte ein großer Kolkrabe und starrte sie an. „Balthasar!", kam es ihr ungläubig über die Lippen. Gewiss, ihr Freund aus früheren Tagen war längst tot, und doch, dieser Vogel dort schien sein Abbild zu sein. Sie hätte Balthasar unter tausend anderen Raben erkannt.

Langsam, um das Tier nicht zu vertreiben, erhob sie sich. Der Rabe zeigte sich nicht im Geringsten scheu, selbst als Eva sich ihm mit vorsichtigen Schritten näherte, machte er keinerlei Anstalten, davonzufliegen. Schließlich blieb sie vor ihm stehen, nur noch eine Armlänge trennte sie von dem Tier. Eines unterschied den Raben von Balthasar: Sein schwarzes Gefieder war so glänzend, dass sein Anblick Eva beinahe blendete.

Robert! *Der Glänzende!*

„Bist du geschickt worden gekommen, um mir das Zeichen zu geben, auf das ich warte?“ Ihr Flüstern war voller Zärtlichkeit. Der Rabe blickte ihr reglos in die Augen. Zwischen Mensch und Tier herrschte seltsame Vertrautheit. Nach einer Weile schüttelte der Rabe sein Gefieder und flatterte davon.

Sie trat an das Sims und sah ihm nach. Wie im Gleitflug sank er ins Tal, erreichte den Rheinfluss, dem er, der Stadt entlang, ein Stück nordwärts folgte. Schließlich, er war nur noch ein schwarzer Fleck in der Ferne, verließ er den Flusslauf und verschwand in den Wäldern nahe des linken Ufers.

Eva stand wie vom Donner gerührt.

„Was ist mit dir?“, hörte sie Berta angstvoll fragen. Eva hatte sie nicht kommen hören.

„Ich habe gerade die Antwort auf meine Fragen erhalten, Berta“, flüsterte sie ergriffen.

„Aber die Männer vor der Burg haben ein großes Gerät geholt, mit dem sie uns töten wollen.“

„Sei unbesorgt, Berta. Ich werde der Sache ein Ende machen.“

Die Belagerer hatten keine Anstalten für einen nächtlichen Angriff gemacht. Aber Kasimirs Männer wussten von emsigen Aktivitäten in Merbodos von Fackeln erhelltem Lager zu berichten, wo offenbar niemand geschlafen hatte. Stimmen, Waffengeklirre, Gelächter - offenbar waren Merbodo und seine Leute davon überzeugt, dass ihnen die Erstürmung der Burg bald gelingen würde. Im Grunde zweifelten auch die Belagerten nicht daran. Allein Kasimirs unermüdlicher Ansporn sorgte dafür, dass sie sich nicht einfach einem ungewissen Schicksal ergaben.

Beim Morgengrauen näherten sich zwei rumpelnde, von Ochsen gezogene Fuhrwerke dem Lager Merbodos, beladen mit schweren Holzbalken. Knappen und Knechte begannen die Fracht eifrig abzuladen. Kasimir beobachtete alles mit sorgenvollem Gesicht vom Wehrgang über dem Torhaus. „Was zum Teufel machen die da?“, fragte Goswin. „Ist es das, was ich glaube?“

Kasimir nickte knapp.

„Was ist?“, erkundigte sich einer der Halbwüchsigen unbehaglich.

Goswin rieb sich das Kinn. „Sie bauen eine Blide auf, Dummkopf. Das siehst du doch.“

Der Bursche erbleichte. Jedes Kind kannte die Geschichten von der mörderischen Zerstörungskraft dieser Maschinen. Mit stummen Entsetzen verfolgten sie das Errichten der Blide. An der Linde baumelte immer noch der Leichnam des armen Cono. Ringsumher besangen Vögel die ersten Sonnenstrahlen, als ginge sie das alles nichts an. „Wir könnten ein paar Pfeile in ihre Richtung schicken“, schlug Goswin nach einer Weile vor.

Kasimir schüttelte den Kopf. „Selbst für einen begnadeten Bogenschützen wie dich sind sie zu weit weg. Außerdem glaube ich nicht, dass sie die Waffe einsetzen werden."

„Ha! Und was bringt dich zu dieser merkwürdigen Überzeugung?"

„Würde Merbodo die Burg, die er für sich allein begehrt, zerstören wollen?"

„Was ist los mit dir, Kasimir? Natürlich wird er die Waffe einsetzen. Wir sprechen hier von Merbodo. Seit wann traust du ihm irgendwelche Feinfühligkeiten zu?"

Natürlich wusste Kasimir, dass Goswin Recht hatte. Ohnmächtige Wut überkam ihn. War das das Ende seines Kampfes, in den er allen Feuereifer, der ihm noch geblieben war, gesteckt hatte?

Vor ihren Augen wuchs die Wurfwaffe mit erstaunlicher Schnelligkeit. In Italien hatte Kasimir weitaus größere dieser teuflischen Werkzeuge gesehen, doch zweifellos war auch diese Blide imstande, schreckliche Zerstörungen herbeizuführen. Schon war der Wurfarm auf der Achse montiert, vorn eine Schlinge, hinten eine mit Steinen gefüllte Kiste als Gegengewicht. Knechte schleppten, jeweils zu zweit oder zu dritt, grob behauene Steine herbei, die größer waren als ihre Köpfe. Nicht mehr lange, und die Menschen auf der Schönburg würden leidliche Bekanntschaft mit dieser Schleudermunition machen.

„Und was jetzt?", gluckste Goswin.

Kasimir gab ihm keine Antwort. Er fühlte sich wie ein Junge, der die Warnungen seiner Eltern in den Wind geschlagen hatte und nun eines Besseren belehrt wurde.

Als Eva den Burghof betrat, nahm sie ein unheimliches Zischen wahr, das immer lauter wurde. Die Männer auf den Wehrgängen schrieen entsetzt auf. Im nächsten Augenblick flog mit atemberaubender Geschwindigkeit ein schattenhaftes Ungetüm über die Burg hinweg, gleich einem tobenden Dämon. Doch so rasch, wie das Schrecknis gekommen war, verschwand es wieder. In der Ferne, hangabwärts, krachten Bäume, dort, wo der Dämon vom Himmel gefallen sein musste. „Um Himmels willen, was war das?", fragte Eva eine der Mägde, die ihr panisch entgegenlief. Die Ärmste blieb keuchend stehen, sie zitterte vor Angst.

„Sie nehmen uns mit einer Schleuder unter Beschuss, Herrin."

Entschlossen nahm Eva ihren Weg wieder auf, der sie geradewegs zum Torhaus führte, wo Kasimir und einige der Männer mit bleichen Gesichtern beisammen standen und hastig Kriegsrat hielten. Beim Anblick der Herrin verbeugten sie sich, wenngleich ihr Erscheinen sie in noch größere Verwirrung zu stürzen schien. Mit sanfter Stimme sagte sie: „Kasimir, würdest du so gut sein, mir die Schlupfpforte öffnen zu lassen? Ich habe die Absicht, mich Merbodo zu ergeben!"

„Das könnt Ihr nicht tun!", rief Goswin erschrocken. „Das wäre zu gefährlich."

„Du hast gehört, was sie gesagt hat", sagte Kasimir matt. Er trat auf sie zu, flüsterte: „Zweifellos habe ich versagt, Eva. Bitte, lass mich dich wenigstens begleiten."

Sie schüttelte den Kopf. „Ich weiß, du würdest dein Leben für mich geben. Kazimierz. Aber diesen Weg muss ich allein gehen. Mach dir keine Sorgen, es wird mir nichts geschehen."

„Sie bereiten den nächsten Schuss vor!", meldete der Küchenjunge Max erregt.

Die Schlupfforte am großen Tor wurde geöffnet und Eva trat hinaus. „Seht Euch vor!", rief Goswin ihr nach.

Erhobenen Hauptes schritt er über die Brücke, näherte sich ihren Feinden. Die Männer an der Blide verharrten in ihrer Tätigkeit, als sie ihr Kommen bemerkten. Merbodo stemmte verblüfft die Arme in die Hüften. Die Männer auf den Wehrgängen hielten die Luft an. Eva zeigte keine Spur von Angst, sie wirkte majestätisch und entschlossen, als drohe ihr nicht die geringste Gefahr. Die für ihre Bescheidenheit bekannte Schönburgerin unterschied nun nichts mehr von einer stolzen Herrscherin.

Etwa zehn Schritte vor Merbodo blieb sie stehen, blickte ihn herausfordernd an. Zunächst schien Merbodo nicht zu wissen, was er davon halten sollte, doch nach einer Weile trat er langsam auf sie zu. „Mein kleiner Warnschuss hat Euch offenbar zur Vernunft gebracht, Schwägerin", sagte er kühl.

Sie ging auf seine Worte nicht ein. „Ich hoffe, Ihr habt ein erfolgreiches Turnier gefochten."

„Und ob. Hätte ich freilich gewusst, dass Ihr meine Abwesenheit nutzt, um heimtückisch Bardolf zu töten und mich meines Eigentums zu berauben, so hätte ich Euch niemals den Rücken gekehrt. Dafür werdet Ihr Sühne tun müssen, so wahr ich hier vor Euch stehe."

Eva hielt seinem wütenden Blick mühelos stand. „Der Tod Eures Sohnes ist sehr bedauernswert, und ich wünschte, ich hätte ihn verhindern können. Allerdings wisst Ihr so gut wie ich, was er im Schilde führte."

„Wovon sprecht Ihr?"

„Wir brauchen einander nichts vorzumachen, Merbodo. Aber ich habe einen Vorschlag für Euch."

„So? Ich kann es kaum erwarten, ihn zu hören, Schwägerin. Wenngleich es Euch in Eurer Lage wohl kaum zusteht, mir etwas vorzuschlagen."

„Wartet nur ab!" Sie hob das Kinn. „Ich und mein Sohn werden die Burg innerhalb der nächsten Tage verlassen", verkündete sie. „Ich verzichte auf alle Ansprüche, eine entsprechende Urkunde werde ich anfertigen, auch Erzbischof Balduin erhält eine Abschrift. Die Schönburg gehört fortan Euch allein. Das ist doch in Eurem Sinne, nicht wahr? Ihr werdet mich und meinen Sohn nie wieder sehen."

Merbodos Augen wurden zu schmalen Schlitzen. „Warum solltet Ihr das tun?", fragte er lauernd.

„Weil ich nicht länger um das Leben meines Sohnes bangen will. Die weiteren Gründe sollen Euch gleichgültig sein, Ihr würdet sie ohnehin nicht begreifen. Im Gegenzug erwarte ich nur, dass Ihr niemanden, der mir die Treue hielt, dafür bestrafen werdet. Ich will, dass Ihr jeden, der es möchte, in Eure Dienste nehmt."

Merbodos Mundwinkel zuckten. „Ich verspreche es, Schwägerin! Jeder, der Euch zur Seite stand, bleibt unbehelligt."

„Also sind wir uns einig?"

„Wenn es Euer Wille ist." Er ergriff die Hand, die sie ihm reichte.

Sie lächelte ihn an. „Natürlich zweifle ich nicht einen Augenblick daran, dass Ihr zu Eurem Wort steht, Schwager. Schließlich seid Ihr ein Mann von Ehre, wie jedermann weiß." Ihre Stimme ging in ein Flüstern über, während ihr Lächeln gefror. „Dennoch solltet Ihr wissen, dass ich unweigerlich davon erführe, wenn Ihr Euer Versprechen nicht einhieltet. Dann nämlich sähe ich mich gezwungen, dem Erzbischof ein Schriftstück zukommen zu lassen, das sich derzeit in Verwahrung eines mir allein bekannten Advocats befindet."

„Ein Schriftstück?" Merbodo hob die Brauen.

„Eure Heldentat bei Mühldorf wird darin in aller Ausführlichkeit beschrieben, beeidet und besiegelt von den wenigen Menschen, die davon wissen."

Aus seinem Gesicht wich jede Farbe.

„Aber was rede ich, ich habe doch Euer Wort!", sagte sie in einem Tonfall, mit dem man verängstigte Kinder beruhigt. Dann machte sie kehrt, hielt aber noch einmal inne, als ihr Blick auf Cono fiel.

„Und lasst auf der Stelle diesen armen Jungen abnehmen, Schwager. Er hat lange genug dort gehangen. Lasst auch nach einem Arzt rufen, denn Eure Freunde Lahnstein und Rheineck bedürfen seiner."

Als sie zur Burg zurückkehrte, waren ihr riesige Mühlsteine vom Herzen gefallen. Ihr Blick wanderte kurz Richtung Himmel. „Nun? Wie fandest du mich?"

„Sag mal, hast du vorhin geflunkert?", hörte sie Johanna sprechen. „Du, mein aufrichtiges Evchen? Mein Lob, ich hätte das kaum besser hinbekommen",

*

Zum Dank dafür, dass der Medicus seiner alten Mutter erfolgreich den Star gestochen hatte, bestand Meister Wirich darauf, Lothar und seine Gefährtin bei sich daheim zu bewirten. Wirich war der angesehenste Zimmermann der Stadt, Vorsteher seiner Zunft. Deshalb war er auch nicht arm zu nennen, und entsprechend sah das Mahl aus, das Wirichs Frau, die den ganzen Tag am Herd verbracht hatte, ihnen am Abend auftischte. Der Anblick der gefüllten Rebhühner, des Haferkuchens und weiterer Köstlichkeiten ließ auch Sara derart das Wasser im Mund zusammenlaufen, dass sie beschloss, heute nicht koscher zu essen, in Kauf nehmend, hinterher Lothars Neckereien ertragen zu müssen. Ein wenig getrübt wurde der Genuss nur durch das unentwegte Freudengeheul von Meister Wirichs Mutter, die ihr Glück über das wiedergewonnene Sehvermögen kaum fassen konnte.

Nach dem Schmaus bot Wirich ihnen an, in seinem geräumigen Haus zu nächtigen, ein Luxus, wie er ihnen in noch keiner Stadt zuteil geworden war. Also führte er sie in eine gemütliche Kammer, wo es sogar einen Teppich, einen bunten Wandbehang und Glasfenster gab. Hier war das Paar mit Judit ganz für sich, und es tat gut, nicht ständig Kleppers Geschnaube hören zu müssen. Seitdem der Gaul dank Lothars Diät kaum noch furzte, schnarchte er nachts umso lauter, wenngleich Lothar hier einen Zusammenhang bezweifelte.

Bevor sie in einem prunkhaften Himmelbett einschliefen, liebten sie sich mit leidenschaftlicher Heftigkeit. Am Morgen wachte Lothar als erster auf. Draußen war es schon hell, deshalb rüttelte er Sara sanft. „Wach auf! Wir haben verschlafen!"

„Na und?", kam es müde zurück.

„Auch Judit schläft noch. Was meinst du, sollen wir das ausnutzen?" Er streichelte über ihre Brust.

„So unverwüstlich kenne ich dich gar nicht, du Lüstling."

„Sag mal, sind deine Brüste eigentlich härter geworden?"

„Sieh lieber zu, dass auch bei dir alles hart bleibt."

Und ihr Liebesspiel begann von neuem. „Eigentlich solltest du mich schonen", sagte sie mittendrin keuchend.

„So? Ich wüsste nicht, womit du dir diese Gnade verdient hättest."

„Ich vielleicht weniger, denn deine Bestrafung nehme ich ja immer wieder gern in Kauf, Chawer. Aber wir sollten auch an das Kind denken."

„Aber sie schläft doch noch", meinte er mit einem Seitenblick auf Judit.

Sie verdrehte die Augen. *„Issachar!"*, seufzte sie.

„Wenn du mich einen Esel nennst, dann hab ich wohl etwas falsch gemacht."

„Denk mal nach. Wenn ich mit dem Kind nicht Judit meine, wen wohl dann?"

„Das frage ich mich auch. Vielleicht kannst du das Rätsel ja freundlicherweise auflösen und mich -" Er stockte.

„Und?", fragte sie.

„Heiliger Damian!"

„Er hat's kapiert. Na schön, den Issachar nehme ich zurück."

„Ich werde Vater!", jubelte Lothar laut. „Und das erklärt auch deine festen Brüste."

„Fein. Jetzt wissen es auch Meister Wirich, seine Gattin, seine Kinder und seine von den Toten auferstandene Mutter."

„Du hättest es mir früher sagen können."

„Ich musste mir erst sicher sein. Übrigens, es stimmt, was du mir über den Urin schwangerer Frauen erzählt hast. Er schmeckt tatsächlich ein wenig bitter."

„Jetzt verstehe ich, warum du in letzter Zeit so viel in dich hinein schlingst."

„Wo du gerade davon sprichst: Ich habe wieder Hunger!"

Sie lachten und tauschten weitere Zärtlichkeiten aus, bis es an der Tür klopfte. Meister Wirich steckte den Kopf herein. „Um Vergebung, Meister Lothar, aber ich hörte, dass Ihr wach seid."

„Meine Frau vermutete bereits, dass dies Eurem Gehör nicht entgangen sein dürfte."

Dem Zimmermann war nicht nach Spaßen zumute, denn verlegen rang er seine Händen. „Ich, äh -"

„Wie kann ich Euch zu Diensten sein, Meister Wirich? Sprecht nur frei von der Leber weg. Es gibt fast nichts, womit ihr uns überraschen könntet."

„Nun, die Sache ist so: Da oben, auf der Schönburg, hat es offenbar ein Scharmützel gegeben. Einige Männer wurden verletzt, heißt es. Deshalb hat Herr Merbodo nach einem Medicus schicken lassen. Das Dumme ist nur, dass unser Wundarzt wieder nicht aufzufinden ist. Vermutlich schläft der alte Trunkenbold irgendwo seinen Rausch aus."

„Ich verstehe. Und da ich zufällig in der Stadt bin, wolltet Ihr mich fragen, ob ich -"

„Ihr würdet uns wirklich einen großen Gefallen erweisen. Herr Merbodo kann sehr ärgerlich werden, wenn man seinen Wünschen nicht nachkommt."

„Macht Euch keine Sorgen, Meister Wirich. Wir machen uns sofort auf den Weg. Schließlich ist es ja unsere Aufgabe, verletzten Menschen zu helfen."

Wirich dankte ihm wortreich, bevor er sich zurückzog. Inzwischen war auch Judit aufgewacht und schrie, was das Zeug hielt. „Sieht aus, als müsste ich sie unterwegs stillen", sagte Sara. „Mit unseren Leibesübungen fahren wir dann später fort, wenn du willst."

„Und ob ich will!"

„Aber denk daran: Eine trächtige Stute reitet man nicht zuschanden."

Der Weg zur Burg war steil und für den alten Klepper eine wahre Schufterei. Auf halber Strecke mussten Sara und Lothar aus dem Wagen steigen, damit er zu weiteren Anstrengungen bereit war. In nicht allzuferner Zukunft würden sie sich ein neues Pferd anschaffen müssen. Lothar mochte gar nicht daran denken, zu sehr war ihm der Gaul ans Herz gewachsen.

Vor den Burgmauern angelangt, erschraken sie über den Anblick der gewaltigen Wurfschleuder. „Heiliger Kosmas", murmelte Lothar, „das sieht in der Tat nach einer handgreiflichen Meinungsverschiedenheit aus." Die Kampfhandlungen aber waren eingestellt, beflissene Knechte huschten umher, einige Ritter hockten im Gras und tranken aus Weinschläuchen.

„Für Krämer hat hier niemand Zeit", empfing sie ein dicklicher Mann missmutig. „Kommt gefälligst ein anderes Mal!"

„Sehen wir wie Krämer aus?", herrschte Sara ihn an. Selbst die kleine Judit, die sie hielt, stieß einen empörten Schrei aus.

„Man hat nach einen Medicus verlangt", erklärte Lothar dem Dicken geduldig. „Hier bin ich!"

„Aber - wo zum Henker ist der alte Wenzel?"

„Im Augenblick nicht abkömmlich, wie man mir sagte."

„Das wundert mich nicht. Bestimmt ist er wieder mal besoffen wie tausend Fuhrkutscher. Verzeiht, wenn ich abweisend gewirkt habe. Ich heiße Goswin."

Lothar stellte sich und Sara vor.

„Für einen Medicus seid Ihr noch recht jung", stellte Goswin fest, während Lothar seinen Utensilienbeutel aus dem Wagen nahm.

„Ich hoffe, dass man dennoch mit meiner Arbeit zufrieden sein wird."

Goswin sah sich kurz um, flüsterte dann verstohlen: „Unter uns, ginge es nach mir, könntet Ihr die Lumpen ruhig verrecken lassen. Merbodos Männer verdienen nichts Besseres." Mit zwei Fingern winkte er einen der Knechte herbei und wies ihn an, sich um das Pferd der Ankömmlinge zu kümmern.

Sie folgten Goswin über die Holzbrücke, gelangten durch das Tor in den vorderen Burghof. „Wieviele Verletzte sind es denn?", fragte Lothar unterwegs.

„Drei! Einem steckt mein Pfeil im Bein", erwiderte Goswin hämisch. „Einem anderen fehlt gleich der ganze Arm. Der dritte hat sich ein paar Knochen gebrochen, nachdem wir ihn mitsamt seiner Sturmleiter den Hang hinabgestoßen haben."

„Herr Merbodo hat seine eigene Burg belagert?"

Goswin zog eine Grimasse. „Besser, Ihr fragt mich nicht danach, sonst rede ich mich noch um Kopf und Kragen. Die Verletzten wurden in die Halle gebracht. Meine Frau Berta, die Amme Mechthild und die Herrin selbst kümmern sich um die Kerle, die ihnen vor wenigen Stunden noch ans Leben wollten. Wenn Ihr mich fragt, die Herrin ist viel zu gut für diese Welt. Seit kurzem ist sie Witwe, müsst Ihr wissen."

„Zugegeben, das klingt alles etwas verwirrend. Aber glücklicherweise muss ich das ja nicht begreifen, sondern nur meine Arbeit erledigen."

Sie betraten die Halle, wo in einer Ecke das Krankenlager für die Verwundeten errichtet worden war. Goswin verabschiedete sich mit der Bemerkung, er könne den Anblick der Ritter nicht lange ertragen und habe außerdem noch andere Dinge zu tun. Lothar dankte ihm, nahm dann die Frauen in Augenschein. Die Älteste flößte einem der drei mutmaßlichen Widerlinge soeben etwas zu trinken ein. Eine junge Frau, vielleicht jene Berta, von der Goswin gesprochen hatte, kniete neben ihr. Ihre Bewegungen wirkten etwas schwerfällig, als leide sie an einem seltsamen Gebrechen. Die dritte der Frauen musste die Herrin sein, denn sie trug ein vornehmes Oberkleid. Sie war nicht mehr ganz jung, aber hübsch und ungewöhnlich grazil. Mit einem Tuch tupfte sie die schweißnasse Stirn ihres Patienten ab, der ohne Zweifel im tiefen Fieber lag. Was nicht verwunderte, denn es war jener, der seinen Arm verloren hatte. In der Halle roch es durchdringend nach Blut und Schweiß.

„Sieht nach viel Arbeit aus", flüsterte Sara.

Lothar räusperte sich. „Um Vergebung, werte Damen", sagte er laut, „vermutlich habt Ihr einen anderen Medicus erwartet, doch wir waren gerade in der Nähe."

Die Frau, die höchstwahrscheinlich die Herrin war, erhob sich und trat den Ankömmlingen entgegen. „Jede Hilfe ist uns recht. Euch schickt der Himmel. Wie Ihr seht, hat es diese Männer arg erwischt."

Lothar pflegte kluge Frauen auf den ersten Blick zu erkennen. Aber auch Saras Blicke waren ihm schon lange kein Geheimnis mehr, ihre eifersüchtig funkelnden Augen warnten ihn: *Sie könnte deine Mutter sein, Chawer. Und außerdem ist sie von Adel. Also nichts für dich!*

„Meine Gefährtin und ich werden uns zuerst die Wunden ansehen", erklärte Lothar.

„Worauf wartet ihr noch?", schrie einer der Verwundeten mit schmerzverzerrtem Gesicht. „Zieht mir endlich diesen gottverdammten Pfeil aus dem Bein."

„Aber nur, wenn Ihr augenblicklich zu lästern aufhört und die Klappe haltet, Ritter Raubein, schließlich sind wir nicht wie Eure Lakeien!", entgegnete Sara barsch, worauf Judit abermals zu flennen begann.

„Gebt mir das Kind, ich werde mich darum kümmern", schlug die ältere der Frauen vor. Sara wirkte unentschlossen, nichts hasste sie mehr, als Judit in die Obhut von Fremden zu geben.

„Bei Mechthild ist Euer Kind in den besten Händen", versicherte ihr die Herrin lächelnd. Erstmals entdeckte Lothar das Muttermal an ihrem Hals, das der Saum ihres Surkots nicht ganz zu verbergen mochte. Er versuchte sich zu erinnern, wann und wo er von einem Mädchen mit einem solchen Mal gehört hatte. Doch sein Gedächtnis ließ ihn im Stich, ohnehin gab es im Augenblick Wichtigeres zu tun, als über alte Geschichten nachzudenken.

„Danke, wir kommen jetzt allein zurecht", beschied Sara den Frauen kurz angebunden, nachdem sie Judit der Alten widerstrebend übergeben hatte.

„Lasst uns rufen, sobald Ihr etwas braucht", sagte die Herrin.

Nachdem die Frauen sich zurückgezogen hatten, raunte Lothar Sara zu: „Du scheinst die Herrin nicht sonderlich zu mögen."

„Warum sieht sie dich an, als sei sie auf der Suche nach einem Liebhaber? Ich finde das einfach lächerlich."

„Das hat sie getan?"

„Tu nicht so, als hättest du's nicht bemerkt."

„Du spinnst."

„Komm, lass uns arbeiten!"

Die nächsten Stunden verlangten ihnen vieles ab. Als sie fertig wurden, neigte der Tag sich bereits dem Ende zu. Sie stellten fest, wie erschöpft und hungrig sie waren. Ihre Kleidung und ihre Hände waren voller Blut, ihre Knie schmerzten. Die Herrin erschien, um sich nach den Verwundeten zu erkundigen, die, von Bilsenkraut betäubt, in unruhigem Schlaf lagen. Mit nüchternen Worten schilderte Lothar, wie es um sie bestellt war, es sei keineswegs gewiss, dass sie ihre schweren Verletzungen überleben würden. Er gab Empfehlungen, wie das Umgreifen der Entzündung sich vielleicht verhindern ließe. Die Schönburgerin hing aufmerksam an seinen Lippen, versprach, seine Anweisungen weiterzugeben. „Ihr müsst sehr hungrig sein", sagte sie dann besorgt, „und ich schäme mich, mich nicht schon früher um Euer Wohlergehen gekümmert zu haben. Bitte erweist mir die Ehre, ein kleines Mahl mit mir einzunehmen."

„Die Ehre liegt ganz bei uns." Lothar machte eine Verbeugung.

„Zuerst will ich mein Kind sehen", grantelte Sara.

Als habe Mechthild ihre Forderung vernommen, erschien sie mit der kleinen Judit in der Halle. Sara nahm ihre Tochter fest an sich, liebkoste und schaukelte sie in ihren Armen, als sei sie viele Tage fort gewesen.

Die Herrin sagte schmunzelnd: „Oh, wie gut kann ich Euch verstehen. Ich habe selbst einen kleinen Sohn."

„Was Ihr nicht sagt."

Lothar, dem das Verhalten seiner Gefährtin peinlich war, warf ihr einen beschwörenden Blick zu.

„Unsere Leibesübungen kannst du dir aus dem Kopf schlagen, *Issachar*", zischte sie leise.

Nachdem sie sich frisch gemacht und im Wagen ihre Kleidung gewechselt hatten, machten sie sich auf den Weg zu dem kleinen Speisesaal, wo die Herrin sie erwarten würde. „Du könntest ruhig freundlicher zu ihr sein", legte Lothar seiner Gefährtin unterwegs nahe.

„Ist es denn nicht schon freundlich genug, ihr nicht die Augen auszukratzen?"

„So eifersüchtig kenne ich dich gar nicht. Als ob es dafür den geringsten Grund gäbe."

„Der Grund wächst in meinem Bauch, *Chawer*. Diesmal ist es sogar *dein* Kind. Und darüber bin ich sehr glücklich."

Aus ihrem Mund war das eine einzigartige Liebeserklärung. Er führte ihre Hand zum Mund und küsste sie. Dann nahm er ihr die schlafende Judit ab. „Ihr Geschwisterchen wird freilich keinen jüdischen Namen bekommen."

„Darüber sprechen wir noch."

„Von wegen. Künftig entscheiden wir abwechselnd über die Namen unserer Kinder."

Das Mahl bestand aus gesottenem Aal und vielerlei frischen Gemüsen, dazu gab es einen köstlichen Wein, der an den Hängen des Rheines gereift war. Immer wieder steckte ein Koch, der sich als Daniel vorstellte, den Kopf in den Saal, und fragte, ob es auch wirklich allen munde. Lothar bestätigte ihm das ausdrücklich, doch erst nachdem auch Sara ein paar Worte des Lobes gemurmelt hatte, zeigte er sich zufrieden und zog sich zurück. Hinterher wartete der Koch mit gedünsteten Äpfeln auf, und einmal mehr staunte Lothar über Saras Appetit. Doch so sehr seine Gefährtin auch beim Essen zulangte, die Konversation überließ sie ihm und der Schönburgerin.

„Ich hoffe, die Streitigkeiten mit Eurem Schwager sind inzwischen beigelegt", sagte Lothar, dem der Wein die Zunge lockerte. Die Herrin aber schien ihm die Bemerkung nicht übel zu nehmen.

„Er wird mich und meinen Sohn künftig in Frieden lassen", entgegnete sie zuversichtlich.

„Wie könnt Ihr da so sicher sein?"

„Wir werden von hier fortgehen", lautete ihre rätselhafte Antwort. Trotz seines kleinen Rausches spürte Lothar genau, dass sie nicht weiter darüber sprechen wollte. Zu seiner Überraschung brach nun Sara ihr Schweigen.

„Na los, frag sie schon, *Chawer*. Frag sie, wohin sie gehen wird, vielleicht möchte sie uns ja begleiten!"

Lothar war entsetzt über sie. „Sara!"

„Wozu die Empörung? Erzähl mir nicht, dass du nicht merkst, wie sie dich die ganze Zeit über anstarrt."

„Sara, wie kannst du nur -" Die Worte blieben ihm im Hals stecken. Erstaunlicherweise schien die Herrin über ihre Unverfrorenheit nicht verärgert zu sein.

„Tadelt sie nicht, denn sie hat Recht! Tatsächlich kann ich meinen Blick kaum von Euch wenden. Zu sehr erinnert Ihr mich an jemanden, den ich gut kannte." Und zu Sara gewandt: „Vergebt mir, ich wollte nicht aufdringlich erscheinen. Es lag mir fern, Euren Liebsten zu becircen. Doch die Ähnlichkeit ist einfach zu verblüffend."

Sara hob ihre Brauen. „So? Und an wen erinnert Euch mein Gefährte, wenn ich fragen darf?"

Die Herrin seufzte leise. „Soviele Jahre sind vergangen. Ein junger Bauernbursche - er war mein Verlobter!"

„Ihr wart mit einem Bauern verlobt?", fragte Sara in zweifelndem Tonfall.

„Ich weiß, es muss absurd in Euren Ohren klingen. In Wahrheit bin ich von bäuerlicher Herkunft."

Lothar rutschte unruhig auf seinem Stuhl hin und her.

Sara fragte: „Und welches wundersame Geschick führte dazu, dass Ihr Eure Heimat verließt und die Gattin eines Adligen wurdet?"

Die Schönburgerin presste die Lippen aufeinander. Offenbar stürzte in diesem Moment ein ganzes Meer von alten Erinnerungen über sie zusammen. Nach einer Weile schüttelte sie kraftlos den Kopf. „Es war ein anstrengender Tag heute, und auch Ihr seid gewiss müde."

Es folgte ein kurzes Schweigen. Lothar wurde abwechselnd heiß und kalt. „Habt Ihr vielleicht die Absicht, nach Merode zurückzukehren?", fragte er mit klopfendem Herzen.

Abrupt riss sie den Kopf hoch. „Ihr - kennt meine Heimat?"

Lothar starrte sie an. „Du bist Eva! Deine Eltern sind Nikolaus und Agnes vom Winandshof!"

Sie presste eine Hand auf ihren Mund. „Und du bist -"

„Falks Sohn!"

50.

Eva war froh, dass Kasimir bei ihr war. Er hatte darauf bestanden, sie zu begleiten, denn Schutz würden sie und ihr Kind auf ihrem langen Weg benötigen. Unterwegs erzählte er ihr zum ersten Mal von den schrecklichen Ereignissen seiner Kindheit, von den ruchlosen Mördern, die einst seine Eltern und Bogna, die Magd, getötet hatten, von seiner Verschleppung, von Wilmar, der ihm den letzten kümmerlichen Rest seiner Jugend raubte. So oft waren Eva und Kasimir sich nahe gewesen, doch nie zuvor hatte er ihr sein Herz ausgeschüttet. Und plötzlich glaubte sie zu begreifen, weshalb er Himmel und Hölle in Bewegung gesetzt hatte, die Burg vor der Bedrohung zu schützen: Nie wieder wollte er erleben müssen, wie die Menschen, die er liebte, vor seinen Augen niedergemetzelt wurden. Die Last seiner Kindheit hatte ihn zu jenem rastlosen Eifer getrieben, der beinahe in eine Katastrophe gemündet wäre. Andererseits hatte wohl auch sein kompromissloses Handeln sie vor Merbodos Niedertracht gerettet. Der Mann, den sie nach wie vor schätzte und mochte, mit dem sie ein Kind gezeugt hatte - er blieb ihr letztlich ein Fremder.

Von einem wolkenlosen Himmel schien die Sonne wärmend auf die Wanderer herab. Nikolaus hing schlummernd in Evas Brusttuch. Kasimir führte Duma am Zügel neben sich her. Bepackt war das treue Tier mit den wenigen Habseligkeiten der Reisenden. Ein neues Leben wartete auf Eva und Kasimir, doch kein gemeinsames. Es gab eine unausgesprochene Übereinkunft zwischen ihnen.

Am frühen Nachmittag erreichten sie das erste Ziel ihrer langen Reise. Kloster Schönau lag vor ihnen, nichts schien sich hier verändert zu haben. Sieben Jahre waren vergangen seit ihrem letzten Besuch. Eva spürte, dass auch Kasimir an diesen längst vergangenen Tag dachte, als ihre Welt noch eine andere gewesen war. Er wählte dieselben Worte, die er damals gesprochen hatte. „Ich werde hier draußen auf dich warten, Eva. Nimm dir alle Zeit der Welt für sie!"

Sie übergab ihm Nikolaus. „Würdest du auf ihn Acht geben?"

„Als wär's mein eigener Sohn", beteuerte Kasimir mit heiligem Eifer.

Es war immer noch dieselbe hagere Priorin, die den Nonnenkonvent leitete. „Sie wird sich freuen über Euren Besuch", versicherte sie Eva, „auch wenn sie ihre Freude kaum zeigen wird."

„Wie geht es ihr?"

Die Priorin schaute nachdenklich drein, ihre Miene offenbarte Sorge. „Sie zieht sich immer mehr in ihre Einsamkeit zurück", erklärte sie. „Anfangs glaubte ich, ihre Verschlossenheit würde sich schon legen, doch im Lauf der Zeit ist sie nur noch stiller geworden. Sie betet nur selten in der Gemeinschaft, viel lieber will sie allein sein." Sie stieß einen leisen Seufzer aus. „Ich dürfte das eigentlich nicht dulden, doch es würde ihr das Herz brechen, wenn ich ihr das Alleinsein verweigerte. Sie sagt, dass die Engel zu ihr sprechen, und es steht mir nicht zu, ihre Behauptung in Zweifel zu ziehen. Kommt, ich bringe Euch zu ihr!"

Wie seinerzeit kniete Clara vor der Muttergottesfigur in der Mitte des Gartens. Auch an den berauschenden Geruch, den die Rosen an den Säulen des Kreuzganges verströmten, erinnerte sich Eva. Die Priorin legte ihr aufmunternd eine Hand auf die Schulter, dann ließ sie die beiden Frauen allein. Clara sah sich kurz um, zeigte indes keine Überraschung, als sie die Besucherin erkannte. Seelenruhig beendete sie ihr Gebet und erhob sich. „Ich wusste, dass du kommen würdest", sagte sie.

Clara war ihr fremd und vertraut zugleich. „Darf ich dich umarmen, Johanna?", fragte sie. Es fiel ihr heute leichter als damals, sie mit ihrem Ordensnamen anzusprechen.

„Wenn du es wünschst."

Unter ihren dunklen Habit fühlte sie sich knochig und mager an. „Einst hast du mich gebeten, dich nicht mehr zu besuchen, Johanna. Vergib mir, aber das Bedürfnis, dich noch einmal zu sehen, war einfach übermächtig."

„Schon gut. Komm, setzten wir uns dort auf die Bank und plaudern." Sie ließen sich nieder, und Clara sagte ernst: „Man erzählte mir, dass du Witwe geworden bist. Ich bete jeden Tag für die Seele deines Mannes."

„Das ist sehr gütig von dir."

„Es ist meine Aufgabe. Was wirst du nun tun?"

„In kehre in meine Heimat zurück."

Nicht einmal diese Nachricht schien Clara zu erstaunen. „Gott wird mit dir auf dem Weg sein, Eva."

„Erinnerst du dich, wie sehnsüchtig du damals auf ein Zeichen des Himmels gewartet hast, um zu wissen, was dir bestimmt sei? Auch ich bat den Herrn um ein Zeichen. Er hat es mir gegebeben."

„Er gibt uns alles, worum wir ihn bitten."

Eine Weile lauschten sie dem Zirpen der Grillen. Clara wirkte entrückt, und Eva zögerte, das Schweigen zu brechen. Dann aber sagte Clara: „Vor einigen Tagen, als ich frühmorgens vor der Muttergottes betete, kam ein Rabe herbeigeflattert, setzte sich dort auf den Sockel und blickte mich unentwegt an. Er sah aus wie der alte Balthasar. Ich bat den Herrn, ihn zu dir zu schicken, um dir den Weg zu weisen."

Eva schluckte. „Glaubst du, dass die Seele eines Verstorbenen in der Gestalt eines Raben erscheinen kann?"

Zum ersten Mal zeigte sich auf Claras Antlitz der leise Ansatz eines Lächelns. „Gott gibt uns alles, worum wir ihn bitten", wiederholte sie geduldig, als sei ihre Ziehmutter ein halsstarriges Kind, das allein durch Nachsicht zur Vernunft gebracht werden könne.

*

Mit jedem Tag, der verging, und jeder Meile, die sie zurücklegten, wurde sie schweigsamer. Je näher Eva der Heimat kam, umso häufiger dachte sie zurück an jene Nacht, in der sie von Lothar erfuhr, was in den vergangenen vierundzwanzig Jahren in Merode geschehen war. Wer gestorben war und wer noch lebte, wer geheiratet hatte. Sie hatte Neffen und Nichten und war ihnen nie begegnet. Der joviale Johann und sein Vetter Werner, die beiden Herren von Merode - schon vor langer Zeit waren sie den Weg allen Fleisches gegangen, längst regierten ihre Nachfolger.

Manche Nachrichten hatten sie erfreut, viele andere bedrückt. Der Tod ihrer Tante Maria war ihr besonders nahegegangen. Sie würde in eine Welt zurückkehren, in der nichts mehr so war wie früher. Die Heimat bekam einen Menschen wieder, der von den Höhen und Tiefen eines unsteten Lebens geprägt war. Es war nun an der Zeit, endlich zur Ruhe zu kommen.

Ihre Eltern, ihre Brüder, wie würden sie die Heimkehrerin empfangen, wie sehr hatten sie sich verändert? Würde ihr Mentor von einst, der alte Pater Raphael, sich noch an sie erinnern? Und was war aus all den Menschen im Dorf geworden, über die Lothar nicht gesprochen hatte, weil die Nacht zu kurz gewesen war?

Am häufigsten aber dachte sie an Falk. Es mochte albern, ja töricht sein, aber mit jedem Schritt, den sie machte, wuchs ihre Sehnsucht nach ihm. „Er trug sich mit neuen Heiratsabsichten", hatte Lothar zu berichten gewusst. Eine Aussage, die wie ein Stich in ihr Herz war.

Es gab nichts, worauf sie nicht gefasst sein musste. Vierundzwanzig Jahre! *Hätte jemand die Macht, die Zeit und alles, was je geschah oder noch geschehen wird, in ein gegenwärtiges Nu heranzuziehen, so wäre das die Vollendung der Zeit!*

Unweigerlich kam der letzte Tag ihres gemeinsamen Weges. Köln, wo Kasimir beim Pfarrer von St. Ursula hundert Seelenmessen für Bardolf bestellt hatte, lag hinter ihnen, die Nacht hatten sie in einem Gehöft bei Kerpen verbracht. Auf den Feldern wurde gearbeitet, keine Wolke stand am Himmel. Der in die Jahre gekommene Duma vermochte ihr vereintes Gewicht nicht fortdauernd zu tragen, doch Eva waren die Mühen des Fußmarsches gleich. Die Heimat kam näher, ebenso der Abschied von Kasimir. Es waren widerstreitende Gefühle, die seit Tagen ihr Herz bewegten. Ihren leiblichen Brüdern sollte sie bald begegnen; Kasimir aber, der ihr auch wie ein Bruder war, würde sie vermutlich nie wiedersehen.

Die Sonne stand schon weit im Westen und die Schatten wurden länger, als die Stunde des Abschieds nahte. Sie hatten das Gebiet der Meroder Herrschaft erreicht, es duftete nach frisch geerntetem Heu. Nikolaus war den ganzen Tag über recht lebhaft und aufgeregt gewesen, als wüsste er, dass auch für ihn etwas Neues begann, jetzt aber schlummerte er friedlich in Evas Armen. Unter den ausladenden Ästen einer Ulme, dem einzigen Baum auf offener Feldflur, machten sie Halt. Niemand sprach es aus, aber beide wussten: hier endete ihre gemeinsame Geschichte. Sie blickten einander an, in Evas Augen schimmerten Tränen.

„Darf ich den Jungen ein letztes Mal halten?" Kasimirs Stimme klang brüchig. Er nahm das schlafende Kind, wiegte es eine Weile liebevoll in seinen Armen, küsste sein Köpfchen, auf dem zarter Flaum wuchs. Bevor er ihn der Mutter zurückgab, flüsterte er ihm ein paar Worte in einer fremden Sprache ins Ohr. „Ich sagte ihm, dass ich in Gedanken immer bei ihm sein werde", erklärte er.

Eva nickte, eine dicke Träne rollte über ihre Wange. „Der Vater, von dem ich ihm eines Tages erzählen werde, wird auch etwas von dir haben. Das verspreche ich."

Sie umarmten sich, eine schiere Ewigkeit verging, ehe sie sich voneinander lösten.

„Lebwohl, Eva!"

„Lebwohl, Kazimierz! Gott behüte dich!"

Er ergriff Dumas Zügel und ging davon. Ein Zittern lief durch Evas Körper, als sie ihm nachsah. Noch einmal wandte er sich um, ein letztes Mal winkten sie einander zu. Sein Lächeln sollte tapfer erscheinen, doch sie erkannte die Traurigkeit in seinem Blick.

Sie machte ein paar tiefe Atemzüge, wandte sich hiernach in die andere Richtung. In der Ferne erhob sich die Feste der Herren von Merode, vertraut und doch so fremd nach all den Jahren auf der Schönburg. Auf einer Wiese vor der Ortschaft rechten einige Frauen das Heu zusammen. Eva sah ein etwa fünfjähriges Mädchen, das sich auf sie zubewegte. Unternehmungslustig hüpfte es von einem Bein aufs andere, und seine dunklen Zöpfe wirbelten durch die Luft. Eva hielt den Atem an. Diese Ähnlichkeit! Indes, das Kind konnte unmöglich Heilwig sein. Die Kusine musste inzwischen über dreißig Jahre alt sein.

Das Mädchen wurde offenbar von Neugier getrieben. Vor Eva blieb es stehen. „Wer bist du?", fragte es ohne Scheu.

Eva beugte sich zu ihr herab. „Ich heiße Eva."

„Ich bin Jutta! Ist das dein Kind?"

„Ja. Er heißt Nikolaus."

„Kommt ihr von weit her?"

Eva nickte und streichelte die Wange der Kleinen. „Du bist deiner Mutter sehr ähnlich, Jutta", sagte sie lächelnd.

Heilwig sah sich suchend um. Wo steckte die Kleine bloß wieder? Ah, dort hinten, bei der Ulme! Eine fremde Frau, die ein Kind trug, kniete vor ihr. Vorhin hatte Heilwig sie herankommen sehen, begleitet von einem Mann. Sie hatten sich lange und innig umarmt, bevor der Mann wieder aufgebrochen war. „Entschuldigt mich", sagte Heilwig zu den anderen Frauen und legte den Rechen hin.

„Sicher, geh und hol sie", erwiderte eine der älteren Frauen nachsichtig, „sonst wird sie am Ende noch jemand stehlen." Die anderen lachten, denn Jutta verstand es, mit ihrer unbeschwerten Fröhlichkeit andere Menschen für sich einzunehmen.

Heilwig ging zu der Ulme. Die Fremde - noch immer kniete sie vor Jutta - sah sie kommen. Langsam erhob sie sich. Heilwig überkam das vage Gefühl, ihr schon einmal begegnet zu haben. „Jutta!", sagte sie mit halbherziger Strenge, „wie oft hab ich dir schon gesagt, dass du -" Sie brach ab, begegnete dem fragenden Blick der Fremden, die sichtlich ergriffen war.

„Sie heißt Eva", erklärte Jutta bedeutungsvoll, „und ihr Kind heißt Nikolaus."

Heilwig sah das Mal am Hals der Frau. Und begriff schlagartig, wer dort vor ihr stand. „Kusine Eva!" Sie presste eine Hand auf ihren Mund. „Du lebst." Als sie sicher war, dass sie keinen seltsamen Traum durchlebte, fiel sie Eva um den Hals. „Heilige Jungfrau Maria! Du bist zurückgekehrt!"

„Eva ist zurück!", krähte die kleine Jutta, die sich der Besonderheit dieses Augenblicks offenbar bewusst war.

„Sie gleicht dir aufs Haar, Kusine", sagte Eva, „so wie du deiner Mutter aufs Haar gleichst!"

Ein Schatten flog über Heilwigs Gesicht. „Sie ist vor einigen Jahren gestorben."

„Ja, ich weiß. Als ich es erfuhr, habe ich viele Tränen vergossen. Sie war nicht nur meine Lebensretterin, sondern auch die beste Tante, die man sich vorstellen kann. Wie eine Freundin war sie mir."

„Woher weißt du von ihrem Tod?"

„Später will ich alles erzählen, Kusine, alles! Aber lass mich dich zuerst noch einmal anschauen. Wie hübsch du bist! Dein Mann kann sich wirklich glücklich schätzen."

„Er heißt -"

„Johann!"

„Es scheint nicht viel zu geben, was du noch nicht weißt."

Eva zupfte sich verlegen an der Nase. „Nun, eine Sache könntest du mir wohl verraten, Heilwig. Was ist mit - Falk? Magda ist tot, Gott erbarme sich ihrer. Aber Falk, hat er wieder geheiratet?"

Heilwig fasste sie lachend am Arm. „Oh, ich kenne die Geschichte von euch beiden. Ich glaube, es gibt niemanden in der Herrschaft, der sie nicht kennt."

„Dann spann mich nicht auf die Folter, Kusine."

„Nun, eigentlich war jedermann davon überzeugt, dass er mit Cordula, der Witwe des jüngeren Winand, bald vor den Altar treten würde. Aber dann hat er's sich anscheinend anders überlegt. Jedenfalls ist von einer Hochzeit inzwischen keine Rede mehr." Schmunzelnd erkannte sie, wie sehr ihre Worte Eva erleichterten. „Wäre es möglich, dass Falk nur auf dich gewartet hat, Eva? Ha, dann nähme die Geschichte von euch beiden ja doch noch ein glückliches Ende. Es sei denn -" Sie betrachtete das Kind in Evas Armen. „Wer war denn der Mann, der dich vorhin begleitete? Ist er -? Ach, vergib mir, was bin ich bloß für ein Plappermaul. Sieh nur, die anderen starren schon die ganze Zeit zu uns hinüber. Bestimmt brennen sie darauf zu erfahren, wer wohl die Fremde ist. Komm, es ist an der Zeit, dass die Menschen von deiner Wiederkehr erfahren."

Manche Hand galt es zu schüteln, manche Kinnlade klappte entgeistert nach unten, bevor Eva sich, begleitet von ihrer freudestrahlenden Kusine, endlich dem Winandshof näherte. Rascher als ein Sturmwind war die Nachricht von ihrer Rückkehr durchs Dorf gefegt, sodass Agnes und Nikolaus schon vor dem Hoftor auf sie warteten. Ihre Mienen drückten Zweifel, Furcht und Hoffnung zugleich aus: Was, wenn alles bloß ein unseliges Missverständnis, eine bedauerliche Verwechslung oder ein grausamer Scherz war?

Bald aber lagen Eltern und Tochter sich weinend in den Armen. Evas Brüder Martin und Hunold eilten hinzu, Verwandte und Nachbarn liefen staunend zusammen, um Zeuge des Wunders zu werden, das dieser denkwürdige Sommertag für alle bereit hielt. „Seht mal, da kommt Falk!", rief Martin plötzlich erregt, und alle verstummten augenblicklich.

Tatsächlich, Falk näherte sich dem Menschenpulk. Beinahe ehrfurchtsvoll machte man ihm eine Gasse frei, bis er Eva gegenüberstand. Wie damals, bei der Ruine, blickten sie einander in die Augen, beide einer Ohnmacht nahe. „Und wenn dies nur ein Traum ist?", hörte Eva ihn flüstern.

Es darf kein Traum sein, dachte Eva, denn zum Sprechen war sie nicht imstande. *Dass uns dies widerfahre, das walte Gott!*

*

Waldo war tot. Vor Jahresfrist habe ihn der Schlag getroffen, berichtete seine Witwe Anna mit feuchten Augen. Ein paar Tage habe er noch gelebt, weder fähig sich zu bewegen noch zu sprechen. Dann habe der Herrgott sich seiner erbarmt.

Die Vorstellung, dass der alte Gefährte die letzten Tage seines Lebens siechend und verzweifelt auf einem Krankenlager verbracht hatte, erschütterte Kasimir.

„Er hat oft von Euch erzählt", schniefte die Witwe. „Er sagte, Ihr würdet uns eines Tages besuchen. Nun, da seid Ihr also!"

Kasimir starrte auf seine gefalteten Hände. Ja, er war hier. Leider zu spät. „Falls ich etwas für Euch tun kann, lasst es mich wissen", sagte er leise.

Sie schüttelte den Kopf und wischte sich die Tränen von der Wange.

„Habt Dank für Eure Hilfsbereitschaft. Die Kinder sorgen gut für mich. Es fehlt mir an nichts.“

Er erinnerte sich, mit welcher Wonne Waldo von seiner Familie erzählt hatte. Damals, bei Mühldorf, hatten sie befürchten müssen, den nächsten Tag nicht zu überleben. „Hatte er nicht die Absicht, eine Kapelle zu bauen?“, dachte er laut nach.

Die Witwe nickte. „Ein Versprechen an die Gottesmutter. Und er hat Wort gehalten.“

„Wo finde ich diese Kapelle? Ich will dort für seine Seele beten.“

„Nehmt die Straße nach Frechen. Eine knappe Meile vor dem Ort findet Ihr sie rechter Hand am Wegesrand. Darin liegt er auch begraben. Doch wartet! Ich will Euch etwas geben, das ohnehin Euch gehört. Waldo konnte es kaum erwarten, es Euch zurückzugeben. Er war wie besessen von dem Gedanken, dass Ihr es noch brauchen würdet!“

Als er Waldos Rittergut verließ, fühlte er sich einsamer denn je. Der Abschied von Eva war ihm schwer genug gefallen, und jetzt war ihm nicht einmal der Trost vergönnt, einen alten Gefährten wiederzusehen. Wenn wenigstens Goswin bei ihm wäre! Der nichtsnutzige, unverschämte Goswin. Aber Goswin und Berta waren auf der Schönburg geblieben, es war der Ort, an dem sie ihr ganzes Leben verbracht hatten und den sie nicht verlassen wollten. Eva hatte dafür gesorgt, dass Merbodo sie nicht behelligen würde.

Waldos Kapelle war klein, aber aus solidem Stein gebaut. Innen war alles liebevoll hergerichtet, auf dem kleinen blumengeschmückten Altar flackerte ein Talglicht. Eine holzgeschnitzte Madonna blickte Kasimir gütig entgegen. Die Inschrift einer steinernen Platte im Boden kennzeichnete Waldos Grabstätte.

Kasimir kniete nieder und begann still zu beten. Er betete für Waldo, für Hanna, für Bardolf, für Eva, für Nikolaus und für sich selbst! Er blieb lange in der Kapelle, erst Dumas ungeduldiges Schnauben ließ ihn ins Diesseits zurückkehren.

Draußen war Wind aufgekommen, bald würde es dämmern. Wohlwollend klopfte Kasimir seinem Rappen den Hals. „Wenigstens du bist mir geblieben, alter Kamerad!“ Nachsinnend betrachtete er das Amulett, das Anna ihm überreicht hatte. Der Heilige Antonius von Padua! Schon manchem Suchenden hatte er geholfen, fündig zu werden.

Duma legte den Kopf schief und wackelte ungeduldig mit den Ohren. Kasimir brachte ein Lächeln zustande. „Du hast Recht, es liegt ein weiter Weg vor uns. Der Heilige wird uns bei der Suche helfen!“

*

Am Vorabend ihrer Hochzeit - Pater Raphael würde sie anderentags in der

Burgkapelle trauen - trafen sich Eva und Falk an der Liebeseiche am Waldrand, dort, wo ihr Glück, aber auch ihr Unglück einst ihren Anfang genommen hatten.

Inzwischen neigte der Sommer sich seinem Ende entgegen. Hand in Hand saß das Paar unter dem Baum und genoss die letzte Wärme des Tages. Vergessen waren mit einem Mal all die Wunden, die das Leben ihnen geschlagen hatte. Vierundzwanzig Jahre waren vergangen, ohne dass sie einander fremd geworden wären, und dies war das köstlichste Glück, das größte Wunder, das ihnen je widerfahren war. „Sieh nur", sagte Falk und deutete auf die drei Gestalten, die hangabwärts auszumachen waren. „Sibylle und ihre Männer!"

Sibylle hielt Ausschau nach Wiesenkräutern. Trotz seines künstlichen Beines schien es Bodo wenig Mühe zu machen, der Schwester und Moritz zu folgen. Der alte Chirurg hatte Eva im Übrigen nicht wiedererkannt, das Vergessen hielt ihn fest im Griff. War es nicht dennoch verwunderlich, wie die Lebenswege der Menschen sich immer wieder kreuzten?

Ein sanfter Wind wehte auf, und Eva kam das alte Lied der Hildegard von Bingen in den Sinn:

Die Seele ist wie ein Wind, der über die Kräuter weht,
Und wie ein Tau, der auf die Gräser träufelt,
Und wie die Regenluft, die wachsen macht.

Ihre Seelen, lange Zeit gefangen im wilden Strudel des Schicksals, waren wieder frei. „Kennst du etwas Seltsameres als das Leben?", fragte Falk versonnen.

Eva dachte darüber nach, während sie sich an ihn schmiegte. „Nichts Seltsameres, nichts Grausameres und nichts Wundervolleres", erwiderte sie.

Epilog

Anderthalb Jahre später im Herbst: Ein Gehöft in Polen, unweit von Tschenstochau ...

Der Junge, er war kaum älter als acht Jahre, bemerkte den sich nähernden Reiter. Ein wenig hilflos blickte er hinüber zum Haus, doch seine Eltern waren nirgends auszumachen. Sie hatten ihn losgeschickt, das Schwein in die Brache vor dem Wald zu treiben. Es machte ihm nichts aus, das Schwein zu hüten, im Gegenteil, er genoss die Einsamkeit, außerdem musste er sich hier nicht mit seinen jüngeren Schwestern streiten.

Der Reiter hatte es nicht eilig, gemächlich kam er näher. Dem Jungen wurde mulmig zumute, schließlich schärfte die Mutter ihm immer wieder ein, sich vor Fremden in Acht zu nehmen. Mutter war ein sehr ängstlicher Mensch. Der Junge vermutete, dass sie früher etwas Schlimmes erlebt hatte.

Wenige Schritte vor dem Jungen stieg der Reiter aus dem Sattel. Magi, die Sau, scherte sich nicht um ihn, wühlte weiter im Dreck nach Eicheln. Dem Jungen aber klopfte das Herz. Wenn er doch wenigstens den Hund mitgenommen hätte. Der Fremde trug einen dichten Bart, aber seine Augen blickten nicht unfreundlich. „Wie heißt du, Junge?", fragte er mit sanfter Stimme.

„Kazimierz", lautete die Antwort. Dem Knaben entging nicht, wie der Fremde kurz stutzte.

„Wo sind deine Eltern?", forschte er weiter.

„Mein Vater arbeitet auf dem Acker. Mutter ist im Haus."

„Bringst du mich zu ihr?"

„Wer seid Ihr?", traute der Junge sich zu fragen. Ihm war aufgefallen, dass der Mann mit Akzent sprach.

Erstmals lächelte der Fremde. „Ich heiße Kazimierz, wie du", entgegnete er.

„Wirklich?"

„So wahr ich hier stehe. Hast du Geschwister?"

„Zwei kleine Schwestern. Aber die sind ziemlich anstrengend und albern."

„Auch ich hatte eine kleine Schwester und fand sie anstrengend, als ich so alt war wie du. Aber als sie eines Tages fort war, da hab ich sie vermisst."

„Ist sie gestorben?"

„Wir wurden getrennt."

„Warum?"

Der Fremde legte den Kopf schief. „Willst du mich nicht zu deiner Mutter führen?"

Nachdenklich betrachtete der Junge die Sau. „Was soll's", winkte er dann ab, „Magi kommt auch ohne mich zurecht, die macht sowieso, was sie will.

Folgt mir!"

Der Fremde führte seinen Rappen neben sich her. Der Junge schielte auf das Schwert, das neben dem Sattelknauf in seiner Scheide hing. „Seid ihr ein Kriegsmann?", fragte er.

„Nein."

„Aber das Schwert!"

„Mach dir keine Sorgen, mein Junge."

„Warum trennte man Euch und Eure Schwester?"

Der Fremde streichelte ihm übers struppige Haar. „Das ist eine lange Geschichte. Und eine traurige dazu. Aber eines Tages werde ich sie dir erzählen."

Eines Tages? Was bedeutete das? Der Junge war verwirrt. Wer war dieser Mann? Und was wollte er von Mutter?

Der Fremde schien sein neuerliches Unbehagen zu spüren. „Glaub mir, ich werde niemandem etwas zuleide tun, Kazimierz", sagte er. Das gab dem Jungen frischen Mut, mit seinen Fragen fortzufahren.

„Was wurde aus Eurer Schwester?"

Zunächst schwieg der Mann, und es hatte den Anschein, als wollte er um keinen Preis darüber sprechen. Schließlich aber begann er leise zu erzählen, während sie sich dem ärmlichen Wohngebäude näherten. Aus einer Öffnung des strohgedeckten Daches stieg heller Rauch in den Himmel. „Seit mehr als dreißig Jahren habe ich sie nicht mehr gesehen. Bis vor kurzem wusste ich nicht, ob sie überhaupt noch lebt. Dann machte ich mich auf die Suche."

„Habt Ihr sie gefunden?"

„Hundert Menschen musste ich befragen, vielleicht tausend. Viele Meilen bin ich mit meinem Rappen Duma gereist, mancher Weg führte uns in die Irre. Und soll ich dir etwas verraten? Ich glaube, es war der heilige Antonius, der mich hierher führte. Zumindest sorgte er dafür, dass mir immer die richtigen Leute begegneten, wenn ich gerade aufgeben wollte."

„Ach so." Zwar verstand der Junge nicht, wovon der Mann eigentlich sprach, er mochte ihn aber trotzdem gut leiden. Nein, auf keinen Fall war er ein Halunke. Wie ein freundlicher Oheim kam er ihm vor. „Ah, da ist Mutter", sagte er und deutete nach vorn, wo eine Frau, an jeder Hand ein Zwillingsmädchen, aus der Tür trat. Sie erschrak, als sie den Sohn in der Begleitung eines Fremden erblickte. „Schon gut, Mama", beruhigte sie der Junge. „Der Mann sucht nur seine Schwester."

Zögerlich trat die Frau näher, immer noch wirkte sie angespannt. Die beiden Mädchen waren weniger ängstlich, mit offenem Mund musterten sie den fremden Mann.

„Süßer Jesus, du siehst aus wie unsere Mutter", sagte Kasimir leise zu der Frau.

„Wie unsere Mutter?" Ihre Lippen zitterten.

„Ich bin dein Bruder, Jagoda!“

Der Junge sah sie fragend an. Sie scheint ihn zu kennen, dachte er.

Gut möglich, dass dieser freundliche Fremde sie künftig noch häufiger besuchte.

Nachwort des Autors

2009 erschien mein generationsübergreifender Historienroman „Das zweite Leben“. Das vorliegende Buch lässt sich - obwohl völlig autonom - als dessen Nachfolger lesen, denn die Hauptprotagonisten entstammen der nächsten Generation. Den Lesern des erstgenannten Werkes werden dennoch manche alte Helden und Heldinnen wiederbegegnen. Somit reiht sich „Die gefangenen Seelen“ fließend in den Zyklus meiner mittelalterlichen Merode-Romane ein.

Hierin gibt es viele fiktive Gestalten, die jedoch vor historischer Kulisse agieren. Die Schlacht bei Mühldorf am 28. September 1328 gilt vielen Historikern als letzte große Ritterschlacht ohne Feuerwaffen auf deutschem Boden. Überhaupt ist diese Zeit eine Epoche großer Umbrüche. Kaiser Heinrichs Romfahrt wird zu einem Desaster. Ohnehin ist die Macht des Kaisertums geschwächt, seine Herrlichkeit längst dahin, und die Reichsfürsten werden zunehmend unabhängig. Auch der christliche Glaube erhält viele neue Impulse, obwohl die Rolle des Papsttums in jener Zeit eher eine tragische ist: Johannes XXII. ist der erste Pontifex, der unter der Fuchtel der französischen Könige dauerhaft in Avignon residiert. Erst 1377 werden die Päpste nach Rom zurückkehren, ein Gegenpapsttum besteht in Avignon noch bis 1411.

Eckhart von Hochheim zählt zu den bedeutendsten Theologen seiner Zeit, doch viele seiner Aussagen wurden von der Amtskirche als häretisch missbilligt. Wie im Roman geschildert, macht sich Meister Eckhart 1327 auf den Weg nach Avignon, um sich vor einer päpstlichen Untersuchungskommission zu verantworten. Er stirbt noch vor dem Abschluss des Verfahrens. Über die näheren Umstände seines Todes ist nichts überliefert. Auch sein Grab ist unbekannt. Die metaphysische Kraft seiner Sprache aber fasziniert bis heute.

Die Namen und bekannten Lebensdaten der Herren von Merode wurden im Roman verarbeitet. Da es jedoch keine zeitgenössischen Biografien gibt, sind deren Charakterzüge Produkt meiner Phantasie. Ähnliches habe ich den Herren der Schönburg von (Ober-)Wesel widerfahren lassen. Der Name Merbodo ist verbürgt, doch Robert ist eine erfundene Gestalt. Zu Beginn des 14. Jahrhunderts bewohnten zeitweise acht ritterliche Familien die Ganerbenburg. Zum Zeitpunkt der Handlung habe ich mich auf zwei beschränkt.

Die fiktive Tuchmacherin Tryngen Hirtz, Kölnerin, ist literarische Ahnin der historischen Unternehmerin und Seidenmacherin Tryngen Ime Hove. Im 15. Jahrhundert entstanden, wie von Moritz Grobe eher spaßeshalber prophezeit, tatsächlich erste Frauenzünfte.

Den vielen Menschen, die mir bei der Recherche zu diesem Roman halfen, möchte ich aufs Herzlichste danken. Natürlich sind sie frei von jeder Schuld, wenn Phantasie und Quellenlage sich hier oder dort in die Quere gekommen sein sollten.

Langerwehe im Oktober 2012
Günter Krieger

Wandern in
Historischen
Romanwelten
Autor Günter Krieger führt
zu den Schauplätzen seiner Romane
Termine und mehr unter
www.guenter-krieger.de

Bücher der Reihe Historischer Roman im Ammianus-Verlag:
www.ammianus.eu
www.facebook.com/AmmianusVerlag

Michael Kuhn

MARCUS - Soldat Roms
Band I
incl. Reiseführer
ISBN 978-3-9812285-0-2

Michael Kuhn

MARCUS - Tribun Roms
Band II
incl. Reiseführer
ISBN 978-3-9812285-1-9

Michael Kuhn

MARCUS - Maximus Alamannicus
Band III
incl. Reiseführer
ISBN 978-3-9812285-2-6

Michael Kuhn

MARCELLUS - Der Merowinger
Band I
incl. Reiseführer
ISBN 978-3-9812285-3-3

Germanien und der Westen Europas im Jahre 486 n. Christus. Die Strukturen des römischen Imperiums haben dem Druck von Völkerwanderung und inneren Krisen nicht standgehalten.

In diesen Jahren wächst Marcellus, ein junger Romane, am Hofe des Rheinfranken Sigibert heran. Mit seinen Freunden, Provinzialen und Franken, erlernt er das Handwerk des Kriegers, das ihm nach dem Willen seines Vaters einen Platz im Leben sichern soll.

Die unbeschwerten Tage der Jugend enden, als die Krieger der Alamannen an den Grenzen aufmarschieren, um den Franken die Länder an Rhein und Mosel zu entreißen.

Gemeinsam mit seinen Freunden erhält er angesichts des drohenden Krieges den Auftrag, eine burgundische Prinzessin ihrem Bräutigam, dem ihm verhassten Thronfolger, zuzuführen. Das riskante Unternehmen, die ausbrechenden Kämpfe, eine ruchlose Verschwörung gegen das Leben des Merowingers Chlodwig und die Wirrungen der Liebe lassen ihn früh zum Mann heranreifen, der sich auf dem Schlachtfeld von Zülpich beweisen muss.

Wie in Michael Kuhns Erstlingswerk, der Trilogie um den römischen Tribun Marcus Junius Maximus, ist der Handlung eine „Spurensuche“ angegliedert. Der Leser ist gleichsam eingeladen, die Handlungsorte des Romans aufzusuchen und viel Wissenswertes über die Zeit des frühen Mittelalters aufzunehmen.

Im Herbst 2012 erscheint
Band II der Reihe
MARCELLUS